김석범 대하소설

김환기·김학동 옮김

보고사

차례

제18장

1

8월 15일 전야, 마치 신성한 대한민국 신정부의 출범을 조소라도 하듯이 한라산 일대에 50개의 봉화가 올랐다고 했다. 이방근이 제주도를 떠난 지 얼마 되지 않은, 서울에 도착한 다음 날이었는데, 완전 소탕을 발표한 정부에 대한 새로운 도전이나 다름없었다. 여섯 시가 넘어서 박산봉의 하숙집으로 출발하기 전까지 양준오와 대화하던 중에 자연스레 나온 이야기였지만, 이방근은 무심결에 웃음이 튀어나와, 어허 하는 소리를 내었다.

자네는 봤는가? 봤습니다. 고기잡이배와 같은 여러 개의 불빛이 떠돌고 있었어요. 안뜰에서 잘 보였습니다. 집주인 내외도 방에서 나와 보고 있었습니다. 역시 바로 뒷산 사라봉에는 봉화가 오르지 않더군요. 으흠…….

일단 평온한 나날이 계속된 이번 7, 8월의 소강상태는 미군정청 측이 당초 발표한 대로 게릴라를 완전히 소탕했기 때문은 아니었다. 따라서 평화의 전조도 전투의 완전한 중지도 아니었다. 정부 측은 새로운 토벌공격에 나서기 위해 응원부대를 본토에서 제주도로 이동 중인 것 같았고, 게릴라 측도 보급 등을 정비하면서 다가올 전투에 대비하고 있었다.

산발적인 충돌을 일으키면서도 소강상태가 이어진 것은 쌍방에 각각의 사정과 의도에 따른 것이었다.

봉기 당초, 게릴라는 제주도에서의 5·10단독선거를 불가능하게 만들었고, '서북'들이 섬 밖으로 도망칠 정도로 우세했지만, 토벌대의 주력으로 박경진 중령이 이끄는 제11연대가 육지에서 이동해 오면서 수세에 몰리게 되었다. 토벌대의 부락을 소각하는 등의 잔혹한 강경 공세에 타격을 입고 산속으로 철수한 탓도 있었지만, 계속되는 전투로 인해 미군에게 철수 연기의 구실을 주지 않겠다는 의도도 있었다. 나아가 도당위원장 안민수와 게릴라 사령관 김성달 일행이 8월 21일부터 북조선 해주에서 열리는 남조선인민대표자회의에 출석하기 위해 섬 밖으로 탈출함으로써, 조직부의 교체와 혼란도 영향을 미치고 있었다.

게릴라 측은 전투 재개 후에 다시 평화 교섭을 제안했지만, 토벌대의 일방적인 투항요구에 이를 거부하면서, 타협의 여지를 남기지 않은 채 철저한 항전으로 전술 전환을 도모하게 되었다.

한편, 미군정청으로서는 제주도에서의 '5·10총선거' 실패로 이승만 정부 수립의 대의명분을 훼손시킨 게릴라를 철저하게 진압할 필요가 있었다. 그것이 머지않아 탄생할 대한민국 정부의 정통성을 안팎으로 내보일 담보가 되기도 했다. 거기에는 '5·10 총선거'를 부정당하고, 체면이 깎인 것에 대한 복수, 응징의 의미도 충분히 담겨 있었다. 어쨌든 적어도 8월 15일 신정부 탄생까지는 게릴라의 '완전소탕'과 그에 따른 '평온'을 유지해야만 했다. 이를 위해서라도 게릴라 '평정'의 발표가 필요했다. 또한 익숙하지 않은 지역에서 본토 출신자가 많은 토벌대의 희생자를 줄이기 위해, 비가 많은 제주도에서의 하기 작전을 피하고 있다는 정보도 게릴라 측에 들어와 있었다.

대한민국 신정부는 그 위신을 걸고라도 게릴라 소탕에 임해야 했다. 그리고 남쪽에 단독정부가 실제로 성립하자, 그에 대응하는 형태로 북조선에서도 8·25총선거, 인민공화국 성립의 전망과 같이, 두 개의 정부가 출현하는 단계에 이르자, 게릴라 측의 투쟁은 이승만 정부 반대, 인민공화국에 대한 지지로 그 정치적 성격이 바뀌어갔다.

대한민국의 부정이었다. 한반도에 있어서 유일한 대한민국의 정통성을 확립하기 위해서라도, '북'을 지지하는 게릴라에 대한 철저한 타격을 가할 필요성이 생긴 것이다.

양준오는 제주도 정세의 움직임 등, 당초 생각했던 것보다도 상당히 힘겹고 중요한 이야기를 했다. 실제로 게릴라에 대한 대공세를 계획하고 있다면, 이제 평화적인 해결책은 없는 것이 아닐까. 이방근은 서늘한 것이 등줄기를 흐르며, 혹시나…… 하고 바랐던 자신의 막연한 기대감이 깨지는 것을 느꼈다.

섬을 탈출해서 북조선으로 들어간 게릴라 지도간부가 하루라도 빨리 돌아오기를 기다리고 있는 것 같았다. 위험지역인 남쪽을 피해 북의 해주에서 열린 남조선인민대표자회의에 참가함과 동시에, 북조선에 원조를 구하는 특파사절단의 성격을 띠고 있던 그들의 귀환은, 북으로부터 적절한 지도와 무기탄약 그 밖의 보급물자 조달의 실현을 의미했으며, 국면의 새로운 전개가 이루어지는 것을 의미했다.

그렇다 하더라도, 게릴라 사령관 김성달이 섬을 떠난 것은 현장을 포기한 것이나 다름없는 행위로, 간부회의에서도 상당한 논의가 있던 모양이다. 무장봉기 반대론도 있는 와중에 봉기의 주도세력이었던 도당위원회 군사부 책임자이자 게릴라 사령관인 김성달이 그 현장을 떠나 북으로 간다는 것이 문제가 되면서, 결국 그 파북이 결정된 배경에는, 남로당 중앙 간부가 그의 가까운 친척이라는 점, 그리고 본인이 점하고 있는 제주도당 군사부에서 최고지도자라는 사정도 크게 작용했을 것이다. 게다가 이방근과 면식이 있는 안(安) 도당위원장은 온후한 사람이지만, 장식품 같은 존재라서, 섬에 있어 봤자 위원장으로서의 역할을 제대로 해내지 못할 것이었다.

이방근은 직접 김성달을 만난 적은 없지만, 두뇌가 예민하고 꽤나 과시욕이 강한 영웅주의자로, 우두머리 기질의 독선적인 성격인 듯했다. 도쿄 유학파로 학도병 출신이지만, 언제나 혁명, 혁명을 들먹이며 원칙론을 전면에 내세우는 점은 유달현의 교조성과도 통하는 바가 있었다. 그런 그가 게릴라 측이 수세에 내몰리고 있는 상황에서 게릴라 사령관을 그만두고 8월 초에 섬을 떠난 것인데, 어쨌든 그것은 조직의 결정이었다.

양준오에 따르면, 김성달 일행 여섯 명은 제주지역에서 실시한 지하투표의 연판장(서명) 묶음을 지닌 채, 비밀리에 제9연대의 주둔지인 제주도 서남해안의 모슬포에서 배를 띄운 것 같다고 했다. 조직에서는 30명 정도의 게릴라가 대표들의 경호를 맡았지만, 경계가 삼엄한 항구를 떠나는 것은 쉽지 않았다. 밤이라고는 해도 엔진에 시동이 걸리면 순식간에 경비망에 걸린다. 무인을 가장한 배는 다른 어선에 섞여 숨죽이고 있었고, 해상에서 거룻배를 타고 온 해녀 15명은 밤바다에 대기하고 있었는데, 안덕면의 지하투표 연판장이 예정보다 늦게 도착하는 바람에 배는 새벽 한 시를 지나서야 겨우 해안을 떠났다. 출발 신호에 따라 바다로 잠수한 15명의 해녀들이 배를 앞바다까지 끌고 갔고, 엔진에 시동을 걸고 나서 선상 대표들과 이별을 고했다. 이미 그때는 해안에서 쌍방 간에 격렬한 총격전을 벌이고 있었고, 대표들은 작렬하는 총소리를 듣고 조명탄의 불빛과 사격의 불꽃을 눈으로 보면서 목포로 향했던 것이다.

이방근이 서울에서 읽은 중앙지에는 평양방송을 인용한 기사에서, 21일부터 시작된 해주 인민대표자회의 내용을 싣고 있었다. 특히 첫 번째 날에 인민항쟁을 이끈 제주대표 김성달 일행이 출석해서 35명의 의장단 안에 그들이 선출됐다고 전하고 있었다. 그들의 무사 입북이 증명된 것이었다. 덧붙이자면 남조선인민대표자회의에는 1,080명

중에 1,002명이 참가했다. 약 80명의 불참자들은 월북 도중에 체포되거나, 38선을 사이에 둔 교통 사정 때문이라고 했다.

김성달은 무리하게 해주 회의에 참가한 만큼, 그에 상응하는 결과를 가지고 제주도로 돌아와야 했고, 새로운 국면에 접어든 투쟁에 합류해야 할 것이다. 8월 21일부터 6일간 예정되었던 대표자회의는 이미 끝났지만, 잠시 유예기간을 두고 북을 출발해야 했다. 양준오는 세포조직 속의 당원이 아니지만, 결과적으로 조직의 결정을 받아들일 수밖에 없는 입장이어서, 꽤 복잡한 생각이 드는 모양이었다.

이방근이 박산봉의 하숙집으로 출발하기 전까지 두세 시간 동안, 둘 다 그 이상의 낮술은 마시지 않았지만, 취기가 가시지 않은 채 주고받은 이야기는 상당히 중요한 것이었다. 이방근은 취기가 휘청거리며 깨기 시작하는 것을 느꼈다.

어떤가, 게릴라에 승산이 있을 것 같은가? 이런 것을 당사자 측에 해당하는 당원 양준오에게 질문해도 되는 건지, 어떤지. 그러나 이방근은 그런 생각을 하면서도, 결코 취기에 의한 것이 아니라, 잡담 건네듯 가벼운 어투로, 양 동무…… 하며, 이 무거운 말을 입 밖으로 밀어냈다. 승산이 없다면, 입산해 있는 많은 일반인들을 포함한 도민들은 어떻게 되는 건가. 양준오는, 그건 알 수 없지요……라고 웃으며 대답했다. 물론 그가 단언할 수 있을 리 만무했지만 질 거라고는 말하지 않았고 그렇다고 게릴라가 이길 것이라고도 말하지 않았다. 6월에 있었던 박경진 토벌대장의 대공세로 후퇴한 게릴라가, 새로운 전투태세를 정비하고 있다고는 해도, 실제로 정부 측이 미군의 무기로 중무장한 대군을 동원해 총공격해 올 경우 어떻게 되는가. 누구라도 생각할 수 있는 일이었다. 일반적인 시각으로도 게릴라 측의 승리는 어려워 보였고, 국외자로서 쌍방의 사정에 밝지 못한 이방근은 도저히 승산을 확신할 수 없을 것 같았다. 어떤 방법으로 오래 견딜 것인가. 그러나 절해고도의, 게릴라의 장기 지구전에 적합한 지형이 아닌 제주도에서, 게릴라들은 독 안에 든 쥐가 되는 것은 아닐까. 지구전에서 어디까지 견딜 수 있을 것인가. 그 사이에 일어날 수 있는 내외 정세의 변화, 국제 여론의 환기, 섬 밖으로부터의 원조, 특히 북쪽 인민군의 남하원조. 어떻게든 화평으로 이끌어 간다…….

양준오는 이러한 일들에 대해 많은 것을 말하지는 않았지만, 특별히 비관적인 견해나 심각한 표정을 보이지 않았다. 어쩌면 의식적으로 비관적인 견해를 피하고 있는지도 몰랐다. 어쨌든 취한 머리로 쓸데없이 상상할 일은 아니었다. 이야기는 산에서 생활하고 있는 많은 '피난민'에 관한 것으로 옮겨 갔지만, 정부 측의 새로운 공격이 있을 경우, 지금보다 많은 피난민이 녹록치 않은 산속 생활로 내몰리게 될 것이라는 것이, 두 사람의 일치된 견해였다.

부락 내의 '빨갱이' 사냥이라고 해서, 관계도 없는 주민까지 체포, 남녀노소를 불문하고 사살하는 등의 잔혹 행위가 횡행하고, 폭행, 약탈을 피해 산으로 올라간 도민들이 게릴라들과 행동을 같이하면서, 산속에서 이동생활을 하고 있었다. 그 피난민들 중에 훈련을 받아 게릴라가 된 사람들도 상당히 있는 듯했다.

비는 그쳤지만 길이 질퍽거렸는데 장화를 신어서 다행이었다. 바람의 기세도 많이 잦아들어서 내일 밤 출항은 가능할 것이었다. 내일 밤에는 제주도를 떠난다……. 흐―음, 이방근은 술 냄새 풍기는 숨을 크게 내쉬었다. 비바람에 하얗게 부서지던 해안의, 거친 바다에 무서운 천둥 번개가 치던 그 광경은, 먼 과거의 기억 속에서 일어난 별세계의 공간이었다. 그 먼 곳으로부터 시원한 저녁 바람을 타고 금목서의 향기……. 아니 인체에서 풍기는 그 향기가 전해 온다. ……여기는 어디인가. 박산봉의 하숙집으로 가는 길이다. 이방근은 자신의 집 바로 근처를 걷고 있었다. 북국민학교 뒤편 길을 걷다가, 이내 서문교가 있는 병문천 냇가로 나왔다. 물이 불어난 냇물의 흐름은 소용돌이치고 소리를 내면서 바다로 향하고 있었다.

이방근은 몸에 취기가, 그것도 낮술의 여운이 배어 있음을 의식하면서, 집을 나선 뒤 몇 시간 만에 마을의 광경이 완전히 변해 버린 것 같은, 높은 언덕 위에서 아래 세상으로 내려온 듯한 느낌 속에서 걸었다.

길을 걷는 도중에 뒤를 돌아봤을 때, 분명히 벽돌을 쌓아 만든 기상대 건물의 첨탑이 우뚝 솟아 있었는데, 그건 높은 언덕 위가 아니라, 그저 자그마한 언덕에 지나지 않았다. 비가 그치고, 한낮의 성내 마을을 걷는 것이 20일 만인 탓도 있겠지만, 흐린 하늘의 석양빛조차 눈부시게 느껴지는 눈에 마을의 모습이 투명하게 보였다. ……언제까지나 소파에 계속 앉아 있으라는 거냐는 이 형 자신의 이야기와, 오늘 이 비바람 속을 뚫고 여기까지 찾아온 것은 같은 일입니다. ……양 동무, 정말로 정부군의 대공세가 있을까? 어쨌든 지금의 소강상태가 계속되지는 않을 겁니다. 일전에 서울에서 경찰청장회의가 있었고, 거기에 참가하고 돌아온 이곳의 경찰 감찰장(도경찰국장)이 비공식적이지만 넌지시 그 사실을 외부에 누설하고 있어요. 협박이라고도 볼 수 있겠지만 그뿐이 아닐 겁니다. 사태의, 민심 수습을 위해 조기 해결을 필요로 하고 있습니다. 구체적으로 응원부대 이동 같은 움직임이 있는 것 같습니다. 게릴라 측도 거기에 대응하고 있는 셈이군. 타협의 여지가 없으니까 당연하겠지요. 언제쯤 그 대공세라는 걸 실행할 생각일까. 그건 모르겠지만 게릴라 측의 움직임, 여론이나 각 방면에서 들려오는 항의를 일절 무시하면서도, 그 움직임을 주시하며, 지금 당장은 아니더라도 몇 개월을 넘기는 일은 없지 않을까요. 김성달 일행의 섬 밖 탈출을 전후해서, 조직의 간부들은 게릴라 투쟁의 곤란함을, 아니, 패배를 예측하고 있었던 게 아닐까? 핫하하, 글쎄요, 곤란함은 예측했다고 해도 패배까지는 말이죠, 그거야말로 패배주의입니다…….

으흐-음, 이방근은 냇물을 향해 칵 하고 목에 걸린 가래 같은 끈적끈적한 침을 뱉었다. 신작로(일주도로)에서 창고 건물 옆에, 물이 괴어 질퍽한 좁은 골목을 왼쪽으로 돌아들어 갔다. 박산봉의 하숙집을 방문하는 것은 거의 반년만 일 것이다.

당연히 박산봉은 있었다. 그는 이방근을 기다리고 있었다. 그의 방의 위치는 양준오의 하숙과 비슷했다. 집 구조 전체가, 출입구를 들어간 안뜰 정면에 안채가 있는 것도 같았다. 길에서 바로 집 안뜰로 통하는, 돌담 사이의 출입구에 대문 대신 작은 나무문이 있는 것도 비슷했다. 이 집도 예전에는, 섬의 집 대부분이 그렇듯이 삼무의 섬답게 문이 없었지만, '서북'들의 습격으로 조선장롱 깊숙이 넣어 둔 값비싼 비단 같은 금품을 '밀수품'이라는 구실로 약탈당하고 나서부터 대문을 단 모양이다. 이방근이 안뜰로 들어서자 박산봉은 나무문의 빗장을 걸었지만, 현재의 바깥 상황을 내다볼 수 있도록 방 안의 장지문을 조금 열어 두었다.

여름이라서 아직 전기가 켜지지 않은, 볏짚이 섞인 흙벽 냄새가 밴 좁은 온돌방은 어두침침했다. 음식인 김치와 뭔가 젓갈 냄새가 코를 확 찌르고, 땀 냄새인지 쉰 것 같기도 한 기계기름 냄새도 났지만, 금세 코에 익숙해졌다. 장판의 갈라진 틈으로 방바닥의 흙이 보이고 그 가루가 날리는 방 한가운데에 책상다리를 하고 앉은 이방근 앞에 박산봉이 정좌를 하고 마주했다.

"……선생님, 오랜만입니다. 일부러 이런 곳까지 와 주셔서 정말 감사합니다."

박산봉은 황송해하며 머리를 숙였다.

"오랜만이랄 것까진 없지. 내가 서울에 가기 전에 만나지 않았나?"

"네, 그렇지요. 그래도 오랜만입니다."

"편하게 앉아. 별로 야위진 않았군. 걱정으로 야위었을 거라 생각했는데……."

이방근은 웃으며 말했다.

"네엣, 제가……? 무슨 걱정 말씀입니까?"

"걱정이 없으면 됐어. 일 쪽은 어때, 바쁜가?"

자신의 아버지 회사인데도 마치 남의 일처럼 말했다. 박산봉은 양손을 정좌한 무릎 위에 올려놓고 있어서 반팔 러닝셔츠에서 뻗어 나온 햇볕에 그을린 튼튼한 두 팔이, 팔꿈치를 치켜세운 삼각형 모양을 하고 옆으로 튀어나와 있었다. 오랫동안 트럭운전을 하면서 생긴 습관이겠지만, 모든 운전수가 그런 것은 아니었다. 그는 걷고 있을 때도 같은 자세여서 꽤 눈에 띄었다.

"별일은 없습니다. 그러나 조만간 군 관계의 수송 일을 거의 도맡아 하지 않겠습니까."

"아, 그런가……."

아버지가, 사업도 생각처럼 되지 않는다……며 집에 무관심한 아들을 힐책한 것이 오늘 아침이었지만, 버스회사와 은행의 경영이 어떤지, 이방근은 전혀 알지 못했다.

"선생님, 저녁식사는 어떻게 할까요. 지금 드실 건가요. 제가 같이 해도 괜찮겠습니까? 선생님 입에 맞을지 어떨지, 그쪽에 준비는 해 두었는데, 소주도 있습니다."

방구석의 둥근 밥상 위에 신문지가 덮여 있었고 파리가 두세 마리 날아들자 박산봉이 손으로 휘저어 내쫓았다.

　"핫, 하아, 그거 고맙군. 난 괜찮아. 배가 불러서 말야. 그리고 바로 가 봐야 해. 그래, 그렇지, 금방 돌아갈 수는 없겠지. 가급적 빨리 돌아가도록 하겠네."

　박산봉은 그 얼굴에 뭔가 두려운 빛을 내비치며 고개를 끄덕였다.

　"아니, 이 선생님, 저는 좀 더 천천히 계시다 가셨으면 좋겠습니다. 술을 가져올까요?"

　"술도 필요 없어. 낮부터 계속 마셨거든. 그런데 내가 일부러 찾아온 건 말이지……."

　이방근은 담배를 물고 박산봉이 내민 성냥을 받아 불을 붙이며 말했다.

　"선생님이 여기까지 와 주셔서 저는 황송할 따름입니다." 박산봉은 같은 말을 되풀이하고는 갑자기 목소리를 낮추어 말했다. "저어, 정세용 씨 말일입니다만, 친척 형님되시는……."

　"뭔가, 그 말투는, 칙칙하게. 그 일은 됐어, 지금은 됐다구."

　"……?"

　박산봉은 깜빡거리는 것도 잊은 눈으로 이방근을 쳐다보았다.

　"최근에 유달현을 만났나?"

　이방근은 상대의 시선을 눈 속으로 크게 빨아들이며 말했다.

　"……" 박산봉의 표정은 놀람과 당혹감으로 혼란해하며 그 시선의 끝이 구부러졌다. "아니, 아니요, 만나지 않았습니다."

　"일주일쯤 전에 남승지가 여기서 묵고 갔잖아. 자네가 잠시 밖에 나가있는 동안에 유달현이 찾아왔던 거 아닌가. 그 후로 만나지 않았나?"

　"만나지 않았습니다……."

어두침침한 방 안에서 박산봉의 얼굴은 불안의 그림자로 채워졌다.

"그가 있는 곳에 가 보지 않았나?"

"갈 일이 없습니다……." 박산봉은 고개를 옆으로 크게 흔들었다. "그쪽에서 볼일이 있어 저를 찾아온 모양인데, 그 후로는 찾아오지 않았습니다……."

박산봉은 이방근에게 명령받은 정세용 건만을 생각하고 있던 참에, 느닷없이 유달현의 이름이 튀어나와 무척 당황하고 있었다.

"정말로 안 만났는가?"

"정말이고말고요……."

"으ㅡ음, 유달현이 수상하다던데."

이방근은 단도직입적으로 말했다.

"……?" 박산봉은 이방근의 말의 의미를 곧바로 파악하지 못하고, 한층 불안한 표정을 지었다. "뭐가 말입니까?"

"핫하, 수상하다는 말도 모르나. 두 번 말하게 하지 말게."

"아아, 유달현의, 그, 그 일 말이군요……."

박산봉은 금세 알아차린 듯 고개를 끄덕였지만, 갑자기 으음…… 하고 고개를 옆으로 살짝 흔들더니 뒷걸음치듯 상반신을 뒤로 제쳤다. 마치 눈앞의 이방근에게 압박받은 눈치였는데, 그것은 거의 무의식에 가까운 반사적인 방어 자세였다.

"이봐, 왜 그래, 후후, 자넨 뭘 그리 겁을 먹고 있나? 음, 내가 무섭기라도 한 건가……. 아아, 그렇지. 그 일, 그 일 말이로군, 괜찮아. 내게 말해도 상관없어. 양준오에게 들었으니까."

"양준오……? 양준오한테 들으셨다고요?"

박산봉은 힐문하듯이 의심스러운 표정으로 자세를 고치며 말했다.

"그래……." 양준오에게 들은 것을 당연하게 여기고 있던 이방근은 말문이 막혔다. "그게 뭐 어떻다는 건가?"

"……" 박산봉은 순간 망설였다. "양준오 씨는 김명우…… 남승지 동무로부터 들은 겁니다. 그래서 알고 있는 거예요."

"양준오가 알고 있으면 안 되는 건가."

"그는 조직의 인간이 아닙니다. 명우 동무는 조직적인 문제를 외부의 인간에게 누설하고 있습니다. 조직의 규율에 반하는 일입니다, 이건. 그 일은, 선생님도 아시게 된 일은, 절대로 밖에 알려져서는 안 됩니다. 그것이 금세 새나가 버리니까요……. 이건 문젭니다."

박산봉은 혀를 찼다. 그것이 이방근의 심기를 건드렸다.

"으-흠, 새나간다. 이 이방근의 귀에까지 새나갔다. 중대한 조직의 원칙위반이다. 이 말인가. '혁명적 경계심'의 문제라는 거로군(박산봉은 이방근을 올려다보듯이 바라보았다). 그건 그렇지. 확실히 그래. 그러나 이번 일은 자네가 진원지라구. 문제, 문제라고 하지만, 자네의 말 한마디로 이번 문제가 일어난 거야. 게다가 내 앞에서 그런 걸 말할 수 있는 처지가 아닐 텐데. 처음에는 자신이 조직원이란 걸 완강히 부정해 놓고서는, 사실은 그렇다고 집으로 찾아와 내게 고백했잖아. 그래, 유달현의 일인가(박산봉은 유달현이라는 이름에 볼을 씰룩거렸다), 자네는 그것이 외부에 알려지고 안 알려지는 것으로 해결될 문제라고 생각하나. 분명히 난 양준오로부터 들었네. 들었기 때문에 그래서 여기까지 일부러 찾아온 거야. 왜 내가 이런 일로 자네를 만나러 와야 하는가, 음. 심심풀이 술주정으로 이런 얘길 하고 있는 게 아니야. 으-음, 아무튼 말일세, 더 이상 얘기가 외부로 나가진 않을 걸세. 자네가 어딘가에 말하고 다니지 않는 한은 말이지……."

"후우-……." 깜짝 놀라며 이방근의 얼굴을 올려다본 박산봉의 경직된 얼굴에 갑자기 안도의 빛이 번지고, 마치 온몸에서 공기가 빠져

나가는 듯한 목소리가 새 나왔다. 그는 조금 떨리는 목소리로 말했다.

"선생님, 죄송합니다. 저는 선생님이 와 주셔서 송구스럽지만 매우 기쁩니다. 조직 일 같은 건 선생님과 관계가 없는데……. 그래서 유달현……의 이야기가 나와 깜짝 놀랐습니다. 영문을 몰라서……. 저기, 술 한 잔만 해도 되겠습니까?"

"아아, 그렇게 하라구. 식사도 하지 그래."

"식사는 아직 괜찮습니다. 선생님도 안 드시니까. 선생님도 한 잔만 드릴까요?"

이방근은 이상하게도 뱃속에서 술을 원하지 않았지만, 박산봉을 위해 고개를 끄덕였다. 박산봉은 일어나더니 밥상 위에 덮어 둔 신문지를 걷고, 소주 두 잔을 따라서는 김치 그릇을 함께 가져왔다.

이방근이 잔을 들고 상대를 재촉했다. 박산봉은 눈을 감고 크게 한 모금 꿀꺽 삼키더니 깊은 숨을 내쉬었다. 이방근은 잔을 입술에 대고 가볍게 한 모금 입안에 머금었으나, 웬일인지 쓴 맛이었다. 술이 나쁜 것은 아니었다. 잔을 장판 위에 내려놓았다. 박산봉이 잔을 다시 들고 한 모금 가볍게 목구멍에 흘려 넣은 뒤, 크게 벌린 입에 김치를 던져 넣었다. 어금니로 김치를 씹는 소리의 윤곽이 확실히 느껴졌다.

잠시 이야기가 끊겼다가, 이방근이 말했다.

"수고가 많은 것 같던데. 그의 '감시 역할'을 한다면서?

"뭐라고요? 감시……. 당치도 않습니다. 감시라니요, 선생님. 수상한 게 아니냐고 선생님이 말씀하셨지만, 결국 그것은 '혐의'가 있다, 뭔가 혐의가 있다는 것이지만, 그렇지 않고, 알 수가 없습니다, 그런 문제까지는 알지 못합니다. 저는 아까 건방진 말을 했습니다만, 이미 이야기가 나와 버려서 저는 가슴이 후련하고 시원합니다. 지금 이렇게 선생과 함께 이런 이야기를 나눌 수 있다는 게 정말 기쁩니다……."

박산봉은 햇볕에 그을린 검은 얼굴을 붉히며 말했다.

"음, 내가 처음부터 수상하다……는 듯한 말투를 한 건 경솔했는지도 몰라."

"그게, 솔직히 말씀드리면 저는 잘 모르겠습니다. 아까 선생님이 말씀하신 것처럼, 제 말 한마디로, 제가 입을 다물고 있었으면 좋았을 것을, 입 밖에 내버리는 바람에……."

"이봐, 그건 입 밖에 낼 필요가 있는 말이야."

"하지만, 그 말을 다시 주워 담고 싶을 정도입니다. 문제가 이렇게 커질 거라고 생각을 못했어요. 제 머릿속에서 점점 두개골이 쪼개질 정도로 부풀어 올라, 저는 두려워서……." 박산봉은 마치 의심하듯이, 아니 떨리는 눈빛으로 이방근을 바라보았다. "지금 선생님께 이런 이야기를 할 수 있을 거라고는 꿈에도 생각지 못했기에 무척 기쁩니다. 이런 이야기를, 유달현……의, 아아, 그 이름을 들먹이고, 아니, 그의 얼굴을 떠올리고, 그 이야기를 하는 것이 두렵습니다. 자꾸만 그의 얼굴이 떠올라 오기에, 눈앞에 있는 것처럼. 저 자신이 무섭고, 그가, 아니, 확실히 이름을 부르겠어요, 유달현이 무서워요. 그래서 만일 유달현이, 그렇다면 앞으로 어떻게 되는지. 저는 절대로, 이런 일을 생각하고 싶지 않습니다. 그저 무서운데, 둘이 같이 있는 걸 목격한 것만으로 이렇게 돼 버렸어요……."

그는 책상다리로 자세를 고쳐 앉고 있었는데, 갑자기 두통이라도 생긴 것처럼 양손으로 머리를 감쌌다. 그것이 신호인 양 때마침 전등불이 켜졌다. 마치 눈에 보이지 않는 스위치를 돌린 것처럼 방이 불빛에 씻겨 내렸다. 박산봉은 빛에 이끌리듯 머리를 들더니, 자리에서 일어나 뜰 쪽의 조금 열린 장지문을 닫았다. 이방근은 이 녀석이 고개를 수그린 동안 울고 있는 것이 아닌가 생각했는데, 그 눈은 약간 충혈돼 있을 뿐이었다. 아무래도 한 잔의 소주가 급하게 취기를 불러온 모양이었다.

"소주 한 잔으로 취했나? 밥이라도 먹으라구."

"……선생님, 저는 어떻게 해야 좋을지 모르겠습니다."

이방근은 말없이 고개를 끄덕였다. 박산봉의 크게 뜬 눈이 못에 박힌 것처럼 한 점을 응시한 채 깜빡거리지도 않았는데, 반짝이는 눈동자 빛이 눈꺼풀의 그늘에서 흔들리고 있었다. 무슨 발작이라도 일으킬 것 같았지만 그렇지도 않았다. 그 눈이 뭔가 열기에 들떠 있는 듯한 빛을 띠고 있었다고 양준오가 말했는데, 홀린 것처럼 움직임이 없는 표정이 그의 '버릇'이라는 것을 이방근은 알고 있었다. 겁이 많은 것 같으면서도 꽤나 대담한 성격이었다.

"……저는 읍내를 걸을 때에도 유달현과 딱 마주치지나 않을까 하고, 그자와 만나는 것조차 겁이 납니다. 만나는 게 이유도 없이 싫습니다. 그를 의심하고 있는 자신이 무섭지만, 저에게 의심받고 있는 상대를 만나는 것이 두렵습니다. 따라서 저는 볼일도 없이 유달현의 집을 찾아가거나 할 수가 없습니다. 선생님, 이해되십니까? 그뿐만이 아닙니다, 눈에 보이지는 않지만 그 뒤에 뭔가 커다란 그림자가 있는 것 같아서……. 저는 유달현 개인이라면 전혀 무섭지 않아요. 당치도 않습니다. 1대 1이라면 상대가 열 살 더 많더라도 별로 신경 쓰지 않지만, 그자는 제가 의심을 하는 바람에 갑자기 실물보다 커져 버렸습니다. 아, 저보다 나이가 많은 사람에게 그자라고 하는 것은 좋지 않은 건가요. 선생님도 아시다시피 그는 조직원이기 때문에, 같은 동지입니다. 동지라도 배신하는 일은 있지만, 아무 일도 아닌데 의심한 거라면 어떻게 됩니까. 하지만 그뿐이라면 틀렸다는 것만으로 끝나겠지만, 그걸 알 수가 없습니다. 확실한 증거가 없으니까요. 안 그렇습니까. 저는 나쁜 인간이 됩니다. 동지를 '통적분자'로서 의심하는 것은 반혁명적 행위……. 조직의 원칙에 반하는 겁니다. 사람을 의심해서는 안 된다, 의심받은 인간은 죄가 하나지만 의심하는 쪽의 인간은 죄가 백이다……라고 어릴 적부터 자주 들었습니다. 음, 그게 아니고, 저는 역시……. 이건 혁명적 경계심의 문제입니다……."

박산봉은 빈 잔을 들고 홀짝거렸지만, 새로 술을 따르려고 하지는 않았다. 거의 마시지 않은 이방근이 자기 잔의 술을 상대의 잔에 조금 따라 주었다.

"선생님은 안 드십니까? 저 혼자서……."

"박 동무가 하는 말은 이해해." 이방근은 상대를 개의치 않고 말했다. "하지만 처음부터 얘길 해 보라구. 혼자서 흥분한들 이야기의 내용은 잘 알 수가 없잖아."

"전 흥분하지 않았어요. 양준오 씨에게 이야기를 못 들으셨어요?"

"아, 물론 들었지, 들었으니까 여기에 온 거야. 좀 더 자세한 얘기를 들으려고 말이지……. 오호, 잠깐만, 내가 뭔가 잘못 생각하고 있는 건가. 박 동무, 자네는 내 말을 조직에 대한 간섭이라 생각하나?"

"……아닙니다. 그렇게는 생각지 않습니다." 박산봉은 고개를 옆으로 저었다. "저는 조직의 책임자도 아니고, 그 정도는 알고 있습니다. 게다가 선생님은 조직을 걱정하고 계십니다. 하지만, 왜 선생님이 그렇게 정색을 하고 나오시는지, 거의 저와 마찬가지라서 제 쪽이 오히려 이상해질 정도입니다. 유달현과 친하니까……, 아니, 그런 자와 선생님이 친할 리가 있겠습니까. 잘 알고 지내는 사이라서 그러십니까?"

내가, 정색을 하고 나온다. 이방근은 냉수를 뒤집어쓴 것처럼 순간 정신이 번쩍 들었다.

"내가, 정색을 하고 나오는 것 같나……?"

이따금 순간적으로 바람이 으르렁거리는 소리를 내며 빠져나가긴 했지만, 바람은 거의 멈춘 듯했다. 그런데 갑자기 나무문을 두드리는 소리가 바람을 타고 안뜰 저편에서 들려왔다. 박산봉이 고개를 똑바로 세우고 장지문 쪽을 쳐다보았다. 이방근도 귀를 기울였다. 어험……. 내방을 알리는 헛기침 소리가 들렸다. 계속 반복되었지만, 최초의 기침 소리는 바람에 뒤섞여 이 방까지 들리지 않았던 것이다.

"……이 집 주인입니다."

안채 쪽에서 인기척이 나고, 나무문을 향해 안뜰을 걸어가는 고무신 발자국 소리가 들렸다. 기침은 귀가를 알리는 소리였다.

박산봉은 이방근의 재촉에 이야기를 했다. 집을 비운 사이에 찾아와 정세용의 귀가를 몰래 기다리고 있던 유달현이 둘이서 함께 그 집으로 들어간 일, 그리고 한 시간 후에 나왔을 때 주변을 경계하는 유달현의 모습이 평소와 달랐고, 그것이 의심스러웠다……는 것 등, 이방근이 양준오로부터 들은 이야기와 대체로 같은 내용이었다.

"그 유달현이 정세용의 집에서 나온 후에는 어떻게 했나. 뒤를 밟지는 않았나?"

"아니, 따라갔습니다."

"음, 그래서 어떻게 됐나. 정세용의 집에서 조금 위로 올라가면 유달현이 근무하는 O중학교야. 그 옆길을 서쪽으로 빠지면 남문길 언덕 위가 나오잖나. 유달현의 집 쪽으로 들어가는 골목의 비스듬히 맞은 편이지. 정세용의 집을 나와서 곧장 집으로 갔나. 아니면 도중에 다른 곳에 들르던가?"

"다른 곳에는 들르지 않고 곧장 돌아갔습니다. 저는 남문길까지 따라가서 그가 집으로 들어가는 걸 이 두 눈으로 똑똑히 봤습니다."

"O중학교 옆길에서 똑바로 말인가? 어딘가 들르지 않고 돌아갔단 말이지……. 으-흠."

이방근은 숨을 내쉬며 고개를 끄덕였다. 인기척이 없는 길을 가던 도중에 한두 번 뒤를 돌아보긴 했어도, 그렇다고 다른 길로 돌아갔다거나, 예를 들어 미행을 따돌리려는 듯한 행동은(실제로 박산봉이 몰래 쫓고 있었지만) 하지 않았다. 그러나 이것으로 유달현이 결백하다고는 단언할 수 없었다. 경계심 이상의 급한 볼일, 예를 들면 화장실이 급했다거나 하는 일이 있었을지도 몰랐다.

박산봉은 성내 지구 책임자에게 보고가 돼 있다고 했다. 양준오의 말로는 가까운 시일에 지구 책임자에게 알릴 거라고 했지만, 이미 지구에서의 대책은 강구되고 있는 듯했다. 지구 책임자는 유달현과 학교는 다르지만 같은 중학교 교사이기도 해서, 그 행동을 파악하기 쉽고 박산봉에 비해서 시간 제약이 적었다. 그러나 그 외의 조직원들에게는 구체적으로 일절 알리지 않았다. 일이 너무 중대한 데다. 설령 유달현이 정세용과 만났다 하더라도, 그것을 바로 '통적'으로 판단하는 위험을 범해서는 안 되었다. 게다가 이것이 다른 당원들에게 알려질 경우에는 조직 내의 동요뿐 아니라, 증거도 없는데 '통적분자'로서 유달현의 신상에 뭔가 제재가 가해질 가능성도 있었다. 따라서 도청 내의 세포조직원을 통해서 넌지시 경찰의 수사, 사찰계를 중심으로 한 움직임을 탐색하고 있는데, 현재로서는 그럴듯한 낌새는 없다고 했다. 게다가 정세용 처조카가 O중학교를 졸업하고 본토의 고등학교에 입학하기 때문에, 학생주임인 유달현이 그와 관련된 일로 집에 출입할 가능성도 있다고 지구 책임자의 이야기로서 덧붙였다.

그렇다고 해도……라며 박산봉은 말을 이었다. 여러모로 생각해 보았지만, 그래도 모르겠다. 납득이 가지 않는다. 낮이 아니어서 확실히 본 것은 아니고 선입관도 분명히 있었지만, 두 사람이 함께 집으로 들어가는 모습과, 집을 나온 유달현이 도둑놈처럼 주변을 살피는 모습을 어둠 속에서도 확실히 두 눈으로 보았고, 머리에 강한 인상으로 남아 있다. 그건 착각이 아니다. 틀림없이 마음속에 뭔가를 숨긴 사람이 자아내는 분위기였다고 박산봉은 말했다.

"선생님, 이 일을 어떻게 해야 좋을지 저는 잘 모르겠습니다. 생각하지 않는 것이 가장 좋겠지만, 그러나 혹시……, 그것이 무섭습니다. 선생님은 유달현을 일제 때부터 잘 알고 지내셨으니, 제 이야기를 듣고 어떻게 생각하시는지 알려 주십시오. 저는 절대 거짓말 같은 건 하지 않으니까요. 저는 왜 그런 장면을 보게 됐는지 후회스럽습니다. 정말이지……."

박산봉은 또 혀를 찼다. 그것이 천박한 울림으로 들려왔다.

"가장 빠른 방법은 말일세, 두 사람을 만나서 그때 한 시간 동안 서로 무엇을 했는지 물어보는 수밖에 없겠지."

이방근은 웃음도 띠지 않고 농담 같은 말을 했는데, 박산봉은 거의 마지막까지 진지한 얼굴로 듣고 난 뒤 어색하게 웃으며, 그런 농담이 아니라 진심을 말해 달라고 했다.

"핫, 핫하, 진심이고 뭐고 나도 모르겠어, 다만 자네가 두 사람의 모습을 본 걸 후회한다고 말했는데, 그럴 필요는 없겠지."

"네?" 박산봉은 고개를 인형처럼 꼿꼿하게 세웠다. "그건 어째서 그렇습니까?"

"동무가 거짓말을 하는 것도 아니고, 자네의 착각이 아니었다면, 그것으로 괜찮은 게 아니냐는 말이야."

박산봉은 이방근의 동공에 시선의 끝을 고정시킨 채 깜빡거리지도 않고 상대를 응시했다. 이방근의 눈동자 속에서 어떤 확답이라도 찾아내려는 듯이.

이방근은 박산봉을 향해 의심하라고도 의심하지 말라고도 할 수 없었다. 보통의 범죄와는 달리, 설사 유달현이 정세용과 내통하고 있다고 해도 그것은 지금 심증만 있지 구체적인 증거가 될 만한 것은 역시 없었다. 만약 가능하다면, 불에 쬐면 글씨가 나타나는 종이처럼 유달현의 마음을 비춰 내는 수밖에 없었다. 취기도 한 몫 했겠지만, 마치 자신이 조직의 책임자라도 되는 것처럼, 화재 현장에라도 달려가듯이 허둥지둥 급히 찾아온 것이 경솔하기도 했고, 우스꽝스럽기까지 했다. 박산봉을 만나 본들 이렇다 할 객관적인 증거가 나올 거라고는 생각하지 않았지만, 아무래도 일종의 충동에 휩쓸려 그 높은 언덕 꼭대기에서 뛰어내려온 듯한 기분이었다. 촐랑거리는 것이, 당사자도 아닌데 마치 어린애 같았다. 그러나 후회하지는 않았다. 그것은 역시 유달현에게 증거는 없지만, 그에게 뭔가 있다고 이방근은 의심하게 된 것이다. 결과적으로 허둥지둥 찾아올 만큼 급박한 사태는 아닌 것 같아, 남의 일이지만 다소 안심은 되었지만, 그렇다고 완전히 마음 놓이는 건 아니었다.

이방근은 자신의 잔에 3분의 1쯤 남은 소주를 마셨다. 박산봉이 술을 따라 주려 했지만, 이제 슬슬 돌아가야겠네, 자넨 저녁식사라도 들라며 거절했다. ……유달현은 아직 '통적'은 하지 않았다. 그러나 내통하기 직전의 '계약', 어느 지점에서 정세용과 선이 연결되어 있는 것은 아닐까, 이것이 이방근의 판단이었다. 박산봉을 만남으로써 그것을 거의 직감적으로 확신하게 되었다. 설사 '통적'했다고 해도 성내의 조직원들이 곧바로 검거되는 일은 있을 수 없었고, 그가 그 이름을 바로 밝힐지 어떨지도 문제였지만, 그러기 위해서는 뭔가 최소한의 증거가 있어야만 했다. 유달현에 대한 구체적인 증거를 잡기가 어렵듯이, 누구나가 자신이 조직원이라는 딱지를 붙이고 다니는 것은 아니었다. 설령 '일망타진'한다 해도, 이를 위해서는 용의주도한 몇 개월에 걸친 대규모의 준비가 필요하다. 몇 개월은 아니더라도, 보름이나 한 달 만에 가능한 일은 아니었다. 어디에 누가 있는지도, 혹은 성내 사람 대부분이 그럴지도 모르는 일이다. 올해 5월, 박경진 중령의 토벌대장 취임 직후의 '빨갱이' 사냥에서 성내 대부분의 가옥이 수색 당했던 것처럼.

유달현에게도 그 '통적'에는 두려움이, 생각하기에 따라서는 큰 두려움과 도박이 있을 터였다. 게릴라 간부인 김성달 일행의 입북을 알고 있는 유달현은, 그들이 다시 '북'의 원조를 받아 제주도에 돌아오는 것을, 그리고 인민군의 남하도 있을 수 있음을 생각하고 있다면(그로서는 충분히 계산하고 있을 것이다), 간단히 어느 한쪽만을 편들고 있을 수는 없었다.

이방근이 돌아가려 하자, 박산봉이 정세용의 일은 지금 말하지 않아도 괜찮은지 물었다. 정세용에 대한 미행을 말하는 것이었는데, 이방근은 오늘은 됐다며 나중으로 미루었다.

"선생님, 김성달 사령관 일행이 북으로 간 건 알고 계시죠? 신문에도 났는데……."

"아, 신문에 났었지. 난 서울에서 읽었어."

"선생님은 그들의 파북(派北)을 어떻게 생각하시는지요."

"어떻게라니……, 뭘 말인가?"

"……?" 박산봉은 순간 당황했지만 결심한 듯한 어조로 말했다. "김성달 동지 일행은 제주도를 탈출하여, 조선의 최남단에서 삼팔선 북쪽에 무사히 도착했습니다. 정말로 눈부신, 영웅적인 행위 아닙니까. 남조선인민대표자대회에서 의장단으로 선발되어, 우레와 같은 박수로 환영받으며 제주도 인민항쟁에 대해서 보고연설을 했습니다……."

"으-음……."

이방근은 박산봉의 김성달 일행에 대한 찬사에 찬동하는 것은 아니었지만, 그 사실에는 말없이 수긍했다.

"우리에겐 아군이 있다……." 박산봉은 장판 위의 재떨이에 시선을 고정시키고, 사람이 변한 것처럼 독백조로 말하기 시작했다. "우리에게는, 남쪽의 지하투표 실시로 남북총선거를 실현시킴으로써, 조만간 수립될 인공, 인민공화국이 있습니다. 단독선거, 단독정부의 괴뢰가 아닌, 우리들의 진정한 조국이 생기는 겁니다. 그렇습니다, 선생님, 우리들은 싸울 겁니다. 그리고 파북 동지들은 인민공화국 정부가 수립되고 나서 제주도로 돌아옵니다. 향토를 지키는 우리들의 싸움은 절대로 패배하는 일이 없을 겁니다. 그리고 머지않아 제주도에서 군대와 '서북'의 개들이 나가게 될 것입니다. 아니, 이 자들을 바다에 처넣어야 합니다. 선생님, 우리는 승리할 겁니다."

"……"

이방근은 담배를 물었다. 그는 박산봉의 갑작스런 화제 전환에 당황하면서, 그 이야기에서 놀랄 만큼 강한 힘을 느꼈다.

"선생님, 그래서 저는 유달현을 혼내 줄 생각입니다."

"뭐라고?"

이방근은 잠자코 대충 흘려듣고 있었는데, 갑작스런 말에 귀를 의심하며 반문했다.

"유달현은 분명히 그렇습니다. 어떻게든 해야 한다고 생각하고 있습니다. 선생님을 뵙고 그 기분이 강해졌습니다."

"이봐, 무슨 소릴 하는 건가, 갑자기……. 자네, 어떻게 된 거 아닌가?"

이방근은 이쪽을 응시하며 경련을 일으키듯 깜빡이는 상대의 눈을 들여다보았다.

"저는 그 두 사람이 함께 집으로 들어가는 장면을 목격한 것을 지금 후회하지 않습니다. 저는 그자를 틀림없다고 지목하고 있습니다."

"바보 같은 자식!" 이방근은 상대를 노려보며, 억제된 목소리로 호통을 쳤다. 박산봉이 순간 얼굴에 경련을 일으키며 겁을 먹었다.

"한심한 소리 하지 마. 뭘 혼자 지레짐작으로 그래. 잘 들어, 쓸데없는 생각하지 말고 증거라도 찾아와. 게다가 아직 자네가 나설 때가 아니야. 잊지 말라구."

이방근은 피우던 담배를 재떨이에 눌러 끄고 자리에서 일어났다. 박산봉도 일어났지만, 그 벌어진 입이 삐죽 일그러져 있었다. 두 사람은 바깥으로 나왔다.

이방근은 빈약한 가로등 밑의 좁고 질퍽거리는 골목을 지나 신작로로 나왔다. 두 사람이 지나가면 어깨가 스칠 정도로 좁고 울퉁불퉁한 길이었다. 여덟 시 정도였는데, 하늘이 흐려서 해질녘의 잔광은 사라지고 거의 밤이었다. 집에는 어젯밤에 막 도착한 손님들을 남겨 둔 채였다. 조금 걱정이 되었다. 아버지의 일도 있었다.

문난설의 하얀 얼굴이 떠올랐다. 아니, 그 뒤에 누군가 했더니, 단선, 단선의 얼굴이 스윽 나타났다. 이방근은 서문교를 건너기 전에, 곧바로 읍사무소 쪽 신작로로 갈지, 서문교를 건넌 뒤 냇가를 왼쪽으로 돌아 지름길로 갈지를 생각하고 있었다. 오랜만이다. 명선관에 들러 가볍게 맥주로 목을 축이고 갈까. 단선의 생긋 웃으며 수줍어하는 얼굴이 아른거리자, 마찬가지로 머릿속 한편에서 문난설이 얼굴을 내밀었다. 그는 서문교를 건너 관덕정 쪽 신작로를 곧장 걸어갔다. 읍사무소 앞을 오른쪽으로 돌면 바로 명선관이지만, 그대로 지나치기로 했다. 어중이떠중이들이 서울에서 돌아왔냐며 말을 걸어올 게 뻔했다. 이미 문난설과 동행했다는 소문은 퍼져 있을 것이었다. 머리도 복잡한 와중에 번거로운 일이다.

북국민학교 뒷길로 나와 집 쪽으로 발길을 향했을 때, 맞은편에서 어쩐지 본 기억이 있는 사람 그림자가 걸어왔다. 아니, 이방근은 흠칫하며 발걸음을 멈추었다. 이건 유달현인데…… 음, 유달현이 냄새를 맡고 찾아온 것이었다.

유달현이었다. 오호, 하고 그는 나즈막한 소리를 냈다. 술 냄새가 코를 확 찌르며 퍼졌다.

"이거 마침 잘 됐군, 이방근 동무……." 그는 손을 뻗어서 상대의 손을 억지로 빼앗듯이 악수를 했다. 그리고는 술기운의 힘을 빌려 강하게 아래위로 몇 번이나 흔들었다. "오랜만이야. 찾아갔는데 공교롭게도 부재중이더군. 이 선생 만나기가 어렵구만. 어딜 다녀오는가. 어젯밤에 돌아왔다면서."

"많이 마신 모양이로군. 보기 드문 일이야. 어쩐 일로 마셨는가?"

어쩐 일로 마셨는가……. 저의가 있는 듯한 한마디였다.

"뭐라고, 어쩐 일로 마셨냐……라고? 그, 그 질문이 이상한 거 아닌가? 음, 자네는 마시지 않은 모양이군. 어, 어쩐 일로 안 마셨나. 이방근이? 신기한 일이군. 오오, 잠깐만 기다리게. 자네 방에 굉장한 미인이 있더군. 그 여자가, 소문난 서울 여자인가……. 능력 있구먼, 정말로. 내게도 소개시켜 주게."

유달현은 오랜만이니 오늘 밤은 같이 놀자면서 놓았던 손을 다시 잡았다. 이방근은 땀에 젖은 상대의 수중에 있는 왼손을 빼낼 기회를 보면서, 어떻게 할까 망설였다. 같이 있고 싶지는 않았지만, 집까지 찾아온 사람을 돌려보낼 수도, 그렇다고 손님들이 있는 집에 동행할 수도 없었다. 집에 볼일이 있다고 강변하면, 유달현을 떼놓지 못할 것도 없었다. 그러나 그때, 멀리서 들려오는 날카로운 휘파람 같은 마음의 속삭임이, 오늘 밤 유달현과 같이 있어도 좋다는 사인을 보내왔다.

"갈까?"

"어디에…… 말인가?"

이방근은 집과는 반대 방향으로 걸어갔다.

2

"핫, 핫하."

이방근이 걸으면서 갑자기 웃었다.

"뭐가 우스운가, 갑자기……."

말없이 몇 걸음, 일고여덟 걸음 걷고 나서, 상대의 웃음소리라도 음미하고 있었던 것처럼, 자신에 대한 경멸이 아닐까 하고 의심이라도 하듯 유달현이 말했다. 이방근이 그 웃음의 근거를 제시하려고 입을 뗀 순간과 거의 동시였다.

"유 동무, 그거 명대사로군, 분명히. 보기 드문 일이야, 어쩐 일로 마셨는가? 이건 나의 얼빠진 질문이었어. 그걸 맞받아치는 자네의 대사가 명쾌하군……. 자네는 마시지 않은 모양이군, 어쩐 일로 안 마셨나, 이방근이 신기한 일이군……. 정말로 호흡이 딱 맞아떨어진다구."

"아아, 그 얘기였나. 쌍둥이 같다는 거겠지. 서울에서 돌아오더니, 말하는 것도 도회적이고 세련되었군. 이제 어디로 갈 참인가?

"걸으면서 결정하세. ……어디로 갈까?"

"난 이 동무의 집이 좋은데. 서울에서 온 손님들과 한잔하고 싶군."

"으-흠, 그녀의 소개는 나중에 하지."

내일 밤 출발할 예정인 이방근에게는 나중이고 뭐고 없었지만, 이미 두 사람은 북국민학교 길을 왼쪽으로 돌아 집에서 멀어지고 있었다. 우측으로 돌아 병문천 쪽으로 향하면, 도중에 관덕정 뒷길이 나오고 명선관이 가까웠지만, 아까 그냥 지나쳐 온 그곳에 들를 기분은 아니었다. 어디로 갈까. 새로운 취기가 아닌 마치 숙취 같은 낮술의 흔적이 막을 치고 있는 머릿속은 여기저기 술 마실 장소를 찾는 물결로 흔들리고 있었다. 마실 장소가, 뭔가 오늘 밤을 결정적인 순간으로 만들기 쉬울 것 같은 느낌이 밀려들었다. 손님이 없었다면 자신의 방으로 안내했을 것이었다. 어딘가 다른 곳을……. 다른 손님과 함께이거나, 장지문 하나를 사이에 둔 옆방이어서는 좋지 않다. 이방근은 그저 그렇게 생각했고, 이유도 없이 그러길 바랐다. 오늘은 일요일이기도 했고 악천후가 물러간 뒤였다. 어디든 그리 붐비지는 않을 것이다.

남문길 위 도립병원에서 더 올라간 언덕 주변의 경사진 골목길 뒤에 작은 술집이 있었다. 간판이 있는 것도 아니고, 초가지붕의 민가에서 주부가 집안일을 하면서 좁은 온돌방에서 술을 팔고 있는 이른바 '꼬망술집', 구멍처럼 작은 술집의 하나였다. 해물, 바다 산물의 전골과 회가, 맛내는 솜씨가 일품이라 상당히 맛있었다. 그 집은, 꼭 박산봉의 방처럼 안채에서 떨어진 곳에서 두세 팀이나 몇 명의 손님만 받았다. 이미 한 사람이라도 손님이 있으면 안 되지만, 그렇지 않으면 여주인에게 부탁해서 두 사람이 통째로 빌릴 수도 있었다……. 이런, 왜 그 움막 같은 술집이 머릿속에 떠오르는 걸까. 언덕의 은행나무 거목이 바람에 울고, 가을에는 낙엽이 바람에 흩어져 술집 앞의 작은 뜰을 메웠다.

이방근은 유달현의 뜻과는 반대로 국민학교 정문 쪽으로 빙 돌아서 정문 앞 길인 북신작로로 나와, 전방의 관덕정 광장에서 남문길로 통하는 길을 바라보자, 유달현의 단골가게이기도 한 그 술집이 눈앞에서 선회하고 있었다. 그는 방향을 왼쪽으로 틀더니, 하얀 우비 차림의 남자가 마치 무언가에 이끌리듯 한낮의 격렬한 비바람 속을 가로지르며 사라진 그 길을 걸었다. 이 거리에는 두세 채의 요정이 늘어서 있다. ……유달현이 무섭습니다. 유달현의 이름을 입에 담고, 그의 얼굴을 떠올리며 그 이야기를 하는 것이 두렵습니다. 저는 읍내를 걸을 때도 그자와 딱 마주치지나 않을까 겁이 납니다……. 유달현은 분명히 그렇습니다, 어떻게 해야 한다고 생각하고 있습니다……. 바보 같은 자식! 이방근은 박산봉의 방에서 마셨던 쓴 소주의 맛을 떠올리면서, 거의 입안에서 소리치고 있었다. 머릿속에서 유달현의 이름이 바람에 나부끼며 울렸다. 모처럼 은행나무 거목 밑의 술집을 피했는데 이 모양이었다.

"뭔가 생각하는 일이라도 있는가? 그렇다면 신기한 일이로군."

"흐응? 그렇게 보이나. 그렇지 않아."

"아니 아니야, 신기하다고 한 것은 미안하네. 소파에서 살고 있는 이 선생이잖나, 늘 생각하고 있을 텐데……. 장화를 신고 있군, 동무는 큰비가 내린 대낮부터 외출한 모양이지?"

이방근은 움찔하며 반사적으로 그 시선이 눈앞에 질퍽이는 지면에서 유달현의 발밑으로 옮겨 갔다. 술에 취한 걸음치고는 차분했다. 희미한 빛에 비친 단화는 진흙으로 더러워져 있었다.

"나도 자네처럼 비가 그치고 나서 외출한 건데……." 이방근의 손에는 우산이 없었다. 장화 속에 집어넣은 바지 자락은 거의 말라 있었다. "발밑을 조심하게. 옥류정에라도 갈까."

"기생을 부를 기분은 전혀 나지 않아."

"그래, 그렇지. 유 동무는 학교 선생님이지. 나도 그럴 기분은 아니야. 마시기만 하면 되잖아. 자네 취한 거 아닌가?"

"그래 보이나. 잘 맞히지 못하는군."

"목소리가 취했다구. 나한테 무슨 볼일이라도 있었나?"

"오랜만이잖아……?"

"오랜만이지."

"그래서 들렀을 뿐이야."

"이건 다른 얘기지만, 자네가 나를 찾아갔을 때 누가 나왔나?"

"……?" 유달현은 그 의미를 바로 알아채지 못한 듯, 다시 한 번 되묻고 나서 말했다. "고네할망이라는, 그 옆집 할망 있잖나. 그 할망이 나왔어."

"우리 아버지와는 얼굴을 마주치지 않았나?"

"그럴 수야 없지. 친구인 자네 체면과 관계되잖아. 이태수 선생님께 제대로 인사를 하고 나왔다구. 자네를 함흥차사라고 하시던데, 어디로 갔는지 모르겠다면서. 훌륭한 아버님이시네."

이방근은 아버지의 일이 신경 쓰였다. 오늘 밤 중으로 여동생 문제를 매듭지어야 하는데, 어쩌다 아버지가 서울에 직접 전화라도 한다면 모든 것은 수포로 돌아가 버린다. 그보다도 먼저 아버지가 충격으로 졸도라도 해서 몸져눕지는 않을지 걱정이 되었다. 비가 그치고 나서도 경찰서장 일행의 '표경 방문'은 아무래도 없었던 듯하다. ……수상하다, 유달현이 수상한 것 같다, 수상해……. 자신의 이 말이 질척거리는 길을 걸어가는 두 사람의 발자국 소리 틈새에서 확실히 되살아나, 마음에 불쾌한 냄새를 피웠다.

이방근이 자신의 집 근처까지 돌아왔는데도 곧바로 발길을 돌린 것은, 유달현의 권유를 거절하기 힘들기도 했지만, 어떤 의도가 작용했던 탓이었다. 그것은 조금 전에 박산봉을 만난 까닭도 있었지만, 유달현의 '정체'를 알아내려는 일종의 충동적인 계산이 스쳐 지나갔고, 그 충동으로 인해 이방근은 그때와는 다른 사람이 돼 있었다.

수상하다⋯⋯. 수상한 것 같다. ⋯⋯왜 선생님이 이렇게 정색을 하고 나오시는 건지. 제 쪽이 오히려 조금 이상해집니다⋯⋯. 이방근은 박산봉의 말을 떠올리자, 갑자기 의욕이 사라져 발걸음이 둔해지는 것을 느꼈다. 왜 나는 유달현에게 이런 짓을 하는 걸까. 같은 목적을 지닌 조직의 멤버도 아니다. 이유가 없다. 비가 그친 밤공기 속을 함께 걷고 있는 젊은 나이에 이미 대머리에 가까운 이 남자는, 지금 무슨 생각을 하고 있는 걸까. 술 냄새가 난다. 무슨 걱정거리라도 있는 걸까⋯⋯. 어디로 가는 걸까. 똑바로 가면 옥류정 앞이다. 길가에 어두운 민가의 그림자가 줄지어 있고, 드문드문 상점이 있는 정도로, C길과 같은 상점거리는 아니었다.

왼편에 가지가 모양새 좋은 소나무의 검은 그림자가 있었는데, 견고한 시멘트 돌담으로 둘러싸인 그 단층집 건물은 최상화의 집으로, 해방 전에는 일본인 고급 관리의 관사였다.

최상화는 5·10선거에, 아버지 이태수의 추천으로 이승만파 국민회 후보로 출마했지만, 제주도의 선거 실패로 정원이 세 명인 국회의원이라는 고위직의 꿈에서 전락한 남자였다. 좌익이 만능인 해방 직후의 정국에서 제주도인민위원회 부위원장을 맡았었는데, 마침내 역류를 타고 판사로 전신, 기분에 따라 형량이 두 배, 세 배로 바뀌는 판결로 유명해졌다. 얼굴이 납작해서 별명이 빈대였다. 그의 재미있는 점은, 선거를 염두에 둔 것이겠지만, '여당' 측 입후보자로서 당국과 게릴라 간의 화평 실현을 위해 강몽구와 접촉하려고 이방근에게 알선을 부탁했고, 당국으로부터 미움 살 역할을 자초한 것이었다. '화평 철학'

을 내세우는 그를 이방근은 상대하지 않았지만, 당시 선거를 앞두고 화평을 내세우려고 한 사람은 그뿐이었다. 4·28정전 성립의 충격으로 그는 3일간 앓아누웠고, 이번에는 그 파괴로 다른 충격을 받았지만, 지금은 침묵을 지키며 내년에 실시될 국정선거를 준비하는 중이다.

두 사람은 최상화의 집 앞을 지나쳤다. 유달현과도 서로 안면이 있는 사이지만 최상화에 대해서는 언급하지 않았고, 그 집으로 눈길을 주지도 않았다. 대낮의 격렬한 비바람 속에서 같은 길을 걸었는데도, 왜 이집 돌담 너머로 가지를 뻗은 소나무가 눈에 들어오지 않았던 걸까.

"유 동무는 이 성내에서 하얀 우비를 입은 사람을 본 적이 있는가, 비오는 날에……."

"하얀 우비……? 그, 그건 무슨 소린가?"

"……"

"제주도에서 여자아이에게 하얀 우비를 입혀서 학교에 보낼 만한 집은 얼마 안 돼. 예전 일본인의 자제라면 몰라도."

"국민학생이 아니야. 어른 말이야, 핫하, 설마 자네가 흰 우비를 입는 건 아니겠지."

유달현은 그 가늘고 예리한 눈으로 의아스럽다는 듯이 이방근을 쳐다보고 멈춰 섰는데, 이미 옥류정 앞이었다. 현관 디딤돌에서 장화의 진흙을 털고 가게 안으로 들어서자, 통로 한쪽의 열린 온돌방에서 여자 두세 명이 화장품 냄새를 풍기면서 나왔다. 아이구, 선생님, 그리고 중학교 선생님…… 하고 정중히 인사를 하더니, 어서 이쪽으로……라며 긴 치마의 앞자락을 살짝 들어 올리고는 통로를 곧장 걸어갔다. 화장품 냄새 속에서 희미한 암내가 코를 찔렀다. 이름은 월향으로 섬 출신은 아니었지만, 명선관의 단선과는 달리, 손님 접대가 능숙한 이 가게의 맏언니뻘 되는 여자였다. 아버지가 자주 이용하는 가게라서 이방근은 아주 가끔씩 밖에 들르지 않았다.

"잠깐 기다려……." 이방근은 취객과 여자의 교성에 귀를 기울이며 한 걸음 멈춰 서서, 바싹 달라붙듯이 서 있는 월향에게 말했다. "안쪽 별채는 비어 있나?"

안채를 지나 별채로 안내받은 후 전등이 켜졌다. 해방 전에는 일본식 여관 겸 요정이었기에 1층은 모든 방을 온돌방으로 개조하였다. 2층과 합치면 꽤 넓은 가게였다.

두세 평 정도 되는 작은 별채의 온돌방은 돌담으로 뒤편의 민가와 구분되어 있었다. 잠시 지나자 돌담과 별채 사이의 아직 바람에 가볍게 살랑이는 정원수 쪽에서, 낮의 천둥 번개를 동반한 비바람 속에서는 어디에 있었는지, 벌레들의 울음소리가 들려오기 시작했다. 이제 슬슬 다가오는 가을의 기색이 방석 밑 서늘한 장판에도 스며든 것 같았다.

공복을 느꼈다. 생각해 보니 아직 저녁식사 전이었다. 머리에는 아직 취기가 가시지 않고 떠다니고 있었지만, 위장은 깨어 있었다. 유달현도 식욕이 동하는 것 같았다. 몇 가지의 김치에다 게와 굴로 담근 젓갈, 돼지고기 편육 등이 맥주와 함께 금세 탁자 위를 채우기 시작했다. 삼계탕은 시간이 걸렸다. 박산봉의 방 안에, 시큼한 김치와 뭔가의 젓갈 냄새가 먼저 코를 찔러오는 신문지로 덮어 둔 변변찮은 밥상. 그 때문에 저녁식사를 사양한 것은 결코 아니었지만, 도저히 식욕을 돋울 만한 것이 아니었음을 새삼 떠올렸다.

유달현은 목이 말랐는지 무김치의 국물을 숟가락으로 떠서 두세 번 입에 넣었는데, 그 맛에 이끌려 그릇째로 입에 대고, 빨갛게 말려 잘게 썬 고추 건더기와 함께 김칫국물을 마셨다. 톡 쏘는 매운 맛이 나는지, 한 순간 가느다란 눈썹을 치켜 올리고는 아아……, 맛있다, 맛있어, 하며 입맛을 다셨다.

"갈증이 더 날 텐데."

"물론, 그 정도는 알고 있어. 목이 말라서 물김치를 마시면 더 목이 마르다는 거잖아. 마치 바닷물로 갈증을 없애려는 것과 같은 거지. 맥주를 마시면 돼. 음, 맥주가 잘 팔리겠구만……."

옆에 있던 젊은 여자가 두 손을 뻗자, 컵에 맥주 거품이 일었다.

월향을 포함한 세 명의 여자들은 잠시 지나자 조금 씁쓸하면서도 향긋한 인삼 냄새와 함께 들고 온 삼계탕을 내려놓고 자리에서 물러났다.

여자들이 장구라도 칠까요, 라고 했을 때 유달현이 할 이야기가 좀 있다……며 제지했던 것이다. 안채 쪽 방 한 곳에서는 이미 도땅, 도땅땅땅…… 하면서 장구채로 장구를 치는 마르고 탄력 있는 소리가 울리고 있었다. 그리고 창 소리도. 붉은 칠이 벗겨진 낡은 장구 하나가 방구석에 놓여 있었다. 앞쪽 방은 시끄러워서 말이지, 그래서 일부러 별채로 온 거야, 후, 후, 후후후……. 얇은 입술 안쪽의 치아를 드러내지 않고, 취기가 밴 가는 양쪽 눈을 더욱 가늘게 뜨며 유달현은 주의 깊게 웃었다.

이방근은 의외였다. 이건 자신이 그렇게 했을지도 모를 일을 유달현이 대변한 듯한 상황이었다.

"유 동무, 자네가 집에 찾아온 건 역시 볼일이 있어서인가?"

이방근은 여자들이 자리를 뜨고 난 뒤 말했다.

"그런 건 아니야. 그냥 방에서 나가라고 했을 뿐야. 딱히 볼일이 없어도 할 얘기는 있을 수 있지 않겠나. 자네가 동석하고 있어서 괜찮지만, 학교 교사가 기생집에서 장구를 두드리며 노래하고 춤춘다는 소문이 나는 건 좋지 않잖아. 이런 시기에 말이지. 난 이 동무와는 계급이 다르다구."

"표현이 과장된 거 아닌가."

이런 시기에……. 이 한마디가 이방근의 마음속에 작은 파문을 그
리며 가라앉았다.

　정원수를 향해 열린 장지문으로, 가위에 심하게 눌렸다 풀려난 것
처럼 이완된 어딘지 음란한 냄새인 듯한 밤공기가 흘러들었고, 거기
에는 변소 냄새가 희미하게 섞여 있었다. 이방근은 콧소리를 내며 고
개를 가볍게 흔들었다. 물기를 듬뿍 머금어 풀어진 지상의 냄새였다.

　"그렇지 않을 텐데. 실은 과장은커녕, 침소봉대(針小棒大)가 아닌 '봉
대침소(棒大針小)'라구, 그렇잖아. 그런 건 아무래도 좋아. 이방근 동
무, 자네는 술을 별로 마시지 않는군. 나만 마시게 할 작정은 아니겠
지(그럴 생각이 없지도 않았던 이방근은 내심 뜨끔했지만 묘한 기분이 들어 웃었
다). 오늘 밤 자네는 전혀 이방근답지 않아, 서울에 갔다 오면 사람이
변하는 건가. 나도 서울에는 오래 있었네……. 역시 변하더군, 동무
는 변하지 않겠지만, 촌사람은 변하지. 성내에도 많이 있네. 1년, 서
울에서 살다 오면, 제주도 인간을 완전히 바보 취급하는 자가……."

　유달현은 혐오감을 섞어 한마디 한 뒤, 눈앞의 컵을 가만히 응시했
다. 일부러 낮은 목소리를 내는 듯 속삭이는 것처럼 들렸다. 취중에도
등골을 곧게 세우고 앉아 있는 그 자세는, 그보다 몸집이 큰 이방근의
새우등처럼 구부정한 모습과는 대조적이었다.

　유달현은 잘 먹었다. 삼계탕에 곁들여 나온 열 조각 남짓 되는 인삼
김치를, 젓가락을 들지 않은 이방근을 위해 두 조각 정도 남겨 두고는
잘도 씹어 먹어 치웠다. 음, 이걸로 한동안 체력이 유지되겠지…….
인삼김치는 우엉 정도 크기의 인삼을 얇게 썰어 담근 것이었는데, 우
엉과 달리 표면이 고운 우윳빛 육질에 빨간 고춧가루 색이 희미하게
분홍빛으로 물들어서, 여자의 피부처럼 촉촉하고 윤기가 돌았다. 이
방근도 한 조각 입에 넣었다. 그는 공복을 느끼고 있었지만, 술을 마

시고 돼지고기 두세 점을 김치에 싸서 먹으니 그것만으로도 그다지 식욕이 생기지 않았다. 뭔가가 걸렸다. 마음속에서 욱신거리는 것이 식욕의 발목을 잡았다. 그것은 그것, 이것은 이것이었지만, 굶주림에 대한 상상이 위장을 가시처럼 찔렀다. 그건 그것이었다. 그러나 지금은, 비바람에 갇힌 양준오의 방 안에서 나누었던 한라산 속 '피난민'들의 이야기가 되살아나서, 아무래도 음식 맛을 느끼지 못하고 있었다.

유달현은 잠시 잔을 채운 술에 시선을 고정시키고, 지금부터 마실 술은 취기의 심연으로 이끌어 갈 물이라도 되는 것처럼, 그것을 손바닥으로 감싸 쥐더니 각오의 한 잔도 아닐 터인데, 꿀꺽꿀꺽 단숨에 잔을 비웠다. 역시 꽤나 취해 있었다. 눈 주위가 불그레했다. 그는 잔 밑바닥에 남아 있는 맥주 방울을 재떨이에 털고 이방근에게 잔을 건넸다. 이방근은 맥주 한두 병 정도를 마시고 있었지만, 술을 억제했다. 소주나 좁쌀이 원료인 토속주 오메기술이 있다면 그것을 마시고 싶었지만, 오늘 밤 아버지와 이야기를 나누어야 했고, 그 앞에서 과도한 취기를 보이거나, 술 냄새를 풍겨서는 안 되었다.

"한잔하세." 이방근은 상대에게 잔을 돌려주며 말했다. "오늘 밤 안으로 아버지께 꼭 상의해야 할 일이 있는데 말이지, 술 냄새를 풍길 순 없는 노릇 아닌가."

"음, 그런데, 그게 사실인가?"

유달현은 자상하지만 의미를 알 수 없는 웃음을 띠면서 말했다.

"의심이 많은 사람이군. 아까는 그 일로 급히 돌아가던 참이었어(그는 외출도 그 볼일 때문이었다고 한마디 덧붙이려다가, 사소한 거짓말을 보태는 것은 쓸데없는 짓이라 그만두었다). 아니, 마시자구, 조금은 마시겠네. 유 동무는 맥주가 좋은가, 여기에는 오메기주가 있을 거야, 그걸 한잔하세나……."

여자를 불렀지만 오메기주는 없었다. 위스키를 마실 기분은 나지 않았고, 오메기주를 일단 머릿속에 떠올리니 소주 생각도 없어졌다. 탁주 위쪽에 고인 맑은 청주가 있다고 해서 두 사람 다 그걸 주문했다.

가져 온 두 개의 흰 사발에서 흔들리는 투명한 호박색 약주의 떫은 맛을 품은 향기가 피어올랐다. 두 사람은 회심의 미소를, 아니 유달현은 쓴웃음을 지으면서, 두터운 사발을 양손으로 감싸고 입으로 가져가, 한 모금 꿀떡하고 크게 마셨다. 그리고 또 한 모금……. 한숨도 찬탄도 아닌 소리를 내고는, 탁주를 마신 뒤에 그렇듯이 입을 손바닥으로 가볍게 닦았다. 닦았다기보다 얼굴 아래 반 정도를 쓰다듬는 것처럼. 원래는 사발의 술에 젖은 긴 수염을 손바닥으로 닦는 데서 온 것이겠지만, 역시 깊숙이 사발을 기울이면 술 안에 입술이 잠기는 것이었다. 그 입술이 술을 느꼈다.

"이봐, 이 동무, 좀 취해도 말이지, 내가 같이 따라가서, 이 동무를 대신해 아버님께 사죄하겠네, 그러니까, 마침 돌아오는 길에 딱 마주쳐서 소인과 함께 있었습니다……. 아하, 아니 오히려 방해가 될지도 모르겠군. 으─흠, 자넨 행복한 사람이야. 그 나이에 존경할 만한 훌륭한 아버님이 건재하시니……. 부러워." 유달현은 이 청주는 맛이 꽤 괜찮은데……라면서 가볍게 또 한 모금 마신 후, 마지막 남은 인삼김치 한 조각을 손가락으로 집어 입안에 던져 넣었다. 그리고는 기선이라도 제압하듯이, 인삼을 너무 많이 먹으면 코피를 쏟을지도 모르는데……라고 중얼거린다. "그런데 이 동무, 동무는 너무 차가운 거 아닌가, 나한테 말야……(그는 끈적거리며 빛나는 가늘고 취한 눈을 뒤룩거리며 뱀을 연상시키듯 감겨들어, 이방근의 내부에 혐오감을 불러일으켰다). 엣헤, 뭐, 그건 말이지, 원래부터 내가 말야, 이 선생을 생각하는 마음에 비하면, 완전히 밑지는 장사일 정도로 예전부터 차가운 건 잘 알고 있었지만, 그런데도 최근엔 더 차가워진 게 아닌가 해서 말이지."

"갑자기, 여자의 이별 얘기도 아니고 차갑지 않느냐는 둥, 거참, 이상하군, 무슨 일인가."

이방근은 웃었다. 차가울 것도 차갑지 않을 것도 없지만, 본인이 차갑다고 하면 그것까지 부정할 수는 없었다. 아무튼 소학교 때 '친구'니까, 설령 일제강점기에 사는 법이 서로 달랐다 하더라도, 오래된 관계임에는 틀림없었다. 반은 농담으로 들어도 상관없지만, 이것 또한 시비의 일종이다. 이방근은 상대의 눈을 마주 보거나 하지는 않았지만, 순간 미끈거리며 살갗에 감겨드는 듯한 기분 나쁜 눈빛이었다.

"거참―, 이 아니야, 피하지 말게. 여자의 이별 얘기라느니…… 하면서 얼버무리려 하는가."

유달현은 뿌루퉁한 표정으로 쉰 듯한 목소리를 높여 말했다.

"얼버무리는 게 아니잖나. 농담으로 받아들여 그렇게 말했을 뿐야. 다만 유 동무가 진심이라면, 왜 그런 얘길 하는지 의미를 모르겠군. 어떻게 해야 차갑지 않게 되나?"

"의미……? 의미 같은 건 없어. 하지만 그건 오늘 밤 이야기의 테마는 아니니까 그만두세(이야기의 테마? 이방근이 특별히 할 말이 있었느냐고 되물을 틈도 없이 유달현은 계속했다). ……그렇고말고, 역시 자네가 말한 대로 농담이야, 농담을 진심으로 받아들여 착각하는 일도 있지. 흐―음, 적어도 유달현이 진심으로 여자랑 헤어진 얘기 같은 걸 할 사람으로 보이나, 당치도 않네. ……나, 나만 마시게 하지 말게, 더는 마시지 않을 테니……. 그런데, 이 동무, 일전엔 언제 만났지? 서울에 가기 전에도 아무 소식 없었어. 얼추 벌써 한두 달은 된 거 아닌가. 하지만 뭐 나한테 보고……, 보고라는 말은 좋지 않아, 나한테 연락할 의무가 있는 건 아니지만, 부탁할 일도 있을 수 있지 않을까. 우린 이 동무와는 달라서 그리 자유롭게 섬 밖으로 출입할 수 없으니까."

"유 동무라면, 수속을 밟아서 갈 수 있을 텐데. 나갈 일이 있다면……."

"뭐라고?" 유달현의 표정이 순간 험악하게 변했다. "그게 무슨 뜻인가, 나를 높이 평가해 주는 건 고맙네만, 이방근이 보증을 서 주지 않으면 안 되는 일이야. 난 특권계급이 아니니까."

"학교 용무라면 갈 수도 있지 않느냐는 말야. 필요하다면 보증은 서겠네. 그런데 방금 오늘 밤 얘기의 테마인지 뭔지를 말했는데, 그 얘기란 게 뭔가?"

"테마라고 말해 본 것뿐일세, 학회 토론회도 아니고……. 그건 이 동무가 나를 피하고 있든가, 아니면 무시하려고 하는 것일세. 이방근 동무, 자넨 변했어."

이방근은 이유도 없이 흠칫 놀라며 상대를 보았다. 유달현은 담배를 물고 성냥을 그었다. 변했다……. 양준오와 비슷한 말을 한 것이었다.

"그런가, 유 동무한테는 그렇게 보이는가?"

이방근은 입가를 일그러뜨리면서 엷은 미소를 지었다.

"역시 스스로는 변했다고 생각지 않는군. 인간은 어지간히 회개해야 할 악인이거나, 남들한테 따돌림을 받는 얼간이가 아닌 이상, 자신이 변했다는 걸 인정하고 싶어 하지 않는 법이지. 자기부정이니까 말이야……. 자기 자신이 소중한 거지. 게다가 이 선생 같은 존재가 자신의 변화를 인정하면 어떻게 되겠나? 절대적인 이방근이 변하다니 있을 수 없는 일이야. 그건 자신에 대한 패배선언 같은 게 될 테니까. 으ㅡ음, 그렇지도 않아. 그걸 변증법적 발전이란 식으로 보면 된다구, 후후후……."

"유 동무 쪽이 날 놀리는 것 같군."

"여하튼, 들어 보게. 놀리는 게 아니야. 난 아까 자네 집에 들렀었잖아. 자네 아버님께 인사를 하려고 안뜰을 지날 때, 늘 이방근이 앉아 있던 서재의 소파에 이방근의 모습은 없고, 낯선 남녀가 마주 보고 앉아 있더군. 그걸 본 순간, 난 깜짝 놀라 뭔가 이상한 기분이 들었네. 이유를 알 수 없는 건 내 몸에서 훌쩍 빠져나가, 한 순간 공허한 기분이 들더군. 정말로⋯⋯. 최근 몇 년간 언제 방문하든 소파에 이방근의 모습이 없던 적은 없었어. 그러던 게 정말이지 본인도 없는 상황에서 소파 두 개가 다른 사람들에게 점거당하고 있었으니까, 뭐 조금 충격이었네⋯⋯. 이상한 기분이 들더군."

"사물을 보는 관점이랄까, 유달현 자네는 별난 일에 충격을 받는구만. 의자에 내가 아닌 다른 사람이 앉아 있었다고 해 봤자, 본인이 자리를 비운 사이에 손님 두 사람이 두 개의 의자에 앉아 있었을 뿐이지, 별일 아니야. 의자는 앉으라고 있는 거잖아. 왕좌도 아니고⋯⋯."

이방근은 머릿속이 흔들리면서 취기를 느꼈다. 사발을 손에 들고 깊숙이 기울인다. 그는 머릿속에서 울리는 소파라는 말 한마디에 몸을 움직여, 책상다리한 다리를 고쳐 앉았다.

"이 동무, 자넨 이제 소파에 앉지 않는 건가. 소파에 앉긴 하겠지만, 그건 분명히 앉기 위해 있는 거니까. 지금까지처럼 계속 앉아 있지 않을 거냐고 묻는 거야. 궤변이 아닐세. 거기에 이방근이 부재하고, 그 두 사람이 앉아 있었던 것 자체가 하나의 상징이야. 지금까진 있을 수 없는 일이었어. 그건 이방근의 왕좌라구⋯⋯."

"이봐, 그만해." 이방근이 목소리를 높였다. 언제까지나 나더러 소파에 계속 앉아 있으라는 건가! "뭐야, 아까부터 소파, 소파⋯⋯. 변했다느니, 소파라느니, 이제 그만하라구!"

더욱 소리 높여 외쳤다. 이방근은 떨리는 손으로 다시 사발을 들고 술을 마셨다. 마지막 한 모금을 삼켰을 때, 그는 자리를 박차고 일어나고 싶은 충동을 억누르고 있었다. 일어나서 뭘 어쩐단 말인가.

"이 동무는 여전히 성미가 급하군. 그건 변하지 않았어……."

유달현은 아주 잠깐 표정을 꿈틀하고 움직였을 뿐 차분하게 말했다.

"자네는 뭔가 할 얘기가 있어서, 볼일이 있어서 집에까지 온 거잖아. 그래, 뜸들이지 말고 얘기하는 게 어떤가."

이방근은 위장의 뒤틀린 벽에 술기운이 스며들어 싸하게 저려 오는 것을 느끼며 말했다. 자신이 나서야 할 때를 놓쳐 버리고, 상대의 페이스에 말려든 기분이었다. 무엇하러 여기에. 그리고 가게의 문턱을 넘는 순간, 장화의 진흙을 털면서, 별채로 가자……고 마음속으로 정하지 않았나. 그 일을 위해 여자들이 방을 나간 것이다.

"별다른 볼일은 없다고 아까부터 말했잖나. 오랜만에 들렀을 뿐이야. 볼일, 볼일 계속 그러는데, 그래서 동무는 차갑고 비정한 구석이 있다는 거야. 자기 본위로 생각하고, 주관적이고……. 그럼 볼일이 없으면 들르지도 말라는 거잖아. 그렇다면 친구라고도 할 수 없지. 우연히 오랜만에 들렀는데 본인은 집에 없고, 서재의 소파엔 다른 사람들이 앉아 있기에, 난 깜짝…… 놀랐다구. 그것이 인상적이었다는 게 얘기의 시작이야. 이방근은 변했다고……. 오랜만에 만나는 것이, 결국 용무라는 것, 그걸로 괜찮은 거 아닌가?"

"변했다, 변했다……하는데. 설령 내가 변했다 해도 그게 뭐 어떻다는 건가?"

"어떠냐고? 실제가 그렇다는 것뿐이야. 설령이 아니라……."

이방근의 생각과는 반대로 이야기의 흐름은 유달현이 유도하는 쪽으로 흐르고 있는 것 같았다.

"난 내가 변했다고 생각하지 않아. 인간이 그렇게 간단히 변할 수가 있겠는가."

"영원히 불변하거나, 불멸이라는 건 아니겠지. 세상에 그렇게 불변하는 것, 절대적인 게 있을까. 이 동무는 자신이 변하는 게 그렇게 두려운가? 이상하구만……."

"비꼬는 말투는 그만두게."

이방근은 말을 가로막았다.

"잠깐 기다려 주게." 유달현은 상대의 말을 제지하듯이 한 손을 들고 강하게 내저었다. 그리고 태도를 바꾸듯 표정을 다잡고, 자세를 바르게 고쳐 앉았다. 어험……. 헛기침은 중요한 발언의 전조를 의미했다. "이방근 동무여, 자네가 소파에서 멀어지기 시작한 게 언제부터인지 자신은 알고 있는가? 난 그걸 알고 있네. 나한테는 보였어. 자네의 변화가, 그야말로 혁명적인 변화가……. 자넨 동굴의 주인으로, 사회적인 것에는 일절 흥미나 관심을 갖지 않는 인간이었지. '두문불출', 문을 닫고 밖에 나가지 않는 칩거생활자였어. 숙취의 무거운 머리를 목 위에 얹고, 하루 종일 소파에 앉아서, 술을 벗 삼아 가족도 거부하고 자신의 굴속에서 생활해 왔지. 반동분자이기도 했고, 안 그런가. 읍내의 인간들은 부스럼영감 같은 늙은이를 여행지에서 데리고 돌아온 자네를 어쩔 수 없는 인간이라고 멀리하고, 내심 자네를 두려워하면서도 웃음거리로 삼아 왔어. 허나 자넨 마이동풍, 오히려 그에 만족스러워했지. 자넨 4·3봉기를, 그걸 사전엔 전혀 몰랐었네. 미군정청이나 경찰도 몰랐듯이……. 동굴의 주인에게 그런 건 상관없는 일이었어. 임박한 무장봉기에 대해 알려 준 건 나라구. 자네는 믿으려 하기보다도 얘기를 들으려고도 하지 않았지. 난 몇 번이고 자네를 찾아가서, 독립 조국의 운명과, 4·3무장봉기의 혁명적 의의를, 황송하게도 우리의 이 선생에게 얘기하고, 이 선생에게 꽤나 면박을 받으면서도, 광대까지 돼 가며 얘기했었지. 기억하고 있겠지? 긴 세월 이어온 우정 때문에, 자네 집안의 사회적 위치를 생각해서 미리 얘길 했다네, 충격을 막으려고…… 성내에 대한 산부대의 공격은 불발로 끝나 버렸지만, 성내를 공격해서 읍내 점령에 성공한다고 해도, 자네 집은 직접적인 공격의 대상에서 제외될 것이라……는 얘기도 했을 거야. 도대체가 자네에게는 사회나 조국조차 모두 남의 얘기였다구. 그러나 자네는 내 얘기를 듣고, 결국에는 끌려 들어오게 되었지. 자네는 큰 충격을 받았지만, 그건 청천벽력 같은 봉기 당일의 충격을 예방해 주었어. 그리고 나서 이 동무는 그 무거운 엉덩이를 일으켰네. 자네는 내 중개로 행상인 박갑삼, 서울의 황동성과 동일인물인 그와도 만나주었지. 자네 자신이 동굴에서 나온 건 사실이야. 그러나 내가 그 산파 역할을 한 것 또한 사실이야. 이 얘기는 이전에도 한번 한 적이 있었을 텐데, 그걸 자넨 잊어버린 건지, 아니면 의식적으로 잊은 척을 하고 있는 거지. 자넨 변했어. 인간까지 변해 버려서 나를 무시하고 피하기조차 하는군."

이방근은 말참견을 하지 않고 상대의 얼굴을 보며 잠자코 듣고만 있었다. 듣고 있는 동안, 처음에 느꼈던 분노는 사라져 있었다.

"내가 말이지, 동굴에서 나왔다 하더라도, 그게 대체 어쨌다는 건가."

"사실을 말하는 거 아닌가. 그리고 자네가 그 사실을 스스로 인정해야 한다는 거야. 이제는 동굴에서 나온 자네가, 동면에서 깬 북극곰처럼, 이방근이 어떻게 할 것인지, 그것에 흥미가 있네."

"뭐라고, 내가 어떻게 할 것인지?" 이방근은 마치 상대의 손가락이 심장에 직접 닿은 것처럼 가슴이 철렁했다. "아핫핫하, 마치 나를 위해 유 동무가 시나리오를 써 주고 있는 것 같은 느낌이군, 도대체……"

이방근은 유달현이 아연해할 정도로 크게 웃었다.

"자넨 자신의 능력을 전혀 의식하지 않는 인간이야."

"적당히 하라구. 누군가의 대사, 아니, 누군가 다른 사람도 그런 말을 하는 걸 들었네."

이방근은 손뼉을 쳐서 여자를 불렀다. 그리고 청주 두 잔 분량을 가져오라고 일렀다.

"한 잔 더 하지 않겠나. 못 마시겠으면 남기면 되니까……."

이방근은 뒤끝이 좋지 않은 술기운으로 뺨이 뜨겁게 물드는 것을 느꼈다. 여자가 술병을 가져와 각자의 사발에 술을 따랐다.

"자아……."

이방근은 유달현을 힐끗 한 번 쳐다보고는, 가득 찬 술이 넘치지 않도록 조용히 사발을 양손으로 들어 올렸다. 청주 두 잔째를 입에 댔지만, 도대체 무얼 하고 있는 건지, 빨리 자리를 떠야 하는데 무얼 하고 있는지, 술에서 쓴 맛이 났다. 아버지와 이야기를 마무리 짓고 내일 밤 출발을 준비해야 한다. 원래 결정적인 증거가 있는 것도 아니고, 공기와 같은 인간의 마음을 드러나게 만드는 방법 따위 있을 리 없지만, 처음의 의도와는 달리 그 계기를 만들 여유조차 없이 시간이 흘렀다. 마치 파충류, 쉴 새 없이 떠드는 유달현에게, 감정을 드러내지 않고 계속해서 귀를 기울이지 않으면 잘 들리지 않는 나직한 목소리로 집요하게 이야기를 계속하는 그에게 공격을 받고 있는 것 같아, 왠지 이야기를 들을 수밖에 없었다. 이쪽의 마음을 읽고 있다는 듯이 틈을 주지 않았다. 어떻게 말을 꺼내면 좋을까. 종잡을 수 없는 이 이야기를 어디서부터 꺼내면 좋을까.

아무래도 주객이 전도된 꼴이지만, 유달현이 여자들을 방에서 내보낸 것도 이유가 있었다는 생각까지 들었다. 뱃속에서 술을 원하고 있었지만, 이방근은 두터운 사발을 입에 대고 천천히 술을 홀짝거렸다.

벌레가 울고 있었다. 아니, 이 두 종류의 소리는 밖의 정원수가 아니라 자신의 귓가에 들러붙어 계속해 울어 대는 그 벌레를 닮은 목소리였다. 그것이 밖에서 나는 진짜 소리와 뒤섞여 들리고 있었고, 그 소리를 듣고 있는 머리가 무거웠다. 바깥 공기와 달리, 가게에 들어와서부터, 왠지 공기가 더운 것도 아닌데, 음식 냄새와 여자들의 화장품 냄새가 뒤섞인 탓도 있었겠지만, 무언가의 냄새를 흡수하여 후덥지근한 게, 상쾌하지 않았다. 술맛이 날 만큼 이야기가 진행되지 않았다. 뚝배기에 남은 삼계탕을 국자로 유달현의 그릇에 덜어 주었다.

"들게나, 이건 식으면 전혀 맛이 없어……."

자신의 그릇에도 덜어서, 걸쭉해져 인삼 맛이 스며든 고기를 먹고, 부드럽고 호화스런 죽을 후루룩거렸다. ……이방근이 어떻게 할 것인지, 거기에 흥미가 있네. 왜 흠칫 놀란 걸까. 설마, 내 행동을……? 이방근은 죽 속에 있는 대추씨를 골라냈다. 수상하다, 유달현이 수상해……. 자신이 했던 이 말이 수상쩍은 냄새를 풍겼다. 박산봉의 이야기를 다 듣고 나서, 유달현이 정세용과 내통은 하지 않다고 해도, 그 직전의 '계약', 어떤 지점에서 정세용과 선이 연결돼 있다고 의심하지 않았던가. 그리고 멀리서 들려오는 날카로운 휘파람 같은 마음의 속삭임에 이끌려, 이 가게의 문턱을 넘은 것이 아니었던가. 유달현을 경계하시오……. 이 불쾌한 말은 방금 유달현 자신이 말한 행상인 박갑삼, 지금은 어떤지 모르지만 유달현과 그 선이 연결되어 있던 남자, 황동성이 한 말이었다.

올봄에 행상인으로 제주도에 찾아온 그는 산지천 냇가에 있는 여관에서 이방근과 만났을 때 덧붙인 말이었다. 그때 옆방에서 인기척이 났는데, 그들이 두 명의 사복경찰이 박갑삼의 보디가드라는 것을 알고 놀랐었다.

　당중앙 특수부, 당중앙, 당중앙……. 같은 조직의 인간도 아닌 박갑삼이 이방근에게 조직에 대한 협력을 요청하고 동지라고 부르면서, 같은 조직의 유달현을 경계하시오……라고 말했었다. 당을 배신할 가능성이 있습니다……. 내심 놀랐는데, 그 말을 떠올리면 장기(瘴氣)로 가득 찬 듯한 느낌이 들었다. 어떻게 이야기를 꺼낼까. 이방근은 취한 머리로, 지금 그 일만을 생각하고 있었다. 꼭 오늘 밤이어야만 하는 것은 아니었지만, 그래도 서울로 출발해야 한다. 아까 우연히 만나지 않았으면 좋았다. ……눈앞에 있는 실제 인간의 표정, 말의 분위기, 그런 것으로 파악할 수밖에 없지만, 그걸로 지금 당장 뭔가 증거가 되는 건 아니었다. 흐음, 내키지 않는다. 도대체 뭘 위해서……. 마음이 흔들렸다.

　이방근은 담배에 불을 붙이고, 여자를 부를까…… 하다가 그만두었다. 여자를 부르느니 일찌감치 끝내고 돌아가는 게 낫다. 그때, 안채 뒷문 부엌 근처에서 남녀의 말다툼이 일어났는지, 갑작스레 사정없이 뺨을 때리는 소리와, 여자의 비명 소리가 들렸다. 요 갈보년 보라우, 도망치는 게 빠르다 아님메……. 험한 '서북' 사투리의 남자 목소리였다.

　"'서북' 아닌가?"

　유달현이 반쯤 열린 장지문 밖으로 시선을 던지면서 말했다.

　"돌아갈 때도 조심하라구. 저것들의 도발에 걸려들지 않도록 말이지. 도발……. 마치 지뢰 같구만, 몸이 살짝만 스쳐도, 어디에서 폭발, 도발해 올지도 모르니까."

　유달현이 신음했다.

　이방근은 그 혀끝에 "도발……"을 반복한 여운을 의식하고 있었다. '도발자', 머릿속에서 가볍게 낱말이 떠올라 번뜩이다 멈췄다. 프로보카토르(provcator)……. 그는 한마디, 4·3사건의 현상과 전망에 대해 유달현의 의견을 듣고, 그 반응을 살피기 위해 이야기를 시작할 참이었는데, 어찌 된 영문인지 전혀 관계없는 말을 입 밖에 내었다.

"유 동무, 자넨 경찰서에 가 본 적이 있는가?"

"뭐, 경찰서……? 그게 무슨 말인가, 제주경찰서 유치장 말인가?"

"아니, 옛날 일제 때 말야. 형무소 얘긴데, 음, 유 동무는 없겠지."

"응, 없네." 유달현의 표정이 불쾌하다는 듯이 꿈틀거렸다. "무슨 얘긴가, 갑자기……?"

"별 거 아닌데, 어떤 일이 생각나서 말야, 이 자리와는 관계없는 일이지만." 일본에서 특고(特高)의 외부단체인 협화회(協和會)에 속해서, 친일 행위로 경시청으로부터 표창을 받은 적도 있는 유달현의 마음에 순간 가시가 꽂히는 것을 의식하면서 이방근이 말했다. "서대문형무소에 있었을 때 일이 갑작스레 머리에 떠올라, 생생하게 눈앞을 스치고 가는군. 간수와 안경을 쓴 형무소장의 얼굴까지도 말야. 벌써 10년 전의 일인데, 내가 종로경찰서에 들어가기 직전에 순사부장으로 있다가 그곳에서 원산으로 영전했는데, 그 영맹하기로 유명한 조선인 특고 다카키(高木)라는 남자야. 그자가 지금 서북청년회 중앙사무국장으로 있는 고영상이라는 사람인데, 올봄에 서울에서 대면했지. 당시에 다카키가 원산으로 가는 게 조금 늦어져서 종로경찰서에 남아 있었다면, 난 아마 그의 고문으로 죽었을 거라고 생각해. 그자는 일제 때에 조선인 애국자를 여러 명 죽였으니까……. 그게 생각났어. 난 관덕정 앞 유치장에는, 명예로운 일은 아니지만, 단 해방 후에 말야, 술 때문에 서너 번 들락거렸지. ……자넨 프로보카토르라는 말을 들어 본 적이 있나?"

"프로보……, 프로보, 커터……?"

이방근은 상대의 눈동자가 가려진 가느다란 눈 속에 시선의 끝을 밀어 넣었다.

"들은 적도 있는 듯한데, 모르겠군……. 무슨 뜻인가?"

"말하자면 도발자라고나 할까, 적대조직 내부에 잠입해서 도발하는……. 물론 러시아 말이라서 러시아 혁명기에 자주 쓰인 모양이야. 말하자면, 그런 현실이었다는 거겠지. '소화(昭和)' 초기, 일본공산당 관계에서도 사용된 적이 있는데 말이지. 프로보카토르, '서북'의 도발에 휘말리지 말라고 얘기하던 도중에 생각났어……."

프로보카토르를 정말로 몰랐는지 어떤지. 이방근은 당 조직에 잠입한 적의 스파이라는 식으로 말하지는 않았다. 이야기가 당돌하게 일제 때로 튀어 그것이 오래된 상처를 건드린 상황까지 갔기 때문에, 유달현은 당혹하여 의심하고, 벽처럼 굳은 표정으로 이방근을 노려보듯이 쳐다보았다.

"그만두지……. 아아, 좀 취했어. 유 동무, 장구라도 칠까……."

그러나 이방근은 지금 여자를 부를 기분은 아니었다. 그래도 유달현이 고개를 끄덕이면 부르게 될 것이다.

"필요 없어."

유달현은 한마디 대답하더니 변소에라도 가는 건지 자리에서 일어났다. 그때, 문득 낯선 발소리가 들렸다. 서른 전후의 피부가 거무스름하고 눈에 핏발이 선, 한눈에도 '서북'이라는 것을 알 수 있는 취한이, 반쯤 열린 장지문을 가로막듯이 전등이 반사하는 빛 속에 버티고 서서 방 안을 힐끗 둘러보았다.

"누구, 사람이라도 찾는 건가?"

유달현이 우뚝 선 자세로 말했다.

"머하간, 사내 둘이 아니간."

남자가 강한 '서북' 사투리로 말했다. "여가 특별실이간? 에미네와 한 번 하자문 좋은 곳이단. 응, 헤헤헤, 사내 둘이서는…….."

남자는 기둥을 손으로 잡고, 입을 반쯤 벌린 아랫입술을 핥았다.

남자가 방금 전에 여자를 손바닥으로 때린 그 당사자인지는 알 수 없었지만, 순간 뭔가 불길한 예감이 들었다.

유달현은 약간 휘청거렸지만 똑바로 서 있었고, 이방근은 허리에 힘을 주고 앉아 있었는데, 둘 다 말이 없었다.

"저어…… 선상님덜, 인사 대신 술이나 한잔 주시라요."

"……변소에 가려던 참인데 길 좀 비켜 주지 않겠소?"

이방근이 말했다.

"고게 인삽네까? 변소가 뭡네까."

"그쪽은 누구신지?"

"누구냐고? 모른단 말이오?"

"초면에 이름을 대지 않으면 모르지."

"당신들은 누구임마?"

참아야만 했다. 프로보카토르가 아닌 묘한 도발자가 나타나서 설마……가 사람 잡는다는 식의, 설마……했던 사태가 벌어지고 있었다. 난처하게 됐군……. 마음속에서 중얼거렸다. 참자, 참어……. 겨울 안개가 짙은 밤, 양준오와 들어간 C길의 카바레 신세기에서 도발해 온 '서북' 두 사람을 내던져 경찰 신세를 진 적이 있었는데, 그때의 광경이 취기로 열이 오르기 시작한 머릿속에서 빙글빙글 돌았다. 아아, 비슷한 일이 일어날지도……. 일어날지도 모른다……. 유달현이 한 발짝 내딛어 장지문 쪽으로 갔다. 이방근은 엉덩이를 들었다. 유달현이, 거길 비켜 줬으면 좋겠소……라고 말하고, 장지문을 더 열고 밖으로 나가려 했다.

"뭐라 하간, 안 들린다."

상대는 몸을 조금 비키는 척하다가, 툇마루로 나온 유달현이 신발을 신으려고 한쪽 발을 들어 올린 순간, 다른 한쪽 발을 구둣발로 차올리듯 걸었다. 앗 하는 비명을 지르며 유달현은 툇마루 가장자리에 털썩 엉덩방아를 찧고, 그 반동으로 땅바닥에 구르듯이 쓰러졌다.

남자가 순간 겁을 먹을 정도의 기세로 이방근이 일어났다. 순간적으로 자세를 취하면서도 거의 무방비 상태인 상대의 목덜미를 잡아 내던지는 건 유도선수였던 이방근에게 어려운 일이 아니었지만, 위장에서 머리로 뚫고 솟구쳐 오르는 분노를 온몸으로 꾹 참고, 거기 비켜! 라고 호통 치며 방을 나왔다. 상대는 그 기세에 꺾여 길을 열어주었고, 이방근이 장화를 신는 걸 가만히 쳐다보았다.

"가세, 가자구!"

그는 와이셔츠에 진흙을 묻히고 일어난 유달현이, 이 자식! 하며 상대에게 덤벼들려는 것을 제지하고, 이변을 눈치 챈 종업원들이 막 나온 바로 앞 뒷문을 통해 가게로 들어갔다. 틀림없이 한두 사람의 일행이 있을 터였다.

"네놈들, 돌아가나……."

"이쪽으로, 따라와!"

여주인이 나왔다.

이방근이 흥분과 노기가 서린 어조로 간단히 사정을 이야기하고, 경찰을 부르라……고 했다. '서북' 출신이 많은 경찰을 부르는 것은 적을 부르는 것과 마찬가지고, 또 올 리도 없지만, 아무튼 거의 분노에, 억누른 분노의 감정에 맡겨 그렇게 말했다.

"경찰이라하간, 코흘리개가 한 대 맞았다고 에미나이에게 우는 소리를, 어린애 싸움에 부모가 나오는 격이다. 거기서 훌쩍거리지 말고,

이봐, 인사도 모르는 제주 새끼, 어디 한번 덤벼 보라우!"

"다시 한 번 말해 봐!"

"아이고, 선생님, 제발 참으세요, 참아 주세요. 많이 취했으니까. 자, 댁들은 저쪽으로 가세요! 자기 자리로 어서, 가세요……."

"제주 새끼야!"

이방근은 여주인과, 사이로 비집고 들어오려던 종업원들을 무서운 기세로 뿌리치더니, 갑자기 공격 자세를 취한 상대의 셔츠 목덜미를 꼭 움켜쥐고는 날렵하게 등을 밀어 넣었다. 오른손을 잡힌 상대의 몸이 거짓말처럼 떠올랐고, 기물 하나 부수지 않고 그대로 통로에 내던져졌다. 아이구! 와— 하는 사람들의 소리가 들렸다. 아아, 꿈같은 일이 벌어져 버렸다. 이방근의 배후에서 일행인 듯한 남자가 근처에 있는 나무의자를 치켜들고 덤벼들려는 것을, 유달현과 종업원들이 제지하며 방어막을 만들었다.

"이 새끼! 어드래 굴러먹다 온 새낀지 세상맛을 모른다. 어드래 우리한티 손을 댄……."

바로 일어서지 못하는 상대가 일어서는 것을 잡아 다시 한방 먹이는 일은 어렵지 않았지만, 이방근은 우뚝 선 자세로 사람들이 만류하는 대로 내버려 두었다. 상대의 셔츠가 찢어져서 가슴팍이 벌어져 있었다. 때려죽이고 싶었다.

"이 새끼! 니놈은 살아서 여길 나가지 못한다……."

일행인 남자의 목소리였다. 취객들이 나와서 적당히 하라고 소리를 질렀다. 이 고장의 사람들이었다. 이방근이 아는 사람도 있었다.

아아, 큰일을 저지르고 말았다고 생각했지만, 어쩔 수 없었다. 이럴 때는 상대를 죽일 수도 있을 것이다. 이방근은 아주 잠깐, 살인을 범한 순간의 인간처럼 멍해 있는 자신을 깨달았다. 월향이 담배를 한 개비 이방근에게 내밀고는 성냥에 불을 붙였다. 언젠가 낮에 이 가게 앞을 지나가던 이방근은 우연히 밖에 있던 그녀와 얼굴이 마주쳤는데, 담배를 물었지만 마침 성냥이 없었다. 그녀가 재빨리 가게에서 성냥을 가져와 불을 붙여 준 일을 떠올리고는 이방근이 무심코 웃었다. 그녀도 웃었다.

여주인이 이방근을 데리고 자리를 벗어나, 유달현과 두 사람을 다시 별채 쪽으로 데려갔다.

"아이구, 선생님 정말 멋져요, 잘 하셨어요……. 흐―응, 정말 세상이 어찌 되려고……."

"뒷일이 귀찮아졌어. 어떻게 할까."

"오늘 밤 일은 제게 맡겨 주세요. 저 두 사람을 돌려보내고 나서 나중에 말씀드릴 테니. 선생님, 이야기가 끝나셨으면 장구라도 치겠습니다."

이방근은 담배 연기를 크게 내뿜고 나서 고개를 끄덕였다. 땀이 솟아났다.

3

이방근은 여주인이 가게 여자들을 대신해서 일어나, 두 사람의 '서북'을 돌려보내고 별채의 방으로 돌아온 뒤, 바로 그곳을 나왔다. 유달현도 그랬지만, 장구를 치며 시간을 보낼 기분은 아니었다. 탁주 위에 맑게 고인 청주를 다시 한 사발 마시자, 유달현도 조금 더 마셨다. 그는 다리가 휘청거릴 정도였다. 자리에서 일어나 방을 나왔을 때 여자의 교성이 들려 돌아보자, 취기에 옆으로 휘청거리는지 단정한 학교 교사가 한 손을 여자의 허리에 감고, 짧은 저고리 옷자락 사이로 다른 한 손을 밀어 넣고 가는 것이 눈에 들어왔다.

'서북'들은 여주인의 부탁을 받아들여 철수하면서 일단 그 자리는 수습됐지만, 내일 아침 우두머리와 함께 이방근의 집을 '방문'해서, 사장과도 직접 이야기를 나누겠다고 했다. 사장…… 운운하다니 당치도 않다. 우두머리라는 것은 '부두왕국'이란 별칭을 가진 축항의 하역업을 독점하고 있는 '서북' 출신 보스를 가리켰다. 두 사람의 '서북'은 소동을 일으킨 덕분에 술값은 공짜, 찢어진 셔츠 값을 여주인으로부터 받아 돌아갔다. 걸어서 돌아간 것을 보면 아마도 운신을 못할 정도의 부상은 아닌 듯했다.

후회해도 소용없었지만, 귀찮게 됐다는 생각이 들었다. 아니, 이것은 정말이지 생각 밖으로 성가신 일이었다. 이래서는 내일 밤 출발이 더욱 어려워질 것이었다. 괜찮다는데도 여주인이 굳이 붙여 준 가게를 지키는 남자가 몇 발자국 떨어져 따라왔는데, 세 사람은 일단 관덕정 광장으로 나와 남문길을 올라간 뒤, 유달현의 하숙집 근처까지 왔다.

청주 한 사발을 더 마신 탓에 갑자기 취기가 오르긴 했지만, 머리는 차갑고 투명하게 뜨거워져, 걸음걸이는 흐트러지지 않았다. 마치 얼어붙은 강처럼 머릿속이 찡 하고 울리더니, 그 수면 아래 검은 감정의 격렬한 흐름 속에 내일 아침 찾아온다는 '서북'들의 모습이 부침하고 있었다. ……제주 새끼야! 귀에 오물의 토사가 되살아나고, 순간 어금니를 깨물며 멈춰 선 이방근은, 머릿속에서 얼어붙은 강의 표면이 쩍쩍 갈라지는 울림을 들었다.

"이봐, 조심해!"

유달현이 진창에 발이 빠지며 비틀거리는 것을 옆에서 부축했다.

······오호, 괜찮아, 이봐, 이 동무, 아, 알고 있나······. 모든 것의 근본
은 말이지, 자네와 나의 관계는, 자네가 날 경멸하고, 헷헤, 내가 자네
를 질투하면서, 타고난 그 신분까지도 말이야, 그러면서도 여전히 존
경하고 있다는 거지. 난 그걸 알고 있어. 이게 결정적인 인자야. 오늘
밤엔 시간이 없지만······. 안 그런가, 이 동무······. 또 가까운 시일
안에 만나자구. 유달현은 남문길에서 그 하숙집으로 통하는 골목으로
들어갔다. 아참, 유 동무. 이방근은 일단 발길을 돌리다가 상대를 불
러 세우듯이 돌아보면서 말했다. 으−흠, 자넨 뻔뻔스럽게 잘도 말을
하는군. 경멸당하고 있는 건 내 쪽이지 않은가. 결정적인 인자라든가
그런 게 아니야. 그래, 자네와 언젠가 결정적인 대결을 하게 될지도
모르겠군. ······결정적 대결? 한발 멈춰 선 유달현이 몸을 휘청이듯
흔들면서 말했다. 대결, 대결······. 무슨 대결 말인가······. 자넨 소,
소파에서 일어났네······. 어둠 속에서 취한 얼굴을 거의 이쪽으로 기
울이다시피 한 유달현은 그대로 골목 안으로 휘청거리며 사라져 갔다.

집 앞의 골목길 근처까지 왔을 때, 이방근은 남자에게 얼마간의 돈
을 쥐어 줬다. 사양하는 걸 억지로 주머니에 찔러 넣자 남자는 머리를
조아리고 떠났다.

도대체 뭘 위해 옥류정에 그를 데리고 간 걸까. 정말이지 함흥차사
가 아니고 뭔가. 왜 이리 내가 하는 일은 시원치 않은가. ······서재의
소파 두 개가 다른 사람들에게 점거당하고 있어서, 그건 좀 충격이었
네. ······그러니까, 소파에서 동굴의 주인을, 이방근을 떼놓은 것은,
나라구. 자넨 변했어. 자넨 날 피하고 있거나 무시하고 있다는 거야.
이 동무여, 동무는 차가운 거 아닌가. 최근에 더 차가워졌단 말일
세······. 결정적인 대결을 할지도 모르겠군······.

집으로 돌아온 이방근은 스스로 발걸음도 흐트러지지 않았으며, 자

세도 꼿꼿하고 바르다고 생각했지만, 사실은 꽤나 취해 있었다. '서북' 덕분에 불쾌해져 있었다. 서재로 들어온 이방근을 문난설이 자리에서 일어나 정중하게 맞아들였다. 나영호와 나란히 소파에 앉은 이방근의 손가락에 끼여 있던 담배가 거의 무저항으로 쓱 미끄러져 떨어졌고, 소파 옆에 떨어져 있는 하얀 담배 한 개비를 보고 놀랐다. 만취했을 때 노상방뇨가 어쩔 수 없는 불가항력임을 절망적으로 느낀 적이 있었지만, 지금은 손가락에 힘이 들어가지 않았다. 분명 취기를 자각하면서도 머리는 똑바로 세우고 있었는데, 지금 펜을 쥐고 글씨를 써도 펜은 생각대로 움직이지 않을 것이었다. 그것을 알고 있는 이방근은 자신이 상당히 취해 있다는 것을 의식했다.

테이블 위에 소주가 든 오지 주전자가 있었다. 나영호 혼자서 천천히 마시고 있었다.

"꽤 취한 것 같군. 낮에 나가서 지금 돌아왔으니, 이 동무는 오랜 시간 소파를 비워둔 거야. 우리가 소파를 점령해 버린 탓은 아닐 테지, 앗하하하. 피곤하다고 얼굴에 쓰여 있어."

나영호가 문난설과 마주 보고 같은 소파에 앉아 있는 이방근에게 얼굴을 돌리며 말했다.

"아아, 조금 취한 것 같네만, 그, 소파 얘기는 꺼내지 마. 소파, 소파……. 지겨워."

"뭐야, 소파가 어쨌다고 그러나?"

"아니, 아무것도 아닐세……."

'서북' 놈을 내팽개쳐 버렸어……라고 이방근은 옥류정에서의 '서북' 사건을 말하려다가, 서북 지방 출신인 문난설 앞이라 그만두었다. "한 잔 마시고 있게나. 난 아버지한테 얼굴을 좀 내밀어야겠으니."

"그러고 보니 일하시는 할머니가 아직 안 돌아왔는지 물으러 왔었네."

술 냄새가 없어지지는 않겠지만, 이방근은 세면대에서 세수를 하면서 입을 헹군 다음 아버지 방으로 건너갔다. 취중이니 아버지에게 말조심을 해야 할 것이었다. 아버지의 거실에는 불이 켜져 있었고, 아직 자지 않고 있다는 사실에 이방근은 아까부터 안도하고 있었다. 졸도라도 하신 게 아닐까 마음속으로 걱정하며 내심 요정에서라도 전화를 해 볼까 했었다. 이방근은 장지문 밖 툇마루에 서서 가벼운 기침을 한 뒤, 들어가도 되는지 여쭈었다. 그리고 취기에 젖은 자신의 목소리를 들으며, 술을 마셨습니다……라고 덧붙였다. 방 안에 아버지가 있다는 기척을 느끼면서도 대답이 없으면 그대로 서재로 돌아갈 작정이었다. ……어험, 하고 장지문 저편에서 기침 소리가 들리더니, 오냐, 라는 한마디 대답이 돌아오자, 이방근은 문을 열고 방으로 들어갔다.

탁자 앞의 돋보기를 쓴 아버지 이태수는 아들이 들어오는 것을 쳐다보지도 않고, 말없이 탁자 위에 펼쳐진 신문만 응시하고 있었다. 어젯밤 배로 배달된 며칠 늦은 2, 3일 분량의 신문이었다. 이방근은 숨을 거의 죽이다시피 낮추었는데, 그러다 보니 참았다 내뱉는 숨이 커져 술 냄새가 강해졌다. 그는 얼굴을 정면에서 약간 옆으로 돌리듯이 하면서, 탁자 앞에 아버지와 마주하여 정좌했다.

"귀가가 늦어졌습니다."

이방근은 격식을 차리고 말했다. 말할 수밖에 없었다. 알코올로 젖은 느낌의 코에 걸린 듯한 목소리에는 생기가 없었고, 그것이 불쾌하게 고막을 울렸다.

"……"

아버지는 몸을 꿈쩍도 하지 않은 채, 신문에서 눈을 떼지 않았다. 언제 이쪽을 흘겨볼지 모를 아버지의 얼굴 표정은 움직이지 않는다. 슬쩍 쳐다본 그 얼굴에 술기운은 없었다. 이방근은 어깨로 조용히 한

숨을 내쉬었다. 서울에서 돌아오자마자 폭풍우 속을, 대낮부터 어디를 갔다 온 것이냐, 게다가 술 냄새를 풀풀 풍기며. 처음 있는 일도 아니지만, 역시 새삼스러운 기분이 든다는 것일 게다. 과연 이방근은 황송해했다. 어머니는 주무시는 것 같은데, 그 뒤로 별일 없으셨습니까? 라고 물어보고 싶었지만, 꾸며내는 듯한 느낌이 들어 입 밖으로 내지는 않았다.

"아버지는 좀 쉬셨습니까?"

"뭐……?"

아버지는 돋보기 너머로 눈을 치켜뜨고 아들을 힐끗 한 번 쳐다보았는데, 확실히 상대의 말을 알아들었으면서도 그렇게 말했다.

"어머니는 그 후 별일 없으십니까?"

아버지는 신문에 눈을 고정시킨 채 말없이 가볍게 고개를 끄덕였다. 서울에 전화를 했을지도 모른다. 다음달 3일에 출발한다는 것을 알고, 새로운 충격으로 졸도하는 대신에 가까스로 견디고 있는 건가. 이방근은 서울에서 전화가 없었냐고 이야기를 꺼내려다가, 단도직입적으로 아버님은 서울에 전화를 하지 않으셨냐……고 물었다. 전화를 할 가능성은 충분히 있었고, 만약 했다면 모든 것이 수포로 돌아갈 공산이 컸다.

"……서울에 전화를 해? 내가 말이냐?" 뜻밖에도 아버지는 얼굴을 들고 대답했다.

"내가 뭣 하러 전화를 하느냐?"

"……"

의외의 대답이었다. 이방근은 술에 취한 눈에 크게 다가와 비친, 무표정한 거북이 등딱지를 붙여 놓은 듯한 아버지의 얼굴 앞에서 말이 나오질 않았다. 순간 위태로운 고비를 넘겼다는 생각에 안심하면서,

전화를 하지 않은 것도 물론이거니와, 아버지의 그 냉정하고 객관적인 말투가 예상 밖이었다. 뭣 하러 전화를 하느냐……. 이 무슨 말투인가. 이방근은 아버지의 그 어조 밑바닥에서 어떤 쓸쓸한 울림을 감지했다. 아버지가 자신에게 무단으로, 아닌 밤중에 홍두깨도 이만저만이 아닌 딸의 문제로, 당장이라도 전화할 생각을 하지 않았을 리가 없었다. 아니, 이럴 때 결과야 어떻든 딸에게 전화를 하는 것이 당연하지 않은가.

이미 오늘 밤 중으로 결론을 내는 것은 무리였다. 빨리 돌아와서 천천히 이야기를 매듭지었어야 했다. 원래 예정은 양준오를 만나고 직접 돌아올 작정이었으나, 우물쭈물하다 결국 '서북'이라는 혹까지 붙여 돌아온 사정을 아버지가 알면 어이없어할 것이었다.

아버지는 2, 3일 내로 찾아오는 친척 대표들과 너의 결혼이나 문중의 문제 등에 대해 이야기를 매듭짓고 나서 유원의 일을 생각해도 늦지 않다며, 이방근의 이야기를 물리쳤다.

"……제 결혼과 유원이의 일은 별개가 아닙니까. 아버님께서도 그렇게 말씀하셨잖아요."

이방근은 흔들리는 무거운 머리를 꼿꼿이 세우고 취기가 배어나는 불쾌한 목소리로 말했다. 신기하게도 이쪽이 취한 탓인지, 아버지의 얼굴과 목소리에는 취기가 느껴지지 않았다.

"음, 그렇고말고……. 별개의 문제임에도 불구하고 네 스스로가 나서서 결혼할 테니 유원이의 유학을 허락해 달라고 제안하지 않았느냐."

"……"

아아, 그러고 보니 그랬었다. 상반신이 물속에 흔들리는 듯한 느낌이 되기 쉬운 드넓은 취기의 공간 저편으로부터, 이방근은 그 번갯불이 작열하는 비바람 속으로 사라져 버린 기억을 불러들였다.

"친척들이 오는 것을 기다리고 있을 여유가 없습니다. 내일 밤에라도 배를 타려고 하는데요……."

이방근은 말꼬리를 혼자 중얼거리듯 말했다.

"여유가 없다고? 대체 어디의 누가 정했는데, 여유가 없다는 거냐. 홋호옷, 여기는 너만 살고 있는 세상이냐. 오늘 아침에도 다음 달 초순에 서울을 출발한다더니, 철면피 같은 놈이……. 다음 달 초순이라는 건, 글피가 9월 1일로 다음 달이다. 초순도 1일부터 10일까지가 있어. 다음 달 10일이란 거냐(이방근은 가슴이 철렁했다. 다음달 10일은커녕, 3일에 출발한다는 것을 알면 아버지는 격노하여 일어설 것이고, 곧바로 졸도할 것이다). 기가 막히는구나. 넌 매사를 제정신으로 생각하고 있는 거냐. 일본에 가는 배는 얼마든지 있다. 이 얘긴 이제 더 이상 하지 말거라. 감기에 걸린 것도 아니지 않느냐. 꽤 취한 모양이구나. 어디서 마셨는지 모르겠다만, 방에 가서 자는 게 좋겠다."

"……저어, 아버지는 왜 유원이에게 전화를 하지 않으신 겁니까?"

이방근은 자신이 생각해도 당돌한 느낌의, 마치 자신의 의사를 수용하지 않냐는 투의 말을 입에 담았다.

"왜……? 뭐가 왜란 말이냐. 너도 유원이도 마찬가지다. 왜 전화를 해야 하는 건지 내 쪽이 묻고 싶구나. 일본에 가면 가는대로 그 나름의 도리가 있다. 오빠를 대신 보내는 것만으로 '허가'을 받으면 그대로 서울에서 바로 일본으로 간다……? 흐흠, 도대체가 무슨 짓인지. 예의범절, 부모에 대한 예절이고 뭐고……. 네가 여기에 있으면 있는 것이지, 그 애는 애비에게 전화도 못 한단 말이냐. 인간이 아닌 짐승들이나 하는 짓, 이 집에서만 통하는 일. 아니 이 집에서도 안 통한다……."

"유원이가 온다고 하는 걸 가까운 곳도 아니고, 간단히 오갈 수 있는 길도 아니라서, 제가 말렸을 뿐입니다……."

"네가 말렸다고 해서, 부모에게 예를 갖췄다고 생각하느냐. 가까운 곳도 아니라는 건 또 뭐냐. 일본은 가까운 곳이라 간단하게 왕래할 수 있단 말이냐. 아이구, 넌 어디서 생겨난 인간이냐. 다른 별에서라도 온 것이냐. 나에게, 애비에게 이기려 들면 안 된다."

"아버지는 무슨 말씀을……. 아침에도 자식이 아버지보다 잘나서 오만하게 군다는 둥 하셨는데, 당치도 않습니다."

"친권은 나에게, 애비에게 있다."

아버지는 여유를 주지 않고 말했다.

이방근은 머리를 흔들고, 눈의 초점을 맞추듯이 아버지의 돋보기를 벗은 퉁방울눈과 덤벼들 듯한 표정을 물끄러미 보았다. 옆방 건너 안쪽의 침실 쪽에서는 계모 선옥의 기침 소리가 들렸다. 친권, 친권, 친권……. 이방근은 취기의 너울에 그 말을 삼킨 느낌으로, 한순간 무슨 뜻인지 알 수가 없었다. 유원의 친권. 나를 침범할 권리는 너에게 없다……. 아침에 아버지가 했던 이해할 수 없는 말이, 커다란 기포처럼 마음에 떠올랐다.

이방근은 잠시 후에 아버지의 방을 나왔다. '서북'이 내일 아침 찾아온다, 게다가 사장을 직접 만나고 싶다…… 운운하는, 어리석은 일은 말할 수 없었다. 툇마루로 나오자 몸과 다리가 후들거려 툇마루의 가장자리를 잘못 디딜 뻔했다. 아니, 오늘 밤은 잔다, 자야겠다. 무겁다, 좀 무겁다. 친권이라……. 내 귀가 늦어진 게 원인은 아니다. 좀 더 깊은 곳에 문제가 있다. 시간이 없었기 때문이지만, 아버지도 만나지 않고 서울에서 일본으로 직행한다는 계획, 아니, 그 생각이 아무래도 잘못돼 있었다. 오만함……. '자식의 오만함'이라고 한 아버지의 말이 가슴을 찔렀다.

서재로 돌아가려던 이방근은 몇 걸음 지나친 응접실로 되돌아가 불을 켰다. 그리고 뒤쪽 벽에 걸린 전화 상자로 다가가 수화기를 집어 들었다.

교환수가 한동안 나오지 않았다. 그는 일단 수화기를 놓고, 담배에 불을 붙이고 나서 다시 다이얼을 돌려 교환수가 나오기를 기다렸다. 여동생에게 전화를 해서 아버지에게 이야기를 해 보도록 해야 한다. 싸움을 거는 듯한, 낮과는 달리 술기운이 전혀 없던 아버지의 얼굴 저변에는 적막감이 가라앉아 있었다. 아버지와 여동생의 전화통화는 모험이었다. 전화로 서로 간에 납득이 갈 만큼의 이야기를 나눌 수는 없었다. 어쩌면 전화 통화 때문에 모든 것이 물거품이 될지도 몰랐다. 아무튼 여동생에게 3일에 출발한다는 말만은 못 하게 해야 했다. 전화기 앞에서 수화기를 든 아버지는 견뎌 낼 수 없을 것이었다.

교환수가 나왔다. 열 시 반이 다 되었지만, 지금 시간이면 한 시간에서 한 시간 반 정도면 연결될 것이라고 했다. 이방근은 그 길로 다시 아버지의 방으로 갔다. 아버지는 묵묵히 담배를 피우고 있었다. 실은…… 하며 이방근이 말했다. 지금 전화를 신청했더니 한 시간에서 한 시간 반 정도 있으면 연결된다고 하는데요, 유원이를 불러내면 전화를 받아 주시겠습니까……. 아버지가 안 받아도 상관없었다. 여동생과 이야기를 나누면 그만이었다.

"넌 자러 간 거 아니었냐? 한밤중에 갑자기 전화를 걸다니 어떻게 된 일이냐……. 난 특별히 할 말이 없다."

"유원이가 할 말이 있을 겁니다."

"지금 전화가 연결돼 있는 것도 아닐 테고. 나도 슬슬 자야겠다." 아버지는 담배 연기를 내뿜고, 한숨 돌린 뒤 말했다. "한밤중에 무슨

난리냐. 전화가 연결돼 유원이가 꼭 통화를 하겠다고 하면 깨우든지
해라."

"예ㅡ."

이방근은 아버지의 방을 나와 서재로 돌아왔다. 한밤중인 열두 시
무렵에 전화가 연결됐다고 한들(해가 지면 잠자리에 들기 마련인 섬 생활에
서, 보통의 집에서는 있을 수도 없는 일이지만), 섬의 어둠처럼 깊은 잠에
빠져 있는 아버지를 깨우는 것은 무리였다. 게다가 자다 일어난 불쾌
한 기분이 전화에서 폭발하지 않는다고 장담할 수도 없다.

몹시 피곤하다. 그 '서북' 놈을 내던진 탓은 아니다. 술이다, 술 때문
에 피곤한 것이다……. 자려던 게 허사가 되었지만, 열두 시까지 어
떻게 할까. ……자넨 소파에서 일어났어. 느닷없이 유달현의 목소리
가, 흔들흔들 어두운 골목으로 사라져 간 유달현의 목소리가, 바로
그 담 맞은편 쪽에서 들리는 듯했다. 핫하, 그러고 보니, 요즘 확실히
소파에 별로 앉아 있지 않았군. '볼일'로 나다니다 보면, 소파에 앉아
있을 수 없다는 이 당연한 일을, 과연…… 하고 생각했다. 자넨 소파
에서 일어났어. 마치 시적인 말을 하고 있었다. 그 녀석은 왜 남의
집 낡은 소파에 집착하는 건지…….

"이 동무는 한잔 안 하려나?"

"난 됐어."

"……동무는 지쳤어."

"그래, 지친 것 같아……."

그래 '서북' 놈들 탓에 기분이 좋지 않다.

"난 내일 한라신문 국제통신의 통신부에 가 봐야겠어……."

나영호는 이방근을 통해 게릴라 측과의 접촉을 꾀하면서도, 우선
한라신문의 통신부 겸임기자를 만난다고 했다. 현지 당국의 사건에

대한 견해, 감촉, 그리고 각 마을 현장에 가 보고 싶네……. 으흠……. 나영호의 취재활동 개시다.

"선생님은 피곤하시니까 일 이야기는 내일 하시는 게……."

문난설이 걱정스럽다는 듯이 말했다.

"그렇군, 그렇지……."

나영호는 얼마 남지 않은 술을 잔에 따라 한 모금 마셨다.

이방근은 두 사람에게 말을 하지 않았지만, 내일 아침 찾아온다는 '서북'들의 일을 잠깐 생각했다. 어떻게 될까, 아니, 어떻게 할까……. 이 집만큼은 집단으로 난입할 수 없겠지만(할 거라면 오늘 밤에라도 습격했을 터였다), 대신에 뭔가를 요구해 올 것이다. 직접 사장을 만나겠다는 말은 조무래기들의 협박이었지만, '우두머리'와 획책해서 그런 행동으로 나오지 않는다고도 장담하기 어려웠다. 그는 문난설에게 뭔가 조언을 구할까 생각했지만, 만약 내일 아침에 찾아온다면 그에 맞춰 대처하기로 하고, '서북' 지부장 함병호에게 전화를 해야겠다고 생각했다.

지금 이방근의 몸속에 있는 술은 머릿속 공간에서 제방을 완전히 넘지 못하고 있었다. 지금은 머릿속의 동결된 강처럼, 쩌렁쩌렁 울리는 투명한 얼음과 같은 열이 녹아서, 그저 무거운 취기가 바다 같은 머리의 공간에 가득 차 흔들리는 느낌이었다. 이방근은 자신도 모르게 눈을 감고 있었다. 자는 것은 아니었지만, 문득 잠이 든 것처럼 깊은 구멍으로 끌려들어갈 듯한 기세에 힘없이 고개를 숙이고 있음을 깨닫고 놀랐다. 조용하다. 조용함 자체가 소리인 것 같은 조용한 공간에, 벌레 소리도 사라졌다. ……이방근은 소파에서 일어났다. ……선생님, 주무시지 않으면……. 수증기처럼, 냄새처럼 어딘가로 빨려 들어가 사라지는 목소리. 아-아, 그렇지……. 이방근은 대답한다는 것이 혼자 중얼거리고 있었다. 저건 바다의 소리인가. 별의 속삭임이 떨어져 내리는 소리인가. 눈앞에 문난설이 혼자 앉아 있는 느낌에 빠져들었다. 아이고, 납을 삼킨 것처럼, 지금 취했으면서도 심한 숙취 상태로 이어져 있는 이상한 이중의, 중층적으로 움직이기 힘들었다……. 이 동무, 자야지. 아-아, 그렇지, 아-, 그래, 나영호가 거기에 있군……. 음, 나영호가 있어…….

"내가 잠들었었나?"

"아주 잠깐……."

"그런가, 잠들진 않았는데……. 취했어. 취했다구. 내 자린 어디인가?"

"자네, 잠이 덜 깼나."

"아니, 난 자지 않았어. 이제 잠시 자 볼까……."

"잠시? 아침까지 푹 자야지. 안색이 좋지 않아. 과음이야……. 취기 그 자체가 피로인 것 같아."

"피곤하신 거예요. 선생님."

여자 목소리가, 문난설의 목소리가 물속인가 꿈속에서처럼 들렸다.

"잠시 자야겠어. 참, 그렇지, 전화야, 서울에서. 열두 시쯤에는 전화벨이 울릴 거야……."

이방근은 서재를 나와 응접실로 갔다. 무릎이 탁 하고 꺾일 정도로 휘청거렸다. 한심했다. 그는 소파에 몸을 뉘었다. 신기하게도 금세 잠에 빠졌다.

한동안 울리는 전화벨 소리에 잠이 깰 때까지 이방근은 계속 자고 있었다. 무슨 일인가 하며 겨우 뜬 눈 속에 들어온, 몽롱한 공간에 계속 울려 퍼지는 전화벨 소리를 듣고, 응접실 소파에 있는 자신을 깨달았다.

교환수가 바꿔 주어 전화를 받은 유원이는 갑자기, 아이구, 어떻게 된 거예요! 하며 어두운 바다 저편에서 놀란 소리를 질렀다. 아직 안 자고 있었던 것이다.

"……뭐야, 뭘 놀라고 그래. 밤중에 전화 한 통 한 걸 가지고 뭘 그리 야단스럽게 놀라고 그래."

"오빠는 병이 난 거예요? 도대체 어떻게 된 거예요, 거기에 아무도 없어요……."

"뭐야, 대체……."

이방근은 무슨 일인지 몰랐지만, 마치 유령 같은, 땅속에서 나온 듯한 목소리……라는 말을 듣고, 잠에서 막 깬 자신의 목소리가 완전히 찌부러져 있다는 것을 깨달았다.

"한밤중에 유령은 또 뭐냐. 오빠는 결코 아픈 게 아니야."

"언제 제주도에 도착했어요?"

"어젯밤이야."

"왜 알려 주지 않는 거예요. 가면 그만이라니까. 진상규명 조사단이 목포에서 제주행의 승선을 거부당했잖아요. 오빠 일행도 못 탄 건지 어떻게 된 건지 걱정이 돼서, 오빠 일행만 승선할 수 있었던 거네요 (아―아, 그렇고말고……라고 이방근은 내심 중얼거렸다. 오빠 일행도 깔끔하게 조사단과 함께 승선을 거부당했더라면…… 하는 말을 너는 하고 싶겠지. 안 그러냐). 조사단과는 만나지 않았나요?"

"만났어……. 지금 그런 얘길 할 계제가 아니야. 걱정했다면 네가 전화를 할 수도 있잖아."

"도착했는지 어떤지 알 수가 없잖아요. 게다가 오빠가 없을 때 아버지가 전화를 받으시면 뭐라고 말씀드려요. 아버지는 주무세요……?"

"음, 나중에 전화를 바꿔 줄 테니, 아버지한테 그 얘기 좀 해 줘야겠다. 네 전화가 없다고 하셔서……."

이방근은 바로 말을 이을 수가 없었다.

"무슨 말을 하라는 거예요? 아버지는 허락하신 건가요. 그렇게 빨리……."

"아니야. 아직."

"……."

"아무튼 좀 있다가 아버지를 깨울 테니 전화로 말씀드려. 모든 걸 오빠에게 맡겨서, 그래서 직접 전화할 수가 없었다고……. 상냥하게 사과드리는 거야. 네 기분 그대로, 사실대로. 현재 얘긴 서로 일치한 건 아니지만, 오빠가 오늘 외출했다 들어오는 것이 늦어져 밤이 돼버렸다. 그래서 결론을 낼 시간이 없었던 것뿐이야. 너도 알다시피 이렇게 될 거라는 건 이미 예상하고 찾아온 거니까……(어라, 찾아와? 어디를? 돌아온 게 아니었던가). 무엇보다, 일단 제주에 돌아오지 않고 직접 일본으로 간다는 게, 아버지에겐 충격이 좀 컸던 모양이다. 더할 나위 없는 쓸쓸함을 느끼고 계신 것 같아……."

"그렇겠지요……. 불쌍한 아버지예요. 뭐라고 말씀드려야 할지. 저번처럼 쓰러지거나 하시진 않으셨어요?"

"아니, 그렇지 않은 게 천만다행이지. 일정이 촉박하다 보니 그만 내가 일을 가볍게 생각하고 말았다. 생각지 않은 건 아니지만, 3일 출발 외에 방법이 없었어. 아무튼 아버지가 허락하실 때까지는, 오빠 말대로 전화하면 안 된다는 생각을 했다고 말씀드려라. 사실이 그렇잖아. 문제의 요점은 아버지와 미리 상의하지 않고 정했다는 것, 두 번째는 서울에서 일본으로 직행한다는 것이다. 다만 이것만은 잊지 말아라. 다음달 3일의 부산 출발 예정은 절대로 말해서는 안 된다. 3일이라고 하면 전화기 앞에서 졸도하실 거야. 알겠지, 다음 달 초순 경이라고만 하면 돼, 물어보시거든 구체적인 일시는 오빠한테 맡겼는데 미정이라고……(오빠, 잘 안 들려요, 잡음이 나……. 이방근은 목소리를 낮추고 있었다). 오빠의 착각이었다. 그러나 서로 떨어져 있어서, 부모에게 나라를 떠난다는 걸 알릴 수 없는 경우도 있다. 나중에 연락을 하거나 승낙을 받는 일도 있어. 네가 그렇다는 게 아니야. 그래도 이런 얘길 전화로 나눌 수 있다는 건 고마운 일이지…….”

“오빠는 언제 서울에 와요?”

“내일 밤 승선 예정이었는데, 아무래도 2, 3일 늦어질 것 같구나.”

“출발은 어떻게 되는 거예요?”

“하루 이틀 늦게 출발할 거야. 우상배 씨한테는 전화해서, 하루 이틀 연기해 달라고 할 거니까.”

“그렇게 우리 맘대로……. 될 리가 없어요. 우 선생님한테 전화가 왔었어요. 준비는 됐냐고…….”

“그래, 알고 있어. 잠시 기다리고 있어라, 아버지를 깨울 테니. 아버지가 전화로 화를 내시거나 혼내시더라도 전화를 끊지 마라, 자상하게 대응해야 한다. 자다 일어나면 더욱 기분이 안 좋으실 수도 있으니까…….”

이방근은 수화기를 전화함에 그대로 늘어뜨린 채 아버지 방으로 가려다, 갑자기 부엌 쪽 출입구에 뭔가 이상한, 아니 출입구를 가로막듯이 우뚝 서 있는 흰 옷차림의 사람 모습을 발견하고 크게 놀랐다. 자세히 보니 아버지였다. 눈에 들어온 순간에는 아버지로 보이지 않을 뿐이었다. 아버지의 출현에 이방근은 다시 한 번 놀랐다.

“아. 아버지세요. 무슨 일이세요?”

이방근은 식은땀이 솟는 것을 느꼈다.

아버지는 말없이 전화함 쪽으로 다가왔다.

“주무시지 않으셨습니까?”

이방근은 옆으로 비켜서서 길을 내드렸다. 아버지는 아예 잠자리에 들지 않은 것 같았다.

"전화는 누가 받았냐? 유원이냐."

"예ㅡ."

전화는 누가 받았냐……? 적어도 수화기를 놓기 직전의 통화 상대가 유원이라는 것을 아버지는 알고 있었던 것이 아닌가. 전화를 하면서 방금 전에 돌아봤을 때는 문 주위에 아무도 없었다. 단지 심야의 정적과 어둠만이 주변을 흠뻑 적시고 있었다. 한숨 잔 덕분에 취기는 상당히 깬 듯했다. 대체 무슨 이야기를 하고 있을 때 아버지가 모습을 나타낸 걸까. 이방근은 방금 자신이 했던 말을 필사적으로 되새겨 보았다. 어험, 하고 가볍게 기침이라도 하는 것이 상식일 텐데, 마치 도청이나 다름없었다. 식은땀이 촉촉이 배어 나왔다.

아버지는 축 늘어져 흔들거리는 수화기를 불쾌하다는 듯이 잡고 귀에 대면서, 송화기를 얼굴 가까이에 댔다. 이방근은 소파에 앉았다.

"……애비다." 아버지는 무뚝뚝한 목소리로 말했다. "아ㅡ, 건강하고말고……. 공부는 열심히 하고 있는 게냐. 그거 다행이다. 으흠, 죄송하다는 말은 네가 뭔가 이 애비에게 잘못한 일이라도 있다는 게냐. 무슨 일인지 사정은 잘 모르겠다만, 으ㅡ음, 무슨 얘긴지는 하더라만, 자세한 건 모르겠다. 네가 일본에 간다든가 어쩐다든가 하는 얘기 같던데, 그게 무슨 소리냐. 그런 얘기는 전화로, 오밤중에 전화로 할 얘기는 아닌 것 같구나. 애비는 전혀 모르는 일이다. 도대체가 그런 얘기는 애초부터 못 들은 얘기니까, 없는 것과 마찬가지라는 거야……."

호통을 칠 줄 알았는데, 아버지는 이야기의 핵심을 비껴가면서 감정을 억누르고 담담하게, 자상한 느낌마저 드는 어조로 말했다.

"아버지, 말씀이 다르시지 않습니까……."

이방근은 소파에서 일어나 말했다.

"……아—, 오빠는 여기 있다……." 아버지는 말을 끊었다. 잠시 그렇게 있었다. 상대도 어이가 없어 전화의 이야기를 듣고 있지 않았던 모양이다. 유원은 유학 이야기를 꺼낸 모양인데 아버지는 당사자에게 처음부터 아예 문제 삼지 않겠다는 태도를 이방근 앞에서 보였다. ……여보세요, 아버지, 아버지……. 아버지가 손에 든 수화기에서 유원이 아버지를 부르고 있는 목소리가 새어 나왔다.

"……애비는 듣고 있다. 네 얘길 듣고 있으니 말해 보거라……." 소파 옆에 우뚝 서 있는 이방근을 등지고 아버지가 송화기에 대고 대답했다.

"가령 일본이건 미국이건 가고 싶은 곳에 가더라도 말이다. 설사 그걸 니들 마음대로 정했다 하더라도, 가기 전엔 부모에게 인사를 하고, 적어도 부모와 대면을 하고 가는 게 인간의 도리라는 게다. 음. 이웃 마을이나 같은 나라 안에서 갔다 왔다하는 것과는 사정이 달라. 네가 불효라고 스스로 인식하고 있다면, 전화로 그런 얘기를 하는 건 그만 두거라. 난 이 문제로 긴 얘긴 않겠다만, 맹장수술이라도 하는 양, 뭘 그리 급하게 구느냐. 외국으로 유학을 할 거라면, 오늘 낼이라도 떠나야 할 것처럼 서둘러선 안 된다. 제대로 가족과, 친권자인 애비와도 찬찬히 얘기를 하고 나서 만반의 준비를 갖추고 가는 것이야. 야반도주라도 하듯이 급하게 갈 필요는 절대 없다. 애비가 화를 내고 있다든가, 서운해 한다든가 하는 건 당치도 않다. 그런 건 문제가 아니고, 관계없는 얘기다……. 너 울고 있는 거냐. 그렇다고 울 것까진 없다……. 자, 잠깐 기다려라……." 아버지는 수화기를 귀에서 떼고 갑자기 목을 뒤로 비틀더니, 반동을 주며 크게 재채기를 했다. "……그러니까, 아무튼, 집에 한 번 돌아오거라. 오빠 결혼 얘기도 있고…….

여름방학에도 못 왔잖느냐, 왜 이번에 방근이와 함께 오지 않았느냐고, 데려오지 않았느냐고 네 오라비를 혼냈다(이것은 완전히 거짓이었다). 음, 그래, 유학이야기도 그때 하면 되겠구나. 어떻게든 그것이 네가 갈 길이라면, 몇 개월쯤 늦어져도, 한 학기 늦어진다 해도 문제될 건 없을 게다. 배라면 얼마든지 있다. ……그래, 오빠도 결혼을 해야겠지……(분명히 결혼은 여동생의 유학과 교환조건은 될 수가 없고, 별개의 문제라는 이야기가 나왔었다. 그러나 어떻게 된 일인가. 여동생의 유학은 허락하지 않은 채, 감쪽같이 내 '결혼'만이 화제가 되고 말았다……). 이제 전화를 끊겠다만, 알겠느냐, 부모와 집을 버릴 생각이 아니라면 돌아오거라, 반드시. 대학의 학기가 시작될 테니, 그때까지 늦지 않도록 곧바로 이쪽으로 출발하는 게 좋겠구나……."

아버지는 이것은 아비의 명령이라고 묘하게 다짐을 하면서, 내일 정오쯤에 그쪽으로 전화를 할 테니 집에 있을 것, 도항증명서는 받을 수 있는지, 혼자 여행하는 것은 피할 것 등을 분부하고 전화를 끊었다. 입안에 쓴 위액이 밀려 올라오듯 고였다.

"넌 안 잘 거냐. 난 가서 자야겠다."

"그러세요. 안녕히 주무세요……."

모든 것을 심야 탓으로 돌리자. 아버지는 소파에 앉지 않고, 옆으로 지나쳐 부엌 쪽의 출입문으로 나갔다. 이방근은 그 모습을 우두커니 지켜보았다.

여동생을 바꿔 주었더라도, 아버지 앞에서 돌아오지 말라고는 할 수 없었지만, 간단하게라도 이야기의 앞뒤를 덧붙여 지시하지 않으면 여동생은 혼란에 빠질 것이었다. 오늘 밤은 잠들지 못할 게 틀림없었다. 하나부터 열까지 실수만 저지르고 있는 것 같았다. 딸의 유학을 부정한다고는 해도, 너무나 일방적이고 이야기도 제대로 듣지 않은 것 같은, 아들을 무시한 아버지의 말투였다. 이방근은 아버지를 비열하다고 생각했다.

완전히, 여동생 앞에서 오빠의 권위를 부정하는, 일찍이 유원의 내부에 '신화'적 존재였을 터인 오빠의 권위가 실추된 처지였다. 실로 부권과 친권의(유원을 향해 그런 익숙하지 않은 말을, 아들 앞이라서 의식적으로 사용한 것인지 어떤지는 모르겠지만), 온화하지만 교활한 행사였다.

전화로 통화할 기회를 스스로 아버지에게 제공한 것은 좋았지만, 이래서는 아버지의 덫에 걸려든 꼴이 되고 말았다. 이방근은 소파에 앉아, 담배를 문 채 성냥을 켜는 것도 잊은 채 잠시 생각에 잠겼다. 취기가 몸과 머리에서 사라진 것은 아니었지만, 한 시간가량의 선잠이 취기를, 취기가 쌓여 납덩어리처럼 뭉친 피로를 희석시켜 준 것 같았다. 아버지의 덫에 걸려든 것이 아니다. 결과적으로는 스스로가 놓은 덫에 빠진 것이다. 으흠, 정말 이런 것을 두고 운이 없다고 하는 건가.

이방근은 성냥을 그어 입에 문 담배로 가져갔다. 불이 붙은 담배를 입에서 떼어 한쪽 손가락 사이에 낀 채, 후ㅡ 하고 성냥개비의 불꽃을 껐다. 응접실의 유리문 밖은 어둠의 심해였다. 안뜰 너머 아득히 바다 소리가 들렸다. 바다가 움직이고 있었다. 아버지는 어째서 급하게 딸을 불러들이려는 걸까. 유학을 전혀 문제 삼지 않는다면, 당장 불러들일 필요는 없을 터였다. 간단히 왕래할 수 있는 길도 아니거니와, 단순한 충동도 아닐 것이었다. 일본행 이야기가 본인의 입에서 나온 이상, 긴급한 문제로 생각됐을지도 몰랐다. 그렇다고는 해도, 처음부터 아예 상대도 않으려던 그 태도에서, 왜 딸을 급히 불러들이는 건지, 이방근은 역시 납득이 가지 않았다.

이방근은 흑단 진열장이 있는 벽 가장자리 기둥에 붙어 있는 전화 상자를 바라보면서, 본인은 그렇게까지 의식하지 않는다 해도, 결과적으로는 딸을 잔혹한 혼란으로 내몬 아버지의 모습을 떠올렸다. 곁에 아들이 없었다면 전화상으로 좀 더 다른 대응을 했을지도 모른다. 실은, 자리를 비워드릴까요, 라는 말을 하려다. 그것이 어색하기도 하고 갑자기 나타난 아버지의 모습에 당황한 나머지, 우뚝 선 채로 달리 할 일도 없어 소파에 앉았던 것이었다. 그리고 계속 앉아 있었던 것은 당연히 아버지의 이야기가 끝나면 여동생과 통화할 생각에서였다.

아버지의 딸과의 응답, 그리고 전화를 끊는 방식은 아들을 완전히 무시한 처사라고 이방근은 생각했지만, 아버지는 아버지대로 부모인 자신을 대하는 아들의 태도에, 지금까지 체념 하나로 대응했다고밖에 할 수 없는, 아들에게 형용할 수 없는 무시를 계속 느껴왔을지도 모른다……, 그렇게도 생각해 보았다. 그는 언뜻 본심은 결코 아버지를 무시하고 있지 않다고 애써 좋게 생각해 보았지만 그러나 뭐가 본심이고 뭐가 본심이 아닌지, 이미 본심이 아닌 것 같으면서 그게 본심……, 경계가 분명치 않다고 느끼면서도 벗어날 수 없었다.

아버지가 서울에 거는 전화는, 아마도 내일 아침 출근한 뒤 은행이나 자동차 회사의 사무실에서 신청하게 될 것이다. 이방근은 내일 아침 아버지가 집을 나선 후에 서울로 전화를 신청할 생각이었다. 어쩌면 점심때가 되기 전에 여동생 쪽에서 직접 오빠 앞으로 전화를 걸어올지도 몰랐다. 어쨌든 내일 오전 중에 도항증명서를 위해 도청과 경찰서에 가려던 일은 오후로 미루고, 서울로 전화가 연결될 때까지 집에서 대기해야 한다. 만일 여동생이 이쪽으로 오게 된다면 서둘러 서울로 출발할 필요가 없다. '서북'에 대한 대응은 그 상황을 봐 가며 결정할 수밖에 없었다. 내일 아침에 '서북'이 쳐들어 오면 쳐들어 오는 대로, 그들이 어떻게 나오는지 상황을 보며 생각하면 된다. 오려고 했다면 이미 오늘 밤에 쳐들어 왔을 그 시각은(늦은 밤 두 시든 세 시든,

새벽이든 하려고 하면 그들은 했지만), 이미 지났다고 해도 좋았다. 설마 내일 아침에 홍기를 들고 이곳으로 습격을 해 오는 일은 없을 것이었다. 급박한 경우에는 문난설의 존재가 큰 힘이 될 수 있다.

취기가 남아 꿈틀대고 있었지만, 술이 제방을 넘어 밖의 술을 불러들일 힘도, 그 술끼리 서로 다투어 마시다 죽을 힘도 잃어버린, 조금 전 꼼짝도 할 수 없었던 납덩어리 같은 피로가 지금은 다소 풀린 것인지, 뱃속에서 약간의 술을 원하는 듯한 느낌이었다.

이방근은 소파에서 일어나 부엌으로 가더니, 밥사발 가득, 한 홉 정도의 소주를 항아리에서 퍼내다가 부엌 밖의 어두운 복도로 나왔다. 아버지가 있는 오른쪽 안채도, 안뜰을 끼고 마주한 서재가 있는 바깥채도 시커먼 어둠에 깊이 가라앉아 있었다. ……어라, 서재 옆에 있는 여동생의 방, 문난설이 기거하는 방의, 응접실 불빛에 희끄무레하게 비치는 장지문이 조금 열린 것을 이방근은 발견했다. 문난설은 이미 잠들었을 터였다. 밤공기가 필요할 정도의 더위도 아니고, 오히려 폭풍우가 지난 뒤의 밤인 만큼 조금 서늘할 것이었다.

어젯밤, 부엌에 술을 가지러 그 방 앞을 지나간 것은 그녀가 잠자리에 든 뒤였는데, 그때는 장지문이 좌우로 꼭 닫혀 있었다. 이틀째라서 조금 익숙해졌는지도 몰랐다……. 별로 중요한 일은 아니었지만, 왠지 마음에 걸리는 것이 있었다.

이방근은 코끝에 냄새를 풍기는 소주 사발을 소중하게 들고, 조심스러운 발걸음으로 툇마루에서 응접실로 들어갔다. 선잠을 자기 전처럼 무릎이 탁 꺾이면서 휘청거렸다간 큰일, 술이 든 사발을 바닥에 떨어뜨리고 말 것이다. 술을 테이블 위에 놓았다.

설마……. 그는 사발을 입술에 대고 한 모금 꿀꺽 목구멍에서 뱃속으로 삼킨 뒤 머리를 흔들어 망상을 떨쳐 버렸다. 나영호가 몰래 들어

간 것은……. 이방근은 한순간 머리가 확 끓어올랐지만, 너무나 어이
없는 망상이었다……며, 거듭 머리를 옆으로 흔들었다. 그렇다면 일
부러 문을 열어 놓았을 리가 없다……. 뭘 위해서.

　마음에 걸리는 건…… 따로 있었다. 원래 있던 취기는 새로운 술기
운을 금세 받아들여, 주인이 좋다고 마실수록 구석구석 흡수되어 퍼
져 나간다. 사발 한 잔으로 충분할 것이다. 취기에 밀려난 잠도 그렇
게 밀리는 가지 못할 터였다. 마음에 걸리는 것……. 이방근은 어떤
직감적인, 말하자면 느낌에 지나지 않는다고 하면 그뿐이지만, 정체
를 알 수 없는 막연하고 이상한 예감이 들었다. 유원이 아버지의 명령
으로 서울에서 집으로 돌아오는 것에 대해, 어떤 불안이 휘감긴 예감
이 들었다. 아버지의 반대를 무릅쓰고 일본행을 결행하여 서울에서
바로 직행시키기 위해, 누이가 제주도 생가로 돌아오는 것을 반대하
는 것이 아니라, 집에 오는 것 자체에 뭔가 분명치 않은 불안을 느꼈
다. 오는 도중에 하루나 이틀 묵어야 하는 기차와 배 여행이 위험해서
가 아니었다. ……만약 살(煞)의 존재를 믿는다면, 하나의 표현으로
서 살에 비유한다면, 살이, 뭔가 사악한 기운이 여동생을 불러들이는
듯한, 아버지의 목소리를 빌려, 아버지의 명령이라는 권위를 빌려 불
러들이는 듯한 불길한 느낌이 문득 드는, 그런 불안이었다. ……아니,
취기 탓, 기분 탓일 것이다. 만약 살이 있다면, 돌아가신 어머니의 혼
백도 존재하여 딸을 지키려고 할 것이 틀림없다……. 이것도 망상,
망상……. 멀리서 작은 발소리, 눈 위의 토끼와 같은 작은 발자국,
살의 발소리……. 망상.

　이방근은 사발에 든 한 홉의 술이 바닥나면서 몸이 뜨거워지고 술기
운이 깊어졌다. 저 방의 장지문이 열려 있는 것이 마음에 걸렸다. 그
가 자신의 방에 돌아갈 때, 그 조금 열린 장지문 앞을, 어두운 내부를

엿보고 지나갈 일이 벌써 신경이 쓰였다.

이방근이 소파 등받이에 몸을 천천히 기댔을 때, 등 뒤의 서재 쪽 출입구 근처에서 뭔가 기척을 느끼고 움찔해서 뒤돌아보았다. 설마 어떤 요염하고 아리따운 화신은 아니겠지. 뭔가를 발산할 듯한 풍만한 몸을 감싼 파자마 차림의 문난설이 열려 있는 문 입구에 약간 어색한 미소를 머금고 서 있었다. 이방근은 문난설의 몸이 눈으로 쑥 빨려드는 듯한 느낌 속에서, 순간적으로 소파에서 그녀 쪽을 향해 일어섰다.

"아아, 난설 씨였군요. 놀랐습니다……."

"죄송해요……." 심야의 그림자 속의 문난설이 입을 열었다. "안 주무시나요."

"예에, 무슨 일이십니까……?" 아니, 그렇게 말하면 안 된다. 이방근은, 자, 어서……라고 말했다. "이쪽으로 오시지 않겠습니까."

맨발의 문난설은 소리도 없이 압박감을 감돌게 하며 이쪽으로 다가오더니, 이방근과 마주 보고 무릎을 가지런히 모은 뒤 소파에 앉았다.

조금 전의 망상으로 인한 부끄러움이 이방근의 볼을 엄습했다. 그는 파자마 위로 풍만하게 솟아오른 가슴에서 눈을 뗐다.

"술을 그렇게 드시고 괜찮으신가요. 아까는 정말 걱정했어요. 보통 때와는 다르셨거든요……. 지금도 목소리가 심각해요……."

"아니, 아까보다는 훨씬 낫습니다. 한숨 자고 일어났을 땐 심각했지요. 전화를 받은 서울 여동생이 유령 목소리 같다며 깜짝 놀랄 정도였으니까요. 가볍게 한잔하시겠습니까."

"아니요……."

"담배는……?"

"괜찮아요."

이방근이 담배를 물고 성냥불을 갖다 대는 것을 그녀는 잠자코 보고 있었다.

"잠이 오지 않습니까?"

이방근이 말했다.

"아니요……."

"나영호 코 고는 소리가 난설 씨가 있는 방까지 들리지 않던가요."

"……밤중에, 참, 지금이 밤중이죠. 잠시 눈을 떴더니, 장지문 쪽이 희미하게 새벽 같은 느낌이 들어서……. 문을 조금 열어 보았습니다. 응접실 쪽에 불이 켜져 있었는데, 선생님이 혼자 계신 것 같아서……."

정말인가……? 이방근은 가벼운 실망감을 맛보며 생각했다. 그래서 파자마 차림으로 나왔다는 말이군. 그는 며칠 전, 서울 집에서 여동생과 함께 머물고 있던 조영하가 심야, 슈미즈 한 장만으로 어두운 방 입구에 서서 이쪽을 가만히 바라보고 있던 일을 떠올렸다. 비몽사몽이었던 탓에 처음에는 유령처럼 희미하고 희끄무레하게 떠올랐는데, 머지않아 풀어헤친 반라의 도발적인 여체를 드러낸 조영하임을 깨달았다. 이방근은 무언의 그 형체를 향해 누구……? 하고 말을 걸었다. 그리고 그 순간, 모든 것이 깨져 버렸다. 일어나 방으로 끌어들였으면, 말없이 저항하지 않고 들어왔을 그녀였다. 그 환상 같은 여자의 모습을 떠올리고 있었다. 조금 전에, 무슨 일이십니까……? 라는 말을 문난설에게 하고 내심 바로 지워 버린 것은, 거의 무의식적인 조작으로 그날 밤 조영하의 상이 거기에 겹쳐 있었던 것이다. 다만, 그때 바로 의식하지 못한 것은, 생각지도 못한 문난설의 모습에 놀랐기 때문이었다.

밤이 너무 늦었다. 두 사람은 잠시 후 자리에서 일어났다. 문난설은 맵시 나는 높은 허리를 흔들며 두세 걸음 앞서고, 이방근은 불을 끌 테니……라며 벽의 스위치를 돌렸다. 그 순간 어둠이 눈앞을 가려,

두 사람 모두 그 자리에 멈춰 섰다. 잠깐만 있으면 눈이 익숙해진다. 이방근이 고양이처럼 눈을 크게 뜨고 어둠 속에서 문 쪽으로 천천히 다가가자, 검은 그림자의 덩어리 같은 느낌이 보다 커지면서, 문난설의 몸에 손이 닿았다.

"어마……."

"접니다요……."

이방근은 갑자기 목이 마르면서 지독히 쉰 목소리가 나왔다.

그는 거의 더듬듯이 문난설의 손을 잡았는데, 빼려고 하지 않는 그 손을 잡은 채, 갑자기 그녀의 몸을 끌어당겨 한 손을 상대의 허리에 감았다. 그녀는 손은 맡기면서도, 몸은 버티듯이 뒤로 젖혔다. 순간 거부했지만 그 이상은 피하지 않았다.

이방근은 문난설의 풍만한 가슴골에 얼굴을 묻었다. 화장품 냄새가 섞인, 콧속으로 확 풍겨 오는 숨이 막힐 듯한 체취. 낮의 해안도로에서 작렬하는 천둥 번개에 놀라 안겨왔던 그녀가 아주 잠깐 자신의 가슴에 얼굴을 묻었던 그 순간이 되살아났고, 지금 그녀의 몸이 이방근의 팔 안에서 확실하게 반응하고 있었다.

어둠 속에서 두 사람의 볼과 볼이 서로 스치고, 이방근의 입술이 여자의 쭉 뻗은 목덜미를, 그리고 흐트러진 머리카락 속을 더듬으며, 파자마의 옷깃을 밀어내리고 어깨선을 따라 미끄러져 갔다. 여자는 양 어깨를 움츠리면서 차츰 남자의 몸에 손을 감았다. 입술을 떼자 얼굴의 위치가 정상에 가까워지고, 어렴풋이 서로의 얼굴을 확인하는가 싶더니, 이방근은 상대의 입술에 자신의 입술을 포갰다. 입술이 합쳐졌다. ……아흠, ……아흠, ……아흠, 음……. 입술을 겹치면서 가볍게 힘을 쓰는 듯한 작은 한숨이 새어 나오고, 그 속에서 냄새가, 체취와 겹치는 듯한 따뜻한 느낌으로 몸을 훅 덮어 내리는 냄새가 피어올랐다.

"아, 더는 안 돼요, 안 돼……."

여자는 입술을 떼고 몸을 빼내려 했다.

그는 몸을 떼더니, 거의 우격다짐으로 그녀의 손을 끌고 어둠 속에서 소파로 데리고 가 쓰러뜨렸다. 소파는 크게 삐걱거렸지만, 그녀의 몸은 스스로의 힘도 작용하여 손쉽게 옆으로 쓰러졌다. 그녀 위에 몸을 포갠 이방근은 다시 입술을 맞췄다. 고개를 흔들어 피하는 그녀에게 다시 입술을 들이대 입을 맞췄지만, 그녀는 입술을 꽉 닫은 채 열지 않았다. 소리를 지르거나 몸을 비트는 저항은 없었지만, 더 이상은 입술을 허락하지 않았다. 이방근은 닫힌 입술을, 굳게 닫힌 조개를 억지로 열듯이 혀를 찔러 넣어, 그 입술을 억지로 열었다.

여자는 소파에 다시 일어나, 어둠 속의 그림자를 움직이며 파자마의 가슴 언저리 단추를 채웠다. 두 사람은 소파에 나란히 앉아 있었다. 그녀의 방으로 가자는 것을 문난설이 거부하고 있었다. 갑자기 술에서 깬 것 같은 어색한 느낌, 거의 흥이 깨진 자신을 의식하면서, 이방근은 그 느낌을 견딜 수 없었다.

"내일 밤, 단둘이 만나고 싶소."

"……?" 문난설이 순간 대답을 망설였다. "어디서요……?"

"당신이 있는 방에서, 내일 밤, 늦게……."

"그건 안돼요……."

"상관없소, 갈 테니까……."

"……안 돼요."

그때, 응접실의 유리문에 어렴풋한 빛의 반사가 비쳤다. 설마 집 외부로부터의 불빛은 아니다. 쉿……. 그것이 갑자기 가까이 온 모양이었다. 아버지 방 앞의 툇마루를 따라 손전등을 들고 누군가가 나와 있었다. 뭔가 이쪽의 기척을 알아챈 것일까. 두 사람은 얼굴과 얼굴을 맞대다시피 소파의 등받이 뒤쪽에 몸을 숨기고 숨을 죽였다. 아버지의 거실 근처까지 온 듯한 그 불빛은 응접실로 다가와, 열려 있는 부엌 쪽 출입구로 손전등의 불빛을 비췄다. 빛이 방을 크게 한 번 돌더니 소파 위를 스쳤다. 그녀가 이방근의 손을 잡고 있었다. 빛과 함께 느린 발걸음 소리는 천천히 응접실 앞 복도를 오른쪽에서 왼쪽으로 가로질러 세면장 쪽으로 향했다. 계모였다. 방문은 닫혀 있소. 이방근이 그녀의 땀이 밴 귓가에 속삭였다. ……네에. 후각은 여자 쪽이 더 예민하다. 빛은 왼편에 있는 변소 쪽으로 사라졌다. 세면장에는 꼬마전구가 켜져 있을 것이다. 배탈이라도 난 것일까. 방에 요강이 있어 밤사이의 용변은 해결할 수 있다.

다시 불빛이 아까와는 반대편에서 나타나 느린 발걸음과 함께 응접실 앞을 지나 사라지자, 이윽고 주변은 본래대로 어둠에 잠겼다. 두 사람은 곧바로 소파에서 일어나 방으로 돌아갈 수 없었다.

소파에서는 응하지 않았던 그녀가, 일어나서는 포옹을 해도 피하지 않았다. ……그때부터 몇 년이나 지난 것 같은데, 음, 지금이 믿기지 않는다…….

"……내일, 만나고 싶소."

"내일 밤은 여길 떠나시잖아요?"

"아니오, 내일의 출발은 취소됐소. 내일 밤, 만나고 싶소……"

"……"

그녀는 포옹을 풀었다.

먼저 응접실을 나간 문난설의 그림자가 살며시 방 안으로 사라져 가는 것을, 이방근은 출입구 기둥의 그늘에 우뚝 서서 지켜보았다. 그리고 잠시 후에 그는 장지문이 꼭 닫힌 그 방 앞을 지나 자신의 방으로 돌아왔다.

4

　문난설이 있는 방 앞을 지나치면서 본 장지문의 흰색을 어렴풋이 알 수 있을 정도로 별빛조차 없는 어둠이었다. 이방근은 서재의 불을 켜지 않았다. 거의 감으로 더듬어 소파의 위치를 확인하자, 그는 잠시 어둠 속의 소파에 엉덩이를 묻고 상반신을 등받이에 기댔다.

　한 잔 마신 탓인지, 나영호는 깊이 잠들어 있었다. 언제 커질지 모를 자신의 코 고는 소리에 잠을 깨게 될지 모르지만, 지금 옆 온돌방에서 희미하게 들려오는 코 고는 소리는, 행복한 잠 그 자체였다.

　믿을 수 없는 일이 일어난 것이다. 설마 그녀가 이 팔 안에 있을…… 줄이야, 어디서 무슨 일이 일어날지 모르는, 어제는 완전히 '재수 없는' 날이었을 터인데, 엉뚱하게도 일이 이렇게 되었다. 그것도 모두 어둠 속에서의 일이었고, 눈에 형태가 보이지 않는, 냄새와 몸과 몸이 겹쳐지는 것만으로 확인할 수밖에 없는, 이내 어둠에 녹아 버린 듯한, 이상한 감각의 포옹이자 기억이었다. 그것은 이미 어둠 속으로 흘러가 사라져 버리고 기억조차 확실치 않지만, 그러나 농밀한 실감. 내일 만나고 싶소. 내일 늦은 밤 만나고 싶소……. 이 얼마나 머쓱해지는 얼간이 같은 소리인가. 아니, 상대가 어떻게 받아들였는지, 상대의 가슴에 그 뜻이 전달되었는지, 그것이 문제였다.

　깬 듯했던 취기가 가슴을 태우며 찌르는 것처럼 뜨겁고, 너무 목이 말랐다. 마치 심한 독감에 걸려 폐렴으로 번질 듯한 고열에 시달리는 것처럼, 이방근은 땀에 젖은 가슴께의 셔츠 단추를 풀었다. 단추를 풀면서 어둠 속의 그림자가 움직이고, 소파에 고쳐 앉아 파자마의 가슴 언저리 단추를 채우는 여자의 모습이 떠올랐다……. 그래, 그렇지, 마침 나영호가 혼자서 마시던 소주가 든 오지 주전자 옆에 물병이 있었던 걸 기억해 내고는, 테이블 위를 더듬어 물병을 손에 들었다. 그리고 그대로 입에 대고 목구멍으로 쏟아부어, 철사라도 걸린 듯 타들어 가는 가슴의 불을 껐다. 그건 안 돼요, 안 돼요……. 그건, 그렇다. 안 된다, 여동생 방에서……. 아니, 그냥, 안 된다……?

이방근은 귀를 기울였다. 나영호가 자고 있는 방과는 반대쪽 방의 벽 너머로, 여자의 희미한 기침 소리, 아니 이불 속에서 뒤척이는 희미한 소리라도 그것이 신호로써 전해 오지는 않을까 귀를 곤두세웠다. 그는 물을 마셨다. 그리고는 소파에서 일어났다. 눈은 어둠에 익숙해졌지만, 여전히 손으로 더듬는 동작이 먼저 나올 정도로 어두웠다. 나영호의 코 고는 소리는 계속되고 있었다.

어둠 속을 헤엄치듯이 발길을 옮겼다. 그는 서재 앞의 툇마루로 나와 오른쪽으로 몇 걸음, 일고여덟 걸음 움직였다. 발밑에서 희미하게 삐걱거렸다. 이 소리는 그녀의 귀에 이미 도달해서……, 그녀는 결코 잠들어 있지 않을 터였다. ……내일 밤은 여기를 떠나시잖아요……. 아니, 그건 취소됐소……. 이방근은 장지문 앞에서 몸을 수그리더니, 거의 얼굴이 그에 닿을 정도로 갖다 대고선 목소리를 죽여, 난설 씨…… 하고 불렀다.

"……난설 씨."

반복했지만, 대답이 없었다. 들리지 않는 건지, 뒤척임도, 베개에서 고개를 드는 기척도 들리지 않았다.

"난설 씨……."

이방근은 양쪽으로 열리는 장지문에 손을 대고 한쪽으로 밀었다. 몇 밀리미터인지 움직였지만, 예상대로 철컥하는 소리를 내면서 멈췄다. 나영호가 갑자기 잠에서 깨어 불을 켜고, 옆의 이부자리가 비어 있는 걸 알면 어떻게 될까. 이방근은 전신에 땀이 솟아났다. 숨을 죽이고 다른 쪽 장지문을 당겨 보았지만, 역시 열쇠가 걸려 있었다. 제 기랄! 뭐 이런 여자가 다 있어. 차가운 덩어리가 뜨거운 머릿속을 달리더니 등줄기로 달아났다.

"난설 씨, 열어 주시오……. 난설 씨……."

고양이가 구애하는 듯한 목소리. 대꾸가 없었다. 쥐 죽은 듯이 고요했다. 어둠이 흐르는 소리……. 어떻게 된 일인가. 이방근의 몸에 취기가 되살아나 돌고 있었다. 그는 좌우의 장지문이 닫힌 경계의, 이미 틈이 생긴 문살 주변을 톡톡 두드렸다. 희미하게 눈앞을 떠다니는 것 같은 하얀 장지문이 소리를 내면서 흔들렸다. 계속 두드렸다. 심장의 고동과 함께 소리가 높아졌다.

"난설 씨……."

이방근의 목소리에 초조함과 노기가 섞였다. 대답이 없다.

"……예, 무슨 일이세요?"

몇 초 뒤에 어둠 속에서 여자의 낮고 투명한 목소리가 들렸다. 이방근은 가슴이 왕창 무너져 내리는 것을 느꼈다.

"열어 주시오……"

"아이구, 안 돼요."

"왜요?"

"부탁이에요, 그런 일은 안 돼요. 게다가 이미 밤이 늦었어요."

"옆에 들려요. 열어 주시오. 부탁이요……."

"……"

이방근은 일어나 있었다. 장지문 하나를 발로 차 버리지도 못하고 있는, 마치 어둠에 용해될 것 같은 모습의 보이지 않는 자신을 어떻게 하지도 못하고, 막막한 심정이었다. 잠시라도 격정이 식으면 추태가 보인다. 도대체 뭘 하러 뻔뻔스럽게 여기에 와 버린 걸까. 지금 안 된다면 내일 밤도 안 될 것이다. 아니, 내일 같은 건 필요 없다. 이대로 실패한다면 무참한 망신으로 끝나고, 성공한다면 종이 한 장 차이로 같은 치욕이 화합의 극에 달한다. 이방근은 어둠을 향해 거의 소리라도 지르고 싶은 심정이었다. 역시 남자가 있는 게 아닐까. 그런데도 포옹을 했다……. 그러나 지금 이 집에 그녀 혼자뿐이라고 해도 장지문을 부수고 뛰어들지는 않을 것이다. 이방근은 진흙투성이 구두처럼 참담한 기분에 휩싸이면서 다시 한 번 말없이 장지문을 가볍게 두드렸다. 그녀가 일어나 이 장지문 하나를 여느냐 마느냐에, 이방근에게 그녀의 모든 존재의의가 달려 있었다. 문을 열고 그녀가 그를 안으로 불러들이는 순간, 봇물이 터진 기세로 전신을 던져 넣기 위해, 이방근은 다시 문을 두드렸다. 아니, 거의 오기에 가까웠다.

"난설 씨……." 이방근은 허리를 구부려 장지문에 얼굴을 바싹 갖다 대고 그녀를 불렀다. "마지막 부탁이오. 열어 줘요. 사람들이 깰 거요……. 얼굴, 얼굴을 장지문에 가까이 대 줘요. 난 아무것도, 자신의 모습도 보이지 않소. 당신도 자신이 보이지 않는 것처럼……. 내일 밤의 일 같은 건 알 바 아니오, 들려요? 여동생의 방이라서……. 아니, 더 이상 내게 이런 말은 시키지 마시오……."

애원이 아니라, 비천한 협박이었다. 더 이상 비참한 마음이 들지 않게 해 주시오……라고는 말하지 못했다. 어둠이 움직이고 시원한 바람이 흘러 얼굴을 쓰다듬었다. 이방근은 땀이 밴 이마를 느꼈다. 대답이 없다. 무시가 계속된다. 가령 지금 누군가가 잠이 깨어 이 현장을 보았다면 어떻게 할까. 그녀의 완강한 거부는 증명이 되었으니, 그녀에게 잘못은 없다고 할 것이다. 만일 거기까지 계산하고 있다면…….한순간 그런 생각이 스쳤다. 혹시 그렇다면 얼음 같은 여자다…….굴욕감이 뒤섞인 분노의 감정이 취기의 밑바닥에서 솟아올라와, 이방근은 자신도 모르게 한발로 쿵하며 툇마루를 밟았다. 이런 무시 앞에서 지금 이 자리를 떠날 수는 없었다.

이방근은 흠칫 놀라며 흐느끼듯이 숨죽인 여자의 목소리를 들었다. 그것은 장지문 바로 뒤는 아니었지만, 장지문에 가까운, 그것도 이불에서 일어난 자세처럼 높은 곳에서 나는 목소리였다. ……선생님, 부탁이에요, 이게 무슨 일인가요, 두렵습니다. 아무쪼록 오늘 밤은 이걸로 돌아가 주세요……. 어둠 속이라 모든 것이 정확하지는 않았지만, 이게 설마 그녀일까 하는 생각이 들 만큼 연약한 소녀의 목소리였다. 어둠에 휩싸인 그녀는 어느새 문난설이 아닌 뭔가로 변신해 버린 것은 아닐까 하는 생각이 스치며, 한순간 등줄기가 오싹해졌다. 그래서……? 이방근의 목이 타는 듯한 목소리가 뜨거워졌다. 내일, 기다리고 있겠어요. 정말로……? 이방근은 앞뒤를 가리지 않고 반사적으로 대답했다.

"……"

상대의 고개를 끄덕이는 듯한 기색의 소리 없는 대답이 돌아왔다.

"앗……"

이방근은 작게 외쳤다. 동시에 치익 하고 장지문이 찢어지는 소리와 감촉이 이방근의 볼에 느껴졌다. 그가 들이대고 있던 얼굴을 움직인 순간, 코끝이 장지문 종이에 닿아 버린 것이다. 무명천만큼 강한 종이지만 물기에 약하고, 땀이 밴 얼굴의 수분을 머금고 있었기에, 작은 압력으로 간단하게 구멍이 나 버린 것이었다. 장지문의 구멍은 보이지 않지만, 장소는 알 수 있었다. 냄새가, 방 안을 가득 메운 화장품과 여자의 체취 같은 것이 장지문의 뚫린 구멍을 통해 콧구멍으로 흘러들어왔다.

"무슨 일이세요……?"

"문 종이가 조금 찢어졌소……."

"어쩌다 그리 됐나요?"

"어쩌다 보니 찢어져 버렸소……."

"이걸, 어쩌죠……."

"뭐, 별일 아니오……. 아아, 향기롭다……."

이방근은 찢어진 문종이 구멍에 입을 대고 있었다.

"뭐가요……?"

"어두워서 아무것도 보이지 않소. 문 쪽으로 좀 와 주시오. 내 목소리가 들리잖소. 장지문의, 그쪽에서 오른쪽 위로 손을 가져다 대고, 그리고 더듬어 봐요. 손가락이 찢어진 틈에 닿을 거요……."

"무엇 때문에……?"

"그저, 소소한 장난이니까……."

"그럴 때가 아니에요……."

"괜찮으니까, 자아, 빨리……."

그녀의 숨소리가 들릴 정도로 장지문에 한발 다가선 기척이 확실히 느껴지고, 그녀가 그 손가락을 이방근의 목소리가 나는 쪽으로 가져와 살며시 더듬으며 스치는 탄력적인 소리가 났다.

"어머……."

갑자기 손가락이 구멍에 끼었다. 이방근의 기다리고 있던 손가락이 그녀의 부드러운 손가락을 휘감았다. 집게손가락 같았다.

"어머, 뭐하시는 거예요?"

"웃후후, 손가락이 얽혔군……. 그대로 가만히, 잠자코, 잠자코……."

이방근은 자신의 손가락을 빼면서 갖다 댄 입술로 여자의 손가락을 물었다.

"아, 싫어요……" 여자는 작게 웃고, 손가락을 빼려다 잠시 그대로 이방근에게 맡겼다. "왠지 어린애 같아요……."

누가? 하고 되묻고 싶지만, 입술에 힘을 빼면 금세 손가락이 도망갈 것이다. 이방근은 자존심이 상하는 걸 참으며, 눈에 보이지 않는 손가락을 계속 빨았다. 아니, 정말로 이건 어린애, 거의 페티시즘이 아닌가……. 아니 이런, 입술을 조금 벌리는 바람에 손가락이 쏙 빠져나갔고, 이방근은 그것이 찢어진 구멍 너머 깊숙한 어둠 속으로 사라져 가는 것을 느꼈다.

"선생님, 안녕히 주무세요……."

"……."

흐─음……. 이방근은 비참하고 절망적이었던 기분이 반은 사라져서, 아아, 난설 씨도 잘 자요……라고 상응하는 대답을 할 수가 있었다. 다시 문을 열라고 강요할 수도 없고, 이제 와서 할 수 있는 일은 아무것도 없었다.

이방근은 장지문 앞을 떠났다.

모든 것이 어둠 속에서 움직인 실체가 확실치 않은 하룻밤이 밝고, 다음날 아침 문난설과 얼굴을 마주했을 때 참으로 이상한 감정은, 한편으로 매우 신선한 느낌을 동반하고 있었다. 최근에 없었던, 안으로 발광체를 가진 기분이었다. 어젯밤의 수치스럽던 기분이 태양의 햇살 아래 안개처럼 사라져, 겸연쩍은 기분도 들지 않았다. 아무튼 서로의 표정이나 동작을 본 것도 아니고, 말하자면 백지와 다름없었고, 백지와 다름없기 때문에, 그것이 서로 간에 뭔가가 있었던 두 사람만의 비밀을 암묵적으로 확인하고, 기분을 고조시키는 힘을 지니고 있었다.

무엇보다도 지금까지 만나 본 적이 없는 그녀를 처음 만난 것 같은 느낌에 이방근은 놀랐다. 이건 아마도 어둠 속에서 그녀가 문난설 이외의 뭔가로 변신해 버린 게 아닌가 생각하고, 한밤중에 실제로, 벽 하나 너머의 방에 있는 이불에 커다란 뱀이 누워 있는 것은 아닐까 하고 기분 나쁜 상상을 했던 것도, 그 탓이었다. 뱀의 울음소리를 들어 본 적이 없는데도, 왠지 들어 본 것 같기도 했는데, 그것은 그 안쪽의 깊은 어둠 속에서 새어 나온 여자의 숨 죽여 흐느끼는 소리 같았다. 변신 할 수 있을 정도로 어둡고 침침한 공간을 빠져나온 만큼, 다음날 아침 햇살과 함께 나타난 그녀의 얼굴은 눈부시게 빛났다.

이방근의 거리낌 없는 표정에 영향을 받은 것인지, 그녀도 어젯밤 아무 일도 없었다는 듯 상쾌한 표정을 짓고 있었지만 역시 어딘가 모르게 불안한 그늘이 드리워져 있었다. 그와 시선을 마주쳤을 때, 그녀는 먼 곳에 있는 이방근을 응시하듯 보았고, 그 눈동자가 반짝반짝 묘한 빛을 띠며 흔들렸다. 그것이 조금 마음에 걸렸다.

아침 햇살 속에 일찍 일어나 잠이 부족한 탓도 있겠지만, 모든 것이 눈부셨다. 어젯밤의 꼴사나운 모습이 백주에 드러나는 기분이었다. 무엇보다 술이 깨 버려, 취기가 만들어 내는 환상의 격정과 베일의 날갯짓이 사라졌다. ……마치 어린아이 같아요. 어린애의 손가락 빨기. 만나고 싶소, 내일 밤 늦게 만나고 싶소……. 도대체 무슨 말을 한 것인지. 이방근은 아무런 맥락도 없이 유달현의 목소리가 귀 안쪽에 들려오고, 그에 호응이라도 하듯이 그에게 던진 자신의 말이 되살아나는 것을 들었다. 분명 이렇게 말했었다. 언젠가 자네와 결정적인 대결을 하게 될지도 모르겠군……. 술이 깬 지금 생각해 보니, 참으로 박력 없는, 어젯밤의 늠름한 긴장감이 빠져나가 버린 진부한 취중의 말에 지나지 않았다. 길 위에 떨어져 시든 꽃잎처럼 무미건조하다. 결정적인 대결……. 한심하다. 무슨 위세를 그렇게 부렸단 말인가. 모든 것이 색이 바래 빛을 잃어 가는 가운데, 문난설만은 막 목욕을 끝낸 사람처럼 빛나고 있었다.

그녀가 걱정하고 있던 찢어진 장지문은 그쪽 장지문을 활짝 열어 두었기 때문에, 벽에 가려 방 바깥쪽에서는 보이지 않았다. 그녀가 먼저 이방근에게 장지문이 찢어졌다는 것을 말하고, 도움을 구하는 형태를 취했다. 그것이야말로 특히 이방근에게는 부끄러운 일이었지만, 사람이 옆에 있는 것도 아니어서 말은 거의 필요 없었다.

고네할망이 온 뒤, 문난설은 이방근을 통해 창호지와 풀 등을 전달받아 장지문의 한 모퉁이를 새로 발랐다. 구멍 난 문살 한 칸을 깨끗하게 잘라내고, 새로운 창호지를 치수에 맞춰 발랐다. 간단한 작업이었지만, 나영호까지 구경을 나왔다. 그녀는 색이 약간 달라진 것을 신경 썼다.

"……무슨 일입니까, 난설 씨, 그런 곳에 구멍을 내고……. 꽤나 덜렁대는 손님이군. 방근 선생의 여동생에게 혼나겠는걸. 그런데 꽤나 꼼꼼하네요. 난설 씨는 창호지 발라본 적이 있어요?"

"문을 완전히 새로 바른 것도 아니잖아요. 집을 비우고 있을 때 사용하게 해 주셨는데, 사죄해야겠어요. 뭔가로 답례를 해야겠지요……. 한밤중에 화장실에 가려고 일어났다 어두워서 발이 미끄러지는 바람에 손을 짚고 말았어요……."

"한밤중에……? 으—음, 그랬구만, 뭔가 쿵 하는 소리가 어디선가 난 것 같았는데, 그래서 훌떡 넘어졌다는 거군요. 창호지에 구멍을 낼 정도였는데, 다치지 않았다니 다행이오……."

"나영호 씨는 한밤중에 자고 계셨던 거 아니에요?"

"한밤중에? 게릴라도 아니고 당연히 자고 있었소. 그런데 뭔가 비몽사몽간에 소리가 나는 것 같던데……."

"그럼, 그건 제 탓이네요. 죄송해요……. 그게 아니라 혹시 제 코 고는 소리에 잠을 깬 거 아니에요?"

문난설은 웃고 있었다.

"아니, 깨지는 않았소. 또 코 고는 소리가 벽을 타고 들렸나요? 도대체가 이 요란한 코를 탁 자르든가 해야지……."

여동생의 방 앞에서 선 채로 하는 대화를, 이방근은 소파에서 들으며 쓴웃음을 지으며 이야기의 진전에 조마조마해하고 있었다. 장지문의 찢어진 구멍위에 덧바른 창호지, 이것은 문난설이 이 집의 한 귀퉁이에 남긴 머무름의 흔적이 된다. 손가락 빨기……. 이방근은 웃었다. ……오늘 밤, 오늘 밤이다. 그는 갑자기 가슴이 터질 듯한 통증을 느끼고, 소파에서 일어나자마자 숨을 크게 들이마셨다 내쉬었다. 밀회의 약속만큼 헛된 것도 없지만, '사랑'에 자존심은 금물. 그렇게 되지는 않는다 해도 '사랑'의 자존심은 개나 물어가라.

최근 며칠간, 이라고 해도 이방근이 집에 돌아온 지 2, 3일 밖에 지나지 않았기에, 그 이전의 일은 알 수 없지만, 고네할망은 굽은 허리를 손으로 툭툭 치면서, 부엌이가 빨리 돌아왔으면…… 하는 말을 입버릇처럼 흘리고 있었다. 일부러 들으라고 하는 말은 아니더라도, 말끝마다 부엌이 이름을 들먹이는 것은 일종의 푸념이었다. 갑자기 손님이 들이닥쳐 그녀의 집안일이 크게 늘어난 탓도 있겠지만, 다시 돌아오는 부엌이와 대면해야 하는 이방근의 마음 따윈 개의치 않는다는 듯이, 할망은 조금 무감각하게 부엌이의 이름을 말끝마다 올렸다. 하나는 부엌이가 돌아오면 고네할망이 집안일을 도울 필요가 없어지고,

이 집을 떠나야 할지 모른다는 초조함도 살짝 엿보였다. 게다가 서북 지방 출신의 여자라는 것만으로 '서북'과 직접 관계가 있는 것도 아닌데, 고네할망은 아무래도 문난설이 썩 내키지 않는 모양이었다.

문난설은 작은 체구로 바지런히 움직이는 고네할망 뒤를 따라다니며 밥상을 옮기거나 뒷정리를 돕거나 했다.

식사 후 나영호가 잠시 자리를 비운 사이에 이방근과 마주 앉아 있던 문난설이, 선생님…… 하고 잠긴 듯한 목소리로 부르며 작게 접은 종이쪽지를 양손에 포개 숨기듯이 그에게 건넸다.

"부디 꾸중하지 마시고 읽어 주세요……."

손바닥 안 접힌 종이쪽지의 딱딱한 감촉에 이방근은 자신도 모르게 흠칫 놀랐다. 함축성이 느껴지는 서먹서먹한 표정으로 그녀가 자리를 떴다.

이방근은 서재에서 나가는 바지 입은 그녀의 뒷모습에 정신을 빼앗기고 있다가, 시선을 돌렸을 때는 이미 그녀가 미닫이문 저편으로 사라지고 없었다. 목구멍으로 뜨거운 입김이 올라왔다. ……아침부터 편지를 쓰는 무례함을 부디 용서해 주세요. 바로 눈앞에 선생님이 계신데도 직접 말씀 드릴 수 없는 답답함을 이해해 주세요. 지금 여기에 도저히 적을 수는 없지만, 어젯밤은 꿈같은 일의 연속이었고 지금도 잘 모르겠습니다. 머리가 나쁜 거예요. 틀림없이. ……하지만 즐거운 밤이었습니다(즐거운 밤? 이방근은 즐거운 밤이 마음에 걸렸다. 아니, 이것을, 기쁘다……로 바꿔 넣으면 된다). 오늘 밤, 기다리고 있겠습니다. 그러나 '일신상의 사정'이 있어서라고 덧붙이고 싶습니다만, 잘 부탁드리겠습니다……. 한자가 거의 없는 한글만의 세로쓰기 문자는 의연한 달필이었다.

뭐야, '일신상의 사정' ……? 그 부분이 특히 부자연스러웠다. 나영호가 화장실에서 돌아오는 기척에 이방근은 편지를 작게 말아 바지 주머니에 집어넣었다. 오늘 밤 기다리고 있겠습니다……라는 문구에 정신이 팔려, '일신상의 사정'이라는 의미가 왠지 그녀 개인의 사정으로밖에 느껴지지 않았다. 그것은 그를 절망적인 기분으로 내몰았는데, 생리 중이라는 의미 같다는 것을 깨달았을 때, 그는 자신의 둔감함에 대한 반동과 함께 수치심과 분노로 얼굴이 붉게 달아오르면서 하마터면 제기랄! 하고 내뱉을 뻔 했다. 어떻게 이런 것을 태연하게 '편지'에 적을 수 있을까.

이방근은 기둥이 흔들려 무너져 내리는 것 같은 타락감에 휩싸여, 한순간 눈을 감았다 일어나선 가볍게 방 안을 걸었다.

"이 동무, 무슨 일 있나?"

"아아, 그냥 현기증이야……."

이방근은 낙담했다. 아아, 이 정도 일에 뭐하는 짓인가, 한심하다. 그래, 분명히 오늘 밤 기다리겠습니다……라고 적혀 있었다. 기다리고는 있지만, 단지……, 그저 그뿐입니다. 밀회의 약속을 믿어서는 안 된다는 것은 이런 경우를 말한다. 오늘 밤 만나서 말하면 될 것을 왜 굳이 예고하는 걸까. 결국 사실상의 거부가 아닌가. 부디 꾸중하지 마시고 읽어 주세요, 라니…….

이방근은 툇마루로 나와 응접실 쪽으로 갔다. 기다리고 있겠습니다. 이것은 어젯밤 그녀가 약속한 일이니, 거짓말은 아니다. 그녀는 한밤중에 남자가 몰래 찾아올 것을 미리 인정하고 있는 것이다. 흐ー음, 그렇다면 어젯밤의 그 완강한 거부도 어쩌면 '일신상의 사정'에 해당될지도 모른다. 오늘 밤의 밀회를 약속한 지금에 와서 생각해 보면, 어젯밤의 거절은 그것으로 좋았다. 이방근의 가슴을 어떤 뜨거운 것이 때렸다.

아버지 이태수가 사무실에 나간 직후였다. 아들에게 말을 걸지도 않고 집을 나섰다. 사무실에서 유원에게 전화를 걸겠지. 어젯밤의 여동생 일도 있고 해서 한마디 있을 줄 알았는데 아무 일도 없었다는 듯이, 말하자면 아들을 완전히 무시하고 있었다. 이방근은 서울에 전화를 두 통 신청했다. 아마도 여동생 쪽에서 먼저 걸어오겠지만, 아버지와 통화하기 전에 이야기를 정리해야 한다. 또 한 통은 우상배에게 거는 전화였다.

이방근의 마음은 흔들리고 있었다. 지금까지와는 다른 국면 속에서 흔들리고 있었다. 일본행을 철저하게 강행하려면 여동생을 부추겨야 했다. 지금까지도 오빠의 의사가 강하게 작용하고 있었지만, 더 이상의 중재는 힘들었다. 유원 스스로가 전면에 나서서 아버지와 대항하는 행동을 취해야 한다. 다음달 3일 부산 출발의 승선 자체도 문제가 생겼다. 우상배에게 부탁하여 하루 이틀 출발을 더 늦추어, 일본행을 강행할 수 있을는지도 의문이었다. 유학에 대의명분이 필요한데, 그것이 없어진 셈이었다. 아버지의 허가가 대의명분이다.

아버지는 지금 이방근의 행동을 자신의 영역을 넘어서는 분수에 맞지 않는 딸에 대한 간섭이라고 생각해서, 부모와 딸의 관계에 대한 침해로 간주하며, 이방근을 타자로 배제하려는 태도를 보이고 있었다.

어차피 유원이는 내 딸이 아니다. 내 '여동생'에 지나지 않는다. 형제자매 같은 건 부녀지간과는 비교할 수 없는 곁다리에 지나지 않는다. 친권에 대한 침범은 안 된다. 아들이 친권을 침범하고 있다는 것인데, 이러한 일이 새삼스레 마음에 와 닿으며, 아아, 그랬었나, 그렇게 되는구나…… 하고 일종의 후회까지는 아니더라도 감회와 함께 이해가 되었다. 그러나 적어도 여동생 본인에 대한 부당한 간섭은 없었을 터다.

아버지의 이런 태도의 원인이 어디에 있든(대개는 이방근의 일방적인 태도에 문제가 있었다 해도), 그렇게 일이 해석되고 고착된다면, 그걸로 좋다, 아무래도 상관없다는 생각이 든다. 어쨌든, 이 집을 나가자. 그러나 아버지에게 그 딸을 맡길 수는 없을 것이다. 딸 역시 결혼을 강요하는 아버지를 따르지 않을 것이다.

어젯밤, 어둠 속 문난설이 있는 방의 장지문 앞에서 자신의 침실까지 무사히 돌아온 뒤에도, 이방근은 한동안 잠들지 못했다. 그것은 그녀의 손가락을 입에 물고 있던 그 열기가 식지 않은 탓이 아니었다. 나영호의 코 고는 소리 때문도 아니었다. 응접실 소파에서 한잠 자고 마신 소주 한 홉의 취기가 머리 전체로 퍼지며 스며들고, 몸 전체로 스며들면서 졸음이 고조되는 순간, 머릿속에서 생성되는 듯한 특유의 '취기', 마비가 한층 취기를 불러들여 잠의 구멍으로 빠져들려는데, 구멍의 밑바닥을 획 하고 반복해서 가로지르는 그림자가 있었다. 구멍은 나락의 계곡처럼 드넓기만 해서, 그곳을 날아다니는 괴조의 그림자인지도 몰랐다. 그것이 취기에 의한 졸음의 조각들을 쪼아가는 것이다.

뭔지 알 수는 없지만 불안했다. 잠의 구멍이 벌써 보이는데도, 구멍의 밑바닥을 가로지르는 그림자는 좀체 사라지지 않았다.

여동생 일이 그랬다. 아버지의 완강한 명령으로 여동생이 서울에서 집으로 돌아오는 일과 연계돼 따라다니는, 어젯밤부터 정체 모를 막연한 무언가가……. 무엇 때문에 굳이 여동생을 불러들이는 것일까.

시각은 열 시였다. 태양의 위치는 높았지만 엷은 구름 너머에서 빛나고 있었다. '태풍이 지난' 뒤의 맑은 하늘은 아닌 것 같았다. 바람이 불고 있었다.

굶주린 개들, 시간을 따지지 않는 '서북'들의 '내방'은 아직 없었다.

그들이 찾아오면 되는 대로 일을 처리할 수밖에 없지만, 어쨌든 '서북' 제주지부장을 만나야 한다고 생각했다.

나영호가, 겨우 날씨가 회복되었으니 취재도 할 겸 외출하고 싶은데, 함께 가지 않겠냐고 권했다. 우선 한라신문사에 얼굴을 내밀고 싶어 했다. 지난 8월 중순, 이방근이 마침 서울에 막 도착했을 무렵이었는데, 국제신문 편집국장인 황동성이 비행기 편에 편승해 제주에 온 적이 있어서, 나름대로 취재 루트는 확보해 놓고 있었다. 길 안내 정도는 한라신문 기자라도 할 수 있는 일이었다.

이방근은 어젯밤 요정에서 '서북'패들과 벌어진 사건의 전말을 이야기했다. 어쩌면 어젯밤에 습격해 올지도 모른다고 생각했는데, 무사히 지나고 다음날이 되었으니, 그 말대로 오늘 오전 중에는 찾아올 것이었다. 이 시각이라면 행패는 부리지 않을 것이다. 가능하다면 외출은 오후에 하는 것이 어떨까. 어떤 식으로 찾아올지는 짐작할 수는 없지만, 상대가 '서북'이라는 것은 분명하니, 만일의 경우에는 두 사람의 존재, 특히 문난설 씨가 힘이 될 것이다. 게다가 서울에 전화할 일도 있고…….

"어젯밤 일이라고? 어젯밤에 돌아온 뒤, 자넨 그에 대해 아무런 말도 하지 않았잖아. 도대체 입은 뭣 하러 달고 다니나. 아무튼 대단하네. 우리 이 선생은 문약(文弱)한 무리와는 달라. 그걸 난설 씨가 목격했다면 그대로 털썩 주저앉아 버렸을 거야. 으—흠, 나도 마찬가지고, 그러나 이 팔로는, 정말로 이 동무는 앞뒤 생각 안 하는 모험주의자라니까, 죽음을 두려워하지 않는. 용케도 살아 돌아왔구만……."

소파에 문난설과 나란히 앉아 있던 나영호는 문득 뭔가 생각난 것처럼, 보란 듯이 메모장과 연필을 옆에다 던져 놓고, 한동안 부자연스러운 왼팔을 스스로 쓰다듬었다.

문난설의 놀라움은 크고 심각했다. 잠시 말이 없었다. 겨우 다치지
는 않으셨나요……라고 말했다.

"그래서 어젯밤에 그렇게 피곤해 보이셨군요. 선생님, 지금은 어떠
세요? 괜찮으신가요. 아아, 어젯밤은 죄송했어요……."

이방근은 그런 의미는 아니라고 해도, 순간 간접적으로 반영된 이
생각지 않은 말꼬리에 가슴이 철렁했다. 나영호가 문난설을 돌아보았
다. 그는 어젯밤의 '난투'의 시각, 요정의 이름 등을 따져 물으며 다시
연필로 메모를 시작했다. 그 메모는 취재활동까지는 아니더라도, 서
울을 떠난 후 지금까지의 인상을 일기 대신 쓰고 있었는지, 팔랑팔랑
넘기는 페이지의 대부분이 검게 채워져 있었다.

"엉뚱한 곳에서 내 이름을 들먹이지 말게. 난 취재 대상이 아니니까."

"악용하진 않겠네. 작가에겐 취재대상이 아닌 건 없어. 삼라만상,
이 모든 것, 우리의 생명, 생명이 있는 건 모두……."

"그렇게 심한 말을……"

"심하다니 뭔가요? 난 지금 발언 중이오. 이 나영호가 그렇다는 것
쯤은, 문 선생, 지금까지 모르고 계셨나?"

"그래서 말인데, 이건 사족이지만, '서북'을 '모 청년조직'이라고 표
현해도, 경우에 따라선 신문사가 습격당할 수도 있어. 나 동무는 알고
있겠지만, 여기선 '서북'을 직접 취재하거나 하지 말게……."

전화벨이 울리고 있는 것 같았다. 이방근이 일어섰다. 성큼성큼 응
접실로 가 수화기를 들자, 뜻밖에도 아버지였다.

"……무슨 일이세요?"

"무슨 일이세요……? 난 아직 용건을 꺼내지도 않았다. 애비의 전
화가 이상하냐?"

아—아, 모가 나 있다……. 순간 아버지의 다음 말이 귀를 때렸다.

"넌 어젯밤에 또 사건을 일으킨 게냐?"

"……사건? '서북' 말씀이세요?"

"그래."

"거기에, 지금 아버지 계신 곳에 찾아갔습니까?"

"나한테 와? 뭐냐, 그건, 그렇게 하기로 된 거냐?"

아버지는 놀라고 있었다. 소문이 벌써 아버지 귀에 들어간 모양이었다. 그렇다면 이미 지난번처럼 소문이 성내에 퍼져 버린 것이다. 이방근은 아버지께 굳이 말씀드릴 이야기는 아니라고 생각해서 잠자코 있었을 뿐이고, 소란을 피워서 죄송하다고 사죄했다. 그리고 폐를 끼치지는 않을 것이며, 오늘 아침에 집으로 찾아온다고 해서 기다리고 있는 중이라고 말했다. 무리도 아니지만, 아버지는 전화 너머에서 기 막혀 했고, 전후 사정을 들으려고도 하지 않았다. 이방근도 이야기하고 싶은 생각은 없었다.

"……전화는 끊어도 되겠습니까?"

3, 4초 이상 침묵이 계속되는 것은, 숨 막히는 공기의 덩어리가 확실히 눈에 보이는 것 같아 참기 어렵고 성가신 일이었다. 화제를 바꾸어 여동생 운운……하는 이야기도 하고 싶지 않았다.

"……그만 됐다."

무뚝뚝한 목소리였다. 좀 더 말이 계속되었다면, 말꼬리의 떨림을 억제하기 힘들었을 것이다. 곧바로 전화가 끊어지는 것을 확인하고 나서 이방근도 수화기를 내려놓았다.

나영호는 그 이야기를 잘해 주었다. 제주도의 '서북' 실태를 알 수 있는 좋은 기회……라며 단단히 마음을 먹고 그들의 '내방'을 기다렸지만, 소문만 무성했을 뿐 그들은 찾아오지 않았다.

오전 내내 기다렸지만, '서북'으로부터 소식이 없었다. 어찌 된 일일까. 먹이에 덤벼들기 위해서는 '약속'보다 한두 시간 먼저 들이닥치는 무리들인데, 있을 수 없는 일이었다. 요정 여주인에게 내일 아침에 찾아가겠다고 의기양양하게 말한 것은 똘마니 2인조였으니까, 그들만이 행패를 부리러 온다면 몰라도, 가령 상부에 상의했다면, 반년 전에도 비슷한 일이 있었기 때문에, '서북' 전체의 일로 대책을 강구하고 있을지도 몰랐다. 그렇다면 내일 아침이라고 한 것은 큰 의미가 없었음에도 휘둘리고 있었다는 말이 된다. 가정이긴 하지만, 이방근은 문득 이미 그들에게 문난설의 존재가 방패로 작용하고 있는지도 모른다는 생각이 들었다.

정오가 지나 한 시가 다 돼, '서북'이 아니라 아버지가 돌아왔다. 이방근은 무슨 일인가 싶었으나, 계모가 임신한 후부터 특별한 용무가 없는 점심시간에는 일단 집에 돌아온다는 이야기가 생각났다. 서울에서 이건수 숙부가 화제로 삼았던 일이기도 했다. 걸어서 10분 정도의 거리지만 지금까지는 없었던 일로, 이른바 철저한 '부인사랑'이었다.

그런데 아버지는 집에 들어서자마자 이방근과 손님들을 응접실로 불러들여서는, 경찰서장이 연락이 와서 결정했는데, 오늘 밤 옥류정 2층 대 연회장에서 문난설 씨 환영회를 열기로 했다고 전했다. 문난설은 아버지에게 감사의 뜻을 표했다. 그곳에는 주로 경찰 관계자나 '서북' 관계자들이 올 것이었다. 문난설로서는 어차피 인사를 겸해 한 번은 얼굴을 내밀어야 하는 자리였다. 더구나 어제 경찰서장이 빗속에서 '표경 방문' 하겠다고 한 것을 거절한 일도 있어서, 환영회를 거절하기가 힘들었다.

손님 두 사람이 자리를 뜬 뒤, 이방근은 잠시 아버지와 동석했다.

"……서울에 전화는 하셨어요?"

아버지는 고개를 끄덕였다. 그리고 한마디, 유원이 모레 아침 기차로 이쪽에 올 것이라고 말해 이방근을 놀라게 만들었다. 집에서 신청한 전화는 아직 연결되지 않고 있었다. 다만 입 안에 솟아나는 쓴 침이 목구멍으로 스며들 뿐, 이방근은 말을 잇지 못했다.

"유원이의 전화가 문제가 아니다. 오늘 밤 환영회도 그 서장이라는 남자가 먼저 말을 꺼낸 거다. 어쨌든 오늘 파티엔 참석하겠지만, 더 이상 내 얼굴을 세간에 드러내게 하지 말고, 날 가만 내버려 두거라⋯⋯."

이방근은 문난설의 환영회라고 해도, 거기에 얼굴을 내밀 생각은 털끝만큼도 없었다. 상상만 해도 구역질이 났다. 아버지와 아들이 참가해서 '세간에 얼굴을 내미는' 것도 우습지만, 그런 바보스런 짓 때문이 아니었다. 뭔가 목적이 있다면 몰라도, 그건 임산부가 입덧을 하는 것만큼 참기 힘든 장소다.

부자가 동석한 것은 아주 잠시, 그것도 대면만을 위한 몇 분이었다. 이방근은 모든 일에 선수를 빼앗긴 모양새로, 지금도 당연하지만 아버지가 먼저 자리를 뜨고 나서야 자기 방으로 돌아왔다.

서울과의 전화는 상당히 늦게 연결되었다.

모레 서울 출발은 이미 정해져 있었기 때문에 제주도에서 여동생과 만나기로 하고, 왜 여동생 쪽에서 전화를 걸어오지 않았는지를 물어보았다. 그것은 숙부의 의견을 따른 것이었다. 숙부의 집에서는 어젯밤 아버지가 전화한 뒤 소동이 벌어지는 바람에, 아버지가 회사에서 신청한 전화 외에는 받지 않기로 한 모양이었다. 아버지로부터 걸려 온 전화에 유원보다 먼저 숙부가 불려 가 상당히 질책을 당한 듯했고, 경우에 따라서는 숙부와 함께 서울을 출발하게 될지도 모른다고 했다. 한심하기 짝이 없었다. 숙부를 바꿔서 한마디 하고 싶었지만, 아버지와 통화를 한 후 바로 신문사로 출근한 뒤였다. 적극적이지는 않았지만 유원의 유학에 찬성했던 숙부가, 아버지가 완고하게 나오자 얼른 그 명령에 복종하는 결과가 되었다.

이방근은 여동생 일로 더 이상 아버지와 상의할 여지가 없어졌다고 생각했다. 여동생의 일로 자신이, 아버지 앞에 이렇듯 무기력한 존재라는 것을 처음 깨달았다. 도대체 자신은 지금까지 무엇이었단 말인가. 이제 '오빠의 권위'는 숙부 부부 앞에서도 산산조각이 나 버렸다. 완전히 무기력한 존재. 생각지도 않았던 사실 앞에서, 이방근은 깜짝 놀랐다기보다, 그저 멍하니 멈춰 선 느낌이었다. 아버지는 그 구체적인 의사표시로써, 말보다도 '실물'인 딸을 강제로 불러들여 본인을 앞에 두고 이야기를 한다고 하니까(유학 건이 주가 되든 뭐든), 그것은 현실적이고 합리적인 것만은 틀림없었다.

오후에 나영호가 혼자서 성내 거리로 나갔다.

문난설은 몸 상태가 좋지 않다고 호소하여, 지금부터 그래가지고선 환영회에 갈 땐 다리가 아플 거요……라고 놀림을 당하면서도, 밤의 환영회를 생각해야 한다며 외출을 삼갔다. 그리고 혹시 '서북'들이 찾아올 경우에 자신이 있으면 조금은 도움이 될 거라고 웃으며 말했다. 두 사람 모두 이방근의 환영회 결석에는 실망하면서도, 아버지와 아들의 동석이라니 이방근에겐 전혀 어울리지 않는다……며 이해해 주었다.

고 의원에 있는 우상배와 전화가 연결되었다. 그는 모레인 9월 1일 아침, 부산으로 출발한다고 했다. 출발 준비가 돼 있을 터인 유원이, 부산이 아닌 제주도로 모레 아침에 출발한다는 말을 듣고, 우상배는 다른 사람으로 잘못 들었거나, 이야기하는 쪽이 잘못 말했거나 둘 중 하나……라며 이방근의 전화를 믿으려 하지 않았다.

여동생에게도 전화라도 괜찮으니 우상배에게 인사를 하고 서울을 출발하라고 일렀지만, 그는 왠지 모르게 마음이 통하는 우상배와 못 만나고 헤어질 형편이었다. 따지기를 좋아하는 성격의 우상배는 이야 기를 납득할 수 있을 때까지 전화를 끊으려 하지 않아 통화가 길어졌 다. 그리고 모처럼 조국 땅에서 알게 된 좋은 친구와 다시 한 번 느긋 하게 술을 마시지 못하고 헤어지는 것은 슬프다. 아아, 좋은 친구, 이 방근 동무, 언제 다시 만날 수 있을지, 현실의 아이러니에 분노하고 눈물을 흘린다고 말했다. 나의 젊은 맹우, 사랑하는 양준오, 남승지, 오사카 변두리에서 마신 투명한 잔 바닥에 기쁨보다도 눈물을 보았던 소주 맛, 이 무기력한 인생 선배가 품은 석별의 정을 전해 주게……. 인생은 투쟁이야, 투쟁. 아아, 나도 유원 동무와 함께 부산이 아니라 제주도에, 한라산이 솟아 있는 내 고향 제주도로 출발하고 싶군, 유원 동무의 그 피아노 선율……. 이 불혹의 남자는 대낮부터 술이 좀 들어 간 것인지 전화를 붙잡고 울고 있었다. 연기는 아니었다. 조금 당황하 긴 했지만 그 눈물 젖은 콧소리에 이방근도 그만 코끝이 찡해지는 걸 느꼈다. ……나는 단장의 심정으로 조국을 떠나네. 평생 인생의 승자 가 되지 못한 이 남자를 비웃어 주게. 나를 비웃어도 나는 그걸 모욕 으로 생각진 않아……. 아아, 일……, 일 쪽은 반반, 반반이라는 것은 완전한 실패는 아니야. 이방근 동무여, 재회를 기약하세……. 우상배 에게 이것은 더 이상 전화통화가 아니었다.

이방근은 도항증명서 때문에 도청 등을 허둥지둥 돌아다닐 필요가 없게 되었다. 적어도 앞으로 며칠간은, 3, 4일 후에 여동생이 도착할 때까지는 여기에 있게 될 것이다.

다시 서울에 갈 특별한 용무는 없었지만, 이방근은 제주도를, 아니 정확하게 말하면 이 집을 떠날 생각을 하고 있었다. 어떻게든 며칠 후 있을 부산 출항에 맞추기 위해 무리한 예정표를 만들어 움직여 왔었고, 우상배와도 애석한 작별을 한 지금, 그는 어떤 허탈감에 빠져든 느낌이었다.

여동생이 도착하고 나서가 문제였지만, 그는 소파에 앉아서 구름에 가려진 안뜰 하늘의 희미한 여름 볕을 바라보다가, 사정한 후처럼 강렬한 공백과 허탈의 확산이 자아내는 해방감의, 눈에 보이지 않는 포위망 속에 놓인 자신을 느꼈다. 홍수 뒤의 도도하게 확산되는 탁류의 흐름.

나영호는 저녁 환영회 전에 일단 집으로 돌아와, 문난설과 함께 옥류정으로 향했다. 그는 국제통신사의 제주 통신망인 한라신문사에 들른 뒤, 도 경찰부와 토벌사령부에 얼굴을 내밀었는데, 준동하는 공비 잔당에 대한 토벌 재개 방침은 사실이지만, 그 일시가 확실치 않다는 대답은 같았다고 한다. 내일이나 모레는 양준오에게 안내를 부탁하기로 했다고 한다. 어젯밤 '서북'들과의 '난투' 현장인 요정의 위치도, 그곳이 관청 관계일로 자주 이용되는 가게라는 것도 제대로 조사해 놓고 있었다.

문난설은 환영회에 참석할 옷차림을 망설이다가 다른 삼베 바지로 갈아입고, 삼베 저고리를 걸친, 조금 남장 차림이 되었는데, 원래 가벼운 옷차림으로 왔기 때문에 구두가 없었다. 아무리 제주도 사정에 어둡다고는 해도 한라산 등반 생각은 없었겠지만, 다소 유람의 기분으로 서울을 출발한 만큼, 운동화 한 켤레로 왔던 것이었다. 읍내에 신발가게가 없는 것은 아니었지만 이렇다 할 물건이 없었다. 처음 목포에서 경찰서장의 황당한 '표경(表敬) 방문'도 그렇고, 환영회 같은 건 생각지 못했던 일이었는데, 이제 와서 복장 때문에 결석할 수도 없는 노릇이라, 등산모만 쓰지 않고 회장으로 향했던 것이다.

이방근은 자기 집인데도 오랜만에 소파에 홀로 앉아 있었다. 오랜만에 홀로라는 것은 착각에 지나지 않았지만 서울에서 돌아온 지 2,

3일밖에 지나지 않았는데도 지금 비로소 소파에 몸을 기대고 앉으니 그런 느낌이 들었다.

숙부인 이건수가 여동생과 동행할지도 모른다는 것은 의외였고, 그렇게까지……라는 이상한 기분마저 들었다. 아버지가 어젯밤 딸과의 통화에서 혼자 여행은 가급적 피하라고 당부했는데, 설마 그 때문에 숙부를 동행시킨 것은 아니겠지. 그건 있을 수 없는 일. 그리고 그런 것이 아니다. 오랜만에 돌아오는 이건수, 게다가 마침 딸도 불러들여 뭔가의……, 친족회의라도 할 심산인지 몰랐다. 도항증명서가 바로 나올지 의문이지만, 이건수 자신이 신문사를 쉬면서까지 온다는 것 자체가, 이상한, 뭔가 압박해 오는 그림자 같은 느낌이 들었다.

심한 가위눌림 뒤에 이완 상태가 사라지지 않는 무력감. 여동생이란, 뭘까……. 자신이 여동생의 일로 아버지 앞에서 무력한 존재임을 알게 된 이방근은 엿가락 같은 몸을 소파에 누이고 있었는데, 어제까지와 지금의 자신이 다른 별개의 존재, 소파에 몸을 누이고 있는 자신이 전에 없이 기묘한 존재라는 생각이 들었다. 눈을 감고 있으니, 마치 마술의 세계에 들어간 것처럼 몸 아래의 소파만이 쏙 빠져나가 몸은 공중에 떠 있는 느낌이었다. ……여동생의 희미한 발소리……. 아직 서울에 있을 텐데 그녀가 이쪽을 향해 다가오는 것처럼 희미한 발소리가 들려왔다. 눈 위의 토끼 발자국……. 유원을 부르든 말든 그건 애비의 생각이다. 네가 나설 일이 아니다. 어쩌다 일이 이 지경까지 되었는지 알 수가 없었다. 이방근은 뭔가를 기다리고 있었다. 눈 위의 토끼처럼 발자국을 따라, '깡충깡충' 멀리에서 나는 작은 발자국 소리, 졸음의 바닥에서, 귀를 기울인다. 살(煞)과 같은 발자국 소리…….

몇 시일까. '서북'은 오지 않았다. 식전의 술로 전신이 거듭 밀려오는 가벼운 경련의 파도에 흔들리며 잠을 재촉하고 있었지만, 그리고 그대로 한숨 자려고 했지만, 아직 멀리 있을 터인 잠의 구멍으로 밑바닥 공간이 보이고, 또 다시 그림자가 가로지르자, 그때마다 감은 눈꺼풀 속의 눈동자가 꿈틀거렸다. 구멍 속에 들어가면 뭔가 새의 그림자가 되어 드넓은 공간을 날아다니다 마침내 어둠 속에 흩어져 녹아들지도……. 새의 그림자가 사라졌다.

세 사람이 파티에서 돌아온 것은 아홉 시였다. 대문 밖이 시끌벅적한 것은 경관들이 따라왔기 때문이었다. 아버지는 바로 맞은편 안채로 가고, 문난설과 나영호는 잠시 소파에 앉아 있었는데, 상당히 술이 들어간 나영호는, 속물들이, 악당들은 모두가 반공 애국 얘기밖에 모른다고 투덜거렸다. 무슨 일 있었나? 있을 리 없지, 총경님이 계신데. 낮에 도경에 갔을 때와 완전히 똑같아. 공비평정, 소수 잔당섬멸……이라면서 문난설 총경님의 비위를 맞추는 거야. 앗하하하. 그런데 '서청' 패거리들은 왔었나? 아니야. 으ー음, 오지 않은 건 문 총경님의 위력이 먹힌 게로군. 흐음, 그럴 거야. 아니에요, '서청' 지부장은 '서청' 쪽이 이 선생님께 시비를 건 거라고 얘기했어요. 신기한 일이에요…….

문난설은 피곤하다며 먼저 자리를 떴다. 그렇고말고, 나도 자야지. 놈들과 자리를 함께하고 있으면, 긴장이 되면서 진창에 빠진 것처럼 피곤해진다구. 내 신경은 견디질 못해. 슬픈 나라야…….

몇 시일까. 바람이 일어 방 뒤쪽 정원수가 조금 소란하고, 나영호의 코 고는 소리가 술에 취해 있었다.

이방근은 어둠 속의 소파에 앉아, 서재의 미닫이문 틈새로 보이는 희미한 별빛에 물든 안뜰을 바라보며 호흡을 가다듬었다. 머물러 있는 듯한 향수와 체취의 잔향이 콧구멍 안쪽으로 스며들어 오는 것을 느꼈다. 땀이 배어 나와 괴로웠다.

　소파에서 엉거주춤 일어난 이방근은 미닫이문 틈새로 비스듬히 빠져나와 툇마루로 나왔다. 안뜰 건너편의 아버지 내외의 방도 잠들어 있는 것을 확인하고, 여동생의 방 앞으로 그림자처럼 다가가 발을 멈추었다. 순간 고동이 얼어붙었다. 혈관이 귓속에서 소리를 내며 역류했는데, 이방근은 도저히 말을 걸지 않고는 장지문을 열 수가 없었다. 장지문이 잠겨 있지는 않겠지만, 거기까지 이야기를 정한 것은 아니었다. 장지문을 당겨 열리는 대로 몸을 안쪽에 밀어 넣으면 될 것이었다. 만약 이 상태라면 나영호라도 숨어들 수 있었다. 장지문 앞에 사람의 기척을, 뜨거운 숨결을 눈치 챈 그녀는 숨을 죽인 채 이불에 몸을 누이고 있을 터였다.

　이방근은 장지문을 당겼다. 아니, 잠겨 있다. 다른 한쪽을 살며시 당긴다. 열렸다. 전신을 감싸 오는 농밀한 냄새가 녹아든 방 공기에 휩싸이면서 몸을 밀어 넣은 이방근은 장지문을 닫고 나서, 방 안의 어둠에 눈이 익숙해지길 기다리지 않고, 손으로 더듬으면 바로 그곳에 있을 그녀를 찾았다. 동물이 냄새로 상대를 찾듯이. 설마 자리를 비운 건 아닐 것이었다. 그는 말을 하지 않았다. 겁이 날 정도로 감미로운 공기에 숨이 멎었다. 그림자 덩어리가 움직이고, 아아⋯⋯. 경련하듯 가느다란 목소리가 새어 나왔다. 이방근은 두세 걸음 움직여, 넓지 않은 방 한가운데의 이불 위에 있는 그림자를 덮쳤다. 이불 위에 상반신을 일으키고 있던 그녀가 그의 포옹 속으로 들어가자, 이방근은 말없이 포옹 속의 애무를 이어 가며 그녀를 쓰러뜨렸다.

　그녀는 거친 숨결로 입에서 술이 섞인 냄새를 토하고, 그의 포옹에 죽은 듯이 가만히 몸을 맡겼다. 파자마 속의 상반신은 아무것도 걸치지 않고 있었다. 이방근은 등을 애무하고, 멋진 허리선에서 둔부의,

이 세상 사람의 것이 아닌 것 같은 풍만한 굴곡으로 손을 뻗었다. 처음에는 잠시 내던진 것처럼 가만히 있던 그녀의 양손이 생명을 지니고 일어나, 이방근의 품속에서 그의 몸을 조였다.

"아, 아파요……. 아파, 제발……."

가슴의 융기에 가 있던 손에 힘이 너무 들어갔다.

"……왜 그래?"

"아파요……"

"어젯밤에는……, 안 그랬는데."

"참고 있었어요……."

두 젖가슴이 단단하게 부풀어 올라 있었고, 그 탄력에 손바닥의 힘이 녹아내렸다. 이방근은 파자마의 단추를 풀고 옷자락을 끌어 올리며 가슴 사이에 얼굴을 대고 묻는다. 단추가 풀리자 여자의 높은 가슴이 그 모습을 모두 드러냈다. 어젯밤에 이어 믿을 수 없는 일이 일어나고 있었다. 얼굴도 알아볼 수 없는 포옹 속에 분명한 몸의 형태가 있었고, 또한 그 형태가 더욱 뚜렷한 존재로 되어 갔다.

여자의 숨결에서 풍기는 옅은 술 냄새까지도 향기로웠고, 포옹이 깊은, 숨죽인 침묵 속에서 계속되었다.

"……"

움직임을 멈추고 귀를 기울였다. 바람이 안뜰을 지난다. 포옹의 움직임이 계속된다.

"……아아, 선생님, 선생님……."

여자가 가늘게 신음소리를 내면서, 이히…… 하고 작게 웃는다. 어젯밤부터 너무나 무서워서, 이 방의 어둠이 무서워서……. 이미 수치는 어둠에 녹아들고, 그 녹아든 수치가 지금을 더욱 농후하고 사랑스러운 어둠으로 만들었다. ……당신은 내 여동생이 아니야…….

그는 그녀의 허리에서 파자마 속으로 손을 밀어 넣은 뒤 엉덩이에 대고 몸을 끌어당겼지만, 그녀는 파자마를 벗지 않았다.

입술이 입술을 포개고 땀이 밴 포옹 속에서도, 그녀는 파자마 바지를 결코 내리지 않았다. 어젯밤부터 이 방의 어둠이 무서워서, 무서워서……. 이방근의 손가락에 닿은 윗입술의 끝이 음핵처럼 곧추 서 있었다.

5

잠에서 깨어 주위가 빛의 막으로 가득 찼을 때, 맹장지문이 조금 열린 옆의 서재에서 나영호의 목소리가 들리는 바람에, 이방근은 이유도 없이 움찔했다. 어둠 속이 아니라 환한 방 안에 펴 놓은 이불이 금방 자신의 것이라고는 생각되지 않은 탓이었다. 목소리가 가깝게 들리지는 않았지만 문난설도 있는 듯했다. 수면 부족과 숙취가 가시지 않은 멍한 머리를 바로 뒤로 껴안고 무거운 눈을 뜨고 시계를 보니, 여덟 시 반이 지나 있었다. 이미 아침식사 시간이었고, 고네할망에게 두 번의 수고를 시키지 않기 위해서라도 모두가 함께 식사를 해야 했다. 아무튼 일어나야 했다. 무심코 입버릇처럼 나오는 것이겠지만, 고네할망은 바쁘다 바빠, 라는 말과 함께 작은 체구의 허리를 톡톡 두드리면서 계속 투덜대고 있었다. 2, 3일 전의 밤, 서울에서 도착하자마자 선물 대신 얼마간의 용돈을 쥐어 주었으니, 그걸 곧바로 다시 반복할 수는 없었다.

이방근은 고네할망에게 문난설이 서북 출신이라는 이상한 소문을 내지 않도록 입단속을 단단히 시켰으나, 그녀의 선전이 효과를 발휘했을 것이다. 그리고 비가 갠 탓도 있지만 어제 문난설이 저녁때의 환영회에 참석하기 위해 외출하기 전부터, 계모와 고네할망을 찾아온 척하는 근처 여자들의 출입이 많았다. 서재나 문난설이 있는 유원의 방을 호기심 어린 눈으로 조심스레 엿보았다. 북조선·서북 지방 출신의 여자, 문난설을 한번 보려고 찾아온 것이었다. 그리고 어제 하루만에, 이방근이 '서북' 여자와 결혼한다는 소문이 주위에 퍼져, 마치 '신부' 후보로 육지 출신의 여자가 묵고 있다는 식이었다.

이방근은 잠에서 깨자마자 어젯밤 일이 머릿속에 되살아나는 것을 보았다. 그것은 꿈의 일부이면서 꿈이 아닌, 그러면서도 현실에서 꽤나 먼 느낌의 눈에 보일 듯 보이지 않는, 어둠 속에서만 잡을 수 있는 형상이었다. 그래, 그 밖에 꿈도 꾸었다. 그것은 어딘가 산속 오두막의, 풀이 돋아나 있지만 울퉁불퉁한 바위 표면 같은 느낌이 등을 압박하는 이부자리였는데, 문난설과 둘이서 나체로 자고 있는 곳을, 진흙 투성이에다 얼굴 전체가 수염으로 뒤덮인 게릴라로 보이는 남자들이 들여다보면서 지나간 꿈의 단편을 떠올렸다.

그는 바로 일어나야 한다고 생각하면서도, 베개 맡의 장지문을 넘어 방으로 펼쳐지는 아침의 밝음 속에서, 서재 쪽을 등지고 몸의 오른쪽을 아래로 한 자세로 잠시 눈을 감았다. 그리고 눈앞의 형태를 지웠다. 형태가 없는 어둠 속에서 어떤 형태가 떠올라, 여자 몸의 형태, 함께 엉켜 형태를 무너뜨리고 흔들흔들 움직이다가 다시 형태를 갖추는 여자 몸이 뚜렷이 보이자, 이방근은 그것을 참지 못하고 어둠을 힘껏 밀어내며 눈을 떴다. 아니, 뭐지……? 이방근은 무심코 오른쪽 손바닥 한가운데를, 코를 감싸듯이 코끝에 대었다. 아무렇지도 않게 코털이라도 만지작거리듯이 오른손 엄지와 검지를 콧구멍에 대었을 때, 어딘지 모르게 확 풍기는 부드럽고 향기로운 꽃술 냄새가 났던 것이다. 손바닥을 떼면 냄새가 사라졌지만, 이윽고 그 냄새가 자신의 손에서 나고 있다는 것을 깨달았다.

이방근은 묘한 느낌으로 손바닥을 얼굴 아래쪽에 대고 계속 킁킁거렸다. 감미롭고 말로 형용할 수 없는 포동포동한 여인을 안고 있는 듯한 향기로운 냄새가, 마치 향주머니처럼 손바닥에서 나고 있었다. 왼손 손바닥과 비교해 맡아 보았는데, 그 사람의 살 냄새도 섞여 있는 듯한 어딘지 모르게 성적이기도 한 새콤달콤한 향기는 왼쪽이 아니라 오른쪽 손바닥에서 나고 있었다. 왼쪽 손바닥의 땀이 밴 냄새와는 분명히 달랐다. 어찌 된 일일까. 그녀의 체취가 남긴 향기인가. 이방근은 오른손을 얼굴에 댄 채 킁킁거리며 미립자의 성분 분석이라도 하듯, 가만히 손바닥 냄새에 코를, 얼굴을 맡겼다. 강렬하지는 않지만, 황홀하고 고상한, 깊이 있는 향기였다.

"……저는 2, 3일 안으로, 내일이라도 배가 있으면 서울로 돌아가겠습니다……."

뭐요……? 이방근은 손바닥을 가만히 코에 댄 채 귀를 쫑긋 세웠다.

"2, 3일 안에? 무슨 일이오. 이 동무도 서울행 일정을 변경해서 당분간 여기에 머물지 않소?"

"그거와는 상관없어요. 저는 돌아가야 해요……. 여러 가지로 서울에 일이 있어요. 게다가 제주도까지 와서, 이렇게 바로 옆에서 '서청'들과 얼굴을 마주하게 되다니, 생각지도 못했어요. 여기는 '서청'들의 천하더군요. 거기까지는 전혀 몰랐어요. 경찰 관계자도 서장부터 거의 대부분이 '서청'……. 어젯밤은 이 선생님의 아버님도 계신 옆에서, 저는 정말 괴로웠어요……."

"난설 씨가 정 그러시다면 섭섭하지만 어쩔 수 없지요. 급하면 서울에 전화 한 통 걸어서 비행기에 편승할 수 있겠지요?"

"교통편은 특별히······"

"그게 편할 거요."

문득 향기가 사라진 듯한 느낌이었는데, 코에 손바닥 중심부를 밀착시켜 조용히 숨을 들이마시자, 향기는 바로 되살아났다. 이런 일도 있을 수 있는가. 그건 손바닥에서, 손바닥의 땀샘 밑바닥에서 나오고 있는 것은 틀림없었지만, 이방근은 냄새의 행복감에 젖어들면서, 어쩌면 문난설의 향기가 옳은 건지도 모른다고 생각했다. 영문을 알 수 없는 두 사람의 대화였다. ······이 방의 어둠이 너무 무서워요. 어젯밤부터 이 방의 어둠이 너무 무서워서, 무서워서······. 이방근은 왜 그러냐고 되묻지 않았다. 그것은 문답이 필요 없는, 육체의 리듬이 발하는 어떤 신호 같은 것으로, 그때는 그녀를 껴안고 입술에 입술을 포개어 말을 못 하게 할 뿐이었다. 그러나 뭐가 무서웠던 것일까. 그냥 중얼거리는 소리에 지나지 않은 것일까. 뭐가 무섭냐고, 그때 왜 다시 물어보지 않았던가.

생전의 어머니는 아버지와 한 집에 살면서도 별거하여 장롱 등을 딸의 방으로 옮기고, 입원과 재택 치료를 반복하다 돌아가셨다. 그리고 여동생은 계모를 아주머니라고 부르던 1, 2년 전까지만 해도, 어머니 제사로 귀성을 하면 며칠이고 그곳이 사당이라도 되는 것처럼 틀어박혀 밖으로 나오지 않는데, 그렇다고 그 방에 뭔가 고인의 혼백이 깃들어 있는 것도 아닐 터였다. 어쩌면 어머니의 사진 탓인지도 모른다고 생각했다. 이방근은 어머니의 사진 같은 건 깨끗이 잊고 있었다. 그는 고인의 사진을 벽에 거는 걸 혐오했지만, 유원은 어머니의 유품처럼 장롱을 자신의 방에 그대로 두고, 확대한 어머니의 사진을 액자에 넣어 방에 걸어 두었던 것이다. 이방근은 이곳에 도착한 그날 밤, 고네할망이 여동생의 방을 청소하면서 그 사진을 그리운 듯이 올려다보며 어머니 이야기를 하던 일을 떠올렸다.

어쨌든 여동생의 도착이 여동생 자신만이 아니라, 지금까지 이 집에 얽혀 있는 문제를, 아버지와 아들의 일까지를 확실하게 해 주는 결정적인 계기가 될 것 같은 기분이었다. 음, 슬슬 일어나야겠다고 생각하면서, 이방근은 다시 오른손을 코앞에 대고 조용히 숨을 깊게 반복해서 들이쉬었다. 향기가 났다…….

"이 동무…….이봐, 일어나야지." 등을 돌리고 있는 서재 쪽에서 나영호의 목소리가 들렸다. "방근 동무, 아직 자나, 일어나라고."

이방근은 두 번째 독촉에, 오…… 하는 대답을 하고 나서, 이불 위에 배를 깔고 담배를 한 대 피운 뒤 상반신을 일으켰다. 어라? 하얀 요 커버 위에 긴 머리카락 하나를 발견했다. 그것을 집어 들고 늘어뜨려 보았지만, 자신의 것도 그리고 나영호의 기름기 없는 쑥대머리의 것도 아닌, 여자의 머리카락이라는 것을 알자, 이방근은 놀라서 그것을 손가락에 감고, 아아, 또 눈에 띈 다른 한 올도 겹쳐 감았다. 어찌 된 일인가. 가볍게 웨이브가 감겨 있는, 서울 출발 전에 머리 모양을 바꾼 문난설의 머리카락이 틀림없었다. 여자의 윤기 나는 검은 머리카락 두 개가 빠져 이 방으로 옮겨진 것을 나영호가 발견했다면, 이봐, 이 동무, 이게 뭔가……? 하며 머리카락을 손가락 끝으로 집어 올리고 다그치면 어디 도망갈 곳도 없을 것이다.

이방근은 전율을 느꼈다. 영호 놈은 발광할 것이다……. 옆방에서 거동을 눈치 채지 못하게 이불과 장판 위를 확인하고 나서, 머리카락을 왼손 검지에 감은 채 바지로 갈아입었다. 도중에 서재에도 떨어뜨렸을지 모른다. 그는 깜짝 놀라 당황하며, 급히 바지의 오른쪽 주머니, 그리고 왼쪽 주머니 속을 뒤져 본다. 손수건 외에는 없었다. 어제 아침에 문난설이 종이쪽지에 써서 건넨 작은 편지를 말아 주머니에 넣었을 터인데, 그것이 없었다. 아니, 그것은 휴지통에, 서재나 응접실의 휴지통에 버렸을 터였다. 그러나 확신이 없다. 분명히 휴지통에 버렸을 터인데……. 혹시 손수건이라도 꺼내려다 서재의 소파 근처에 떨어뜨린 건 아닐까……. 어찌 된 걸까.

이방근은 맹장지문을 열고, 잘 잤는가…… 하며 서재로 들어서서, 안뜰 쪽을 향한 소파, 즉 이방근 자리에 앉아 무릎에 노트를 펼쳐 놓고 있는 나영호를 보았다.

"오, 잘 잤나?"

"그래……."

"동무는 어젯밤 늦게 여기서 술을 마셨나?"

"아니, 왜 그러나?"

이방근은 흠칫 놀라 한 걸음을 멈춰 섰다가 다시 걸음을 내딛으며 기계적으로 말했다.

"아침에 일어나 보니 물주전자에 물이 바닥 나 있어서 말이야……."

"아아, 물 말이군, 물은 마셨네. 밤중에 목이 너무 말라서 말이지, 물을 마셨어. 그런데 그게 어떻다는 건가? 술은 없더구만."

"그래, 물 말이야. 물병이 텅 비어서 말이지. 물이야. 그냥 그렇다는 거야……."

남향의 서재 안에서 나영호와 마주 앉은 문난설은 뒤뜰에서 들어오는 빛보다 조금 역광선이 강한 위치라서 그 얼굴에 조금 그림자가 졌지만, 그녀는 이방근이 슬쩍 바라보기만 해도 시선을 피하고 있었다. 그렇게 생각해서 그런지 잠이 부족해 보였다. 표정이 무거웠다.

나영호 앞이라 그렇겠지만, 두 사람 사이의 분위기가 어제 아침과는 달라 있었다. 얼굴을 제대로 맞대지 않은 탓도 있겠지만, 어제 아

제18장 **115**

침의 참으로 묘하고 신선한 느낌의 울림이 사라지고, 찝찝함이나 쑥스러움이 없는 서로 간에 초대면과 같은, 전날 밤에 아무 일도 없었다는 듯한 허위의 아름다운 광채가 그녀에게 있었던 것과는 반대로, 지금은 일종의 묵계처럼 눈에 보이지 않는 닻이 서로의 의식 속에 내려져 있음을 느꼈다. 아니, 뭔가 완고한, 이질적인 조개처럼 닫혀 있다는 느낌이었다. 이방근은 두세 걸음 멈춰 선 채로, 소파 주변에서 작은 종이쪽지 같은 것을 찾아 슬며시 시선의 망을 던진 뒤, 그녀를 무시하듯 차가운 태도로 방을 비스듬히 가로질러 툇마루로 나왔다.

현기증이 나고 식은땀이 솟아날 것 같은 순간이었다. 두 가닥의 머리카락을 감은 왼손 검지를 주먹을 쥐어 숨기고 있던 그는, 힘을 뺀 엄지손가락 아래에서 꺼칠꺼칠하게 느껴지는 머리칼을 만지작거리며 세면장으로 향했다.

손가락에서 풀어낸 머리카락을 말아 목욕탕 옆에 있는 휴지통에 버렸다. 내친 김에 안을 살펴보았지만 편지 같은 종잇조각은 없었다. 왜 그걸 제대로 찢어 버리지 않았을까. 찢었다는 기억만은 확실히 없었다. 세수를 하고 응접실로 들어가 휴지통을 찾아보았지만 거기에도 없었다. 분명히 휴지통에 버린 기억이 있는데, 서재 쪽이었는지도 모른다. 아니 어쩌면, 역시 나영호 녀석이 주워 놓고는 모른 척 시치미를 떼고 있을지도…….

이방근은 다시 현기증을 일으키면서, 조금 전, 동무는 어젯밤 늦게 여기서 술 마셨나……? 하고 엉뚱한 말을 했을 때의, 나영호의 의미심장한 표정으로 볼이 움푹 들어가 홀쭉했던 얼굴을 떠올렸다. 음, 그 녀석이……. 만일 그가 사실을 알고 있다면 이건 예삿일이 아니다. 그의 아내나 애인을 가로챈 것이 아닌데도, '결투'를 하게 될 것이다. 아니, 그런 일은 없을 거다. 기분 탓이다. 분명히 휴지통에 버렸을 터다……. 그는 텅 빈 응접실 소파에 잠시 앉았다.

어중간한 사이지만, 나영호는 그녀가 자신의 팬이자 이해자이고, 연인 관계는 아니더라도, 어디까지나 작가인 자신에게 존경의 마음을 가지고 있다고 믿는 것 같았다. 그녀가 '당했다'고 한다면, 설령 합의가 있었다 해도, 예를 들어 뭔가의 일로 여동생인 유원이 당하기라도 했을 경우의 이방근처럼, 그는 미처 날뛸 것이었다. 두 사람 사이에 명확하지는 않지만, 어떤 친밀감 같은 게 생긴 것 같았고, 그것이 또 서로 간의 경계선에, 그녀 쪽의 예방선으로도 작용하고 있는 것 같았다.

그렇다 해도, 처음에 문난설과 그의 관계를 의심하여, 두 사람이 침대에 있는 모습을 상상하고 타는 듯한 고통과 함께 머릿속을 숟가락으로 도려내는 듯한 무서운 질투의 감정을 불러일으키는 자신에 놀랐지만, 그것을 떠올리면 지금 볼이 뜨겁게 붉어지는 것을 느꼈다. 마치 엉뚱하게도 상대가 있는 사람을 짝사랑하는 것 같은 질투의 감정이 분출했다. 지금 생각해도 이상했다.

이방근은 동그랗게 만 편지 조각과 함께 머릿속에서 뭔가 다른 것을 찾고 있는 자신을 깨달았다. 방금 전 역광선 속에서 조금 그늘진 문난설의 얼굴을 슬쩍 보았으면서, 갑자기 기억상실증이라도 걸린 것처럼 그것이 생각나지 않았다. 그녀의 얼굴을 잊어버린 것처럼 아무리 떠올리려 해도 눈에 보이지 않았다. 더구나 지금 서재에 있을 터인 그녀가 마치 다른 사람처럼 느껴졌다. 이방근의 등 뒤에는 태양이 가득한 광경이 펼쳐져 있었다. 그는 그 속에서 문난설을 포옹하고 있는 자신을 보고 있었다. ……문난설이 2, 3일 안에, 내일이라도 서울로 돌아간다? 으-흠, 이방근은 편지를 분실한 듯한, 뭔가 종잡을 수 없는 초조감에 사로잡혀 소파에서 일어났다.

서재 옆 온돌방에는 이방근의 이부자리가 벌써 정리되고 밥상이 차려져 있었다. 이불은 어쩌다 그대로 두었는데 누가 치웠을까. 고네할망은 아니다. 나영호나 그녀일 것이다. 이방근은 방으로 들어가기 전에 서재의 뒤뜰과 접한 창가의 책상 앞에 서서, 서랍을 열고 뭔가를 찾는 척하면서 그 옆에 있는 휴지통을 들여다보았다. 옆방에서 눈치채지 못하도록 휴지통 안에 얼마 되지 않는 종잇조각들을 뒤적거려보았지만 보이지 않았다. 그는 자신의 표정이 변하는 것을 의식했다.

나영호와 문난설이 그를 기다리고 있었다. 이방근은 온돌방으로 갔다.

"……이 동무, 2, 3일 안에 난설 씬 서울로 돌아간다네. 내일이라도 배편이 있으면 난설 씨는 이 섬을 떠난대……."

식사하는 도중에 나영호가 말했다.

"이 섬을 떠난다니……, 너무 거창해요."

문난설이 말했다.

"그렇잖소. 섬을 떠나 바다를 건넌다. 다시 제주의 거친 바다를 건너는 거요."

"내일이라도……라는 건, 좀 급하군요. 이번에 여기 온 것도 갑작스런 일이었고, 서울 일이 바쁘다는 얘기는 들었지만, 그렇게 급한 일인가요……?"

이방근은 마음속에서 난설 씨…… 하며 부르고 있었지만, 그것을 입 밖으로 내는 것은 꽤 의식적이어야 했다. 뭔가 숨기고 있는 것이 난설의 이름과 함께 덮개가 벗겨져 드러날 것만 같았다. 그녀의 검은 눈동자가 빛나는 눈가에 기미가 생겨 있는 것이 옅은 화장 아래로 보였다. 이방근은 잠이 부족한 탓도 있겠지만, 화장실 거울에 비친 자신의 눈가가 조금 거무스름했던 것이 떠올라, 눈 둘 곳을 찾지 못해 곤란했다.

"네ㅡ." 문난설은 허무할 정도로 시원스레 대답했다. "처음에는 이 선생님이 다음 배로 출발할 예정이라 하셔서, 저도 그때 같이 돌아가려고 했기 때문에, 나영호 씨는 갑자기라고 하셨지만, 결코 그런 게 아닙니다."

"모처럼 서울에서 오셨는데 천천히 구경이라도……, 구경 다닐 만한 상황은 아니지만, 너무 급한 것 같군요……."

"유람하러 온 것도 아닌 걸요. 이 선생님, 저는 지금의 2, 3일만으로도 충분해요."

"내가 어디 한 곳도 안내하지 못해서……."

"아, 맛있다……"

문난설은 시선을 떨군 채 술잔의 소주를 한 모금 입에 넣었다. 가볍게 쪽 하는 모습이 작은 새처럼 보였다. 무슨 일일까, 이방근은 문난설의 약간 유쾌한 듯한 그 태도에서 일종의 가시를 느꼈다.

이방근이 고네할망에게 식전 소주를 한 잔 부탁하자, 그건 딱 좋은 해장술이잖아, 나도 가볍게 한잔할까 하며 끼어들었고, 저도 조금만 마셔본다며 문난설이 신기하게도 아침부터, 흉내만 내는 적은 양이었지만, 술을 입에 대었던 것이다.

세 사람은 독상을 앞에 두고 있었는데, 나영호와 문난설이 옆으로 나란히 앉고, 그 삼각의 위치에 마주 앉은 이방근은 나영호와 동석한 자리에서 그녀의 얼굴을 똑바로 쳐다볼 수가 없다. 힐끗 곁눈질한 시선이 좁은 구멍을 응축하여 빠져나가는 듯한 열기가 느껴졌다. 그것을 나영호에게 들킬까 두려웠다. ……어젯밤 어둠 속에서 그녀와 함께였던 것은 얼마만큼의 시간, 한 시간이었을까, 두 시간이었을까, 어둠처럼 녹아내리며 흘러 알 수가 없다. 더없는 풍요와, 불모……. 이방근은 숨이 막혀오는 터에 숟가락으로 입에 떠 넣은 물김치 국물에 사례가 들렸다 겨우 삼켰지만, 하마터면 입 밖으로 뿜어낼 뻔했다. 이방근은 잔에 남은 술을 단숨에 털어 넣고 목구멍으로 흘려보냈다. 고춧가루와 소금으로 간을 한 국물 탓에 사례들린 목구멍의 점막에 한순간 불이 붙으며 타올랐다.

'……?'

조금 전, 물김치에 사례가 들면서 뭔가 어린애 같은 웃음소리를 들었다고 생각했는데, 안뜰 바로 옆에서 인기척이 나고 있었고, 장지문 틈새로 툇마루에 몰려든 사람들이 보였다.

언뜻 교차한, 마치 밀회 장면을 들여다보는 듯한 시선에 이방근은 충동적으로 일어서더니, 성큼성큼 두세 발짝 다가가 장지문을 좌우로 소리를 내며 열었다. 방주인의 갑작스러운 출현에 깜짝 놀란 사람들이, 어린애도 동반한 여자들이 도망치지도 못하고 우두커니 서서 이방근을 올려다보았다. 호통을 치려던 이방근도 기세가 꺾인 걸까 말을 잇지 못했다.

"으−음, 거기서 뭘 하는 겁니까? 훔쳐보다니……. 지금 우리는 식사 중이니, 자아, 저쪽으로 가 주세요."

"식사가 끝나면 괜찮은 거우꽈?"

"뭐가요……?"

"신랑 신부, 색시를 보고 싶어서……."

"어디에 신랑 신부가 있습니까?"

이방근은 여자들의 말에 말려들 뻔한 것을 깨닫고, 고개를 저으며 말했다.

여자들의 시선이 활짝 열린 장지문 문턱 너머 문난설에게 쏠렸다.

"예쁜 색시야, 정말로……."

정말로, 예쁜 색시야……. 감탄의 중얼거림. 이방근은 장지문을 꼭 닫고, 세 사람 모두 거의 식사가 끝난 밥상 앞으로 돌아왔다.

"정말이지, 한심하기 짝이 없다니까. 시골은 이래서 곤란해. 난설 씨와 내가 결혼한다고 하는, 읍내 참새들의 소문이야. 도대체, 이게 무슨 일이지……."

이래서는 도저히 문난설을 데리고 읍내를 안내할 수 있을 것 같지 않았다.

"헤헤, 그렇게 분개할 일은 아닐 텐데……."

웃고 있던 나영호의 얼굴이 한순간 험악하게 어두워지고, 문난설의 하얀 볼에 핀 홍조가 아름답게 빛났다.

"난 특별히 분개 같은 건 하고 있지 않아. 동무는 이야기를 농담으로 몰아가는 버릇이 있어. 자네는 뭔가 내게 숨기는 것이라도 있나?"

이방근은 일부러 언성을 높이는 자신에게 혐오감을 느끼며 말했다. 순식간에 쓴 침이 혀뿌리에서 솟아나 입안에 퍼지는 것을 의식했다. 비밀이 탄로 나는 것을 두려워하는 건 이쪽이었다.

"무슨 일인가, 도대체, 갑작스레……. 이 동무는 아침부터 취했나?"

"아, 난 늘 취해 있지."

"무슨 일 있나?"

"자네야말로 무슨 일 있나?"

"……" 나영호는 말문이 막혀 버렸다. 그리고 어이없다는 듯이 웃기 시작했다.

"왜 그러나, 도대체, 이상하잖아……."

흐-음, 이방근은 코로 숨을 내뿜고, 뭔가 생각났다는 듯이 다시 자리를 떴다. 이건 암고양이 앞에 수고양이가 두 마리로군…….

"마저 들게나. 나는 다 먹었으니."

그는 서재를 지나 바깥으로 나온 뒤, 아직 안뜰에 모여 있는 여자들을 곁눈질하면서 부엌 쪽으로 툇마루를 걸었다. 난, 정상이 아니야…….

부엌에는 고네할망과 서너 명의 여자들이 쭈그리고 앉아 찐 고구마를 먹으며 세상 돌아가는 이야기를 나누고 있는 것 같았다. 이방근은 입구에서 고네할망을 불러내 옆의 응접실로 들어갔다. 소파에 앉지도 않은 채 우뚝 서서 작은 체구의 할망을 내려다보며, 고네할망, 대체 저 사람들은 뭡니까……? 하고, 아침부터 마신 술기운을 보태 조금 강한 어조로 말했다.

"어제부터 줄줄이 뭘 하러 와 있는 겁니까? 비가 그쳤나 싶더니, 마치 무슨 노천시장처럼……. 동물원도 아니고."

"동물원이라고 해도, 난 그게 뭔지도 몰라. 지금까지 구경해 본 적도 없어서. 난 아마 틀림없이 죽을 때까지 동물원에 가 보지 못할 거야. 서울 구경도 못 해 본 것처럼……. 저 사람들은 집 앞을 지나다가 선옥이나 내 얼굴을 보려고 잠깐 들렀을 뿐이야. 이제 곧 돌아갈 거라구."

"도대체 결혼을 한다느니, 누가 소문을 내고 있는 겁니까?"

"……결혼이라니 무슨 소린가? 그건, 아이고, 방근이 자네 얘긴가?"

"그렇겠죠……."

"나도 들었어. 소문이란 제멋대로 돌아다니는 법이라……. 남남북녀라고 하잖나……."

"아, 됐어요. 이제 됐으니까……." 이방근은 할망의 허둥대며 시치미를 떼는 모습에 말꼬리를 흐렸다. "함부로 사람들이 드나들지 못하게 문을 잠가 주세요."

고네할망을 부엌으로 돌려보낸 이방근은 방구석의 주인 없는 검은 피아노에 눈길을 준 뒤, 소파에 엉덩이를 대고 상반신을 등받이에 맡겼다. 바지 주머니에서 담배를 꺼내 입에 문다. ……이상하다. 어제 아침, 문난설에게 건네받은 작은 편지를 다 읽었을 때, 인기척이 나서 편지를 바지 주머니에 쑤셔 넣었는데, 지금은 그 기억조차 의심스러워졌다. 휴지통은 모두 어제 그대로이고 정리한 흔적이 없다. 그때 분명히 화장실에서 돌아오는 나영호의 발소리가 툇마루 바로 근처에서 들렸고, 그녀가 떠난 뒤 서재 소파에 앉은 자세 그대로 난 동그랗게 만 편지를, 이렇게 주머니에 넣었다……. 이방근은 실제로 오른손을 사용해 확인했다. 그때는 그렇게 할 수밖에 없었다.

휴지통에 버렸다고 생각한 것은 바지 주머니에 넣었던 기억의 상태를 벗어난 연장선은 아니었을까. 모든 것이 막연하게 흔들리고 있다. 어젯밤 문난설과 그 방에서 무엇을 하고 있었는지, 거의 이야기를 나눈 것 같지 않은데, 무엇을 하고 있었는지 모든 것이 어둠 속으로 형태가 무너지며 종잡을 수 없이 사라져 가는 느낌이다. 편지를 동글게 만 종이쪽지는 어디로 간 것일까. 불안했다. 편지의 용건은 이미 달성했지만, 나영호의 손에만 들어가지 않으면 그걸로 다행이었다. 오늘 밤, 기다리고 있겠습니다…… 운운. 꺼림칙한 '일신상의 사정'이라. 이방근의 마음속에 커다란 감정의 파도가 한바탕 몰아쳤다.

그는 누군가에게 이끌리듯이 손을, 오른쪽 손바닥을 코끝에 대었다. 가만히 대고, 일단 숨을 죽였다가 조용히 들이마셨다. ……향기가 난다. 음, 향기가 난다. 세수를 한 뒤에 손바닥을 대었을 때는 비누 냄새가 나고 있었다. 그런데 지금은 비누 냄새는 나지 않고, 그렇다고 함께 사라진 것은 아니고, 아침의 이부자리에서 맡았던 향기 그대로 옅어지지도 않고, 오른쪽 손바닥 자체에서 향기로운 냄새가 나고 있었다. 그것이 묘하게 마음을 안정시켰다.

문난설은 갑자기 무슨 일일까. 2, 3일 안에 서울로 출발한다는 건 그렇다 쳐도, 아무리 말 나온 김에 했다지만, 내일이라도……라고 말하는 것은 상당히 일방적인 느낌이었고, 말에 담긴 그 기분을 내부에서 차오르는 뭔가가 있을 터였다. 왜 이렇게 갑자기, 어젯밤 어둠 속에서 장난을 치던 모습에서 돌변하여, 전혀 다른 곳에 서 있는 것인지, 이해하기 어려웠다. 그것은 아침에 일어난 뒤 온돌방을 나와 소파에 있는 두 사람과 얼굴을 마주했을 때, 자신이 그녀를 무시하는 듯한 냉담한 태도에 기인한 탓인지, 하고 되짚어 생각해 보았지만, 그렇다고는 해도 그게 전부인 것 같지는 않았다. 게다가 어젯밤의 비밀을 서로의 마음속에 숨긴 사람끼리의 묵계, 가장된 서먹서먹함 때문은 아니었다.

이방근이 서재로 돌아온 것과 거의 동시에, 식사를 마친 문난설이 소파에서 일어나 방으로 돌아갔다. 이쪽의 시선이 대리석처럼 차가워진 그 표정의 볼에서 미끄러져 내릴 듯한 거리감을 두고, 이방근과 이야기 나누기를 넌지시 피하는 것 같았다.

"이 동무, 문난설과 무슨 일 있었나?"

"……" 이방근은 움찔하며, 어젯밤 어둠 속에서 무슨 일이 있었나, 하는 식으로 나영호의 질문의 목적을 일단 그쪽으로 대입을 시켰다 눈앞으로 되돌렸다.

"아니, 별일은 없었는데."

"그녀는 기분이 안 좋아 보여……."

"나 때문에…… 말인가? 그렇다면, 무슨 일이 있었냐고 내가 물어보고 싶군……."

점심때가 다 되어 나영호가 한라신문사에 나간 뒤, 갑자기 이방근도 외출하게 되었다. '서북'은 그쪽이 예고했던 어제 오전부터 꼬박 하루가 지났는데도 아무런 소식이 없었다. '서북' 쪽에서 걸어온 싸움이지만(이 섬에서는 '서북'에서 먼저 걸어오지 않은 싸움 같은 것은 없었다), 이렇게 소리 없이 지나간다는 것은 드문 일이라기보다, 있을 수 없는 일이었다. 이 집에 있는 문난설의 존재를 배려한 것이라면, 그 나름의 뭔가 신호가 있어야 했다.

어젯밤 문난설의 환영회에 '서북' 지부장도 참석한 모양이지만, 옥류정 건에 대한 이야기가 나온 것 같지는 않았다. 그런데 조금 전에 아버지가 전화로, 어젯밤 파티에서 '서북' 지부장을 만났는데, 그 사건으로 상의할 일이 있으니 전화 달라고 말했다는 것이었다. 어젯밤 아버지의 귀가가 늦었던 것도 아니고, 오늘 아침에라도 계모나 고네할망에게 전해 두면 될 일을, 굳이 회사에 가서 전화로 알려 준 것이었다. 아니, 깜빡 잊고 있었는지도 모른다. 오늘 하루 내내 내버려 둔 것도 아니다. 내가 필요 이상으로 신경을 곤두세우고 있는 것이다. 어쨌든 이방근은 함병호에게 결코 늦은 것이 아닌 전화를 걸었다. 상대는 점심 약속이 있어서 한 시 전에 외출할 예정이라고 했다. 그러고 보니 점심시간이면, 자신이 그 상대가 될 수도 있는데 그 번거로움에서 벗어났으니, 오히려 잘 된 일이었다. 그럼, 괜찮다면 지금 그쪽으로 가겠습니다…… 하고, '서북' 사무소에 직접 찾아가 잠깐 만나기로 했다. 그래도 3, 40분은 여유가 있었다. 어차피 결론은 나 있는 일이었다.

이방근은 나가는 길에 문난설에게 한마디 말을 건넸다. 그는 조심스럽게 상반신을 들여다보듯이, 반쯤 열린 방 문 앞에 섰는데, 눈에 들어온 뒤쪽 장지문이 열려 있어 통풍이 잘 되는 방에는, 어떤 냄새, 아니 성적인 정취가 스며있는 듯했다. 요 며칠 사이에, 먼지 냄새가 나던 빈 방이 사람의 숨결에 닿으며 되살아나, 앉은뱅이책상이나 자개장과 같은 오래된 세간들의 자태가 제자리를 찾은 것처럼 살아나 있었다. 한순간 음란한 밤의 어두운 그림자가 눈앞에 떨어져 내렸지만, 확실한 여자의 숨결 냄새가, 밖의 빛을 반사하여 은은하게 빛나는 장판과 벽에 스며들어 있는 것처럼 보였다.

왼쪽 벽 위에 걸려 있는 사진 속의 어머니로부터 시선을 피하다 눈에 들어온, 어젯밤의 어둠이 깔려 있지 않은 투명한 방 모습에 이방근은 순간 묘한 느낌을 받으며, 일어난 문난설이 다가오자 한 걸음 물러섰다.

"선생님은, 외출하시는 건가요……?"

이방근의 그림자를 알아차리고 방보다 한 단 높은 문지방을 넘어 툇마루로 나온 문난설이 말했다.

"잠깐 나갔다 오겠소."

이방근은 고개를 끄덕이며 말했다.

"……선생님, 이걸……."

울컥 압박해 올 듯한 높은 가슴을 덮은, 목덜미가 열린 베이지색 블라우스의 가슴주머니에서 종이쪽지를 꺼내고, 그녀는 꽉 다문 입가에 의미가 담긴 미소를 띄었다.

"뭡니까, 그건……?"

"돌려드릴게요."

"뭔가요……?"

구겨진 종이쪽지를 똑바로 귀를 맞춰 접은 것이었는데, 그것을 거의 열어 보다시피 하고 거기에 펜으로 쓰인 한글 문자를 발견할 때까지, 그것이 행방불명 된 예의 쪽지라는 것을 알아채지 못한 건, 우둔하다기보다도 이상한 일이었다. 돌려드린다……. 이것은 문난설 자신의 편지가 아닌가.

"내용은……, 읽지 마세요."

작게 구겨진 편지를 손에 든 이방근의 얼굴에서 핏기가 가셨다.

"이걸, 그러니까, 어디서……?"

마치 상대를 힐문하듯이 이방근은 문난설을 날카롭게 노려보며 말했다.

"글쎄요, 어디일까요."

문난설은 이방근의 그 시선을 옆으로 흘려보내고 아무렇지 않게 말했다.

"……난 아침부터 이걸 찾고 있었소만……. 아침이 돼서야 알아차리고……."

사람을 얕보는 것인지, 아니면 일종의 경애에서 나온 말인지, 이방근은 울컥했지만, 자신이 생각해도 맥없는 말을 내뱉었다.

"그렇게 중요한 것이었나요. 그렇다면 마침 잘 됐네요."

농담이 아니라면, 이건 꽤 사람을 업신여기는 말투였다. 그녀는 차갑게 웃었지만, 동시에 눈이 차갑게 불타고 있었다. 불꽃이 얼음을 이기고, 어젯밤의 어둠을 비추고 있었다.

"아아……. 난설 씨도 꽤나 비꼬는군요……. 난 정말로, 이걸 찾고 있었소. 내가 어떻게 한 건지, 이걸 어디서 잃어버렸는지도 알 수 없었소……."

이방근은 조바심이 났지만, 말투는 온화했다.

"……아무렇게나 툭 하고 대충 버리신 게 아닌가요?"

"설마요……."

정말이지 심술궂은 여자다. 마치 나이 든 여자의 말투다. 이방근은 편지를 바지 주머니에 집어넣으려 했다.

"선생님, 그건, 지금 찢어 주세요."

"……"

이방근은 꼬깃꼬깃한 종이쪽지를 두 번 접어 그녀의 앞에서 찢었다. 작은 종잇조각 두세 개가 팔랑팔랑 툇마루에 춤추며 떨어졌다.

이방근은 구부린 등에 문난설의 모욕을 닮은 시선을 느끼며, 그것을 주위 한쪽 손바닥에 쥐었다. 어차피 편지는 나중에 찢어 버릴 생각이었다. 그는 이 사소한 자신의 동작의 세부를 의식하고, 일종의 굴욕감을 느끼면서 어린애처럼 순순히 그 자신의 동작에 따랐다.

이방근이 분노에 휩쓸리지 않았던 것은, 그녀의 분노를 겨우 눈치챘기 때문이었다. 그래, 그녀는 어딘가에서, 그것도 오늘 아침, 이 자필의 편지를 주웠다. 결코 제3자의 눈에 띄어서는 안 될, 있어서는 안 될 비밀의 편지가, 아무렇게나 버려진 상태로 어딘가에 굴러다니고 있었던 것이다……. 이방근은 등에 오싹하며 차가운 것이 흘러 퍼져 나가고, 어찌 되었든 이러한 자신의 무서운 실책에, 찢어진 편지 조각을 손에 쥔 채 몸이 떨렸다.

"난설 씨, 고마워요, 이젠 살았소……. 난 아침부터 이걸 찾고 있었소." 이방근은 생각이 흘러넘쳐서 아까와 같은 말을 반복했다. "이게 도대체 어디에 있었소, 아아, 어쩌다 이렇게……. 난 이 편지 하나로 당신을 망칠 뻔했소. 어디에 있었는지, 말해 주시오."

"……서재의 소파 옆이었어요."

"음, 그렇군. 난 지금 외출하려던 참이지만, 잠시 저쪽으로 가 앉읍시다."

고네할망이 부엌과 계모 선옥이 있는 방 사이를 출입했지만, 서서 오래 이야기를 나누는 그 분위기는 사람들 눈에 부자연스러울 것이었다. 두 사람은 서재로 들어가 소파에 앉았다.

"난설 씬 아침 몇 시쯤 이걸 발견하였소?"

이방근의 왼손에는 편지 조각이 쥐어진 채였다.

"일곱 시 반쯤이었어요."

"일곱 시 반? 난설 씨는 일찍 일어났군요……. 나영호는 일어나 있었소?"

"네."

"일어나 있었다……?"

이방근은 놀란 목소리를 높였다.

"왜 그러세요?"

"편지는 소파 옆 어디에 있었소?"

이방근은 언제나처럼 안뜰을 향한 소파에 앉아 있었는데, 문난설은 그 소파의 오른쪽 팔걸이 아래라고 대답했다.

나영호가 그걸 보지 않았을까라는 이방근의 질문에, 문난설은 의아해하는 표정을 지으며, 툇마루에서도 확실히 눈에 띈 실내의 하얀 종잇조각을 보고 왠지 갑자기 신경이 쓰여 주워 들었는데, 마침 그때 옆의 온돌방에서 나영호가 나왔다고 했다. 그러나 그와 동그랗게 만 편지 사이에는 가로놓인 소파가 있어 보이지 않았으며, 무엇보다도 편지를 줍고 난 다음이었고, 나영호는 곧바로 세면장으로 갔던 것이었다. 이방근은 나영호가 먼저 주워 읽고 일부러 버린 것은 아닐까 하고, 감싸 안은 두개골이 덜컹덜컹 흔들리는 듯한 망상에 사로잡혀 있었다. 그는 한심한 망상에서 해방되고 구원받은 기분이었다. 깊은 물속에서 떠오른 것처럼 커다란 숨이 새어 나왔다.

"……선생님, 어떻게 된 거예요. 저는 직감적으로 그것에 마음이 끌려갔어요. 그걸 주워 들고, 어제 선생님께 드렸던 편지라는 걸 알았을 때는 얼굴이 발갛게 달아오르고, 그저 무서워서, 정말 믿을 수가 없어서, 그 자리에서 편지를 손에 쥔 채 실신해 버릴 것 같았어요. 세면장에서 영호 씨가 돌아왔을 때는 현기증이 좀 진정된 제가 창백한 얼굴로 편지를 가슴주머니에 막 넣었을 무렵이에요. 무서워서, 뭔가 어둠 같은 것이 무서워서, 뭔가 무서운 보복이 돌아온 건가 하고, 정말로……. 어찌 된 일이에요. 편지를 내팽개치시는, 그런 심한 일이……. 편승할 수 있는 비행기라도 있다면 타고 서울로 돌아갈 생각이었어요."

그녀는 조금 격해져 있었지만, 눈물을 머금지도 않았고 차분했다.

"아아, 내가 도대체 무슨 짓을……."

이방근은 할 말이 없었다. 편지를 읽고 나서 아무데나 툭 내버린 것은 결코 아니다. 마침 나영호가 오는 기척에 급히 바지 주머니에 밀어 넣었는데, 무심코 그대로 넣어 둔 것이 아마 뭔가를 계기로 밖으로 흘러 떨어져 버린 모양이다. 무슨 짓을 한 건지. 있을 수 없는 자신의 실수이니, 실례를 용서해 주기 바란다……고 사죄하면서, 이방근은 어정쩡하게 일어나 있었다.

자리에서 일어선 그는 함께 일어난 문난설에게 손을 뻗어 그 손을 잡았다. 그녀의 손이 이방근의 손에 갇혀 움직이지 않았다. 일단 날려 보낸 것이 부메랑처럼 다시 돌아온 기분이었지만, 마음을 놓을 수가 없었다. 그의 손에 갑자기 힘이 들어갔다. 지금은 어둠이 아니다, 빛 속이었다. 갑자기 뒤뜰 쪽에서 매미가 울기 시작했다.

"그 종잇조각은 제게 주세요. 제가 처리할게요."

문난설이 말했다.

처리……. 아아, 그게 좋겠소. 이방근은 왼손의 찢어진 편지를 그녀에게 건넸다. 손안에 쥐고 있던 몇 갠가의 종잇조각은 거의 작은 덩어리가 되어 있었다. 그것을 그녀의 손에 건네고 나서, 이방근은 백주의 빛 속에서 문난설을 안고 싶었지만, 몸이 움직이지 않았다. 안뜰 건너편 쪽의 문틈 사이, 기둥 뒤에서 쏟아지고 있을지도 모를 눈을 의식하고 있었지만, 그 때문에 주저한 건 아니었다. 눈앞에 있는 것은 어젯밤의 문난설이 아니다. 지금까지 포옹한 적이 없는 그녀였다.

"……오늘 밤, 늦게 가겠소."

이방근은 목구멍 안쪽에서 겨우 밀어낸 말을 침착한 척 가장하여 말했다. 오늘 밤 만나고 싶다……가 아니라, 오늘 밤 간다, 가겠소……. 이미 기정사실 위에 서 있는 불쾌한 냄새를 스스로 의식하고 있었다.

문난설은 놀란 듯한 얼굴을 들고 이방근을 보았다. 무슨 말씀을 하시는 거예요……라는 듯이. 그것이 이방근의 마음을 찔렀다.

"아뇨. 안 돼요."

"아니, 갈 테니까……."

"아뇨, 안 돼요. 안 됩니다……."

"그럼, 이걸로 끝인가요……?"

이방근의 목소리에 냉기가 흘렀다.

"어째서 그런 말씀을……. 하지만 안 돼요. 여기서는 맞을 수가 없어요."

"……그럼, 어디서?"

"……"

"서울에서……?"

매미가 날카로운 날개 소리를 내고 울면서 날아갔다.

"……"

문난설은 잠자코 고개를 끄덕였다.

이방근은 소파 팔걸이에 걸쳐 둔 감색 포럴 상의를 반팔 셔츠 위에 걸치고 밖으로 나왔다. 가슴의 고동이 세차게 울리고 있었다. 열두 시를 지나고 있었지만, '서북' 사무소까지 10분이면 갈 수 있었다. 매미는 도로 위의 하늘을 단속적으로 놀란 듯한 울음소리를 내고 곡선을 그리며 전방으로 날아갔다.

이방근은 잠시 어젯밤의 어둠 속을 걷고 있었다. 원근법의 음영 속에 들어간 읍내의 모습은, 어젯밤의 투명한 어둠의 필터를 투과해서 보이는 광경이었다. 의식을 하자, 어둠의 공간에 있는 늪 속으로 빠져 들어 사라질 것만 같았다. 실체가 종잡을 수 없으면서도, 이방근은 중량이 있는 그것을 짊어지고 있었다. 조금 전의 문난설은, 어젯밤의 어둠에서 나온 여자가 아니었다. 오늘 밤 늦게 가겠소. ……아니, 갈 테니까……. 어젯밤에는 왜 그녀를 완전히 품지 못한 것일까. 그 요새를 넘기에는 어젯밤은 너무 어두웠다. 이 얼마나 어정쩡한, 아니, 얼마나 완고한 여자인가.

그는 걸으면서 오른손 손바닥을 코에 대 보았다. ……향기가 난다. 조금 전 그녀의 손을 잡았기 때문이 아니라, 그 향도 어디에 담겨 있는 것처럼 확 풍겨 왔다. 신기했다. 그는 얼굴 아래쪽에서 손을 떼고 코를 킁킁거리면서 혼자 히죽 웃었다. 엷은 구름의 하늘 아래로 바람이 지나갔다. 국민학교 담 너머로 포플러 나뭇가지들이 흔들리는 것이 보이고, '장난삼아 사랑을 해서는 안 된다'며 노상의 바람이 볼을 어루만지고 달려갔다.

문난설의 오해는 거의 풀린 것 같았지만, 그녀는 자신에 대한 모욕적인 행위를, 결코 의도한 것은 아니었다고 해도, 편지를 바로 '처리' 하지 못한 결과에서 초래된 모욕을, 얼마나 용서할 수 있을까. 여기서는 맞을 수 없어요……. 그녀가 설령 눈에 보이지 않는 암흑 속에서 한 행위였다고는 해도, 그 육체를 이 손안에 드러냈던 것이다. 매춘부처럼 그저 몸을 내어 준 건가. 아니, 그렇지 않다. 이방근은 걸으면서 고개를 가로저었다. 편지를 소홀히 한 나에 대한 그녀의 노여움은, 어젯밤 일을 중요하게 받아들이고 있는 탓이었다. 이방근은 본능적으로 그렇게 느끼고 있었다.

이방근은 국민학교의 담을 따라 정문 앞 거리로 나와, 관덕정 광장 쪽이 아닌, 왼쪽으로 돌아 옥류정 쪽으로 갔다 다시 오른쪽으로 돌기를 반복하다, 관덕정 광장으로 뻗은 C길로 빠져나왔다. C길을 산지천 쪽으로 갔고 올봄에 '서북' 놈들을 흠씬 패준 사연이 있는 시골 카바레 '신세기'를 지나, 맞은편 오른쪽에 있는 한라신문사 앞을 지났다. 나영호가 아직 있는지, 어떤지. 산지천 바로 앞에서 다시 일주도로인 동문길 쪽으로 빠지는 도중에, '서북' 사무소, 예전에 일본인이 경영하고 있던 꽤 큰 사카무라(坂村) 여관 건물이 있었다.

　해방 후 1, 2년은 인민위원회나 여러 민주단체 등이 각각 나누어 사무소로 사용하던 곳으로, 2층의 2, 3백 명 정도 수용 가능한 큰 홀은 결혼식, 그 밖의 각종 집회장으로 사용되었다. 지금은 '서북'이 차지해서 그들의 아성이 되어 있었다. 사무소 이외에는 성내 '서북'들의 합숙소였는데, 사람의 출입 유무에 관계없이 건물 앞에는 항상 여러 명의 '서북'들이 모여 있었다. 일종의 보초였다. 사무소라고는 해도 방은 여러 개로 나뉘어 있었고, 안쪽에 있는 듯한 고문방에서는 병원의 수술실처럼 피 냄새가 난다고 했다. 마을 사람들, 특히 부녀자들은 '서북' 사무소 앞으로 지나가는 것을 피했다. 그 부근의 어린 딸을 가진 집에서는 시골 친척 집에 맡기거나 하는 '소개(疏開)'를 하고 있었다.

　지금 읍내를 걷고 있는 이방근이 '서북' 사무소로 가고 있다는 것은 도중에 스쳐 지나간 낯익은 사람들도 모르는 일이었다. '서북' 간부와 술을 마시고 돌아다닌다는 소문이 퍼져(술을 마시고 돌아다닌다고 할 정도는 아니지만, 소문은 사실이었다. 정세용의 '배신'에 대한 증거를 잡기 위해서였다. 지금도 그 목적으로 함병호를 만나는 것이라면 이렇게 마음이 무겁지는 않을 것이었다), 이방근은 읍내 사람들의 빈축을 사고 있었다. 그런데 이번에는 서북 여자를 집에 데려왔다고 하니, 이래저래 소문이 무성해지는 것도 무리는 아니었다. 일전에는 육지의 어딘가에서 늙어 빠지고 길 잃은 개 같은 부스럼영감을 데려왔나 싶더니, 이번에는 하필이면 서북여자를 데리고 왔다……. 이방근이 이런 소문이나 시선에 신경 쓰지 않는 것을 보면, 그런 면에서는 상당히 낯이 두껍다고 할 수 있었다.

관청이나 군·경 관계자, 민간인이라도 특수한 경우 외에, 섬사람은 '서북' 사무소에 출입하지 않았고, 할 수도 없었다. 일반인의 '출입'은 '서북'에게 습격을 당한 뒤의 연행, 그리고 감금, 고문 등을 위한 자유의사가 아닌 경우뿐이었다.

따라서 백주에 당당하게 혼자서, 게다가 '서북'과 두 번이나 싸움을 한 사람이 '서북' 사무소에 얼굴을 내미는 것은, 다른 사람 눈에는 꽤나 이해하기 어려울 것이었다. 결국 시국의 흐름 속에서 약삭빠르게 처신하는 것처럼 보일 수밖에 없었다.

이방근도 그것을 모르는 바는 아니었지만, 사람들의 시선을 의외로 대수롭지 않게 생각하거나, 무관심한 구석이 있었다. '서북' 사무소에 드나든다고는 해도 이번이 두 번째이고, 올봄에 처음으로 저 건물 안에, 무서운 살인, 폭력집단의 소굴 같은 곳에 홀로 찾아간 것은, 외과의사인 고원식의 부탁을 받고, 한밤중에 날조된 '빨갱이'라는 구실로 피습, 연행된 그의 처남의 '석방'을 교섭하기 위해서였다.

이방근은 문득 뭔가를 생각해 낸 것처럼 멈춰 섰다. 손목시계를 들여다보자 열두 시 20분에 가까웠다. '서북' 사무소까지는 앞으로 몇 분 걸리지 않았다. 멈춰 선 곳이 잡화 겸 담뱃가게 앞이었다. 그는 담배를 사서 한 대 입에 물고 성냥불을 붙였다. 그는 별 생각 없이 휑한 느낌이 드는 꾀죄죄한 잡화점 안을 들여다보았다. 그리고 그다지 넓지 않은 C길 쪽으로 눈길을 돌렸다. 그것뿐이었다. 그리고 무언가를, 특정한 것이 아닌 무언가를 생각하고 있었다.

이방근은, 그래, 왜 이리 서둘러 '서북'과 만날 약속을 해 버렸는지, 스스로도 이유를 모르고 있다는 걸 알아차렸다. 지금까지 함병호와 몇 차례 술을 마신 것도 요정에서 만난 것이지 사무실을 드나든 적은 없었다. 오늘 밤, 당초 예정대로 서울로 출발할 것도 아니었고, 오늘 밤에라도, 그리고 내일이나 모레라도 밖에서 저녁이나 점심을 겸해 만나도 상관없었다. 일단 상대와 통화만 해 두면, 하루나 2, 3일 늦어지는 건 문제가 되지 않았다.

도대체 어찌 된 일인가. 분명히 갑작스런 아버지의 전화에 마음이 급해졌고, 그리고 온다고 해 놓고 모습을 보이지 않은 '서북'들에게 조바심이 난 것도 있지만 지부장인 함병호 쪽에서 서둘러 이 시간에 만나자고 한 것은 아니었다. 그저 이방근 쪽에서 이렇다 할 이유도 없이 서둘러 전화를 했는데, 전화한 김에 시간이 있다면 지금 그쪽으로 가겠다고 한 것이었다. 술자리에서 상대가 한 말이지만, '친교'를 맺고 있기 때문일까. 회식을 하는 번거로움을 피하기 위해서였지만, 함병호가 조금 있다 점심 약속이 있어 나가야 한다는 말을 하지 않았다면, 이방근은 그를 밖으로 불러내, 요정에서 점심이라도……라면서 이미 약속을 했을 터였다. 그는 조금 후회했다.

그렇다 해도 왜 천연덕스럽게 찾아가고 있는 걸까. 그럴 필요는 없었다. 왜 자존심을, 자존심……? 자존심을 잃어버린 것인가. 일전에는 무서운, 무슨 일이 일어날지 예측할 수 없는 적진에 홀로 뛰어들었던 것이다. 어찌 되었든 상대가 기다리고 있을 터였다.

"이 동무, 오랜만이로군."

이방근의 등 뒤에서 목소리가 들렸다. 뒤돌아보니 소학교 시절 동급생의 형인 사십 대 남자로, 막 담배를 샀는지 급히 담배를 물고 불을 붙였다. 지금은 뭘 하고 있을까. 한때 일본에서 '밀수입'한 견직물의 거간 노릇을 했던 남자였다.

이방근은 인사를 했다.

"근래 서울에 다녀왔다면서. 그쪽 경기는 어떻던가……. 으-음, 그래, 그래, 이 동무는 서북 출신 여자와 결혼한다는 얘기가 들리던데?"

"누가 그런 쓸데없는 소리를 하고 다니는지. 전혀 근거 없는 얘깁니다."

"뭐가 쓸데없단 말인가. 게다가 굉장한 미인이라던데. 본인은 그런 식으로 일단 부정을 하는 법이지만, 이 동무는 행운아일세……. 잠시, 저쪽 다방에 가서 커피라도 마시지 않겠나."

"아닙니다, 좀 급한 용무가 있어서요, 기다리는 사람이 있어서 실례하겠습니다."

"급하다니 잡지는 않겠네. 나도 급한 용무로 가는 길이었는데, 이 동무를 만나 깜빡 잊을 뻔했어……."

"그럼, 실례하겠습니다……."

"결혼식 올리게 되면 알려 주게나, 불러 주면 갈 테니……."

이방근은 그곳을 떠났다. 잠시 후 C길을 오른쪽으로 돌아가는 사거리로 접어들었다. 갑자기 머릿속 공간의 한구석에서 제주 새끼! 라는 욕설이 울려왔다. 이방근은 그 목소리의 울림에, 격한 감정의 커다란 너울이 이는 그 흔들림 속에서, 스스로 제주 새끼……! 하고 입 안에서 되새겨 보았다. 서북 놈들이……. 함병호도 모두 똑같았다. 제주 평정, 제주 제패를 목표로 들어온 반공십자군이었다.

전방 오른쪽으로 2층짜리 목조 건물이 보였다. 혹시 조금 전의 남자가 뒤따라와 자신이 '서북' 사무소에 들어가는 것을 보고 있는 건 아닐까…… 하고, 등 뒤에 쏟아지고 있을지도 모를 시선을 의식했다. 그렇다고 달라지는 건 없었다.

건물로 다가가자, 몇 명이 아닌 많은 사람들이 모여 있었다. 모인 사람들은 '서북'들이었고, 뭔가를 둘러싸고 있는 것처럼 사람의 벽을 만들고 있었다. 무슨 일일까. 사람의 벽이 움직이더니, 갑자기 밀려가듯이 '서북' 사무소 입구로 빨려 들어가는 것이 보였다.

6

이방근은 갑자기 '서북' 놈들이 튀어나올지도 모를 건물 앞에 일단 멈춰 섰다. 그리고 다른 사람 집에 처음 방문하여 문패라도 확인하듯이 '서북청년회 제주도지부'라는 간판을 보았다. 그저 보는 척하고 있었다.

조금 전의, 무엇 때문에 모여 있는지는 알 수 없었지만, 열 명 정도의 남자들이 순식간에 건물 안으로 빨려 들어가 버려, 이방근은 사람 그림자가 없는 긴장 속에서 잠시 우뚝 서 있었다. 무슨 일일까. 설마 연행은 아닐 테고…….

현관을 들어가도 바로 접수처나 무슨 창구가 있는 것은 아니었고, 이전에는 넓은 마루방이었던 곳이 '서북'으로 바뀌면서 판자로 칸막이를 쳐 놓아, 조금 기묘한 얼핏 창고 풍의 느낌을 주었다. 통로가 좌우로 갈라져 있었는데, 일부러 그런 건지 별 의도 없이 그런 건지, 어디에 누가 있는지 쉽게 알 수 없었다. 전에 왔을 때는 간부급 남자의 안내로 어두침침한 통로를 왼쪽으로 돌고, 오른쪽으로 나 있는 나무판자를 대놓은 복도를 들어가자, 다시 두세 번 복도를 돌았던 기억이 있는데, 미로처럼 통로가 얽혀 있었다.

"이봐, 뭐야?"

두세 명의 젊은 남자들이 우르르 강렬한 땀 냄새를 풍기며 현관으로 몰려나왔다. 모두 곤봉을 손에 쥔 영맹한 분위기를 자아내는 무리로, 핏발이 선 맹금과 같은 눈초리로 이방근의 복장을 아래위로 훑어보았다.

"말조심 해."

한 사람이 낮고 쉰 목소리로 같은 동료에게 말했다.

"지부장을 만나러 왔소만."

"오, 지부장? 어디에 무슨 지부장을 말하는 거지?"

"함병호 지부장을 만나러 왔소만, 약속을 해 두었소."

이방근은 땀 냄새 나는 살기 속에서 손수건을 손에 들고 말했다. 당장이라도 달려들 것 같은 무리들 앞에서, 이방근의 커다란 덩치는 꽤 효과적이었다.

"뭐야, 뭔데……?"

뒤따라 나온 두세 명이 다시 가세하여 이방근을 둘러싼 곳으로, 짧은 목에 어깨가 벌어진 남자가 나타났다. 시선이 마주쳤을 때 깜짝 놀랐는데 '서북' 부지부장인 마완도였다.

"이봐 너희들, 그 길 비켜. 이 선생님, 이쪽으로……."

허름한 복장의 말단들과는 달리, 시원한 알로하셔츠를 입고, 머리를 포마드로 두껍게 바른 가는 눈의 다부진 체격의 남자로, 그 양 어깨를 흔드는 걸음걸이는 분명히 폭력단이었다. 올봄의 어머니 제삿날 밤, 무슨 바람이 불었는지, 정세용과 함께 부하들을 데리고 찾아온 적이 있었다. 그가 어머니를 모신 제사상 앞에서 절을 했을 때, 뭔가 상의 왼쪽 가슴 언저리에 무언가 무겁게 늘어져 흔들리는 것을, 일단 마루에 댄 양손 중 한쪽을 떼어 누르듯이 하고 있는 동작을 이방근은 보았는데, 그 검은 양복의 안쪽 주머니 언저리에 아무래도 권총을 차고 있는 것 같았다. 호신용 권총을 몸에 지닌 채 제단 앞에서 절을 한 것이었다.

마완도는 앞장서서 단단한 콘크리트 통로를 걷기 시작했다. 곧 오른쪽으로 돌아, 기억이 나는 복수의 구둣발 소리가 삐걱거리는 나무판자의 복도들 따라 몇 갠가의 방 앞을 지나치면서 다시 정확하게는 네 번, 우로 돌고 좌로 돌기를 반복했다. 반년쯤 전에 왔지만 거의 잊어버려, 혼자서는 되돌아가지 못할 것 같은 느낌이었다. 아니, 처음 이곳에 끌려 들어온 사람은 빙글빙글 복도를 도는 사이에, 두 번 다시 바깥세상으로 돌아갈 수 없을 것 같은 공포에 휩싸일 것이었다.

그때는 몇 군데의 방에서 '서북'들이 뒹굴며 소주 냄새를 풍기고 있었는데, 지금은 문이 닫혀져 그런 기척도 냄새도 나지 않았다. 변소의 악취가 그때의 기억을 떠올리게 해 마음을 안정시켰다. 미로 같은데도 통풍은 꽤 잘 되고 있었다. 도중에 2층으로 통한 계단이 한두 군데 있었고, 그곳을 통해 바람이 아래쪽으로 흘러들었다. 전에 저장고였던 지하실도 있을 터였다. 마완도는 구둣발 소리만 날카롭게 울릴 뿐, 말은 하지 않았다.

이방근은 빛이 그다지 들지 않는 어두컴컴하고 음산한 복도를 일부러 발소리를 내며 걸었다. 그리고 왜 자신이 지금 이렇게 '서북'에 올 필요가 있었는지를 생각했다. 조금 전 C길에서도, 뭘 천연덕스럽게 찾아가고 있는지, 왜 자존심을 버린 건지 하는 생각에 빠졌었지만(그 스스로는, 자존심……? 그것이 자존심과 관련되는 일이라면, 결코 버릴 생각은 없었지만), 그것과는 다른, 그 전보다 일반적인 질문이라 해야 할 문제였다. 제주 새끼! 이쪽이 집요하게 도발을 당하고 그쪽에서 싸움을 걸어와 어쩔 수 없는 일이었다. 설령 내동댕이쳐진 것은 상대라 해도, 사과는 상대방이 해야 하는데, '정당방위'인 이쪽이 왜 전화를 걸고,

이렇게 찾아와 '시담'을 해야 하는가. 상대는 '부두왕국'의 부하가 됐든, '서북'의 지부장이 됐든, 그저 하나의 '서북'. 이것은 교섭도 뭣도 아니었다. 확실한 굴욕적인 행위 그 자체였던 것이다. 아니 아니지, 애당초 그런 것은 전제가 되지 않았다. 이것은 당연한 일, 게다가 이 것은 또 상대의 배려에 의한 특별 '취급'을 받고 있었다……. 결코 자존심을 버린 것은 아니다. 그래, 이방근의 마음속에 속셈이 없다면, 상황이 그렇다고 해도 도저히 견딜 수 없을 것이다. 으-흠. 어험, 이방근은 기침을 한 번 했다.

"걸음이 빠르군요."

이방근의 기침과 함께 갑작스레 걸어온 말에, 마완도는 움찔하며 걸음을 멈추어 발소리를 지웠다.

"나도 빠른 편이지만, 부지부장은 나보다 빠른 것 같소……."

상대는 금세 원래대로 걷기 시작했다. 마지막 모퉁이를 돌자, 안쪽에 기억에 있는 지부장의 방이 나왔다.

방에 들어가자, 정면의 창가 책상에 앉아 있던 함병호가 의자에서 일어나 이방근에게 다가와, 손을 내밀고 악수를 하면서, 이 선생님이 일부러 와 주셔서 고맙다……고 그럴듯한 인사를 한 뒤 소파에 앉기를 권했다.

두 사람이 마주 앉자 마완도는 방을 나갔다. 시각은 열두 시 반을 지났기 때문에, 면담 시간은 얼마 없을 것 같았다.

이방근은 네 평 정도의 그다지 넓지 않은 방으로 들어선 순간, 방을 잘못 들어온 건 아닌가 하고 주위를 둘러보았다. 전에는 지부장 책상을 중심으로 좌우의 벽을 따라 열 명 남짓한 건장한 사내들이 부동자세로 쭉 늘어서 있었는데, 그들이 없었다. 마치 방의 가구를 정리한 것처럼 휑한 느낌이 그때의 압도적인 기억과 교차했다. 문난설의 모습을 처음 본 서울의 '서북' 간부숙소 로비, 두껍고 빨간 융단을 깐 호화로운 그 방과 이 방을 비교도 할 수 없지만, 그때도 '서북' 중앙사무국장 고영상의 책상 좌우에 젊은 '서북'패의 살인청부업자들이, 부동의 자세로 정렬하여 위엄을 부리고 있었던 것이다.

벽에는 이승만 대통령의 새로운 사진이 액자에 넣어 걸려 있는데 대한민국 정부 수립 때문이겠지만, 미국 남조선점령군 사령관인 하지 중장의 사진은, 벽에서 사라져 있었다. '멸공보국', '결사멸공애국', '민족정기 고수', '매국노적구 타도' 등의 슬로건이 여전히 붙어 있었다. 그리고 새롭게 '대한민국 수립 만세', '신성 대한민국 필사고수'가 늘어났고, 이전의 '5·10총선거 절대추진' 등은 당연한 일이지만 내려져 있었다. 이방근은 문득 만일 5·10단선(단독선거)이 전국적으로 실패해 대한민국 정부가 아직 수립되지 못하고, '서북'들도 이 섬에서 철수했다면, '총선거절대추진' 등의 슬로건은 그대로 남아 있었겠지 하는 생각이 들었다.

함병호는 담배케이스를 열어 손님에게 한 대 권하고, 자신도 한 대 물고 외제 라이터에 불을 켜서는 먼저 자신부터 그리고 이방근에게 불을 내밀었다. 이방근은 혹 불어 꺼 버리고 싶은 기분으로 담배를 손가락에 끼운 채, 지금 막 피워서……라며 뺨에 열기가 전해 오는 불을 거절했다. 나이는 함병호 쪽이 아마도 두세 살 위였지만, 일단 자신의 입가로 가지고 간 라이터 불을 내미는 것은, 이 선생님이라 부르면서도 분명 상하 관계를 의식한 행동이었다. 설사 무의식적이었다 해도, 그리고 이방근이 담배를 입에 물지 않고 손에 든 채였다고 해도 그렇다.

"이 선생이 모처럼 오셨는데, 천천히 이야기를 나눌 수 없어 유감입니다만."

함병호는 단정한 것 치고는 눈에 띄게 작은 코의 커다란 얼굴을 똑바로 이방근에게 향하고, 얇은 입술 사이로 억양을 억제하여 감정기복이 없는 말을 꺼냈다. 7대 3으로 나눈 머리의 포마드가 빛나고 있었다.

"제 쪽이 그만 성질이 급하다 보니, 필요 이상으로 서둘러온 것 같군요. 게다가 지각까지 하고." 이것은 이방근 자신에 대한 변명이기도 했다. "물론 아시겠지만, 옥류정 건으로 말이죠. 함병호 지부장님이 제 부친에게 말씀을 전하셨다고 하는데, 그 상의라는 게 무엇인지요?"

함병호는 처음 만났을 때부터 이 선생이라고 불렀는데, '선생'은 그만두라고 이방근이 말했음에도, '이 선생은 최고의 인텔리이자 실력자', 그리고 '반공이론가'라고 추켜세우며, 그 뒤에도 선생이라는 호칭을 그만두지 않았다.

"이 선생이 참석하지 않으셨던 건 유감이었소. 문난설 여사가 신세를 지고 있다니 감사할 따름입니다. 그래서 이태수 사장님께 부탁드렸습니다. 그런데, 서울에 다녀오셨다면서요."

"예."

"서청 중앙의 고영상 사무국장과는 만났습니까?"

"아니오, 만나지 않았습니다만."

"그렇군요. 난 만나지 않았나 싶어서 말입니다(함병호는 갑자기 화제를 바꾸었는데, 만나지 않았다는 것을 알면서 하는 질문이었다). 상의라는 건, 그 저께 밤, 그 요정에서 불상사가 있었던 모양인데, 어쨌든 그런 자들은 아시다시피 농민 출신에다 거친 놈들이라서 말이죠. 더구나 부두 노동에 종사하다 보니, 이 지부사무소와 직접 관계가 없어요. 하역회사 백 회장은 실권자인데다, 나이도 나보다 선배 격인 사람이라, 좀처럼 얘기를 들으려 하질 않아요. 부하들이 하자는 대로 직접 몰려가겠다고 해서, 솔직히 말썽이 좀 있었습니다."

"직접, 어디를 몰려간다……?"

이방근은 스스로 목적어를 간접적으로 표현했다.

"……? 현명한 이 선생이 그걸 모르십니까. 호오, 알고 있을 텐데, 꽤 짓궂으시군요." 함병호는 옅은 쓴웃음을 지었다. 문 밖에서 인기척이 나자 이방근은 반사적으로 고개를 문 쪽으로 돌렸다. 낮은 기침소리가 들렸다. "수상한 사람은 아닙니다. 사무소의 젊은 친굽니다. 그 하역회사의 회장이라곤 해도, 후후, 인부의 우두머리라서, 백 씨는 교육을 제대로 받은 적이 없는 오로지 완력 하나로 살아온 인간이라서 말이죠. 으흠, 적어도 제 눈에 띄지 않는 곳이라면 몰라도, 그런건 서청 지부장인 내가 용서하지 않습니다. 전에 만난 게 언제였더라. 8·15 해방 3주년, 신정부 수립 직전에 이 선생이 서울로 출발하기 전이었나요. 그럴 겁니다, 그때가 맞아요. 신세기에 갔었죠……."

함병호는 화제를 유도하고 있었다.

"그건 2차였습니다. 옥류정 다음으로 신세기에 갔었지요. 음, 그러고 보니 그때 함병호 지부장님의 태도는 엄격하여 추상같았습니다."

"어험, 저는 항상 그런 자세를 취합니다……."

그날 밤의 술자리에 '서북' 두 사람이 보디가드 역할로 따라왔다. 대개 점심때는 한 사람, 저녁때는 두 사람이 함병호의 주위를 따르는데, 그날 밤 옥류정에서는 1층에서 두 사람의 부하가 저녁식사와 한 잔의술을 얻어 마시고, 2층에서 우두머리가 내려오는 것을 기다리고 있었다. 그들은 같은 층일 때는 지부장의 자리에서 조금 떨어진 곳에서 대기했다.

신세기에서는 지부장의 술자리에서 떨어진 카운터에서 두 사람의 '서북'이 한잔하고 있었는데, 갑자기 옆에 앉아 있던 여자가 인두질을 당하기라도 한 것처럼 비명을 지르며 뛰어올라, 내 거기의 살점이 찢어졌어, 아파, 아이고, 아파! 피가 난다! 며 울부짖었다. 한 남자가 손가락에 뭔가 작고 거무칙칙한 살점을 집어 들고 흔들어 보였고, 다른 한 사람도 거들며 큰소리로 웃고 있었다. 이건 네년 거기 주름이다. 에이, 구린내!

울부짖던 여자는 울음을 뚝 그치고, 카운터 가장자리 벽 쪽으로 가 등을 돌리고 스커트 앞자락을 들어 올려 자신의 사타구니를 들여다보고 있는 모양이었다. 설마 아랫도리를 벗고 있었던 것도 아닐 텐데 어찌 된 일인가. 여자는 갑자기 깔깔깔 웃기 시작하더니, 사람을 속였잖아⋯⋯! 하고 육지말로 외치며 남자들 쪽으로 내달려갔다.

이것이, 진짜 하고 싶나, 헤헤, 이건 소고기 살점이지만, 진짜 거기를 찢어 줄까, 응⋯⋯ 하고 응수하는 참에 함병호가 고함을 지르며 자리에서 일어났다. 그는 몇 미터쯤 떨어져 있던 그 남자에게 다가가더니, 느닷없이 상대의 목덜미를 잡아 쓰러뜨리고는 양손으로 머리를 감싼 채 몸을 구부려 방어하는 부하를 한동안 발로 걷어찼다. 이방근이 보는 앞이라 그런지 꽤 심한 제재였다. 그렇다 하더라도 알몸이라면 모를까, 갑작스러운 일이라고는 해도 어떻게 거기에 손가락을 넣고, 게다가 순식간에 여자에게 그 같은 착각을 일으키게 한 것일까. 살점은 어디에서 가져온 것일까. 부엌인가⋯⋯.

이방근은 담배를 입으로 가져가 호주머니에서 성냥을 꺼내 불을 붙였다. 그 움직임과 성냥불을 함병호가 가만히 지켜보았다. 이전에, 라이터를 가지고 있지만 그걸 책상 서랍 어딘가에 내버려 두었다고 말하는 이방근을, 이상한 듯이 쳐다보던 남자다. 몰려간다⋯⋯. 습격한다. 이방근은 이 동의어에 놀라기보다도, 마음속에 어두운 감정이 소용돌이쳤다. 공포는 이미 사라졌다. 실제로, '서북'들이 그런 '사건'이 일어난 뒤에 보복을 하지 않는다는 것은 있을 수 없는 일이었지만,

이 몰려간다(습격한다)는 것은, 그것을 당연한 행위라는 인식을 전제로 하고 있음이 함병호의 말투에서 느껴졌다. 몰려간다, 습격한다. 어떠한 정당성……, 근거는 어디에 있는가……. 이 어리석은 일을 따져 묻는 것 또한 어리석은 일에 지나지 않았다.

"함병호 지부장님은, 그 사건의 경위를 알고 계십니까?"

어차피 이렇다 할 이유도 없이 이방근 쪽이 먼저 걸어온 싸움…… 운운이라는 정도의 보고밖에 받지 못했겠지만, 이방근은 1, 2분, 단어를 나열하듯이 기계적으로 그 일을, '서북'의 한 사람이 술집 별채로 들어와 시비를 걸었던 당일 밤의 상황을 이야기하자, 함병호는 가볍게 고개를 끄덕였을 뿐 더는 반론하지 않았다.

"이 선생도 아시다시피, 그 사람들은 배우지 못하고, 교양도 없지만, 그들은 말할 것도 없이 일제 지배의 희생자입니다. 그렇다고 해도, 그들은 단 한 가지 반공정신이 철저하고, 그들은 애국의 지성에 불타고 있는데, 그건 두 번 다시 못 할 경험을 통해 공산주의의 본질을 잘 알고 있기 때문이지만, 그래서 돌발적인 행동을 일으키거나 합니다. 난 항상 대원들에게, '서청'들에 대해서, 반공입국, 반공정신에 어긋나는 행동은 하지 말라고 교육하고 있습니다……."

어디에서도 비명 소리는 들리지 않았다. 좀 전에, 이 건물 안으로 순식간에 빨려 들어간 패거리들의 중심은 무엇인가. 누군가 읍내의 인간이 연행되어 온 것은 아니었던가. 그것치고는, 운집한 패거리에서 그걸로 생각되는 소리는, 떨어져 있었던 탓인지 들리지 않았다. 돼지처럼 어두운 복도를 비명을 지르며 끌려간 것은 아닐까…… 하고 생각했었는데, 어디에서도 그런 소리는 들리지 않았다. 다행이었다. 무서운 비명이 지금 이 방에 들려온다면, 이방근은 참기 어려울 것이었다. 혹은 지하실에라도 끌려간 것일까. 혹은 관계없는 일이었을까.

"아까, 많은 사람들이 황급히 이 건물 안으로 들어가는 걸 봤는데, 무슨 일이 있는 겁니까?"

"아아, 그랬습니까." 함병호의 표정이 씰룩하고 경련을 일으켰다. "뭔가, 사무소의 일일 겁니다. 이 선생과는 상관없는 일입니다."

"비명 같은 게 들리지 않네요."

"비명? 무슨 비명 말인가요. 이 선생은 심한 말씀을 하시네요. 흘려 들을 수 없는 말인데요. 비명을 듣고 싶은 거냐고 묻고 싶지만, 돼지 울음소리라도 들립니까?"

"돼지……?"

함병호는 시계를 보더니 말없이 소파에서 일어나 책상 쪽으로 갔다. 벽시계 바늘은 열두 시 50분을 가리키고 있었다. 이방근은 몸이 뜨거워져 있었다.

"너무 오래 있었군요. 저도 실례해야……."

이방근은 자리에서 일어났다. 지부장의 그 '상의'라는 건……? 하고 물어보려다, 이방근은 상대가 그 말을 꺼내지 않는 한 잠자코 방을 나가야겠다고 생각했다. 일부러 이쪽에서 물어볼 필요는 없는 것이다. 게다가 어차피 알고 있는 일이었다.

"이 선생……." 이런 기색을 눈치 채기라도 한 듯 함병호는 서랍을 열던 손을 멈추고, 의자에 앉은 자세로 책상 너머로 말했다. "오늘 일부러 오시라고 한 건, 그건 지금이 아니라도 상관없었습니다만, 얼굴을 뵐 수 있어서 안심했습니다. 모든 걸 내게 일임했는데, 한 번 애국성금, 애국자금의 형태로 생각해 주길 바란다더군요. 그걸로 문제는 없었던 걸로 하고 싶습니다. 쌍방을 위해서, 더 나아가서는 신성한 조국, 이승만 대통령 각하를 수장으로 모시는 대한민국을 위한 일이 될 겁니다."

"예, 생각해 보지요. 조력에 감사드립니다."

결론은 이미 알고 있는 것이지만, 이런 형식적인 의식이 필요했다. 한 건 낙착. 애국자금, 입안에 쓴 침이 솟아나 고이는 이 말, 그것도 익숙해졌다.

문을 열자 밖에는 아무도 없었다. 함병호는 이방근이 몇 번인가 돌아온 복도를 지나 현관까지 배웅했다. 건물 앞에 무리지어 있던 '서북'들이 일어나 부동자세를 취하고 두 사람을 맞이했다. 함병호는 점심 약속에 나가기 전에 일단 자기 방으로 돌아갔다.

'서북' 사무실 앞의 거리에 통행인은 없었으나, 이방근은 여기에 올 때와 반대로 이번에는 이 건물을 나온 자신에 대한 눈에 보이지 않는 사람들의 시선을 신경 쓰지 않을 수 없었다. 흐―음, 어떻게 된 일인가, 반 시간 사이에……. 몸이 뜨거워져 있었다. 바깥은 바람이 불고, 눈부시다. 건물 안에서 한낮의 바깥 공기 속으로 나온 탓이었지만, 엷은 구름의 하늘이 점차 맑아지면서 태양이 하얗게 빛나기 시작했다. '서북' 사무소 건물을 등지고 냉기를 동반한 땀이 솟아났다. 그의 발은 무의식중에 아까 왔던 C길 쪽으로, '서북' 앞을 왼쪽을 향해 걷고 있었다.

이방근은 양 어깨와 머리 위에서 짓누르던 중압감을 털어 낸 느낌 속에서, 그것은 결코 해방감이라 할 수 없는, 마음에 그것을 상쇄시키는 액체 같은 납덩어리를 품은 채 걷고 있었다. 구두코에 작은 돌멩이가 튕기고, 큰비로 씻긴 뒤 이미 말라버린 먼지가 쌓인 지면을 바람이 스쳐 이방근의 땀이 밴 얼굴에 정면으로 불어왔다. 복잡하게 얽혀 응어리진 마음을 한마디로 표현할 수는 없었지만, 굳이 합리화를 위한 분석과 변명이 아니라면, 그 표피 밑에 감도는 것은 굴욕의 감정이었다. 그것은 방금 지나온 미로 같은 복도 안쪽의 방에서 가지고 나온 것은 아니었다. 지금까지 끌고 다니던 것을 그 방에서 한꺼번에 가지고 나온 것이었다. 그것을 표면적으로 확실하게 느끼지 못했던 것은, 아무렇지도 않게 느끼지 못하는 척할 수 있었던 것은, 사회적 특권이라는 그림자에 몸을 두고 있었기 때문이다.

이방근은 구름 사이로 빛나는 태양이 햇무리를 뒤집어쓴 것처럼 보이는, 전에 없던 자기혐오에 빠져 있었다. 뇌 조직이 온통 기름처럼 분해되어, 그것이 목구멍으로 흘러내릴 것 같은, 풀솜으로 숨통을 조여 오는 듯한 구역질을 느꼈다. 이제는 손바닥 냄새를 맡으며, 집을 나선 직후처럼 아직도 묘한 향기가 남아 있는지 확인해 보는 것조차 잊고 있었다.

굴욕적인 감정이 피부 깊숙이 스며드는 불쾌한 기분. 지금까지 제대로 느껴본 적이 없던 것이었다. 아니, 다른 명분으로 대체하여 의식 위로 뚜렷이 부상시키지 않고 지내 온 것이, 지금은 부정하기 어려운 감정의 너울이 되어 마음의 벽을 두드리고 있었다. ……돼지 같은 울음소리라도 들렸습니까? 돼지……? 정말 돼지인가. 인간이 돼지 같다는 건가……. 그 패거리들의 중심에는 가마니에 넣어 반죽음을 당한 돼지, 가마니 속에서 쇠망치로 정수리를 얻어맞은 돼지, 어디 민가에서 약탈해 온 것일까. 그는 C길을, 아까 왔던 쪽이 아니라, 반대쪽인 오른쪽으로 돌았다는 걸 깨달았다. 이방근은 발 닿는 대로 책방 앞을 지나고 있었다.

이방근은 아ー아 하고 생각하면서 바로 눈앞의 골목을 다시 오른쪽으로 돌지 않고 그대로 걸어갔다. 골목 안쪽에 새끼회(돼지의 태아를 잘게 썰어 각종 양념과 양수를 섞어 만든다)를 하고 있는 애꾸눈 주인의 가게가 있었다. 이방근은 소주 한 잔에 새끼회를 먹을 생각으로 길을 돌아온 것이었다. '서북'들은 게장을 가지고 섬에 들어왔지만, 제주도

요리인 새끼회는 거의 입에 대지 않았다. 자존심⋯⋯? 그것이 자존심과 관련 있는 문제라면, 결코 자존심을 잃은 것은 아니다. 과연 그럴까.

이방근은 걸으면서 작은 가게의 더러워진 유리문에 비친 자신의 모습을 보았다. 다가가 반투명으로 비친 자신의 모습을 들여다볼 기분은 아니었지만, 넓은 이마 아래로 눌리듯 일그러진 얼굴과, 스쳐 지나는 순간 마주친 그 시선이, 그렇지 않아, 자존심은 이미 잃어버렸어, 라고 이야기하고 있었다. 분명히 굴욕적인, 지금까지 숨기고 있던 감정이 알코올이 배어들 듯이 사라지지도 않고 피부 깊숙이 스며드는 것이 아닌가.

부하들의 말대로 직접 쳐들어가게 한다는 것을, 내가 막은 셈인데⋯⋯. 어디를! 이방근은 엉겁결에 입을 열었다. 우리 집을 뭐라고 생각하고 놈들 멋대로 몰려온다는 거야. 그는 주위를 둘러보면서, 자신은 마비되어 있다고 생각했다. 조력에 감사드립니다⋯⋯. 전 도민이 무서운 굴욕 속에 있다. 적어도 직접적으로 자존심을 지키고 있는 것은, 잃지 않고 있는 것은 굴욕에 맞서 싸우고 있는 게릴라일 것이다. 그들의 입장은 명백히 그렇다. 게릴라⋯⋯. 눈앞에 흐르는 냇물 소리가 이방근의 마음의 동요를 막았다.

눈앞 산지 언덕, 녹음에 둘러싸인 기상대의 빨간 벽돌 건물이 햇살 아래 선명하게 돋보였다. 첨탑 풍속계는 거의 보이지 않을 정도로 빠르게 돌고 있었다. 솔개가 언덕 위로 바람을 타고 크게 원을 그리며 날고 있었다.

이방근은 천변 길을 오른쪽으로 돌아 버스 도로인 동문길 쪽으로 가다가, 다시 동문길을 가로질러 냇가를 따라 올라갔다. 그저께 내린 비로 불어났던 물은 줄어 있었지만, 그래도 개천 바닥의 울퉁불퉁한 바위들은 물에 잠겨 있었고, 평소보다 풍부한 수량이, 바람에 수면이 작게 흔들리면서 태양을 투명하게 반사하며 흐르고 있었다. 도중에 언덕으로 가는 길을 가로막았다. 건너편 기슭은 이쪽과는 반대로 지대가 낮아서, 소나무 숲에 시야가 일부 가려지면서도 전망은 훨씬 좋았다.

건너편 기슭으로 가면, 옛날에 성내를 둘러싸고 있던 성벽인 동문 부근의 자취가 잡초 속에 남아 있지만, 새삼스럽게 황성(荒城)의 유적이라고는 할 수 없었다. 근처에는 다리가 없기 때문에 냇물 건너편으로 가기 위해서는 동문교로 되돌아가야 했다. 갈수기에는 바닥의 바위가 수면 밖으로 크게 융기하기 때문에 그걸 딛고 냇물을 건널 수 있었다. 이방근은 냇가에 멈춰 서서, 환영처럼 물이 마른 개천 바닥을 맨발로 깡충깡충 건너는 여자의 모습, 아니 자신과 문난설 두 사람의 그림자를 보았다. 그는 고개를 한번 내젓고 다시 걷기 시작했다. 으— 음. 황성옛터에 밤이 되니, 월색만 고요해, 폐허에 서린 회포를 말하여 주노나……. 황성옛터, 과거의 망국시대로부터 전해 오던 유행가의 멜로디였다.

그는 냇가를 벗어나 길이 나 있는 대로 민가 사이를 지났다. 이윽고 O중학교의 건물이 보이고, 근처에 정세용의 집이 있는 곳까지 와 있었다. 그의 집을 찾아가려는 것은 아니었다. 아, 그렇지, 내일부터 도 경찰국 계장으로 영전한다니 오늘이 경찰서에서 인사할 수 있는 마지막 날이었다. 지금은 정세용과 얼굴을 마주하는 것도 싫었다. 단정한 거의 표정의 움직임을 보이지 않는 얼굴의 차가운 눈빛. 간장을 앓고 있는 사람처럼 흙빛으로 가라앉은 피부색……. 묻지도 않았고 상대도 제대로 얘기하지 않았지만, 함병호가 참석하는 점심 약속이라는 것은 어쩌면 정세용 일행과 함께하는 건지도 몰랐다.

이방근은 상의를 벗어 옆구리에 끼고 걷다가 어느새 남문길로 나와 있었다. 완만한 언덕을 내려가자 관덕정 광장이 나왔다. 그 길은 문난설이 있을 터인 자택으로 통하는 길이었다. 그는 그녀를 꽉 껴안았으면서도, 그것이 어둠 속으로 사라져 버린 그림자처럼 공허한 느낌을 여전히 지울 수가 없었다. 슬며시 빠져나가 버릴 것 같으면서도 문난설은 이미 내 자신의 수중에 있다는 생각이 드는 한편, 그것이 확실한 반응으로 돌아오지 않고, 역시 그녀는 어둠에 용해되어 사라져 버릴 것 같았다. 이 정체를 알 수 없는, 현실과 꿈이 뒤섞인 듯한 느낌은, 어제 오늘 계속해서 이방근을 괴롭혔다.

으−흠, 그는 한숨이나 다름없는 긴 숨을 토해 내고는, 언덕길을 따라 남쪽으로 올라갔다. '서북' 사무소에 있는 동안에 겨우 구름 사이에서 얼굴을 내민 태양이, 땀이 밴 이마를 따갑게 내리쬐었다. 그는 땀을 닦으며 남문길을 산 쪽으로 천천히 걸었다. 지프가 흙먼지를 날리면서 달려왔다. 남문길을 쭉 올라가면 나오는 농업학교에 본부를 둔 토벌사령부에서 나오는 모양이었다.

아득히 먼 저쪽으로 정상을 구름 속에 숨긴 한라산의 광대한 산록이 동서로 끝도 없이 펼쳐진 모습이 눈에 들어왔다. 산천단 근처 삼의양 오름(측화산)의 꼭대기가 함몰된 원추형 모양이 녹음을 비추며 선명하게 보였다.

이방근은 어디로 갈 생각이었는지 스스로도 알지 못했지만, 어슬렁거리며 왔는데도 마음이 안정되지 않았다. 인가가 드문 평지 너머 오른쪽에 방송국의 무선안테나가 보였다. 이방근은 인적이 끊긴 드넓은 하늘 아래 풀숲의 열기가 나는 주변에서, 뭔가가 부글부글 발효되는 듯한, 아니 욕정처럼 끓는 그 무엇이 몸속에서 솟아오르는 걸 느꼈다. 왜 어젯밤에 그녀를 완전히 안지 못했을까. '일신상의 사정'이라니, 지금 생각해 보면 그럴듯한, 어린애를 속이는 것과 같은 건지도 몰랐다. 지금 입을 열고 꿈틀대고 있는 굴욕의 감정을 그녀의 육체에 내던져,

그녀를 단단히 껴안고, 그 육체를 깎아 내, 비명을 그녀 안의 서북의 비명을 듣고 싶다. 오늘 밤에라도 그녀를 안는다. 오늘 밤 늦게 가겠소. 아니요, 안 돼요. 아니, 갈 테니까! 위쪽 부락인 O리 쪽에서 짐이 든 대나무 바구니를 등에 진 노파 두 사람이 다가와, 스쳐 지나갔다.

이방근은 욕망에 볼이 뜨거워지고 전율이 일자 자신을 혐오했다. 바람이 하늘을 지나자 솔바람 소리가 나더니, 근처 삼성혈의 키 큰 소나무 숲이 보였다.

왼쪽에 햇빛을 가리고 있는 소나무 숲에 다가가자, 매미들의 합창 소리가 솔바람 속에서 쏟아졌다. 이방근은 삼성혈 내의 문을 들어가 잠시 거기에 섰다. 소나무 숲을 지나는 시원한 바람이 얼굴을 어루만지며 지나간다. 제주목사(지방장관, 정삼품) 이수동 등이 남긴 여러 개의 삼성혈 공적비와, 삼성사(三姓祠) 정전을 사이에 두고 좌우로 숭보당(崇報堂) 등의 공자묘풍 건물이 늘어서 있고, 넓은 잔디밭 중앙 혈단(穴壇)에, 삼성의 신인(神人)이 솟아났다는 삼성혈의 흔적이 있다.

'삼성'이라는 것은 지금도 이 섬에 많이 살고 있는 고(高), 양(梁,) 부(夫) 세 성씨를 가리키는데, 태초에 인간이 아직 세상에 존재하지 않았을 무렵, 삼신인(三神人)이 땅에서 솟아올라 이 나라—섬을 열었다……고 하는 신화전설의 주인공이었다. 여기는 제주를 본관으로 하는 조선의 고씨, 양씨, 부씨의 시조, 고을나(高乙那), 양을나〔良(梁) 乙那〕, 부을나〔孚(夫)乙那〕의 이른바 발상지에 해당했다.

이 삼신인, 즉 삼성의 시조들은 피의육식(皮衣肉食)의 수렵민이었고, 아직 농경을 몰랐다. 어느 날 삼신인이 바닷가로 나왔다가, 나무 궤짝이 표착한 것을 발견, 그것을 열어 보니 한 사람의 보랏빛 옷을 입은 동자가 나타났고, 또 하나의 돌로 된 궤짝이 있었다. 돌 궤짝을 열어 보니 푸른빛의 옷을 걸친 세 명의 처녀와, 망아지, 송아지, 그리고 오곡의 씨앗이 나왔다. 보랏빛 옷을 입은 동자가 말하기를, 나는 일본의 사신이다. 우리나라 왕이 여기 이 세 명의 딸을 낳고 말씀하셨다. 서쪽 바다에 있는 섬에 신의 아들 세 사람이 내려와서 나라를 열려고 하는데 배필이 없어, 세 딸에게 사신을 딸려 이곳에 파견하니, 세 신인과 짝을 지어 대업을 이루도록 하라. 동자는 순식간에 구름을 타고 사라졌다. 삼신인은 세 처녀를 제각각 아내로 맞아들여, 활을 쏘고 땅을 일구었다……, 오곡 씨앗을 처음으로 뿌리고, 또 소와 말을 풀어 놓았다……고 신화는 전한다.

말하자면 태고에, 천지가 흔들리고 무서운 분화활동이 끊이지 않았던 이 바다 한가운데의 화산섬에 도달한 시조들이 동굴생활을 했다는 이야기인 셈이다. 땅에서 솟아났다는 신화는, 하늘에서 내려왔다는 신화와 함께 솟아났다는 그 자체에 신화성을 부여했다. 선주씨족의 발생지인 삼성혈은 고, 양, 부 세 성씨들뿐만 아니라, 이 섬의 성역이었다.

삼신인이 세 명의 공주와 만난 바닷가는 지금의 제주도 동남단에 위치한 온평리로 추정되는데, 일본 규슈와 가장 가까운 이 마을에는 삼신인의(짐승 가죽을 걸치고 갈기 같은 머리, 수염이 덥수룩한 굉장한 모습의 신인이었는데), 벽랑국(碧浪國), 바다 저쪽 나라에서 건너온 세 처녀와의 결혼 등, 그 외에도 많은 전설이 전해지고 있다. 온평리에서 남쪽으로 약 5백 미터쯤 들어간 황량한 평지에, 거의 잡목으로 둘러싸인 연못이 있는데, 그 이름은 혼인지(婚姻池)라고 한다. 그 옛날, 사람이 없던 땅에서 세 처녀를 맞이한 삼성, 즉 삼을나가 함께 이 연못에 찾아와 목욕을 하고 혼인을 했다는 것이 연못 이름의 유래이다. 연못의 물은 긴 가뭄에도 마른 적이 없었고, 연못 옆에 있는 작은 동굴은 세 쌍의 남녀가 첫날밤을 함께한 곳으로 전해지고 있다.

상고시대에 독립국이었던 탐라(제주)는 백제, 통일신라에 예속되었고, 고려조에 이르러 군현제의 일부로서 탐라군이 되었다. 고종(13세기) 때에 제주로 개칭. 그 후 원―몽고 백 년의 지배를 받으면서 (13~14세기), 중국인이나 몽고인의 유입에 의한 혼혈이 있었지만, 조선시대에 들어서면서 본토로부터의 입도가 압도적으로 많아졌다. 지금의 제주 성씨 대부분이 고려 말에서 이조시대에 걸친 유배자들의 자손으로, 제주도는 당시 정객들의 유배지였다.

제주도에 들어온 이방근의 시조도 그러하지만, 현재까지 2십 몇 대, 3백 수십 년 전의 이조 중기에 서울에서 중앙의 정쟁을 피해 낙향, 제주도로 도망친 것이었다. 제주도 사람들의 대부분이 이렇게 유배된 정치범―양반이나 낙향양반들을 그 시조로 삼고 있다.

덧붙이자면 고대 제주의 명칭인 탐라는 탐모라(耽牟羅), 섭라(涉羅), 담라(儋羅)……그 밖의 많은 명칭중의 하나로, 섬라, 섬나라―섬의 나라, 섬의 취음으로 여겨지고 있다.

집, 가문을, 선조를 염두에 두지 않고, 종손으로서 아내를 맞아 선조의 혈통을 전승할 생각을 할 줄 모르는, 그야말로 못된 불효자 이방근. 효―이러한 '인륜의 기본'이 뇌리에서 사라져 버린 이방근이, 제주도인으로서 이 벽지의 고도에서 3백 수십 년 동안 생활을 이어온 선조들, 유배지인 섬의 역사, 그리고 화산의 대폭발로 탄생한 제주도 자체의 일을, 잠깐이나마 생각한 것도 드문 일이었다. 올 수 있다면 서울의 건수 숙부도 참석하여 열리게 될 친족회의에서는, 이 조상의 일, 선조의 일이 의제가 될 것이었다. 그 목적은 결혼과 그 밖의 모든 것, 내 문제로 귀결될 것이다. 틀림없다. ……잘 들어라, 너는 정삼품 부사공의 4대손이다……. 이방근은 솔바람 소리와 매미 울음소리에 둘러싸인 정적 속에서, 아버지와 친척 장로들이 이러쿵저러쿵 신경 쓰는 것은 지극히 당연한 것이고, 무리도 아니라고 평소와 다르게 솔직한 심정으로 생각했다. 동란이 계속되어 전투가 재개 되기라도 하면, 이 삼성혈의 정적도 오래가지 못하고 파괴될 것이다.

왜 이렇게 일부러 '북'의 끝에서 이 남쪽 끝의 섬까지 '서북'들이 찾아온 것일까. '애국자금'을, 얼마를 기부하면 되는가. 아니, 얼마를 '합의금'으로 요구하는가에 달려 있었다. 그들의 기부를 거절하기 위해서라도, 결코 이러한 말썽을 일으켜서는 안 되는 것이었다. 그러나 어떻게 했어야 한단 말인가. 뻔뻔스레 술을 얻어 마시려는 태도는 그렇다 쳐도, 그 도발에, 별채에서 화장실을 가려고 일어난 무방비 상태의 유달현의 발을 걸어 넘어뜨리거나, 적어도 그 정도까지는 참을 수 있었지만, 또 다른 도발의 추격, 제주 새끼! 이 말에도 참으며 오로지 굴욕의 인내를 보여야만 했는가. 돼지처럼, 죽은 사람처럼. 죽은 사람까지도 일어나게 만드는 분노가 있었다. 그러나 이방근이었으니 그 정도로 끝났지, 그런 상황이 아닌 사태가 일상다반사로 일어나고 있었다.

우리들 쌍방을 위해서라도, 그리고 조국 대한민국을 위해서라도⋯⋯, 아니 아니지, '조국 앞에 신성한'이라는 말을 붙였었다. 그리고 이승만 대통령을 수반으로 모시는 대한민국을 위해서⋯⋯라고 말이지. 아하하, 도대체가, 이방근은 어험 하는 헛기침을 하고 한 걸음 몸을 움직였다. 그때 부스럭부스럭 하고 발밑 잡초덤불에서 뭔가 가늘고 긴 생명체가 빠져나가는 소리가 났다.

깜짝 놀라 발을 뺐는데 뱀이었다. 낫처럼 굽은 목을 쳐든 한 마리의 갈색 뱀이 스르륵 하고 옆을 지나, '삼성혈'의 비석이 서 있는 혈단 쪽으로, 무성하게 자란 잔디 사이로 보일 듯 말 듯 천천히 기어갔다. 1미터쯤 되는 그다지 큰 뱀은 아니고, 이 섬에 많다는 독사도 아니었다. 굴에 들어가려는 걸까 하고 생각했지만, 자취를 감추고 말았다.

이방근은 도로 쪽으로 나왔다. ……음, 5만 원이면 되려나, 5만 원으로는 안 될까. 어디에 그런 돈이 있담. 애국자금, 자금? 뭣 때문에! '서북'을 보강하고, 그들의 만행을 북돋아, 제주도민을 괴롭히기 위한 자금……. 지금까지도 그런 것을 의식하지 않았던 건 아니지만, 지금 뚜렷한 형태를 지니고 눈앞에 나타난 느낌이 들었다.

올봄에 양준오와 함께 '신세기'에서 '서북'들과 싸운 후에 알게 되었지만, 이쪽에서도 상대를 이용할 만큼의 가치가 있었던 걸까. 그들이 요구하는 대로 이쪽에서도 의식적으로 만났지만, 분명히 '반대급부'가 있었다. 결정적인 것은 아니라고 해도, 4·28정전성립 파괴 공작에 관한 일정한 정보, 정세용이 그 일에 관여한 것 같다는 방증을 얻은 것은 사실이고, 필요하다면 정세용을 향해 관여의 유무에 대한 하나의 증거로 들이댈 수 있을 것이다. 그것은 또 정세용 자신이 인정하고 싶지 않으면, 얼마든지 부정할 수 있는 것이라서, 재판에서처럼 구체적인 증거를 보강하면서 사실성의 입증을 충분히 할 수 있을 정도는 아니었다. ……아니, 보상은 있었다. 이번 하루 이틀 사이에라도 습격을 당했더라면 어떻게 됐을까. 뭔가 다른 형태로 집단적인 보복은 얼마든지 있을 수 있었다.

이방근이 그 자리를 뜨려고 했을 때, 소나무 숲 상공의 일각이 검게 어두워지는가 싶더니, 어디서 날아왔는지 십여 마리의 까마귀가 떼를 지어 날아다니며, 갓난아기가 울부짖는 듯한 소리를 내며 시끄럽게 울어 댔다. 매미 소리가 사라졌다. 이방근은 무심코 허리를 굽혀 돌멩이를 집어 들고는, 결코 비상하는 까마귀 무리가 아닌 소나무 숲 위를 향해 던졌다. 돌멩이는 힘차게 뻗어나갔고 까마귀도 어디론가 날아가 버렸다. 그는 다시 돌멩이를 집어 들고 하늘을 향해, 허공에 빨려 들어갈 듯이 힘껏 던졌다. 돌은 사라졌다.

이방근은 손바닥을 맞부딪쳐 흙을 털고, 걸어가면서 바지 주머니의 담배를 꺼내 한 개비를 뽑았다. 바람이 담배를 문 입가에서 타오르는 성냥개비의 불을 낚아채 꺼 버렸다. 바람을 등지고 손바닥으로 감싸면서 계속해서 성냥을 그어 댔다.

손바닥에서 마른 돌멩이 냄새가 났다. 바닷가는 아니더라도, 돌은 항상 소금을 머금은 바람을 맞아 그런지 도심의 돌멩이와는 다른 냄새, 소금기가 섞인 자연의 냄새가 났다. 길가의 돌담 사이를 빠져나간 바람이 여기저기에서 몸부림치며, 인간의 비명처럼 긴 꼬리를 끄는 불길한, 기분 나쁜 소리를 계속해 냈다.

이방근은 길을 남문길 쪽으로, 원래 왔던 바다 방향으로 걷고 있었다. 삼성혈 주변까지 뭘 하러 왔는가. 정전 안에 봉안된 '탐라시조 고을나·탐라시조 양을나……'의 비석에 절을 하러 온 것도 아니고, 그저 걷다보니 오게 된 것뿐이었지만, 슬슬 돌아다니던 중이었다고 해도, 삼성혈의 역내에까지 발을 들인 것은 드문 일이었다.

마음이 웬만큼 차분해졌다. 돌아갈 생각이었지만, 도중에 역시 경찰서에 들러 정세용에게 인사를 해야겠다고 생각했다. 얼굴을 보고 싶지는 않지만, 그렇기 때문에 더욱(오늘은 그에게 있어 경찰서에서의 마지막 날이기도 하고) 찾아가야 했다. 어쨌든 늦어도 하루 이틀 사이에는 직접 만나서 인사를 해야 하니까……. 그러나 지금 경찰서에 있는지 어떤지. 예의 그 점심 약속에 갔다면 경찰서에는 없을 것이었다.

남문길을 내려와 관덕정 광장으로 나온 이방근은 우체국 쪽을 향해 광장을 건넜다. 만일을 위해서 경찰서에 전화를 걸어 보았다. 그런데 일단 교환을 통한 전화는 당사자인 정세용에게 직접 연결되는 바람에, 이방근은 갑자기 뜻밖의 인물이라도 만난 것처럼 조금 당황했다.

그는 무심코 오랜만이라는 인사도 잊은 채, 아이구, 형님은 경찰서에 계셨습니까……? 하고 말해 버렸다.

"……우후후, 뭐야, 계셨습니까? 라니. 난 제대로 직무가 끝나는 날까지 본서에 있고말고. 어디에서 거는 건가. 지금, 집에 있는가?"

"아니요, 옆의 우체국입니다."

"엎어지면 코 닿을 거리에서 전화는 무슨. 용건이 있으면 직접 오지 그러나?"

"점심 약속이 있지 않을까 해서요. 그래서 전화를 해 봤습니다."

"점심 약속……?"

'서북' 지부장이 참석한다던 점심 약속은 아무래도 정세용하고는 관계가 없는 모양이었다.

이방근은 우체국을 나와서, 광장을 향해 입을 벌리고 있는 도청 구내에 늘어선 벚나무 가로수의 푸른 잎이 드리운 그늘 통로를 지나, 오른쪽에 위치한 경찰 건물 현관의 낮은 돌계단을 밟았다. 안으로 들어가자, 책상을 늘어놓아 통로를 구분해 놓은 넓은 공간이 보안계 등이고, 그 통로 왼쪽에 서장실과 나란히 경무계장실이 있었다.

밝은 창을 등진 책상 앞에 제복 차림의 정세용이 홀로 앉아, 마지막 날의 사무 처리에 쫓기고 있겠구나 하고 생각했는데, 꽤나 한가롭게 커피를 마시고 있었다. 본인이 자랑하는, 주변의 시골 다방과는 전혀 다른 '직접 내린' 커피 향은, 문을 열고 방에 들어선 순간 코를 기분 좋게 자극했다. 이방근은 거의 손을 뒤로 돌리다시피 문을 닫은 뒤 책상 앞으로 가, 머리 숙여 인사하고 연락이 늦어진 것을 사과했다.

"그래, 그쪽에 앉게나."

정세용은 일어나서 악수를 하고 이방근에게 책상 앞에 있는 의자를 권했다.

"세용 형님은 여전히 커피를 즐기시는군요. 참, 그렇지, 여기서는 경무계장님이라고 불러야겠지요."

"나에게 커피는 자네한테 술과 같은 거지. 경무계장도 오늘로 끝일세."

정세용의 갸름하고 단정한 얼굴은 별로 안색이 좋지 않았다.

"네, 그러시겠죠. 그건 알고 있습니다. 여기에서 경무계장은 끝이라 하더라도, 새로운 경무계장 자리가 형님이 오시는 걸 기다리잖습니까. 인사가 늦었습니다만, 이번 도경찰국으로의 영전을 진심으로 축하드립니다. 아버지로부터 빨리 형님께 인사드리고 오라는 말을 듣고도, 이렇게 늦어 버렸습니다."

아버지…… 운운한 것은 완전히 어린애 같은 사족이었다. 그보다도 진심으로……라는 것은 또 뭔가. 역시 이런 식으로 말이 나왔다. 진심으로, 라는 말을 빼도 충분히 축하인사가 될 것이었다. 게다가 이방근은 축하할 마음 따위는 없었다. 제주도 출신의 경찰 간부가 배제되는 와중에 살아남아 승진한다는 것이 쉬운 일은 아니지만, 그렇다고 해도 그것이 축하할 대상은 아니었다. 제대로 된 세상이라면, 일제강점기에 조선인 학우를 팔아 목포경찰서의 순사부장으로 임명되었다고 소문난 정세용이, 지금쯤 무엇을 하고 있을지 알 수 없는 일이었다. 지금 정세용의 위치도 친일파 천하니까 가능한 일이었는데, 물론 이것은 정세용에게만 해당되는 일은 아니었다. 이번 인사도 뒤늦게나마 군과 게릴라 간의 4·28평화협정 파괴 공작에 대한 논공행상적인 냄새가 풍겼다. 사건 직후의 표창은 눈에 띄니까 눈속임을 위해 일정한 시기까지 미뤄 왔을 것이었다.

정세용의 커피 잔은 거의 비어 있었다. 그는 등줄기를 똑바로 세운 자세로, 새우등에 덩치가 큰 이방근의 얼굴을 올려다보지 않고, 술독이 오른 목덜미에 시선을 던졌다. 이방근은 바지 주머니에 손을 찔러 넣으며, 담배를 피워도 되겠습니까…… 하고, 상대방의 대답이 돌아오기도 전에 담배를 꺼내 들었다.

정세용이 책상 구석에 있던 재떨이를 이방근 앞으로 옮겨 놓았다. 술 담배도 하지 않고 오로지 커피광인 정세용의 책상 위에, 전에는 없었던 물건이었다. 이방근은 그가 담배를 피우기 시작했나 생각했지만, 그런 것이 아니라 손님용인 듯했다. 형님, 한 대 피우시겠습니까…… 하고 물어보았지만, 정세용은, 아니 아니야…… 하고 고개를 가볍게 옆으로 저었다. 이방근보다 서너 살 위의 친척 형님뻘인 그는, 권력을 향해 노골적이라기보다 그림자처럼 착실하게 따라붙는 남자였다. 감정을 밖으로 드러내지 않고 거드름도 피우지 않는 냉철한, 직무에서는 비정하고 가혹한 면도 있지만, 개인적으로는 친척들의 교류에 마음을 썼고, 유교적인 예의범절을 몸에 익히고 있는 것이 이방근의 부친 마음에 드는 점이었는데, 인간미가 있는 남자였다.

내선 전화로 사환을 부른 정세용은 커피를 분부했다. 커피 내리는 기계는 마지막 날까지도 정리하지 않고 사용하는 모양이었다. 자네도 마시겠는가 하고 물었지만, 이방근은 별로 생각이 없어서, 저는 괜찮습니다…… 하고 고개를 저었다.

"그런데 자네가 내 전임을 축하할 수 있나."

정말로 당돌한 말투였지만, 계속되고 있는 이야기의 흐름처럼 어투는 담담했다.

이방근은 뜨끔하면서도 한순간 그 의미를 알지 못했다. 적어도 문법적으로는 지금 막 "진심으로 축하드립니다."라고 했으니, 그 질문은 성립하지 않는다. 이방근은 당황하여 반사적으로 상대의 얼굴과 눈, 그리고 거무죽죽한 빛의, 자신의 핏빛 입술과는 대조적인 그 입술을 보았다.

"그건 무슨 말씀이십니까? 대단한 말씀을 하시네요······."

이방근의 말투는 매끄럽지 못했다.

"뭐, 다른 뜻이 있는 건 아니고. 난 자네로부터도 축하받고 싶다고 생각하는 인간이야. 자넨 철저한 반친일파잖아. ······난 생전의 자네 어머님에게 많은 신세를 졌다네."

언쟁을 하는 거라면 몰라도, 지금 막 축하한다고 말했잖아요, 라고 반박을 할 수는 없었다. 이방근은 가슴 언저리 마음의 문을 막대기 끝으로 헤집어 여는 느낌이었는데 아마 여자였다면 가슴을 가리는 듯한 동작을 취했을지도 몰랐다. 그는 담배를 입술에 물고 연기를 내뿜으며 볼이 붉어지는 것을 느꼈다.

"지금, 형님이 몸담고 있는 곳은 일본 경찰이 아닙니다. 대한민국경찰이니까요. 안 그렇습니까."

이방근은 웃었다. 안 그렇습니까, 필요 없는 말이 또 튀어나왔다.

"그렇지."

대답이 떨리고 있었다. 이방근은 내심 계속 웃었다. 정세용은 책상 위에 양손을 포갠 채, 회전의자를 삐걱거리며 좌우로 가볍게 움직이면서 의미 있는 미소의 여운을 남겼을 뿐, 아무런 말도 하지 않았다.

"안 그렇습니까. 과거 일제 때라면 모를까, 지금 현재 친일을 하고 있는 사람이 어디 있습니까. 여하튼(그래, 여하튼이다. 이 정도에 리얼리티가 있다), 험난했지만 대한민국이 출범한 현재입니다. 그런 말씀하시면 돌아가신 어머니가 슬퍼하실 겁니다(이방근은 외가 쪽 친척 앞에서 어머니를 끌어내 팔고 있는 거나 마찬가지였다). 저는 친척의 한 사람으로서도 이번 영전을 축하하고 있으니까요······. 엄격한 조건 아래의 영전이겠지요."

"엄격한 조건 아래? 자넨 그렇게 생각하나."

정세용은 침착한 웃음을 흘렸다.

노크 소리가 나고 사환인 소년이 문을 열고, 향기가 먼저 다가오는 커피를 가지고 들어왔다. 정세용이 꼼꼼히 훈련시켰을 것이다. 이 소년과도 헤어지겠구나. 그는 그 김이 피어오르는, 땀이 솟아날 것 같은 뜨거운 액체가 든 컵을 손에 들고 한 모금 마셨다. 이방근은 몸을 조금 움직이며, 4·28협정 파괴 공작에 관여한 사실이 확실해졌을 때, 자신과 둘만의 이 세상과 격리된 듯한 곳에서 정세용을 심문하고 있는 장면이, 머리를 스치고 창문 밖으로 사라져 가는 것을 보았다.

"너무 늦었다 싶을 정도죠."

이방근은 깊은 숨을 조용히 내쉬며 말했다. 한마디, 말이 많아졌다. 그러나 이건 비꼬는 게 아니었다.

"너무 늦었다……?" 정세용의 눈에 의심하는 빛이 흩어졌지만, 그건 이내 사라졌다. "너무 늦은 건가, 후후, 핫하하……." 그는 입을 반쯤 벌리고, 커피 잔을 손에 든 채 마시는 것도 잊고, 낮게 계속 웃었다. 의식적이었는지 어떤지, 정세용치고는 상당한 감정의 표출이었다. "너무 늦은 걸까. 대한민국 정부 수립에 의해 우리나라는 미군정을 벗어나 명실상부하게 독립 민주국가로서 출발하게 됐어. 동시에 우리들은 민주경찰 기수의 확립을 도모해야 해. 자넨 그 방면의 사정엔 관심도 없을 뿐더러 그다지 밝지도 않지 않나. 단기 4281(1948)년 9월부터, 후후, 9월부터라고 해도 내일이지만, 신정부 기구의 조직에 따라, 내무부 훈령에 의해 경찰직제가 개정된다네. 즉 민주경찰 기수의 새로운 발족에 맞추어, 제주도 경찰국으로의 간부 이동이 있었으니, 늦은 건 아니야. 그야말로 시기적절한 조치로서 영예로운 일일세. 늦었다……. 후후, 그런 생각은 주관적이고, 일의 판단을 그르치는 법이야. 게다가 그런 말을 큰 소리로 해선 안 돼."

그는 늠름한 태도로 변했고, '형님'이 아니라, '경찰계장'으로서의 모습을 드러냈다.

"그렇군요……."

이방근은 고개를 끄덕였다. 그 나름대로 일리가 있었다.

"한 번 천천히 만나지 않겠나. 경찰서 안의 살벌한 분위기에선 얘기를 나누기가 힘들지. 자넨 별로 사교성이 없어서 말야."

"그렇게 하시지요. 형님은 술을 잘 안 드시니, 아무래도 뵐 기회를 만들기 어려워요."

"술을 마시기 위해서만 사람을 만나는 건 진실한 교제가 아니라구. 난 술을 마시지 않더라도 충분히 상대해 줄 수 있어. 술만이 인생은 아니지 않은가."

"그렇기는 하지만 술 없이 무슨 인생을 논하겠습니까. 조만간 영전 축하 자리를 마련할 테니……."

"그 기분만으로 충분히 고맙네. 그래, 한번 천천히 보자고."

"……슬슬 실례하겠습니다만, 형님은 최근에 유달현과 만났습니까?"

스스로도 당돌한 느낌으로 물었지만, 이방근은 거의 무의식적으로 상대의 표정을 살피고는, 그 시선의 끝을 정세용의 눈동자에 고정시킨 채 말했다.

"유달현……?" 정세용의 표정에 흠칫 놀라는 파동이 일면서, 이방근의 순간적인 살의를 품은 강철같이 날카로운 시선을 튕겨내고 있었다. 3, 4초 정도 말이 끊겼지만, 정세용의 대답은 그 사이에 충분히 판단된 것이었다. "아아, 유달현, 그러고 보니 만났네. 무슨 일 있는가?"

"……잠시, 생각나서요."

이방근은 웃으며 말했다. 뜻밖에도 긍정의 대답이었다.

"유달현이 그렇게 말하던가?"

"아니요, 어떤 사람이 우연히 봤다고 했는데, 생각이 났을 뿐입니다. 드문 일이라서. 아마도 형수님의 조카를 본토로 전입학시키는 일로 만난 게 아닌가 생각했습니다만……."

이방근은 마치 상대방을 위해 구실을 만들어 주기라도 하듯이 말했다.

"그렇다네. 유 선생님의 도움을 받고 있지……."

이 마지막 대화는 두 사람 사이에 어색한 분위기를 만들었다. 이방근은 무얼 위해 경찰서에 들른 것인가. 인사만을 위해서라면, 일부러 유달현의 이야기를 꺼낼 필요는 없었던 것이다.

7

부엌이가 이씨 집안으로 돌아왔다. 돌아왔다고 해도 무방했다. 최근 몇 개월을 제외하고, 하녀로 있었지만, 십수 년을 같이 살아온 가족의 일원이나 다름없는 그 집이었다. 임시라고는 해도, 고네할망으로는 도저히 이 집안일을 감당해 낼 수가 없었고, 게다가 안주인 선옥의 회임이 그에 박차를 가하는 바람에, 말하자면 일단 추방된 부엌이가 이씨 집안의 사정 때문에 다시 돌아오게 된 것이었다. 본인이 거부하는 것을 바깥주인 이태수가 직접 사람을 보내 설득하고 부탁했다는 사정이 있었다.

점심때가 지나 이 섬의 풍습인 대나무 바구니에 짐을 꾸려 등에 지고 찾아온 부엌이는, 인사를 마치자마자 바로 대문 옆 하녀방에서 뒤뜰에 이르기까지 집안 청소를 하고, 빨래를 하고, 장작을 패고, 어제도 했다는 듯이 묵묵히 게다가 솜씨 좋게 집안일을 정리해 갔다.

그녀는 새끼 고양이 흰둥이를 데려 오지 않았다. 집을 나갈 때, 개와는 달리 도중에 도망치는 것을 우려해, 야옹야옹 우는 것을 어두운 자루 속에 넣어 데려갔던 고양이었다. 아무도 고양이에 대해 묻지 않았지만, 이방근의 질문에 부엌이는 우물쭈물하면서 족제비에게 습격을 당했다고 대답했다. 족제비? 정말이야……? 예―, 그렇수다. 이방근이 그때 부엌이의 말에 왠지 모를 의구심을 느낀 것은, 선옥이 흰둥이를 좋아하지 않았다는 사정도 있어서 고양이를 함께 데리고 나갔던 것인데, 이번에는 안주인의 회임 사실도 알게 되어 고양이와 함께 데려오는 것을 단념한 것이 아닌가…… 하고 생각했던 것이다.

그런데 그날 밤, 1일이었던 어제 이른 아침에 서울을 출발한 여동생 유원이, 그리고 동행이 의심스러웠던 건수 숙부가 어제 목포에서 하룻밤만 묵고, 운 좋게 오늘 아침의 화물선에 승선, 제주도에 도착했다. 게다가 목포에서 출항하는 배에서 부두로 뛰어내렸던 오남주가 두 사람과 함께 찾아왔다.

집을 나간 부엌이를 자신이 데려오겠다고까지 했던 유원은, 예상하지 못했던 그녀와의 재회를 기뻐했지만, 부엌이는 한편으로 생각지도 않았던 유원의 출현에 당황하고 있었다. 버려진 고양이 흰둥이는 올해 이른 봄, 유원이 목포 부둣가에서 주워 온 것이라서, 말하자면 그녀는 새끼 고양이의 주인이었다. 유원은 흰둥이는 어디 있어? 하고 물었다. 유원과 만난 순간부터 그 질문을 두려워하고 있던 부엌이는 이방근에게 말한 것과 똑같이 족제비가 덮쳤다고 했다. 그런데 유원의 충격이 커서, 흰둥이를 위해 공양이라도 할 기세로 슬퍼하며 이것저것 따져 묻는 바람에, 부엌이가 오히려 충격을 받고 그건 거짓말이라며 아까 한 말을 뒤집어, 실은 들판에 풀어 주었다고 고백했다. 그리고는 소중한 흰둥이를 맡아 길러 왔는데, 아가씨한테는 정말 드릴 말씀이 없다……며 그 커다란 눈에서 닭똥 같은 눈물을 흘리며 울었다.

유원은 처음에는 부엌이의 고백이 자신을 위로하기 위한 변명이라고밖에 생각하지 않았는데, 어쩌면 데려올 수 없는 흰둥이를 눈물을 머금고 들판에 버리면서, 어쨌든 고양이의 주인인 유원에게 둘러댈 변명에 대비해, 족제비를 들고 나온 것인지도 몰랐다. 부엌이는, 어떻게 그런 일을! 아까 한 말이 진짜 거짓말이고, 지금 한 말이 진실이라면, 어째서 함께 데려오지 않은 거야? 누가 데려오면 안 된다는 말이라도 했어요……? 유원은 먼 곳으로 슬픈 시선을 던졌지만, 이윽고, 아아, 괜찮아, 고양이 한 마리 가지고……. 인간도 살아가기 힘드니까라고 기분을 바꿔 말했다. 하지만 죽임을 당한 건 아니야, 그렇잖아요. 지금 살아 있으니까요, 이제 많이 컸으니까, 혼자 살아갈 수도 있을 거야……. 그리고는 힘없이 고개를 숙인 부엌이에게, 자신은 단순히 고양이를 주워 온 사람일 뿐, 지금 흰둥이의 주인은 부엌이니까, 나 때문에 신경 쓸 필요는 없다며 자상하게 달랬다.

부엌이는 흰 저고리에 검정 치마를 입고 있었다. 부엌이의 검고 큰 치마……. 눈을 감으면, 이방근을 냄새로 감싸 안는 무한대의 공간을 의미했다. 소 같은 여자. 부엌이는 지난 반년 사이에 변해 있었다. 그 일하는 모습은 조금도 변하지 않았지만, 이전보다 더 과묵하고, 농촌의 생활에서는 당연한 일이겠지만 마치 산속에 사는 사람처럼 볕에 검게 그을려 있었다.

아이구, 바쁘다 바빠, 부엌이가 빨리 돌아와야지……. 작은 체구로 분주하게 움직이던 고네할망이 손을 뒤로 돌려 허리를 툭툭 치면서 푸념하고 있던 부엌이가 돌아왔다. 최근 며칠간의 분주함에서 해방됨과 동시에, 짭짤한 용돈벌이가 되었던 가사도우미 일을 잃게 된 고네할망은, 평소 같으면 저녁 식사 정리가 끝나면 돌아갔는데, 밤늦게까지 남아 선옥의 말상대를 해 주고 있었다.

부엌이의 귀가에 이방근은 평정을 가장하면서 문난설과의 관계를 그녀의 두 눈의 스크린에 비춰지는 걸 두려워했다. 그는 그녀의 눈을 두려워서 피하는 게 아니라, 스스로 그녀의 눈에 시선의 끝을 던져 넣고, 부엌이가 처음부터 그런 낌새를 차릴 여지를 주지 않았다. 하녀의 신분으로서, 애당초 도련님에 해당하는 이방근과 대등하게 시선을 마주치는 여자는 아니라서, 이방근의 태도는 조금 잔인하고, 게다가 궁지에 몰린 사람을 더욱 다그치는 태도나 다름없었다.

부엌이가 돌아온 참에, 서울에서 유원 일행이 합류하여 갑자기 시끌벅적해졌다. 부엌이는 그야말로 갑자기 솟아난 듯한 사람들의 시중을 들기 위해 돌아온 사람 같았는데, 그녀가 없었다면 고네할망은 비명을 질렀을 것이다. 정말이지 부엌이는 다른 사람들 시중들라고 하늘님이 잘 점지해 주신 게야. 죽으면 저승의 좋은 곳으로 가고말고……. 고네할망이 말했는데, 생각하기에 따라서는, 부엌이의 팔자는 식모를 하도록 정해져 있는 게야……처럼 받아들여졌다.

이 집의 습기 찬 창고 안처럼 오랫동안 괴어 있는 듯한 느낌의 공기. 그것은 한 지붕 아래 살면서도 부자간에 교류가 없어 휑하니 사람이 살지 않는 것 같은 움직임이 없는 공기였다. 그래도 이전에 부엌이가 있었을 무렵에는 서울에서 유원이가 돌아오면 순식간에 공기가 움직이면서 새로운 호흡을 시작하고, 집 전체에 시금털털한 공기를 대신해 생기가 되살아났었다. 그러나 지금은 유원이가 돌아오고 부엌이도 돌아와 서로 얼굴을 마주 대하고 있는데도, 예전과 같은 느낌은 들지 않았다. 사람들이 웅성대며 움직이는 바람에 혼동하기는 쉬워도, 이건 정체된 공기를 같은 장소에서 휘젓고 있다는 느낌을 넘어서지는 못했다. 여전히 공기는 폐쇄된 방 안처럼 답답하게 가라앉아 있기 때문이기도 했다.

그것은 원래부터 이방근의 존재가 원인이라 해도, 서울에서 이전보다도 훨씬 오랜만에 돌아온 유원 자신이 과거와 같은 역할을 하지 못하고 있었다. 문제가 생겨 아버지의 강요에 의해 급히 고향에 불려온 것 자체가 그랬고, 이방근은 이미 뭔가 정체를 알 수 없는, 아버지의 권위를 빌린 어떤 사악한 기운이 여동생을 불러들인 듯한 묘한 예감, 불안조차 느끼고 있었던 것이다. 이방근은 유원 일행의 도착으로 가족의 화목함이 아니라, 보다 험악한 방향으로 기울어질 것 같은, 그곳에서 벗어날 수 없을 것 같은 기분에 스스로가 빠져 있음을 인정했다.

게다가 잠시 후에 알게 된 일이지만, 유원은 아버지와 계모 선옥에게 인사를 하면서, 이곳에 막 도착했을 무렵 이방근처럼 계모의 임신에 대해 한마디도 언급하지 않았다. 옆에서는 아버지로부터 걸려 온 장거리전화로 선옥의 임신 사실을 알고 축하인사를 했던 건수 숙부가, 재차 축하인사를 하고 있는데도 말이다. 서울에서 계모의 임신을 알았을 때, 숙모가 순간 설마하고 귀를 의심했던 것처럼 입덧을 하듯 심한 구토를 느낀 그녀였으니, 결코 잊었을 리는 없었다. 그러나 그것은 의식적인 게 아니라, 한마디 말을 하려 해도 자유롭게 나오지 않았던 건 아닐까.

서재 옆 온돌방에서는 유원 일행의 저녁식사를 겸해 급히 마련한 작은 술자리가 시작되었다. 이건수는 잠시 동석하여 간단히 식사만 하고, 술을 못 마신다는 것을 이유로, 이쪽에 얼굴을 내밀지 않았던 아버지 방으로 건너갔다. 오랜만에 사촌 간에 할 이야기가 있을 것이었다. 서로 간에 '친형제 이상의 관계'라고 생각하고 있었고, 실제로 보통 사촌 관계 이상의 친밀한 관계였지만, 이건수는 그 사촌 형에게 너무 순종했다.

문난설과 유원은 서로 마음이 맞았는지, 두 사람은 탁자를 앞에 두고 벽을 등진 채 나란히 옆으로 앉아 있었다. 반대쪽에 나영호와 오남주, 그리고 이방근이 안뜰과 접한 장지문을 등지고 앉은뱅이책상 옆에 앉았다. 문난설과 유원은, 서울을 떠나는 오빠를 역까지 배웅하러 나왔을 때 소개받아서(그때까지는 오빠한테 걸려 온 전화를 바꿔 주느라 두세 마디 주고받았을 뿐이었지만), 서로 얼굴은 알고 있었다. ……유원 씨 되시죠. 멋진 분이시네요……. 한번 만나고 싶었어요……. 만나게 돼서 기뻐요……라며 가벼운 미소를 입가에 띠고 대담한 여동생이, 상대의 눈에 빨려 들어갈 것처럼 가만히 쳐다보던 그때의 표정을, 이방근은 이상할 만큼 또렷하게 떠올렸다. 유원 씨도 함께 제주에 갈 수 있다면 얼마나 좋을까요……. 서울역에서는 여동생의 태도가 초면임에도 불구하고 실례가 아닐까 싶을 정도로 냉담했었는데, 지금은 매우 스스럼없어 보였다.

"유원 씨하고 이렇게 유원 씨 집에서 만날 수 있을 거라고는 정말 생각도 못 했어요……."

"서울역에서는 실례했습니다. 두 번 다시 제주에 안 갈 것처럼 말을 해 버려서……. 급하게 왔어요. 아버지의 명령이에요. 빨리 오라는……."

감색 스커트 위에 받쳐 입은 흰 블라우스가 가벼운 취기로 물든 유원의 얼굴빛을 아름답게 부각시켰다.

"그런 말씀을 하셨던가요? 하지만 대단해요. 옆 동네도 아니고, 그먼 곳에서, 게다가 배를 타잖아요. 저는 정말 기뻐요. 유원 씨를 기다리길 잘했네요. 이렇게 옆에서 이야기를 나눌 수 있잖아요."

문난설이 지금이라도 당장 서울에 돌아가겠다고 말한 것은 3일 전 아침이었다. 예의 그 비밀편지 뒤처리를 제대로 하지 않았던 것은 이방근의 변명으로 일단 납득을 하였지만, 역시 출발하겠다는 것을, 이방근은 여동생이 갑자기 이쪽으로 오게 됐으니 꼭 만나 달라고 부탁했다. 여동생을 만나게 하고 싶다는 것이 거짓은 아니었지만, 문난설의 출발을 늦추고 싶다는 구실 쪽이 더 강했다. 이대로 헤어질 수는 없는 일이었다.

화해는 성립되어 있었다. 여동생과 만나기 위해서라고는 해도, 문난설이 출발을 연기한 것이 그 증거였다. 문난설로서는 유원이 도착하기 전에 출발한다는 것은 뻔뻔한 좀도둑이나 다름없는 치사한 행동이라고 생각했을 것이었다. 실수를 사과한 직후의 뭔가 쫓기는 듯한 충동 때문이었겠지만, 오늘 밤 늦게 찾아가겠소, 하고 재촉하는 그에게 문난설은, 왜 그런 말씀을, 하고 거절하면서, 하지만 여기서 선생님을 맞을 수 없어요, 라고 대답했던 것이다. 그럼 어디서? 서울에서? 그녀는 말없이 고개를 끄덕였다. 그러나 이방근은 고의는 아니더라도, 그녀에 대한 모욕적인 실수를 떠올릴 때마다 얼굴이 달아오르고, 누군가가 만들어 놓은 함정에 빠져 옴짝달싹할 수 없는 느낌에 사로잡혀 있었다.

그는 사흘 내내 밤마다 어둠 속에서 그녀를 완벽하게 품고 싶다는 욕망을 억눌렀고, 그 욕망은 한낮의 빛 속에서 쇠퇴했다. 거기에 겹치듯이 부엌이가 돌아왔고, 예상보다 빨리 유원이 찾아왔다.

문난설은 유원의 예상보다 빠른 귀향을 알자, 예기(豫期)하고 있던 일이지만 당황했다. 아아, 어떡하지, 뭐라고 말하면 좋을까······. 난설 씨가 신경 쓸 일은 없소. 좁은 곳에 묵게 해서 오히려 미안할 정도니까······. 찢어진 창호지를 덧바른 것도 걱정했다. 그녀로서는 더 이상 유원의 방에서, 더구나 함께 자고 싶지는 않았을 것이었다. 두렵다. 아마 그럴 것이었다. 그런 일이 있었던 남자의 여동생과 같은 방에서 잔다는 것은……. 혹시 만에 하나 잠꼬대로 무슨 말을 중얼거리거나, 이방근의 이름이라도 부른다면 큰일이었다.

……난설 씨는 쭉 방에만 틀어박혀 있었고 외출도 하지 않았잖소. 모처럼 여기까지 왔는데 여기저기 구경이라도 해야겠지만, 무엇보다 내가 안내도 하지 않고 신경도 못 쓰고. 게다가 내가 안내를 하면 읍내의 참새들이 시끄러워요. 아니에요, 여긴 서울이 아니잖아요. 선생님과 함께 외출하거나 하면……. '서청'들이 많이 체재하고 있는데, 마치 자기 고향처럼 돌아다니는 건 전혀 마음이 내키지 않아요. 그렇군요, 여동생에게 내일이라도 안내하도록 부탁하지요. 내 대신에…….

그녀는 이방근의 말을 받아들였고, 유원에게 직접 감사하고, 장지문의 일까지 사과했다. 유원은 장지문 이야기를 듣더니 웃었고(물론 진범이 이방근이라는 걸 알 리가 없지만), 아마도 난설 씨가 자신의 비좁은 방을 쓰게 될지도 모른다고 생각하고 있었는데, 실제로 그랬다니 정말 기쁘다는 단순히 겉치레만은 아닌 말을 해서 문난설을 기쁘게 만들었다.

이방근 등은 식사를 마친 후였고, 유원과 오남주도 뱃멀미를 하기 마련인 배 여행을 한 뒤였기 때문에, 공복이면서도 식욕은 없었다. 오남주는 식초를 듬뿍 넣고 고추장을 많이 푼 미역과 오이를 띄운 냉국을 위장의 숙취라도 풀려는 듯이 땀을 흘리며 두 사발이나 먹어 치웠다. 덥수룩한 머리에 볼이 움푹 파인 얼굴의 그는, 소주를 컵에 따라 두 잔쯤 마시더니, 공복 탓도 있어 꽤나 취한 듯 창백한 얼굴로 사람을 노려보듯 눈을 움직이지 않았다. 평소의 오남주의 본성이 나타난 것처럼 보였다. 그러나 일전에 서울에서의 자신의 술주정에 질렸는지, 동란의 고향 땅에 겨우 돌아와 긴장한 것인지, 술은 더 이상 마시지 않았다. 아마도 이 이상 술이 들어가면 그는 울음을 터뜨릴지도 몰랐다. 너무 마시지 마……라는 말을 하기 전에, 스스로 꽤나 조심하는 것 같았다.

"정말이지, 난 유원 동무를 목포 근처에서 만날 거라고는 생각도 못 했습니다. 설령 그게 우연이라고 해도 말이죠. 그렇습니다, 문난설 씨……."

오남주는 고개를 조금 흔들며 정면의 유원으로부터 옆에 있는 문난 설로 시선을 옮겨 말했다.

"오 동무는 훌륭하다고 생각해." 유원이 말했다. "그런데 제주에는 꼭 와야 할 이유가 있었던 거잖아. 처음에는 오욕의 땅이라 절대 가지 않는다고, 제주에 가는 것은 일절 포기했다고 하더니, 도중에 갑자기 마음을 바꾼 거잖아. 어떻게든 가고 싶다 하던 맨 처음의 마음으로 다시 돌아간 거니까."

"오욕의 땅……? 제주도가……."

나영호가 끼어들었다.

"그러니까 동란이 일어난 땅이란 말야."

이방근은 화제를 돌리려 했지만 이미 문난설과 나영호도 오남주의 여동생이 '서북' 출신 토벌대원의 아내가 되었다는 사실을 목포의 여관에서 들어 알고 있었다. 그 여동생의 결혼은 어머니와 친척들을 돕기 위한 일종의 정략결혼이었는데, 그 사실을 확인한 오남주는 서울의 하숙집에서 어머니도 여동생도 더 이상 이 세상에 존재하지 않는다며 혼자서 술을 마시고 밤을 새며 제사를 지냈던 것이다. 오욕의 땅이라는 것은 거기서 나온 오남주의 말이었다.

"……그래서 방근 오빠한테 부탁을 한 거잖아." 유원의 얼굴에 문득 뭔가 떠오른 듯한 표정이 스쳐 지나갔는데, 그녀는 말을 이었다. "난 설 씨의 도움으로 특별히 도항증명서도 만들었는데, 그대로 서울로 돌아가다니, 그건 너무 감정적인 행동이라고 생각해."

"뭐가 감정적인 행동이라는 거야. 목포에서 유원 동무를 만나지 않았다면, 서울로 돌아가 버렸을지도 몰라. 유원 동무도 서울에 있을 땐 제주에 오는 걸 좋아하지 않았잖아. 이번에 방근 씨와 함께 오는 것조차 싫어했으면서……."

"그건 이야기가 달라. 싫어서가 아니야. 난 오 동무와 같은 목적이, 다른 많은 사람들처럼 꼭 가야 할 필요성은 없었어. 꼭 필요한 사람들은 제주도에 가지 못하고 있었으니까."

"……"

오남주는 음…… 하고 고개를 끄덕이더니, 잠시 입을 다문 채 고개를 숙였다. 머릿속을 헤집고 다니는 술기운을 확인하면서, 거기에 빨려 들어가듯 눈을 감고 있었다.

지난 27일 밤 목포에 도착해서, 다음날 아침 승선 거부를 당한 제주 사건 진상규명 조사단 일행은, 그로부터 5일간이나 체재하며 다시 승선을 시도했는데, 그 직전에 당국으로부터 제지당했고, 결국은 성명을 발표하고 전원 서울로 철수했던 것이다. 목포에서 행동을 함께했던 오남주는, 제주에 갈 수 있는 사람은 가도록 조사단 일원으로부터 권고를 받았지만, 여전히 혼자서는 배를 탈 결심이 서지 않아 노숙을 하며 목포에 눌러앉아 있던 차에, 역전 광장에서 막 기차에서 내린 유원 일행과 만났던 것이다.

오남주는 갑자기 고개를 들더니 휘청거리며 일어나 뒤편에 있는 서재 방으로 가서 자신의 가방 속에서 종이 한 장을 꺼내 자리로 돌아왔다.

"저어……, 유원 동무, 읽어 주지 않겠어." 오남주는 크게 두 번 접은 대학노트 크기의 종이를 펼치며 말했다. "성명서야, 호소하는……. 난 좀 취했거든."

"직접 읽지 그래. 모두 손윗분들이시잖아."

"아―아, 그런 의미가 아니야. 알았어, 명확하게 읽는 게 좋겠다고 생각했어……."

오남주는 2, 3일 내로 신문에 발표되겠지만, 그때까지는 이것이 최신 뉴스가 될 거라고 전제한 뒤, 헛기침을 두세 번 반복하고, 대략 다음과 같은 내용이 담긴 조사단의 호소문 사본을 읽었다.

"지난 27일 밤, 목포에 도착한 이래, 두 차례에 걸쳐 제주행 배에 승선하기 직전 제지당해, 결국 현지조사를 단념하고 귀경할 수밖에 없었던 것은, 참으로 유감이라기보다 비통을 금할 길 없다……."

몇 줄 읽지도 못하고 도중에 기분이 격앙된 오남주는 숨이 가빠지면서, 나머지는 유원에게 읽어 달라며, 종이를 탁자 너머로 건넸다. 유원은 건네받아 계속 읽었다. 오남주는 고개를 숙이고 한 손으로 얼굴을 감쌌다.

"이번 여정의 경과야말로 최근의 제주도 사태를 여실히 상징하는 것으로서 우리 조사단은 귀경 후, 목포 체류 5일간에 걸쳐 견문한 것을 토대로, 제주 사태의 다급함과 그 대책의 조기 실현을 전 민족 앞에 호소함과 동시에, 우리가 임무를 다하지 못한 것을 깊이 사과하는 바이다……."

이미 한 번 읽은 것으로 보이는 유원이 막힘없이 다 읽었다.

"……아, 고마워."

술기운까지 겹쳐 터지려는 울음을 겨우 참고 있었던 오남주가 눈이 충혈된 얼굴을 들었다. 그리고는 유원으로부터 종이를 돌려받더니, 다시 두 번을 네모나게 접어 다림질을 하지 않은 와이셔츠 주머니에 집어넣었다. 나영호와 이방근이 술잔을 들고 소주를 홀짝여 목구멍으로 넘기는 소리가 잘 들렸고, 방 안은 한순간 깊은 침묵에 휩싸였다. 거의 열어 놓다시피 한 뒤쪽의 장지문으로 정원수를 스치며 불어오는 시원한 밤바람이 침묵의 공기를 흔들었다. 바람은 다시 방을, 탁자 위를 지나 서재를 거쳐 안뜰로 빠져나갔다.

"어험……."

나영호가 헛기침을 했다.

"……으-흠, 그래서 어떻게 할 셈인가. 오 군은 내일 어머니가 계신 곳에 갈 건가?"

이방근이 말했다.

"그렇습니다. 찾아갈 겁니다. 제가 제주도에 온 걸 전혀 모르고 계십니다."

"그렇겠지. 깜짝 놀라실 거야. 기뻐하실 걸세."

"……."

"여동생도 오빠를 만나면 기뻐할 거예요."

문난설이 말했다.

"여동생이라니요……? 여동생 얘기는 하지 말아 주십시오. 당신은 이해하지 못합니다."

오남주는 마치 어깨를 추켜세우듯이 하고 문난설을 노려보며 말했다.

문난설은 뜻밖의 공격을 받은 듯 보였지만, 부드러운 표정을 잃지 않고 오남주의 시선을 받아들였다. 오히려 이방근이 불끈하여, 이봐! 하고 호통을 칠 뻔했다.

"오 동무, 말투가 좋지 않아." 유원이 두세 살 위인 오남주를 향해 남동생을 나무라듯이 말했다. "그런 식으로 말할 필요는 없잖아."

"……유원 동무, 우린 배를 타고 제주도에 올 수 있었지만, 조사단 일행은 두 번이나 승선을 거부당했다구."

"말을 돌리지 말고, 오 동무는 난설 씨께 사과해야 돼."

문난설이 괜찮아요, 내 말투가 좋지 않았어요, 생각이 짧았습니다…… 하고 달랬다. 그럴 것이다, 분명히 그렇다. 오남주의 여동생이 설령 오빠를 만난다 한들 기뻐할 리 없다. 오남주 자신도, 혼자서 밤을 새우면서 어머니와 함께 저 세상으로 보낸 여동생을 만나지 않을 것이고, 여동생도 오빠와 만날 일은 없는 것이다. 이방근은 문난설의 말에 내심 수긍했다.

"……유원 동무가 하라는 대로 하겠어."

오남주는 간접적인 표현으로 유원의 지적을 인정했다.

"지금 이야기는, 이 자리에서는 그만해요." 유원이가 말했다. "저로서도 무사히 배를 타고 나서, 이번에 오 동무가 오빠 일행과 함께 배를 탔다가 부두로 뛰어내린 심정을 이해할 수 있었으니까요. 저에게 배를 탈 자격 같은 건 없어요. 정말이지 저도 타고 싶지 않았어요. 그래도 다들 타고 왔잖아요……? 조사단 일행이, 서울에 돌아가지 말고 조심해서 다녀오세요, 갈 수 있으니까 갈 필요가 있는 거라고, 오 동무에게 말한 것은 절대 거짓이 아니었다고 생각해요. 그렇잖아요. 그 이야기는 이제 그만해요."

"그건 거짓이 아니야."

오남주는 이 한마디를 말하고는 입을 다물었다.

우리를 승선시켜라! 제주사건 진상규명 조사단의 승선을 저지하지 마라! 경관들에게 저지당한 조사단의 선두에 서 있던 신문기자 윤봉이 배에 탄 세 사람에게 보냈던 무서운 시선을 이방근은 뚜렷하게 기억하고 있었다. 머릿속에 부두에 선 윤봉과 조사단 일행의 외침, 그리고 성난 얼굴들이 모여들어 갑자기 팽창하는 바람에, 터질 것 같은 고통이 퍼져 이방근은 자신도 모르게 머리를 좌우로 흔들었다. 나영호도 연쇄반응을 일으킨 것인지 머리를 흔들었다. 머릿속의 무언가를 떨쳐 내기라도 하듯이. 그리고 잔 밑바닥에 남은 술을, 고개를 뒤로 젖히고 단번에 입속에 털어 넣듯이 마셨다. 이방근이 웃었다.

"그래, 그 얘긴 이 정도로 해 두지. 조사단 사람들의 말은 틀린 게 아니야. 갈 수 있다면 가야지. 그들은 저지를 당하면서도 승선하려고 했을 정도니까 말야. 다만, 그 나름의 일은 해야겠지. 오 동무들도 용무가 끝나면 서둘러 돌아가면 돼. 서둘러서……."

이방근은 자신이 한 말이 귓전에 맴도는 걸 의식하면서, 나영호와 문난설을 데리고 승선한 자신을, 윤봉이 거친 어조로 오남주 앞에서 비난한 것은 아닐까 생각했다. 특히 나영호에 대해서는 예전부터 타락분자라고 경멸과 증오가 섞인 말투로 비난해 왔었다. 한잔 마신 술기운으로 그런 말들이 오남주의 입에서 튀어나오지 않을까, 이방근은 두려웠다.

"음, 오 동무, 좀 더 마시고, 그리고는 쉬는 게 어떤가. 피곤할거야. 술을 참고 있는 것 같은데, 오 군, 대단하구만." 이방근은 술병을 들고 직접 오남주의 잔에 소주를 반쯤 따라 주었다. 머리를 숙이고 있던 오남주는 탁자 위의 술잔에 손을 댔지만, 마시지는 않았다. 이방근은 손을 다시 뻗어 나영호의 잔에도 술병 주둥이를 가져다 댔다. "핫, 핫하, 그런데 이렇게 되면, 신문기자인 나영호의 책임은 점점 커지는 구만."

"오오……." 나영호는 크게 고개를 끄덕였다. "그래. 나도 지금 그걸 생각하고 있던 참이야. 이심전심인가. 그것도 이방근의 협력이 있어야 가능한 일이지."

나영호는 부자연스런 왼쪽 어깨를 내리고, 오른손으로 부석부석한 머리를 쓸어 올리며 말했다. 협력이라는 것은 게릴라와의 접촉, 게릴라 지구에 들어가는 것을 의미했다. 그는 술이 넘쳐흐를 것 같은 술잔을 들고, 자, 남주 군, 한 잔 쭉 마시고 자는 게 어떤가, 하고 오른쪽에서 갑자기 고개를 푹 떨어뜨린 오남주를 재촉했다. 오남주는 고개를 숙인 자세로 눈을 감고 있었다. 방금 이방근으로부터 잔을 받고 30초도 지나지 않았는데 갑자기 잠이 쏟아지는 모양이었다. 그는 그 자리에 무너지듯 상반신을 쓰러뜨렸다.

"뭐야, 젊은 사람이." 나영호가 웃으며 실망했다는 듯한 어투로 말했다. "심각한 이야기를 꺼낸 것치고는 태평스럽고 행복한 남자로군. 헷헤……."

"그것과 졸린 거는 다르지. 그런 체질인 게야."

"나도 그래 보고 싶구만. 체질만이 아니야, 이건."

"나 동무도 취하면 의외로 바로 잠드는 편 아닌가. 크게 코까지 골면서."

"아니, 난 취할수록 정신이 말짱해져. 그렇게 칠칠맞지는 않다고. 하긴, 너무 많이 마셨을 땐 다르지만."

작가란 자는 그래서는 안 된다는 식으로 나영호는 말했다.

"그런 일로 정색할 건 없잖아. 이대로, 잠시 자게 두자고. 이렇게 되면 아무리 깨워도, 엉덩이를 걷어차도 일어나지 않을 거야, 그는……."

이방근은 유원을 보았다. 그녀는 자리에서 일어나 방의 벽장에서 베개와 여름 이불을 꺼내 오더니 오남주의 하반신을 가볍게 덮어 주었다.

열 시가 가까웠다.

부엌이가 와서 탁자를 치웠다. 그리고 유원 등의 이부자리도 벌써 깔아 놓은 뒤였는데, 온돌방 가득 세 사람의 이불이 깔렸다. 유원은 부엌이를 조금 도와주면서, 부엌이는 참 많이 햇볕에 탔네, 마치 산에 있는 게릴라 같아…… 하고 웃었는데, 부엌이는 기우꽈 하고 의미 담긴 웃음을 지어 보이며 고개를 끄덕일 뿐이었다. 이방근은 깜짝 놀라며 유원의 말을 들었다. 산에 있는 게릴라 같아……. 문난설도 그렇고 유원이도 얼마나 피부가 하얀지……. 방 구석으로 옮겨진 오남주는 가볍게 코를 골면서 그대로 계속 자고 있었다. 지금 깨워 본들 오남주가 눈을 뜰 리 없었다. 이방근은 서울의 숙부 집에서 두 번 경험해 알고 있었다. 좀 더 내버려 두는 것이 깨우는 측도 편할 것이었다. 살아 있는 어머니와 여동생의 경야를 혼자서 치른 이 불행한 청년에게, 최소한 잠의 축복을…….

숙부 이건수가 들어왔다. 그의 볼이 어린애처럼 발간 것은 술을 못하는 사람이 취했다는 것을 증명하고 있었다. 그는 유원에게 아버지가 부르신다……고, 서재 밖 툇마루에 서서 말했다. 그리고 방을 나온 유원에게, 새어머니 뱃속에 아기가 자라고 있는 것에 대해 인사한마디 안 건네는 건 좋지 않다……고 목소리를 낮춰 타일렀다.

"아아, 유원아, 당연한 일이야." 이방근은 갑자기 소파에서 취기가 밴 목소리로 말했다. "그렇고말고. 알겠지, 숙부님 말씀대로 해."

그녀는 집에 오자마자 바로 아버지와 계모에게 인사를 했을 뿐, 그 뒤로 다시 천천히 아버지 방에 얼굴을 비추지는 않았다.

문난설이, 안녕히 주무세요, 하고 방을 나가자, 소파에는 남자들만 남았다.

"숙부님은 아버지 방에서 주무시겠지요. 여기는 만원이니, 사절합니다."

이방근이 웃으면서 말했다.

"내 잠자리는 건너편 방으로 결정 났다, 이 말이군."

"건수 숙부님, 어쨌든 고생 많으셨는데요, 그래도 용케 서울에서 오셨네요. 그렇게까지 해서 숙부님이 오실 필요가 있었습니까?"

"난 먼저 가서 자겠네."

나영호가 말했다.

"아아, 그렇게 하게나. 자넨 있어도 별 상관은 없지만. 사소한 잡담 끝에 하는 얘기로, 비밀도 뭣도 아니야⋯⋯."

자리에서 일어난 나영호는 옆의 온돌방으로 가더니, 여전히 자고 있는 오남주의 몸을 서너 번 흔들어 깨웠다. 오남주는 의외로 쉽게 눈을 떴다. 아직 술기운이 남아 있는지 머리를 자꾸 움직이면서 게슴츠레한 눈으로 옷을 벗고, 옆에 있는 이불속으로 몸을 들이밀었다. 나영호는 전등을 끄고, 서재와의 사이에 있는 미닫이문을 닫았다.

"서울에서 오는데, 필요 없는 일은 없겠지."

"무슨 필요에서인지는 모르겠지만, 사소한 일이라면 못 간다고 거절할 수도 있잖습니까?"

"형님이 무슨 일이 있어도 오라고 하면, 와야 하는 게야. 그게 친척이고 형제라는 거지."

"유원이 오는 거야 그렇다 쳐도, 본인 문제니까⋯⋯. 일부러 숙부님까지 서울에서 오시게 한 건, 그 속내를 정말 모르겠어요."

"유원 본인의 문제라면 나한테도 책임이 있지. 내가 태수 형님 대신 그 애를 맡고 있으니까."

"그래서 유원이 무슨 문제를 일으켰습니까. 유학 건으로 미리 아버지와 상담하지 못한 건 저의 실수라 해도, 유원이 문제를 일으킨 건 아니잖아요."

"난 너를 나무라는 게 아니야. 일본 유학은 나도 찬성했던 일이고. 문제는⋯⋯."

미닫이문 너머에서 나영호가 코를 골기 시작했다. 아직 그렇게 큰 소리는 아니지만 제법 울리고 있다. 이방근은 웃었다. 이건수가 일단 멈췄던 말을 계속했다.

　"아버지로서 일전에 종로경찰서에 체포된 일만 해도 큰 충격이었지. 그건 나도 마찬가지야. 게다가 태수 형님은 엄격하게 관리하라고 하지만, 앞으로 어떻게 해야 할지 솔직히 방법이 없어. 안 그러냐고. 두 번 다시 일어나지 않는단 보장이 없잖아. 내가 일본 유학을 찬성한 이유 중 하나지. 태수 형님이 절대 허락하지 않는다고 하면, 지금부터 얘기해 볼 순 있어도, 방법이 없잖아. ……일가친척 중에 큰일이 있을 땐 물불을 가리지 않고 찾아와야 하는 거야. 난 올봄에 자네 어머니의, 돌아가신 형수님 제사에도 못 왔고, 태수 형님 쪽에서도 서울에 오신다, 오신다 하면서도 좀처럼 상경하지 못해서, 내가 오랜만에 온 것뿐이라구. 유원이 오는 김에 말야."

　"숙부님 스스로가 그렇게 생각하신다면 다행이고요. 바쁘신 중에, 아까도 목포에서의 진상조사단 일행의 얘기가 조금 나왔습니다만, 지금 여간해선 도항이 어려운 때에, 서울에서 말입니다……."

　"그러니까 방근이, 난 지금 이미 이렇게 제주에, 자네 집에 와 있어. 오랜만에 만나서 나도 기쁘고, 아버님도 기뻐하고 계신다구. 태수 형님은 외로우신 게야, 건수, 난 고독해……라고 분명하게 말씀하셨어. 진지하게 그런 말씀을 하신 건 이번이 처음이야."

　이건수는 자못 진지한 얼굴로 담배를 물고 불을 붙였다. 후우─ 하고 한숨 섞인 연기를 내뿜는다. 담배 연기가 잠시 그의 얼굴을 가릴 정도로 퍼졌다. 고독, 아버지의 고독……. 이방근의 마음에 서서히 가라앉았다. 이건수의 말에, 왜 일부러 나 같은 사람이 와야만 하는가는 생각해 본 적도 없다……라는 울림이 있었다. 그렇게 느낀다. 아버지의 고독……. 그것을 모르는 바는 아니다. 알고 있다. 하지만 그 이상의 것은 아니었다. 그 고독에 대해, 예컨대 아들로서 어떻게 할 것인가, 그것이 없었다. 대부분이 자신으로부터 기인된다는 것을 알고 있으면서, 그 권역 밖에 서 있는 것이다. 이방근은, 아버지는 대체 무슨 말씀을 하셨습니까, 친족회의라도 여신다는 겁니까, 하고 물으려다 그만두었다.

"나 동무는 꽤나 코를 고는구만. 밤새 저러나. 저래서는 옆에 사람이 좀체 못 자겠는 걸."

"호걸입니다. 도둑이 들어도 저 소릴 들으면 고함치는 줄 알고 안절부절못할 거예요. 본인은 술에 취하면 정신이 맑아져 잠이 안 온다고 말하지만 대단해요……. 어라? 들렸나, 앗하, 코 고는 소리가 갑자기 작아졌네요." 이런, 뿌웅― 하고 이건수의 하반신 쪽에서, 그건 당연하지만, 방귀 소리가 났다. "……숙부님은 언제 서울로 돌아가십니까?"

"글쎄, 빨리 돌아가야지." 그는 자신의 방귀 소리도 못 들었는지 의연하게 이방근의 말을 받았다. 아이고, 희미하게 냄새가 났다. 그러더니 강해졌다. 괴롭다, 밤바람이 방을 빠져나가고 있었다. "친족회의가 끝나고, 모레라도 배편이 있으면 출발할 생각인데, 음, 회의엔 친척 대표들이 몇 명인가 오기로 되어 있다더군."

"뭐라고요, 친족회의? 그건 언제, 내일입니까, 모레입니까……?"

"내일 저녁에 모두 모인다는군. 방근이는 얘기를 아직 듣지 못했나?

"……내일이라는 건 몰랐습니다. 지금 이렇게 숙부님께 들었으니 그걸로 된 거지요."

역시 아버지는 친족회의에 참석시키기 위해 숙부인 건수를 부른 것이었다. 친족회의…….

"친족, 대표자회의……. 무슨 조직회의 같은데, 의제는 뭔가요. 이 집에서 열리는 회의에, 저도 어차피 친족의 일원으로 참석할 거니까요. 하긴 내일 저녁까진 알게 되겠지만요……."

"으-음, 여러 가지가 있는 모양이야."

이건수는 담뱃재를 재떨이에 털면서 말꼬리를 흐렸다. 방귀 냄새가 완전히 사라진 모양이다.

"제가 피고겠지요?"

"피고……? 무슨 피고. 재판이라도 하는 줄 아나?" 이건수는 이내 그것이 비유라는 걸 알아차렸다. "누가 피고라고 했나. 농담이라도 피고라든가, 자신이 그런 식으로 말하는 건 좋지 않아. 어떻게 친족회의가 재판장이 될 수 있겠어. 그런 친족회의가 어디에 있다고……. 무슨 잘못이라도 저질렀나."

"두고 보세요. 그렇게 돼 갈 겁니다. 대충은 숙부님도 상상이 되시잖아요."

"아니, 난 상상이 안 돼."

"좀 전에, 아버님이 고독하다고 말씀하셨는데, 그런 것도 모두 제게 원인이 있는 것으로 됩니다. 있다면 저한테 있겠지요. 저는 어제 오늘 유원이가 급히 이곳으로 온다고 했을 때부터 뭔가 이상한 예감이 들었거든요. 숙부님도 함께 서울에서 제주도까지 불러들이길래, 그것이 야단스럽고 뭔가 이상한 느낌이 드는 겁니다."

"이상하다고 할 거까진 없어. 유원은 본인 자신의 문제도 있고, 내 경우는 형님이 상경하지 못하시니까 형제로서 의논 상대로 부른 셈이니, 난 태수 형님이 이상하다곤 전혀 생각하지 않아. 이상하다든가, 좀 전에도 아버지가 무슨 생각을 하는지 모르겠다든가 하는 말을 방근이가 했는데, 그에 대해 말하자면 현실적인 얘기로서, 아버님이 아니라, 친척 모두가 방근이의 생각을 모르겠다고 할 거야. 그렇고말고……. 실제로 나한테 여기에 계시는 문수 형님한테 편지가 왔는데, 그 형님은 친족의 장로야, 우리 문중의 일, 그러니까 종손인 방근이에 대해서도 언급하고 있더군. 태수 형님의 고집은 보통이 아니야. 그렇더라도 상식적으로 생각할 때, 방근이의 생각이나 삶의 방식 말인데, 이방근 개인의 문제로 끝날 일이 아니니, 언제까지나 그렇게 고집을 피울 순 없다구. 자네 스스로도 그것을 알고 있을 테니까, 내가 말을 하지 않는 거야. 그보다, 말해도 소용이 없는 거겠지……. 그렇잖아. 자네가 주변의 망나니와 다르다는 건 내가 잘 알고 있고, 아버님도 그건 충분히 인정하고 있는 일이야. 방근이가 보통 머리의 소유자가 아니라는 것도……. 그러니까, 완고하시지만 저렇게 인내심이 강한 아버지도 세상에 그리 많진 않아."

"아들의 일로, 인내심 강하다는……."

"그렇기도 하지."

"그렇겠지요. 저도 그렇게 생각합니다."

"난 솔직히 말해 아버지를 비난할 생각은 없어."

"아니, 숙부님까지 아버지를 비난하진 마세요. 부탁이니까요. 하기야 결코 비난 받을 일 같은 건 없겠지요."

"그런데, 문난설이라고 했던가. 방근이, 그 여자완 어떤 관계지? 서북 지방 출신이라는 거 같은데, 유부녀는 아니겠지."

"쉿." 이방근은 고개를 흔들었다. "들려요. 아직 깨어 있을 거예요."

"그렇게 나쁜 걸 묻는 것도 아니잖아. 장차 결혼이라도 하게 될 상대인가 해서 말이야. 꽤 미인이고……. 음."

"무슨 그런……. 말도 안 돼요."

이방근은 정곡을 찔린 듯한 기분으로, 그렇게 하면 옆방에 있는 문난설에게 들릴 텐데도, 언성을 높여 부정했다. 부정을 하면서도 최근

2, 3일 사이에, 문득 그녀와의 '결혼'이 머리에 스쳐 갔던 사실을 떠올렸다.

지금 현실적으로 이방근에게 가장 시급한 문제는, 그리고 내일 친족회의의 중요한 의제는, 필시 그 자신의 결혼에 관한 문제일 것이었다. 그것을 위한 구체적이고 강제력을 지닌 이야기가 나올 가능성이 있었다. 이방근은 그게 어떤 결정이든 따를 마음은 털끝만큼도 없지만, 그것을 비켜 가려면 이쪽에서도 나름대로 준비를 해야 했다. 그 때문에 문난설과의 결혼을 머리에 떠올린 것은 결코 아니었지만, 무슨 일이 있을 때 문난설의 이름을 거론한다면 친족회의의 공세를 피할 '대안'이 될 수 있다고 생각한 건 사실이었다. 그러나 그것은 그녀가 서울로 출발하여, 이미 여기에 없어야 한다. 그렇지 않고서는, 그녀의 사전 '승낙'도 없이 무단으로 가볍게 그런 일을 '대안'으로 삼을 수는 없었다. 말하자면 이방근은, 친족회의라는 것이 며칠인가 후에, 문난설이 떠났을 무렵에 열릴 거라는 식으로 생각하고 있었는데(그녀의 부재를 이용하는 것이 결코 훌륭한 방법은 아니지만, 그녀에게 실제적인 피해를 주지 않으면서 충분히 대안의 구실을 할 수 있을 것이다. 게다가 좀 유쾌하지 않은가), 갑자기 내일로 닥친 것이었다.

"그렇구만. 일부러 서울에서 제주까지 여자가 함께 왔길래 그런 생각을 해 봤을 뿐이야. 방근이 취향의 미인이기도 하고, 후후. ……나이를 먹어서 아이를 얻는다는 것은 더없는 기쁨이지만, 아버님이 말이지, 아이가 태어나기도 전에 남자아이라든가, 다른 사람 눈에 그야말로 이상하게 비춰질 정도로 열중하고 있는 건 외로움의 반증이기도 하지. 나도 형수님의 임신을 진심으로 기뻐하고 있지만 그렇다고 앞으로 태어날 아이가 방근이를 대신할 순 없어. 음, 유원이가 이쪽으로 오는군……."

"네?"

문난설과의 결혼……. 문·난설, 난설이……. 이방근은 옆방의 문난설을 생각하고 있었다. 안뜰을 등진 쪽의 소파에 앉아 있던 이방근이 마치 놀라기라도 한 듯 돌아보니, 여동생이 아버지 방의 장지문을 열고 나오는 참이었다. 그녀는 자신 쪽으로 상반신을 돌린 오빠에게 시선을 던졌다. 옆의 부엌 입구 주변도 아직 불이 밝았다. 부엌이가 있는 모양이었다.

여동생이 툇마루를 따라 이쪽으로 다가오는 것을 이방근은 등으로 보고 있었다. 그녀는 자신의 방 앞에 멈춰 서서, 아직 안 주무셨어요…… 하고 문난설에게 말을 건 뒤 서재로 들어오더니, 오빠 옆에 앉았다. 아버지께 꾸중을 들었냐고 농담 삼아 입을 반쯤 뗀 그는, 농담이 될 것 같지 않아 담배를 문 채 잠자코 있었다. 유원은 야단을 맞은 기색은 보이지 않았지만, 술기운으로 희미하게 물들었던 볼도 말끔해졌건만, 어딘가 우울한 얼굴을 하고 있었다.

"오랜만에 아버지하고 천천히 얘기 좀 나눴느냐? 새어머니하고도……."

이건수가 말을 걸었다. 계모와 천천히 이야기를 나눴을 리가 없었다.

"예-." 유원이 대답했다. 그리고 오빠를 보며 말했다. "내일 친족회의가 있대요……."

"방금 전에 숙부님으로부터 막 들었어. 너도 참석하라고 하더냐?"

"아뇨……."

"내일 참석해라. 친척들은 여자는 참석할 필요가 없다고 하겠지. 다른 집에 시집가 버릴 인간이라면서 말이지. 필요가 있든 없든 참석하는 것 자체가 필요한 거야."

"전 그런 곳에 참석하고 싶지 않아요. 게다가 술도 나오고, 먹고 마시고 하잖아요. 싫어요. 여자 혼자서……. 새어머니도 참석하지 않잖아요."

"새어머니와 넌 달라. 넌 이씨 가문의 사람이야. 내일은 그 이씨 가문 사람들의 모임이다. 우리 집안은 여자도 최소한 제사 땐 제단 앞에서 무릎을 꿇고 절을 한다. 내가 아버지에게 유원이를 참석시켜 달라고 일일이 부탁하고 싶진 않으니, 숙부님이 아버께 제대로 말씀 좀 해 주세요. 제 말이 맞잖아요. 유원이도 이제 어른이고, 숙부님은 어떻게 생각하십니까?"

"……으―음." 당돌한 제안이었는지, 이건수는 조금 고개를 갸웃하고 말했다. "난 반대는 아니지만, 어쨌든 아버지한테 얘기해 보자구."

"핫하, 어쨌든……은 아니죠."

이방근은 웃었다.

"오빠, 저는 싫어요. 그런 남자들만 있는, 낡은 머리의 친척들 속에서 가만히 앉아 있는 건 싫어요. 게다가 제가 참석해서, 무슨 도움이 되는 것도 아니고……."

"참석 자체가 필요하다고 했잖아. 아무튼 알았어, 너도 내일 친족회의가 끝나면, 모레라도 배편이 닿는 대로 서울로 돌아가는 게 좋을 거야(빨리……. 뭔가 마음을 조급하게 만드는 것이 있다. 좀 전에도 오남주를 향해서, 용건이 끝나면 동무들은 얼른 돌아가야 된다고, 유원까지 '동무'의 무리 속에 넣었던 것이다). 숙부님도, 난설 씨도 돌아갈 테니, 같이 가는 게 좋겠다. 넌 왠지 우울한 얼굴을 하고 있는 것 같은데?"

"저요? 별로……."

"그렇군. 아버지가 이번 유학과 관련해 무슨 말씀하시더냐?"

"그 얘기는 별로 하지 않으셨지만, 결론은 정해져 있어요. 저에게 스스로 잘 생각해 보라고 하셨어요."

"잘 생각해 보라……고? 흐―음, 지나칠 정도로 충분히 생각했잖아. 어쨌든 숙부님도 와 계시고, 당사자인 너도 지금 이 집에 있다. 서울로 출발하는 건 물론, 유학 얘기를 내일이라도 분명히 해 둔 뒤의 일이다." 이방근은 매고 있던 넥타이를 이제야 풀고 와이셔츠 차림이 된 이건수를 보고 말했다. "숙부님, 아버지는 말이죠, 유원이 일로 저하고 얘기를 나눌 생각이 전혀 없습니다. 친권, 아버지의 권리에 간섭하지 마라, 침범하지 마라……고까지 말씀하셨거든요. 저도 그럴 생각은 없으니, 건수 숙부님의 역할은 큽니다."

"뭐냐, 벌써부터 도망치려는 그 자세는……." 이건수는 웃음을 흘리며 말했다. "친권, 침범……과 간섭하지 말라니, 도대체 그건 무슨 얘기냐? 무슨 일이 있었냐. 아버지의 권리라니……, 무슨 얘기를 하다 나온 거냐. 말이 거북스럽구나."

"딸에 대한 아버지의 권리……라는 거겠죠. 상관없어요." 이방근은 혀를 찼지만, 무심결에 뱉은 말을 후회했다. "어차피 알게 되겠지만, 아버님은 이번에 여러 가지 생각을 하고 계신 것 같습니다."

"저기, 오빠, 아버지가 나보고 서울에 서둘러서 올라갈 필요는 없다고, 당분간 여기 있으라고 하셨어요."

"뭐라고?" 이방근은 왼편에 앉아 있는 여동생의 얼굴을 노려보듯이 쳐다보았다. "서둘러서 가지 말라니……. 무슨 소리냐?"

"어차피 유학은 못 갈 테고, 학교가 시작되니까, 내일 친족회의가 끝나면 곧바로 서울로 출발하겠다고 했어요. 그랬더니 당분간 그대로 여기 있으라고……."

"그대로, 여기에서 뭘 하라고. 유학에 대해 스스로 잘 생각해 보라고 한 건 너에게 모든 걸 맡기고, 네가 잘 생각한 결과 가고 싶다면 가도 좋다는 말이 아닌가?"

"아니, 아니에요……." 유원은 고개를 세차게 흔들었다. "그런 게 아니에요."

"그렇다면 어쩌라는 말이냐. 서울에는 언제 출발하라는 거냐고. 자기 스스로 유학은 못 갈 거……라니, 무슨 바보 같은 소리를 한 거야." 이방근은 소파에 앉은 채 상반신을 뒤로 돌려서, 어두운 안뜰 너머 아버지 방 쪽으로 시선을 던졌다. 불이 꺼져 깜깜했다. 꽤 늦은 시각이었다. 열한 시에 가까웠다. "숙부님, 이야기는 내일 하시지요. 피곤하실 테니 가셔서 쉬세요. 거기에 손전등이 있을 겁니다. 유원아, 이제 늦었으니 너도 얼른 가서 자거라. 내일 이야기하자. 그래 그렇지, 유원아, 미안하지만 부엌에 가서 오지 주전자에 소주 한 홉만 떠다 주지 않을래. 안주는 없어도 돼."

"오빠도 주무셔야죠."

"자야지. 그래서 한잔만 가볍게 하려고. 자, 얼른 일어나……."

유원이 일어나 창가의 책상 위에서 손전등을 들고 오더니, 숙부와 함께 방을 나갔다.

툇마루를 따라 응접실 앞을 지나가는 밝은 빛의 원 안에 부엌 입구 주위와 건너편에 있는 아버지 방의 흰 장지문이 그려졌다. 유원은 부엌의 전등을 켠 뒤 손전등을 숙부에게 건넸다.

쟁반에 술이 든 오지 주전자와 술잔을 담아 온 유원은 소파에 마주 앉아, 오빠 앞에 놓인 잔에 두 손으로 술을 따랐다. 그리고 잠시 아무 말도 않고 묵묵히, 오빠가 술을 마시는 것을 가만히 지켜보았다.

"빨리 가서 자. 걱정할 거 없어."

"걱정 같은 건 안 해요. 안 한다고 마음먹으면 절대로 안 하니까. 오빠는 정말 술하고는 인연을 끊을 수가 없나 봐요."

나이 어린 여동생의, 마치 누나 같은 자애로움이 담긴 말이었다.

"한잔 마실래?"

"아니에요……, 오빠, 좀 전에 딸에 대한 아버지의 권리, 친권……이라고 했잖아요. 아버지가 그렇게 말씀하신 거죠. 그건 무슨 소리예요?"

"후후, 으-음." 이방근은 설명을 망설였다. 할 필요가 없었다. 친권, 친권, 친권. 친권은 나에게, 애비에게 있다. 나를 침범할 권리가 너에겐 없다……. 그는 말꼬리를 흐렸다. "신경 쓰지 마. 흔한 일이야. 부모의 의무라는 식으로 생각하면 돼……."

"침범이라든가, 간섭……이라고 했잖아요."

"아버지의 권위는 절대적이라는 거야. 알겠지. 알았으면 빨리 가서 자. 오빠도 잘 테니."

"……오빠는 언제 서울에 갈 거예요?"

"몰라."

"유원이는 오빠랑 있고 싶어요."

"어린애 같은 소리 하지 마. 빨리 가라니까……."

"그렇게 쫓아내지 않아도 되잖아요……."

유원이 하얀 이를 살짝 드러내며 웃었다. 그 웃는 얼굴이 아름다워 이방근도 웃었다.

잠시 후 자리에서 일어난 유원은 뒤쪽 창문을 닫은 뒤 다시 소파 옆으로 되돌아와서는, 오빠, 안녕히 주무세요…… 하고, 오늘의 마지막 말을 남기고 방을 나갔다.

유원이 돌아가자, 방은 갑자기 두꺼운 정적의 투명한 막으로 둘러싸였다. 문난설은 아직 잠들지 않은 모양이었다. 유원과 주고받는 낮은 목소리의 말들이, 희미하고 아름다운 뭔가의 발자국 소리처럼 귓가에 들려왔다.

남아 있던 취기가 되살아나 새로운 취기가 되어 전신으로 퍼져 갔다. 이방근은 취기가 퍼져 가는 기세에 몸을 담그고 눈을 감았다. 빨리……. 빨리, 서울로 돌아가……. 마음을 조급하게 만드는 것. 뭐라고……? 이방근은 눈을 뜨고 중얼거렸다. 서울에 가지 말고 당분간 여기에 있어……. 아버지가 분명히 그렇게 말했어? 당분간……? 아버지는 무얼 생각하고 계실까. 이방근은 어떤 불안을 느꼈다. 그는 고개를 돌려 어두운 안뜰을 보았다. 그리고는 일어나서 뒤뜰 쪽을 등진 소파로 자리를 옮겨, 어두워서 아무것도 보이지 않는 안뜰을 향해 다시 앉았다.

8

유원과 숙부인 건수가 서울에서 온 그날 밤은, 진한 시간을 흡수하면서 바로 밝았다.

오늘은 친족회의, 문중대표 모임이 예정되어 있는 날이다. 오늘의 주제가 있다면, 아버지에게 그것은 친족회의가 될 것이다. 그리고 그 친족회의의 주제는……?

기묘하다면 기묘한 일이겠지만, 이방근은 그걸 알지 못했다. 그는 친족회의의 중요한 멤버, 이른바 종가의 종손으로서 가장 중심적인 존재(가장 문제가 많다는 것도 얽혀 있지만)임에도 불구하고, 회의의 내용이나 진행에 대해 아버지에게 전혀 이야기를 듣지 못했다. 어젯밤 숙부인 건수로부터 들어서 알게 되었으니, 이방근은 거기에서 제외되었다 해도 틀린 말이 아니었고(애당초 이방근을 제외하면 이번 친족회의는 성립될 수 없는 것이었다), 그것을 구실로 친척들의 모임에 불참하고 외출을 해도 상관없겠지만, 그럴 수도 없었다. 생각하면 화가 치밀었지만, 아버지가 아들과 말하고 싶어 하지 않을 것이기 때문에, 이방근도 오히려 그게 좋았다. 모처럼 숙부라는 존재가 아버지의 대리 역할을 하고 있다면 그걸로 충분했다.

이건수도 그 낌새를 눈치 채고 그의 속마음을 읽은 것인가, 어디로 훌쩍 외출하지 말고 오늘은 문중회의에 꼭 참석하도록…… 다짐을 했다. ……설마 어린애도 아닐 테고, 잔소리 많은 친척들이 오시는데 제가 어딜 가겠습니까. 예전 같으면, 숙부님 앞에서 드릴 말씀은 아니지만, 요정에라도 틀어박혀 모습을 감추었겠지만, 지금은, 적어도 오늘만큼은 그런 짓은 하지 않겠습니다. 그건 알고말고, 알고 있지……. 그렇다고 해도, 아시겠지만, 숙부님이 안 오셨다면 아버지는 어떻게 했을까요. 이번에 여기 와서 알게 됐지만, 난 네 말대로 오지 말았어야 했는지도 모른다고 생각하고 있어……. 아니, 그렇지 않습니다, 건수 숙부님이 와 주셔서 제게 얼마나 힘이 되는지, 이제야 알았습니다. ……도움이 된다니 다행이군. 어쨌든 아버지한테는, 방근이, 자네가 양보를 해야 해. 부탁이니 문중 모임에서는 점잖게, 모처럼의 모임을 망치는 일은 자제해 줘……. 핫, 하아, 제가 마치 파괴분자 같군요…….

아버지 이태수는 여느 때와 마찬가지로 아침 정시에 출근했다. 갑작스런 친족회의다. 화가 나지 않는 것도 아니지만…… 하고 거드름을 피워 봤지만, 아버지의 이 조치는 숙부를 통해 간접적으로 전달은 할 수 없을 것이다. 오늘 저녁의 모임에 대해서도 방근에게 알려 주라고 숙부에게 전달을 부탁한 것은 아니었다. 이건수는 당연히 이방근이 알고 있을 거라고 생각하고 우연히 화제로 삼았을 뿐이었다. 아버지가 일부러 그런 방법을 택한 것인지도 모르지만, 결과적으로는 모임이 오늘 저녁으로 임박했음을 알았다. 무얼 하려는 친족회의인가. 아예 제외시켜 버리면 좋을 텐데, 그래도 아들이 참가할 거라고 예상하는 근거는 무엇인가. 아버지의 권위인가. 부자간의 '밀약'인가. 이방근은 다시 생각해도, 분노가 위장 밑바닥에서 서서히 치밀어 올라, 친척들이 찾아오기 전에 외출해 불참해 버릴까 하는 생각도 들었다. ……결석할 수는 없다. 우울할 뿐인 모임, 그러나 그것이 또 당연한, 너무 당연한 모임이기도 했다.

부엌이는 친척들의 내방을 대비해 술과 음식 준비에 바빴다. 어젯밤부터 오늘에 걸쳐 내객(內客)이나 회의 등으로, 그녀는 단지 이를 위해 이씨 집안으로 돌아온 것처럼, 아니 실제로 그렇게 되어 있었다. 도착하자마자 혹사당하는 노비처럼.

오늘 하루의 주제가 있다면, 아버지에게는 친족회의였고, 이방근의 그것은 부엌이였다. 부엌이…… 올봄에 이방근이 서울에 가 있는 동안 부엌이는 집에서 쫓겨났는데, 그로부터 반년 만인 어제 얼굴을 마주친 그녀에게 말을 건 것은, 새끼 고양이 흰둥이는 어떻게 됐나……? 라는 단 한마디뿐이었다. 바쁘게 움직이는 그녀에게 말을 걸 기회가 없었지만, 문난설과의 관계를 눈치 챌까 봐 두려운 나머지, 그녀를 이유도 없이 노려보는 것처럼 그 시선을 눌러버린 자신의 잔인한 태도가, 마음속에서 가시로 변해 자신을 찌르고 있었다. 부엌이는 방으로 밥상을 들고 왔을 때도, 이방근과 얼굴을 마주하거나 스쳐 지나갈 때도 시선이 섞이는 것을 두려워해서, 아니 마치 과장되게 황송해하는 것처럼, 유원이 어찌 된 일인가 하고 의아해할 정도로, 그저 한결같이 눈을 내리깔고 있었다. 한심했다. 뭘 하는 남자인가, 나는……. 가시는 자신의, 부엌이가 꿰뚫어 보고 있는 듯한 비겁한 한심함을 찌르고 있었다. 그녀에 대해서라기보다도 자기 자신의 취약한 비열함이 못 견디게 불쾌해, 그것이 가시에 찔리고 있었다.

부엌이의 존재를 의식적으로 무시한 것은 아니지만, 머릿속에는 문난설이 있었다. 자신의 내부에 갑자기 병존하는 두 여자 사이에서, 문난설이 바로 옆에 있는 것도 아닌데, 말 한마디 그럴듯하게 건네는 태도를 취하지 못했다. 흰둥이는……? 족제비한테 당했수다……. 족제비? 정말인가……? 예─. 으─음……. 이게 다였다.

부엌이의 문제로부터 도망치기 위해 서울에 간 것은 아니었지만, 당시 이방근은 양준오의 편지를 통해 부엌이가 쫓겨난 것을 알았다. 양준오에게 예금통장과 도장을 맡겨 얼마간의 돈을 부엌이에게 전하려는 조치를 취해 두었으나 그녀는 그것을 받지 않았다. 나중에 계모인 선옥에게서 듣긴 했지만 2만 원과 비단 한 필을 주었다고 한다. 아버지가 다시 어떻게 했는지, 그 이상의 것은 알 수 없다. 그리고 이번에는 이씨 집안의 필요에 따라, 사람들의 소문도 어느 정도 수그러들었을 즈음에, 이태수의 명에 의해 거의 강제적으로 불려 왔던 것이다.

시장에서 돌아오던 부엌이가 사람들의 왕래가 뜸한 골목에서 중학생도 섞여 있는 읍내의 개구쟁이 대여섯 명에게 습격을 당했다. 막대기로 때리고 돌멩이를 던졌다. 부엌이는 길가에 주저앉아 양손으로 머리를 감싼 채 그저 가만히 얻어맞고 있었다……. 이방근은 이전에, 문득 말실수를 한 고네할망으로부터 그 이야기를 듣고 있었다. 어젯밤 늦게 소주 한 홉을 더 마시고 잠자리에 들어가서도, 언젠가 들었던 고네할망의 이야기가 아니라, 실제로 소년들에게 당하고 있는, 그리고 때마침 옆을 지나가던 부스럼영감이 개구쟁이들을 쫓아내는 광경이 머릿속에, 머릿속이 마치 그 골목처럼 무리지어 펼쳐져 사라지지 않았다.

오랜만에 만난 부엌이에게 제대로 된 말 한마디 건네지 못하고 있었던 만큼, 마치 방금 꾼 꿈처럼 소년들에게 얻어맞고 있는 부엌이의 모습이 어둠 속에서 선명하게 떠올라 심야의 이부자리를 덮고 있어도 떠나지 않았다. 그때 부엌이는 왜 때리는 대로 가만히 참고만 있었을까. 힘센 그녀가 마음만 먹었으면, 설령 상대가 대여섯 명이라고 해도 그저 때리는 대로 가만히 맞고 있을 리가 없었다. 이방근과의, 젊은 서방님과의 비사(秘事)가 세간에 알려져, 이씨 가문과 주인마님인 이태수의 체면을 더럽히게 된 것이, 스스로 죽을죄를 진 죄인이라는 바보 같은 생각을 하고 있었기 때문일까.

이방근이 세면장에서 돌아오다가 인기척에 응접실을 들여다보니, 부엌이가 걸레질을 하고 있었다. 그는 문 앞에서 잠시 멈춰 섰다가, 망설이지 않고 문턱을 넘어 들어갔다. 어제 부엌이가 돌아온 뒤로 그녀와 이야기를 나눌 기회가 별로 없었던 만큼, 마침 잘 됐다는 생각에 방 안으로 발을 들여놓았던 것이다. 허리를 세우며 얼굴을 들어 올린 부엌이는, 사람의 모습이 이방근이라는 것을 알자, 마치 겁을 먹은 것처럼 주인인 이태수를 대하는 것 이상으로 황송한 표정으로 우뚝 서서 눈길을 내린 채 움직이지 않았다.

"아, 부엌이, 여전하네. ……아까는, 정말 오랜만에 부엌이의 장작 패는 소리를 들었어. 조금도 변하지 않았더군. 부엌이는 그런 일을 하기 위해 이 집에 돌아온 것 같아……."

"그게 제 일이우다. 신경 쓰지 맙서."

"……그땐 내가 마침 서울에 가 있어서, 그래서……. 부엌이는 나를 원망하고 있겠지……."

"……당치도 않수다." 부엌이는 시선을 떨어뜨린 채 말했다. 그것은 꽤나 의식적이고 부자연스러워서, 고집스러운 기색이 감돌았다. "제가 누구를 원망하겠수꽈. 원망할게 아무것도 없수다. 서방님의 그 한 마디만으로 전 드릴 말씀이 아무것도 없수다."

"그때, 읍내 개구쟁이들한테 괴롭힘을 당했다는 얘기도 들었어."

"그런 제가 부끄럽수다. 서방님, 그런 얘기는 더 이상 하지 맙서. 제가 집을 나간 뒤에 서울에서 돌아오신 유원 아씨가 일부러 저 같은 것을 데리러 먼 송돌촌까지 와 주셨수다. 그것만으로도 전 죽을 때까지 잊지 못할 거우다. 게다가 서방님도 함께 마을 근처까지 와 계신다고 아가씨가 말씀하셨수다. 그땐 서방님에게서 선물까지 받았수다……. 제가 누굴 원망하겠수꽈, 어림도 없수다. 서방님이 건강해 보여 무엇보다 좋수다……."

치켜 든 큰 도끼의 일격에, 장작이 두 조각으로 갈라지는 격렬한 소리……. 아침 무렵, 변소에 갔을 때, 뒤뜰에서 나는 장작 패는 소리가 바로 옆에서 들려와, 이방근은 한순간 귀를 의심하고 시간이 옛날로 역전한 듯한 현기증 나는 착각에 휩싸였지만, 아아, 부엌이구나…… 하며 정신을 차리고, 마음을 안정시켰다. 후우, 후우, 후우……. 한껏 치켜 올린 큰 도끼를 힘껏 내리치는 부엌이의 거친 숨소리……. 장작이 두 동강이 나면서 주위로 튕겨 나는 건조한 소리. 후―우, 후―우, 후―우, 격렬한 고동이 가슴을 아래위로 움직이게 만들었고 숨이 가빠졌다. 검고 큰 치마가 두둥실 그의 머리부터 상반신을 덮어오더니 냄새와 함께 사라졌다. 큰 도끼를 치켜든 인왕(仁王)처럼 우뚝 선 부엌의 주위가 피바다……. 장작처럼 정수리를 두 동강 내버릴 큰 도끼는 없는가. 이 이방근의 정수리를 내리찍을 큰 도끼는 없는가…….

이방근은 무심코, 하지만 아주 자연스럽게 손을 뻗어 부엌이의 왼손을 잡았다. 악수하듯이 손바닥으로 가볍게 감쌀 생각이었지만 그녀의 손이 도망쳤다.

"아이구, 뭐, 뭐 하시는 거우꽈……."

부엌이가 놀라 다른 쪽 손에 쥐고 있던 걸레를 떨어뜨리며 두세 걸음 뒷걸음쳤다. 물러서면서 금기를 어긴 겁먹은 표정으로 이방근을 올려다보고, 아주 잠깐, 시선을 마주쳤다 피했다.

"아무것도, 아니야……."

말이 제대로 나오지 않았는데, 놀란 것은 이방근이었다. 그는 예상 밖의 반응에 당황하며 곧바로 정신을 차렸다. 왜 그래, 부엌이, 흐음, 오해야, 오해…….

"……서방님, 부엌이 손은 더럽수다, 더러운 손이우다……."

더럽다면 나중에 씻으면 그만이다……. 그러나 이방근은 순간적으로 그녀의 말에 대꾸를 하면 안 된다는 생각이 들었다. 어쩌면 그녀가 착각하고 있을지도 모를, 손을 뻗은 동작의 연장선에, 다시 자신의 말이 연결되는 게 두려웠다.

"그런 건 전혀 상관없어……."

이방근은 자신이 생각해도 그 의미가 애매한 말을 했다. 순간, 부엌이에게 일종의 혐오감을 동반한 거리를, 조금 전에 손을 뻗쳤을 때의 자연스런 마음의 움직임과는 반대로, 기분이 그녀에게서 스윽 멀어지는 것을 느꼈다. 이방근은 아주 짧은 순간이었지만, 손을 뻗어 부엌이의 남자와 같은 손을 잡은 걸 후회했다. 아니, 그것은 아무래도 좋았다. 어제 돌아온 뒤로 신경 쓰이던 일을, 일단은 말다운 말을 처음으로 부엌이에게 건넸던 것이다.

"……정말 아름다운 분이우다……."

살짝 표정을 바꾼 부엌이가 이방근의 어깨 너머로 넋을 잃은 눈길을 주며 말했다. 움찔한 이방근이 뒤돌아보니, 응접실 입구에 문난설이

단 몇 초인가 잠시 멈춰 서서 가볍게 인사를 하고 사라졌다.

"그게, 어쨌다는 거야⋯⋯. 저 사람이 누구라고 생각하는데?"

"마님이 되실 분이라고 생각햄수다."

"뭐 마님? 누구의? 나의 마님. 핫, 핫하, 말도 안 돼⋯⋯. 그리 보이나. 그저 손님일 뿐이야. 잘 들어. 이상한 말을 하면 실례가 된다구."

이방근은 응접실을 나왔다. 아이구, 뭐, 뭐하시는 거우꽈⋯⋯. 조금 전 부엌이의 작은 비명은 그녀의 착각한 표정이 아니었다. 아니, 자신의 착각이라고 이방근은 생각했다. 손을 못 잡게 한 것은 황송해서 그런 것이다. 그래, 그럴 것이다. 그것이 거절이라면⋯⋯, 이방근은 머리에 피가 솟구쳤다. 저 소 같은 여자가 건방진 태도를⋯⋯. 거만한 교태를 부리다니⋯⋯. 그렇지는 않다.

오남주가 점심을 마치고 나서, 어머니가 혼자 살고 있는 모슬포 근처의 고향마을로 떠났다. 미리 연락을 하지 않았기 때문에 어머니가 기다리고 있는 것은 아니었지만, 아들의 갑작스런 귀향에 모녀는 놀랄 것이었다.

오남주가 출발하고 나서 유원이 문난설과 함께 읍내로 나갔다.

오후에 아버지 이태수가 돌아왔다. 아버지가 돌아온 기척에 시계를 보니 세 시에 가까웠다. 잠시 후 무슨 바람이 불었는지, 주인마님이 부르신다고 부엌이가 전해 왔다. 어쩌면 여동생의 유학 건에 대해 숙부와 함께 이야기를 나누려는 것은 아닐까 생각하며 아버지 방에 얼굴을 내밀자, 아버지는 옆에 있는 숙부를 돌아보면서, 건수 숙부에게 들어서 알겠지만 저녁에 친족회의가 있으니 그리 알거라⋯⋯라고 마치 지나간 날의 날씨라도 알아맞히듯이 말했다. 이방근이 외출이라도 할 경우의 그 구실이 될 만한 싹을 미리 자르듯이 직접 알린 것이었다. 이방근은 하나의 구실이 될 만한 것을 놓쳤다는 느낌과 함께 허탕 친

기분이 들었다. 내버려 두면 될 걸 이제 와서, 이것은 오히려 아들에 대한 무시의 의식적인 표현이 아닌가.

"예―, 알겠습니다."

이방근은 내친 김에, 의제는 뭡니까? 하고 물어보려다, 여동생의 유학 건이 마음속에 있었기 때문에, 아버님의 말씀은 그것뿐입니까……? 하고 물었다. 왜 여동생의 출발을 연기시키는지, 아직 아버지 혼자만의 생각일 뿐이고 확인도 하지 않았지만, 유원의 일을 결말 짓고 내일이라도 서울로 출발시켜야 했다.

"어험, 달리 뭔가 네가 하고 싶은 얘기라도 있는 게냐? 음……."

아버지는 무관심한 척하면서 눈썹을 씰룩 움직여 아들의 질문에 대답했다. 네 쪽에서 할 얘기가 있다면 언제든지 응해 주마……라고 말하듯이.

"아니, 별로 없습니다. 아버지 쪽에서 하실 말씀이 더 있으신가 생각했을 뿐입니다. 오늘의 친족회의 일이라면 좀 전에 들어 알고 있으니까요."

아버지도 아버지지만, 아들도 아들이었다. 이건수는 옆에서 두 사람의 짧은 대화를 지켜보았다.

"벌써 일어나려고?"

숙부 이건수는, 저는 이만…… 하고 자리에서 일어나는 이방근을 향해 조금 어이없는 표정으로 말했다.

"예."

이방근은 앉았던 자리가 따뜻해질 틈도 없이 몇 분 만에 아버지 방에서 나왔다. 그는 툇마루를 따라 자신의 서재로 걸어가면서 작게 혼자 웃었다. 그리고는 소리 내어 혼잣말처럼 중얼거렸다. 나는 지금 뭣 하러 아버지 방에까지 갔다 온 것일까. 모르겠다……. 가기 위해

갔다 온 건가. 헷헤. 도대체가.

자, 그런데, 닥치면 그때 대처할 생각이었지만……. 목전에 친족회의가 다가오자, 이방근은 실제로 어떻게 해야 할지 망설였다. 그는 일전에 20명이 한 자리에 모였던 문중회의에서 결정된 자신의 혼담이 재차 나올 것을 예상하고 있었다. 결정만으로는 해결되지 않기 때문에, 아마도 구체적인 움직임을 보일 것이었다. 어쨌든 되는대로 그 자리에서 구체적인 이야기가 나온 다음에 대처하자고 생각하는 정도였지(그런 의미에서는 아버지로부터, 의제는 너의 결혼 문제이니 이렇게 해라 저렇게 해라 지시받지 않은 것만으로도 다행이었다), 이방근에게 묘안이 있는 것도 아니었다. 하지만 그래가지고는 뭔가 이야기가 구체적으로, 예를 들어 맞선이라도 보라……고 나올 경우에 그것을 거절할 수 없었다. 그렇지 않으면 스스로 마련한 '대안'이 있어야 했다. 그는 문난설에게 아주 유치한 일이지만 친족회의에서 자신의 대안이 될 그 방편으로서의 대상, 즉 실물이 되어 줄 수 있는지, 사전에 '승낙'을 받아두어야 할지 어떨지 고민했다.

처음에는 조금 유쾌한 장난스러운 기분도 작용하고 있었지만, 막상 사태가 닥치고 보니 그렇게 간단한 문제도 아니었다. 아무래도 진짜 문난설의 이름을 빌려야 할 상황이 올 것 같았다. 그녀가 이미 서울로 출발한 뒤였다면, 실례 좀 하겠소, 이름을 빌리겠다는 식으로 자리를 모면할 수도 있겠지만, 본인이 집에 머물고 있는 중이라면 이름만 둘러대서는 안 되었다. ……그 여자의 출신은, 가문은……. 그것은 둘째 치고 친척들이 지금 그 '신부' 후보자가 여기에 있다는 걸 알면, 어디 한번 보자……라는 상황이 될 것이었다. 더군다나 아닌 밤중에 홍두깨 식으로, 의심 많은 아버지 이태수가 이씨 가문의 '신부'가 될 그녀를 가만 둘 리 없었다……. 아니 이거, 복잡하고 까다로운 문제가 구름떼처럼 몰려올 것 같다. 이방근은 과연 막바지에 이르러 여러 가지로 생각하다 보니 갑자기 진력이 났다. 게다가 문난설에게 이야기 한다고 해도 한두 마디로 끝날 것 같지도 않고, 그 번거로움 또한 사라 질 것 같지도 않았다. 무엇보다, 선생님, 왜 그렇게 결혼을 싫어하십니까……? 하고 곤란한 질문을 해 올 것이었다. 그리고 더욱 곤란한 질문을……. 처음에 단순히 생각했던 것과 달리 사태는 심각했다.

저녁때라고는 해도 시간이 명시되지도 않았으니 대략 다섯 시나 여섯 시쯤이 될 것이다. 그걸 마치고 나면 술자리로 이어진다. 개중에는 무료함을 달래기 위해 일찍 오는 사람도 있을 터인데, 아니나 다를까 네 시가 되자 친척 세 사람이 얼굴을 내밀었다. 서울의 이건수에게 가문의 일로 편지를 보냈던 장로 중 한 사람인 이문수와 그의 아들 상근, 예의가 바르고 효자로 소문난 그는 부친의 수발을 겸해서 온 것이었다. 이문수는 아버지 이태수와는 사촌 형제였고, 또 한 분의 연배가 있는 친척은 이태수의 육촌 동생이었다. 친척들 중에서도 대표들의 모임이기 때문에 늘 있는 문중회의와는 달리, 앞으로 대여섯 명, 열 명 미만이 될 것이다.

이방근은 친척들이 있는 아버지 방에 인사를 드리기 위해 얼굴을 내밀었다. 오랜만에 친척들과 만나는 것이기 때문에, 조금 전의 아버지 방에서처럼 몇 분 만에 자리를 뜰 수는 없었다. 시답잖은 세상 이야기를 하면서 잠시 앉아 있었다.

이방근이 문난설에게 '대안'에 대해 말을 못 하고 있는 사이에 시간이 흘러 버렸다. 혹시 결혼을 강요당했을 경우의 궁지에서 도망치려는 방편이니까, 그렇게 심각하게 고민할 것이 아니라는 생각도 들었으나, 사랑을 장난으로 해서는 안 되는 거 아닌가, 이걸 진심으로 받아들인다면 어떻게 할 것인가. 생각하기에 따라서는, 책략을 꾸민 것처럼, 완곡하지만 불쾌한 프러포즈가 될 수도 있을 것이었다. 어쨌든 사안이 사안인 만큼, 문난설이 '승낙'할지도 알 수 없었다.

이방근은 시간을 신경 쓰고 있었다. 그는 급하게 오늘 열리게 된 회의에 수수방관하는 태도를 취하고 있었지만, 일이 자신의 문제가 될 것 같아 이대로 가만있을 수는 없었다. '대안'이 필요하다면 역시 문난설에게 '승낙'을 받아두어야 했다. 그는 자신이 붙들어 놓고 있으면서, 어제라도 문난설이 서울로 출발해 버렸더라면…… 하는 이기적인 생각을 하였다.

부엌 쪽에서 유원의 목소리가 들렸다. 문난설과 외출했다가 돌아온 모양이었다.

이방근은 대안의 필요 유무를 확인할 요량으로, 자리에서 일어나 함께 앉아 있던 이건수에게 말을 건 뒤 방을 나와 응접실로 나갔다. 소파에 마주 앉은 이방근은 갑자기, 오늘의 주된 의제는 무엇입니까? 하고 물었다.

"……이씨 가문의 후계자 문제, 제 결혼 이야기 아닙니까?"

"무슨 일이냐? 갑자기……." 이건수는 뭔가 이상한 기색을 눈치 챈 듯 말했다. "그런 얘기도 나오겠지. 하지만 그건 오늘에 국한된 일도 아니잖아. 일전의 문중회의에서 결정된 얘기이고, 이전부터 그것이 우리 이씨 가문의 최대 숙제가 되어 있다는 건 방근이 네가 알고 있는 일이야. 안 그래? 오늘 의제라고 해도 그건 아직 해결되지 않은 조상의 묘지를 복원하는 문제와, 친목 단결, 여러 가지가 있겠지만, 구체적인 건 문수 형님이나 다른 장로로부터 얘기가 나올 모양이야. 따라서 아마도 이씨 가문의 종손 문제, 대가 끊기는 일에 대한 얘기가 나오겠지."

"그러니까 결국 제 결혼 얘기라는 거죠."

"그렇지 않을까."

"제가 그에 따르지 않으면……."

이방근은, 어떻게 됩니까? 라고까지는 말을 잇지 못했다.

"따르지 않는다? 뭘 말이야……." 이건수는 조금 굳은 목소리로 말했다. "벌써부터, 따르느니 마느니."

"결혼 문제 말입니다."

"그래, 알고 있어. 일부러 한 사람의 여자를 정해서 그 사람과 결혼하라는 건 아니잖아. 마음에 들지 않으면 거절하고 다시 찾으면 되지만, 그래도 결혼이라는 걸 종가의 종손인 네가 결혼 그 자체를 거부해서는 안 돼. 이건 원칙이야. 방근이 개인의 일로 끝날 문제가 아니라구. 나로서도 이씨 가문의 한 사람으로서, 이 원칙을 거스를 순 없어……."

이야기가 긁어 부스럼을 만든 격이 되었고, 엉뚱한 방향으로 빗나갔다. 오히려 유일한 '아군'이라 할 수 있는 건수 숙부의 방어벽을 단단하게 만들어 버린 꼴이 되고 말았다.

"결혼하는 것 자체가 원칙이라는 거겠지요. 그건 저도 모르지는 않습니다. 하지만, 헤헤, 결혼, 결혼이라니 전 총각도 아니고 나이가 서른을 넘었다구요. 도대체 그 결혼은 누가 하는 겁니까. 제가 아니라 이씨 가문이 하는 거 아닙니까. 건수 숙부님, 전 원래 이 집의 장남이 아니에요. 그렇잖습니까."

"……"

이건수는 어리둥절했지만, 화가 난 표정으로 고개를 끄덕였다.

"일본의 도쿄에 있는 용근. ……그래요, 하타나카 요시오(畑中義雄), 이름도 잊어버릴 것 같은데, 그 형인지 뭔지, 전 그를 원망하고 있어요. 자신은 일본인이 되어, 가문이고 뭐고 거기에서 초연하게……. 그가 일본인이 된 건 제 탓이 아닙니다. 물론 본인 자신의 문제지만,

아버지 탓도 있습니다. 그런 건 지나간 얘기지만, 제가 집안을 잇는다든가……, 그런 건 전혀 성격에 맞지 않습니다. 원래 그런 의무나 책임도 없는데, 형이라는 존재가 없어졌다고 그 대신으로 말이죠. 도대체 친족회의는 저를 어떻게 하겠다는 겁니까. 친족회의고 뭐고 상관없이 제가 알아서 결혼하면 되잖아요."

"그건 그렇고말고……." 이건수는 고개를 크게 끄덕이며 마치 사태의 해결이 임박한 것처럼 소파 위에서 몸을 앞으로 쑥 내밀며 말했다. "왜 그걸 좀 더 빨리 말하지 않은 거냐. 아니, 말이 아니라 좀 더 빨리하지 않느냐 이 말이야. 그랬더라면 오늘의 모임도 없었다. 불언실행, 극단적으로 말하자면 얼른 어디서든 스스로가 여자를 데려오면 돼. 아무도 트집 잡지 못한다구. 아버지가 얘기해도 마이동풍, 문중회의에서 결정을 해도 따를 낌새가 전혀 안 보이고. 벌써 서른이 넘었는데 눈꼽만큼도 관심이 없으니까 어쩔 수 없이 친족회의에서 얘길 나누고, 결정하여 신부를 물색하게 된 거지. 신부를 찾기로 한 이상, 얘기가 강제로 진행돼도 어쩔 수 없어. 네 자신이 꿈쩍도 안 해서 자초한 일이니, 친척들한테 불평을 할 처지가 못돼. ……어떠냐, 서울에서 같이 온 그 여자는……. 문씨라고 했던가. 서북 지방 출신이라 친척들 사이에서는 이런저런 말들이 있겠지만, 난 상관없다고 생각하는데, 그런 사이는 아닌가?"

"어제 저녁에도 말씀드렸잖아요." 이방근은 못마땅하다는 듯이 말했다. "그런 거 아니에요. 그녀와는 아무런 관계도 없으니, 그런 말씀은 삼가 주세요."

음, 문난설……. 달리, 서울에 있다고 가공의 여자 이름을 둘러대봤자. 이제는 잔재주를 부리는 영역에서 벗어나지 못할 것이고, 임시방편의 땜질에 불과할 것이었다. 유원이 응접실에 들어와 친척들이 도착했다고 알렸다. 안뜰 쪽에서 왁자지껄 사람들 소리가 났다. 두 사람은 소파에서 일어났다. 이것으로 모두 모인 거라면, 담배라도 한 대 피우고 나서 슬슬 친족회의를 시작할 것이다. 주된 의제—이방근의 결혼에 대해서……. 이것은 정말이지 종마나 다름없었다. 인간도 본래 그렇기는 하지만, 내 자신이 정면으로 그 의식과 맞서게 될 줄이야……. 이방근의 머릿속에 인간이 아닌, 암컷과 수컷 말이 흙먼지를 날리면서 거칠게 교합하는 장면이 펼쳐졌다.

종마……. 이방근은 응접실을 나와 모두가 연배인 친척들의 내방을 맞이했지만, 형식적인 인사를 마치자 서둘러 자신의 방으로 들어갔다.

부엌에서 유자차의 향기로운 냄새가 툇마루까지 풍겨 왔다. 시각은 다섯 시를 지나고 있었는데, 차를 마시고 나서 다섯 시 반에 친족회의가 시작될 예정이었다.

외출에서 돌아온 문난설은 서재 바로 앞의 유원의 방에 있었다. 여자 혼자 있는 방에 들어가는 것이 내키지 않아, 좀 할 얘기가 있는데…… 하고 서재로 불러냈다. 나영호는 외출에서 아직 돌아오지 않고 있었다. 서재는 미닫이가 열려 있었고, 안뜰과 건너편 안채에서도 훤히 보였지만, 이방근은 그쪽을 향한 소파에 앉고, 또 다른 소파에 앉은 문난설의 얼굴은 방 밖에서는 보이지 않았다.

"무슨 일인가요? 선생님……."

문난설은 조금 안절부절못하는 이방근을 보며 말했다.

"으―음, 그러니까, 잠깐 시간을 내줬으면 하는데, 참 그렇지, 여동생과 함께 외출했었지요. 음, 어떻던가요, 읍내 분위기는?"

읍내 분위기라는 말투는 좋지 않다고 이방근은 후회했지만, 문난설은 신경 쓰지 않고, 동문시장을 돌아, 산 쪽에 있는 삼성혈이라는 곳에도 갔다 왔어요. 여자 둘이라 읍내 밖으로 멀리 나가지는 못했지만, 삼성혈 근처에서 바라보니 한라산이 매우 아름다웠습니다. 이남에서는 최고봉이잖아요. 저 산에 게릴라가 있다……고 유원 씨가 알려 주었어요……. 후후, 그렇습니까…….

"그런데 선생님은, 무슨 일이세요?"

"갑작스런 얘기지만, 실은 문난설 씨의 이름을 빌리고 싶어서……." 더듬거리듯 말문을 연 이방근은 어리둥절한 그녀를 개의치 않고 말을 계속했다. "지금 여기서 곧바로 설명할 순 없지만, 난설 씨에게 부탁이 있소. 그 사정에 대해서는, 그러니까, 이제 곧 친척들이 모여서 간단한 회의를 하는데, 그 회의가 끝나고 나서 나중에 사정은 얘기하기로 하고, 그 전에 난설 씨에게 부탁하고 싶은 건, 실은 문중회의에서 여기 있는 나의 결혼 얘기가, 아아, 갑자기 이런 얘기를 해서 이해하기 어렵겠지만, 난 종가의 종손이라는 입장에 있소……. 이것만큼은 어쩔 수 없는 내 팔자 같은 거라오. 그래서……." 설명은 어디선가 요령껏 끊어야 한다. 이런 이야기는 하면 할수록 복잡하게 얽히기 때문에, 더더욱 짧은 시간에 요령 있게…… 되지는 않는다. 이방근은 한심하게도 식은땀이 이마에 번지는 것을 느꼈다. 문난설은 대체 무슨 일인지 상황이 이해되지 않는 듯했지만, 그래도 진지하게 이방근의 이야기에 귀를 기울이고 있었다. "비웃지 않았으면 좋겠는데, 아니, 차라리 크게 비웃어 주시오. 그러니까 그게, 이씨 가문의 종손인 나는 결혼을 해야 하는데, 그걸 거부해 왔다는 사정이 있어서……(도대체 왜 이런 이야기를 문난설에게 해야 한단 말인가!). 그래서 오늘 나는 친족회의 자리에서 강제적으로 결혼을 해야 하는 상황으로 내몰리게 돼서……."

"어머, 강제적으로요? 이 선생님이……."

문난설은 눈을 동그랗게 뜨고, 이방근 같은 사람이……라는 말이라도 할 것처럼 의심스런 목소리를 냈다. 아니 이거, 내가 상대의 동정을 자아내는 듯한 말투로 이야기를 한 건가.

"아직 상대가 정해진 건 아니지만, 어쨌든 결과적으로 그렇게 될 거요. 으−음, 대충 이해하겠죠. 난설 씨는 현명하니까 복잡한 사정은 어찌 되었든, 내 생각을 알 거요. 그러니까, 결국은 난 결혼을 원치 않는다는 말이오. 당신과 이 문제로 토론할 시간이 없으니 지금은 우선 결론을 서두릅시다. 나에게는 대안이 필요한 겁니다. 친족회의에서 나오게 될 결혼 얘기에 대해. 아니 나에게는 이러저러해서 이미 결혼할 상대가 있다는 이쪽의 대안을 제시해야 하지요. 다만 이건 어디까지나 그 자리의 강요를 일시적으로 피하기 위한 겁니다. 오늘의 모임을 어떻게든 빠져나가야 합니다. 그렇게만 되면 그 다음은 방법이 있소. 그래서 대안이라는 건, 문난설 씨와 결혼을 하는 게 그 내용이니까 당신의 이름을 빌리고 싶은 거요. 오늘 회의만 잘 넘기고 나면 문제가 생기지 않도록 내가 잘 처리하겠소. 집안일을 외부로 드러내는 것 같아 내 자신 마음이 무겁지만, 대충 얘기는 이런 겁니다⋯⋯."

"⋯⋯"

문난설은 이 당돌한 이야기의 내용을 이해했는지 어쩐지는 알 수 없지만, 그저 멍하니 이방근을 올려다보듯 바라보았는데, 이내 그 하얀 볼을 붉히며 눈을 내리깔았다. 이방근은 그것을 보았다. 아아, 이렇게 되는구나.

"친척들도 아버지도 모두 놀랄 겁니다. 왜 미리 보고를 하지 않았느냐고⋯⋯. 말들이 많을 겁니다. 그리고 문중회의가 끝나고 나서 누가 만나고 싶다고 해도, 당신은 밖에서 돌아온 뒤 몸 상태가 좋지 않아 누워 있는 걸로 하고, 일체 응할 필요가 없소. 그러면 문제가 복잡해지니까, 일체 면접 거부⋯⋯. 경찰서장의 '표경' 방문을 거절한 것처럼. 알겠지요, 그건 내가 책임지고 그렇게 할 테니……. 아니 이런, 도대체 난……." 이방근은 퍼뜩 정신이 들어 말을 끊었다. 마치 문난설이 자신의 부탁을 승낙이라도 한 것처럼 말하고 있는 자신을 느끼고 있었다. "아, 핫하, 이것 참. 문난설 씨 내가 일방적으로 떠들기만 해서 정말 미안합니다. 부디 궁지에 몰린 나에게 손을 내민다고 생각하고 이름을 빌려주시오. 그러한 사정에 대해서는 나중에 얘기하겠소."

이방근은, 마지막에는 기도하는 듯한 기분도 섞여 있었는데, 그렇지만 이것은 매우 우스꽝스러운 일이라고 생각했다. 무엇보다, 뒤죽박죽 횡설수설하면서도 창피할 정도로 유창한 언변이었던 것이다.

"이 선생님, 왜 그렇게 진지하게 임하시는 건가요." 문난설은 그 두 눈이 젖어 있었는데, 참지 못하고 소리 죽여 웃기 시작했다. "이 선생님, 죄송해요. 너무 우스워서. 하지만 소년처럼 너무 진지한 모습으로……. 그렇게 심각하게 생각하실 필요 없잖아요. 자 어서, 선생님이 원하신다면 문난설이라는 이름을 사용하세요."

바로 표정을 추스른 문난설은 침착한 어조로 말했다.

"호오, 그렇습니까."

이방근은 커다란 탄식이라고도 할 수 없는 감탄의 소리를 내고는, 고개를 아래위가 아니라 좌우로 두세 번 흔들고, 혼자서 고개를 끄덕였다.

"하지만, 이름만이에요……."

문난설은 웃으며 말했다. 그리고 물론…… 하고 웃으며 말을 받는 이방근을 이상하다는 듯이 쳐다보며, 그가 종가의 종손이라는 것에 놀라고, 그 종손이 당연히 해야 할 결혼을 거부하는 것은 또 무슨 일인가 하며 놀랐다.

"그럴 거요. 우스울 겁니다. 그래서 이렇게 갑자기 이름을 빌리거나 하는 일이 생기는 겁니다……. 설명은 언젠가 나중에 하겠소."

이방근은 손수건으로 얼굴의 땀을 닦으며 소파에서 일어났다. 그는 안뜰 쪽으로 던진 시선을, 계속해서 자리에서 일어난 문난설의 아름다운 얼굴로 돌리더니, 그 부드러운 손을 잡았다. 그녀도 자연스럽게 잡아 주었다. 다시 화해의 성립을 확인했다. 문난설의 손을 잡은 순간 도망친 부엌이의 남자 같은 손이 겹쳐져, 이방근의 가슴속에서 삐걱거렸다.

이방근은 서재를 나와 툇마루를 걸었다. 지붕 위로 바람이 달리고, 하늘에 석양빛 단편들이 흩어져 있었다. 그는 그렇게 울적하던 친족회의를 앞두고 마음이 설레는 기분이 들었다. 자, 이걸로 오늘은 빠져나갈 수 있다. 그리고 오늘을 어떻게든 빠져나가면, 앞으로 이 문제는 나오지 않을 것이다. 어떤 식으로? 결혼을 해서……? 아니, 확실하지는 않지만, 그렇게 속삭이는 소리가 들린다. 그 속삭임은 그의 마음속의 맹세 같기도 했다.

이윽고 아버지의 거실에서 정확히 열 명이 빙 둘러앉은 형태로 친족회의가 시작되었다. 다른 곳에서 온 친척 일곱 명, 그리고 이태수, 건수, 방근이었다. 유원의 참가가 보류된 것은, 필요성이 약해서 배제한 것이 아니라, 유원 자신이 끝까지 동석에 응하지 않았던 것이다. 이방근은 친족회의에 임하기 앞서 부엌에서 부엌이를 거들고 있는 여동생을 불러, 오늘 밤 문난설의 이름을 빌려 연극을 하게 될 것 같다……고 한마디 일러두었다. 그녀가 방의 장지문을 닫고 일찍 잠자리에 들더라도, 몸 상태가 나빠진 척하는 거니까, 소란을 피우거나 할 필요는 없다…….

친족회의라고는 해도 일반적인 문중회의가 아니라, 그중의 몇 명정도만 임시로 대표가 되어 모인 것이고, 대규모 친족회의는 아니었다. 말할 것도 없이 아버지의 의향에 따른 것으로, 의제 운운해도 그것은 형식적인 것에 불과할 뿐, 주목적이 이방근의 결혼 문제에 거듭 압력을 넣기 위한 것임은 이방근 자신이 충분히 알고 있었다.

의제로는 지난번 문중회의에서 제기된 한라산 기슭의 게릴라 지구에 있는 정삼품 부사공 고조부의 산소 개수공사 건이 있었는데, 당분간 동란의 경과를 지켜보면서 대처하자는 쪽으로 미루었으며, 또한 동란 속에서도 혈족 관계의 친목과 결속을 강화해 이씨 가문의 안정에 최선을 다한다…… 등이 사무적으로 논의되었다. 이것은 이른바 친족회의를 그럴듯하게 장식하기 위한 의제이기도 했고, 이방근의 결혼 문제는 덧붙여서 의논한다는 식이었지만, 그야말로 주객이 전도된 형태가 되었다.

새삼스레 의장이라든가 사회자는 없었지만, 숙부 건수가 회의 진행을 맡았고, 아버지 이태수는 거의 아무 말도 하지 않고 친척들이 제각각 하는 말을 듣고만 있었다. 문중회의에서도 그랬지만, 우선 상석에 병풍을 등지고 앉은 장로들이, 이건 정말로 '심각'한 문제라며 이방근의 일을 언급했다.

"……방근이는 아직 결혼할 의향이 없는 것 같은데, 이건 새삼스럽게 말할 필요도 없지만, 방근이 한 사람만의 문제가 아니야. 또한 태수 가족만의 문제도 아니고. 우리 이씨 가문 전체가 걸린 중대한 사안이기 때문에 이렇게 친척들이 모인 것인데, 이건 질병과도 같아서 길게 끌수록 증상이 악화되지. 방근이 나이가 서른셋(세는 나이), 본인은 자신의 나이를 잊은 건 아닌가. 언제 아내를 맞아들여 애를 낳을 생각이야……?"

장로의 한 사람인 이문수가 털을 뽑은 닭처럼 가는 목을 길게 늘이고, 정면의 이방근을 쳐다보며 말했다. 이가 빠져 그런지 공기가 새나가는 것 같아서 알아듣기 힘들었다.

친족들 모임이라든가 특히 제사 등이 있을 때, 경로사상이 널리 퍼져 있는 이 나라에서는 노인들의 권위가 더더욱 인정받고 공경받기 때문에, 친척 장로들이 오랜 인생의 경험을 크게 펼칠 수 있는 유일한 장소였다. 장로로서 한마디도 하지 않는다는 것은 스스로가 그 권위와 특전을 부인하는 일이 될 것이었다.

술은 아직 나오지 않았지만(개중에 두세 사람은 차 대신에 가볍게 소주를 홀짝거리는 사람도 있었지만), 인삼차와 유자차가 나와 처음에 땀 냄새가 나던 방의 공기에 잠시 향기가 돌았다. 긴 담뱃대의 담배통에 살담배를 천천히 채우고, 한두 모금 빨고는 재떨이 가장자리에 톡톡…… 하고 재를 떨어뜨리는 동작이 반복되는 소리가 단조로우면서도 산뜻했다.

……지금 문수가 말했듯이, 이 일이 왜 문중의 중요한 과제로 반복해서 논의되고 있는가, 계속해서 반복되는 것 자체를 심각하게 생각하지 않으면 안 된다. 이문수보다 두세 살 위인 일흔 중반쯤 돼 보이는 단신의 장로 한 사람이 담뱃대를 뻐끔뻐끔 빨면서 계속했다. "……이건 참으로 특이한 일일세. 방근이 자신이 이 세상에 생존하지 않는 탓에 문중에서 종가의 양자를 들이자는 것도 아니야. 이렇게 방근이가 사지가 멀쩡하고 어엿한 남자로서 지금 눈앞에 있음에도 불구하고, 혼담이 조금도 진전이 되지 않으니 그게 문제라구. 종가의 기둥이어야 할 방근이는 그 가문의 권위와 의무에 따라 개인의 의견은 용납될 수 없어. 여염집에서도 결혼을 못 해 조상의 핏줄이 끊기게 되면 짐승이나 다름없는 취급을 받게 돼. 하물며 유서 깊은 가문에선 말할 필요도 없겠지. 옛날 양반가의 장자는 과거에 급제해도 임관을 하지 않았어. 장자는 오로지 집안에 있으면서 타지에 나가지 않고, 대대로 제사를 지내면서 선조의 혼백을 받들어 가계를 지키는 걸 지상의 임

무로 여겼는데, 이것이 조상에 대한 효성의 표시라는 거지. 그러나 사내애를 얻지 못하면 그 가문도 함께 망하는 것이라서, 그 이상 조상에 대한 불효도 없어……."

이방근은 가끔씩 고개를 끄덕이며 묵묵히 듣고 있었다. 이야기는 처음부터 그가 결혼할 의사가 없다는 전제하에 진행되고 있었다. 이방근은 벌꿀이 들어간 유자차를 마셨다. 새콤달콤한 것이 맛있었다. 친척들도 고생이 많겠지만, 이쪽도 피곤했다. 지난 문중회의에서도 같은 이야기가 나왔었는데, 오늘은 강제력을 갖게 될 것이었다. 이방근은 가능한 한 마지막까지 문난설의 이름을 들먹이지 않고 빠져나갈 생각이었다. 비장의 무기는 어디까지나 방편이었고, 문난설의 이름을 들먹이면 들먹이는 대로 역시 문제는 생긴다. 더구나 당사자가 지금 현재 이 집에 머물고 있어서는…….

"……어험, 세상에는 여자의 '칠거지악(七去之惡)'이라는 게 있어. 다른 말로는 '칠출(七出)'이라고도 하지. 아내가 집에서 쫓겨나는 일곱 가지 이유를 말하는데, 우선 시부모에게 불순, 다음에 무자식, 음행, 질투, 몹쓸 병, 구설 즉 말이 많은 여자, 그리고 절도인데, 부모를 따르지 않는 일 다음에 무자식이 온다는 것이야. 사내애를 낳지 못하는 것이 이유가 되는 건 그 가계를 끊어지게 만들기 때문이지. 애가 없는 남자는 그 집안을 단절시킨단 말일세. 효는 삼강오륜의 근본으로, 가문을 끊는 것과 마찬가진데 세상에 이보다 더한 불효가 있을까. 자식을 낳지 않으면 대대로 이어져 온 조상님들 제사는 누가 지낸단 말인가. 제사를 폐하는 건, 어험, 이건 집안이 망한다는 걸 의미하는 무서운 말인데, 짐승과도 비교할 수 없는 인륜에 어긋나는 일이야. 도대체가. 콜록, 콜록……." 이문수는 인삼차를 한 모금 천천히 마셨다. 이 자리에 유원이 참석해서 이 이야기를 들었다면, 그녀는 노인들 앞에서 실례를 범하는 것도 개의치 않고 자리를 박차고 일어났을 것이다. 이 자리에 없는 게 다행이었다. "근데 아까 '칠거지악'을 얘기했는데, 그와 함께 '삼불거(三不去)'가 있어. 이를테면 '칠거지악'이 있어도 아내를 내쫓을 수 없는 세 가지 경우가 있지. ……갈 곳이 없는 아내, 시부모의 장례를 함께 치른 아내, 과거의 가난을 벗고 풍족하게 부자가 된 부부의 경우는 아내를 내쫓을 수 없어. '칠거지악'은 내쫓기만 하는 것이 아니라, 아이를 못 낳는 여자라도 어엿하게 집안에 남아 있을 수 있는 길이 열려 있다구. 이것도 효를 기본으로 하고 있기 때문이지. 다만, 아이를 낳지 못하는 여자가 집을 떠나지 않는다고 해도, 남자는 애를 만들어야 해. 그래서 첩, 아니 후처라는 게 생긴 것이고. 곡식의 씨앗은 두루 뿌리는 게 최고야. 옛날 이조시대에, 육지에서는 씨받이라는 풍습이 있었는데, 방근이는 그걸 알고 있나?"

"예, 책에서 조금 읽은 적이 있습니다."

"오호, 책에서 말인가. 음, 역시 방근이야. 알고 있다면 우리 조선인에게 성씨를 이어 가고 가계를 지키는 일이 얼마나 중요한지 알고 있다는 말이겠지……."

씨받이라는 것은 온갖 손을 다 써도 사내애를 얻지 못한 가문에서, 보수를 주는 대가로 고용되어 그 집안의 남편과 교합하여 아이를 낳는, 이른바 아내 대신에 배를 빌려주는 것을 생업으로 하는 여자들이다. '씨받이'를 세습의 '전업'으로 하고 있지만, 남자애를 낳으면 그 보수가 높고, 여자애의 경우는 보수 금액이 낮은 데다가 여자는 그 아이를 데리고 돌아가야 했다. 그리고 그 딸아이가 자라면 마찬가지로 씨받이의 길을 걷게 되었다.

"……애 없이도 쫓겨나지 않고 집안에 남게 된 아내는, 씨받이로 대체한 만큼 뭔가 남편을 위해 해야만 하지. 남편을 위해 다른 여자를, 애를 얻기 위해 데려오는 것도 그중의 하나로, 그건 우리 주변의 생활에서 얼마든지 볼 수 있는 일, 방근이가 그걸 모를 리가 없을 터……."

"예, 특히 제주도 남자들이 일하지 않고 빈둥거리는 경우가 많은 것은, 저도 빈둥거리고 있습니다만, 열심히 일하는 여자들 덕분이지요. 본처가 일하고 첩이 일하고, 밤낮으로 여자들이 밭이나 바다에서 일하니까……."

"제주도의 모든 남자들이 그런 건 아니잖나." 이방근과 두세 사람 건너에 앉아 있던 상근이 이쪽으로 얼굴을 돌리며 말했다. "게다가 자네의 얘기는 지금 여기서 할 얘기가 아니라구. 지금은 그런 하찮은 얘기를 하는 자리가 아니야."

상근은 제사의 예식이나 '번문욕례(繁文縟禮)'의 행사에 정통하고, 그것을 번거로워하지 않는 이름난 효자였다. 오늘도 일부러 Y리에서 부친을 모시고 온 그는, 해방 전 제주도에서 한군데 밖에 없던 상급 학교인 농업학교 출신으로, 지금은 옆에 있는 구좌면 생활협동조합의 임원을 하고 있었는데, 여러 가지로 가문의 권위를 가벼이 여기고 친족을 무시하는 경향이 있는 이방근이 탐탁치 않았던 것이다.

"……씨받이 얘기가 나오는 바람에 조금 빗나가고 말았는데, 말하자면 생활풍토가 그렇다는 겁니다."

"씨받이 얘기도 우리 가문과 방근이를 위해 비유로써 나온 말이잖나. 난 방근이의 생각을 모르는 건 아닐세. 나이 드신 분들은 이해하기 어렵겠지만, 자넨 독신주의적인 면이 있다고 생각하네. 즉 자네는 자유를 원하는 거겠지(뭘 그리 아는 척을 하시는지……. 이방근은 콧방울을 씰룩거리며 속으로 웃었다). 그건 나도 모르는 바는 아니지만, 자네가 우리 이씨 가문의 종손이라는 입장을 생각하면 있을 수 없는 일이고,

자기 멋대로 한다는 것밖에 안 된다구. 자네가 결혼을 하지 않더라도, 극단적인 얘기가 되겠지만, 씨받이를 대신할 뭔가를 하고 있다면 우리들 친척이 이렇게 떠들어 댈 필요도 없어. 물론 그런 방법이 좋다는 건 아니야."

"흐─음……. 그것도 그래. 젊을 때 외도도 할 수 있는 건데, 그것도 못한다면 어엿한 남자라 하기 어렵겠지. 그저 무슨 일이나 다 그렇지만, 외도를 하더라도 후계자를 만들어 놓고 한다면 괜찮아. 뭘 하더라도 순서가 있는 법이고, 근본을 잊어선 안 돼……."

"저는 결코 독신주의자도 아니고, 가문을 잇는 것에 반대하는 것도 아닙니다(문수 일행과 병풍 앞에 나란히 앉은 아버지 이태수가 비스듬히 마주 앉은 아들을 가만히 바라보았다). 단지 여자는 아이를 낳기 위한 도구는 아니라고 생각합니다만."

"……? 아무도 도구라곤 말하지 않았잖아."

상근의 목소리가 굳어 있었다.

"도구라는 말을 했다는 게 아니라, 이야기의 흐름이 여자는 씨를 뿌려 수확하기 위한 밭과 같다는 거잖아요. 밭이라고는 하지 않았지만……."

"아니 아니지, 그게 밭이라 해도 별 지장은 없는 거야. 밭은 정성들여 경작할수록 곡식이 잘 영글거든. 만물은 자연의 섭리에 따르는 법. 오곡의 씨앗을 뿌려 추수를 하듯이, 부부의 화합 속에서 풍작을 맞이하고 아이를 얻는 거야. 그리고 인간은 대를 이어 생존하는 것이고. 이것이 인간이 살아가는 도리가 아닌가. 독신이라든가, 독신 무슨 주의라든가 하는 말을 해선 안 되네. 어엿한 성인 남자가 혼자 있으면 지저분하고 시금털털한 냄새가 나는 법이야. 그건 불구자이고, 어떻게 혼자 사는 남자를 어엿한 인간이라 할 수 있겠나?"

"……난 방근이 말에 찬성이야. 일리가 있어. 여자도 인간이지
……."

"한수 숙부님, 갑자기 무슨 말씀이십니까?"

이상근이 말했다.

"갑자기가 아니라, 여자도 인간이라는 말일세. 조선인은 남자만이
유아독존. 족보에도 여자 이름을 올리지 않는 걸 보면, 도구라고 생각
해서 그런가……."

"지금 그런 허울 좋은 얘기를 하자는 게 아닙니다."

"허울 좋은 얘기? 허울은 아니지요."

이방근은 목소리를 높이며 이상근을 돌아보지도 않고 말했다.

"……어쨌든." 이상근은 이방근의 말을 받지 않았다. "오늘은 우리
문중에서 가장 중요한 숙제가 되어 있는 문제를 위해 모인 셈인데,
방근에 대해서 말하자면, 지금까지 상당히 자유롭게 행동해 온 건 사
실일세. 태수 숙부님도 그 때문에 힘들어 하셨지. 자네 일은 문중회의
에서 전적으로 해결해 나가기로 돼 있는데, 방근이도 지금까지와는
달리 여러 가지 일에서 졸업을 해 줘야겠어. 개인적으로도 신변을 정
리해야 할 때가 됐고. 태수 숙부님을 보라구. 크게 고개를 끄덕이고
계시잖나. 지금까지의 어리광쟁이 도련님 생활은 졸업할 때가 되지
않았나……."

"상근 형님……." 이방근은 불쾌하다는 표정으로 이상근 쪽을 향해
말했다. 뭐가 도련님이라는 거야. 젠장, 양준오가 도련님이라고 하던
말이 떠올랐지만, 그것과는 의미가 전혀 달랐다. 적어도 '어리광쟁이'
라는 뉘앙스는 없었다. '어리광쟁이'……라니, 도대체가. "흠, 대체 무
슨 얘깁니까. 어리광쟁이 도련님이라느니, 졸업이라느니……."

"자네의 지금까지의 생활이 다분히 그래왔으니까 말한 것뿐이야.

그렇게 목소리를 높일 필요는 없을 텐데……. 그럼 뭘 위해 우리 친척들이 이렇게 모인 거라고 생각하나……."

"오호, 거기까지……. 그 정도로 해 두게."

단신의 장로가 말했다.

"잠깐만 기다려 주세요. 한마디만 덧붙이자면, 방근 군, 자네는 스스로에게 어리광을 부린 게 아니라면, 문중을 우습게 보고 있는 게로군. 문중회의의 결정을 무시하고, 문중 그 자체를 모욕하게 되는 거 아닌가. 난 개인으로서가 아니라 문중회의의 입장에서 우리 가문의 일을 얘기하고 있는 것이니, 아무쪼록 자네가 집안의, 문중의 입장에 좀 더 서 주길 바라고, 또 서야만 한다는 것일세. 씨받이가 아니라도, 방근이 자네가 결혼을 했는데도 여전히 애가 생기지 않는다면, 과거의 씨받이를 들이던 시대와 별반 다를 게 없네. 하물며 자넨 독신이 아닌가……."

"씨받이……. 씨를 받는다, 씨를 뿌린다. 내가 종마라는 거로군……."

이방근은 의식적이 아니라, 문득 물이라도 흐르듯이 말이 새어 나왔다. 종마, 종마……. 오오, 종마.

"홋호, 이게 무슨 일인가. 씨받이니 종마니, 이 자리에서 그런 품위 없는 말을……. 이제 그만두는 게 좋겠어."

"종마……?" 단신의 장로가 곰방대의 담배통을 재떨이에 탁! 두드리며 쉰 목소리로 말했다. "어험, 말도 안 되는 소리를! 학식 있는 방근이가 그런 말을 하다니. 그건 조상을 우롱하는 말이야. 그렇다면 우리의 같은 조상이 종마라는 건가. 혹시라도 그 말이 애를 만들기 싫어서 생각해 낸 구실이라면, 그건 제사를 지내는 걸 싫어하는 극악무도한 불효자, 조상에 대한 그 큰 죄를 어찌 할 테야. 자네의 부친이, 태수가 이 세상을 떠난 뒤엔 도대체 누가 대대로 제사를 지낸단 말인

가. 아니면 제사를 지내지 않겠다는 말인가. 으ー음, 도대체가 종손이
라는 자가 그런 불손한 말을……."

한순간 자리가 조용해진 가운데, 이태수의 헛기침이 크게 울렸다.
이방근은 장판에 시선을 떨구고 있었으나, 장로의 말에 반발은 하지
않았다. 어쨌든 이 자리에 있는 한 결혼은 절대적인 것으로 도망칠
방법이 없었다. 이런 경우의 친족회의는 가문의 전통을 배경으로 한
'다수결'에 의해, 그야말로 독재적인 힘을 가진다.

이 자리에서 종마라느니…… 하는 그런 말은, 그냥 하나의 비유라
고는 해도 사용해서는 안 될 말이었다. 방근이도 뭔가 고의로 한 말은
아닐 테니 이쯤에서 끝내고 회의를 진행하자고 이건수가 거들었다.

"음, 그렇게 하자구. 방근이는 아까 종손으로서 가문의 대를 잇는
것에 반대하는 건 아니라고 했는데, 지금까지 자네 마음에 드는 여자
가 없었단 말인가?"

이태수와 동년배로 머리가 벗겨진 친척이 말했다. 이경수, 아버지
에게는 육촌 동생에 해당된다.

"예ー, 그런 점도 있습니다만……." 이방근은 말을 끊었다. 그리고
문난설의 이름을 꺼내야 할지도 모르겠다고 생각하면서 말을 계속했
다. "아니, 그렇지도 않습니다만……."

"그렇다면, 마음에 둔 여자라도 있단 말인가?"

"예ー, 홋홋후……."

이방근은 자신도 모르게 웃음이 터져 나왔다.

"그 웃음은 뭐냐. 어르신들 앞에서 무례하게……." 아버지 이태수가
말했다. "난 너한테 그런 얘기를 들은 적이 없다."

"이제 와서 애매한 얘기는 안 되네. 그건 어차피 확실한 얘기가 아니
잖나. 어쨌든 결혼에 대해선 이미 문중회의의 결정에 맡기기로 했고,

이미 결론도 나와 있는 일인데, 방근이는 지난번 문중회의에서 결정된 대로, 조만간 고씨 집안의 딸과 맞선을 보면 돼. 내일 모레는 아니더라도, 앞으로 며칠 내에 서로 집안 사정 등을 고려해서 추진하는 게 좋아."

"……"

이방근은 놀라움은 아니지만 의외라는 표정을 지으며 고개를 들었다. 뭔가 구체적인 이야기가 있을 거라고 예상은 했지만, 며칠 내로 맞선이라니 너무 갑작스러웠다.

숙부뻘 되는 친척은 계속해서 맞선 볼 상대의 집안, 가족 관계, 본인 등에 대해 간단히 말하고, 이미 두 사람의 궁합은 봐 두었으니 나머지는 당사자들의 맞선에 달려 있다고 덧붙였다. 옛날처럼 집안끼리 결정해 놓고, 신랑 신부는 결혼식을 올리는 당일 밤까지도 서로의 얼굴을 모른다는 식으로 갈 수는 없다. 궁합이 맞는다고 결혼을 강요할 수는 없다. 맞선을 보고, 서로 간에 그것도 방근이의 마음에 들면 정식으로 사람을 세워서 일을 진행하게 된다. 만일 마음에 들지 않는 경우는 다시 선을 보게 될 것이다. 마음에 드는 처녀를 만날 때까지……. 맞선. 맞선. 마음에 드는 처녀……. 이방근은 상상하는 것만으로도, 그것은 종마 지옥이 될 것 같았다. 두려웠다.

그는 이야기가 이 이상 구체적으로 진행되어 자리의 분위기가 그쪽으로 굳어지는 것을 두려워했다. 그리고 몇 번인가 마른침을 삼키고 나서, 실은……, 지금까지 말을 못하고 있었지만, 여자가 한 명 있다고 말했다. 아직 최종적으로 결정된 것은 아니지만, 그래서 상의를 할 수 없었지만, 그러나 결국엔 그쪽으로 결정될 것이다……."

좌중에 으ー음 하는 신음소리가 새어 나오더니, 술렁이기 시작했다. 그리고 그건 대체 어디의 누구냐는 물음에, 문난설이라는 다이아

몬드 같은 이름이 이방근의 입을 통해 나왔을 때, 처음에는 그녀를 알고 있는 아버지 이태수와 이건수가 거의 자리에서 일어설 것처럼 놀랐다. 그리고 다시 문난설이 어떤 여자며, 어디에 살고 있느냐는 물음에, 당사자는 지금 이집 안뜰 건너편의 한 방에 체재 중이고⋯⋯ 운운하는 이방근의 아주 간단한 설명이 있자, 좌중은 순식간에 뒤숭숭해지면서 회의는 중단되고 말았다.

9

친족회의는 중단되었지만 중단한 채로 있지는 않았다. 그건 중간에 잠시 쉬더라도 계속 이어 가야 했지만, 회의는 사실상 종료되었으면서도 끝낼 수도 없는 것이었다.

개인에게도 체면이라는 것이 있듯이, 특히 일족 개개인의 위에 위치한 문중의 체면과 권위가 걸려 있었다. 가문의 가장 중요한 숙제인 이방근의 결혼을 도모하기 위해 일부러 모였는데, 정면에서 찬물을 끼얹은 결과가 되었다고 해도 과언이 아니었다. 이방근의 처사는 그야말로 게릴라식이었고, 친척들의 의표를 찔렀을 뿐만 아니라, 더 이상 친족회의의 필요와 권위를 뿌리째 부정하고 있었다.

이방근 자신은 말도 안 된다, 친척들을 비웃는다거나 하는 마음은 털끝만큼도 없었고, 오히려 필사적으로(실제로 어디까지 필사적이었는가는 크게 의문이지만) 문난설의 이름을 빌렸던 것인데, 그것이 친척들에 상당한 충격을 준 것 같아 이방근은 놀랐다. 물론 친척들이 생각지도 못한 문난설의 이름을 들먹였으니 어느 정도는 놀랄 것이다⋯⋯라고는 생각했지만, 그 이상의 예상 밖의 소동에 그는 당혹스러웠다. 하지만 후회는 하지 않았다. 후회고 뭐고 이 방법 밖에는 없었다.

원래대로라면, 이방근의 내면의 계획은 어찌 됐건, 그의 발언을 친척들이 호의적으로 받아들여야 마땅했다. 어찌 됐건 여태껏 해 본 적이 없는 '결혼 선언'이란 것을 스스로 했으니 말이다. 아버지 이태수에게도(그것은 체념의 반증이라고 해야겠지만), 숙부인 이건수에게도, 더욱이 오늘 친족회의에서조차, 대를 이를 자식을 만들기 위해서라면 어디에서 어떤 여자를 데려와도 상관없다는, 씨받이식 발상의 언사를 당연한 것처럼 하고 있었으니, 이방근의 그것이 최선의 방법은 아니라 할지라도, 일언지하에 거절당해서는 안 될 일이다. 무엇보다도 그저 이 자리를 모면하기 위해 거짓말을 한 것이 아니라, 버젓이 그 증인이, 다시 말해 결혼 상대가 될 여자가 이 집에(지금 조금 몸이 안 좋아 누워 있다고는 해도) 현재 체재 중이었다.

이방근은 마음에 품고 있는 여자라도 있는 겐가, 라는 질문과 며칠 안에 고씨 집안의 규수인지와 맞선을 보라는 분부를 들었기 때문에, 다급해져서 자신의 의사표시를 한 것뿐인데, 그것만으로도 친족회의는 수습할 수 없는 상태가 돼 버렸다. 아니, 그 의사표시가 잘못된 것이었다. 맞선의 거부가 우선 문제였는데, 그것도 지금까지처럼 결혼을 하지 않겠다고 한 것이 아니라, 갑작스레 친족회의에 맞서 대안을 들이댄 셈이 돼 버렸다.

그리고 그 대안의 알맹이가 문난설이라고 해도, 그녀가 지금 이 집에 없는 편이 오히려 회의를 중단시키지 않고 진행하는데 도움이 되었을 것이다. 가령 친족회의가 양보하여 그 대안을 받아들이고, 서서히 그 이야기가 사실인지 아닌지 진위를 확인한다면, 최종적으로 확증을 얻을 때까지 유예를 둘 수 있는 여유가 있을 것이다. 그렇게 된다면 그 나름으로 친족회의의 권위가 손상되지 않을 터였다. 더구나 그 결혼 상대라는 여성이 지금 안뜰 건너편에 있는 한 방에 체재 중이라 하니, 친족들은 영문을 모른 채 아연실색, 마치 불시에 습격을 당하기라도 한 듯한 느낌을 받을 수밖에 없었다. 그리고 그 자리에서 숨을 돌릴 틈도 주지 않고, 상대의 퇴로를 차단하는 듯한 결과가 되어, 회의는 순식간에 방향을 잃고 말았던 것이다. 일을 진행시켜 온 친척들의 체면이 완전히 구겨지게 되었다.

이야기는 중단되었지만, 친척회의의 자리는 그대로 유지하고 있었다. 이경수 숙부 외에는 아무도 자리를 뜨지 않았다.

"……흐-음, 그랬군, 이미 서울에서 온 여자가 이 집에 함께 있다는 거로군." 어떻게 된 일이냐는 듯이, 이미 좌중에서 반복되고 있는 말을 변소라도 다녀온 것으로 보이는 이경수가, 다시 한 번 정리하듯이 말했다. 육촌 동생라고는 해도 아버지와 한두 살 차이로, 아버지를 닮아 건장한 몸집이었지만 머리가 벗겨진 탓인지 아버지보다 나이가 더 들어 보였다. 이방근의 '폭탄선언'을 지금 당장 들어줄 게 아니라면, 어떻게든 문중회의의 결정대로 일을 끌고 가야만 회의를 수습할 수 있었다. 이방근으로부터 갑자기, 이런 생각지도 못한 이야기를 듣기 위해 친척들이 일부러 모인 것은 아니었다. 이경수가 계속했다. "……게다가 나이가 서른이 되었다면, 이건 무슨 사정이 있을 거라는 생각이 드는데……. 아니면 그 여자 재혼인 건가?"

이방근은 그녀의 실제 나이가 세는 나이로 서른 전후라는 것밖에 몰랐다. 그건 나영호한테 들은 나이였고, 문난설을 여동생 방의 어둠 속에서 안았던 밤에도 그녀에게 그런 것을 묻지 않았고, 그저 막연히 서른 살이라고 생각해 있는 대로 말했던 것이다.

"아니요, 그건 아닙니다……."

'재혼'인지 아닌지 알 수 없었지만 이방근은 그렇게 말했다.

"새 신부 치고는 나이가 너무 많아. 이번에 맞선을 보게 될 처녀는 열아홉 살. 젊고 건강한 여자가 아니면 훌륭한 애를 낳을 수 없어." 털을 잡아 뽑은 닭목을 닮은 장로, 상근 형의 부친이, 이 사이로 공기가 새는 목소리로 말했다. "그 서울에서 온 여자가 이 집에 함께 있다니. 어험, 그렇다면 아버지 태수에겐 한마디도 하지 않았다는 겐가? 그건 어떻게 된 일인가."

"아까부터, 함께 있다……는 식으로 말씀들 하시는데, 그건 오해를 불러일으킬 수 있는 말이고, 좀 전에 말씀드린 대로 아직 최종적인 결정을 한 건 아니라서……. 단지 그렇게 될 거라는 겁니다……."

이방근은 스스로 다짐하듯, 맹세라도 하듯이 이 말을 반복하는 것이 마음에 거슬렸다.

"그렇게 신경 쓸 것 없어. 이 집에 함께 있다는 것뿐이지, 함께 생활하고 있다고 말한 건 아니야. 그런데 신문기자라니 대단히 유식한 여자일 텐데, 그 사람과의 관계는 연애 중이라는 건가. 요즘 젊은 사람들은 신식으로 연애놀이를 많이 한다고 하던데……."

"후후, 정말이지, 그런 거 아닙니다."

"뭐? 그런 게 아니다. 그럼 뭐란 말인가……?"

"……"

"설령 연애라 해도 그건 놀이가 되는 것. 결혼하는데 서른 살이나 먹은 여자를 맞이하는 총각이 어디 있겠나. 방근이는 총각이나 다름없는데. 게다가 아직 최종적으로 정해지지 않았다는 것이고……. 그래 그렇지, 자네를 총각이나 다름없다고 한 건 자네를 경멸하는 게 아니야. 예전에 결혼은 했었지만, 방근이가 학생 시절이고, 왜정시대여서 식장에 경찰관이 왔던 걸 기억하는가. 그러니까 총각이라고 한 건, 결혼생활을 거의 하지 않았다는 말일세. 뭣이냐ㅡ, 그리고 아까도 얘기가 나왔지만, 결혼은 동향 출신이 좋아. 제주도 사람이 일부러 육지 여자를 맞아들일 필요는 없겠지. 제주도 사람끼리 제대로 중매를 해서 양가 입회하에 맞선을 보고, 궁합도 잘 보고 나서, 정식으로 결혼을 해야 해. 게다가 부친인 태수가 모르고 있어서는 어떻게 '부자지간'이라 할 수 있겠나. 군자는 대로행, 샛길을 살금살금 가는 게 아니라, 길 한가운데를 거리낌 없이 정정당당하게 걸어가지 않으면 안돼. 군자가 취해야 할 태도는 그래야 한다구⋯⋯."

군자가 나오면, 공자 왈, 맹자 왈⋯⋯이 나올게 틀림없었다. 이방근은 그런 이야기를 곰팡이가 핀 것 같은 노인들의 입에서 더 이상 듣고 싶지 않았다.

"그렇다면, 제가 말씀드린 일은, 제가 생각하고 있는 결혼은 안 된다는 말씀입니까? 물론 이것이 최선이라고는 할 수 없지만, 제 마음은 그렇습니다."

"안 된다는 건 아니야." 머리가 벗겨진 이경수가 말했다. "어느 쪽에 무게를 둘 건가라는 거지. 종가 가문의 결혼이라는 건 그렇게 간단한게 아니야. 이 자리에서, 그렇다면 방근이 기분 내키는 대로 하라곤할 수 없어. 그런 성질의 일이 아니야. 그런 도리를 모르는 방근이가 아니잖나, 음⋯⋯."

"으흠, 그건 그렇고, 이 집에 체재 중이라면 우리 친족회의가 모인 김에, 인간의 인연이란 알 수 없는 것이라서 어쩌면 우리 가문의 며느리가 될지도 모르는데, 그 여잘 이 자리에 불러 보는 건 어떤가. 기왕에 일이 이렇게 됐으니 만나 보는 것도 필요할 거 같은데⋯⋯."

⋯⋯여자도 인간이야⋯⋯ 하고 이방근의 말을 거들던 한수 어르신이 말했다.

이방근은 아직 확실하게 결론이 난 것도 아니고(단지, 그쪽으로 기울 것 같다고 재차 못을 박아 두었다), 그건 손님에 대한 실례가 된다, 그리고 지금 몸 상태가 안 좋은 것 같다……며 거절했다.

양쪽 집안이 맞선을 보는 날짜까지 어림잡아 정해 놓은 상황에서 열린 친족회의가, 당연한 일이지만, 이방근의 이야기를 곧바로 받아들일 리가 없었지만, 문난설의 출신지가 북조선의 평안도, 즉 서북 지방이라는 것을 알자, 그것이 반대의 구실에 한층 박차를 가하게 되었다.

이방근은 처음에 서울에서 함께 온 여성……이라는 정도 밖에 이야기하지 않았고, 친척들도 이방근의 결혼 선언에 놀란 나머지 그녀가 서울 출신일 거라고 생각하고 있었지만, 그는 다시 문난설의 출신지를 물어 왔을 때, '북'의 평양이라고 대답했던 것이다. 아버지나 건수 숙부도 이미 알고 있는 일인지라 친척들 앞에서 임시방편으로 숨길 필요가 없었다.

잠시 후 식사 준비를 위해 방을 치우기 시작하였고, 사람들은 응접실로 자리를 옮겼다. 친족회의 맞선 실행에 관한 이야기부터 막혀 버린 상황에서, 사회 역할을 맡은 이건수가 식사를 하면서 이야기를 나누자며, 자리의 분위기를 바꿨던 것이다. 소파에 다 앉지 못하고, 상근을 포함한 친척 서너 명이 응접실 앞의 툇마루로 나와 담배를 피우거나 했다.

아버지보다 먼저 자리를 뜨면 안 된다고 생각하고 있는 사이에 숙부 이경수를 포함한 세 사람이 방에 남았는데, 지금까지 이방근의 결혼 문제로 이리저리 움직여온 경수 숙부가 이야기를 계속했다. 방근이 이야기는 잘 들었지만, 상대인 고씨 집안 딸과의 맞선은 예정대로 진행하는 것이 좋다, 며칠 내라고 한 것은 양쪽의 상황을 참작한 것일 뿐, 상대는 적극적인 자세로 이쪽에 일임하고 있으니까, 맞선 일시는 방근이의 사정에 따라 결정하면 된다. 맞선의 결과 여부는 그 나름으로 쌍방이 납득을 해야겠지만, 거기까지는 순서를 밟아야만 한다고 말했다.

그도 그럴 것이라고 생각했다. 이방근의 모처럼의 궁여지책으로 나온 대안은 문중회의의 결정이라는 정공법 앞에서 도움이 될 것 같지 않았다. 헷헤, 도대체가, 이건……. 그는 곤란하기도 하고 기가 막히기도 해서 웃음을 흘렸지만, 갑자기 정신이 들어, 웃음이 나오느냐! 하고 재차 호통치는 아버지의 성난 목소리가 날아오는 걸 피하기라도 하듯, 맞선 건은 생각할 시간을 주었으면 좋겠다……고 대답하였다. 하지만 이경수는, 이건 방근이 자네도 참석했던 지난 문중회의의 결정을 토대로 추진해 온 일이라서, 며칠간은 늦어도 되지만, 맞선을 봐야 한다는 것, 그리고 방근이의 형편이 좋은 날을 오늘 밤 안으로 결정하라고 말하고, 더 이상 이방근의 사정을 받아들이지 않았다.

"저는 지난번 문중회의에서도 말씀드렸다시피 결혼을 하지 않겠다는 것이 아닙니다. 제 뜻대로 하겠다는 것인데……."

결과 여부는 차치하더라도……라고는 해도, 갑자기 생각지도 않았던 맞선을, 한 달이나 두 달 뒤라면 몰라도, 며칠 내에 볼 기분은 아니었다. 그 자리만 모면하겠다고 형식적인 맞선을 볼 수도 없었다. 그러자 오로지 종마로서의 역할만을 강요당한다는 생각에 사로잡혔다. 아아, 종마, 종마라는 상념이 머릿속에 피어오르고, 이방근은 입속에 시큼하게 쓴 침이 솟아나 몇 번이나 삼켰다.

"……네가 말한 문난설의 얘기는 정말이냐?"

병풍을 등지고 앉은 채 전혀 말이 없던 아버지가 시선을 다시 이방근에게 돌리며 무거운 입을 열었다. 어디까지나 회의적이었다.

"예-." 이방근은 심장이 덜컥 내려앉는 것을 의식하며 말했다. "좀 전에 말씀드린 대로 최종적으로 정해진 건 아니지만."

"최종적으로 그렇게 결정된다는 것이냐?"

"예-, 그렇지 되지 않을까 생각하고 있습니다……."

조심스럽게, 그리고 확고하게 대답했다. 입안이 까칠까칠해서 지금 최고의 요리를 먹어 본들 아무런 맛도 느끼지 못하고 목구멍으로 넘어갈 것이다. 격렬한 고동이 치기 시작했다. 이방근은 아무런 맥락도 없이 숙부인 건수가 한 말이 머리를 스치고 지나가는 걸 느꼈다. …… 아버지가 무슨 생각을 하고 있는지 모르겠다든가, 나를 제주도까지 불러들인 것은 이상하다고 했는데……. 완고하지만, 저렇게 아들에 대해 인내심이 강한 아버지도 세상에 그렇게 많지는 않아…….'

꺼내 온 두 개의 탁자가 부자 사이에 가늘고 길게 놓였다. 부엌이와 함께 유원이 식사 준비를 돕고 있었다.

"넌 나한테 그 비슷한 얘기조차 한마디 하지 않았는데……."

이방근이 최종적으로 결정된 건 아니라서……라고 뻔한 이야기를 하면서 얼굴을 들자, 아버지는 말없이 자리에서 일어나 있었다.

"아버지, 전 맞선을 볼 순 없습니다……."

이방근은 연로하지만 두꺼운 아버지의 등을 향해 전혀 다른 말을 했다.

"오호, 무슨 소릴……."

경수 숙부가 말한 뒤 자리에서 일어났다. 이태수는 들었는지 못 들었는지, 육촌인 경수의 말에 동의한 건지, 뒤도 돌아보지 않고 둘이서 방을 나갔다. 이방근은 그 뒷모습을 쫓았지만, 아무래도 응접실 쪽으로 가는 모양이었다. 아버지가 문난설이 있는 곳이라도 가는 줄 알았다. 열린 장지문 너머로 보이는 문난설이 누워 있는 방의, 안뜰과 접한 저녁놀에 희끄무레한 장지문은 꼭 닫혀 있었다. 방의 불은 꺼져 있었다.

최종적으로 그렇게 결정된다는 것이냐……. 아아, 결정되고말고요. 결정됩니다. 저는 맞선을 볼 순 없습니다……. 자신의 목소리가 남긴 여운이 고막을 공허하게 울렸다. 뭔가, 이건. 도대체가, 부모 등에 매달린 어린애 같은 말이 아닌가.

"오빠……."

방에 들어온 여동생 유원이 말을 걸었다. 용케도 여동생이 친족회의에 참석하지 않아서 다행이었다. 왜 그녀를 참석시키려고, 참석하는 것만으로도 의미가 있다고 강요했는지, 어제의 자신이 이상하게 느껴졌다.

"무슨 일이야."

아무렇지 않게 대답했지만, 이방근은 이 한마디에 침착함을 가장하고 있었다.

"오빠는 밖에 안 나가네요……."

아까부터 방의 분위기를 눈치 채고 있던 여동생의 말이었다. 그러고 보니 자신의 집 방에서 왠지 덩그러니 혼자 앉아 있는 것은 혼자 남겨진 것 같아서, 기분이 좋지는 않았지만, 나갔다 들어왔다 할 필요도 없었다. 실제로 방 밖으로 나가 본들, 안뜰 너머에 있는 자신의 서재에 가 있는 정도라서, 어차피 곧 돌아와야 했다. 붙임성 있게 툇마루나 응접실로 나가 이것저것 이야기할 기분도 아니었다.

"나갔다 들어왔다 귀찮잖아. 식사 준비 다 되면 다들 돌아올 거야. 넌 신경 쓸 거 없어. 그건 그렇고 새어머니는 어디 계시냐. 부엌에 나와 있나?"

"예."

유원은 고개를 끄덕였다.

옆방과 안쪽 침실 사이에 맹장지문이 닫혀 있어, 계모가 그 방에 누워 있을 거라고 생각했던 것이다. 안쪽까지 말소리가 잘 들리지는 않겠지만, 귀를 기울이면 들릴지도 모를 일이었다.

"어때, 난설이하고 잘 지내고 있어?"

방 바로 밖의 툇마루에서 바람을 쐬고 있는 친척들에게 말소리가 들릴까 두려워, 이방근은 적당히 목소리를 낮추고 그렇지만 아무렇지 않다는 듯이 말했다.

"예." 유원은 고개를 끄덕였다. "오빠는 난설이라니, 이름을 막 부르고⋯⋯."

이방근은 부탁한 대로 꾀병을 부리고 있는 문난설이 우습고, 순간 그녀가 사랑스럽게 느껴졌다.

"아버지한테 난설 씨 일로 뭔가 말씀은 없었나?"

"예⋯⋯."

"음, 알았다. 좋아. 누가 뭐라고 해도 몸 상태가 안 좋다고 하고, 그녀를 불러내거나 그녀가 있는 곳으로 사람을 데리고 가선 안 돼."

"오늘 친족회의는 오빠의 결혼 문제지요. 뭔지 아주 불쾌해요. 조금 들었는데, 너무 싫어요⋯⋯."

"아아, 알았어. 이제 됐으니까 가 봐⋯⋯."

이방근은 턱으로 명했다.

"⋯⋯내년에 태어나는 아이는 남자애가 아니라, 여자애였으면 좋겠어."

유원이는 부엌 쪽으로 힐끗 시선을 던지고서, 이방근의 귀에 가까이 얼굴을 대고 속삭이듯, 그러나 날카로운 어조를 담아 잔혹함조차 느껴지게 말했다.

"뭐라고?"

이방근은 무슨 소린지 그 의미를 곧바로 눈치 채지 못한 채, 직감적으로 분명히 무서운, 들어서는 안 될 말을 들었기 때문일까 전신의 피부가 싸늘한 소름에 덮여 파도치는 걸 느꼈다. 그리고 우리 집 얘기를 하는 거냐? 라는 물음에, 여동생이 순간 조금 긴장된 차가운 표정으로 고개를 끄덕였을 때, 이방근은 머리를 얻어맞은 듯한 충격에 여동생을 꾸짖는 것조차 잊었다. 충격의 여운이 조금만 더 남아 있었다면 주위에 사람이 있는 것도 잊고 호통을 칠 뻔했다. 유원이 방을 나갔다.

탁자 위에는 술 종류, 그리고 술에 그다지 잘 어울리지 않지만 노인용으로 떡 종류, 전복과 오징어 등의 해산물 회, 돼지고기 편육과 기타의 요리가 들어왔다.

이방근은 결국 방에 앉은 채로 담배를 입에 물었다. 이마에 식은땀이 나고 땀이 솟는 것을 느꼈다. 저 녀석까지! 마치 악마가 아닌가, 무슨 그런 말을! 이방근은 전율했다. 몸속에서부터 떨려와 밖으로 퍼져 전신이 흔들리면서 성냥을 켜는 손이 떨렸다. 거의 자리에서 일어나 방 밖으로, 변소라도 가고 싶은 충동을 꾹 참고 계속 앉아 있었다.

아버지는 아들이 태어날 것이라고 확신하고 있었다. 그것은 거의 신앙적이었다. 이른바 신의 가호로, 입덧이 심한 것만으로도 아들의 징후라든가, 그리고 점괘를 의지해 필사적인 기대를 하였고, 계모 자신이 그 때문에 병에 걸릴 정도로 사내아이 출산에 무거운 기대를 걸고 있었던 것이다. 당연한 일이지만 유원이도 그것을 잘 알고 있었다. 이방근조차 아버지와 계모의 소원대로 아들이 태어나기를, 집안이라기보다도 두 사람을 위해 바라고 있었다. ……여자아이였으면 좋겠어. 이것은 아버지를, 그리고 계모까지도 죽이는 말이었다. 확실하게 죽일 것이다. 저 녀석은 흔들리는 이 집안의 파멸을 바라고 있는 것이다. 저 녀석은 여자 주제에 악마의 마음을……. 아니, 그건 내게 해당

되는 말이다. 날카로운 어투로 속삭이듯 말하는 여동생의 목소리. 그리고 오빠의 질문에 고개를 끄덕이며 대답했을 때의 하얀 돌 같은 표정은 푸르스름한 도깨비의 얼굴이었다. 두렵다……. 이방근은 자기 자신이 무서워졌다.

그는 더 이상 참지 못하고 담배를 끈 뒤 손수건을 들고 일어났다. 마침 친척들이 들어왔다. 그는 스스로 당황했지만, 자리에서 일어선 것이 장로들에 대한 예의로 비춰지는 효과를 보였다. 사람들은 제각각 자리에 앉았고, 마치 서로 교대하듯이 자리에서 일어난 이방근은 방을 나와 변소로 갔다.

남자아이가 아니라 여자아이가 태어나는 것이 좋다. 그리고 아버지와 계모의 소망을 끊는 것이다. 아니, 딸의 이 말이야말로 아버지를 죽이는 힘을 가지고 있었다. 이방근은 배알이 뒤틀리고 이명이 들리면서, 유원의 말이 환청처럼 귀에 울리는데 믿을 수가 없었다. 아버지가 서울의 건수 숙부에게 전화를 하던 밤, 계모의 임신을 알게 되자 돌발적이고 격렬한 입덧을 연상시키는 구토를 하던 유원의 모습이 이방근의 머릿속에 떠올랐다. 이것은 지금 열리고 있는 친족회의 그 자체를 전면 부정하는 말이었다.

이방근은 충격에서 깨어나지 못했다. 문득 멈춰 서서, 어떤 소리에, 바람 소리에 귀를 기울였다. 살, 설마 살의 발자국 소리는 아니겠지. 어찌 된 일인가. 나는 무얼 하고 있는가. 어디에 있는 건가? 여동생이 무섭다. 아니, 나 자신이 무섭다……. 살이, 망령 같은 것이 유원에게 들러붙었다……. 잠으로 빠져드는 구멍의, 나락과 같은 광대한 계곡 밑에서 날아다니던 괴조의 그림자가, 세면장에서 나온 이방근의 눈 위로 펼쳐진 황혼의 하늘을 가로질렀다. 뭔가 이상한 예감이 들었다.

이방근은 문난설이 있는 어두운 방을 바라본 다음 툇마루를 따라 아버지 방으로 돌아오면서, 부엌에서 막 나오는 유원을 불렀다. 몇 걸음 응접실 앞 툇마루에서 뒤로 물러나, 두 번 다시 아까와 같은 말을 해선 안 된다고 엄한 표정으로 타일렀다. 유원은 희미하게 고개를 끄덕였다. 고개를 끄덕인다는 것은 조금 전의 여동생의 말이 결코 환청이 아니었다는 증명이었다. 그러나 저녁놀에 물든 그 아름다운 얼굴은 분명히 조금 전에 본 도깨비의 얼굴이 벗겨진 듯 부드러운 표정이었다. 조금 전 여동생의 얼굴에 푸르스름한 도깨비를 보았다고 생각한 것은 자신의 착각이었는지도 모른다. 어쩌면, 짓궂은 장난……. 작은 악마의 대수롭지 않은 즉흥적인 장난……. 아니, 분명히 이 눈은 조금 전의 여동생의 표정을 기억하고 있었다. 그렇지 않으면 내 얼굴, 마음의 뭔가의 투사였을지도……. 이방근은 방으로 들어갔다. 그리고는 사람들 사이에 끼여 탁자 앞에 자리를 잡았다.

친족회의는 식사와 주연의 자리가 되었다. 잠시 잡담이 계속되었지만, 이방근의 혼담은 그대로 사라진 것처럼 나오지 않았다. 이것은 오늘 밤 안으로 맞선 볼 날짜를 이방근이 정하는 것이 기정사실로 되었고, 그의 결혼은 문중회의의 결정대로 진행한다는 것을 의미하고 있었다. 그렇다면 이 주연은 이미 친족회의가 끝난 뒤의 뒤풀이가 아닌가. 설마 숙부인 건수가 그렇게 꾸민 것은 아니겠지.

이방근은 비스듬히 맞은편에 앉은 아버지와 한 자리 건너 옆자리에서 신중하게 맥주잔을 입술로 갖다 대고 있는 붉어진 이건수의 얼굴을 보았다. 맥주 한 병도 마시지 못하고 늘어져서 잠들어 버릴 것이다.

뜻하지 않은 상황에 처해 있었다. 이 자리에서 아버지 등 뒤로 흘려보낸 말이었지만, 다시 한 번, 맞선은 볼 수 없다……고 한마디 던져둘 필요가 있었다. 일전의 문중회의에서는 분명히 이경수의 말대로, 이방근도 참석한 가운데 그 결혼 건이 결정된 건 사실이었다. 그때

이 집에서 열린 관계로 참석하게 된 그는, 그저 묵묵히 앉아 간간히 미소를 흘리면서 고개를 끄덕이고 있었는데, 그건 특별히 결혼 건을 받아들인다는 의사표시가 아니라, 단지 그러냐는 식의, 자신의 일이면서도 제삼자에 대한 결정인 것처럼 방관적인 태도를 취했던 것이다. 그러나 엄연하게 싫다고 고개를 옆으로 흔들지 않은 것은 사실이었다. 고개를 옆으로 흔든다 하더라도 그때는 그에 상응하는 대안이 없었다고 해야 할 것이다.

잡담은 4·3사건으로 이어졌다. 이상근은 처음과 마찬가지로 세 사람 건너 자리에서 직접 말을 걸어오지는 않았지만, 옆 사람의 이야기에도, 이방근은 그저 고개만 끄덕일 뿐 스스로 나서서 말을 하지는 않았다. 그 대신에 술이 들어갔다. 술자리가 빨리 끝나기를 바라며, 많이 마실 생각은 털끝만큼도 없었지만 위장이 술을 강하게 원하고 있었고, 소주 한두 잔에 취기가 온몸으로 격렬하게 퍼지는 걸 느꼈다. 관자놀이의 혈관이 맥박처럼 춤을 추었다. ……내년에 태어나는 아이는 남자아이보다 여자아이 쪽이 좋겠어. 그건 우리 집 얘기를 하는 거냐……? 네. 머릿속의 어두운 공간에서 술기운을 타고 뎅뎅 종소리가 울려 퍼졌다.

잘 들어, 결혼에 대해선 네 자신이 참석해서 결정한 일이야. 그걸 잊어버리다니 어이가 없어 말이 안 나온다. 이래서는 내가 죽은 뒤에 네게 어린 남동생을 맡길 수도 없겠구나, 핫핫하……. 서울에서 도착한 날 밤에 아버지가 결혼 얘기를 꺼내면서 했던 독기를 품은 말이었다. 아아, 어린 남동생……. 절실한 건지, 웃음거린지. 뭐라고 표현할 수 없는, 몸을 옭아매는 말이었다.

화제가 4·3사건으로 바뀌면서 현 정세의 불확실한 추세를 염려하는 목소리가 나왔지만, 같은 문중이라고 해도 제각기 생각의 차이가 있는지라 이야기는 깊게 진행되지 않았다. 친족회의 서두에서는 혈족 관계의 깊은 친목과 결속 강화를 강조했지만, 이런 문제에서는 하나의 견해를, 견해의 일치를 누구도 강조하지 않았다.

제주도에서 참화를 없애야 한다고 해도, 예를 들어 이태수 자신이 제주도 명사의 한 사람으로서 정부 측의 입장에 서 있었으므로, 그 앞에서 산부대(게릴라)에 대한 노골적인 지지의 목소리는 나오지 않았다. 이방근 자신도 게릴라에 동정적인 말은 전혀 입 밖에 내지 않았다. 그렇다고 해서 게릴라에 대한 노골적인 비난, 공격도 없었고, 정부 측의 토벌작전에 이렇다 할 찬성의 목소리도 없었다. 그래도 '서북'에 대해서는, 정말이지 제주도에 어울리지 않은 놈들……이라며, 술을 마신 뒤의 한숨인지 분노인지 모를 체내의 목소리로 이야기가 나왔는데, 그것이 서둘러 다른 이야기로 대체된 것은, 이방근의 '결혼 상대'라는 여자가 서북 지방 출신이라는 사실 때문만은 아니었다. 그것과는 관계가 없어도, 이 자리에서 이야기는 더 이상 진행되지 않는다. 어느 마을의, 혹은 친척 누구누구의 집에 피해가 있었다……라든가, 경찰에 쫓기고 있던 아무개가 일본으로 밀항했다……는 정도로 이야기는 중단되고 그럭저럭 이야기는 끝났다. 유야무야 하는 사이, 아니, 암묵리에 이야기는 끝났다. 그리고 이제 아무도 그에 대해서는 언급하지 않았다.

이방근은 모처럼의 술자리에 풍파를 일으키고 싶지는 않았지만, 역시 한마디 해 두기 위해 기회를 엿보고 있었다. 그리고 서로 간의 이야기가 어느 정도 일단락된 듯한 대머리의 이경수를 향해, 맞선에 대해서는 생각할 여유를 주세요……라고 조금 전의 회의에서와 같은 말을 꺼내려던 참에, 아버지 옆에 앉아 있던 그와 시선이 마주쳤다.

"아, 방근이, 아까 아버님께 선을 볼 수 없다는 식으로 말했나. 안 될 말이야. 그런데 어떤가……." 이경수가 이방근의 시선에 이끌려 들어오듯 말을 걸어왔다. "오늘이 3일. 10일쯤으로 할까. 앞으로 일주일 정도면 날짜는 충분할 거 같은데, 내 사정도 그때가 좋아."

"……지금 그 일로 얘기를 하려던 참이었습니다만, 좀 전에 말씀드린 대로 그 일에 대해서는 잠시 생각할 여유를 주시지 않겠습니까."

이방근은 꺼내기 힘든 말을 했다. 상대의 표정이 불쾌한 덩어리처럼 확실히 움직였다. 친척들도 이씨 가문을 위해 애를 쓰고 있으니, 그렇게 하겠습니다……라고 공경의 마음으로 듣기 좋은 대답을 할 수 있다면 서로 간에 얼마나 좋을까. 그야말로 그 한마디에 아버지가 자식에 대해 품고 있는 수많은 응어리가 단번에 풀어 질 것이다. 거짓으로라도 그렇게 하고 싶었지만, 마음이 완고하게 움직이지 않았다.

좌중은, 식기에 부딪치는 숟가락 소리가 사라지고 잡담도 끊겨 조용해졌다. 이방근의 대답이 술자리에 침묵의 분위기를 몰고 온 것만은 틀림없었다. 생각할 여유를 주세요……라는 대답은, 맞선 거부를 의미한다는 걸 친척들은 알고 있었다. 그것은 결과적으로 이방근에게 친족회의는 있어도 그만 없어도 그만이라는 무시의 대상이 된 것이고, 친척들로서는 일부러 참석한 오늘의 회합에 헛걸음을 팔았을 뿐만 아니라, 지금까지의 노력이 수포로 돌아가는, 그리고 앞으로도 거의 가능성이 없음을 의미했다.

그건 맞선을 거부하겠다는 말인가……? 하고 결착을 강요하는 듯한 말은 아무도 하지 않았다. 그렇습니다, 하는 대답이 명백했다. 어험, 으-흠……. 헛기침과 한숨이 뒤섞인 가운데, 탁자 위에서 식사하는 소리가 되살아났다. 절제하며 맥주를 마시던 이태수는 잠자코 있었다. 병풍을 뒤로 한 가늘고 긴 탁자 맞은편의 이방근과 대각선의 자리에서, 족보 이야기를 하는 노인들의 목소리가 들려왔다. 족보를 꺼내 오는 게 어떤가……라든가, 술자리에 족보를 꺼내 올 것까진 없 겠지……. 아니, 문중만이라면 마지막 한 권으로 충분하지 않나. 그 러니까 ××이씨 시조부터의 족보를 전부 보려는 건 아니야……. 이렇 게 주고받는 대화 속에서 분명히 양자 운운……하는 말이 나오는 것 을 이방근은 들었다. 뭐라고? 족보와, 양자…….

양자 건은 오늘 회의에서도 장로 중 한 사람이 말을 꺼낸 일이 있어 서, 하나의 비유로 생각하면 되는 것이다. 그러고 보니 회의 때마다, 지난번 문중회의 석상에서도 양자 문제가 도마에 올랐었다. 아버지 이태수 자신이 문중에서 양자를 들이려 해도 버젓한 아들이 있어서는 어쩔 도리가 없다. 일본처럼 딸을 집에 두고 생판 모르는 타인 중에 양자로 들이는 제도가 부럽다……고 했는데, 그것은 일종의 빈정대 는 말이면서, 양자를 들이지 않겠다는 반어적 표현도 될 것이었다.

이방근은 자신의 존재를 전적으로 부정하는 듯한 언사가 여봐란듯 이 친척들의 입에 오르내리는 것에 대해서도, 원래 그런 것에 무관심 하기도 했지만, '양자'도 그와 같은 어감으로 받아들이고 있었다. 이 세상에 이방근이 존재하지 않는다는 전제하에 양자 논의는 할 수 없 는 것이고, 그건 이방근을 견제하면서 족쇄를 채워 결혼의 울타리 안 으로 몰아넣기 위한 분위기 조성과 같은 것이었다.

게다가 문중에서는 이태수가 열성을 기울이는 것만큼은 내년에 태 어날 예정인 아이에게, 그것은 경사로운 일이지만, 설령 남자아이라 해도 종손을 대신할 후계자로서는 기대하지 않고 있었다. 실제로 그 러한 것은 노년에 아이를 낳는 아버지의 환상은 될 수 있어도, 실질적 인 의미는 없었다. 따라서 이방근이 존재하지만 존재하지 않는 것과 마찬가지라면 양자 건은 현실적인 문제가 되었다.

"그런데, 방근이는 양자에 대해 어떻게 생각하고 있지?"

단신의 장로가 쉰 목소리로 말했다. 노인이지만 콧날이 오뚝하고 위엄이 있어 보이는 인물로, 조금 전에 종마 이야기가 나왔을 때 담뱃대로 재떨이를 탁! 내리치면서 불손한 말을 한다고 이방근을 나무라던 친척이었다.

"무슨 말씀이십니까? 양자를 어떻게 생각하느냐고 말씀하시는 건……." 이방근은 이것은 역시 같은 견제라고 생각하면서도, 지금까지와는 의도가 다르다는 걸 느꼈다. "문중회의에서도 얘기가 나왔습니다만, 저 대신에 양자를 이 집에 데려온다는 말씀이십니까?"

"……그런 건 아니야. 그건 너무 딱 잘라 말하는 거고."

"그럼, 무슨 말씀이십니까?"

딱 잘라 말한다고는 해도, 결국 그것밖에 없을 것이다.

"방근이의 생각을 물어보는 걸세."

"……?" 이방근은 고개를 갸웃거린 뒤 계속했다. "어떻게 생각하고 있느냐고 해도, 양자라고 하면 결국 그런 거 아닙니까. 그것은 무엇보다 아버지와 문중의 의사에 따라 결정되는 일이겠지요. 제 생각이라든가 의견을 말할 성질은 아니라고 생각합니다."

"물론 양자를 방근이가 결정할 수 있는 일은 아니지만, 방근이는 종가의 종손이라는 입장에 있으니 묻는 걸세. 그 당사자로서의 의향이 지금 대답에는 보이질 않아……."

아무래도 지금까지의 견제나 비유와는 다르게 다그쳐 왔다. 양자의 건을 구체적으로 추진하려 한다는 직접적인 느낌이 들었다. 흐―음, 가슴의 고동이 울렸다.

"저로선 할 말이 없습니다. 제 의사에 따라 양자를 들일지 말지 결정되는 것도 아니잖습니까. 좀 전에 딱 잘라 말한다고 하셨지만, 저에게 네 생각은? 하고 묻는 건 좋지 않다고 생각합니다만. 그리고 조금 전에도 말씀드렸지만, 문중회의의 결정대로 선을 보는 것 말고는 결혼을 인정하지 않겠다는 말씀이십니까?"

"……그건." 틈을 두었다가 이경수가 말했다. "아까부터 말한 대로라네."

"방근이는 고집이 너무 세군. 난감한 일이야……."

"제가 고집을 부린다고요……?" 이방근은 왼쪽으로 두세 사람 건너에 있는 목소리의 주인공인 이상근 쪽으로 노려보듯 고개를 돌렸다. "전 스무 살이 아닙니다. 전 대학생 때 맞선을 보고 결혼을 했는데, 지금 도대체 누가 결혼을 한다는 겁니까. 바로 접니다. 저는 문중회의의 결정을 무시할 생각은 털끝만큼도 없습니다."

털끝 어쩌고는 쓸데없는 말이었다.

"결과적으로 문중을 무시하고 있지 않은가. 적어도 한 번은 선을 봐야 하는 법이네. 중간에 사람을 넣어서 그쪽 집안과도 이야기가 진행된 상태인데, 선을 보기도 전에 약속을 깨뜨리면 쌍방의 체면은 어찌되겠는가. 이를 위해 문중의 어르신들이 얼마나 발품을 파셨는지 아는가. 이건 자네 개인의 문제가 아니라는 걸 모르겠나. 그래서 난감하다는 걸세……."

"……어험, 아직 식사 도중인데, 이래선 음식이 목구멍을 넘어가지 않아. 우선 식사를 마저 끝내는 게 좋겠어."

"……."

유원이 방에 들어오더니 오빠 옆으로 와서, 외과의사인 고 선생님으로부터 전화라고 말했다.

"고 선생……?"

응접실에 들어가 수화기를 들자, 고원식의 목소리가 들리고, 고일대가 와 있다고 전했다.

"고일대……?"

이방근은 지금 전화를 하고 있는 고원식 본인과 착각하고 되물었는데, 그게 강몽구의 별명이었다는 걸 떠올리고 얼굴을 붉혔다. 의원에 직접 와 있다고는 하지 않았지만, 어쨌든 성내에 모습을 나타냈다는 뜻일 것이다. 머물고 있는 부산에서 월초에 제주도로 돌아오는 대로 꼭 이방근을 만나고 싶다는 부탁을 받았다던 양준오의 이야기가 떠올랐다. 오늘 밤은 친족회의가 있어 갈 수 없겠지만, 내일 정오, 강몽구와 만날 장소와 시간도 약속하지 않은 채 의원을 찾아가기로 했다. 친척들……이라니, 무슨 제사라도 있나, 비밀의……. 그래서인지 한잔 걸친 냄새가 나는군. 음, 헷헤, 댁의 제삿날은 대충 알고 있는데……. 변함없이 구김살 없는 모습이 전해져 오는 어투로 말했다. 아니, 그 친족회의일세. 귀찮고 성가신 회의가 지금 진행 중이라……. 용건의 전달은 간단했고 전화는 끊겼다.

강몽구……. 이방근은 수화기를 전화함 옆에 걸고 나서 잠시 우뚝 서 있었다. 음, 나영호를 강몽구에게 소개해야 하는데……. 어떨까? 강몽구는 종손이 아닐까, 하는 실없는 생각을 했다. 그러고 보니, 종손인지 어떤지는 모르지만 남승지도 외아들이고, 양준오는 이를테면 사생아다……. 그건 그렇고, 정말 이 집에 양자를 들일 생각이 있는 건가. 으-음, 이방근은 갑자기 일이 현실적으로 움직이고 있는 것 같다고 느끼자, 그것이 믿어지지 않았다.

양자……. 이방근은 끝까지 양자를 반대할 생각은 없지만, 만일 그것을 부정하려면 종가의 종손으로서의 역할을 다해야 했다. 조금 전 회의에서는, 종손으로서 가문을 잇는 것에 반대하는 건 아니라고 했지만, 솔직히 그럴 생각은 없었다. 한 달에 한두 번, 1년에 열 몇 번 치러야 하는 제사에 진절머리가 나서 그런 건 아니었다. 그런 영향이 아주 없는 건 아니지만, 어쨌든 종가의 종손이라는 것이 달갑지 않았다. 하지만 갑작스레 현실성을 띠게 된(그런 식으로 꾸민 것인가) 양자 이야기가 불쾌하게 느껴지는 것은, 이른바 양자택일을 강요하는 듯한, 양자를 들이는 것이 싫으면 문중회의가 하라는 대로 결혼을 해라, 그렇지 않으면……이라는 일종의 협박이 거기에 있었다.

　양자를 들이는 경우에는, 이방근이 문중에서 추방되어야 한다. 그럴 만한 구실을 스스로가 만든 것을 부정하기는 어려웠지만, 그것은 이방근에 대한 말살이었다. 그것은 의절, 부자 관계를 끊는 것으로 이어진다. 아버지는 어떤 기분으로 아들과 친척들의 이야기를 듣고 있는 것일까. 이방근은 거의 의식적이라고 여겨질 만큼 무뚝뚝하고 말없는 얼굴을 떠올렸다. 어쩌면 아버지가 그런 일까지 생각하고 있는 건 아닐까……. 응접실에서 나온 이방근은 일종의 전율과 함께 취기가 사라지는 걸 느꼈다. 양자……. 그렇다면 새로운 종마의 양성이 된다. 농담이 진담처럼 되어 가고 있었다.

　"제가 자리에서 일어나는 바람에 얘기가 중단된 것 같습니다만……." 이방근은 자리로 돌아오자 바로 입을 열었다. "상근이 형님 말씀도 지당하십니다. 그렇기도 해서 저는 아까부터 잠시 생각할 시간을 달라고 말씀드리고 있는 겁니다. 어쨌든 그것이 문중에 대한 무시라고 한다면, 그리고 꼭 그래야 한다면, 문중회의에서 말이 나온 대로 해도 상관없습니다. 양자 얘기도 나오고 있습니다만, 기묘하지만 필요하다면 이 집에 양자를 들이는 것도 좋지 않겠습니까. 누가 후보로 올라와 있는지는 모르겠지만, 전 간섭하지 않겠습니다. 그렇게 되면 간섭할 자격도 없어지겠지요. 제 말이 이상하게 들릴지 모르겠습니다만, 굳이 제 생각을 말씀드리자면 그렇다는 겁니다……."

　이방근은 마지막으로 이경수 쪽을 보면서 말했지만, 전 이 집을 나가겠습니다……라고 평소 생각하고 있던 말을 입 밖으로 내지는 않았다. 이쯤에서 천천히 일어나 자리를 뜨는 게 극적이고 효과도 만점이겠지만, 그러지는 않았다. 그러지 않아도 방금 전화 때문에 자리를 비웠지 않은가. 그것과 상관없이, 설령 계속 앉아 있었다고 해도 바뀌는 일은 없을 것이다. 효과라든지 여운을 남긴다는 등, 조금이라도 상대에게 일임하겠다는 듯한 미련이 남는 행동은 하지 않고, 끝까지 추이를 지켜보겠다는 듯이 이방근은 그 자리에서 움직이지 않았다.

좌중은 잠시 숨이 멎은 것처럼 아무 말도 없었다.

이방근의 말은 도발적이기까지 했다. 그러나 그것은 도발 이전의, 그저 멍하게 믿기 어려운, 도발로 받아들일 여유조차 없었다고 하는 편이 옳았다. 양자 건에 대해 말이 오가고, 그것이 도마에 오를 만큼 좌중의 분위기가 조성되어 있었기에, 문중의 입장에서 본다면 문제의 원인은 이방근에게 있었으므로, 그 나름의 그를 자극하는 말도 나왔지만, 좌중의 망연자실이라고 할 만한 침묵의 양상은, 이러한 결과를 예상하지 못했던 사태의 의외성을 나타내고 있었다. 이 집안의 버젓한 아들이자 종가의 종손인 자신을 대신해, 권위 있는 의무와 동시에 모든 재산, 그 밖의 권리까지 계승하게 될 양자를 들이세요……라고 하는 것은, 정상적인 인간이 할 수 있는 말은 아니다. 가령 이것이 문중에서 시도한 도발의 결과로서 이방근 쪽이 걸려든 게 아니라면, 그것은 더 이상 정상적인 사태는 아니었고, 문중으로서의 도리나 이치가 통할 여지가 없었다. 아니, 이방근은 정말로 머리가 이상해진 것은 아닐까.

그 누구도 감히, 장로들도 이방근의 말에 정면으로 대응하기를 망설였다.

"웃호호, 도대체가……."

아버지 이태수의 조금 취기가 밴 쉰 목소리가 들렸다. 무거운 입을 연 아버지의 조금 고통스러운 듯 일그러진 기색의 얼굴을 보고 이방근은 정신이 번쩍 들었다. 아버지가 졸도라도 하는 거 아닌가 하는 생각이 들었기 때문이다. 집안 문제, 딸의 문제를 포함한 이른바 자식 문제에 대한 대응을 둘러싸고, 언젠가 다시 졸도할 가능성이 있다. 그러나 퉁방울눈을 뜨고, 이런 괘씸한 놈! 하는 아들을 향한 호통 소리가 이방근의 걱정을 날려 보냈다.

"너는 누구를 향해 함부로 말대답을 하는 거냐. 네 앞에는 연세 드신 어른들이 계신다. 버릇이 없어도 유분수지." 그는 잔에 담긴 미적지근한 맥주를 한 모금 마셨다. "……음, 양자 얘기가 나왔다 싶었더니, 어서 자유롭게 양자를 들이라고 했느냐. 양자 들일 줄 몰라서 그러는 줄 아느냐. 넌 할 말 다해서 속이 시원할지 모르겠다만, 아무도 놀라지 않는다. 네가 없으면 이 집안이 유지되지 못할 거라고 생각해선 안 된다. 문중만이 아니다. 세상 사람들이 다 알고 있는 일, 이제 와서 체면이고 뭐고 없다. 자신이 잘못했다는 걸 알면서도 사죄할 줄은 모르고, 마치 방귀 낀 놈이 성낸다는 식으로 행동하는구나. 유아독존, 자신의 일 밖에 머릿속에 없다니. 자식을 잘못 낳아 이 꼴이구나. 아니, 내 교육이 잘못돼 벌을 받는 거야……."

"태수 형님, 말씀이 지나치십니다……."

뜻하지 않게 이건수가 이의를 제기했다.

"뭐? 말이 지나쳐? 그건 누구한테 하는 말인가. 이런 소리를 아들자식한테 듣고도 잠자코 있으란 말인가. 난 문중의 종손이야. 애비 앞에서, 친척 어르신들 앞에서, 이 집에 양자를 들이라니, 이런 무뢰하고 버릇없는 놈이……."

"어험, 그만하면 됐네, 그만하게……. 그렇다고 체면이고 뭐고 없다니, 양반가의 호주가 할 말은 아니야……."

아버지가 휘청거리며 일어나는 것을 본 이방근은 깜짝 놀라 엉덩이를 들어 올리려 했다.

"……저 여잘 데려와 살면 되겠네. 보통 여자가 아니야. 으-음, 여기 있으면 가슴이 답답해서 난 잠시 안방에 가 있겠네……."

뒤에 오는 말은 이건수를 보며 했다. 그리고 아버지는 문이 열려 있는 옆방을 지나 맹장지문을 열고 그 안쪽의 방으로 들어갔다. 이방근은 아버지 뒤를 따라갈 수도 없어 신경이 쓰였지만, 안방에서 인기척이 나는 것으로 보아 계모가 부엌에서 돌아와 있는 모양이었다.

친척들의 면전에서 꽤나 폐부를 찌르는 아버지의 말이었지만, 이방근은 동요하지 않았다. 독기를 품지 않은 일종의 으름장이었으나, 그는 자신의 정색을 하고 나오는 듯한 말이 지닌 무게를 느끼고 있었다. 그리고 흥분한 나머지 이야기 도중에 아버지가 쓰러지지는 않을까, 그쪽을 걱정하고 있었다. 그건 그랬다. 이제 와서 체면이고 뭐고 없을 테니까, 아들의 지금까지의 소행 하나하나를 끝도 없이 들추어낸 모양이었다. 그것만으로도 불행한 아버지의 푸념에 무한한 영양원이 된다. 계모의 임신을 숙부인 건수에게만 직접 장거리로 알리는, 어딘지 모르게 보복을 하는 듯한 고약한 심보. 그리고 결혼의 마지막 강제의 장인 문중, 그리고 친족회의. 이방근은 그것이 아버지의 자신에 대한 공적인 제재로 생각되었다. 양자……. 문중으로서도, 아버지 이태수도 어지간하다. 그리고 그에 대해 그렇게 하시죠……라고 대응하는 나 자신도. 아니 아니야. ……남자아이보다 여자아이가 좋다, 라고 들려오는 악마의 속삭임. 유원이 녀석까지 저래가지고서는 차라리 양자를 들이는 편이 나을 것이다……. 내가 왕족이라면 결국, 헤헤 왕위계승권을 스스로 버리고, 혹은 쫓겨나서, 들판을 헤매는 운운……

그런 상황인가, 후후…….

"건수는 지금 태수의 말이 지나치다고 했지만, 그렇지 않네." 단신 장로가 짧은 목을 늘이며 말했다. "방근이 말이, 부친 앞에서 지나치다고 해야지……."

"저도 방근이가 양자를 들여도 상관없다고 한 건 지나쳤다고 생각합니다만, 그런 대답이 나오도록 좌중의 분위기를 만든 탓도 있지 않습니까."

"건수 숙부님, 무슨 말씀을 하시려는 겁니까. 전 진심을 말했습니다."

"방근이 자넨 가만있게. 내가 얘기하고 있잖은가. ……친족회는 회의인 만큼, 거기에서 양자 얘기가 나오는 것도 경우에 따라서는 어쩔 수 없다고 생각합니다. 그건 어디까지나 얘기일 뿐이지, 구체적인 실행을 의미하는 건 아니니까요. 그러나 저도 들었지만, 아까 나온 이야기만 해도 어딘지 석연치 않습니다. 방근을 그런 식으로 몰아간 느낌조차 저에게는 들었습니다……."

"허허, 쓸데없는 소리를……. 그건 건수가 잘못 들은 걸세." 단신의 장로가 말했다. "그런데 난 방근이에게 묻고 싶은데, 입양, 양자를 들여도 좋다는 건 무슨 연유인가. 유서 깊은 가문의 종손 자리에는 아무나 앉는 게 아니야. 왕조로 말하자면, 왕위에 오를 위치에 있는 팔자를 가진 자를 말하는 것. 우리 이씨 문중으로서도 종손의 지위는 충분히 보증되어 있다는 것이야……."

"전 그런 얘기에는 관심이 없어서 말입니다. 좀 전에 말이 지나치다는 말씀을 하셨는데, 거듭되는 발언을 허락해 주신다면, 극악무도한 불효자가 되겠지만, 전 그런 일에 미련이 없습니다. 아버지도 안 계신 자리에서 반복되는 말입니다만, 만일 그리 될 수만 있다면, 그래서 문중 종손의 가문이 계승될 수 있다면, 송구스럽지만 부탁을 드리고 싶은 심정입니다. 얘기가 여기까지 나온 이상……, 솔직히 말씀드려서 이게 제 진심……."

"이봐, 방근이, 쓸데없는 소리는 그만해!" 이건수가 갑자기 이방근을 꾸짖었다. "양자, 양자……, 대체 무슨 소린가. 살아 있는 인간이, 어엿한 종손이 있는데도, 당치도 않은 얘기를 반복하다니. 왜 난데없이 그런 얘기를 방근이한테 물어야 한단 말인가. 그러자고 열린 친족회의가 아니거늘……."

"여긴 술집이 아니네. 냉정하게 얘기를 하라구……."

"냉정하니까 이런 얘기도 하는 것이고, 전 술도 못 해 술집엔 가지도 않습니다. 방근이 편을 드는 것은 아니지만, 이런 얘기는 적당히 했으면 합니다. 방근이는 문난설의 일도 있는데 그렇게 갑자기 서두를 순 없을 겁니다. 그 여자의 일도 지금 최종적으로 결정 난 게 아니니까, 서서히 해결해 가면서 뭔가 방법이 생길 때까지 유예를 주어야 하고, 맞선 날짜를 예정보다 크게 미루는 게 나을 것 같습니다. 물론 방근이가 오늘이 돼서야, 그것도 친족회의 석상에서 갑자기 문씨 얘기를 꺼낸 건 옳지 않아."

이방근은 원래 일이 심각해지는 것을 싫어하는 건수 숙부의 단호한 태도에 내심 놀랐다.

"그건 안 돼. 건수는 아직 모르는가 보군."

단신의 장로가 한마디 하고 고개를 흔들었다. 맞선 날짜는 이달 10일쯤이라고 말한 장본인 이경수는 입을 다물고 있었다.

"그건……," 어느 정도 취기가 오른 듯한 이상근이 보충이라도 하듯 말을 받아 끈질기게 이야기했다. "그래서 경수 숙부님이 맞선날짜를 며칠 내에서 오는 10일쯤은 어떠냐고 말씀하신 거 아닙니까. 그걸 방근이가 받아들일 수 없다고 하잖아요. 음, 받아들일 수 없다니, 어떻게 하면 좋겠습니까? 크게 미룬다는 건 맞선을 파기, 혼담 자체를 파기하자는 것과 마찬가진데, 건수 숙부님은 서울에 계신 관계상 이쪽 문중의 사정엔 어두우신 겁니다. 실제로……."

"음……." 이건수는 고개를 끄덕였다. "그렇다 치고, 그래서 양자를 두어야 한다는 말인가. 난 서울에 떨어져 있어서 문중 사정에 어두운 것도 사실이지만, 가령 우리 가문에 양자가 필요하다고 한다면, 그건 대체 무얼 위해선가……?"

"어허, 양자 얘기가 또 나왔는데, 그건 우리 가문의 장래를 걱정하기 때문이야. 방근이가 종손 역할을 다한다면 아무런 문제는 없어. 자자손손, 선조의 혼백을 기리는 제사를 지내는 게 종손의 당연한 본분일세. 명당은, 그 자리에 선조의 묘를 쓰면 그 후손이 번영한다는 묏자리로서 최고의 자리. 우린 '명당의 자손'이고, 방근이는 그중에서도 종손이라서 문중의 문제가 되는 게야. 만약에 양자가 필요하다면 달리 방법이 없잖은가. 대체 무얼 위해선가? 라고 건수는 이해 못 할 소리를 하고 있는데, 서울에 살고 있어 이쪽 사정에 어두운 건 어쩔 수 없지만, 무책임한 말을 해선 곤란하네. 날짜를 크게 미룬다는 건, 혼담을 위해 애쓰고 있는 경수는 아무 말도 않지만, 맞선을 보지 않겠다는 것밖에 안 돼(이경수는 불쾌한 표정으로 말없이 음식을 입에 넣고 있었다). 문중으로서는 그건 안 될 일이야. 결정에 어긋날 뿐만 아니라, 우리 문중의 존망이 걸린 문제라구. 아니면 태수처럼 그 서울에서 왔다는 여잘 데리고 살라는 말이라도 하라는 겐가. 그 다음은, 어떻게 되는 건가? 물론 태수는 그걸 진심으로 말한 게 아니야……."

"더 이상, 서울에서 온 여자라든가, 그 얘기는 그만 좀 하세요."

이방근은 갑자기 문난설의 얼굴이 눈앞에 크게 클로즈업 되면서, 순간적으로 가슴이 끼익하고 아플 정도로 고동치고, 소름이 돋아 서늘하게 온몸으로 퍼지는 것을 느꼈다. 조금 전에 아버지가 던진 말에는 아무렇지도 않았는데, 지금은 문난설이 머릿속 공간으로 들어와, 도대체 이방근 선생님은 거기서 무얼 하고 계십니까? 하고 웃고 있는 것처럼 생각되었다. 그래, 친족회의의 공방 때문에 문난설의 존재를 잠시 잊고 있었던 것 같다. 도대체 나는 뭘 하고 있단 말인가. 그는 얼굴이 달아올랐다. 아니 이거, 이방근은 임시방편으로 삼으려던 일의 결과가 빼도 박도 못할 정도로 심각해졌음을 깨달았다.

"그만하라고? 방근이, 도대체 자넨 우리에게 뭘 바라는 건가."

이방근이 이쪽으로 벌겋게 달아오른 얼굴을 내밀며 말했다.

"그러니까, 서울여자라든가, 문난설이라든가, 그런 말을 듣고 싶지 않다고요."

갑자기 대안의 중압감을 전신에 느낀 이방근은, 반사적으로 입으로 가져간 소주잔을 탁자 위에 놓았는데, 탁! 하는 소리가 의외로 크게 났다.

"뭐라고……? 말버릇이 그게 뭔가."

이상근도 잔 바닥으로 탁자를 치면서 말했다. "후후후, 어째서 자네 부친이 말할 땐 아무 말도 못하는 건가. 자기 신변에 관한 일은 스스로 정리를 하는 게 어때. 모두 친척들에게 그 대가가 돌아온다구. 그래가지고서 종손의 역할을 할 수 있겠나. 어쩔 수 없이 양자 문제가 나오는 거라구."

"그러니까 양자든 뭐든 맘대로 하시라고요."

"아니, 형님한테 그런 건방진 소리를!" 이상근이 다시 잔으로 탁자를 내리쳤다. 절대 다수라는 의식이 평소와 다르게 기세가 등등하게 만들었다. "그 정색하고 말대꾸하는 태돈 뭐야……!"

좌중의 목소리가 높아지고, 이러니저러니 소란스러워졌다. 이방근은 입가에 싸늘한 미소를 지으며 천천히 일어났다. 안쪽 방의 맹장지 문이 열리고 아버지가 나타났다. 이방근은 이쪽 방을 향해 똑바른 걸음걸이로 다가오는 아버지를 등지고 묵묵히 방을 나왔다. ……정말이지, 대단한 종손님이로군. 등 뒤에서 술기운이 오른 어투로 내뱉고 있는 이상근의 목소리가 들렸다.

그는 툇마루를 따라 자신의 방으로 향했다. 뒤에서 인기척이 났는데, 유원이었다. 여동생이 따라왔다. 이내 그녀는 오빠 옆에 나란히 섰지만, 아무 말도 하지 않았다.

……내년에 태어나는 아이는 남자아이보다 여자아이가 좋아. 여동생의 목소리가 이방근의 마음속 공간에서 중얼거렸다. 여자아이 쪽이 좋아……. 앗, 핫, 핫하, 이 작은 악마 같으니라고……. 이방근은 웃었다. 그리고 여동생의 풍성한 숱의 머리를 가볍게 때리는 시늉을 했다.

"오빠, 놀랐잖아, 무슨 일이에요?"

"넌 나쁜 여자야. 아버지 잘 모셔."

"오빠, 왜 그래요? 마치 유언처럼."

"아무것도 아니야."

꾀병을 연기하고 있는 문난설이 있는 방 앞까지 왔다. 방의 불은 꺼진 채였다.

"이거 정말 죄송합니다. 폐를 끼쳐서……."

이방근은 어두운 방 앞을 천천히 지나가면서 문난설에게 들리도록 말했다.

"오빠, 왜 그래요?"

"아무것도 아니야."

이방근은 웃었다.

제19장

1

　남승지는 숲 속의 숯 굽는 오두막 폐가에서 나와 밀림의 작은 산길
을 따라 사람 키 높이의 억새풀이 무성한 초원으로 나섰다. 숯 굽는
오두막의 아지트에는 아무도 없었다. 도당 조직부 관계자 세 사람이
최근 함께 있었지만, 한 사람은 이미 서부 한림 지구의 조직책으로
떠났고 한 사람은 근처에 주둔하고 있는 게릴라 소대로 가 있었다.
　풀이 무성한 평지를 따라 왼쪽으로 잠시 가자, 경사면이 나오고 그
앞쪽은 계곡이었는데, 그 주변에서 와-앗, 와-앗 하는 함성과 구령
소리가 뒤섞여 들려왔다. 게릴라 소부대의 훈련이었는데, 한결같이
무거운 M1총을 들고 산의 경사면을 달려 오르내리기를 반복하고 있
었다.
　총성이 울리면서 깊은 산골짜기에 메아리가 울려 퍼졌다. 사격 훈
련이었지만, 근처에 적이 있을 때는 절대로 할 수 없는 일이었다. 날
아오른 꿩이 총을 맞는 것과 마찬가지다. 총은 미군용의 M1총이었
다. 봉기 당시에는 구일본군이 사용하던 99식 소총 30정, 그 밖에 공
기총 정도였으나 그 후 전개된 전투에서 무기를 탈취하거나, 또 국방
경비대 등 입산했을 때 있었던 무기 반입이 게릴라의 장비를 강화시
켰다. 박경진 연대장 암살사건으로 체포되어 군사재판에서 사형선고
를 받은 현상일 중위에게 배속되었던 수십 명이, 모슬포의 연대 무기
고에서 무기와 화약 등을 훔쳐 트럭에 싣고, 경찰 토벌대와 교전하면
서 서귀포를 통해 입산한 것은 이미 4월 하순이었다. 이처럼 군의 반
란과 경찰관들의 입산도 있어서, M1총 등의 무기도 어느 정도 보급
되어, 쇠창이나 죽창이 거의 대부분이던 봉기 당시에 비하면, 상당히

근대적으로 변해 있었다.

남승지는 잠시 발을 멈추었다가, 시야를 가릴 것처럼 키가 크고 빽빽이 자란 풀숲을 수영하듯 헤쳐 가며, 훈련장과는 반대편인 관음사로 향했다. 초가을의 바람은 서늘했지만, 오후의 태양의 열기를 한껏 받은 주변은 아직도 풀숲의 후덥지근한 열기로 가득했고 숨이 막힐 것 같았다. 한동안 걸어가자 전방 오른쪽으로 조금 높은 아미산의 관목 숲이 보였고, 그 품에 안기듯 서 있는 관음사 가람이 햇빛에 반사되고 있었다.

관음사는 일시적인 조직회의에 이용되기도 했는데, 아직 정식 아지트는 아니었다. 조직의 회합이 필요할 때, 연락에 따라 각 방면에서 한두 사람씩 분산하여 집합했다. 김성달 전 게릴라 사령관과 안민수 도당위원장 등 여섯 명이 입북을 위해 섬을 탈출한 지 한 달 반이 지났지만, '평정'에 따른 소강 국면이기도 하여 조직에 큰 혼란이 없는 가운데, 며칠 전에 면, 읍당위원장이 참가한 조직회의가 관음사에서 열렸다. 월북 간부의 귀환이 예정돼 있었기 때문에 인사는 토의되지 않았지만 언제 돌아올지 알 수 없었다. 강력한 원조를 받아 이미 평양을 출발해도 좋을 무렵이었다. 혹시 귀환이 9월 9일 이후로 연기되는 것일까. 남북조선 총선거의 결실로서, 닷새 뒤로 다가온 9월 9일에 창건되는 인민공화국의 탄생을 지켜본 후가 되는 게 아닐까 하는 것이었다.

이성운 게릴라 사령관 대행이 주재한 조직회의에서는 '북'의 공화국에 대한 지지, 본토로부터 증원군의 이동 여하 등, 적의 동향과 정보 수집, 당의 아지트의 설정, 물자 보급(어선의 조달을 포함하는 이 문제로 도당 부위원장 겸 조직부장인 강몽구가 부산에 가 있었다), 조직 강화 등이 토의되었다. 하지만 조만간 관음사에 게릴라 부대나 조직의 아지트가 옮겨 온다 해도, 지금은 수시로 절을 이용하고 게릴라 부대를 그 주변에 주둔시키면서, 잠시 정세의 움직임을 살핀 후에 결정하기로 했다.

별도로 확대조직부회의가 승방에서 부부장인 장 동무와 그 밖의 읍당 위원장, 게릴라 사령관이 참가한 가운데 열렸다. 주된 내용은 2주 전인 8월 20일, 읍사무소 적기 게양 사건의 여파로 남승지가 체포되어 반나절 동안 유치된 사건에 대해, 그로부터 2, 3일 후 긴급조직부회의에서 이루어진 토의의 재확인이었다. 남승지의 보고, 그에 대한 토의와 비판, 남승지의 자기비판, 결국 소강상태 하에서의 혁명적 경계심의 문제였고, 금후 남승지를 성내 지구에 파견할 것인지, 성내 출입을 계속시킬 것인지 여부가 조직부의 결정대로 도당에서도 확인하였다.

긴급조직부회의에서는 남승지의 임무를 성내 세포조직의 조직책뿐만 아니라, 비밀당원인 양준오의 정보 청취와 도당의 지시사항 전달도 포함시켰다. 그리고 이방근에 대한 물자 조달용 어선 공작은 강몽구의 담당이었지만, 남승지의 간접적인 공작에 따른 영향이 크고, 이방근에 대한 공작을 계속하기 위해서는 남승지의 존재가 필요하다는 강몽구의 지적이 있었다. 또한 연락원인 부엌이에 의한 이씨 집안의 뒷문 개방과 '아지트'화가 언급되어, 남승지 이외에 성내 지구 조직책의 적임자는 없다는 결론이 났다. 이방근의 집에 드나든 것도 문제가 되었지만, 한층 혁명적 경계심을 높여 성내 출입을 계속하라는 결정이 내려졌다. 전에 조천면의 당 조직 부장이었던 장 부부장은, 체포 당시 적에게 조직의 기밀 누설 여부, 부당 체포든 아니든, 적의 정당 체포를 바라는 것은 환상이고, 체포된 것 자체가 혁명적 경계심의 문제라고 심문하듯 비판했지만, 승방에서는 같은 말을 반복하지 않았다. 장 동무가 같은 말을 다시 꺼냈다면 남승지와 충돌을 피할 수 없었을 것이다.

남승지는 전에는 Y리의 세포 십여 명과 함께 아지트를 중산간 부락이나 산기슭으로 옮겨 다녔지만, 지금은 도당 조직부의 아지트에 속해 있었다. 그 절 주변의 아지트에 있으면서, 가능한 한 절에 상주하는 것을 피했다. 게릴라가 주둔하기도 했고 절을 수시로 도당의 아지트로 삼기도 하면서 회의가 있을 때는 산문 밖의 하늘을 덮을 것처럼 울창하고 거대한 삼나무 가로수 사이로 난 넓은 참배 길 입구 주위에 보초가 섰지만, 7월 중순의 게릴라 '소탕' 발표 이후, 최근 한두 달 간은 소강상태를 보이고 있어서, 토벌대가 관음사로 접근하거나 습격하는 경우는 없었다. 지금도 신자들은 가끔 이 깊숙한 산 속의 절까지 찾아왔다. 신자들 중에는 일부러 해안 부락의 정보를 가져오거나 연락을 겸해서 오는 사람도 있었지만, 또 신자이면서도 밀고자 역할을 하는 경우도 있을 수 있었기 때문에, 신자가 찾아오면 똑같이 아지트의 전원이 승방 뒷문으로 빠져나가 모습을 감추었다.

길 없는 넓은 초원을 왼쪽으로 벗어나면 결국 계곡에 이르지만, 오른쪽은 한라산 중턱의 밀림이 이어졌다. 숲에 가려 아득히 먼 정상은 보이지 않았다. 절이 가까워질수록 매미의 울음소리가 온 산을 가득 메우듯 쏟아져 내렸다. 지금껏 귓가에 들리던 냇물 소리도 매미의 울음소리에 지워져 버린 것 같았다. 매미 울음소리는 마침내 귀의 내부로 침입하여, 몸 전체를 침범한 것처럼, 산간의 새파란 하늘 아래서, 남승지는 잠시 아주 기묘한 느낌의 소리 속에 갇혀 버렸다.

관음사를 둘러싼 숲의 새벽에 지저귀는 매미의 울음소리는 엄청난 새들의 소리를 압도하고도 남을 정도였다. 이제 곧 끝날 여름과 작별하기 위해 자신들의 마지막 생의 목숨을 바쳐 울부짖는 노래이기도 하였다. 생을 향한 노래……. 비명과, 어딘지 분명하지 않은 총성. 사격 훈련을 하는 총소리는 아니었다. 여기까지 오면 훈련의 총성은 거의 들리지 않았다. 매미가 한층 울어 델 뿐이었다.

남승지는 순간 얼굴을 찡그리며, 그대로 절을 향해 걸었다. 최근 목격한 처형 광경이 떠올랐다.

며칠 전 저녁 무렵, 숲 속의 아지트를 나와 초원으로 들어섰을 때, 훈련장으로 쓰고 있는 계곡 근처 풀숲에서 인기척이 났다. 바로 여러 명이라는 걸 알았지만, 조금 이상한 느낌이 전해지는 그 낌새에 남승지는 무심코 그쪽으로 발걸음을 옮겼다. 서너 명 정도인 것 같았는데, 꽤 가까이 다가가 무성한 풀숲 사이로 살펴보니, 계곡을 향해 비탈을 내려가는 그들은 게릴라 대원이었고, 가운데 있는 사람은 마치 포로처럼 묶여 있어서, 처음에는 적이거나 그 비슷한 사람일 거라고 생각했지만, 그런 것이 아니었다. 차림새나 모습이 아무래도 같은 게릴라 동지였다. 어딘가 장소를 안내하고 있는 듯했는데, 양손이 묶인 게릴라의 발걸음은 마치 겁을 먹은 개처럼 앞으로 나아가질 못했다. 이윽고 그들은 계곡으로 내려가 계류 근처의 나무 그늘에 가려진 커다란 바위 옆으로 가더니 멈춰 섰다. 그리고 묶인 서른 살은 넘어 보이는 남자가 자기보다 젊은 대원들에게 고개를 끄덕이며, 턱으로 여기라고 가리키는 듯한 동작을 했다.

그곳에서 묶인 밧줄이 풀렸다. 그리고 막 자유로워진 두 팔은 겨드랑이께에서 붙잡혔는데, 뒤로 돌아간 또 한 사람이 낡은 헝겊조각으로 남자의 눈을 가렸다. 눈을 가리면서 무슨 말인가를 하는 것 같았지만, 알 수 없었다. 그러자 얌전히 눈가리개를 하던 남자가 무릎을 무너뜨리듯 지면에 주저앉는 순간, 뭔가 비명을 지르며 날뛰기 시작했다. 양 옆에 있던 두 사람이 억지로 상대의 얼굴을 땅에 내리누르고, 거의 동시에 재빠른 동작으로 눈이 가려진 남자의 관자놀이를 겨눈 권총의 총구가 불을 뿜었다. 정말이지 한순간의 일이었다. 머리에서 피가 뿜어져 나왔다. 두 사람이 남자의 양팔을 놓자, 앞으로 구부린 자세로 옆으로 쓰러졌다.

서로 얼굴을 쳐다본 뒤 시선을 돌린 세 사람은, 잠시 그 자리에 우두커니 서 있었다. 한 사람이 피투성이의 눈가리개를 풀었다. 죽은 사람의 얼굴이 나타났다. 곧 근처에 삽으로 구덩이를 파고 셋이서 정중히 매장하였다.

나중에 안 일이지만, 뭔가의 통적 행위 때문이 아니라, 부녀자 폭행에 대한 죽음의 제재였다. 해당 게릴라 대원이 우연히 계곡에서 피난민 여자가 용변을 보고 있는 곳으로 접근해서는 결국 욕정을 참지 못해 그 여자를 덮쳤는데, 비명을 지르려 하자 총을 들이대고 협박, 폭행을 했다. 계류를 조금 올라간 계곡의 경사면 동굴에는 성내 위쪽의 O부락 등지에서 군·경의 토벌대를 피해 입산해 온 수십 명의 피난민들이 있었는데, 거기에서 내려온 한 여자가 게릴라 대원의 눈에 띄었던 것이었다. 해당 게릴라 대원의 경우는, 전투의 소강상태가 계속되는 상황에서 오는 규율의 이완이었고, 더구나 적을 향해야 할 총을, 설사 그것이 제스처에 불과했다 해도 우리 측 민중을 겨냥한 것은 적 이상의 비열한 행위로 간주되었다. 그것은 규율의 적용이었고, 자아비판의 여지는 이미 없었다.

무장, 비무장을 불문하고 게릴라 부대의 규율은 엄중했다. 특히 이성 관계에는 용서 없어, 잘못이 있으면 즉시 규율을 적용해 처형했다. 이것은 게릴라 대원들뿐만 아니라, 피난민에 대해서도 마을의 부녀자에 대해서도 마찬가지였다.

남승지는 처형의 적용은 알고는 있었지만, 그런 장면을 목격한 것은 처음이었다. 소속 부락의 세포단위, 게릴라의 소부대 단위로 아지트를 옮겨 다니고 있지만, 문제가 생길 경우에는 그 단위 조직에서 결정을 해도, 전원이 보는 공개적 처형은 피하고 있었다. 중학생 같은 소년소녀들도 많은 수가 함께 생활하고 있기 때문이었다. 적에게 위치를 알리는 오발이나 행군 중에 수목의 나뭇가지에 총의 방아쇠가 걸려 일어나는 오발 사고의 처벌도 엄격했다.

남승지는 몸 전체를 침범한 듯한 매미의 울음소리 속에, 처형된 게릴라 대원의 들린 것 같으면서도 분명하지 않은 어렴풋한 비명이 총성과 함께 떠올라, 자신도 모르게 눈을 감고 그 자리에 멈춰 섰다.

공중에 거꾸로 매달린 여자의 사체. 경찰 토벌대의 어느 경찰지서 전망대 위에 매달려 있었다. 서북 출신의 한림경찰 토벌대장과 함께 살해된 그의 아내였다. ……제주 여자인 아내라는 사람은 완전히 '서북'의 수족이 된 첩이었다. 시체를 매달아 놓는 건 당연해……. 바람에 천천히 흔들리는 치마를 거꾸로 뒤집어쓴 여자의 사체. 점심 전에 한림 지구로 향한 임 동무가(그는 같은 조직부원으로, 연령은 서른에 가까운 성실하고 용감한 선배 동지였는데), 언젠가 했던 말이었다. 남승지도 그 말에 고개를 끄덕이며 그렇지…… 하고 대답했다.

7월 말, 한림의 경찰 토벌대가 한림리 근처 여러 부락의 남북 총선거를 위한 지하투표운동을 궤멸시키기 위해, 일개 소대 규모의 병력으로 작전을 전개했는데, 사전에 정보를 입수한 지구의 무장 민위대가 적의 트럭이 통과하는 지점 한 곳에 잠복해 공격 작전을 펼쳤다. 민병들은 그 통과 지점의 도로가 완만한 언덕길 경사지의 커브를 이용해 도로의 양쪽에 10미터 간격의 참호를 파고 잠복해서는 전속력으로 달려온 트럭이 커브에서 속도를 낮추는 순간 좌우, 후방에서 기습 공격을 가했다. 참패한 토벌대는 경찰지서장이기도 한 토벌대장 등이 사살되자 패주했는데, 추격하던 민위대가 지서로 난입하여 숙사에 있던 지서장의 아내를 사살하고 그 사체를 망루에 걸어 놓았던 것이다.

이 전투는 게릴라 부대는 참가하지 않고 민위대의 단독 작전이었는데, 당시 한림 지구의 조직책으로 가있던 임 동무는 이 광경을 보면서 마을을 빠져나갔다. 이 경찰지서장 겸 토벌대장 부부의 사살은 게릴라 '평정'을 발표한 이후에 일어났다는 것이 문제였다. 이래서는 '평정'이라든가 '소탕'이라고 할 수 없었다. 다만 게릴라의 직접적인 참가가 없어서, 모처럼의 '평정' 성명의 근본까지 뒤흔드는 것은 아니었지만, 지하투표를 강력하게 추진하는 도민과 민위대와의 전투에서 패한 것은 토벌대에게 적지 않은 충격을 준 모양이었다.

겨우 초원을 빠져나와 절의 대웅전 건물 좌측에 위치한 승방(승방이라고 해도 거기에는 주지의 방과 절을 관리하는 목포보살의 방이 있었고, 달리 스님도 없는가 하면 주지도 거의 자리를 비워서, 아침저녁의 근행은 용백이 했다)의 낮은 지붕이 보이는 곳까지 왔을 때, 뭔가 사람의 비명이 들리는 듯했다. 처음에는 환청이거나 지금 막 떠올렸던 동료에게 총살당한 게릴라의 비명이라고 생각했는데, 그렇지가 않았다. 그것은 비명이라기보다 살아 있는 인간, 여자의 목소리, 새된 소리가 터져 나오고 있었다. 그리고 그 사이로 신음 같은 소리도 들려왔다.

"아아, 용백이다."

또 시작이구나…… 하고 생각하면서 발걸음을 재촉했지만, 남승지가 어찌 할 수 있는 문제도 아니었다. 그는 어떻게 할까 망설이면서 승방의 옆길을 지나 절의 경내로 들어갔다. 주지도 부재중이었다. 지금 절에 있는 것은 신경질적으로 새된 소리를 지르고 있는 목포보살과 개처럼 두들겨 맞고 있는 용백뿐이었다.

용백을 때리는 대나무 채찍 소리는 경내 정면 안쪽의 처마 밑에 대웅전이라는 커다란 액자가 있는 법당 쪽에서 나고 있었다. 좁은 승방에서 구타가 시작될 때도 있었지만, 용백이 저항하지 않고 기어 다니

듯 빙빙 도는 사이, 어느 사이에 넓은 법당 쪽으로 옮겨 가 있었다. 불단 위에서 석가여래를 비롯한 몇 갠가의 불상이, 그리고 배후의 벽화에 그려진 극채색의 산신상이 물끄러미 내려다보고 있음에도 불구하고, 이 사디스트적인 대나무 채찍의 구타는 본당의 잘 닦인 마루 위에서 쫓고 쫓기며 그녀의 팔에 힘이 다할 때까지 계속된다. 반나체로 등가죽이 찢기고 살점이 떨어져 나갔다. 용백은 커다란 몸뚱이를 둘로 구부려 접고, 양손으로 머리를 감싼 채 그저 때리는 대로 몸을 맡기고 있었고, 가늘게 갈라진 대나무 채찍은 가차 없이 그 손을 내리쳤다. 꾹 참는 신음소리만 낼 뿐, 울부짖지도 않고 비명도 지르지 않는 용백의 태도가 목포보살을 한층 자극하고 흥분시키는 것 같았다.

용백이 맞고 있는 무서운 광경을 처음 목격한 것은 1년 전쯤이었다. 절에서 하룻밤을 묵은 다음날 새벽이었는데, 꿈결에 들린 이상한 비명 소리에 놀라 눈을 뜬 남승지가 동료 한 사람을 깨워 소리가 들리는 대웅전 쪽으로 가서, 옆의 출입구 문틈으로 안을 들여다보았다. 아직 희끄무레한 법당 내에 불단의 촛불이 조용하게 비추고 있는 반들반들하게 닦인 마루 위에서 아수라장이 전개되고 있었다. 으-음, 히잇ㅡ, 이놈, 짐승 같은 공양주 놈아! 밥만 많이 처먹고 이만 들끓는 공양주 놈아! 부처님이 아침부터 밥을 태우라고 하든, 이 식충이 공양주 놈아! 이ㅡ힛……. 무서운 형상을 한 그녀는 창백한 안면, 가늘고 길게 찢어진 눈을 치켜뜬 반야 같은 모습이었다.

사십 대 중반의, 젊었을 때는 갸름한 얼굴의 상당한 미인이었음을 충분히 짐작케 하는 그녀의 얼굴은 귀신처럼 변해 있었다. 이래도 그럴래, 이래도……. 그때 사람의 기척을 눈치 챈 그녀는 말리러 들어간 남승지 등에게, 피로 물든 대나무 채찍을 늘어뜨린 채 서슬이 시퍼렇게 다가와 그 자리에서 쫓아내고 말았다. 그것은 다른 사람의 개입을 허용하지 않는, 뭔가 두 사람만의 비밀스런 의식이라도 있는 것처럼, 그녀는 발작이 일어나면, 발작이라고밖에 달리 표현할 수 없지만, 주지가 절에 있든 말든 상관없이 대나무 채찍으로 용백을 내리쳤다. 주지는 용백의 고통스러운 신음소리를 들어도 일절 개입하지 않았다.

이렇게 대나무 채찍의 구타가 끝나면, 이윽고 그 귀신같던 얼굴은 어디론가 사라지고, 그녀는 부처님 같은 미소를 머금고 짐승의 어미가 그 자식의 몸을 핥으며 사랑스러워하듯이, 용백을 더할 나위 없이 자상하게 위로하는 것이었다.

……너는 그 돼지우리 같은 수용소에 또 가고 싶은 게냐! 그렇게 맛있는 밥을 실컷 먹여 주는데도, 또다시 수용소에 가고 싶다는 거냐, 이 굼벵이 같은 공양주 놈아! 절밥이 그렇게 맛이 없더냐! 너는 절 일은 내팽개치고 뭣 하러 산천단까지 갔다 온 게냐……. 용백은 아이고-, 아이고-……라는 신음소리만 낼 뿐이었다. 목포보살은 경내 한 모퉁이에 나타난 사람 그림자를 알아차렸는지, 본당 정면의 열린 문 안쪽에서 이쪽을 향해 얼굴을 돌린 것 같았는데, 그 채찍질은 멈추지 않았다.

남승지는 가슴을 송곳으로 찌르는 것 같은 날카로운 통증을 느껴 자신도 모르게 한 손으로 누르면서, 경내 끝에 있는 연못 앞을 지나, 사다리로 올라가게 돼 있는 높은 마루의 헛간 앞까지 왔다. 연못의 연꽃잎 위에 올라앉은 개구리 몇 마리가 울기 시작했다. 그는 헛간 앞에 흐트러진 채로 있는 장작 패는 곳에서, 웃통을 벗은 뒤 큰 도끼를 들고 장작을 패기 시작했다.

넓적다리만 한 장작을 커다란 그루터기 위에 세우거나, 떡갈나무 횡목을 밑에 대고 눕힌 다음, 도끼로 일격을 가해 몇 갠가로 쪼갰다. 잘 맞을 때는 두 개로 쫙 갈라졌다. 전에 이방근의 집에 갔을 때, 부엌이가 장작을 패던 상쾌하게 작렬하는 소리가 떠올랐다. 거친 숨을 내쉬는 그녀의 동작은 남자처럼 힘차고 격렬했다. 이방근은 이미 서울에서 돌아와 있지 않을까. 그러나 이번에는 성내에 가도 만나지 못할 것이다. 밥 짓는 것부터 청소, 걸레질, 빨래, 곡식은 재배하지 않지만 그 외의 자급자족을 위한 채소밭 가꾸기, 풀 뽑기, 그리고 근행 등등, 절의 모든 일을 혼자 도맡아하는 용백으로서는 그 모든 걸 감당하지 못할 때도 있어서, 조직이 절에 머물 때는 함께 일을 도와주게 되었다. 민중의 물건은 바늘 하나, 실 한 올이라도 취하지 않는다…… 게릴라가 절에서 식사 등을 해결하기도 했기 때문에 그것은 당연한 일이었다.

남승지는 오는 5일, 일요일에 조직책의 일로 성내에 가게 되었다. 이를 위해 사전에 연락책을 보내야만 했다. 우선 절 밑에 있는 산천단으로 가 그곳 마을의 연락원인 소녀와 소년이 릴레이식으로 거의 중간지점인 A리 부락까지 연락을 하고, 거기서부터 다시 다른 연락원이 넘겨받아 성내로, 3차 혹은 4차에 걸친 연락책에 의해 성내로 가는 일시를 알리는 방식이었다. 마지막 연락책이 오늘 밤 안에는 도착해야 하는데, 이미 움직이기 시작했을 것이었다.

산천단의 작은 마을에서는 우선 벼랑 끝에 있는 포교당의 작은 절에 있는 아직 삼십 대인 젊은 주지나, 혹은 벼랑 동굴에 살고 있는 목탁영감을 거쳤다. 그리고 나서 마을의 소녀나 소년 중 누군가에게 연락책의 메모가 전달되는데, 직접 용백이 전달할 때도 있었다. 그러나 만약 성내나 다른 부락에서 사람이 와 있을 경우에는 용백 자신이 절의 주인이기도 해서 포교당이나 목탁영감을 통하는 편이 무난했다.

목탁영감이 게릴라에 협력하고 있다는 사실을 알았을 때, 남승지는 의외란 생각이 들었다. 이방근이 영감을 깊이 존경하고 있다는 것은 알고 있었지만, 그건 이런 일과는 다른 차원이라고 생각했기 때문이다. 남승지는 목탁영감을 재평가하고 그런 그에게 감동을 받았다.

그런데 성내에 간다고는 해도, 가능하면 직접 읍내로 들어가는 위험은 피하는 것이 좋았다. 적기(赤旗) 게양 사건 때는 '범인'이 체포되어 무고한 부당 체포가 증명되었지만, 만약 고라는 간수가 연락해서 양준오가 데리러 오지 않았다면, 심한 변을 당했을지도 몰랐다. 남승지는 처음부터 성내로 들어가는 것을 피해서, 그 바로 앞에 있는 한천 상류의 바위가 드러난 개천 바닥에서 성내 지구 책임자와 그 밖의 조직원들을 내일 저녁 무렵에 만나기로 했다. 또한 양준오와도 만나려면 달리 연락을 취해야 하는데, 상황을 봐서 그대로 읍내에 들어갈지도 몰랐다.

산천단까지 첫 연락은 용백이 해 주었다. 남승지는 그 일을 확인하면서 장작 패기를 도와줄 생각으로 절에 왔는데, 당사자인 용백이 대나무 채찍으로 얻어맞고 있었던 것이다.

장작 패는 울림이 매미 울음소리가 쏟아지는 넓은 경내에 메아리쳤다. 주지도 그렇고 목포보살 스스로, 절이 가끔 조직의 은신처가 되고 있는 관계였지만 조직의 활동에는 기쁜 마음으로 협력을 표명하였고, 용백이가 연락책을 수행하는 것도 인정하고 있었다. 그녀 자신도 하산하여 성내나 그 밖의 지역으로 갈 경우는, 필요에 따라 연락 등의 역할을 수행하면서도, 예의 발작이 일어나면, 그게 뭐든 간에 구타의 빌미가 되는 것 같았다. 그게 아니면 용백이 절의 희생양으로 체포당한 뒤 포로수용소로 보내지고 나서, 그녀의 심경에 변화가 일어났던 것일까.

남승지가 잠시 손을 멈추자, 어느새 비명 소리가 사라지고, 대나무 채찍의 구타가 끝난 듯해 보였다. 갑자기 진한 액체처럼 깊은 정적이 절을 가득 채웠다. 채찍을 내리친 쪽의 그녀 자신도 완전히 지쳐서 방으로 돌아가고, 만신창이가 된 용백은 본당 구석이나 머슴방에서, 빈사의 동물처럼 몸을 누인 채 신음소리를 내고 있을 것이 틀림없었다.

흘러내리는 물소리가 끝없이 귓가에 들렸다. 본당과 승방과는 반대편의 부엌이나 큰 방이 있는 건물 사이의, 아미산으로 오르는 초입의 바위 틈새에서 맑은 물이 푸른 대나무 관을 타고 흘러내리고 있었다. 거기는 물 마시는 곳이자 손 씻는 곳으로, 절에 필요한 물을 공급하는 장소였다. 남승지는 문득 까닭모를 슬픔이 복받쳐 올라오면서, 양손에 쥐고 있던 큰 도끼를 머리 위로 높이 치켜 올렸다 힘껏 내리쳤다. 장작이 똑바로 갈라지며 튕겨 나갔다.

절 안은 사람이 없는 것처럼 아무런 기척도 없었다. 대충 상상은 되었지만, 남승지는 잠시 후 도끼를 땅에 던져 놓고, 경내를 지나 물 마시는 곳으로 갔다. 그리고 차가운 낙수를 양손으로 받아 벌컥벌컥 마셨다. 그는 땀범벅이 된 얼굴과 몸을 씻고 나서, 용백이 있는 머슴방에 가 봐야겠다고 생각했다. 덥수룩이 자란 수염의 뻣뻣한 감촉이 손바닥에 남았다. 성내에 가기 전에 수염을 깎아야겠다. 공복을 느끼던 참에 물로 배를 채웠는데 맛있는 물이 고마웠다. 게릴라는 식량 확보와 동시에 물이 있는 곳을 찾아 그 주변에 아지트를 만들어야 하는데, 그것이 항상 지리적 조건과 합치한다고는 할 수 없었다. 그런 점에서 관음사는 아지트로서 부족함이 없었다. 그러나 일정한 아지트에 언제까지나 머물러 있을 수는 없었다. 특히 관음사는 이미 적의 기습을 한 번 받은 적이 있었고, 전투가 재개되면, 아지트로 적합한 장소일지라도, 그대로 출입을 계속하거나 게릴라의 근거지로 삼을 수는 없을 것이었다.

"명우 동무, 미안하우다, 장작을 패 주어서."

부엌이 있는 건물 끝 머슴방에서 키 큰 용백이 느릿느릿 툇마루로 나와서는 합장을 하고 인사를 하며 말했다. 손에는 상처의 흔적이 있었다. 그 소시지처럼 긴 코끝에도 상처 자국의 딱지가 있었다. 누렇게 바랜 하얀 저고리 곳곳에 피가 배어 있었다.

"용백이, 괜찮아?"

"괜찮고 말구."

용백은 자상하게 웃으며 말했다.

"으-음……."

참견할 일이 아닌 건 알지만, 남승지는 아무래도 이해가 가지 않았다. 고문에 비유한다면, 죽이지는 않는다고 해도, 경찰의 그것에 뒤지지 않을 만큼 잔혹한 처사였다. 그에 대해 용백은, 아이고-, 왜 나를 이렇게 때리는 거우꽈, 아이고-, 부처님, 용백이를 살려 줍서…… 하고 신음하면서 충실한 개처럼 일절 반항하지 않았다. 이 굼벵이가 부처님을 잘도 찾네……! 하고 채찍이 쓸데없이 한 번 더 늘지만, 용백은 그런 그녀에게 원망도 증오도 품고 있지 않는 것 같았다. 만약 힘 센 용백이 미친 듯이 날뛰면 목포보살의 가냘픈 몸의 뼈들은 순식간에 분해되고 말 것이었다. 용백은 그녀를 자신의 어머니나 다름없다고까지 말했는데, 거기에는 이유가 있었다. 그녀는 기분이 좋을 때는 친자식 이상으로(그녀에게 자식이 있는지 없는지는 몰랐지만) 용백을 아꼈고, 오랜만에 산을 내려가 읍내에 다녀올 때는 용백을 위해 양말이나 셔츠 따위를 사오기도 했는데, 그것만이 아니었다. 더 깊은 사연이 있는 것 같았다.

"용백, 미안해."

용백은 우뚝 선 채 고개를 옆으로 가볍게 흔들고, 두 팔을 움직여 몸 여기저기를 북북 긁었다. 저고리의 소매와 옷자락 사이로 부슬부슬 허연 부스럼 딱지가 떨어져, 툇마루 위에 하얀 가루처럼 흩어져 내렸다. 개중에는 어렴풋이 빨갛게 물든 것도 있었다. 용백의 몸 전체에 생긴 기계충 같은 딱지가, 온몸을 비틀며 무릎걸음으로 도망치는 사이에 피부가 까지고, 상당히 벗겨졌던 것이다.

용백은 그걸 알아차리자, 자신의 몸이 더러운 것은 둘째 치고, 본당 마루며 툇마루, 온돌방의 장판도 반들반들하게 걸레질을 했던 습성대로 툇마루 구석에 있는 빗자루를 가지고 와 천천히 땅으로 쓸어내렸다. 그리고는 툇마루에서 내려오더니 땅에 웅크리고 앉은 자세로, 이것 좀 보라고 남승지에게 말한다. 응? 남승지도 함께 쭈그리고 앉아 땅바닥을 들여다보고, 그리고 주변을 둘러보았지만, 아무것도 없었다.

"왜 그러는데?"

용백은 한동안 말없이 땅을 계속 쳐다보고 있다가, 겨우 손가락으로 한 곳을 가리키면서, 자, 여기를 보라……고 말했다.

물 있는 곳이 가까워 습기 찬 검은 지면에 하얗게 흩어진 부스럼 딱지의 파편들이 꿈틀거리며 움직이는 것을 느꼈는데, 어느새 개미 떼가 무리지어 와 있었다. 그리고 그 부스럼 딱지 파편들 하나하나를 물고 어디론가 나르기 시작했다. 입에 물고 전진하는 놈이 있는가 하면, 마치 줄다리기라도 하듯이 조금 큰 수확물을 뒷걸음치듯 뒷다리로 당기면서 운반하는 놈, 두세 마리가 함께 공동 작업을 하는 놈들도 있었다. 이윽고 개미 떼가 열심히 움직인 주위는 순식간에 말끔하게 치워져 버렸다.

남승지는 으ㅡ음…… 하고 낮게 신음소리를 냈으나, 처음에는 무슨 일인지 알지 못했다. 게릴라는 아니지만, 앞으로 다가올 겨울에 대비해 개미들이 식량을 비축하고 있다는 것일 게다. 개미들의 재빠른 움직임도 그러하거니와, 상처의 아픔도 잊고 아이처럼 웅크리고 앉아 그것을 바라보고 있는 용백의 모습에 남승지는 신음하였다. 목포보살의 심기가 불편할 때 용백의 이런 모습을 발견한다면, 바빠 죽겠는데 무슨 짓이냐며 그 대나무 채찍이 날아오기 십상이었다.

윗도리를 걸쳐 입은 남승지는 용백과 함께 툇마루로 올라선 뒤 머슴방으로 갔다. 용백의 커다란 몸이 조금 굽은 것은, 어렸을 때부터 일을 너무 많이 한 탓은 아닐까. 헌 신문 조각들이 둥글게 말려 방구석에 뭉쳐져 있었다. 침으로 적신 신문 조각으로 상처의 피를 빨아들인 흔적이었다. 남승지는 용백에게 일주일 전에 아지트의 구급상자에서 가져온 작은 크림 병에 든 연고를 꺼내게 한 뒤, 저고리를 벗으라고 일렀다. 그리고는 대나무 채찍의 상처와 부스럼 딱지가 벗겨져 떨어져 나간 흔적이 있는, 다부진 등과 팔에 하얀 연고를 조금씩 정성껏 발라주었다. 성내의 병원에라도 가면 낫겠지만, 그럴 신분도 아니었고 바라지도 않았다. 그렇다 하더라도 속세로 내려갈 때면 셔츠 같은 것을 사다준다는 목포보살이 왜 약에는 생각이 미치지 못하는 것인가.

"목포보살은 너무 하는군."

남승지는 비난이 섞이지 않은 어투로 말했다. 용백은 그렇다고도, 그렇지 않다고도 하지 않고 그저 침묵을 지켰지만, 비난의 어투가 아닌 사실만의 지적이 마음에 들었는지, 얼굴에 그 말이 맞다는 듯한 미소를 지어 보였다. 남승지는 부스럼 딱지의 파편들이 들러붙는 손가락 끝으로 약을 발라주면서, 문득 조금 전 툇마루 아래의 지면에서 열심히 먹이를 운반하고 있던 개미들의 움직임을 떠올렸다. 연고의 화학적 성분을 흡수한 부스럼 딱지가 개미들에게 해가 되지 않고 식량이 될 수 있을까.

남승지는 용백이 산천단의 포교당 주지에게 연락을 했음을 확인하였다. 그는 혼자 거주하는 작은 절의 주지지만, 해방 전에 서울에 있는 불교 관련 전문학교를 나온 유식한 승려로, 관음사의 주지처럼 파계승이 아니었다. 비록 승복은 걸쳤지만 그리고 많은 말을 하지는 않지만, 게릴라에라도 참가할 것 같은 스님이었다. 시각은 네 시 전이었는데(이 한 시간 빠른 서머타임이란 것은, 서울 같은 도시라면 모를까, 제주도 같은 농어촌 지대라든가, 특히 이런 산사에서는 거의 의미가 없었고, 전혀 그 기능을 하지 못했다), 지금쯤은 산천단의 연락원이 A리로 향하고 있을지도 몰랐다. 3, 4킬로미터의 내리막길이니, 용백처럼 큰 걸음으로 느릿느릿 걸어가도 두 시간 안에 도착할 수 있었다. 틀림없이 오늘 밤 안으로 성내에 연락이 닿을 것이었다.

입술 언저리까지 늘어진 것처럼 기묘하게 긴 코가 사람들에게 느긋한 인상을 주었지만, 느림보, 굼벵이라고 불리고 있는 것처럼, 그 동작과 말은 느렸다. 그 웃을 때와 사람을 바라볼 때, 마치 어린애처럼 무심하게 빛나는 길게 찢어진 커다란 눈이 아름답고 부처님처럼 자상했다. 그 눈이 가만히 쳐다볼 때면, 어린아이의 검은 눈동자 빛이 지긋이 와 닿는 것 같아 오래 쳐다볼 수가 없었다. 용백의 나이는, 그가 어릴 때 절에 맡겨졌기 때문에 본인도 확실하지 않지만, 우리 나이로 스물두세 살, 남승지보다 한두 살 어린 정도일 것이었다.

갑자기 본당 쪽에서, 대—엥, 대—엥…… 하고 회향(回向)의 종소리가 울렸다.

남승지는 이유도 없이 움찔하였으나, 별일 아니었다. 목포보살이 조금 전까지 아수라장이던 본당의 불단 앞에서 예배를 드리고 있는 것이었다. 이윽고 엄숙한, 조금 오싹하면서도 동시에 어딘지 모르게 애처로움과 교태를 띤 목소리로 염불을 시작했다.

염불을 올리는 대상이 석가모니나 보살 같은 불상인데도, 살아 있는 그녀가 보살인 것은 이상하지만, 이 큰 절의 관리인으로 이른바 주지 대신에 실권을 쥐고 있는 그녀에게, 여신도들이 약간의 존경을 담아 그렇게 부른 모양이었다. 전에 목포 근처에서 여관의 여주인을 했기 때문에, 앞에 목포라는 지명이 붙었을 것이다. 머슴방 온돌의 구석 쪽 장판이 찢어져 마른 흙바닥이 드러나 있었는데, 거기에도 개미 몇 마리가 우왕좌왕하고 있었다.

"법당 바닥 청소는 끝났어?"

남승지가 물었다.

용백은 고개를 끄덕였다. 땀과 피가 튀기기도 하고, 대나무 채찍의 파편이 남아 있을 때도 있는 아수라장의 뒤처리는(불단 앞에서 피를 보이는 건 참으로 불경스러운 일이지만), 깨끗이 청소하고 걸레질을 해 두지 않으면, 그것만으로도 목포보살의 노여움을 사게 된다. 아니, 그보다도, 그대로 두었다가는 부처님이 책망하실 거라고 용백은 생각했다.

남승지는 용백을 보고, 오늘만큼은 장작 패는 일은 나한테 맡기고 용백은 좀 쉬다가 다른 밀린 일을 하라고 말했다.

남승지가 자리에서 일어나 물가에서 손을 씻고 있자니 용백이 불렀다. 그리고는 열 몇 평쯤 되는 큰 온돌방(예전에는 음력 4월 8일 석가탄신일 등의 불사에 몇십, 몇백 명의 신자들이 찾아온 경우의 휴식과 숙박, 혹은 큰 식당이 되어 활기가 넘쳤다) 앞의 부엌 찬장에서 창호지로 싸 놓은 삶은 고구마를 꺼내서는 먹으라고 권했다.

배가 고팠던 남승지는 몇 개의 고구마 중에서 한 개를 먹고, 맛있는 물을 마시자, 갑작스런 포만감을 느꼈다. 용백은 남은 것을 가지고 가라고 했다. 산천단에 간 용백이, 마침 마을 사람이 혼자 사는 주지에게 삶은 고구마를 가져다 줬는데 그걸 얻어왔다고 했다. 마을 사람은 들고 온 대나무 바구니의 또 다른 꾸러미를 가리키며, 이것은 동굴에 사는 목탁영감에게 가지고 갈 거라고 전했다.

남승지는 남은 삶은 고구마를 얻어가기로 했다. 고맙네, 용백이. 그 대신 장작을 많이 패 놓고 갈게, 음……. 한림 지구에 간 한 사람은 오늘 돌아오지 않을 테니, 아지트에 남은 두 사람의 저녁식사는 큰 고구마 네 개로 대충 해결될 것이었다.

아지트를 찾아 이동하는 중에 노숙을 하는 경우라면 몰라도, 일정한 아지트에 한동안 머무를 때의 식사는, 보리나 좁쌀 같은 곡물을 반합에 지었다. 쌀은 거의 없었지만, 그건 보리나 좁쌀과는 달리, 행진 중에도 그대로 잘 씹어 먹으면 배를 채울 수 있었다. 산천단 동굴의 목탁영감이 예전부터 식사 대신 생쌀을 씹어 먹는 것을 남승지는 몇 번이나 보았다. 감자나 이 섬의 주산물인 고구마, 그리고 관음사 일대에 밀생하는 고사리가, 그리고 도라지와 그 밖의 나무나 풀뿌리도 캐내어 날것 그대로든 불이 있으면 익혀서 먹었다. 그러나 어쩌다 먹는 말린 생선 이외에, 육류는 섬사람들 자체가 가난한 탓으로 거의 먹을 수 없었다. 산속에서 사슴 등을 총으로 쏘아 잡는 경우는 요행에 속했다. 남승지가 성내에 묵으면서 삶은 돼지고기 등을 먹을 수 있는 경우는, 그야말로 '부수입' 이상의 벌을 받을 것 같은 생각이 들 정도였다. 하산해서 일단 읍내나 마을에 들어가면, 다시 산으로 돌아가고 싶지 않다는 생각이 드는 것은 결코 과장된 이야기가 아니었다.

도당이나 각 면, 읍당에 물자 보급계가 있었지만, 소대 단위로 분산해서 행동하고 있을 때는 각각의 단위로 식량을 자급, 조달해야만 했다. 중산간 부락 등의 아지트로 운반되어 오는 차조떡이나 미숫가루 등은, 마을의 부녀자들이 입산한 남편과, 아들 딸, 형제들을 생각해서 정성껏 만든 귀중한 식량이었다.

차조로 만든 떡은 잘 부패하지도 않고 딱딱하기 때문에, 취사할 필요가 없이 간편한 휴대식량이 되었다. 봉지에 든 미숫가루를 주머니에 넣고 걸어가면서 먹으면 배고픔을 견딜 수 있었다. 물에 타 잘 저으면 향이 좋은 먹을거리가 되고, 물이 없을 때는 그대로 입에 털어넣기 때문에 불이 필요 없었다. 적과의 전선이 근접해 있는 전투 중에는 취사 연기에 세심한 주의가 필요했다. 연료인 장작으로는 넝쿨 종류나 청미래 덩굴 같은 연기가 나지 않는 것을 사용한다. 연기를 피우지 말 것, 소리를 내지 말 것, 산등성이를 걷지 말 것, 이는 게릴라에게는 3대 금기였다.

소부대 단위로 산야를 이동할 때는, 비무장 소대라도 각자가 달팽이처럼 '자신의 작은 집'을 등에 짊어지고 걸었다. 적당한 자루에 필요한 물품을 넣어 배낭 대신 짊어지거나, 손에 들고, 허리에 차고, 모포를 길게 접어 양끝을 동여맨 것을 한쪽 어깨에서 반대편 허리 쪽으로 비스듬히 걸쳐 메고 걷는다. 아지트뿐만 아니라, 삼림이나 숲, 노천이라 할지라도 노숙을 할 경우에는, 그걸로 몸을 말고 잠을 자는 것이다. 숯 굽는 오두막 아지트에는, 때로는 지붕으로도 쓰고 텐트 대용인 남승지의 모포가 있었는데, 이것들은 일본이나 본토에서 보내온 것이었다.

식량이나 그밖에 물자 저장소는, 당장 필요한 분량을 제외하고, 각각의 게릴라 주둔지와 근처 보급원이 되는 마을 사이의 적당한 장소에 구덩이를 파서 만들었다. 우물 옆에 구덩이를 파거나, 마른 우물을 이용하기도 했고 아니면 산소 주변의 돌담 밑에 구덩이를 파기도 했고, 또 저장을 위한 동굴을 만들고 외부는 위장을 하기도 했다.

게릴라—인민유격대의 관할은, 제주도 전체를 세 방면으로 나누어, 중심부의 성내를 포함한 제주읍, 조천면, 구좌면의 북동부를 제1연대(제1지대), 애월면, 한림면, 대정면, 안덕면, 중문면 서부를 제2연대(제2지대), 서귀면, 표선면, 남원면, 성산면의 남동부를 제3연대(제3지대)로 하고 있었는데, 제주읍의 행정구역에 속하는 관음사는 제1지대의 관할에 들어갔다.

관음사는 그 입지부터 게릴라의 근거지로 적합했다. 다만 이곳이 도당 조직의 아지트나 게릴라의 근거지라는 점이 적에게 알려져서는 의미가 없었다. 어쨌든 관음사 자체는 자명한 존재이고, 그 소재를 파악하는 것도 쉬워서, 어떻게 하면 은밀하게 아지트로서 가능하면 장기간 버틸 수 있는가가 관건이었다. 그러려면 도당 조직의 아지트는(지금까지도 그래 왔지만) 여기저기라는 식의 소문을 흘리는 등의 양동 작전도 생각할 수 있었다. 그러나 너무 자명하기 때문에 은신처로는 적합하지 않을 것이라는 식의, 역으로 맹점을 찌를 수도 있었다.

게릴라나 도당 아지트의 설정은 아직 결정되지 않았지만, 관음사 근처에 몇 군데 물자 저장소가 만들어져 있어서, 우선 필요한 물자는 관음사로 운반될 터였다.

자금과 물자 조달을 위해 부산에 가 있던 조직부 책임자인 강몽구가 9월 3, 4일에 귀환할 예정이라서, 이미 섬에 돌아와 있는지도 몰랐다. 그에게는 그 밖에도 조직적인 일들이 있었다.

일본과 제주도, 부산 간을 밀무역으로 왕복하며, 일본에서 들어오는 물자의 일부를 조직으로 보내 주던 배가, 예정된 기한이 지났는데도 제주도로 돌아오지 않았다. 그러던 중 그 배가 조직에는 비밀에 붙이고 일본에서 들여온 물자를 직접 부산으로 가지고 가, 거기에서 부정으로 유출시킨 것 같다는 정보가 들어왔다. 배가 조직의 소유는 아니었지만, 선주가 조직원이고, 자금의 일부는 조직에서 나왔기 때문에, 그러한 처사는 조직에 대한 배신이었다.

강몽구는 그 선주를 붙잡을 작정이었지만, 일본으로 출발한 뒤였는지도 몰랐다. 유력한 보급로 하나가 끊겼는데, 이번의 물자 조달이 잘 이루어져서 무사히 상륙했다면, 그 일부가 관음사로 반입될 터였다.

"자, 한바탕 일을 해 볼까."

부엌 바닥의 구석에 앉아 배를 채운 남승지가 일어서자 용백도 따라 일어섰다. 남승지는 부엌을 나와 마루 위의 헛간 옆으로 가서는 다시 장작을 패기 시작했다. 파란 하늘에 새하얀 구름이 몇 갠가 천천히 떠가고 있었다. 본당 안쪽에서 목포보살의 염불 소리가 나지막하게 들려왔다.

뜻하지 않게 물자의 제1진이 도착한 것은 그로부터 두 시간쯤 뒤인, 남승지가 장작을 정리하고 아지트로 돌아가려고 할 때였다.

우선 산천단 마을에서 아직 국민학생인 소년 한 명이, 목동처럼 소를 몰 때 사용하는 자작나무 가지로 만든 채찍을 손에 들고 찾아와서, 안면이 있는 남승지를 발견하자, 마을에 짐이 와 있는데 반 시간쯤 후에 올라온다고 알렸다. 그리고는 산천단 마을은 안전, 오는 도중 마을에서도 별다른 연락이 없었으니 괜찮을 거라고 일러주고 산을 내려갔다. 손에 든 소똥 묻은 채찍으로 소를 몰고 왔지만, 소는 절에 들어올 수 없어 참배 길 입구의 말뚝에 매어 두었다고 했다.

남승지는 무성한 풀숲을 지나 아지트로 돌아와, 게릴라 부대에서 복귀한 동료 천 동무와 함께(임 동무라든가 천 동무라고 부르지만, 그것이 본명은 아니었다. 일반적으로 본명은 서로 몰랐다) 다시 관음사로 향했다. 두 사람은 도중까지 짐을 마중가기로 했다. 부엌 옆 산문으로 통하는 길에서 왼쪽을 향해 참배 길이 열려 있었다. 두 사람은 울창한 삼나무 숲 속의, 깊은 삼림의 참배 길 부분만을 잘라내 만든, 이미 해가 가려져 어둑어둑한 자갈길을 걸어갔다.

넓고 평탄한 참배 길 양옆으로 늘어선 삼나무 숲 위에서 매미 울음 소리가 쏟아져 내렸고, 작은 새들 지저귀는 소리가 숲의 나무들 위에서 소용돌이치며 춤추고 있었다. 모습은 보이지 않지만, 숲 위를 새까

많게 무리지어 선회하는 까마귀 떼의 울음소리도 들려왔다. 똑바로 2백 미터 정도 뻗어 있는 참배 길 입구에 당도하자, 두 개의 긴 통나무가 가로로 걸쳐 있었는데, 그것은 소나 말이 드나들지 못하도록 하기 위한 차단물이었다.

숲을 나와 시야가 열린 전방은 험한 갈지자형 비탈길이었다. 저 멀리 산천단 마을 근처에 석양을 받으며 솟아 있는 삼의양 오름(측화산. 570미터)이 보였는데, 더 멀리 아래쪽에 성냥갑을 찌그러뜨린 것 같은 성내 거리와 마을들이, 그리고 수평선이 끝없이 펼쳐진 망망한 바다의 반짝임이 한눈에 들어왔다. 남승지는 눈을 가늘게 떴다. 가벼운 근시와 난시가 있는 맨눈에, 풍경의 윤곽이 두 겹에 가깝게 얽혀져 한층 망망하게 보였다. 반짝이는 바다를 건너온 바람이 눈앞을 스치고 지나갔다. 그때, 언덕 아래 숲의 나무 그늘에 가려진 산길에서 두 사람의, 머리에 하얀 수건으로 두건을 쓰고 꽤 커다란 짐을 짊어진 여자가 앞뒤로 한 사람씩 올라오고 있었다. 하얀 두건으로 머리를 가리는 것은 이 섬 여자들의 외출할 때의 습관이었는데, 두 여자의 모습은 절에 바칠 공양미 가마니라도 짊어지고 참배하러 오는 신자처럼 보였다.

비탈길을 내려가 땀투성이가 된 농가의 아낙들을 맞이한 두 사람은, 등에서 짐을 내리라고 말했지만 듣지 않았다. 아이고ー, 당치도 않수다, 방금 전에 아랫마을에서 막 왔는데. 이건 우리들이 해야 할 일, 당신네들은 당신네들 일이 가득하우다. 아이고ー, 당신네들이야말로 산속에서 힘들 텐데. 마치 방해라도 된다는 듯이 짐을 단단히 등에 짊어진 채 비탈길을 올라와, 겨우 평탄하고 서늘한 참배 길 입구로 왔다. 두 사람은 마을 여자들이 짐을 짊어진 채 지나갈 수 있도록, 두 개의 통나무를 치웠다.

여자들은, 오늘 밤 중에 다음 짐이 도착할 것 같은데, 짐을 짊어지고 밤에 산길을 오르는 건 위험하니 내일 아침에 관음사로 옮기도록 하겠다. 그 짐은 용강(龍崗) 쪽에서 오는 모양이라고 했다. 산천단의 동쪽에 있는 용강마을까지 짐이 와 있다면, 이미 근처까지 와 있다는 소리였다. 길은 산길이나 마찬가지지만, 성내로 가는 도중에 있는 A리보다는 훨씬 가까웠다.

짐이 용강을 지난다면 배는 성내의 동쪽에 가까운 S리 근처에 도착했을 것이다. 남승지는 그 마을의 고모, 조카를 생각하는 마음이 남다른 고모를 오랫동안 만나지 못했다는 생각이 떠올랐다. S리에는 십여 명의 경관이 배치된, 거의 '서북' 출신으로 구성된 경찰지서가 있었고, 그곳에서 뭍으로 올려 다시 운반하는 것은 상당히 곤란했다. 아니면 그 서쪽 옆에 있는 작은 어촌, 사라봉(봉이라고는 해도 백 수십 미터의 작은 산이지만)과 나란히 있는 별도봉 기슭의 건을촌인지도 모른다. 그곳에는 경찰지서가 없었다. S리와의 사이에는 꽤 넓게 드러난 용암의 암반지대가 있어 다른 마을처럼 왕래가 쉽지는 않았다.

어쨌든 게릴라 '평정' 성명 이후의 소강상태하에서, 중산간지대에는 토벌대의 주둔이 없었다. 따라서 무사히 뭍으로 올린 짐이 해안 부락을 빠져나와 중산간지대로 들어오기만 하면 우선 안심이었다.

짐은 고리짝 정도 크기로, 아니 텐트용 천으로 감싼 포장 안의 용기는 말 그대로 고리짝이었다. 어느 것이나 나르기 쉽도록, 처음에 선적할 때부터 그렇게 포장한 것 같았는데, 텐트용 천은 그것만으로 충분히 유용한 물건이었다.

제법 어두워진 숲 속의 참배 길을 빠져나와 절로 들어가, 짐은 일단 부엌 바깥쪽의 툇마루에 내려놓았다. 짐과 함께 툇마루에 걸터앉은 여자들이, 휴— 하고 휘파람 같은 소리를 내며 큰 숨을 내쉬고, 수건으로 땀을 닦고 있을 때, 목포보살이 모습을 보였다. 여자들이 황급히 일어나 정중히 인사를 했다. 웃는 얼굴로 다가온 목포보살은 염주를 쥔 손으로 합장하면서 여자들에게 말을 걸었다.

"정말, 고생들 하셨네. 부처님이 다 보고 계실 거요. 자, 자, 거기라도 잠시 앉아서 쉬었다 가시오." 그리고 그녀는, 어느 쪽을 향한 건지는 모르지만 목소리를 높였다. "어이, 용백아……. 용백이 없냐……!"

2

숲의 새벽은 늦었다. 눈을 뜨자, 아직 잠이 깨지 않은 두 개의 눈이 어둠에 잠긴 채 빛을 인식하지 못하고 있는데, 작은 새들이 지저귀는 소리가 숲을 덮고 있는 것 같았다. 마치 심야의 숲 속 들새들의 울음 소리처럼 들렸는데, 그러나 숲 위로는 아침 햇살이 비치기 시작했는지, 점차 눈에 익숙해지자 숯막의 작은 창밖으로 희미하게 연무 같은 하얀 빛의 흐름이 돋보였다. 이윽고 새벽녘 빛의 파편이, 숲에서 검은 줄기를 보이기 시작하는 나무 가지 사이로 흘러내려 줄기 모양의 길을 열었고, 새들의 합창은 그에 기운을 얻기라도 한 듯이 한층 소리를 높였다.

남승지는 자리에서 일어나 운동화를 신고 오두막 널문을 연 뒤, 숲의 나무들이 내뿜는 연기 같은 숨결의 냄새 속에 섰다. 한결같이 숲의 냄새이긴 하지만, 냄새의 층은 깊어서, 냄새를 구분해 맡기라도 하듯 가만히 있으면, 꽤나 복잡했다. 제각각 종류가 다른 나무들이 피부로 호흡하는 숨결의 냄새, 수지 등의 냄새, 풀이나 꽃의 냄새, 벌레 냄새……. 아침과 한낮의 냄새, 밤의 냄새…….

천 동무도 이어서 신발을 신었다. 지금은 일단 소강상태이지만, 그렇지 않았다면 비무장 게릴라라 하더라도 24시간 구두를 벗어서는 안 된다. 게릴라 부대는 당연한 일이지만, 교전 상황하에서는 보름이든 한 달이든 발이나 마찬가지인 신발을 신은 채 잔다. 무기 외에는 가능하면 배제하여 몸을 가볍게 하지만, 몸에 지닌 것은 잠시라도 떼어 놓아서는 안 되었다.

오두막을 나선 두 사람은 아침 이슬을 머금은 숲 속의, 짐승이 다니는 것 같은 산길을 나와 언덕을 내려갔다.

풀이 무성하게 펼쳐진 평지로 나오자, 깊은 숲의 덮개에서 빠져나온 하늘은 이미 밤의 장막을 걷어 내고 있었고, 관음사가 있는 동쪽이 붉게 물들어 보였다. 서쪽 하늘은 아직 어두웠다. 두 사람은 말없이 오른쪽으로, 사람 키 높이로 자란 풀밭 속을 아침 이슬에 젖어 가며 관음사로 향했다.

맑고 아름다운 목탁 소리가 울려 퍼지는 가운데 승방 옆길을 통해 관음사 경내로 들어가니, 본당의 촛불 아래 용백이 아침 근행을 하고 있었다. 불전에 공양하는 밥은 태우지 않고 잘 지었는지. 어느 정도 누룽지를 남겨 놓지 않으면 나중에 숭늉을 만들지 못하기 때문에, 너무 태워도 안 되고, 가마솥 바닥에 누룽지가 없어도 안 되는데, 밥 짓기 10년이라도 가끔은 실수를 할 것이었다. 원래 '느림보'인데다, 다른 일에 정신을 빼앗기거나, 어떤 때는 아궁이 앞에서 꾸벅꾸벅 졸다가 밥 타는 냄새에 눈을 뜨게 되면, 기분이 안 좋아진 목포보살에게 채찍을 맞기도 했다.

목포보살은 승방이 있는 건물의 한쪽 방에서 자고 있는지, 달리 사람의 기척은 없었다. 두 사람은 용수장의 물받이 통에 담긴 차가운

낙수로 세수로 하고, 옆의 부엌이 있는 건물 툇마루에 걸터앉아 잠시 쉬고 있는데, 산문 밖의 참배 길 주변에서 이랴-, 이랴-, 호-. 호- …… 하고 소를 모는 소년의 목소리가 들려와 깜짝 놀랐다. 절 안까지 소가 들어오다니……. 설마 소의 등에 짐을 싣고 온 건 아닐 테지. 그거야말로 목포보살이 펄쩍 뛸 일이었다.

두 사람이 일어나 산문 쪽으로 가 보니 어제 저녁에 산천단에서 왔던 소년이 소몰이 채찍을 들고 들어왔다. 낡아서 구깃구깃한 학생복 상의에 바지를 입고 있었는데, 아침 이슬을 흠뻑 빨아들여 무겁게 젖었고, 배 모양의 작은 고무신은 물로 씻은 것처럼 빛이 났지만 칠이 벗겨져 얼룩덜룩했다.

"소는 어디에 있지?"

천 동무가 말했다. 남승지와 둘이서 주위를 둘러보고 절 밖에도 나가 보았지만, 소는 없었다.

"소는 없어요."

"뭐라고, 이 바보가. 이른 아침부터 놀라게 하는구나. 소도 없는데 왜 소몰이 흉내를 낸 거야?"

천 동무는 불쾌하다는 듯 졸린 목소리로 말했다.

"난 바보가 아니에요. 오늘은 동무도 없이 나 혼자고. 나도 졸리다구요."

"뭐야, 그럼 조금 전 소 모는 소리는, 그러니까 동무가 잠을 쫓는 소리였단 말인가. 흠, 제법인데, 넌 바보가 아니야."

천 동무가 그렇게 말하고 웃었는데, 남승지도 웃었다. 이른 아침의 산천단 마을에서 숲 속의 어두운 산길을 소년은 긴 시간 혼자서 올라온 것이다.

"소는 왜 몰고 오지 않은 거지?"

남승지가 말했다.

"소도 이렇게 아침 일찍 일어나서 산길을 오르는 건 싫어해요. 몸집
도 크고. 싫다고 일어나지 않는 걸요. 개라면 좋다고 따라올 텐데."

소년이 손등으로 콧물을 닦으며 말해 두 사람은 웃었다.

"게으름뱅이 소로구나."

"아니에요. 채찍으로 조금 때리면 일어나겠지만 불쌍해서요. 밭에
서는 일을 잘해요."

"음, 동무는 어머니가 깨울 때 바로 일어났구나. 장하다. 그렇고말
고. 동무는 바보가 아니야."

"그래서 난 바보라는 소릴 곧바로 취소했잖아."

"하지만, 나는 그때까지 자고 있었던 걸요. 지금도 날이 밝을 때까
지 보초를 서는 동무들도 있어요."

"음, 그렇지."

어느 마을에나 교대로 불침번을 서는 어른과 소년들이 있었다. 또
게릴라 소부대가 임시로 주둔하고 있는 관음사 근처에서 1킬로미터
부근의 초소에는 보초가 서 있었다.

"잠깐만 기다리세요."

소년은 한 손으로 채찍 손잡이 부분의 가장자리를 자신의 코끝에
들이대듯이 갖다 대고선 입을 삐쭉 내밀었다. 그리고는 두께가 1.5센
티 정도 되는 손잡이에 남은 한쪽 손의 엄지와 검지 손톱을 세우고
뭔가를 꺼냈다. 그건 돌돌 만 얇은 종이쪽지였다. 아아, 남승지는 고
개를 끄덕였다. 조직에서 보내온 문서였다. 이 방법은 아마도 소년
자신의 발상임에 틀림없었다. 부모도 감탄하지 않았을까. 성냥개비만
하게 돌돌 말린 그것을 빼낸 자리는 못을 끼워 넣을 수 있을 정도의
구멍이 나 있었다. 오래 써서 낡고 소똥도 붙어 있는 채찍에 절묘하게

생긴 구멍을 발견하는 것도 어려울 것이고, 설사 눈이 잠시 그곳을 스쳐 지나더라도 그것을 의심하기는 어려울 것이었다. 그곳에 작은 나뭇조각, 아니 흙이라도 조금 채워 넣으면 구멍은 완전히 메워져 버린다.

그 구멍은 동무가 생각해 낸 것이냐고 묻자, 소년은 조금 부끄럽다는 듯이, 다소 잠이 부족해 보이는 눈을 반짝이며 그렇다고 대답했다. 천 동무가 그 종이쪽지를 손에 들고 읽어 보니, 관음사 앞으로 온 것으로 고리짝 네 개, 교환용 무명 두 필 보따리 한 개 확인할 것. 다시 연락할 것이고, 총무부에서 파견……이라는 내용이었다. 짐은 보급부에 해당하는 총무부의 담당자가 올 때까지 그대로 보관해야 한다. 교환이라는 것은 절 소유 곡물과의 물물교환이었다. 절에 식량이 남아도는 것도 아니었고, 신자들의 왕래도 적지만, 그렇기는 해도 부엌옆 고방에 지금까지 비축해 둔 곡물이 많이 있었고, 용백과 목포보살 두 사람이 생활하는데, 용백이 많이 먹는다지만, 식량이 두세 달 정도로 없어질 것도 아니었다. 게다가 지금도 부잣집 신자들이 공양미를 보내온다.

고리짝 안의 내용물은 알 수 없지만, 의복과 운동화 등의 신발, 의료용품과 같은 것일 것이다.

"흠, 이건 정말 대단해. 제법이야. 이제 곧 훌륭한 소년유격대가 되겠는 걸."

천 동무는 그렇게 말하고, 소년의 머리를 가볍게 쥐어박는 시늉을 하며 쓰다듬었다.

"응." 소년은 고개를 끄덕이고 말했다. "얼마나 지나면요?"

"글쎄. 넌 아직 국민학생이잖아. 콧물도 흘리고. 앞으로 몇 년은 걸려."

"뭐야."

소년은 다시 손등으로 나오지도 않은 콧물을 닦으며 말했다.

"그때는 나쁜 놈들이 다 쫓겨 간 뒤라 유격대도 필요 없어진다구요."

"……"

소년이 두 사람의 얼굴을 번갈아 올려다보았다. 남승지가 웃으면서 한 말이 소년의 실망을 배로 만든 것 같았다.

"뭐야, 너, 자다가 이불에 오줌이라도 싼 것처럼 괴상한 얼굴을 하고. 산부대가 없어져서 모두 자기 마을로 돌아가 가족과 함께 사는 게 좋은 거야. 산속에서 사는 건 무척 힘든 일이니까."

"곰도 나오고 호랑이도 나온단다."

"거짓말. 다 알고 있어요. 한라산에는 곰도, 호랑이도 없다고요. 산부대가 힘들다는 건 나도 들어서 알고 있어요. 하지만 모두가 함께라면 전혀 걱정 없고, 재미있을 거야. 게다가 사슴이나 토끼 같은 동물도 있는 걸요."

같은 제주도라도 학살을 실제로 경험한 마을에서는, 소년도 표적이 되었던 마을에서는, 아이들도 이렇게 말하지는 않을 것이었다. 어린 마음에도 복수를 위해 입산을 원할지는 모르지만, 그 전에 사람들은 무서운 허탈 상태가 된다.

"글쎄, 적을 무찌를 땐 재미있을지 몰라도, 당할 땐 큰일이라구."

"나도 그 정도는 알아요. 난 총을 갖는 편이 좋아요. M1총이라는 거."

소년은 맨손으로 무기 없이 다니는 두 사람이 미덥지 못하다는 식으로 말했다.

"이 녀석, 건방지기는, 너 같은 건 무거워서 들지도 못 해."

"아, 용백, 안녕."

소년이 목소리를 높였다.

돌아보니 근행을 마친 듯한 용백이 느릿느릿 다가오면서 합장으로 소년에게 답례를 한 뒤, 다시 두 사람에게도 인사를 했다.

소년은, 이제 곧 짐이 어제 저녁처럼 이쪽으로 운반되어 온다, 산천단과 오는 길도 안전하다며 연락원의 임무를 마치고 돌아가려 했다. 소가 없는 것이 허전한 모양이었다. 용백이 소년을 불러 세우더니, 부엌에서 김이 피어오르는 커다란 고구마를 가져와서는 먹으면서 가라고 건넸다.

"조심해서 가거라."

소년은 소몰이 채찍을 흔들면서, 이랴-, 이랴-, 이랴-, 호-, 호- 하고 산문을 나가 참배 길로 사라졌다. 어젯밤 사이에 다시 짐이 용강 마을에서 산천단 마을로 도착한 것이었다.

두 사람은 용백에게 부엌으로 불려 가, 삶은 고구마와 김치로 아침의 주린 배를 채운 뒤, 짐을 맞아들이러 참배 길로 나섰다. 새들의 지저귐과 날개 소리가 요란했다. 숲 속의 낮은 여전히 어두컴컴한 참배 길이지만, 위를 올려다보자, 울창하게 솟아오른 양쪽 가로수 숲의 꼭대기는, 참배 길과 마찬가지로 반듯하게 절개된 것처럼 갈라져, 밝은 하늘이 보였다. 날이 밝은 모양이었다.

참배 길 끝의 입구까지 온 두 사람은 사람 그림자가 새벽의 숲 속에서 나타나기를 기다렸다. 바다는, 아득히 먼 오른쪽 해상에서 솟아오르기 시작한 태양빛에, 거대한 황금빛의 끝없는 거울처럼 펼쳐져 빛났고, 마치 산중턱에 있는 두 사람의 몸에까지 반사되듯 눈부셨다. 얼마 지나지 않아, 어제와 마찬가지로 짐을 짊어진 두 여자의 그림자가 보였다. 한 사람 쪽의 짐이 무명 두 필로 보였는데, 그만큼 큰 보따리를 메고 있었다. 남승지는 천 동무에게 참배 길 입구의 이단으로 걸쳐 놓은 통나무를 치워 놓으라고 말하고 언덕길을 내려갔다. 숨을 헐떡이면서도 다부진 걸음으로 비탈길을 올라오는 얼굴에 땀이 번들

거리는 두 사람은, 어제 왔던 마을의 아낙들이었다. 오늘의 운반 역할을 맡았을 것이다.

남승지는 안녕히 주무셨어요? 하고 아침인사를 건네고, 괜찮다고 사양하는 젊은 아낙의 지게에 포개서는 올린 보따리를 억지로 내려 자신의 어깨에 올렸다. 그런데 보기보다 무거워 어깨가 짓눌렸다. 아침의 차가운 대기 속에서 땀투성이 아낙들의 몸에서 발산하는 듯한 체취가 콧구멍을 찔렀다. 여자들의 체취만이 아니었다. 자신의 체취 등도 섞여 있을 것이었다.

"동무는 하반신이 튼튼한 것 같수다."

앞장서서 비탈길을 올라가는 남승지의 등 뒤에서 소리가 들렸다.

"산에서 생활하면 누구나 그리되고말고."

남승지는 이제까지 산 생활을 많이 한 편은 아니었다.

"그렇지, 돌담도 가볍게 뛰어넘는다는데. 난 아무래도 어려울 거우다."

"아이구, 형님, 여자가 어떻게 뛰어넘어요. 젊은 여자가 그런 걸 했다간 시집도 못 갈 거우다."

"자네는 무슨 바보 같은 소릴 하는 거우꽈. 여자가 돌담을 넘으면 가랑이가 찢어지기라도 한다고, 누가 말 헙디까? 지금이 어떤 시대라구. 산부대에 여자 남자가 있는 줄 아나. 쯧, 쯧……."

여자들이 숨을 헐떡이며 말을 주고받는다. 참배 길 입구까지 올라왔을 때는 남승지도 완전히 땀에 젖어 있었다.

"김 동무, 나와 교대할까."

"누님들께 놀림당한다구."

절까지 운반한 짐은 일단 부엌이 있는 건물의 툇마루에 내려놓았는데, 마을의 여자들이 돌아간 후에 어제처럼 용백의 안내를 받아 연못 근처의 마루방 헛간으로 옮겼다. 오늘 내일 중으로 총무부에서 사람이 와 짐을 푼 뒤에는, 부근에 주둔하고 있는 게릴라 소대에도 나누어 주고, 비축분은 다른 장소로 옮겨진다.

남승지는 밝은 햇빛이 나뭇잎에 반사되는 냄새와 함께 반짝반짝 흘러 떨어지는 숲 속 아지트를 정오가 지났을 무렵에 나왔다. 점심식사를 끝내고 저녁식사용으로 삶은 고구마 세 개를 상의 양쪽 주머니에 넣었다.

관음사에서 산천단에 이르러, 동굴이 있는 벼랑길을 지나 그대로 성내로 이어지는 길을 내려가다가, 도중에 A리 변두리에서 서쪽으로 돌아, 성내의 서문교 밑을 흐르는 병문천보다 더 서쪽 변두리에 있는 한천의 상류지대를 지나 성내로 향했다. 길은 꽤 멀어지고, 돌멩이투성이의 울퉁불퉁한 길도 아닌 길을 걷게 되지만, 가급적 안전을 기하는 편이 좋았다. 성내에서 반 시간 정도 거리에 있는 한천의 그 장소까지는 여기서 네댓 시간쯤 잡으면 되었다. 약속시간은 여섯 시, 반 시간 내에 상대가 나타나지 않고, 당사자를 대신하는 연락원이 오지 않는 경우는 무슨 일이 있는 것으로 간주하고 제2선인 다음 장소로 이동해야 했다.

어제 한림으로 간 임 동무는 돌아오지 않고 있었다. 천 동무는 조천면 내의 '면'당 조직으로 가기 위해 이제 곧 아지트를 떠날 예정이었다. 산천단에서 동쪽으로 향하는 산록에 가까운 그 길은, 기복이 많고 구불구불한 일종의 작은 농로의 연속이라 걷기가 힘들고(아무튼 옛날부터 신작로라고 불리는 일주도로조차 돌멩이투성이니까), 초저녁까지 도착한다고 해도 꽤 시간이 걸리겠지만, 성내처럼 이른바 '적지구(敵地區)'는 아니었다.

두 사람은 숯막의 모포와 취사도구, 막 학습을 끝낸 모택동의 『지구전(持久戰)에 대해서』등의 학습자료 서적, 팸플릿 그 밖의 짐 일체를, 올봄에 일본에서 여동생 말순이 짜 준 스웨터도, 아지트에서 백 미터 정도 떨어진 또 다른 숯막 근처의 노송나무 뿌리와 함께 노출돼 있는 바위 그늘에 판 저장장소로 옮겼다. 구덩이에는 약간의 식량과, 변장용 경찰복, 군복 등도 각각 몇 벌씩 있었다. 남승지는 특별히 변장은 하지 않았다. 산속에 틀어박혀 있는 게릴라 행색으로 갈 수는 없어서, 텁수룩하게 자란 수염을 깎고, 흔히 볼 수 있는 농촌 청년처럼 작업복 차림에 밀짚모자도 눌러썼다.

임 동무의 짐은 이미 구덩이에 묻어 두었기 때문에, 아지트는 잠깐이지만 원래의 숯막 폐옥으로 되돌아간다. 이렇게 해서 먼저 아지트로 돌아온 사람이 일정 기간을 기다려도 다른 동료가 모습을 보이지 않을 때는(지금의 경우는 그런 위험은 적지만, 가령 불의의 사고로 체포되었을 때 등을 생각할 수 있었다. 이 아지트의 경우는 기한이 3일이다. 조직원들 사이에서는 아지트를 줄여서 '트'라고 부른다), 서쪽으로 약 1킬로미터쯤 떨어진, O리의 피난민들이 생활하고 있는 동굴 조금 위 경사면에 있는 제2아지트에 재집결한다. 만일 그곳도 마찬가지로 안전하지 않을 경우를 대비해 제3의 비상선까지 서로 정해 두었다.

남승지는 내일 돌아갈 예정이었는데, 3일간의 기한을 넘기면 아지트는 혼란에 빠지게 된다. 조직책의 공작 지역까지의 거리, 그 밖의 상황으로 인해 기한을 넘길 수 있다 해도, 무작정 기다릴 수는 없으며, 가령 교전 상태 하의 긴박한 상황에서는 보다 짧은 시일 내에 이동해야 했다. 또 기한 전에 이동할 때는, 게릴라 부대처럼 어느 정도의 인원을 보유하고 있는 경우, 누군가 남은 사람이 '선'을 이어받기로 돼 있었다. 이 '선'과도 이어지지 못하고 동료들과 떨어진 사람은, 오로지 혼자서 산속을 헤매며 걸어야 했다.

"우리도 라디오가 있으면 좋을 텐데."

천 동무가 숯막에서 짐을 운반할 때 이렇게 말했다.

"음, 가능성은 없지만 말야. 그러나 언젠가 무장부대하고 같이 행동하게 된다면, 그렇게 되겠지."

"무슨 말을 하는 거야. 그 전에 필요하다는 얘긴데……."

남승지는 출발 전에, 오전의 평양방송을 듣기 위해 천 동무와 함께 근처에 주둔하고 있는 게릴라 소부대에 갔다. 게릴라 부대는 산 중턱을 등지고 양옆이 숲으로 둘러싸인 평지에 텐트를 치거나, 허술한 오두막을 지어 아지트로 삼고 있었는데, 2개 소대로 편성된 중대에 십여 명의 게릴라가 주둔하고 있었다. 대부분이 스무 살 전후의 청년들이었고, 입산한 국방군도 더러 있었다. 중대 본부는 본부 소속 부서의 정찰병과 연락병 등, 그리고 다른 1개 소대와 별도의 장소에 아지트를 구축하고 있는 것 같았다. 어디의 몇 중대인지는 알 수 없었다. 노루 중대라고 부르는 모양인데, 이 소대도 노루 중대의 제1소대인지 제2소대인지 확실하지 않았다. 기러기라는 소대명이 있을 뿐이었다. 즉 노루 중대 기러기 소대라는 식이다.

방송은 9월 2일부터 시작된 최고인민회의에 관한 보도였고, 3일은 휴회, 어제 4일에 개최된 두 번째 회의에 관한 어젯밤 방송을 간단하게 반복하고 있었다. 인민회의 의장, 부의장의 선출, 조선민주주의인민공화국 헌법위원회 40명의 구성과 그 헌법 초안의 심의를 가결. 대의원자격심사위원회의 자격심사 결과보고가 있었고, 대의원 572명 중 결석 몇 명…… 등, 그리고 정당, 사회단체별로는 북로당(북조선노동당) 102명, 남로당 55명…… 그 밖의, 방송 내용이 제법 잘 들렸다.

텐트 안에서 자동차 배터리를 전원으로 해서 만든 무전기를 둘러싸고 있던 게릴라 중 몇 명이 방송이 끝나자, 각각 메모한 102, 55, ……
등의 숫자를 서로 확인하고, 그리고 남이 북의 절반 수준이라는 말이
나오기도 하고, 아니 다른 사회단체 소속은 남쪽이 많은 것 아니
냐……는 주석을 달기도 했지만, 30여 개의 익숙지 않은 정당과 사회
단체의 명칭, 그 소속 대의원 수를 메모로 추측하는 것은 도저히 불가
능했다. 어쨌든 9월 9일을 기일로 하는 인민공화국의 정부 수립이 현
실의 일정으로 부상되어 있었다. 미국의 강권에 의해 인민의 희생과
피로 만들어진 허구의 나라 대한민국이 아닌, 조선민주주의인민공화
국! 남북총선거를 위한 지하투표를 지키기 위해 싸워 온 게릴라들에
게는 이것이 자신들의 조국이었다. 바다 건너, 그리고 다시 38선 너
머에 수립된 인민정부. ……그렇고말고, 최고인민회의 대의원의 숫
자를 가지고 남쪽이 어쩌고…… 북쪽이 어쩌고 하는 문제는 아니었
다. 그 소대원들은 정치 교육이 부족한 거야. 나무만 보고 숲을 볼
줄 모르는 놈들이라구. 중대 본부에 문제가 있다. 북반부는 조선 혁명
을 위한 민주기지, 인민공화국 수립이야말로 통일 조국의 구현이고,
남반부에서의 혁명 승리를 위한 담보다, 그렇지 않나! 그렇다 하더라
도, 우리의 라디오가 필요하다…….

숯막 아지트는 현재, 분산되어 있는 당 조직부 관계자 세 사람이
함께 생활하고 있는데, 적은 인원이긴 하지만 무전기 한 대를 원했다.
물론 수신용으로밖에 쓸 수 없지만, 그렇다고 간단하게 손에 넣을 수
있는 것도 아니었다. 게릴라 소대에 있는 것은 그들의 전리품이었다.
소강상태로 들어가기 직전의 전투에서, 무장병이 잠복작전으로 경찰
지프차를 습격하여 무기와 함께 지프에 장착돼 있던 무전기와 배터리
를 떼어온 것이었다. 그것을 처음에는 전기에 밝은 자가 조작을 하였
는데, 그들의 노획물인 무전기는 이른바 자급자족의 결과였고, 배급

이 비무장 대원의 몫까지 미치지는 못했다. 비무장 대원만의 그룹으로서는 '자급자족'의 가능성이 희박했다.

남승지는 마른 나뭇가지를 지팡이 대신 손에 들고 있었다. 이 섬에 많은 살모사를 쫓을 때도 사용하는데, 산천단 마을을 지나면 버렸다. 산천단에 가까워질수록 관목의 숲 속 길은 완만해지지만, 그때까지는 꽤나 경사가 심해 빈손으로 올라가도 숨이 턱턱 막힐 정도로 힘들었다. 제주도의 아낙들은 남자들을 능가하는 일꾼이었는데, 산천단의 아낙들은 그 오르막길에서도 무거운 짐을 등에 지고 절까지 묵묵히, 농담까지 하면서 올라왔다.

내리막길은 수월했다. 가속이 붙는 두 다리에 조금씩 브레이크를 걸어 주기만 하면 되었다. 올라갈 때는 한 시간 이상 걸리지만, 그 반절도 걸리지 않고 서두르면 3분의 1 정도의 시간으로 충분했다.

내려가는 도중에 눈을 오른쪽 전방으로 돌리자, 삼의양 오름의 녹음에 뒤덮인 원추형 산세가 꽤 가깝게 보였지만, 분화구는 내려 다 보이지 않았다. 관음사 주위를 한라산 중턱이라고는 해도, 표고로는 550미터, 정상의 약 4분의 1 정도의 높이이고 천 미터 지대에도 한참 미치지 못했다. 삼의양 오름 기슭으로 햇빛에 반짝이는 개천 너머에는 광대한 고원지대가 완만한 기복으로 일렁이며 끝없이 펼쳐져 있었고, 아득히 저 멀리로 오름의 무리가 곳곳에 솟아 있다. 시선을 크게 왼쪽으로 돌리자, 삼의양 오름 기슭에서 산천단 벼랑 아래의 마을에 이르기까지는, 그 사이의 넓게 열린 계곡 같은 완만한 경사를 따라서 시선이 차츰 올라왔다. 작은 계류 근처에 점점이 하얀 사람 그림자가 빛나는 것은, 빨래하러 나온 마을의 여자들이었다. 소 한 마리를 산기슭 쪽으로 천천히 몰고 있는 작은 그림자는, 이른 아침에 절로 찾아왔던 그 소년일까.

하산을 계속하면서 관목림 속으로 들어간 남승지는, 잠시 후 나뭇잎 사이로 흘러드는 햇빛을 받았을 때, 갑자기 며칠 전 아지트 부근의 계곡에서 목격한 게릴라의 처형 광경이 눈앞을 스치면서, 무릎이 떨리고 발걸음이 흐트러졌다. 눈을 가릴 때는 온순했던 남자가 무너지듯이 땅바닥에 주저앉는 순간 내지른 비명과, 양쪽 겨드랑이에서 팔을 꺾어 누르며 권총을 발사하자 남자는 머리에서 피를 뿜어내며 몸을 앞으로 구부린 채 옆으로 쓰러졌다. 정말 순식간에 일어난 일이지만, 권총에서 난 조금 맑지 않은 소리, 이상하게 지금도 그 권총 소리가 물속에서처럼 둔탁한 울림으로 되살아났다. 처형을 한 세 명의 게릴라는 죽은 사람을 정중히 매장했다. ……나도 동지의 관자놀이에 총을 들이댈 수 있을까. 그 광경이 떠오를 때마다 계속 그 생각을 해왔다. 처형해야 하는가, 처형해서는 안 되는가의 문제가 아니었다. 규율 적용, 그것은 이미 정해져 있는 일이었다. 남승지는 호흡을 참기라도 한 듯 숨을 크게 토해 냈다. 걸음걸이는 정상으로 돌아왔지만, 어쩌면 나도 할 수 있을지 모른다……고 생각했다.

예로부터 전 도민의 수호신으로서 신앙과 경외의 대상이 되어온 한라산은 영봉이라서, 산중에서는 불경스런 행위가 허용되지 않았다. 한라산의 깊은 계곡이나 산속에서 큰 소리로 떠들면 금세 안개에 휩싸여 길을 잃는다. 음란한 언행을 해서도 안 되었다. 산신의 노여움을 사게 되는 것이다. 몇십 년을 고향 땅에 살면서도, 평생에 한 번도 한라산에 오르지 않는 섬사람이 대부분인 것은, 함부로 한라산의 영역(靈域)을 침범하지 않기 위함이라고 생각되었다.

한라산의 겨울은 눈이 깊었다. 지금까지 일찍이 적설기의 눈에 덮인 정상에 오른 사람이 없다는 것을 안 재조 일본인 학생을 비롯한 몇 명이 등반을 계획해서 실현시킨 것이 십수 년 전의 일이다. 후일에 그중 한 사람이 다시 겨울에 한라산에 올라 스키를 타다가 조난당해 목숨을 잃었을 때도, 섬사람들은 산신의 노여움을 산 것이라 하였다. 그 죽음에 큰 충격을 받은 일본인 친구가, 나중에 제주도의 각 마을을 몇 년에 걸쳐 돌면서, 그때까지의 전공을 바꿔 제주도 연구에 전념하는 길을 선택했다.

과거 이조시대에 제주목사(지방장관·정삼품)가 한라산에 오른 것은 화구호인 백록담에서 천제를 지내기 위해서였는데, 길이 있는지 없는지 분간이 안 되는 험난한 길에다 악천후로 한라산에 오르지 못할 때는, 산천단에 제단을 만들고 천제를 지냈다고 한다. ……한라산의 봉우리들은 할머니의 주름진 젖가슴, 그 자비로운 젖가슴을 발로 짓밟으며 함부로 한라산에 오르지 마라…….

관음사의 본당 벽화에 극채색의 산신상이 있는 것은, 과연 그랬다, 한라산의 신령을 나타낸 것이고, 처형된 중년의 게릴라는 그 영역에서 욕정을 일으킨 셈이었다. 그렇다면 목포보살의 그 비명 소리와 치켜든 채찍은 무엇이란 말인가. 아니, 그녀로서도, 혼자서 더 깊은 산속에 들어가, 또 깊은 계곡에 서 있으면, 공포가 밀려와 절대 큰 소리를 지르거나 할 수 없을 것이다. 아아, 한라산이여, 제주도민을, 그리고 한라산으로 숨어든 우리들을 지켜 주소서……. 잡목림을 나온 남승지는 하산해 내려온 쪽을 돌아보고, 흰 구름이 흩어져 날고 있는 한라산 정상을 올려다보며 중얼거렸다. 오랜만에 보는, 구름이 걸려 있지 않은 정상이었다. 한라산……. 남승지는 반복해서 마음속으로 중얼거렸다.

산천단의 울창한 해송 거목이 솟아 있는 벼랑 주위가 보였다. 남승지는 산천단 마을을 내려다볼 수 있는 나무 그늘에 몸을 숨기듯이 기대고는, 전방 벼랑 주변의 오른쪽에 아랫마을로 내려가는 하얗게 마른 길과, 그 너머로 십여 채쯤 되는 작은 마을의 전경을 보았다. 백미터 남짓한 거리였다. 벼랑길 아래는 가파른 경사를 이루다 움푹 파인 곳에서 평지를 이루고 있었고, 그곳에 두세 채의 농가가 띄엄띄엄 있었다. 남승지는 관목이 우거진 그 경사면에 가장 가까운 집의 동정을, 눈을 가늘게 뜨고 차분히 살폈다. 집을 둘러싼 돌담 안쪽의 뜰에는 사람의 모습이 보이지 않는다. 몇 마리의 닭들이 돌아다니고 있었다. 낮은 초가지붕의 부엌 쪽 끝에, 대나무 하나가 아무렇지도 않게 서 있었다. 음……. 옆의 감나무 가지에 가려져 보일락 말락 하지만, 대나무는 바람에 조금 흔들리면서 똑바로 서 있는 것을 확인할 수 있었다. 산천단 마을 일대도, 도중의 길도 안전하다는 표시, 신호였다.

남승지는 사각지대인 벼랑 건너편의 벼랑길을 나오자, 구부러진 길 구석에 있는 동굴을 들여다보았다. 바위 위에 깔아 놓은 거적에는, 그곳에 앉아 있어야 할 목탁영감의 모습은 보이지 않고, 낡고 찌그러진 양은 냄비와 양은 컵 등의 식기가 베갯머리에 있을 뿐, 텅 비어 있었다. 볕이 들어오지 않아 썰렁하고 어두운, 소라 껍데기처럼 굽은 동굴 안쪽을 향해 낮은 목소리로 불러보았지만, 자신의 목소리가 공허하게 울릴 뿐 역시 노인은 없었다. 아랫마을의 농가나 아니면 부리 모양으로 튀어 나온 벼랑의 정반대 편에 있는 포교당에 갔는지도 몰랐다.

영감은 농가의 일을 돕거나, 통을 짊어지고 절의 오물을 푸거나, 그 밖에 힘쓰는 일을 하였는데, 그 대가로 잡곡 한두 되, 얼마간의 식량을 받았다. 체구는 작지만 단단한 몸집의 노인은, 겨울의 눈 속에서도 동굴 안에 거적을 깔았을 뿐인 침상에서 기거하고 있었다. 지금은 게릴라나 피난민들이 어쩔 수 없이 동굴에서 살고 있지만, 동굴 생활로 따지자면 영감이 대선배라고 할 수 있었다. 목탁영감은 동굴 속의 바위나 마찬가지였다. 벗겨진 돌머리나 단단한 체구도 그러하거니와,

존재 그 자체가 그랬다.

남승지는 시간이 있다면 노인이 가 있을지도 모를 포교당에 되돌아가 들러 보고 싶었지만 갈 길이 급했다. 용건은 없었다. 동굴에 노인이 있다면, 인사도 할 겸, 마음씨 좋은 할아버지 같은 웃음이 끊이지 않는 그 얼굴을 한번 보고 나서, 성내로 향할 생각이었다.

구불구불한 벼랑가 길을, 소나무 거목의 가지들이 마을을 향해 크게 뻗어 있는 아래를 빠져나가듯 지나가면, 성내로 가는 길은 어디나 돌멩이투성이였지만, 크게 구불거리지도 않고 꽤 평탄하게 뻗어 있었다. 마른 나뭇가지 지팡이를 버렸다.

연도의 돌담에 둘러싸인 조 밭은 열흘쯤 전에 내린 비와 강풍으로 꽤 쓰러져 있었음에도 불구하고 이삭 물결이 황금색으로 일렁였다. 앞으로 한 달만 있으면 수확이 가능했지만, 서부 마을의 중산간 부락 지대에서는 6월의 초토화 대작전으로 농작물이 모두 전멸한 곳도 있었다. 조나 피 등을 수확한 후에 파종을 기다리고 있는 보리밭에는, 수확 당시의 짚단이 아직도 남아 있었다. 이곳저곳의 밭에 있는 짚단 더미는, 아니 농가의 뜰에 있는 짚단도 쫓기는 사람들의 일시적인 은신처가 되었는데, 지금은 적도 그것을 알고 있었다. 수확이 끝난 지 몇 개월이나 지났는데도, 짚단 더미가 남아 있는 보리밭은 어찌 된 일일까. 밭주인이 없는 것일까.

농가의 아낙과 몸집이 작은 검은 소는, 양쪽 모두 등짝 높이 산처럼 이엉을 짊어지고 있었다. 여자는 한 손엔 긴 채찍을 들고 다른 한 손으로 두 개의 소뿔에 묶은 줄을 당기며 오른쪽 돌담 사이로 난 농로를 가로질러 반대편으로 들어갔다. 줄은 잡아당길 것도 없이 늘어져 있었고, 소는 묵묵히 머리를 숙인 채 여주인의 뒤를 따라 갔다. 이상한 것은, 그때까지는 보는 둥 마는 둥 하던 소가, 길을 건널 때 커다란 눈을 뒤룩뒤룩 움직이며 사람 같은 표정으로 이쪽을 쳐다보는 것이, 어색하지 않았다는 것이다. 또 다시 두셋의 이엉을 짊어진 여자와 소의 행렬이 농로 쪽에 보였다.

A리가 가까워지자 남승지는 마을 입구 주위의 농가 한 채를 주의 깊게, 좀 전의 산천단에서 그랬던 것처럼, 마을 안에 경찰이 없다는 신호를 확인했다. 그러나 마을로는 들어가지 않고 그대로 왼쪽의, 각각의 밭을 둘러싸고 있는 돌담 사이로 난 농로로 들어가 일단 서쪽으로 방향을 잡았다. 산천단을 출발한 지 한 시간 남짓 지나 있었다. 손목시계를 보니 세 시 전이지만, 여기서부터 길이 상당히 불편해져 시간이 두 배로 걸린다 하더라도, 여섯 시까지는 충분히 갈 수 있다, 시간이 남을 것이다. 산천단에서 잠시 머물러도 좋았을 것을, 하고 생각했다.

그는 밭의 돌담과 돌담 사이의 갈지자로 된, 마치 마른 개천 바닥 같은 길을 걸었다. 용암이 노출되거나 돌을 뿌린 것 같은, 그야말로 거의 지면이 보이지 않는 돌투성이 길이라서, 걷는 것이 익숙한 건강한 다리라도 발에 족쇄가 채워졌다. 그런 곳을 적에 쫓겨 도망이라도 가게 되면(물론, 잠시 달린 반동으로 돌담을 뛰어넘어 밭으로 도망친다고 해도), 거의 절망적일 것이었다. 어른 주먹만 한 돌멩이가 수두룩하고, 그 사이로 잡초가 기세 좋게 자라나 있는데, 그 옆에 소똥이 소라빵 같은 모양으로 여기저기 떨어져 있었다. 사람 키 정도의 높이는 아니지만, 돌담 사이로 난 길을 걷는 것은 사람들 눈에 띄지 않아 좋았다.

남승지는 돌담길을 따라 소나무 그늘로 들어가, 돌담에 등을 기대고 작은 바위 위에 걸터앉았다. 돌담이 길과 함께 구불거리고 있어서, 남승지는 전후좌우가 돌담으로 둘러싸인 곳에 들어와 있는 것 같았다. 바람이 머리 위를, 조 밭의 빽빽이 돋아난 이삭의 무리가 스치는,

술렁거리는 듯한 소리를 싣고 와 지나갔다. 담배를 한 대 피우고 싶었지만 수중에 없었다. 담배를 가지고 있다고 해도, 사람 그림자가 없는 곳에서는 연기를 내지 않는 게 좋았다. 연기, 소리, 능선, 삼금(三禁). 뭔가의 생각에 빠져들 것 같고, 밑바닥 쪽의 뭔가가 눈에 보이는 것 같아서 그는 머리를 흔들어 떨쳐 버렸다. 떨어져 나가 여전히 허공에 머물러 있는 것은 어머니와 여동생의 얼굴이었다.

한라산 전체가, 산자락에 펼쳐진 능선이 끝없이 뻗어나가고, 하얀 구름을 어깨에 두른 웅장한 산의 자태가, 파란 하늘에 험준한 정상을 선명하게 드러내며 솟아 있었다. 1년의 4분의 3은 구름에 완전히 가려져 있는 날이 많은, 오랜만에 보는 한라산의 모습이었다.

좋은 날씨였다. 사람 키 높이로 열매를 맺고 열기로 가득한 조 밭에 둘러싸여, 지금 뭘 하고 있는지 알 수가 없는, 그저 멍하니 앉아 있을 뿐인, 마치 봄날 같은 햇살 속의 한 순간이었다. 몸에 땀이 배어나 밀짚모자를 벗었다. 이런, 고추잠자리 한 마리가 주위를 선회하다가, 남승지의 눈앞 한 점에서 이쪽을 향한 채 공중에 정지한 듯이 햇살에 투명한 날개를 열심히 흔들었다. 구멍이 나 있는 밀짚모자의 정수리 언저리에 앉아 있었겠지. 고추잠자리는 갑자기 돌투성이의 길 건너편으로, 마치 바람에 나부끼듯 돌담을 넘어, 바람에 살랑대는 조 밭 위로 사라져 버렸다.

남승지는 상의 주머니에서 삶은 고구마 한 개를 꺼내 먹은 뒤, 밀짚모자를 쓰고 일어났다. 밀짚모자나 대나무삿갓 종류는 섬사람이라면 누구나 일상적으로 외출할 때 쓰는 것이었지만(물론 아직도 '양반'임을 자부하거나, 넥타이를 맨 신사는 이런 촌스러운 모습은 하지 않았지만), 밤의 성내 거리를 걸을 때는 벗는 편이 좋았다.

남승지는 걸었다. 돌투성이의 길이 계속 이어졌다. 한천의 상류 근처까지 가려면 개천을 세 번 건너야 했다. 성내의 동문교 밑을 흐르고 있는 산지천의 상류는 바로 눈앞이지만, 성내의 서문교가 걸려 있는 병문천과 그 지류를 각각 건너야 했다. 다리가 없어서 얼마 전처럼 큰비가 내린 직후 물이 불어나면 도저히 건널 수가 없지만, 이미 개천 바닥의 많은 돌무더기가 수면 위로 울퉁불퉁 크게 튀어나와 있을 것이었다.

산지천의 상류는 폭이 넓지 않지만, 물가의 벼랑을 따라 몇 미터 아래의 바닥으로, 마치 소년이 모험을 하듯이 내려가야 했다. 복류하고 있어 거의 말라버린 개천을, 징검다리를 밟듯이 딛기 어려운 튀어나온 바윗돌을 밟으며 맞은편으로 건너가, 다시 암벽을 기어올라 지상으로 나왔다.

남승지는 남은 두 개의 개천도 같은 방법으로 건너, 한천 상류지대를 지나 성내로 향했다. 도중의 소나무 숲 속에서 갑자기 꿩이 날아올라 사람을 놀라게 했다. 경찰에 의해 마을이 불타 많은 피난민이 입산한 O리 마을을 서쪽으로 바라보면서, 마침내 양쪽 물가 일대에 수목이 무성한 부근까지 왔다. 원래 인적이 없는 곳이지만, 남승지는 주위를 살피면서, 숲처럼 우거진 나무 속으로 자연스럽게 걸어 들어갔다.

양쪽 물가는 깎아지른 듯한 절벽으로, 마치 작은 계곡과 같았다. 하천 바닥 바로 앞까지 수목이며 양치식물들이 무성해 아래로 내려가기 위해 발 디딜 곳을 찾는 것조차 힘들었다. 바위 표면의 이끼에 닳아 해진 운동화 바닥이 미끄러졌지만, 나무줄기나 가지는 잡기에 편했다. 맑은 물이 부드러운 소리를 내고 있었다. 바닥의 바위는 양쪽 물가에서 가운데로 갈수록 점차 완만한 경사를 이루고 있어서, 물이 불어났을 때를 제외하면 물길은 저절로 한가운데로 나기 마련이었다. 수목으로 뒤덮인 하천 바닥의 암벽에 작은 동굴이 두 개 있었는데,

그중 하나가 약속 장소였다.

서늘한 냉기를 느끼게 하는 하천 바닥에 선 남승지의 머리 위에서, 바람에 흔들리는 나뭇가지가 술렁거리고, 관음사의 숲 정도는 아니지만 나뭇가지를 날아다니는 작은 새들이 꽤나 시끄러웠다. 해가 서쪽으로 기울기 시작했고, 수목에 덮인 하천 바닥은 어두컴컴했다. 시각은 여섯 시전이었다. 남승지는 손을 씻은 뒤, 맑은 물에 얼굴을 담그고 물을 마셨다. 물을 마시면서도 인기척에 주의를 기울였다.

그는 약속했던 상류 쪽 동굴이 아닌, 몇 미터 떨어진 하류 쪽 동굴 입구에서 잠시 기다렸다. 눈앞을 흐르는 맑은 물은, 한라산의 몇백 미터 깊은 협곡 아래를 지나 복류지대가 되고, 혹은 용수지대, 수류지대(水流地帶)를 이루며 흘러갔다. 만약 지금이라도 소나기가 내리기 시작하고 빗줄기가 강해지면, 당장이라도 하천 바닥에서 기슭으로 기어올라 탈출해야 했다. 물은 순식간에 불어나면 마침내 산골짜기에서 격류로 급변하여 밀려 내려오는 냇물이 안벽을 씻어 내릴 것이었다. 동굴에서 비를 피할 요량으로 있다가는 목숨을 잃을 수도 있었다.

……뻐꾹-, 뻐꾹-. 수목들의 술렁임 속에서 새 울음소리가 들렸다. 머리 위의 수목이 우거진 곳이 아니라, 물가 근처에서 제법 가까웠다. 남승지는 동굴을 떠나 가능한 한 뻐꾸기 울음소리가 나는 쪽으로 다가가, 뻐꾹-, 뻐꾹- 하는 새 소리로 대꾸했다. 다시 뻐꾹- 하는 소리가 났다.

사람이 온 것이었다. 잔돌이 하천 바닥으로 굴러떨어지면서 바위에 부딪치는 투명한 소리가 울렸다.

성내 지구 조직 책임자인 유성원과 다른 두 사람이 하천 바닥으로 내려왔다. 남승지는 세 사람과 서로 굳은 악수를 주고받은 뒤, 상류 쪽 동굴로 들어갔다. 한 사람은 연락원인 중학생으로, 그는 다시 동굴을 나가 보초를 섰다.

유성원이 유달현을 대신해서 성내의 조직 책임자가 된 것은 최근이
었다. 보름 전 남승지가 성내에 갔을 때 유달현의 하숙집에서 유성원
과 만난 것은, 앞으로 조직 일을 하는 데 있어 얼굴을 익혀 놓기 위함
이었다. 남승지보다 서너 살 위로, 여자 중학교에서 교사를 하고 있는
온화한 느낌의 남자였는데, 유달현처럼 틈만 있으면 연체동물 모양으
로 자신을 앞으로 내세우려는 강한 개성은 없었다.

동굴의 회합에서는 최근의 성내 정세, 적의 움직임에 대한 토의가
이루어졌다. 토벌 재개에 대한 정보는 게릴라 쪽도 입수하고 있었지
만, 현재로서는 본토에서 제주도로 이동 중이라는 증원 경찰대의 수
송선이 제주 산지 항에 도착했다는 이야기는 없었다. 그러나 서울에
서 열린 전국경찰청장회의에서는 대규모 토벌 재개가 결정된 모양이
었고, 그것은 8월 15일 정부 수립 이전부터 미 중앙군정청 딘 장관
외에도 조병옥 경무부장 등 중앙권력 측에 의해 계획돼 있었고, 단시
일 안에 제주도 사태를 확실하게 결말짓겠다는 내용이었다.

정부 측이 이번에 토벌을 재개하게 된 이유는, 최근 제주 근해에서
괴선박의 출현, 7월 말 한림경찰지서장 부부 살해 사건, 입북한 게릴
라 사령관 김성달이 해주에서 열린 남조선인민대표자회의에서 제주
도 인민항쟁을 보고한 사실 등, 객관적인 정세 변화에 토대를 둔 것이
라 했다. 즉 이것은 대한민국의 권위와 '정통성'을 확립하기 위해서라
도, 대한민국의 성립을 부정하는 게릴라를 철저히 섬멸시킬 필요가
있다고 한 당초의 주장을 바꾼 것이 아니었다.

그러나 토벌 재개의 이유로서, 예를 들면 한림경찰서 지서장 겸 토
벌대장 살해는, 그 부인의 경우는 그렇다 치더라도, 토벌전에서 교전
중에 사망한 것이고, 7월 중순의 '평정' 성명 발표 전후에도 게릴라와

연계를 끊으려는 경찰 측의 한림 부근 부락 습격, 살육이 계속되고 있었던 것이다. 제주 근해의 괴선박 출현…… 운운하는 것도 근본적인 이유는 되지 못했다. 이러한 정보는 이미 비밀도 아니었고, 한라신문에 동거하는 국제통신 제주 통신망을 통해, 서울에서 전국경찰청장 회의에 참석하고 돌아온 현지 책임자의 말로서 2, 3일 전에 흘린 것으로, 조만간 신문에 발표될 것이었다. 따라서 이것은 정부 측의 사태 수습책에 대한 사회 각계의 비판에 대한 견제, 그리고 정세 파악을 위한 정보전이라는 것을 고려해야 했다.

어쨌든 '몇천 명'이라는 증원 경찰대의 도착을 기다렸다가, 경찰대의 재편성과 군경 토벌대의 조정, 지휘 계통을 확립한 후에 공격을 재개한다는 것은 기정사실로 확인되었다. 그 일시는 증원 경찰대의 도착 후 작전 계획에 따라 결정되는 것이므로, 몇 개월 뒤의 일은 아니었다. 한두 달 앞으로 다가와 있었다.

의제는 다시 유달현의 이야기에 이르렀다. 유달현이 경찰인 정세용과 내통하고 있는 것은 아닌가 하는 의혹에 대해 트럭 운전사인 박산봉이 유성원에게 보고하였지만, 그 후에도 사실관계에 대한 확증은 나오지 않고 있었다. 그것은 아직 조직 내에서 공개할 수 있는 문제는 아니었다. 직장세포 책임자 중에서 대여섯 명으로 조직된 규율위원회가 '감시'를 계속하고 있지만, 여전히 '확증'을 잡는 것은 어려웠다. 도당 본부가 아지트를 해안 부락에서 중산간 부락으로, 그리고 그 밖의 부락으로 이동하고, 도당 조직의 각 부도 각각 독자적으로 아지트를 가지고 분산적으로 움직이고 있는 지금, 이 문제는 어디까지나 성내 지구 조직과 그 상급 조직인 읍당에서 처리할 일이라는 것이 재확인 되었다. 금후의 정세 격화 및 유동화와 더불어, 통일적인 조직 행동은 곤란해져 가는 가운데, 각 면당, 읍당은 각각의 단위로 실전 게릴라 부대가 그렇듯이, 독자적 판단으로 사태에 대응할 필요가 한층 높아진 것이었다.

정세는 계속해서 소강상태를 벗어나고 있는 것 같았다. 남승지의 머릿속 공간 한쪽에서 꿈틀거리는 것이 있었는데, 그것은 계곡에서 처형된 게릴라의 허무한 모습이었다. 그 어이없는 한순간의 일이 머리에서 지워지지 않았다.

성내 출입은 평상시와 마찬가지로, 보름 전이나 지금이나 변한 게 없다고 했다. 남승지는 남해자동차 사장 댁의 부엌이에게 연락이 닿았는지 어떤지를 유성원에게 물었다. 일전에 성내에서 양준오의 하숙집으로 찾아온 교복 차림의 여자 중학생이 머리핀으로 고정시킨 작은 종이쪽지를 꺼내 건네주고 돌아갔는데, 바로 그 여학생이 부엌이에게 연락을 취했다고 했다. 그녀는 유성원이 담임으로 있는 반의 학생이었고 조직의 연락책을 맡고 있었다. 양준오에게는 부엌이로부터 연락이 가 있을 것이었다.

한 시간 후에 세 사람은 헤어졌다. 남승지는 헤어질 때 소년에게, 삶은 고구마를 먹지 않겠느냐며 주머니에서 고구마 한 개를 꺼냈다. 무슨 일이 있을지 모르니 식량은 간직하는 것이 좋을 거라고 유성원이 말했지만, 남승지는 웃으면서 아직 한 개가 더 있다며, 고구마를 돌려주려는 소년에게 다시 넘겨주었다.

소년이 먼저 안벽을 가볍게 기어올라 주변을 확인한 후 세 사람이 뒤를 따랐다. 유성원 다음으로 남승지, 그리고 또 한 사람의 젊은 교사가 하천 바닥을 떠났다. 물가로 올라온 세 사람은 들판으로 어슬렁어슬렁 걸어왔던 것처럼, 그대로 함께 성내 서쪽의 용담리로 향했다.

남승지는 삼성혈 쪽에서 남문길로 들어가, 동쪽으로 보이는 O중학교 부근을 지나 산지에 있는 양준오의 하숙집으로 가려고 생각했지만, 오른쪽으로 비스듬히 나 있는 동쪽 길로 가려면 다시 개천을 건너야 했기 때문에, 그대로 북쪽으로 성내를 향해 내려갔다. 약 반 시간 뒤에 서문길과 가까운 신작로를 나와 서문교를 건넜다.

다리를 건넌 뒤, 관덕정 뒤쪽의 북국민학교 뒷길로 통하는 비스듬한 왼쪽 길로 들어섰다. 길 위에서는 아이들이 놀고 있었다. 어느새 국민학교의 뒷골목이었다. 왼쪽 골목으로 들어가 조금만 가면 이방근의 집이었다. 남승지는 가슴에 격한 고동과 그리움이 솟아오르는 것을 느꼈다. 그는 이방근의 시선의 망 속에 있는 것 같은 느낌이 들어, 잰걸음으로 골목 쪽은 돌아보지도 않고 지나쳤다. 그리움과 배신의 공포. 그 주위를 걷고 있는 이방근과 맞닥뜨릴지도 모른다. ······유원. 꽤 오랫동안 만나지 못한, 바다 저편의 막연한 느낌 속에서 유원의 모습이 떠올랐다.

이씨 저택의 뒷문. 이방근의 방이 있는 바깥채의 좁은 뒤뜰이 있는 담 모퉁이 안쪽에 뒷문이 있었다. 그 뒷문의 자물쇠가 얼마 후 해가 지고 땅거미가 내릴 무렵이 되면, 부엌이가 몰래 열어 놓을 것이었다. 성내를 돌아다니다가 만에 하나 있을지도 모를 신변의 위험을 피해, 추적을 따돌리고 이씨 저택의 뒷문으로 도망쳐 들어가기 위한 것이었는데, 사전 승낙을 받은 것은 아니었다. 오늘 밤 이씨 저택에 들어갈 필요가 없는 경우에도, 내일 밤 남승지가 성내를 떠난다고 해도 예비로 한 번 더 열어 둘 것이었다.

부엌이는 연락원이었다. 올봄에 이씨 집안에서 쫓겨난 후, 섬 동부의 중산간 부락인 송돌 마을로 돌아가 있던 그녀가 최근에 다시 돌아온 것을 남승지는 알고 있었다. 남승지는 Y리를 떠나 중산간 부락인 태흘 마을로 이동하였을 때, 부엌이와 몇 차례 만난 적이 있었다. 부엌이는 시골 마을에서, 누구나 그렇듯이 밭일을 하면서 산에 식량을 운반하거나 조직의 연락원 역할을 하고 있었는데, 이번에는 성내에서 연락원을 하게 된 것이었다.

가령 어떤 위험에 빠진 남승지가 이씨 저택의 뒷문으로 들어가, 그때부터 어떻게 할 것인가. 뒷문이 있는 토담 밖은 좁은 골목길로, 민가 뒤쪽의 돌담이 길을 따라 이어져 있었고, 골목의 한쪽 방향은 이씨 저택의 앞 도로와 만나지만, 반대쪽은 몇 갈래로 복잡하게 얽힌 골목이 하나로 되어 있었다. 또한 해안도로와 가까웠다. 밤이라면 이 일대로 들어가 어딘가로 잠입하듯이 이씨 저택의 뒷문으로 들어가면, 마치 지하에라도 잠수한 것처럼 추적은 거의 불가능했다. 이 일대를 빠져나가 다른 지구로 모습을 감추었다고밖에 할 수 없을 것이다.

뒷문을 열고 들어가면 바로 안쪽에서 빗장을 걸어 문을 잠근다. 당연하지만 소리를 내서는 안 된다. 집 안 사람들에게는 들리지 않겠지만(누군가 변소에 가있을 때는 뒷문의 인기척을 눈치 챌 수도 있다), 담장 바깥으로 소리가 새어 나갈 수가 있다. 뒷문으로 들어가면 응접실과 부엌 뒤쪽의 작은 뜰이 나오는데, 여러 개의 간장과 된장, 김칫독이 늘어서 있고, 장작이 쌓여 있는가 하면, 지금은 거의 사용하지 않는 작은 별채가 있다. 밤늦게까지 부엌에서 지내는 부엌이가 가끔 뒷문 근처까지 와서 남승지가 집 안에 들어왔는지를 확인하고(사람 눈을 피해 남승지가 부엌이가 있는 부엌을 살펴도 좋다), 그에 따른 조치를 취할 것이다. 우선 별채 근처에서 잠시 몸을 숨기고 있든가, 별채 안으로 들어가 하룻밤을 지내면 된다.

가족 수가 적은 이 집의 부엌 바깥쪽 뒤뜰은 부엌이 외에 임신한 선옥이 가끔 부엌에 드나드는 정도일 뿐, 따로 출입하는 사람은 없었다. 그래서 이 집이 경찰대에 포위되어 습격이라도 당하지 않는 한(그건 있을 수 없는 일이지만), 일시적인 피난 장소로는 충분했다.

이 묘책은 부엌이가 생각해 냈지만, 그 발단은 이방근의 대수롭지 않은 발언 속에 숨겨져 있었다. 꽤 이전에 성내로 찾아온 남승지 앞에서 이방근은 뭔가 일이 생기면 그가 도망칠 수 있도록 사전에 뒷문 열쇠를 풀어 두라고 부엌이에게 말한 적이 있었다. 그 말이 이씨 집안을 한 번 나갔다 돌아온 부엌이의 머릿속에 지혜로 떠오른 방책이었다. 더구나 지금 부엌이는 이씨 집안의 누구도, 심지어 이방근도 모르는 연락원이 되어 극비로 뒷문의 개폐를 조작하기에 이른 것이었다.

이것은 묘책이라고 할 만한 게 아니었다. 주인집에 불을 지르는 것과 마찬가지로, 내부의 무서운 모반이라 할 수 있는 행위였다. 아직 실제로 뒷문이 열린 것은 아니었지만, 그런 일이 계획되어 있다는 것은 사실이었다. 애당초 그 묘책의 발단을 제공한 이방근조차 이러한 부엌이의 독단은 용서하지 않을 것이었다.

이방근이 조금이라도 '빨갱이', '공산주의'에 물들었다고 세간에 비치는 것에 대해 아버지 이태수는 무척 두려워했고 아들이 '빨갱이'에 물들지만 않는다면, 어느 정도의 방탕한 생활은 눈감아 줄 존재라는 것을 부엌이는 알고 있었다. 물론 그것은 남승지도 충분히 알고 있는 일이었다. 부엌이의 이러한 행위는 이씨 집안의 붕괴를 외부로부터 단번에 초래할 수 있는 파괴력을 가지고 있었다. 제방의 개미구멍이 아니라, 뒷문에 구멍이 뚫리면서 단번에 붕괴로 이어진다.

그러나 부엌이는 결코 주인에 대한 복수심을 품고 있는 것은 아니었으며, 그런 생각을 할 수 없는 여자였다. 애당초 그녀로서는 복수를 할 이유를 찾지 못할 것이었다. 그럼에도 그 계획에 발을 들여놓은 것은 틀림없었다.

남승지는 이씨 저택의 뒷문으로 잠입한다거나 하는 일은 결코 바라지 않았다. 그러나 만의 하나 그러한 상황이 된다면, 뒷문을 이용하게 될 자신을 그는 부정하지 않았다.

남승지는 도중에 이방근을 만나지 않기를 바라면서 양준오의 하숙집을 향해 걸었다.

3

남승지는 동문교를 지나는 신작로를 피해, 회전하는 풍속계의 모습이 황혼에 사라질 것 같은 기상대의 언덕길을 올라 산지로 들어섰다.

골목 안쪽의 어두컴컴하게 가라앉아 있는 양준오의 하숙방 장지문에 비친 전등 불빛을 봤을 때, 남승지는 안도의 숨을 내쉬었다.

원칙적으로는 벗으면 안 되는 신발을 벗고, 또 구멍투성이에 땀 냄새까지 진동하는 양말도 벗고, 방 뒤쪽에 난 작은 툇마루에서 남승지는, 양동이에 떠온 물을 끼얹어 발을 씻었다.

"……양말, 한 켤레 있어요?"

"양말? 아아, 갈아 신을 거 말인가. 있지. 새것은 아니라도, 충분히 신을 수 있는 게 있어."

양준오는 빨아 둔 양말 서너 켤레를 가지고 나왔다.

"많이 있네요……."

남승지에게는 그 여러 켤레의 양말이 상당한 분량으로 보였다. 그는 그중에서 감색 무명 양말을 집어 신었다. 두툼했다. 아직 몇 번신지 않은 양말이었다. 감색 양말은 이 섬에 많이 있는 독사, 조선살모사를 쫓아낸다는 미신 같은 이야기가 있었는데, 남승지는 그걸의식하면서도 그런 이유에서 고른 것은 아니었다.

두 사람은 뒤쪽 장지문을 닫고, 이 집의 출입구 쪽 뜰과 마주한 앞쪽 장지문을 살짝 열어 놓은 방 안에서, 최근 정보에 대해 이야기를 나누었다.

양준오는 제주 출신인 한 지사의 경질에 따른 본토 출신 지사의 부임으로, 이번 9월부터 비서 격인 지사실 소속에서 해임되고, 도청의 경리과장 직책만 맡게 되었다. 따라서 이전처럼 기밀에 속하는 정보를 접할 기회는 줄어들지만, 며칠 전까지의 지사실 정보는 남은 업무를 처리하는 과정에서 입수하고 있었다. 그것은 조금 전의 각 직장 세포를 통해 취합한 유성원의 정보와 큰 차이가 없었지만, 중앙지 일부에 이미 발표된 것으로 보이는 '몇천 명'의 경찰증원대라는 것은 과장이라는 게 확인되었다.

현재 이동 중도 아니고, 목포항에 집결된 것도 아니었다. 각 도경에서 몇백 명 단위의 경찰 차출을 계획 중이기는 하지만, 각각의 경찰력 실정을 감안하면 꽤 무리가 있으며, 이들을 통일증원대에 편성하려면 아직 시간이 걸린다는 이야기였다. 남승지는 순간 안도하는 마음의 움직임을 느꼈다. 투항주의, 투항주의……. 어딘가에서 들려오는 목소리. 그것과는 상관이 없다. 그렇지는 않다. '대증원경찰대이동'이라는 정보를 비공식적으로 도경 책임자가 흘린 것은, 정보를 입수하려는 심리작전이라는 측면도 있지만, 실제로 그들은 특히 군과 마찰이 생기더라도 '대토벌'의 재개를 원하고 있었고, 그를 위한 증원대의 제주도 투입은 틀림없는 사실이라고 양준오는 말했다.

남승지의 도착을 기다리고 있던 양준오는 식탁을 마주하고 둘이서 저녁식사를 시작했다. 남승지는 성내로 들어오는 도중에 호주머니의 하나 남은 삶은 고구마를 먹었지만, 그걸로 배가 부른 것은 아니었다. 오랜만에 숟가락과 젓가락이 갖추어진 식탁 앞에 앉으니, 갑자기 일어나자마자 식사를 하는 듯한 당돌한 느낌이 들어, 배에서 소리가 나는데도, 곧바로 숟가락을 들고 음식을 먹을 기분이 나지 않았다. 식탁에는 미나리와 콩나물 같은 나물 무침, 금방 식욕을 자극하는 정어리 젓갈 따위의 반찬 접시가 놓여 있었다.

"왜 그렇게 멍하니 있어. 음식에 뭐가 섞여 있나?"

"아니, 이제 먹으려구요…….."

남승지는 집에서 담근 메주콩이 채소와 얽혀 있는 뜨거운 된장국에 수저를 넣은 뒤, 한 술 떠서 입으로 가져갔다. 그리고는 겹친 콩잎에 보리밥과 젓갈을 싸서 입안에 던져 넣고, 돼지고기 편육을 김치에 싸 먹으면서 눈물이 나올 것 같았다.

게릴라들도 가끔 산기슭 부근이나 중산간 부락에서 조선된장의 콩이 섞인 뜨거운 된장국을 얻어먹을 때도 있었지만, 그것은 드문 일이었고, 아지트를 이리저리 이동 중에는 있는 것으로 적당히 때우는 것이 주된 식사였다. 그리고 식사보다 간절한 것, 그것은 신발이었다. 산속의 가시덤불이나 땅을 기며 튀어나온 나무뿌리, 지면에 튀어나온 바위의 모서리, 그렇지 않아도 '돌이 많은(石多)' 섬에서는 어떤 신발도 오래가지 못했다. 배 모양으로 생긴 조선 짚신은 시골길이나 산길을 걷기에 적당했지만, 이것 역시 오래가지는 못했고, 닳아 떨어져 발바닥이 땅과 닿을 지경이 되어도, 곧바로 갈아 신을 것을 갖고 있을 리 만무했다.

동물처럼 맨발로 걸을 수는 없지만, 발바닥은 그것과 비슷할 정도로, 예를 들면 목탁영감이 그러하듯이, 점차 두껍고 딱딱한 가죽과 살로 덮이게 된다. 깊은 눈에 파묻힌 동굴의 입구에 가까운 바위 위에 거적 한 장을 깔고, 거기서 맨발로 기거하는 영감의 존재가 마치 기적처럼 생각되었는데, 지금의 남승지는 노인의 그 각질화된 발바닥이 꽤 현실적으로 느껴지고 납득할 수 있을 것 같은 기분이었다. 이제 곧 그와 같은 계절을 맞이하려 하고 있었다. 여름에서 가을, 그리고 겨울로, 게릴라들은 눈 덮인 산속에서 생활을 처음으로 경험하게 된다. 그 전에 게릴라 투쟁을 끝내고 하산한다는 것은 있을 수 없을 것이었다.

반쯤 열어 놓은 뒷문으로 완전히 어두워진 밤바람이 불어 들었다. 서늘한 바닷바람을 타고 들리는 것은 오랜만에 듣는 파도 소리였다.

"산은 이미 춥겠지."

"밤이면 쌀쌀해요."

양준오는 식사를 하다가 젓가락을 놓고, 무슨 생각을 했는지, 이봐, 한쪽 다리를 좀 펴 봐, 하고 말했다. 남승지가 책상다리를 풀고 다리를 펴자, 양준오도 같은 동작을 하고 한쪽 발바닥을 어린애들이 놀이를 하듯 이쪽에 맞추었다. 그리고는, 승지 동무의 발도 별로 큰 편이 아니군, 거의 비슷하니 괜찮을 거야, 라면서 조금 전의 양말 때문에 생각이 미쳤는지, 그렇게 낡지 않은 즈크화가 한 켤레 있으니 그걸 신고 가라고 했다. 이방근은 역시 덩치가 큰 만큼 발도 크더라고, 설령 그에게 신발을 얻는다고 해도 신지는 못 할 거라며 양준오는 웃었다.

"성내에 가더니 좋은 구두를 사 왔다고, 비판의 빌미가 될 수도 있어요."

"비판? 무슨 소릴 하는 거야. 자급자족이 원칙이잖나. 개인적으로 구두를 손에 넣는 것도, 의복을 손에 넣는 것도 그중의 하나야. 가능하면 투쟁에 보탬이 돼야 하는 거 아닌가. 보급투쟁은 뭣 때문에 하는데."

"그건 그렇지만, 그래도 무슨 일이 있을 때 비판의 대상이 될 수 있어요. 일종의 '부수입'인 건 틀림없으니까. 맛있는 식사도 하고. 음……. 산속 분위기는 평지와 다르잖아요. 사정은 이해를 하면서도,

자유주의나 개인주의와 결부시키기도 하거든요." 남승지는 일단 말을 끊었다가, 다시 계속했다. "이방근이 성내에 있다면 만나고 싶은데, 만날 수 있을까요. 조직 임무 이외의 행동이라서, 이방근과 개인적으로 친하다는 얘기가 나오면 이것도 가족주의가 돼요⋯⋯."

남승지는 이방근을 만나고 싶었다. 이씨 집안 내의 부엌이와 선을 연결하고 있다는 배신을 두려워하면서도, 한편으로는 오히려 그와 직접 얼굴을 맞댐으로써 상쇄, 적어도 경감될 것 같은 묘한 기분이 작용하고 있었다.

"가족주의라든가, 자유주의라든가, 무슨 주의, 무슨 주의 하는 건 그만두는 게 어떤가. 이방근과는 만날 수 있어. 어려운 일은 아니잖나. 어려운 건 오히려 뭐든지 그 주의를 내세우는 원칙 쪽, 교조주의야. 조직의 임무 이외의 행동이라는 건 뭔가. 이방근은 실제로 조직과는 관계가 없지만, 그러나 정신적으로는 그것과 관계가 있는 사람 아닌가. 그렇게 까다로운 사람이 그런 생각을 가지고 있다는 것도, 지금까지 동무가 뒤에서 노력해 왔기 때문이라구."

"그렇지는 않아요."

남승지는 놀라 고개를 흔들며 부정했다.

"그렇다니까, 승지 동무는 그의 생활방식에 대해 직접 맞대고 비판하거나 반발했는데, 여동생인 유원⋯⋯." 양준오는 순간 목에 걸린 말을 삼켰다. "그 여동생한테도 똑같은 비판을 받곤 했는데, 그는 비판하는 쪽의 입장⋯⋯인가, 그 비판하는 자의 논리를 모르는 사람이 아니야. 그는 그것을, 비판을 인정하고 있어. 그러나 어떠한, 어떻게 비판하더라도, 그에게 있어서는 사물의 한 단면일 뿐이라네. 그런데도 그는 지금 이 섬에서 일어나고 있는 사태와 무관하게 살아갈 수 있는 사람은 아니야. 그런 점에서는 우리와 같은 거지."

이방근은 우리와 마찬가지다······. 남승지는 어떤 감동이 가슴을 적시는 것을 느꼈다.

"유원 동무에게 오빠는 절대적인 존재지요."

"시대가 이방근을 비판하게 만드는 것이지."

"이방근은 도피분자가 아니라는 거군요······."

"······? 왜 여기서 '도피분자'가 나오나. 그런 발상이 이상하군. 오만이야. 그는 조직원이 아니니까, 조직에서 도망친 인간도 아니잖나."

오만과는 관계가 없다고 생각했지만, 남승지는 아무 말도 하지 않았다. '도피분자'가 아니라, 도피자다. 어쨌든 이방근은 도피자는 아니다.

"······동지, 아니, 동지 같은 사람인 건가."

남승지의 목소리가 활기를 띠었다.

"동조자지. 동조자임에 틀림없어."

"동조자······."

"모처럼 왔으니 만나 보는 게 좋지 않을까. 그는 여러 가지로 바빠, 머릿속이 복잡해서 바쁠지도 모르지만, 그쪽에서 괜찮다고 한다면 말일세. 그는 동무를 거절하진 않을 거야."

"가능한 돌아다니지 않는 게 좋겠다는 생각이 들어서요. 머릿속이 복잡하다는 것은, 방근 씨에게 무슨 일이 있었습니까?"

"그로서는 단순한 것 같은데, 가정문제가 복잡한 모양이야. 그건 동무가 관여할 필요가 없는 문제야. 그가 사정이 괜찮다면 만나 보라구. 물론 자네가 만나고 싶다면 말일세. 내가 함께 가도 상관없어."

"둘이 같이 가면 오히려 눈에 띄지 않을까요. 특히 양준오 동무와······. 방근 씨만 만난다면 괜찮겠지만, 가족들한테 들키는 게 싫어요. 그건 가능하면 피하는 게 좋아요."

"아무도 말을 걸어오진 않을 거야. 거의 얼굴을 마주칠 일도 없을 테고. 너무 신경을 쓰는군. 평상시처럼 행동하면 돼. ……으―음, 아 참, 손님이 와 있네. 서울에서 같이 온 손님들이야."

"손님? 그건 좀 곤란한데. 누굽니까?"

"신문기자야. 새로 10월에 창간한다는 국제신문의 기자지. 음, 그걸 잊고 있었군……."

두 사람은 식사를 계속했다.

"……그렇지, 차라리 방근이 형을 이쪽으로 오라고 할까. 손님이 있는 곳에는 얼굴을 내밀지 않는 게 좋아."

"내가 방근 씨를 찾아가서 만나는 것과, 그가 이쪽에 와서 만나는 것과는, 전혀 의미나 느낌이 달라요. 기분이 들떠서 만난 것 같지도 않을 테고. 왠지, 만나러 가고 싶어요, 무작정 가고 싶군요."

"이러쿵저러쿵, 뭘 그리 우물쭈물 거리나. 그런데……." 양준오는 뾰족한 턱을 내밀고 가볍게 웃으며 의미심장하게 말했다. "지금, 무작정 만나고 싶다 했나, 무작정 만나고 싶단 말이지……. 으흠, 어째서 갑자기 그, 무작정……인가? 어떤 연유로 그런 충동의 마음이 일어났는지, 그걸 분석해서 얘기해 보게나."

"흥, 뭡니까, 그 말투는. 마치 심리학 테스트라도 하는 것처럼. 게다가 꽤 심술궂은 얼굴을 하고 있잖아요."

"그런가, 나한테는 그렇게까진 보이지 않는데." 양준오는 담배를 재떨이에 끄고 웃으며 일어났다. "참, 생각이 났는데, 자네한테 전해 줄 물건이 있어……."

그는 뒤쪽 장지문을 열고 나가더니, 툇마루를 따라 옆방으로 가 뭔가 옷가지를 싼 듯한 보자기를 들고 금방 돌아왔다.

"내가 이걸 잊고 있었던 건 아니야. 식사가 끝나기를 기다렸다가, 천천히. 어쨌든 도중에 체하기라도 하면 안 될 것 같아서. 내일이라도 전해 주려고 생각했지만, 그걸 지금 전하겠네."

양준오는 원래의 자리로 돌아가 앉더니, 장판 위에 놓인 보자기를 풀고 안에 든 것을 꺼냈다. 다시 종이에 쌓여 있는 그것은 벽돌색 털실로 짠 스웨터로, 얼핏 보기에도, 두툼하고 푹신하게 부풀어 오른 것이 좋아 보였다.

남승지는 어리둥절했다.

"나한테 전해 주다니, 무슨 말입니까?"

"선물이지. 이방근의 여동생으로부터."

양준오는 시선을 스웨터에 떨어뜨린 채 말했다.

"선물, 나한테……. 이방근의 여동생이라는 건 유원, 유원 동무가?"

남승지는 앵무새처럼 따져 물었다. 믿을 수가 없었다. 따져 묻는다기보다 혼잣말처럼 양준오의 입에서 나온 말을 되풀이했다고 해야 할 것이었다. 그는 눈앞의 스웨터에 자신의 손이 가는 게 두려워서 뒷걸음이라도 칠 것처럼, 유원이 보낸 선물이라는 양준오의 말이 전혀 현실적으로 느껴지지 않았다. 있을 수 없는 일이었고, 멀리 망막한 바다 저편에 있는, 유원의 이름이 나온 것 자체가 놀라웠다. 그런 생각이 그의 뺨의 홍조를 억제하고 있었다.

"대체, 무슨 일이지?"

"내가 어찌 알겠나. 그러니까 선물이지."

"정말입니까? 그런데 이건 어디서……. 최근에 준오 형이 서울에 다녀왔습니까?"

"이방근이 가지고 왔네."

"이방근이……. 흐—음."

남승지는 남의 일처럼 중얼거렸다. 그의 가슴에 격렬한 바닷물 같은 감정의 너울과 기쁨이 찾아온 것은, 한참 더 시간이 지나 그 벽돌

색의 스웨터가 틀림없이 유원으로부터의 선물임을 실감하고 난 뒤였
다. 그때 갑자기 심장 고동이 고통스러울 정도로 빨라졌다. 그는 격렬
한 고동을 의식하면서, 쭈뼛쭈뼛 스웨터를 손에 펼쳐 들고, 술도 마시
지 않은 햇볕에 그을린 얼굴을 빨갛게 물들였다.

"왜 이런 선물을 보낸 거지?"

남승지는 같은 말을, 그러나 의문을 떨친 감사의 기분으로 반복하
고, 눈부신 것을, 마치 유원이라도 보는 것처럼 양준오를 바라보며
말했다.

"모르지. 그건 손으로 짠 거야. 서울의 백화점에서 산 물건이 아니
라구. 그녀 자신의 손으로 직접 승지 동무를 위해 짠 모양이야. 이방
근이 그렇게 말했어. 입어 보지 그러나."

"괜찮아요……."

남승지는 손으로 짠 거라는 충격적인 설명을 곧바로 소화하지 못해
서, 그저 멍하니 듣고만 있었다.

"유원 동무는 건강한가요?"

"건강한 모양이야……." 양준오의 표정이 순간 굳어졌다. 그는 유원
이 지금 성내에, 본가에 돌아와 있다는 말은 하지 않았다. "으-음,
부럽군."

"부럽다고요? 정말인가요. 양준오 형치고는 의외인데요. 그래서 아
까 그런 심술궂은 얼굴을 한 건가요?"

"나는 그런 얼굴을 한 기억이 없는데, 그렇다면 그런지도 모르지."
두 사람은 웃었다. "그런데 이런 선물을 산에 가지고 돌아가는 건 어
떤가. 비판의 대상이 되는가? 신발에 스웨터에, 충분하진 않지만 그
래도 위아래 한 벌인데, 음."

양준오는 농담 섞인 어투로 말했다.

"괜찮아요." 남승지는 부정했지만, 곧바로 그럴듯한 대답을 할 수가 없었다. 역시 이런 것을 소지하는 건 자유롭지 않았다. 개인적인 선물을 마음대로 받는 것은 조직원으로서는 문제가 될 수 있었다. 빵이라면 둘로 나눠서 먹기라도 하겠지만, 스웨터 하나를 둘이 입을 수는 없는 노릇이었다. 한편 그렇다 하더라도 소부대로 움직이는 게릴라는 자급자족이 원칙이었다. 옷이든 음식이든 기회가 있으면 스스로 조달하는 것이야말로 혁명적 행위라 할 수 있었다.

남승지의 머릿속에 물빛 스웨터 하나가 떠올랐다. 올봄에, 오사카를 출발할 때 여동생 말순이 짜 건네준 것이었다. 이것까지 합치면 자신의 스웨터 두 장을 갖게 된다. 산에는 스웨터가 한 장도 없는 동지가 있는데……. 지금은 아직 9월이지만, 이제 곧 한라산 중턱은 추운 계절이 시작될 것이다. 나는 이 스웨터 중 어느 한 장을 떨고 있는 동지에게 양보할 수 있을 것인가. 아아, 그렇지, 그는 갑자기 생각났다는 듯이 소리를 내었다. 결코 이야기를 얼버무리기 위해서가 아니었다.

"유원 동무는 지금 서울에 있을까요. 방근 씨가 이쪽에 있다면 아직 서울에 있을지도 모르겠군요. 아니면 혼자서 일본으로 출발해 버렸을까요?"

그랬다. 일본 유학은 어떻게 되었을까. 아니, 손으로 짠 이 스웨터는 이별의 징표다! 무서운 생각이 머리를 꿰뚫고 지나갔다. 그는 이 집 앞 골목으로 들어서기 전까지만 해도, 제일 먼저 유원에 대해 물어보려고 생각했으면서도, 도저히 말을 꺼낼 수가 없었다. 사실은, 그런 일을 생각하고 싶지 않았다. 언급하고 싶지도 않았다.

"있어. 여기에……. 일본엔 가지 않았어."

"아직 안 갔네요. 이제 일본엔 가지 않는 건가요?" 남승지는 어깨의 힘이 쑥 빠지는 것을 느끼고, 스스로도 얼굴에 핏기가 가시는 기분에 의아해 했지만 동시에 살았다는 생각이 가슴을 메웠다. "얼마 전에 유, 유원 동무가(지금 그녀의 이름을 말하는 것만으로도 가슴이 아팠다), 오빠 말을 막무가내로 듣지 않는다고 준오 형에게서 듣긴 했지만, 유원 동무는 역시 가지 않았군요. 음, 역시…… 이 조선 땅에, 서울에 있군요, 준오 형, 정말이겠지요?"

"그럼, 정말이고말고……." 양준오는 두 개로 분열된 표정을 하나로 모은 기묘한 표정을 지으며 말했다. "정말인데, 그 유원 동무는 이쪽에, 이 성내에 있다네. 여기에 있어."

"유원 동무가 성내에? 제주도에……?"

남승지는 뒤통수에 일격을 당한 것처럼, 머리가 혼란스러운 느낌에 빠졌다. 무슨 말인지 이해할 수가 없었다.

"그렇고말고, 집에 있어."

"집에 있다, 성내의 집에, 이방근과 함께……?"

"그래, 지금 이쪽에 돌아와 있어."

분열됐던 표정이 사라진 양준오는 입을 벌리고 웃었다.

"뭐라고요! 그럼 스웨터도 그녀가 직접 가지고 온 거잖아요."

남승지는 발끈하며 무언가에 배신당한 것 같은 기분에 자리에서 일어섰다. 그래서 뭘 어쩌겠다는 것인가. 그냥 서 있었다.

"그건 아니야. 이유원은 나중에, 갑자기 오게 된 것 뿐이야. 그건 아니라고."

"준오 형도 속세의 사람들과 같은 행동을 하는 건가요. 주변의 속된 남자들이 하는 것처럼. 마치 흥정 같군요. 지금까지 왜 숨긴 거지요. 왜 좀 더 빨리 말해 주지 않고……."

"바보 같은 소리 하지 마." 양준오는, 자네는 도대체 무슨 소리를 하는 거냐는 식으로 남승지를 올려다보고 말했다. "뭐야, 꽤나 정색을 하고 있잖아. 너무 흥분한 거 아닌가, 음."

"……"

정색을 하고, 필요 이상으로 흥분……. 찬물을 뒤집어쓴 것 같은 수치심을 느끼게 하는 말이었다. 남승지는 발끈해서 일어난 것까지는 좋았는데, 그대로 우두커니 서서 몸 둘 곳을 잃은 자신을 느꼈다. 그러나 유원이 성내에 있다는 사실을 확인했을 때, 그는 머릿속 공간의 한쪽에서 울리는 소리를 똑똑히 들었다. 아아, 어째서 유원은 일본에 가지 않은 건가. 일본에 가서, 그리고 음악공부를 해야 한다……!

"자자, 앉아봐. 이래서 이야기를 하지 않은 거라구." 양준오는 냉정하게 미소 지으며 말했다. 서너 살 많다는 건 그저 말뿐이 아닌, 확실히 그 나름의 선배로서의 여유를 가진 대응이었다. "어찌 보면 자네에게 추궁당해 얘기를 한 꼴이지만, 특별히 숨기고 있었던 건 아니야. 하물며 무슨 흥정을 하겠는가. 지금까지라고 했지만, 자네가 도착하고 시간이 얼마나 됐나. 내일까지 숨긴 것도 아니고, 핫핫, 내일은 아직 오지도 않았지만. 화내지 말라구, 가능하다면 알리고 싶지 않았어. 그도 그럴 것이, 그 증거로 당장이라도 뛰쳐나갈 것처럼 일어서지 않았나."

"아니 뭐, 뛰쳐나가려고 일어선 건 아니에요."

"알았으니까, 서 있지 말고 앉아, 앉으라구."

남승지는 장판에 책상다리를 하고 앉은 자신의 표정을 조절하기 어려웠다. 마치 기가 죽은 어린애처럼 창피했다. 그걸 구원이라도 하듯이 양준오가 곧바로 말을 이었다.

"유원 동무하고도 만나야지."

"……"

만나야 할 이유는 없었다. 이유도 모른 채 만나는 것은 피하는 게 좋겠다는 생각이 머리의 배후를 스쳤다. 양준오가, 만나고 싶을 거라는, 단적인 대답을 강요하는 말투가 아닌 게 다행이었다.

"바로 옆에 와 있다구. 가족주의도 자유주의도 아니야. 적과 만나는 게 아니야. 필요할 때는 적과도 만날 수 있어. 이방근부터 만나기로 하자구, 물론 그 여동생과도."

"가족주의라든가 그런 문제가 아니에요. 어떻게 만나면 좋을까요?"

양준오는 조직의 현실적인 규율의 무서움을 모른다. 계곡 아래에서 동료에게 처형당한 게릴라가 앞으로 고꾸라지며 무너지던 모습이 뇌리에 스치면서 둔탁한 총성의 울림과 함께 사라졌다.

"마음이 있으면, 필요하다면 방법은 생기기 마련이야. 생각해 보자구. 음, 스웨터만이 아니라, 이런 일을, 유원 동무가 성내에, 바로 옆에 있다는 걸 식사 전에 얘기라도 해 보라구. 음식이 목구멍으로 넘어가지 않을 거야."

타산적인 것이, 이야기가 나온 순간에 남승지는, 조금 전에 가능하면 돌아다니지 않는 게 좋겠다던 말을 번복하고, 당장이라도 밖으로 뛰쳐나가고 싶은 심정이었다. 두 사람이 자신을 기다리고 있는 것도 아니었고, 만나서 뭘 어떻게 할 일이 있는 것도 아니었지만, 가만히 있는 것이 고통스러웠다. 만나서 뭘 할 것인가. 반드시 만나야 하는 것은 아니다. 밖으로 나가고 싶다. 마을로. 군과 경찰의 포위망을 뚫고 산 밖으로, 해상의 봉쇄를 무너뜨리고 섬 밖으로, 해외로, 다른 세계로, 자유의 세계로 나가고 싶다.

남승지는 몸이 떠오르는 듯한 느낌으로 자리에서 일어나자, 조금 전에 충동적으로 일어났던 자신의 동작을 의식하면서, 방의 뒷문으로 다가가 장지문을 크게 열고, 바람에 실려 오는 차가운 밤공기를 가슴 속 깊이 들이마셨다.

눈앞의 시커먼 돌담에 방의 불빛이 반사되었고, 그 너머는 옆집의 돌담이 이어져 있었는데, 희미하게 빛이 새어 나오는 정도로 바깥은 아주 캄캄했다. 그래도 어둠에 잠긴 초가지붕의 모습에 사람 냄새가 났다. 산의 어둠은, 깊은 바다 속처럼 무서운 압력이 우주에서 내리쏟아지는 느낌이다. 별이 반짝이고 있었다. 전방은 건너고 싶어도 건널 수 없는 망막한 밤의 바다였다. 남승지는 문지방 밖으로 고개를 내밀고 왼쪽으로 고개를 돌려, 어둠의 공간으로 시선을 던져 넣으며 콧속 점막을 기분 좋게 간질이는 냄새의 유희를 느꼈다. 그리고는 숨을 천천히 들이마시고 있는 자신을 의식했을 때, 그것이 금목서의 향이라는 것을 깨달았다. 뭔가 향수와 같은, 조금 떨어져 있는 듯한 곳에서 풍겨 오는 새콤달콤한 방향.

"준오 형, 만나서 어떻게 하면 좋을까요."

남승지는 별이 빛나는 하늘을 올려다보며(지금 무의식중에 왼쪽 어둠 속을 보고 있었던 것은, 이방근의 집이었다는 것을, 그리고 그 안에 있는 이유원이 있음을 깨달았다), 등 뒤의 양준오에게 말했다.

"누구한테 말인가?"

"유원 동무……."

"흠, 무슨 말이야. 그걸 내가 어떻게 알겠나."

"그렇게 얼버무리지 마세요. 이쪽은 진심이니까."

분명히 거짓은 아니었지만, 그러나 설마, 남승지는 스스로가 일종의 '주책없는 자랑'을 한 것은 아닐까 생각했다.

"가능하면 오늘 밤이 좋겠지."

"뭐가요?"

"뭐가요, 라니? 이방근과 만나는 거 말야. 내일 출발이잖아."

"네, 오늘 밤이 어렵다면, 내일이라도 괜찮아요."

남승지는 두 사람을 만나기 위한 마음의 준비가(갑자기 그것이 필요하게 된 것처럼) 되어 있지 않은 자신을 의식했다.

　"여덟 시 반이군. 어쨌든 내가 지금 이방근의 집으로 가 보지. 설령 내일 만나게 되더라도 동무가 와 있다는 걸 미리 이방근에게 알려 둘 필요가 있어. 그런데 말이야, 유원 동무는 뭔가 감금 상태인 것 같아……."

　"감금……. 감금 상태?" 남승지는 놀라서 양준오를 돌아보았다. 마치 들어 본 적이 없는, 아니, 이 자리와 어울리지 않는 말이 튀어나온 것이다. "어디에? 좀 전에 집에 있다고 했잖아요."

　"아, 집에는 있지만 자유롭지 못하단 말이야. 자택에 있으니까, 방에 갇혀 있다거나 외출을 금지당한 게 아니니, 감금은 아니겠지만, 정신적으로는 감금이지. 마침 집에 돌아오자마자 서울에는 돌아가지 못하게, 아버지로부터 발이 묶인 상태가 된 모양이야."

　"왜요? 대체 그 이유는 뭡니까?"

　남승지는 아주 잠시 금목서의 향기에 취해 넋을 잃고 있다가, 갑자기 정신이 확 들어 장판의 자리로 돌아와 앉았다.

　"그게 그 집안의 복잡한 사정인데, 부친인 이태수 선생이 말야, 경찰 쪽에 미리 연락을 해서, 본토로 건너갈 때의 도항증명서에 출항지 경찰의 검인이 필요하지만, 자신의 딸의 도항증명서엔 검인을 찍어 주지 못하게 손을 써 두었다는 거야. 전화 한 통이면 끝나는 일이고 경찰 측은, 네 알겠습니다, 라고 했겠지. 유원 동무의 승선을, 혹은 몰래 섬을 빠져나갈지도 모르는 그녀의 승선을 저지하기 위한 것이지만, 결국은 서울에 갈 수 없다는 말이 된다구. 이래서는 이씨 집안의 따님이 제주도의 요주의 인물이 되겠지. 그걸 모를 리 없는 이 선생님인데……."

　"그렇게 되면 대학으로 돌아가지 못하는 거 아닌가요?"

"그렇게 되겠지. 언제까지 계속될지는 모르겠지만, 적어도 당분간은 그럴 거야."

"왜 그런 일을? 방근 씨는 그에 대해 잠자코 있다는 말인가요."

"잠자코 있고 말고의 문제가 아니야. 이미 이방근과 부친 사이의 문제가 있고, 모든 악의 근원은 이방근에게 있다는 거야. 어떤 의미에선 무리도 아닌 얘기지만, 세간의 평판이 그랬던 그는, 이번엔 가정적으로도 완전히 그렇게 돼 버린 거지. 그도 그럴 것이, 며칠 전에 친족회의가 있었던 모양인데, 그의 경우는 그 친족이라든가 가문이라든가 하는 복잡한 문제가 얽혀 있거든. 어쨌든 딸의 도항증명서를 발급하지 못하도록 경찰에 손을 썼다는 건 보통일이 아니지. 이방근의 머릿속이 복잡해서 바쁠지도 모르겠다고 한 건 이런 일도 있기 때문이야. 이번 일로 그의 가정은 점점 더 틀어져 버리겠지."

"그밖에도 여러 가지가 있다는 겁니까?"

"음. 그렇지."

"준오 형, 그럼 만나지 않는 게 좋을 것 같은데요."

"그것과 이건 별개야. 아마도 이방근은 그렇게 말할 게고, 그렇게 생각할 거야. 그러니까 이런 얘기를 들었다고 해서, 물론 상대의 사정을 들어 봐야겠지만, 주저할 필요는 없어. 그런 사정이 있다는 것만 알아 두면 돼. 어쨌든 가는 걸로 하자구. 자넨 여기서 기다리고 있어. 어떻게 할지는 이방근과 만나고 나서 얘기하고. 그가 집에 있을지 어떨지……. 아마 있을 거야."

"자전거로 갑니까?"

"아니, 걸어도 멀지 않으니까, 걷는 게 나아."

양준오는 자리에서 일어나더니, 노타이셔츠 위에 상의를 걸쳤다. 그리고는 안주인에게 말해 둘 테니, 혹시 누가 찾아오더라도 방에서 나올 필요는 없다고 말하고 밖으로 나갔다. 그는 안뜰을 지나 안채 쪽으로 향하는 것 같았는데, 곧이어 양준오의 뒤를 따라 안주인이 나와, 대문 대용으로 쓰고 있는 판자문에 빗장 거는 소리가 들렸다.

이방근은 집에 있었다.

대문 옆의 쪽문을 열어 준 부엌이가 양준오를 안내하듯이 앞장서서 안뜰을 지나 서재 앞까지 오자, 일단 툇마루로 올라가 닫힌 미닫이문 밖에서 말을 걸었다.

담배를 문 이방근이 미닫이문을 열고 툇마루로 나와 양준오를 맞아들인 후 다시 문을 닫았다.

"혼자 계십니까?"

양준오가 미닫이를 등진 쪽의 소파에 앉은 뒤, 맹장지문이 열려 있는 옆의 온돌방으로 시선을 던지며 말했다.

"혼자야."

"방해가 된 거 아닙니까?"

뒤뜰 쪽 창가의 책상에서, 보기 드물게 무언가를 쓰고 있었던 것 같은 이방근을 보고 양준오가 말했다.

"아니야."

회색 얇은 카디건을 입은 이방근이, 책상 위의 재떨이를 테이블 쪽으로 가져 오며 말했다.

"손님은?"

"어젯밤에 출발했어."

"어디로?"

"어디라니…… 서울이지."

"아, 난 또, 그 신문기자라는 사람이 게릴라 아지트에라도 간 줄 알고……."

"으—음, 그건 이루지 못했어. 난 가능하면 나영호를 강몽구에게 소개시켜 줄 생각이었는데, 내가 강몽구를 만나는 게 고작이었어. 마침 부산에서 막 돌아온 상황이었고, 그래서 그를 만났을 때 사정을 말해 보았지만 이루지 못했지. 상황이 어려워. 갑자기 그런 건 영웅주의라는 말을 들었어. 헤로이즘(heroism)이라고 하더군. 아니, 핫하, 이쪽이 너무 안이한 생각을 했던 거 같아."

"안이하다는 것은?"

"그러니까, 사상무장, 총을 들고 게릴라와 함께 싸울 각오를 하지 않으면 안 된다는 거겠지. 유람하듯이 며칠 둘러보고 그걸로 취재했다고 할 수는 없을 것이다, 그건 영웅주의라고 하더군. 나영호 자신은 제법 각오를 했겠지만, 상대는 생각보다 엄격하더군. 거기에는 또 나름의 사정도 있는 것 같았어. 도당 본부의 아지트도 노상 이동하고, 게릴라도 대부대가 일정한 장소에서 포진하고 있는 것이 아니라, 소부대 단위로 행동하고 있어 서로의 움직임을 파악하기가 어렵다는 거야. 기동력 없이 오로지 발로 걷기 때문에, 그것만으로도 며칠은 걸린다는데, 그런 걸 나영호가 알 리가 없지. 적의 '토벌 재개'에 대처하기 위해 전력을 재정비하고 있는 때에, 외부에서 사람을, 다시 밖으로 나갈 인간을 들일 순 없다는 거지. 요컨대, 게릴라의 기밀유지란 거야. 만일 나영호가 성내로 돌아왔을 때 체포라도 당하는 일이 생기면 어떻게 되겠는가. 신문기자로서 이미 당국 관계자들에게도 취재를 가고, 여기저기 돌아다니던 인간의 행방불명은 금방 눈에 띈다는 말일세. 미행이 붙는 건 확실하다는 거야. 그건 그렇겠지."

"만일 체포라도 당한다……는 건 무슨 말입니까?"

"게릴라의 아지트와 동정이 노출될 가능성이 있어. 체포되면 반드시 고문을 받아 그렇게 된다는 거지. 따라서 게릴라 평정을 발표해 놓고서, '토벌 재개'가 준비되고 있는 현재, 게릴라 부대의 동정을 지면을 통해 공개할 순 없다. 그보다는 지금까지 소각이나 학살 등으로 희생된 부락을 취재해서 그 진실을 기사로 써 주었으면 좋겠다. 일부러 산에 들어오지 않아도 도처에 비참한 현실이 널려 있다. 글로는 다 쓰지 못할 만큼 비참하다. 지금까지 어느 정도의 진실과 사실이 신문 등에 보도되고, 쓰였단 말인가. 양심적인 글도 얼마간은 있지만, 거의 대부분은 당국의 비위를 맞춘 것이다. 부디 도민의 목소리를, 사실을 써 주기 바란다. 그쪽이 호소력이 더 크다고 하더군."

"그럼, 나영호는 취재하러 온다고 해 놓고, 뭘 하러 온 것일까요."

"아니, 그 나름의 취재는 하고 갔어. 그도 납득을 했으니까. 영웅주의라는 말을 하지 않았지만. ……원래는 문난설 꽁무니에 붙어서 따라온 것이었으니까. 처음의 예정은 내가 서울로 돌아갈 때 문난설도 같이 돌아가는 것이었지만, 내 예정이 변경되는 바람에, 건수 숙부가 귀경할 때 동행하게 됐지. 그러자 남아서 취재를 할 예정이던 나영호도 갑자기 돌아가겠다고 하더군. 그러지 않으면 배가 2, 3일 늦어질 테고. 강몽구를 통해서 해방구에 들어가는 것도 불가능해졌고 해서……. 그러나 그런 면에서는 과연 글쟁이야. 온 보람은 있었지. 이쪽에 와서 일주일 동안 여기저기를 돌아다녔거든. 동무도 그를 데리고 다녔을 텐데. 나는 강몽구한테 부탁만 해 봤을 뿐 달리 안내도 못 했지. 이재(罹災) 지구에도 들어가지 못한 모양인데, 성내에 피난 와 있는 이재민을 만나거나 여기저기 취재를 해서 두꺼운 노트를 만들었더군. 일부러 온 만큼의 취재 성과는 가지고 돌아갔다고 할 수 있지. 그리고 만에 하나 있을지 모를 검문을 생각해서, 서장보다 서열이 높은 총감 격인 문난설의 가방에 넣어가지고 갔어. '제주 기행', 아니 '탐라 기행'인가. '동란의 제주……', '통곡의 탐라', 혹은 비극의 섬……
운운하는 거 아니겠나. 등장인물은 익명으로 쓰고…….”

　“지금까지도 '종군기자'라는 이름을 내걸고 토벌대에 참가해서 쓴
기사는 있지만, 나영호는 반대편에서 그걸 쓰고 싶었던 것이겠지요.
도청에도 찾아왔고, 제가 읍사무소에 안내해 소개받은 읍장하고도
인터뷰를 했지만, 읍장은 섬사람으로서 평화를 원한다고만 하고, 군
의 토벌 방침에 대해서는 언급하지 않더군요. 몇 명인가의 도청 동료
와 학교 교사들과도 만났습니다. 그리고 전 지사인, 전이라고는 해도
며칠 전까지 지사였지만, 한 선생님 댁으로 저녁에 방문해서, 인터뷰
는 아니지만 개인적으로 얘기를 듣기도 했습니다. 그저께였지요. 이
형 댁에서 무슨 문중회가 열렸다는 날입니다…….”

　“아아, 문중회의는 말도 꺼내지 마……. 계속해.”

　“게릴라 지구에 들어가지 못하는 걸 아쉬워했지만, 작가라는 건 원
래 그런 건지, 뭔가 편집적으로 벼르고 있더군요. 기사 내용에 따라서
는 이제 막 창간한 신문이 '서북'들에게 테러를 당할 가능성도 있을
겁니다.”

　“그건 잘 생각해서 하겠지. 테러가 어제 오늘 시작된 것도 아니잖나.
그런데 양 동무는 어떻게 된 건가. 도청에서 퇴근하는 길도 아닌 것
같은데…….”

　“아아, 집에서 오는 참입니다.” 양준오는 일단 말을 끊었다가 다시
이었다. “……여동생은?”

　“여동생은 있어, 방에 있다구.” 이방근은 뭔가 생각이 있는 것처럼
고개를 끄덕이며 말했다. 유원은 무얼 하고 있는지 묻는 뉘앙스였는
데, 방에 있다고 대답한 것은, 동시에 그녀의 뭔가의 행동을 표현하고
있었다. “간단하게 한잔할까.”

"바로 돌아가야 해요, 사람이 기다리고 있어요."

"손님이⋯⋯."

"남승지가 와 있어요."

"뭐라⋯⋯." 이방근은 잘못 듣기라도 한 것처럼, 소파에 등을 기대고 있던 상반신을 일으켜 한쪽 귀를 들이댔다. "남승지? 준오 동무 집에 말인가. 으−음⋯⋯."

그는 중단하고 생각을 되짚었다.

"전 손님이 아직 체재 중일 거라 생각하고 있었는데⋯⋯. 그가 방근 형을 만나고 싶어 해서요."

"⋯⋯."

이방근은 가볍게 헛기침을 했다.

"여동생이 집에 돌아와 있는 걸 알고 있습니다."

"그걸 어떻게 알았나. 양 동무가 얘기한 건가?" 이방근은 나무라듯 말했다. 그리고 옆의 여동생의 방 쪽으로 눈짓을 보내며 목소리를 낮췄다. "음, 그런 말까지 할 필요는 없었는데."

"방근 형한테 부탁받은 스웨터를 본인에게 전해 주고 나서 좀 망설이다가 얘기를 했는데, 괜히 그랬나 봐요. 그는 놀라더군요."

"양 동무는 상당히 냉철한데 말이지, 특히 나에 대해서는 그렇잖아, 안 그런가. ⋯⋯아니, 그렇고말고, 시니컬하단 말야, 헤헤. 그러고는 다른 데서는 제법 호인인 척 한단 말야. 그 스웨터도 양 동무에게 부탁하기까지 많이 생각했다구. 내가 승지 동무한테 직접 전해 줄 수도 없고, 게다가 처음부터 그걸 전해 줘야 할지 말아야 할지, 뭔가 여러 의미로 망설였지. 여동생한테는 무단으로 그냥 무시하고 내버려 둘까 생각했을 정도였는데 결국 달리 방법도 없고, 그냥 있는 그대로 여동생에게 부탁받은 대로 했던 거야. 음, 이제는 그가 알아 버렸다 이거지. ……언제 돌아간다고 하던가?"

"내일 돌아갈 겁니다. 방근 형, 어떻게 하면 좋겠습니까. 부엌이를 제 하숙집으로 보내 그를 이쪽으로 오라고 하면 어떨까요?"

"……" 이방근은 고개를 천천히 옆으로 저었다. "좀 기다려 주게. 여기로 부르는 건 좋지 않아. 유원에게 알려질 테고……. 그 앤 오늘은 아침부터 밥도 먹지 않고 있는 모양이야. 안에서 장지문을 걸어 잠그고 사람을 들이지 않아. 내가 말을 걸어도 듣지 않아서 내버려 두고 있는 상황이야. 전에도 어머니 제삿날에 맞춰 서울에서 내려오면, 2, 3일 자기 방에 틀어박혀 밥을 먹지 않는 일이 종종 있었지만, 그건 계모에 대한 갈등과 반항 때문에 그랬었지. 오늘은 좀 달라. 아버지는 아버지대로, 오늘 하루 종일 누워만 계시는 상황이야."

"이 선생님도 식사를 안 하시고……?"

"후후, 그럴 리가. 그건 모르겠어. 딸과 함께 식사를 거를 리도 없겠지만, 혈압이 꽤 높아졌다고 하니 안정을 취하고 있는 거겠지. 혈압이 올라간 것도 불초한 자식 탓이야. ……그런데, 양 동무, 딸의 도항을 금지시키기 위해 미리 경찰에 손을 쓴다는 게 말이 되나. 기가 막혀서 노망이 든 거 아닌가 하고 걱정이 될 정도인데, 그렇다고 쉽사리 노망이 날 사람은 아니지. 아무래도 이상하다. 이런 시기에 일부러 서울에 있는 딸을 집요하게 부르는 게 이상하다 생각은 했지만, 아마 처음부터 그럴 작정으로 했던 게 아니었을까. 문난설이나 다른 사람들이 모두 돌아가기 시작했으니, 몰래 서울로 가 버리지 않을까 생각했겠지. 이건 경찰의 해상봉쇄 이상이라구. 핫하, 해상봉쇄는 도항증명서가 있으면 배를 탈 수 있으니 말야. 음, 어떻게 할까……."

이방근은 창가 책상위에 놓인 시계를 돌아보았다. 풀어 놓은 손목시계가 그 옆에 놓여 있었다.

"방근 형은 이 선생님과 그 일로 얘기를 나누지 않은 겁니까?"

"아니야, 자넨 몰라. 서로 말을 하지 않고 있어. 내가 문난설 씨와 '결혼 선언'을 해서, 친족회의 결정을 무효로, 친족회의 그 자체를 깔아뭉갠 꼴이 됐고……. 글쎄, 앞으로 하루 이틀 안에 뭔 일이 있겠지. 으-음, 어떻게 하면 좋겠는가." 이방근은 가볍게 한숨을 쉬며 말했다. "매우 견디기 힘들다는 생각이 들어. 아버지는 고혈압으로 누워서, 오늘은 마침 일요일이지만, 그걸로 시위를 하려는지도 모르지. 저래도 분명 귀는 기울이고 있어. 물론 손님이 있다는 것도, 그리고 자네가 와 있다는 것도 알고 있을 걸. 아무튼 이 집의 상황은, 지금 이 섬 정세 움직임과, 핫하, 협주곡이 아닌 이중주로 보조를 맞추고 있는 느낌이야. 서로 침묵 속에서 연기만 나는 것 같으면서도 계속 타오르는 감정의 응어리라고나 할까, 불쾌한 일이야. 울적한 감정의 연속으로, 하나의 정념, 열정과도 통하지만, 증오와 표리일체라고나 할까. 그것도 펄펄 끓어오르는 게 아니라, 조용하게, 보글보글 약한 불에서 조금씩 끓고 있는 그런 거 말야. 폭발하는 열정, 격정이 지닌 고통과 일체가 된, 마음을 고조시키는 건 아니고. 가마솥에서 계속 부글거리기만 하는 거지……."

"후후……."

양준오는 냉담하게 웃었다.

"이상한가. 그만두라고 하는 것 같군. ……눈 위를 지나온 차가워진 공기가, 끊임없이 그걸 건드리는…… 일을 계속한다면 어떻게 되겠나? 바로 그거야, 양 동무는 나에 대해 그런 면이 있어."

"그건 아닙니다." 양준오는 다시 웃으며 말했다. "그럼, 어떻게 할까요?"

방 밖의 툇마루에 인기척이 나더니, 부엌이의 목소리가 들렸다. 그녀는 문을 열고 양준오 옆으로 오더니, 돌아가실 때 잠시만 주인마님 계신 곳에 들러 주세요, 라고 말했다.

"이제 돌아가려던 참이니까, 그럼 지금 들렀다 올까."

양준오는 자리에서 일어나, 부엌이와 함께 건너편의 아버지의 방이 있는 안채로 툇마루를 따라 걸어갔다.

이방근은 잠시 기다렸다.

부엌이의 말대로 아버지 이태수의 일장연설은 없었던지, 양준오는 5, 6분쯤 지나자 서재로 돌아왔다. 아버지는 침상에 누워 있었던 모양인데, 조만간 양준오가 편한 시간에 함께 식사를 하고 싶다는 것이었다.

"약속을 했나?"

"아니, 그렇게 말씀은 하시면서도 아버님 쪽 사정이 확실치 않아서요. 제가 내일이라도 전화를 드리기로 했습니다."

"즉흥적인 생각일 거야. 손님이 양준오라는 걸 알았기 때문에. 이런 저런 넋두리를 늘어놓을지도 모르지만, 잘 들어주길 바라네. 자넨 우리 집 사정을 속속들이 잘 알고 있을 뿐 아니라, 아버지가 맘에 들어 하니까."

"……어떻게 하시겠습니까?"

"내가 훌쩍 가 보기로 할까. 그와 만난 지도 오래됐군."

"그렇게 하시겠습니까. 그는 송구스러워서, 모처럼 만나도 만난 기분이 들지 않을지도 모르겠지만요."

두 사람은 자리에서 일어나, 이방근은 카디건을 벗고 노타이셔츠 위에 상의를 걸쳤다.

남승지는 양준오의 귀가가 늦어지는 것이 신경 쓰였다. 이미 한 시간이 가깝다. 왕복 30분 남짓한 거리였지만, 그래도 상황을 살피고 오는 정도라면, 자전거로 갔다면 바로 돌아왔을 시간이었다. 양준오가 돌아오고 나서, 만일 오늘 밤에 외출하게 된다면 통행금지까지 시간이 별로 없었다.

남승지는 유원을 어떻게든 만나야겠다고 생각했다. 그렇게 생각을 고쳐먹고 있었다. 양준오가 외출하기 전까지의, 그녀와 만나는 걸 피해야겠다고 생각하고 있었던 자신이 어디론가 날아가 버리기라도 한 것처럼, 유원과 무슨 일이 있어도 만나야겠다. 아니 어떻게든 그녀를 만나고 싶다고 생각했다. 혼자가 되어, 자신의 마음속에서 유원과의 대화가 시작되자, 그녀를 만나고 싶다는 기분이 서서히 억제하기 어려운 격정으로 솟구쳐 올라왔다. 그는 좁은 방을 빙글빙글 돌았다. 만날 수 있을지도 모르지만, 그러나 가령 만난다고 해도, 아까부터 자꾸만 마음의 준비가 돼 있지 않았다는 생각에 쫓기고 있었다. 전에는 이방근과 그 여동생 유원을 만날 때, 이런 적이 없었던 것 같은데, 지금은 그것을 확실히 의식하고 있었다.

……이방근은 실제로 조직과는 관계가 없었지만, 정신적으로는 관계가 있는 인간이었다. 그 까다로운 사람이 그런 마음을 가지고 있는 것도, 지금까지 동무의 역할이 뒤에서 작용하고 있어……. 양준오의 말에 남승지는 놀랐다. 그리고 조금은 필요 이상으로 놀라는 모습을 보인 자신을 돌아보면서, 그게 정말일까 하는 생각을 해 본다. 그는, 동조자야……. 마음이 든든했다. 그러나 뭔가 부족한 느낌이 들었다. 왜 그는 그 이상으로, 양준오처럼 발을 들여놓지 않는 걸까……. 동조자다, 그건 틀림없다……. 이 섬에서 진행되고 있는 사태와 관계없이 살아갈 수 있는 인간은 아니야, 그런 면에서는 우리와 마찬가지야……. 어둠 속에, 전등을 끈 방에, 양준오의 목소리가 울렸다. 남승지는 눈을 떴다. 동시에 눈에서 검은 것이 그림자 하나가 튀어나오는 것을 보았다. 그는 장판 위에 몸을 누이고 있었지만, 잠이 든 것은

아니었다.

눈앞 어둠 속에서 그림자 하나가 내달려 도망쳤다. 그것은 거의 한 순간, 눈꺼풀의 안쪽 공간에서 움직이고 있던 것이었다. 이씨 저택의 뒷문이, 바깥 골목 쪽에서 소리도 없이 열리고, 그림자 하나가 들어와 있었다. 담과 이방근의 방이 있는 바깥채 사이의 좁은 뒤뜰의 정원수 가 무성한 그늘에서, 유원의 방 툇마루로 그림자가 올라가더니, 닫힌 장지문 안으로 스윽 미끄러져 들어서는 것을 보았을 때, 깜짝 놀라 눈을 떴다.

남승지는 몸을 떨고, 스웨터 꾸러미를 베개 삼아 누워 있던 상반신 을 장판에서 일으켰다. 꿈을 꾼 것은 아니었다. 그는 방의 어둠 속에 서, 심야의 이씨 저택의 뒷문을 원래대로 닫아 놓고, 밖의 골목을 지 나 읍내 거리로 나왔다. 그 비밀의 뒷문은 언젠가 곤경에 처했을 때 사용하게 될지도 모르지만, 사용하지 않게 되기를 바랐다. 무서운 생 각이 들었다. 아까부터 격에 맞지 않게 마음의 준비를 의식하는 것은, 갑자기, 전혀 생각지도 않았던 유원과 만날지도 모른다는, 그 기대감 때문인지도 몰랐다. 무엇보다도 이방근에 대한 배신, 부엌이와 공모 한 그 뒷문 때문이라는 걸 이제서야 겨우 깨달았다. 무슨 기회가 있어 서 이방근에게 그것을 허락받을 때까지는 뒷문을 출입할 일이 없기를 간절히 바랐다. 부엌이가 연락원이라니!

남승지의 눈은 말똥말똥했다. 누워 있으면서도 잠들지 못할 거라고 생각하고 있었다. 오랜만에 기분 좋게 장판 위에 누워 있었다. 머리를 축 늘어지는 느낌으로 기분 좋게 감싸며, 꼭 쥐어짜듯이 갑자기 졸음 이 밀려왔다. 조금 몸을 뒤척인 순간, 어딘가의 구멍으로 발이 미끄러 지듯 잠속으로 깨끗이 빠져들었다.

남승지는 꿈을 꾸고 있는 모양이었다. 유원이 있었다. 눈을 떴을 때, 빛이 한꺼번에 밀려들어와 현기증이 나는 가운데 두 개의 커다란 그림자를 보았는데, 처음에는 그중 하나를 유원이라고 착각했던 것이다. 유원의 모습을 꿈속에서 보고 있었으므로 눈을 떴을 때는 분명히 유원이 깨우고 있다고 생각했던 것이다. 그녀의 모습을 현실에서 볼 수 없다는 날카롭고도 쓸쓸한 감정이 꿰뚫고 지나가는 걸 느끼면서 상반신을 일으켰고, 다시 휘청거리며 일어난 남승지는 가슴의 격렬한 고동을 들으며 인사를 했다.

"오랜만이군. 자, 앉지." 이방근이 남승지와 악수를 하고, 한 손으로 그의 어깨를 가볍게 두드리며 말했다. "건강해 보여서 다행이야. 좀 여윈 것도 같고. 단련이 된 건가."

세 사람은 장판에 앉았는데, 남승지는 조금 당황한 기색으로 베개 대신 사용했던 스웨터 꾸러미를 한쪽으로 밀었다. 꿈은 눈을 뜬 순간, 유원의 모습만을 남기고 어디론가 사라져 버렸는데, 머리에 베고 있던 베개 속에서 유원이 나타났는지도 모른다.

"음, 냄새가 나는군. 장지문을 활짝 열자구. 핫, 하아, 승지 동무의, 산사내가 투쟁해 온 땀 냄새야."

남승지가 일어서려는 걸 양준오가 말리고는, 자신이 방 안을 환기시켰다. 앞쪽과 뒤쪽 두 개의 장지문이 열린 공간으로 바람이 기세 좋게 빠져나가, 이방근이 담배를 물고 성냥을 켠 불이 바람에 꺼졌다. 그는 바람을 막고 다시 담배에 불을 붙이고 나서 말했다. "어떤가. 그 스웨터는 입어 봤나?"

남승지는 고맙다는 인사를 하고, 몸에 잘 맞을 것 같다고 말했다.

"잘 맞을지 모르겠군. 양 동무로부터 들었지만, 내가 여기 왔다고 해서 특별히 송구스러워할 필요는 없네. 산에 있다고 들었는데, 산에는 내일 돌아가나?"

이방근은 산 어디쯤인지는 묻지 않았다.

남승지는 조천면의 중산간지대에 있는 강몽구에게 들렀다가 산으로 돌아가게 될 것이라고 목소리를 낮추어 말했다. 내일 밤도 이씨 저택의 뒷문은 열려 있겠지만, 그것은 남승지가 내일 밤 성내에 있건 없건 관계없이 대비하는 것이 목적이었다. 만일 무언가 우연이 작용해서, 내일 밤, 아니 오늘 밤에라도 그 뒷문으로 누군가가, 도둑이라도 들어오게 된다면 어떻게 할 것인가. 부엌에 있는 부엌이가 수시로 살펴보겠지만, 침입자가 있으면 한바탕 소동이 일어날 게 틀림없다. 아니면 별 생각 없이 뒤뜰에 나온 이방근이 뒷문의 자물쇠를 만져 보거나……. 그는 경계나 의심을 해서가 아니라, 문득 그런 일을, 꽃이라도 만지듯 만져 볼 수 있는 남자였다. 모처럼 취기를 띠지 않은 듯 맨 얼굴을 한 이방근의 큰 눈이, 한편으로는 어린애처럼 무심한 섬광을 지닌 빛이, 남승지는 두려웠다.

"참, 강몽구 씨와는 어제 만났네. 점심때였어. 도대체 누군가 싶었다니까. 안경을 쓰고, 수염을 길러서 말야, 전에 목포에서 우연히 만났을 때도 완전히 다른 사람이었는데 말이지. 대낮부터 요정에서 만났네. 그곳이 약속 장소였는데, 가방을 든 모습이 선박회사의 임원같더구만. 부산의. ……양 동무는 강몽구 씨하고 만나지 못한 모양이던데."

"만나지 못했습니다. 일전의 그 일은, 고 의원에게 맡겨 두었습니다."

"아아, 그 얘기는 들었어. 강몽구 씨가 매우 고마워하더군."

일전의 그 일이라는 건, 조직에 대한 30만 엔의 자금 지원이었다. 이방근은 스웨터 운운하면서, 그것을 보낸 장본인인 여동생에 대해서는 말을 하지 않았다. 유원은 집에 없었던 것일까. 무슨 일이 생긴 걸까. 남승지는 유원에 대해 지금 물어볼까 말까 망설였다.

양준오가 앞쪽 장지문을 닫았다.

4

"담배를 피우고 싶으면 한 대 피우게나." 이방근은 장판 위에 놓인 담뱃갑을 집어서 남승지 쪽으로 가볍게 던졌다. 그리고는 손등으로 재떨이를 남승지 쪽으로 밀었다. 스무 개비가 들어 있는 반들반들한 포장 위에 셀로판을 덧씌운 양담배였다. "미국 담배는 마음에 들지 않는 건가?"

"아니요, 그렇지 않습니다. 그런 건 소아병적인 발상입니다. 게릴라가 적에게 뺏어서 싸우고 있는 것도 미국 무기입니다."

"오오……."

이방근은 말을 이으려다가 그대로 남승지를 바라보았다.

감탄인지 냉소인지, 오오……라는 대답에 얼굴이 붉어지는 것을 느꼈으나, 남승지는 자신이 한 말이 조금 억지스럽고, 무기와 담배는 다르지 않은가 하고 생각했다. 아아, 이런 건 문제가 아니다. 주머니에 담배가 없었지만, 혹시 있다면, 담배를 피워도 되겠습니까? 라고 한마디 양해를 구하고 벌써 불을 붙였을 것이다. 그는 아직도 충분히 부푼 셀로판지로 빛나는 담뱃갑에서 담배 한 개비를 뽑아들었다. 이방근에 대한 예의상 조금 얼굴을 돌린 남승지가 담배에 불을 붙이자 입가에서 향기롭다고도 할 수 있는 양담배 냄새가 피어올랐다. 잘게 썬 담배를 종이로 말거나, 싼 담배의 말뚝 냄새가 나는 것과는 과연 달랐다. 그는 갑자기 밀려오는 혐오감에 구역질을 느꼈지만, 연기를 콧구멍 안쪽으로 너무 깊숙이 빨아들인 것인지, 머리가 흔들리는 가벼운 현기증이 그것을 억제했다. 잠에서 깨어난 다음, 머리와 몸의 마비가 아직 남아 있었는데, 아직도 머리는 아직 완전히 깨어나지 않고 있었다.

그렇다 하더라도 잠을 잘 생각은 없었는데 잠이 들어 버렸고 깨울 때까지 전혀 몰랐다니……. 여기라서 다행이었지만, 이것은 혁명적 경계심의 결여라는 것이다. 만일 적이 깨웠다면 어떻게 되는가. 걷다 지쳐 어딘가 풀숲에서 잠이 들어 버렸는데, 구둣발로 차면서 깨우는 소리에 튀어 오르듯 일어난 순간, 불쑥 눈앞에 적이 총구를 들이대고 있다면……. 정말이지 상상만으로도 웃음이 날 지경이었다. 게다가 틀림없이 유원이 깨웠다고 믿고, 잠이 덜 깬 눈으로 그녀를 찾다가 그 오빠인 이방근과 양준오를, 눈을 동그랗게 뜨고 쳐다보다니. 물론 두 사람은 자다 일어나 당황한 것으로 생각했겠지만.

"준오 동무, 그게 언제였더라. 그렇지, 벌써 일주일이나 지났군. 내가 서울에서 돌아온 그 다음날이었지. 엄청난 비바람이 몰아치던 날이었어. 비가 억수같이 쏟아지던. 그날, 여기에 왔었지. 그때, 이상한 느낌이 들더군. 마치 이 집이 높은 언덕 꼭대기에 있는 것처럼, 전혀 성내라는 느낌이 들지 않았어. 별세계 같은, 완전히 격리돼 있는 듯한 느낌이었지. 지금도 확실히 기억나는군."

"분명히 여기는 언덕 위입니다. 고유명사로 산지(山地)일 정도니까요. 그날은 주위가 비바람으로 부옇게 흐려져 앞이 전혀 보이지 않았습니다. 게다가 그때는 실제로 폭풍 속에서 언덕을 올라 왔고요. 소파에서 일어나서……."

양준오가 세모난 눈을 빛내며 의미심장하게 말하는 것을 이방근이 가로막았다.

"소파에서……. 유달현 식이군. 그만하게. 지긋지긋해."

"이 형이 갑자기 그날 일을 꺼내길래 말했을 뿐이에요. 후후, 그날은 중요한 날이었죠."

"웃지 말게. 여기서 갑자기 승지 동무와 오랜만에 만나게 될 줄이야."

"제가 찾아뵀어야 했는데."

"그런 건 아무래도 상관없어. 난 동무처럼 자유롭지 못한 인간이 아니야. 어디든 자유롭게 다닐 수 있어. 음, 나를 만나 보고 싶어 했다던데, 무슨 용건이라도 있는 건가?"

"아닙니다. 만나 뵌 것만으로도 기쁩니다. 그걸로 충분합니다. 달리 용건은 없습니다."

달리 용건은 없지만, 이야기해야만 하는 것, 이건 용건이 아니란 말인가. 지금은 이야기할 분위기도, 이야기를 나눌 장소도 아니었지만, 나누고 싶은 이야기는 밀림의 나무 수만큼이나 많았다. 폭풍우가 몰아치던 그날은, 중요한 날……? 남승지는 양준오의 말을 귀담아 듣고 있었다. 높은 언덕의 꼭대기에 있는 것 같은, 격리당한…….

"오랜만에 만나서 나도 기쁘네. 나처럼 세속에 물든 인간에게는, 승지 동무는 신선이 사는 세계의 인간이랄까, 신선이 사는 세계라고 하면 실례가 되려나."

남승지는 폭풍우가 몰아치던 날에 찾아왔다는 이방근이 그때, 여기가 격리된 별세계 같았다고 했다는 말에, 그것이 무슨 뜻인지는 모르지만, 조금 전의 잠에 빠지던 순간의 일을 떠올리고 있었다. 나는 왜 지금 여기에 있는 걸까, 왜 제주도에 있는 걸까 하는 생각에 빠져 있었고, 전쟁 전에 고베에서 양준오를 처음 만나 교류를 시작했던 일과, 해방 후에 독립 조국으로 돌아와 양준오와 재회하고, 그를 통해 이방근을 알게 되고……, 즉 처음에 전시 중이던 일본에서 양준오를 알게 된 것이, 이어지고 이어져 지금 여기에 이렇게 있다는 생각이 들었다. 그리고는 스웨터를 베개로 삼고 머리가 반쯤 파묻힌 촉감에서 발효하는 그녀를 향한 감정에 파묻혀 잠에 빠져들었던 것이다.

아직도 유원의 이야기는 오빠의 입에서 나오지 않았다. 양준오도 어쩐 일인지 언급하지 않았다. ……유원 동무는 건강한가요. 좀처럼 이 한마디를 입에 담을 수가 없었다. 입속에 솟아나는 말을 혀로 내보내려 하면, 움찔하는 고동에 날이 서고, 입안에 침이 고일 뿐이었다. 저어, 유원 동무는 건강한가요? 서울에서 돌아와 있다는 말을 들었는데……. 한발 먼저, 아니 한마디 먼저, 방근 씨는 잘 지내셨습니까, 하고 말한 것은, 주어를 바꾸어 잘못 말한 것인지도 몰랐다. 결코 그런 것은 아니었다. 그것은 진심이었고, 동시에 유원도 오빠의 이름과 함께 일체를 이루고 있었던 것이다. 손뜨개질, 손뜨개질……. 마음속으로 되새기고 있었는데, 그 양준오의 말은 충격이었다. 가슴이 벅차서 괴롭다. 자신이 한 번 더 장지문을 열어젖히고 싶어서, 배신으로 욱신거리는 이방근에 대한 공포도 잊고 있었다.

"그러고 보니, 당일의 일을, 우리가 이방근을 필요로 하고 있다, 이 양준오도 남승지도 필요로 하고 있다, 물론 두 사람만은 아니지만……이라고 제가 말한 걸 기억하고 계십니까?"

양준오가 말했다.

"그랬었나. 그런 얘긴 그만두자구."

"다만 그때는, 듣기 싫은 얘기는 하지 말게, 하고 미리 거절을 했었죠."

양준오는 웃었다.

"못 당하겠군."

이방근은 웃지 않았지만, 마음속에서는 웃고 있을지도 몰랐다.

"남 동무가 달리 용건이 없다고 했는데, 그가 지금 군이 이 형한테 할 말이 없다고 해도, 만나서 기쁜 것 자체가 그겁니다. 필요하다니까요."

남승지는 말없이, 크게 고개를 끄덕였다.

"어째서 오늘 밤은 술이 없나?"

이방근은 두 사람의 술기운 없는 얼굴을 번갈아 보며 말했다.

"어째서 오늘 밤은 이 형이 맨얼굴일까요? 그런 때도 있는 거지요."

"내가 맨얼굴로 보이나, 헷헤, 하루도 몸에서 술기운이 사라진 적이 없는 내가. 식전에 한잔 마신 게 깨 버린 거지."

"바로 그겁니다. 깰 때까지 방치해 두었다는 거. 신기하게도 소파가 아니라 책상 앞에 앉아 있었던 거 같으니까요. 오늘은 공교롭게도 주인댁에 술이 떨어졌다는군요. 저도 바빠서 준비를 못 했을 뿐입니다."

"가지고 올 걸 그랬군."

"술 같은 건 필요 없습니다."

남승지가 불쑥 충동적으로 끼어들었다. 힐끗 자신을 쳐다보는 이방근의 눈빛에 남승지는 등골이 서늘했고, 지금 한 말은 조금 전과 마찬가지로 의욕이 앞서 주제넘게 나섰다는 걸 깨달았지만, 그는 가슴이 꽉 막힌 것처럼 답답해서 무언가 말을 하지 않을 수 없었다. 왜 빙빙 돌려 쓸데없는 이야기만 늘어놓고 핵심인 유원의 이야기를 꺼내지 않는 것인가. 그는 점점 유원의 이야기를 꺼낼 기회가 사라지는 듯한 느낌에 휩싸여, 빠르게 종을 치는 고동을 억제하고 겨우 말을 꺼내려 들자, 목구멍에 '유원'이라는 이름의 칼날이 솟아올랐다.

"이 형은 그렇게 마시고 싶으십니까? 없으면 없는 대로 지내야죠."

"어째서 나한테만 화살이 날아오는 건가. 양준오는 의지가 강한 사람이잖나, 핫하. 한잔 마시고 싶어졌어. 이 집에서 담근 술이 있었던 거 같은데. 언젠가 마신 막걸리가 맛있었잖아."

아아, 양준오는 이방근의 말을 받아치고, 이방근은 또, 핫하 웃으면서 이야기를 끝도 없이 이어 갔다. 남승지는 일단 꺼서 재떨이 가장자리에 올려놓은 담배꽁초에 손을 뻗었다.

"그게 없습니다. 아, 그렇지, 바깥주인이 마시던 소주가 있을지도.

꼭 마시고 싶다면, 한번 물어볼까요."

"그렇게까지 할 건 없어. 난 알코올 중독이 아니야. 이렇게 만났으니 한잔하자는 거지. 아니면 지금 우리 집으로 갈까……. 아니, 시간이 늦었으니 그만두자구. 이럴 때 부엌이가 있으면 좋을 텐데. 부엌이가 어디를? 도대체 어떻게 된 일인지, 난 마치 여기가 우리 집이라고 착각이라도 한 것 같군. 승지 동무, 자넨 부엌이를 알고 있겠지?"

"……네에."

남승지는 뛰어오를 듯 놀랐다.

"부엌이가 집에 왔다네. 아니지, 원래 있던 자리로 돌아온 셈이지만."

"예, 그렇습니까."

남승지는 당황해서, 피우던 담배를 손에 든 채로 자신의 목소리가 떨리고 있다는 걸 느꼈다. 부엌이의 이름이 처음으로 이방근의 입에서 나온 순간, 가슴이 덜컹 내려앉으며 어둠 속의 뒷문이 보이고, 그것이 자넨 부엌이를……이라는 질문에 탄력을 주며 가슴을 때렸던 것이다. 그는 아무렇지도 않은 척 가슴에 한 손을 가볍게 대고, 격렬한 고동의 여운을 지닌 칼날에 가슴을 도려내면서, 마음의 동요가 눈을 통해 들켜 버리는 건 아닐까 하는 생각에 이방근을 똑바로 쳐다볼 수가 없었다. 눈이 마주치면 상대방의 시선의 톱니바퀴 속으로 삐걱거리며 빨려 들어가고 말 것 같았다. 어차피, 일부러 이방근과 만남으로써 배신의 공포를 상쇄, 적어도 경감될 것 같았던 묘한 기대는 어디론가 사라져 버렸다.

조금 더 이방근이 자신을 말없이 살피는 듯한 분위기가 이 자리에서 계속된다면, 그는 비명을 지르지는 않겠지만, 그대로 가만 앉아 있을 수는 없었다. 이방근의 압박감에서 도망칠 수 있을 것 같지가 않았다. 그는 반쯤 남은 담배꽁초를 입에 물고, 코끝을 태울 것 같은 가까운 거리에서 성냥불을 붙이면서, 이씨 저택의 뒷문 이용은 필요하다, 이런 배짱으로는 혁명 같은 걸 이룰 수 없어, 라고 마음속으로 외쳤지만, 담배를 끼운 손가락을 통해 몸이 오한처럼 떨리는 걸 느꼈다.

"왜 난 부엌이 얘기를 꺼낸 거지. 그녀에게 술을 가져오라고 하려 했나. 하지만 그녀는 여기에 없잖아."

이방근이 묘한 말을 했다.

"머릿속에 있는 거겠죠."

"머릿속에. 그래, 문득 떠올랐을 뿐이야."

"그렇다면 더 나쁘지요."

양준오는 웃었다.

"그건 어떤 의미인가. 그래, 알고말고. 난 모든 악의 근원이지."

"부엌이에 대해선 이씨 집안 전체가 그렇습니다. 굳이 말하자면 완전히 기회주의죠."

"음, 알고말고. 그건 양 동무의 지론, 아니 정론이지. 어디 산사에라도 들어가고 싶은 심정이지만, 전에 지낸 적이 있는 한라산 관음사는 동란의 섬 안이고, 일부러 육지에 있는 절에 갈 수도 없다……는 거야. 난 말이지, 이전부터 각오하고 있었다고나 할까, 생각하고 있었는데, 4·3 발발의 날에도 말이야, 4월 2일 심야, 그러니까 3일 새벽 두 시경이야, 한라산에 봉화가 오른 것을, 점점이 밤바다의 고기잡이 불빛처럼 오르는 것을 두 눈으로 보았다네. 대문 밖에서 다가오는 함성을 들으며 환각에 빠졌었지. 만약 성내가 게릴라의 공격을 받아 우리 집이 습격을 당할 경우, 부엌이가 게릴라와 함께 들고 일어나 그 장작 패는 큰 도끼를 힘껏 치켜 올리는 것을, 난 전율하면서 대문 밖에 다가오는 함성과 함께 거의 환시(幻視)하고 있었다네."

이방근은 분명히 농담조의 말투이면서도, 역시 흥분한 듯한 목소리에 고뇌가 느껴졌다.

"그 큰 도끼는 어디를 내려칠까……."

양준오는 조금은 장난스럽게, 그러나 냉정하게 물었다.

"나겠지, 가장 먼저 말이야."

"말도 안 돼요. 도대체, 어떻게 그런 말을……"

양준오의 어이없다는 말투는, 이 형, 그게 진심으로 하는 소립니까, 하며 의심스러워하고 있었다. 무슨 소리야, 그건 아니지. 남승지는 심장이 떨렸다. 환시가 아니라, 이미 반년 전에 지금의 현실을 예견하고 있었던 게 아닌가. 내가 왜 부엌이 얘기를 꺼냈을까, 그래, 문득 떠올랐을 뿐이야. 어째서 이방근의 머릿속에 부엌이가 지금 떠오른 것인가.

"부엌이는 절대로 그런 짓은 하지 않습니다." 남승지는 정색을 하고 양준오의 말에 힘을 보탰다. "방근 형은 뭔가 매우 피해망상이 있는 것 같습니다."

"상상을 즐긴다면 몰라도, 그렇지 않다면 망상이지."

"그렇지, 그래, 양 동무가 맞는 말을 하는군. 피해의식이라든가, 그런 거창한 망상 같은 건 아니야. 단지 그렇게 상상하고, 그때 생각했던 걸 얘기했을 뿐일세. 말이 그렇다는 거지. 실제로 그녀가 그런다는 건 당치도 않네. 아무튼, 그건 그렇고, 양 동무, 내가 뭣 때문에 여길 온 건가, 그렇잖나, 모처럼 승지 동무하고 만나고 있는데 말일세. 핫, 핫하, 뭐가 부엌이의 큰 도끼란 말인가, 그것은 단지 장작 패는 도구일 뿐이야……."

"한번 제가 부엌이 대신 해 볼까요. 아니, 큰 도끼가 아닙니다. 무슨 그런 당치도 않은 말을." 세 사람이 웃었다. 하지만 남승지의 웃음은 반쯤 얼어붙어 있었다. "그렇다고 지금 이 형 집에 술을 가지러 갈 수도 없고……"

양준오는 이곳 안주인에게 부탁해 보겠다며 일어났다. 조금 전에, 우리 집 양반은 없어도 괜찮아요……라는 것을 사양했다고 한다. 일단, 가 보지요. 의외로 한 잔씩 마실 정도의 술은 있을지도 몰랐다.

남승지는 양준오가 방을 나간 뒤 잠시 동안이었지만, 이방근과 둘만의 자리에 서먹서먹한 기분을 넘어 공포를 느끼고 있었다. 그러면서 어떻게 이방근을 만나고 싶어 했을까.

이방근은 그의 눈에 띄기 쉬운 장소에 있었기 때문이겠지만, 아까부터 남승지의 비스듬히 뒤에 놓인 스웨터 꾸러미에 시선을 보내곤 했다. 남승지가 일어나면서 한쪽으로 밀쳐 놓은 채로 있는 스웨터는 뒤돌아보지 않으면 그의 눈에는 들어오지 않았지만, 베개 대용으로 베고 누워 움푹 들어간 자국이 남아 있을지도 몰랐다. 이방근 같은 사람이 서울에서 일부러 제주도까지 가지고 온, 여동생의 선물인 스웨터를 아무렇게나 베개 대용으로 삼은 것이 상당히 무례하게 보이지 않았을까, 남승지는 신경이 쓰였다. 그는 아무렇지도 않은 듯이 그쪽을 돌아보며 스웨터 꾸러미를 잡아당기더니, 상반신을 비튼 자세로 보자기의 매듭을 다시 한 번 꽉 묶었다. 과연 고급 털실이라서 그런지, 머리로 깊게 눌린 자국은 없었다.

"승지 동무."

"옛."

남승지는 덜컹하고 고동이 울리는 소리를 들으며 이방근 쪽을 바라보았다.

"그것 좀 보여 주게나."

"……? 뭘 말입니까."

"그거, 스웨터 아닌가? 꺼내 보게. 난 아직 보지 못했어. 전해 주는 역할만 했지."

"예……."

남승지는 예…… 하고 대답을 하면서도 그저 멍하니 있었다. 아니, 대답 뒤에 순간적으로 비친 한 줄기 섬광의 힘에 머리를 얻어맞고 있었던 것이다. 그는 바로 꾸러미를 자기 앞으로 갖다 놓고 보자기의 매듭을 풀었다. 안에서 유원이 나타나는 것이었다. 유원 동무는 건강한가요……? 이방근은 부드러운 스웨터를 손에 들고 펼쳐 보았다. 후후……. 이방근은 소리를 내면서 고개를 끄덕였다. 남승지는 그저 눈이 부실 뿐이었다. 그래. 이방근의 입에서 유원의 이름이 나올 것이다. 조금 더 기다리자, 아니, 그건 자연스럽지가 않다. 저어……. 남승지가 입을 염과 동시에 이방근이 스웨터를 아래에 내려놓으며 뭔가 말을 꺼내는 바람에 한순간 두 사람의 말이 부딪쳤다. 남승지가 말을 멈추자, 괜찮으니 말해 보게, 하고 이방근이 재촉했다.

"저어, 유원 동무는 건강한가요?"

뜨거운 막대기처럼 목구멍을 빠져나온 말. 마치 돌담의 틈새를 빠져나온 바람처럼 뜨거운 마찰음이었다.

"아, 여동생 말인가, 잘 있어."

"그렇습니까."

이방근의 대답도 싱거웠지만, 그렇습니까, 이 얼마나 맥 빠지는 한마디인가.

안뜰의 발자국 소리가 바로 옆까지 오더니, 양준오가 장지문 밖에서 가벼운 헛기침을 하고, 툇마루에 작은 상을 내려놓는 듯한 딱딱한 소리가 들렸다.

남승지가 일어나 장지문을 열고 몇 개의 컵과 김치그릇이 놓인 독상을 방으로 들고 왔다. 양준오의 손에는 술이 든 주전자의 손잡이가 쥐어져 있었다. 세 사람은 작은 상을 둘러싸고 앉았다. 벌써 소주 향이 풍기고 있었다.

"한 사람당 한 잔씩 돌아갈 것 같은데."

"용케도 세 사람분이 있었군."

마치 전리품을 나누는 듯한 기대와 온화한 분위기가 밥상을 에워쌌다. 비록 한 잔이라고는 해도 역시 술이 없어서는, 서로 간에 그걸로 목구멍을 적시지 않고서는 자리가 성립되지 않는 느낌이었다.

"귀중한 술이죠. 이 형 집에서는 마실 수 없는 술이에요."

"부엌이 대신 일해 주는 건 좋지만 아무래도 뒤가 시끄럽군. 그러면 귀한 술로 목을 축여 볼까. 중국의 양귀비 대신이라구."

"양귀비라니, 그게 뭡니까?"

남승지가 말했다.

"중국의 술 이름이야, 이름난 명주지. 핫하. 그 양귀비는 아니지……."

독상 위에 놓인 세 개의 유리잔에 소주가 채워지면서, 양준오가 들고 있는 주전자의 주둥이에서 마지막 두세 방울이 그의 잔에 떨어졌다. 컵은 각자의 앞, 장판 위에 바로 내려놓았다.

"전 이렇게 많이 필요 없습니다. 조금이면 됩니다."

남승지는 양준오의 컵에 자신의 술을 조금 덜었다.

세 사람은 함께 건배를 했다. 투명하게 울리는 견고한 소리가, 잔을 든 남승지의 힘이 들어간 손에 전해져 왔다.

오랫동안 술을 마시지 않은 남승지는, 단숨에 들이키듯이 목을 뒤로 젖히는 두 사람을 보면서 잔을 천천히 기울였지만, 목구멍을 태우는 술 냄새에 사레들면서, 그렇게 맛있다는 생각은 들지 않았다. 술을 좋아하는 이방근 같은 사람과 달리 오기로 마시고 있는 것이었다. 하지만 서로 이렇게 술잔을 나눌 수 있다는 것이 무엇보다 기뻤다. 그리고 술이 취하면 역시 술맛도 좋아지는 모양이었다.

"그 스웨터, 다갈색이군. 어떤가, 색깔은 마음에 드는가?"

"예ㅡ, 고마울 따름입니다."

무슨 말을 하겠나, 그래, 고맙다는 말 밖에는. 남승지는 뭔가 이방근 자신이 색깔에 불만이라도 있는 것 같은 말투가 당혹스러웠고, 또 불만이었다. 마음에 들고 안 들고 할 것도 없었다. 그는 유원으로부터 스웨터를 받았다는 것 자체를 믿을 수가 없었고, 또한 스스로 설명할 수 없는 상태였기 때문에, 그 색깔에서조차 무언가 특별한 의미를 찾아내려고 할 정도였다.

"남 동무는 내일 돌아가겠지."

"예."

"여동생은 지금 서울에서 집에 돌아와 있는데, 동무가 성내에 들어와 있는 건 모르고 있어."

"예에……."

"남 동무가 유원이 돌아와 있다는 걸 알고 있다는 사실을, 난 양 동무로부터 들어서 알고 있지만, 여동생은 자네 일을 아직 몰라."

"아, 그렇습니까."

아아, 유원이 집에 있는데도 내 이야기를 하지 않았구나, 하는 생각이 남승지의 가슴 속으로 스치고 지나갔다.

"음……. 그렇다네, 남 동무는 여동생을 만나고 싶은가."

이방근은 소주를 입에 넣었다. 카아ㅡ, 목을 태우는 자극을 발산시키는, 그리고 그 자극을 음미하듯이 큰 숨을 토해 냈다. 한 잔이 채 못 되는 술은 반으로 줄어들어 있었다.

"……예?" 여동생에게 자네 이야기는 하지 않았다고 말한 순간의 갑작스런 말에, 남승지는 잠깐 주저했지만, 곧바로 정신을 가다듬고 말했다. "폐가 되지 않는다면, 만나고 싶습니다."

"만나고 싶다……." 이방근이 고개를 끄덕이면서 앵무새처럼 반복했다. "어떤가, 내일이라도 우리 집에 들러 보겠는가. 오늘 밤은 늦었고."

이방근은 양준오를 바라보았다. 양준오는 잔을 든 채로 고개를 끄덕였다. 예전 같았으면, 그럼 지금이라도 출발하지, 오늘 밤은 우리 집에서 자면 된다고 말했을 이방근인데, 남승지는 '감금' 상태라고 하는 유원에게 무슨 일이 있는 건 아닌가 하고 생각했다.

"내일 찾아봬도 되겠습니까?"

남승지의 목소리가 걱정스러워하면서도 들떠 있었다.

"남 동무가 집에 들렀다고 해서, 돌아가라고 하지는 않겠지. 난 여동생의 의견은 묻지도 않고 이런 말을 하고 있지만, 그런데 오는 길은 어떤가. 낮에 읍내를 활보하는 건 위험한 건가?"

"아니, 괜찮습니다. 지장이 없으시다면 가겠습니다. 그리고 혹시라도 유원 동무가 돌아가라고 하면 돌아오고 말구요." 남승지는 웃으며 말했다. "저는 오랜만에 만나 스웨터에 대한 인사라도 할 수 있다면 그걸로 좋습니다."

"으―음. 어쨌든 조심하게나. 예전에 읍사무소 근처에서 체포된 적이 있지 않은가. 내일 점심이라도 같이하자구. 시간은 괜찮나? 부엌이도 자네라면 환영할 거야. 부엌의 주인은 부엌이니까."

"……?" 또 튀어나온 부엌이의 이름에 남승지는 멈칫했다. "그런가요. 고마울 따름입니다."

어째서, 말도 안 된다! 그렇지 않아도 지금 이씨 저택에 폭약이라도 설치한 범인처럼 배신감에 떨고 있는데, '공모자'가 환영할 거라는 둥, 마치 뭔가를 꿰뚫고 있는 듯한 말에 움찔했다. 남승지는 소변이 마려웠다.

그는 창란젓갈 맛이 잘 배어 있는 배추김치를 어금니로 씹으면서 일어섰다. 그리고 뒤쪽 장지문을 열고 다시 덧문을 밀어젖혀서는, 작은 툇마루 가장자리에 놓인, 아직 빈 요강을 들고 용무를 보았다. 몸을 떨면서 마지막 한 방울을 짜내듯이 볼일을 마치자, 사지를 뻗으며 서늘한 밤공기를 가슴 가득 들이켰다. 조금 전에 맡았던 금목서 향내를 어둠 속에서 찾으며 크게 호흡을 반복했다. 손으로 뜬 스웨터의 충격 위에 다시 유원과 실제로 만날 수 있다고는 생각조차 할 수 없는 일이었다. 그 흥분은 지금 어정쩡한 술기운을 타고, 아니 술기운을 밀어내며 혈관 속을 소리 지르듯 달리고 있었다.

터질 듯한 가슴에서 두꺼운 숨을 토해 내고, 깊어가는 하늘에 가득한 별을 올려다보았다. ……유원 동무와도 만나야지. 양준오의 목소리였다. 그래, 지금 이렇게 유원과의 만남이 결정됐다. 내일이 아니다. 이방근과 함께 지금이라도 가고 싶다. 시간이 늦었다고 했지만, 여름밤의 아홉 시는 아직 깊은 밤이 아니었다. 일출과 함께 일어나 일몰과 함께 잠자리에 드는 일반적인 섬 생활은 차치하더라도, 이방근의 시간 감각으로는 결코 늦은 시간이 아닐 터였다. 유원이 자고 있지는 않을 것이었다. 아아, 그녀가 지금 이렇게 내가, 남승지가 여기에 와 있다는 사실을 알면 얼마나 놀랄까. 아니, 역시 놀랄 게 틀림없다. 만나야만 한다.

이유도 없이 피하는 게 좋겠다고 생각했던 조금 전의 자신은 이미 사라지고 없었다. 강렬한 빛 앞에 있는 그림자처럼. 앞으로 언제 만날 수 있을지 알 수 없다. 언젠가 '감금'이 풀리면 서울로 가 버릴 것이다. 유원의 일에 관해 입을 다물고 있던 두 사람에 대한 조금 전까지의 서운했던 감정이, 마치 팽팽했던 방광이 텅 비워진 것처럼 시원하게 해결되어 감사한 기분까지 솟구쳤다. 부엌이. 부엌이가 힘껏 치켜든 큰 도끼가 이방근의 정수리를 내려치다니, 어떻게 그런 상상을 하는가.

"……농담이야. 설사 절에 들어간다고 해도 중이 될 생각은 없어. 되고 싶어도 나는 중은 될 수 없을 거야. 깨달음하고는 맞지가 않아. 객사할 팔자지."

"정말로 어딘가 육지에 있는 절에라도 들어갈 생각입니까?"

자리로 돌아온 남승지가, 그건 절대로 안 된다는 듯이, 조금 전의 이야기로 되돌아간 두 사람의 이야기에 끼어들었다.

"당장 현실도피라는 비난의 총알이 날아올 것 같군. 그냥 소원일 뿐야. 밤에 꾸는 꿈을, 낮에 깨어 있을 때 잠깐 보는 것과 같은 거지. 음, 오늘 밤 술이 좋구만……."

거의 비어 있는, 아니 귀한 술을 바닥만 채운 유리잔이 세 사람 앞에 각각 입을 벌린 채 우뚝 서 있었다. 앞으로 한 모금만 마시면 잔의 역할은 끝난다. 솟구쳐 오르는 욕망의 충족을 중단하는 듯한 갈 곳 잃은 공허함은 참기 힘들었지만, 남승지는 이상하게도 취기가 오르지 않았다. 한 잔이라고 하지만 한 홉에 가까운 제주도 토속 소주라서, 평상시라면 크게 비틀거리며 날개를 펴듯이 최초의 취기가 올라올 텐데, 어찌 된 영문인지, 몸속 어딘가로 도망이라도 친 듯 취기가 밖으로 나오지 않았다. 그래도 술이 좀 더 있어서 두 사람과 잔을 계속 기울일 수 있다면 얼마나 행복할까. 남승지는 술이 바닥나 오래지 않아 이방근이 자리를 뜨는 시간이 오는 게 두려웠다.

이방근은 처음 한 잔만으로 끝낼 사람은 아니었지만(아니, 애초부터 한 잔 밖에 없는 마지막 술을 마시고 있었지만), 그는 비어 가는 잔을 앞에 두고 아쉬워하는 기색도 없이, 한 잔의 술로 지극히 만족하는 듯해 보였다. 하얀 볼을 보기 드물게 여자처럼 물들이고 있었다.

"한 잔밖에 없는 술에 깃든 취객의 정신은, 술을 영원히 보석처럼 고체로 만들기 쉽다……. 아니 아니지, 무슨 취객이란 말인가. 술꾼의 탐욕이지. 오랜만이군, 이렇게 맛있는 술은. 정말로 귀한 술이야. 자, 얼마 남지 않은 주옥같은 술로 건배를 할까. 산사나이 한 사람의 건강을 위하여……."

잔을 부딪치자 처음 건배할 때와 달리 부드러운 소리가 울렸다. 남승지는 가슴이 뜨거워지는 것을 느꼈다.

이방근은 얼마 지나지 않은 30분쯤 뒤에 자리에서 일어났다.

곧장 집으로 가는지 양준오가 물었다. 돌아가야지. 집에 돌아가서 한잔 더 마시겠지요. 그렇겠지, 이방근은 고개를 끄덕였다. 오늘 밤은 술이 한 잔 밖에 없어서 미안합니다. 선생께 지금까지 하지 못한 경험을 하게 해서……. 양준오가 웃고, 이방근은 그 대답을 대신하듯이 함께 일어난 남승지의 어깨를 두어 번 부드럽게 두드렸다. 남승지는 방에 남고, 양준오가 이방근을 집 앞 골목까지 배웅했다.

"그가 한 잔의 술을 그렇게 맛있게 마시는 건 처음 봤어. 지금까지 한 잔 분량 밖에 없는 술을 마셔 본 적도 없겠지만 말야. 반대로 남 동무는 전혀 취하지 않았어. 부족하다는 얼굴을 하고 있다고."

"이제야 취기가 오르는 것 같아요……."

아무래도 그런 것 같았다. 몸 안에서부터 한 잔 술에 묻혀 있던 불씨가 열을 받아 퍼지기 시작한 듯했다.

"실은 말이지 남 동무, 일전에, 엄청난 폭풍우가 몰아치던 날 있었잖아. 그날 밤, 이방근이 30만 원이 든 가방을 들고 이 방으로 찾아왔다네. 유원 동무의 스웨터도 같은 날 가지고 왔어. 이 형은 여전히 입당은 거절하고 있지만, 지금까지 보단 한층 조직에 협조적이라는 건 틀림없어."

"그럼, 드디어 이방근 씨도 싸움에 가담하기로 결의한 거군요."

"그뿐만이 아냐. 어제 부산에서 돌아온 강몽구 씨를 만나, 물자 조달용 어선 구입에도 힘을 빌려주기로 약속한 모양이야. 배를 알선한 건 한대용이라는 남자야."

"한대용? 언젠가 준오 형과 함께 산지천 근처에서 만난, 일제협력자라는 이유로 싱가포르 포로수용소에서 복역했다는 그 남자 말이군요."

양준오는 고개를 끄덕였다. 남승지는 역시나 이방근을 만나서 다행이라고 생각했다.

그에게 마음속 배신에 따른 두려움이 탄로나, 이씨 저택 뒷문의 비밀을 들키는 한이 있더라도, 만나서 다행이었다. 어깨를 부드럽게 토닥거리고 떠난 이방근의 손길이 남긴 감촉의 여운을 등 한쪽에 의식하면서, 만나서 잘 됐다고 생각했다.

그는 쓸데없이 부엌이의 이름을 들먹여 사람을 놀라게 하면서도 그냥 스쳐 지나쳤을 뿐 별일은 없었다. 그러나 그걸로 일이 끝나지는 않을 것이었다.

남승지는 조금 전까지 이방근과 함께한 자리에서, 본인을 앞에 둔 배신의 공포라는 충동에, 뒷문의 비밀을 이방근에게 언젠가 고백해야 할 것이라고 생각했다. 뒷문은 실제로는 사용하지는 않고 있었다. 그렇지만 이용하도록 계획되어 있었다. 오늘 밤 늦게까지 자물쇠가 풀려 있을 이씨 저택의 뒷문이 무사하기를 빌었다. 내일 밤은 아마도 필요 없을 것이다. 내일 부엌이에게 알려야겠다. 이방근이라는 남자는 왜 그리 묘한 말을 하는 건가. 부엌이는 자네라면 환영할 거야. 남승지는 오싹해지면서 마음속으로 웃었다.

이방근에게 고백할 것인가 말 것인가. 고백이라는 충동의 배경에는 미리 양해를 얻고 싶다는 뻔뻔스런 계산이 깔려 따라다니는 것이 아닌가. 그러나 그렇게 되지는 않을 것이다. 이방근은 용서하지 않을 것이다. 그러면 본전도 못 찾는다. 앞으로 더 이상 이용할 일이 없다면, 일시적인 '잘못'으로 잠자코 지나갈 수도 있겠지만, 뒷문은 앞으로 이용해야 했다. 잠자코 넘어갈 수 있을까. 양준오에게 사실을 말하고 상의해 볼까 생각도 했지만, 그에게도 일절 이야기하지 않기로 정했다. ······그렇다 해도, 이방근은 지금 이 섬에서 진행되고 있는 사태와 무관하게 살아갈 수 있는 인간은 아니야. 그런 점에서는 우리와 마찬가지지······.

다음날 아침, 조식을 함께 들고서 양준오는 도청으로 출근했다.

남승지는 해가 꽤 높이 떠오른 시각인 열한 시가 다 되어, 밀짚모자를 쓰고 스웨터 꾸러미를 손에 든 채 안주인에게 인사를 드리고 나서 양준오의 하숙집을 나왔다. 낡은 운동화를 버리고 바꿔 신은 즈크화의, 발목을 감싸고 조여 오는 감촉이 몸을 가볍게 만들었다. 도망치는 발걸음이 빨라질 것 같았다. 오래되어 닳아 빠진 운동화는 지면의 인력에 약하고, 잘 벗겨져 불편했었다. 온돌방 기둥에 걸린 거울을 들여다보고, 손바닥으로 얼굴 아래쪽을 쓰다듬어 보았지만, 어제 아침에 면도한 수염은 별로 자라지 않았다. 면도할 필요는 없었다. 유원의 얼굴도 자꾸 떠올랐지만, 다소의 수염이 있어도 상관없었다. 왠지 모르게 얼굴에 기름기가 있어 보이는 것은, 어젯밤에 모처럼 먹은 돼지고기 때문일지도 몰랐다. 윤기 없는 머리를 쓸어 올려 보았다. 잘 손질된 머리는 아니었지만 그럭저럭 괜찮아 보였다.

얼굴이 검은 데다가, 수염이 자라 있거나 특히 머리가 길면, 단번에 산에 있는 사람이라고 의심받을 수 있었다. 반농반어가 생업인 섬사람들은 대부분이 일을 하면서 얼굴이 볕에 그을려 검은 것이 당연하기에, 그것이 결정적인 것은 아니어도(엄밀하게 말하면 산생활로 갑자기 얼굴이 탄 것과는 좀 다르지만), 얼굴이 검게 탄데다 머리까지 길면, 영락

없이 산에서 생활하는 사람으로 의심받기에 충분했다. 그리고 눈이다. 눈에는 산의 정기가 깃들어 있는 것처럼 빛이 났고, 어딘지 야성적이라서 읍내의 인간과는 달라 보였다.

남승지는 어제 점심 전에, 성내로의 출발을 앞두고 관음사에서 면도를 하고, 또 용백이 이발기와 가위로 덥수룩하게 자란 머리도 깎아 주었다. 절에는 체발용 면도칼과 낡은 이발기가 있어서, 용백은 전문 이발사만큼은 아니지만 제법 능숙하게 그것을 다뤘다. 처음에는 즈크화와 스웨터 꾸러미를 함께 싸 보았지만, 조금 부피가 커 보여, 아직은 더 신을 수 있는 운동화를 버렸다. 두꺼운 스웨터를 작업복 상의 안에 입는 것은 조금 뚱뚱해 보이기도 했지만, 상의 소매에서 질이 좋은 스웨터의 소매가 엿보여 어울리지 않았다. 게다가 산이라면 모를까, 상의 속에 스웨터를 입고 걷기에는 아직 더웠고, 사람들 눈에도 띄었다.

남승지는 밀짚모자 위로 밝은 햇살을 가득 받으며, 흙먼지가 날리는 산지의 언덕을 어제 왔던 것과는 반대로 길을 지나, 마침내 바다 쪽에 있는 주정 공장과 커다란 창고 건물을 보면서, 기상대가 있는 언덕의 관목이 우거진 벼랑가 길을 내려와 산지천의 다리로 걸어 나왔다.

어젯밤 하늘을 가득 메웠던 별의 반짝임으로 약속했던 것처럼, 맑은 하늘의 중천에 뜬 태양빛에 흐르는 개천 물이 눈부셨다. 갯바람이 수면 위를 스쳐 불어왔지만, 물결을 일으킬 만큼 강한 바람은 아니었다. 군용 지프 한 대가 넓지 않은 천변 길을, 버드나무 가로수 그늘로 통행인을 몰아내며 축항 쪽으로 질주했다. 북국민학교의 정문 앞을 지나 서쪽으로 뻗어 있는 북신작로를 걸어갔는데, 사람들의 통행이 있었다. 흰 두건을 두른 일행으로 짐을 넣은 대나무 바구니를 짊어지고 다가오는 나이 든 여자들이 수다를 떨며 개천 쪽으로 스쳐 지나갔다. 노천시장이 섰는지도 모른다. 리어카에 몇 개의 석유통을 싣고 물을 뚝뚝 흘리면서 끌고 있는, 밀짚모자를 쓰고 얼굴이 검게 탄 남자는, 기상대 입구에 줄지어 있는 물장수일 것이었다. 요정 등으로 실어 가고 있음에 틀림없었다. 산지천 기슭에 있는 용천의 물일 것이었다.

만일, 아니 거의 확실하게, 정부군·경찰의 공격이 시작되어 교전 상태가 된다면, 조만간 이렇게 성내를 걸어 다니는 것조차 힘들 것이었다. 그래도 샛길은 있지 않을까. 하늘이 무너져도 솟아날 구멍은 있다는 말처럼.

긴장이 무의식적으로 발걸음을 재촉해 부자연스럽게 서두르며 걷지 않도록 주의하면서, 무슨 일이 생기면 아무렇지도 않다는 듯이 몇 갈래로 뻗어 있는 골목 중의 하나로 들어갈 생각으로, 우선 전방으로 뻗어 있는 길의 낌새에 주의를 기울였다.

남승지는 걸으면서, 이방근의 집에 점점 가까워지는 자신을 의식하자, 고동이 혈류가 거꾸로 흐르듯이 소리가 높아지면서 심장을 조여 왔다. 남승지가 올 거라고 오빠에게 들었을 유원을 떠올리면서 발걸음이 빨라지거나, 그 반동으로 늦어지거나 했다. 이방근의 집 대문을 들어서는 상상은 도중의 긴장감을 거의 잊게끔 해 주었다.

북국민학교 바로 앞에서 담장을 따라 오른쪽으로 가다가, 다시 학교 뒤쪽 길로 가기 위해 왼쪽으로 돌았을 때, 바로 전방의 이방근 집으로 통하는 골목에서 경찰 두 명이 자전거를 타고 이쪽으로 핸들을 돌렸다. 남승지는 그 순간 벼락 떨어지는 듯한 소리를 들었는데, 움츠러들던 다리가 전방으로 쭉 뻗었을 때는, 순간적으로 도망가려던 자세를 이미 고쳐 잡고 있었다. 전과 마찬가지로 두 사람이었다. 그때는 골목 모퉁이에서 딱 마주친 순간의 놀란 표정을 경찰들이 알아차린 것이, 체포를 당한 계기였다. 그저 걸어온 것처럼 걸어가면 된다, 눈앞에서 도망쳐 봤자 도망갈 곳도 없었다. 선 채로 꼼짝 못해도 안 되는 것이었다.

두 대의 자전거는 2, 3미터 떨어진 남승지의 오른쪽을 반대편으로 지나갔다. 시선을 똑바로 마주치지 않고 지나간 것은 행운이었다. 골목을 나왔을 때 남승지가 슬쩍 본 순간의 인상이, 얼굴 생김새로 보아도 '서북'이 아니라 제주 출신의 경찰임에 틀림없었다. 왠지 고압적인 태도가 느껴지지 않는 조심스런 분위기였다. 남승지는 몸의 일부에 달군 인두를 댄 것 같은 통증을 느끼면서 큰 숨을 토해 내고, 오른쪽으로 꺾어야 할 그 골목을 그냥 지나쳤다. 혹시 두 사람이 순찰 중이었다면 얼간이들이다. 염려한 것처럼 수상하게 보이지 않을지도 몰랐다.

그는 혹시 돌아보았을지도 모를 경찰의 시선을 등 뒤로 의식하며 걷다가, 크게 한 바퀴 빙 돌듯이 이씨 저택의 뒤쪽 방향으로 길을 걸었다. 그리고 예의 뒷문이 있는 담을 따라 골목으로 들어섰다. 그 경찰들이 이씨 저택에서 나온 것은 아닐 것이었다. 아니, 모를 일이다. 설마 어젯밤 뒷문 자물쇠가 열려 있던 시간에 우연히 외부에서 도둑이라도 침입해 소동이 일어났던 건 아닐까……. 남승지는 사람들의 왕래가 없는 돌담 사이의 좁은 골목 쪽 닫혀 있는 뒷문 옆을 지나가면서, 아무렇지 않은 듯이 낡은 판자문을 손가락으로 밀어 본 뒤, 이방근의 집 앞쪽 골목으로 나가기 직전에, 오른쪽으로 돌면 앞쪽 담을 따라 바로 대문이었는데, 주변 분위기를 살폈다. 지금 걸어온 골목을 뒤돌아본 뒤 밀짚모자를 벗으며 담의 그늘에서 주변을 살폈다. 수상한 낌새가 있으면 그대로 뒤돌아가든지, 혹은 골목을 나와 아무렇지도 않은 얼굴을 하고 반대편의 왼쪽으로 꺾어 길을 빠져나가야겠다고 생각했지만, 집 앞에는 인적이 없었다.

남승지는 초인종을 눌렀다. 곧 쪽문이 열리고 부엌이가 얼굴을 내밀었다. 유원은 아니었다.

"아이고, 용케도……."

"들어가도 될까요?"

"어서 들어오세요. 마침 잘 됐어요. 지금 막 경찰이 왔다가 돌아간 참이우다."

"경찰……?"

남승지는 전혀 경찰 같은 것은 염두에 없었다는 듯한 일종의 착각의 공전 속에서, 다소 의외라는 느낌에 되물었다. 아아, 역시 그랬구나! 하면서 설마 했던 예상이 적중해 깜짝 놀랐다.

"뭔가 어제 저녁의 일로?"

남승지는 안뜰 쪽으로 슬쩍 시선을 던지며, 두려운 기분에 목소리를 낮추며 말했다. 무서운 비밀, 아주 잠깐 동안의 밀회다.

"아니우다." 부엌이는 천천히 고개를 옆으로 저으며 말했다. "그런 게 아니우다. 다른 일로……."

그녀는 여유가 있어 보였다.

"으-음."

"오랜만이우다." 부엌이는 새삼스럽게 정중히 말했다. "서방님한테 오신다는 말은 들었수다. 잘 오셨수다."

부엌이도 자네라면 환영하겠지. 몸집이 큰 부엌이의 거무스름한 얼굴의 커다랗게 쌍꺼풀이 진 눈, 큰 입, 큰 도끼를 힘껏 치켜 올리고 장작을 내리치는 듬직한 두 팔……. 돌하르방을 닮은 듯한 부엌이를 보자, 이미 뒷문의 비밀을 알아 버린 이방근을 보고 있는 듯해 가슴이 섬뜩했다. 만약 어젯밤에 이방근과 함께 왔었더라면, 뒷문의 자물쇠가 아직 열린 상태에서 마음을 안정시키지 못하고 불안에 떨었을 것이었다.

"방근 씨는?"

"계시우다."

부엌이가 앞장서서 안뜰로 갔다.

남승지는 서재 앞 디딤돌 위에서 즈크화 끈을 풀고 신발을 벗는데 시간이 걸렸다. 툇마루에 올라서니, 반쯤 열린 미닫이문 안쪽의 소파에서 이쪽을 향해 앉아 있던 이방근이, 용케도 무사히 왔군…… 하고 과장해서 말하고 웃으며, 안으로 들어오라고 말했다. 남승지는 안뜰을 등진 쪽의 소파에 밀짚모자와 보자기 꾸러미를 내려놓고 앉았다.

유원은 없는 걸까. 남승지는 반사적으로 열려 있는 옆의 온돌방을, 그곳에 그녀가 없다는 걸 알면서도, 물건이라도 찾는 것처럼 둘러보았다.

"여동생은 지금 올 거야."

"네엣……."

남승지는 깜짝 놀라, 얼굴이 붉어지는 느낌으로 고개의 움직임을 멈췄다.

"오면서 별문제는 없었나. 특별히 감시라도 당하지 않는 한 별일은 없겠지. 서울에서 함께 왔던 신문기자는 이제 돌아가고 없네만, 그가 있는 동안에 밖에서 여기까지 돌아오는 걸 미행당했을 가능성이 있어서 말야. 뭐, 걱정할 건 없어."

"……. 마치 저쪽 학교 뒷길에서 경찰 두 사람이 근처에서 나오는 걸 봤습니다만, 경찰이 여기에 왔었습니까?"

"아아, 찾아왔었는데, 간단한 질문이었어. 내가 서울에서 함께 데려온 학생 일로 말이지, 별일 아냐. 경찰들은 실례했다며 돌아갔어. 그들과 제대로 마주쳤나?"

실례했다며 돌아갔어……. 그래서 그 두 사람은 왠지 그런 얼굴을 하고 있었군. 무슨 실례인지는 모르겠지만, 그래서 나를 신경 쓰지 못한 건지도…….

"아니, 빙 한 바퀴 돌아서, 훨씬 뒤쪽의 문…… 뒤쪽에서 왔습니다."

남승지는 스스로 화들짝 놀랐다. 뒤쪽의 문, 뒷문이라고 말할 뻔했기 때문이다. 순간 얼굴색이 변하는 것이 느껴지고, 식은땀이 솟구치는 것 같았는데, 잠시 지나자 이마에 땀이 배어 나오는 게 느껴졌다. 마치 이방근이 모든 것을 알고 있고, 그와 같이 유도하고 있는 것처럼 생각될 정도였다.

"왜 그러나?"

남승지에게는 불필요한 질문이다.

"아닙니다. 경찰 두 명이 불쑥 골목에서 튀어나오는 바람에, 그땐 좀 놀랐습니다."

"놀랄 거 있나. 무슨 일 있으면 이방근의 집에 가는 거라며, 다시 한 번 이쪽으로 데리고 오면 되는 걸."

부엌이가 유자차를 내왔다. 테이블 위로 향기가 피어올라, 남승지의 코를 위로했다. 그러나 남승지는 차는 없어도 좋으니 부엌이가 드나들지 않기를 바랐다. 뒷문 때문에 긴장이 밀려오기 때문이었다. 연락원 부엌이! 벌꿀이 들어간 유자차는 맛이 있었다.

"오늘은 냄새가 나지 않습니까?"

"뭐가 말인가?"

"어젯밤에, 양준오 방에서 냄새가 난다고 했잖습니까, 저한테요. 냄새가 심할 것 같은데."

"그랬었나. 그런 말을 했던가, 내가. 핫하, 그리 심하지는 않아. 전혀……라고 해 두지. 신경 쓸 거 없어."

……냄새가 나는군. 장지문을 활짝 열게. 산사나이가 투쟁해 온 땀

냄새야……. 어머, 냄새가 심해요. 문을 활짝 열자구요! 어젯밤에 이방근이 그런 말을 했을 때는, 그것으로 조금도 상처를 받지 않았지만, 혹시 유원에게 그런 말을 듣는다면 발끈해서 자리를 뜰지도 모른다. 아니, 그렇지 않다, 말투에 달려 있다. 그렇다 해도, 방이 넓기도 하고 통풍이 잘 돼서 다르긴 하겠지만, 역시 청결하지 않은 몸 냄새는 지우기 어렵다. 그는 코끝을 찻잔에 처박을 것처럼 유자 향기를 맡으며 차를 마셨다.

유원이 온 모양이었다. 사람이 다가오는 기척이 툇마루 쪽에서 났는데, 움찔하며 찻잔을 든 손이 차를 엎지르기라도 할 것처럼 떨렸다. 남승지는 찻잔을 테이블 위에 내려놓고, 이방근이 방 밖을 향해 고개를 끄덕이는 것을 보고 뒤돌아봄과 동시에, 유원이 들어왔다. 그는 소파에서 일어났다.

"죄송해요. 승지 씨는 와 계셨네요."

"아아, 오랜만이네요……." 남승지는 손을 내밀고 악수를 했다. 그녀는 악수를 강조하듯이 잡은 손을 가볍게 몇 번인가 흔들었다. 그는 의외로 기분 좋은 감정에 감동한 나머지 자신도 모르게 여분의 힘이 들어가, 그 하얀 물고기같이 부드러운 손을 꽉 잡고 말았다. "전혀 몰랐습니다. 이쪽에 와 있다는 걸……."

"승지 씨가 알 리가 없죠. 저도 놀랐어요. 오늘 아침에야 오빠한테 들었거든요."

유원은 남승지와 악수를 하느라 멈춰 선 위치에서 가까운 쪽의, 오빠의 왼쪽에 앉았다. 그리고 오빠를 닮아 넓은 이마에 흘러내린 앞머리를 지금 막 악수를 한 그 하얀 손가락으로 살짝 쓸어 올렸다.

남승지는 눈이 부셨다. 제대로 쳐다보지도 못하면서, 그 눈부심에 이끌려 유원의 얼굴을 쳐다보고 있었다. 순백의 얇은 스웨터로 상반신을 감싸고 있어서, 눈 속에서 나온 것처럼 더욱 눈이 부셨다. 베이지색 바지가 차분해 보였다. 빛이 날 정도로 아름다웠지만, 화장기 없는 얼굴은 창백하고 여윈 것처럼 느껴졌다. 오빠인 이방근은 노타이셔츠 차림 그대로였다.

"오랜만이에요. 벌써 반년쯤 됐죠. 그때 서울에서 왔다가 바로 돌아갔지만, 오빠와 함께 조천의 Y리에 갔다가, 그리고 강 선생님과 함께 산 쪽의 '해방 지구'를 안내해 줬잖아요. 그 이후로 처음 만나는 거예요. 승지 씨는 변함이 없네요. 혁명가처럼 보여요."

"······" 남승지는 속으로 움찔했다. "그래요, 그 이후로 처음 만나는 거지요······."

뭐라고······? 남승지는 뭔가 완전히 잊고 있던 것을 겨우 생각해 냈다. 스웨터였다. '해방 지구'. 이방근 남매와 함께, 멀리 걸었던 한라산 기슭의 봄바람이 부는 고원지대의 풍경이 머릿속에 펼쳐졌다. 4·3 봉기가 있고 얼마 지나지 않은 4월 하순······. 그때도 눈이 부셨다. 긴팔의 하얀 블라우스에 감색 치마 차림을 하고 하얀 운동화를 신고 있던 유원. 그는 소파에 내려놓았던 밀짚모자를 치우고 보자기 꾸러미를 손에 들더니, 자신의 무릎 위에 올려놓으며, 유원에게 정말 고맙다고 인사를 했다.

"참, 그렇지. 내가 할 수 있는 거라고는 그 정도뿐이에요. 앞으로 쓸모가 있다면 좋으련만. 마침 오빠가 제주도로 간다고 해서 부탁했어요. 그거, 스웨터예요? 이제야······."

스웨터를 싼 보자기 꾸러미를 기억하지 못하는 걸 보면, 이방근이 여기에서 포장한 것 같았다.

"아니, 이봐, 이제야가 뭐야." 이방근이 쓴웃음을 지으며 옆에 있는 여동생을 보았다. "오빠가 서울에서 제주도로 온 지, 오늘로 열흘 정도 지났을 뿐이야. 게다가 승지 동무는 바로 연락을 취해 만날 수도 없었고. 오히려 빨리 전해 준 편이라구. 네가 그걸 더운 여름부터 짜는 바람에, 그렇게 느끼는 거야."

남승지는 보기 좋게 솟아오른 유원의 콧방울을 보면서, 그 움직임을 주시하였다. 내 몸에서 풍기는 악취를 맡았을까. 혁명의 냄새에 콧방울이 반응할 것인가. 그녀가 방에 들어왔을 때는, 이미 냄새가 나고 있었을 터인데, 문을 완전히 열라든가, 땀 냄새가 난다든가 하는 말은 그녀의 입에서 나오지 않았다. 그러한 이상을 알리는 콧방울의 움직임은 없었다.

"어떤가요. 그 크기는 승지 씨에게 맞을지 모르겠어요. 대충 짐작으로 떴는데, 그게 맘에 걸렸어요. 입어 보셨어요? 지금 입어 보는 건 어때요……."

마치 누나나 어머니 같은 말투였다. 오빠 앞이라 더 그렇게 느껴지는 것인가. 남승지는 웃으면서 몸에 잘 맞으니 괜찮다……며 고개를 저었다.

"그걸, 스웨터를 잠깐 보여 줄 수 있어요?"

"그럼요, 유원 동무 거니까."

"아뇨, 그런 말이 어디 있어요. 그건 승지 씨 거예요."

남승지는 무릎 위에서 보자기를 풀어서는 종이봉투에서 푹신하고 부드러운 스웨터를 꺼냈다. 유원은 테이블 너머로 받아 든 그것을 자신의 가지런히 모은 무릎 위에 펼쳐 놓고, 뭔가 그리운 듯 쳐다보면서, 내가 이상한 걸까…… 하고 중얼거리며 혼자 고개를 끄덕였다. 그리고는 스웨터를 자기 쪽으로 향해 그 소매를 좌우로 펼치더니, 남승지에게 건네주면서 양팔로 그대로 잡고 가슴에 대 보라고 했다. 남승지는 시키는 대로 했는데, 앉은 채로는 불편해서 자리에서 일어났다.

"일어나지 않아도 돼요. 어머나, 꼭 뭐 같이……." 유원은 푹 하고 거의 웃음을 터뜨리더니 작게 웃었다. "화내지 말아요. 나쁜 뜻이 있는 건 아니니까. 뭔가 허수아비처럼 보여서……."

"나도 유원 동무가 웃길래, 그렇게 보이는 거 아닌가 싶었어요."

남승지도 웃었다. 정말로 나는 지금 허수아비인지도 모른다…….

"설마요. 오빠, 어때, 어울려요? 크기도……. 그래요, 앉아도 돼요."

"아아, 어울리고말고. 산에서 입는 거라서 어울리고 말고 할 것도 없지만."

"어머, 오빠가 그런 심한 말을."

"색깔도 나쁘지 않아. 처음에는 별로 마음에 들지 않는데, 지금 보니 괜찮군."

"그런가요. 붉은 흙에 가까운 고운 황토색이라고요."

"붉은 흙……. 음, 그렇군, 좋은 색이야."

"나도 이 색깔이 마음에 듭니다."

남승지는 소파에 앉으면서 생각한 대로 맞장구를 쳤다.

"마음에 들어서 다행이에요."

고마운 일이지만, 이 '품평'이 빨리 끝나기를 바랐다. 산에서 생활하는데 색깔이 어울리고 말고는 중요하지 않았다. 아름답고 고운 색을 넘어설 건 없었다. 그는 일본에 있는 여동생 말순이를 떠올렸다. 여동생이 오빠의 일본 출발에 맞춰 밤을 새워 가며 떠 주었던 두꺼운 물색 스웨터. 초여름이 되면서 벗어 지금은 산속 아지트 근처의 구덩이에 다른 짐과 함께 숨겨 두었다. 스웨터가 두 장이 된다. 껴입고 경험이 없는 산악지대의 혹한을 견뎌 내야지……. 하지만 그것은 마음을 괴롭힐 것이다. 자급자족이 원칙이지만, 스웨터가 없는 사람도 있기 때문이었다. 그러나 붉은 흙……. 남승지는 그 말을 듣고 다시 스웨터의 색깔을 보며 문득 깨달았는데, 붉은 흙이라는 것은 이 섬의 화산암 색깔 중의 하나이기도 했다. 유원이 서울에서 거기까지 생각했던 것일까. 부엌이가 오지 않았다. 유원은 차가 필요 없는가. 그래, 유원은 원한다면 스스로 차를 가지고 와야 한다.

"유원 동무, 차는? 유자차가 향기도 좋고 맛있군요."

"마음을 써 주시네요, 승지 씨는 자상한 혁명가세요."

남승지는 이유도 없이 뜨끔하면서 그녀 옆에 앉아 있는 이방근을 바라보았다. 유원이 이런 말투를 썼다. 자상하지 않은 혁명, 혁명가라는 건…….

양준오에게 들었던 그 선입관 때문일까. '감금' 상태였을 유원에게 그렇게 보일 만한 타격을 받은 기색은 없었다. 의식적으로 쾌활하게 행동하는 것일까. 그러나 여윈 듯한 인상에서 문득 힘이 없어 보이기도 했다. 창백한 얼굴의 투명한 피부 아래로, 한순간 혈류가 멈추거나 숨을 멈추고 있는 것 같은 어색한 그늘이 드리워져 있었다.

"새어머니가 들으면 어쩌려고 그래. 큰일 난다. 혁명이라는 둥, 입에 담지 않는 게 좋아."

"하지만 벌써 큰일은 났잖아요. 아버지는 저를 그렇게 보고 있으니까."

"그것과 이건 별개야. 아까 경찰이 왔을 때도, 새어머니가 방에서 일부러 나오지 않았느냐. 승지 동무도 양 동무에게 사정을 들어서 조금 아는 것 같으니까 하는 말인데, 더 이상 불필요한 일을 해서는 안 돼. 아버지가 돌아오시면 오남주 일로 또 얘기가 나올 거야. 네가 아버지와 대화의 끈을 끊어 버리면, 나한테는 이미 그 끈도 없으니, 어떻게 할 도리가 없다. 이제 오빠는 어떻게 할 수가 없어……. 아무튼 좋다. 새어머니는 건너편 안채에 있겠지만, 대화할 때의 말소리는 가끔 커져서 제멋대로 들려 버릴지도 몰라. 아버지가 '혁명'이라는 한마디에, 그것도 네 입에서 나왔을 때, 그 자리에서 졸도해 버린 일은 알고 있겠지. 음." 이방근은 말을 끊고 담배에 불을 붙인 뒤, 계속해서 말을 이었다. "글쎄, 어떻게 될까. 아버지는 오늘 무리해서 출근하셨잖아. 점심때는 집에 돌아와서 식사를 하시려나?"

"모르겠어요. 부엌이에게 물어봐야 알지. 하지만 아버지는 아침에 기분이 좋아 보이셨대요. 평소와 다름이 없었다고 부엌이가 말했어요."

"어제 하루 종일 안정을 취하면서 약을 드셔서 혈압이 내려간 거겠지. 우리들 기분까지 좌지우지하는 정말 성가신 혈압이야. 괜찮겠지. 어차피 교섭이 없으니, 이쪽은 문을 닫고 식사하면 그만이야. 남 동무는 신경 쓸 거 없어."

음식 냄새가, 등 뒤의 반쯤 열린 미닫이문 너머, 안뜰 건너에 있는 이 집의 부엌에서 나는 것이겠지만, 남승지는 맛있는 냄새가 후두부 주위로 부드러운 수증기처럼 감싸면서 풍겨 오는 것을 느꼈다. 부엌이도 자네라면 환영할 거야, 부엌의 주인은 부엌이니까…….

"오빠……." 유원이 조금 튀어나온 아랫입술을 살짝 깨물면서 오빠 쪽을 슬쩍 쳐다보며 말했다. "아버지가 꿈을 꾸셨대요. 그런데 그 꿈이 신경 쓰였는지 새어머니한테 말씀하셨고, 부엌이가 새어머니한테서 그 얘길 들었대요. 꿈이라는 게, 이 집이 큰 홍수에 휩쓸리는 바람에, 밀려오는 해일과 같은 높은 파도에 제방보다도 튼튼한, 꿈속에서는 튼튼한 철근콘크리트 담장이었다는데, 그것이 무너져 집이 어딘가로 사라져 버렸다는, 그런 꿈이었대요……."

"흐-음……. 뭐야, 새삼스럽게. 대단한 꿈도 아니구면."

이방근은 여동생의 이야기를 무시했다.

남승지는 깜짝 놀라서, 뭔가 한마디 끼어들고 싶은 충동을 강하게 느꼈다. 부엌이 자신이 유원에게 말하다니, 너무 무신경한 게 아닌가.

아니, 그녀는 거기까지 생각하지 못하고 있는 것이다.

"새어머니가 순산하는 꿈일 거야."

이방근은 담배 연기를 천천히 크게 내뿜고는 불쑥 말했다.

5

홍수와 순산이라는 것은 '해몽'의 근거는 있는가. 아니면 이방근의 즉흥적인 생각인가. 연상이라면 그다지 품위가 있는 것 같지는 않다. 그것도 여동생 앞에서 말이다.

"아버지는 자신의 꿈을 굉장히 신경 쓰고 계신 것 같대요. 꿈같은 건, 부질없는데도."

유원은, 순산의 꿈일 거라는 오빠의 말을, 오빠가 여동생의 꿈 이야기를 무시한 것처럼 무시하고 말했다.

"부질없는 건 아니지. 꿈에는 반드시 뭔가 의미가 담겨 있어. 결코 무의미한 건 아니야. 특히 옛날사람들은 꿈을 신경 쓰는 법이지. 꿈에서 현실의, 실생활의 길흉을 판단하거나, 예언적으로 운명을 생각하는 경우도 있어. 해몽서라는 꿈을 풀이하는 책까지 있을 정도니까. 지금도 여기저기서 마을의 장로가 해몽서를 손에 들고 마을 사람들의 꿈 풀이를 해 주는 상담 역할을 하고 있다구."

"그건, 점쟁이를 말하는 거잖아요." 유원이 말했다. "전 서울의 종로 뒷골목에서 땅바닥에 돗자리를 깔고 앉은 노인이 관상을 보거나 꿈 해몽을 하는 걸 본 적이 있어요. 그 할아버지는 눈에 눈곱이 잔뜩 끼어 있었는데, 손금도 보더라고요. 그건, 점쟁이나 마찬가지잖아요. 오빠는 점을 믿어요?"

"뭐냐, 넌 눈곱 낀 영감을 예로 들어 오빠를 몰아갈 작정이구나. 꿈을 풀이하는 사람이 전부 다 점쟁이라곤 할 수 없다. 오빠는 그런 점 같은 건 믿지 않지만 말이야. 지금은 그저 꿈이 결코 부질없는 건 아니라는 걸 이야기하는 거야. 아버지가 신경을 쓰고 있다는 것도 이상한 건 아니잖아. 어쨌든, 설령 꿈이라고는 해도 소중한 집이 떠내려가 없어졌으니 말이야. 그건 신경 쓰이지. 그렇고말고."

남승지는 자기한테 하는 말 같아서 속이 뜨끔했다. 조금 전에 순산이겠지라고 한 것은, 갑작스러운 여동생의 불길한 꿈 이야기에 당황해서 입에서 나오는 대로 말한 건 아닐까. 꿈은 분명히 부질없지만, 꼭 들어맞는 꿈도 있다. 이 집 주인 이태수에게 무언가 그런 불길한 징조가, 일상생활에서는 느끼지 못하는 눈에 보이지 않는 낌새가 꿈을 통해서 나타난 것은 아닐까. 더구나 꿈은 뒷문 자물쇠를 열어 둔 어젯밤의 일이다. 아니, 그렇지 않다. 이방근이야말로 불가사의한 감수성을, 예지능력을 가지고 있어서, 뭔가 징조 비슷한 것을 어젯밤부터 느끼고 있었는지도 모른다. 뭔가를 꿰뚫어 보고 있는 것처럼.

"오빠는, 그렇고말고……라니, 진심인 거죠. 아니면 농담인가요. 오빠 얘기로는 정말로 집이 떠내려 가 버릴 것 같아요. 꿈이라는 게 그렇게 직접적인 건 아니잖아요?"

"그렇지. 하지만 인간은 직접적인 것에 반응하는 법이야. 동물에 가까울 정도로. 꿈에서는 왠지 그렇게 돼. 구체적인 형상에 제각기 반응하는 것이지. 그리고 꿈에서 깬 후에는 꿈의 직접적인 형상 전체의 집합 같은 것에 좌우되면서 불안해하는 거라구."

"왜 그런 꿈을 꾸는 걸까요?"

옆에 나란히 앉은 두 사람의 대화다.

"그건 모르지."

"뭔가 있을 거예요."

유원이 테이블 너머로 남승지를 바라보았다.

"유원 동무는 방금 꿈은 부질없다고 한 것 같은데." 남승지는 유원의 햇살에 그늘져 빛나는 눈에 뭔가를 들키지 않으려 했는데, 이상한 방향으로 꿈 이야기가 전개된다고 생각하면서 말했다. "바로, 오빠 얘기에 말려든 것 같군요."

"말려든 건가요." 유원은 냉정하게, 남승지의 마음이 곧바로 후회로 가득 차게 만드는 어투로 말했다. "꿈은 부질없는 것이에요. 하지만 거기엔 뭔가 있어요. 낮에 생각한 것이나 갖고 싶었던 게 그날 밤 꿈에 나타나기도 하잖아요. 뭔가 있는 일도 포함해서, 전제로서 말이죠, 전 꿈이 부질없다고 말했을 뿐이에요. 승지 씨, 제 말의 뜻을 알겠어요?"

"아……."

남승지는 고개를 끄덕였다.

"뭔가 있어." 이방근이 말했다. 남승지는 또 꿈 이야기가 계속되겠구나 하고 조금 못마땅한 기분으로 들었다. "부질없다든가, 그렇지 않다든가 하는 것과 관계없이, 뭔가 있는 건 사실이다. 직접적인지 간접적인 건지는 별개의 문제이지만, 그것은 나타난다. 마음속으로 생각하고 있던 게 직접적으로 확실히 나타나는 경우조차 있다. 아버지의 꿈은, 네가 단식한 것도, 핫하, 유원이는 최근 하루 이틀 동안 단식을 하고 있었지."

이방근은 남승지를 보고 반쯤 웃으며 말했다.

"단식이라니, 그런 게 아니잖아요." 유원이 얼굴을 붉혔다. "잠시 식사를 안 했던 것뿐이에요……."

남승지가 놀라서 두 사람의 얼굴을 번갈아 쳐다보았다.

"식사를 하지 않았으니 결국 같은 말이다. 네가 식사를 하지 않은 것도 아버지의 꿈과 관계가 있을지도 모르고, 또 아버지가 혈압으로 어제 하루 누워 계신 것도 관계가 있을지 몰라. 그리고 이 오빠 일도 그렇고……. 결국 아버지는 이 집이 없어질지도 모른다고 생각하고 계신 거야."

"여러 가지 일이 합쳐져서 그게 대홍수가 되었다는 거예요?"

"그런 건 아니지만, 그 여러 가지 일이 관계가 있을 거란 말이지. 그런 결과로 끝난 친족회의, 오빠의 결혼 문제, 음, 갈 때까지 간 느낌이지만, 그 모든 게 다 그래."

"오빠는 아까 왜 순산하는 꿈이라고 했어요?"

"그럴지도 모른다, 그럴 수도 있다는 말야. 염원이지. 아버지의 염원과 여러 가지 일이 복합되어 있으니, 당연히 순산도 그 안에 들어가 있겠지……."

이방근은 소파 오른쪽의 팔걸이에 손을 걸치고, 옆의 여동생 쪽을 향해 비스듬히 크게 자세를 무너뜨리며 말했다.

"왠지, 협잡꾼 같아……."

유원이 키득키득 웃었다.

"이런 바보, 오빠는 진지하게 얘기하고 있단다. 지금 말한 것처럼 아버지 부부에겐 그 이상의 염원이 없을 거야. 내가 반드시 그렇게 될 거라고 예언을 하고 있는 건 아니다. 꿈풀이를, 그러니까 꿈과 연관시켜서 점을 치는 게 아니라는 거지. 집이 없어진다든가 그런 말을 하는 게 아니야. 꿈이 아니라도 없어질 때가 되면 없어져. 없어질지도 모른다는 예감과 불안을 아버지가 마음에 가지고 있다는 증거야. 꿈이 먼저가 아니라, 굴절된 반영이지. 아버지의 마음이 그 꿈을 통해 알려지고 있는 거라구. 이건 무슨 꿈 분석의 전문적인 얘기를 하려는 게 아니야. 정신분석학적인 분석을 한다면 전혀 다른 해석이, 전혀 다른 일반적으로는 생각하기 어려운 해석이 나올지도 모르지만, 오빠가 말하는 건 대체로 맞을 거라고 생각해. 아버지의 꿈은 꽤 직접적인 꿈이야. 사실은 너에게도 직접 꿈 얘기를 하고 싶어 했겠지. 그래서 새어머니가 부엌이한테 얘기한 것이고⋯⋯."

"오빠도 그런 느낌이 들어?"

"후후, 오빠가 꿈을 꾼 게 아니야. 오빤 아버지가 아니잖아. 느끼고 말고 할 것도 없어. 새삼스런 일도 아니고. 서울에 있던 너도 알고 있는 일이야⋯⋯. 그건 꿈만이 아니라, 대낮에도 보고 있는 일이니까. 들릴 듯 말 듯 하는, 하나의 발소리가 몰래 숨어드는 것처럼. 발소리는 대문이 아니라 뒷문 쪽에서 그림자가 숨어들 듯 들려오지⋯⋯."

무슨 말인가? 남승지는 영문도 모른 채 확실히 자신의 표정이 바뀌는 것을 의식하고, 이방근의 눈동자가 움직여 여동생으로부터 자신에게로 향한 그 시선을, 상대의 눈동자에 찰싹 달라붙듯이 받아들였다. 이방근의 시선은 아무렇지도 않게 스쳐 지나갔지만, 남승지는 순간 공포로 현기증이 일고 몸이 떨려 견딜 수가 없었다. 참으로 기분 나쁜 남자다. 이따금 이방근의 얼굴에 가면과 같은 무표정이, 무심한 어린애의 눈빛과 중복되어 나타나는데, 지금 얼음처럼 들러붙었다 사라진 그 묘하고 무어라 형용하기 어려운 표정을 확실히 보았다고 생각했다.

"옛, 뭐가, 무슨 그림자가 그처럼, 뒤, 뒷문으로 이 집에 숨어들어 온다는 겁니까?"

남승지는 갑자기, 누군가 우격다짐으로 입을 열게라도 한 것처럼 쓸데없는 말을 했다.

"뒷문이라는 건 비유야. 이 집에는 뒷문이 없어. 작은 쪽문이 있을 뿐이지. 그것은 대문으로도 들어와. 사람들이 눈치 채지 못하도록 뒤쪽에서 들어온다는 의미야. 눈치 채지 못한다면 전방에서 온다고 해도 마찬가지 아닌가. 모든 그림자가 다 그런 법이야." 이방근은 유원을 바라보았다. "오빠의 예감이 맞았구나. 핫하, 오빠의 예감이라는 건 무서운 거란다. 으—음, 살의 나쁜 기운이 너를 불러들이는 것처럼, 작은 발소리가, 네가 오기 전에 눈 위에 띄엄띄엄 토끼 발자국 같은 게 나 있었다."

이 집이 없어진다고……? 거기에 다시 내가 구멍을 뚫고 있다. 제방의 개미구멍이 아니다. 뒷문의 구멍이 뚫려 붕괴로……. 이방근의 부친이 꾼 꿈이 이상하게도 딱 들어맞는 것은 어찌 된 영문일까. 꿈은 부질없지만, 그야말로 직접적이고 불길한 느낌이 들었다. 남승지는 어떻게 할까 생각했다. 그는 한편으로, 남 앞에서 태연하게 집이 무너질 거라는 이야기를 듣고만 있어도 되는지, 망설였다. 자리를 비켜줘야 되나? 달리 갈 곳도 없었다. 거리낌 없이 이야기를 나누고 있는데, 그렇게 하는 것도 이상했다.

"살 얘기 같은 건 그만해요. 오빠는 그런 걸 진심으로 얘기하는 거예요? 정말 이상해요, 제정신이 아닌 것 같아요. 마치 남의 일 같아요. 오빠는 아무렇지도 않은 모양이에요."

유원은 손님을 의식한 것인지 남승지를 힐끗 쳐다보며 말했다.

"태연하다는 말을 사용할 것 같으면, 누가 태연하게 있을 수 있겠어. 태연하다든가 그렇지 않다든가 하는 문제가 아니잖아."

"살이 끼었다고 굿을 한 게 올 봄이었잖아요. 전 서울에 있었지만. 부엌이가 집을 나간 건, 그 일이 계기가 되었으니까……. 부엌이는 뭘 하고 있는 걸까요. 벌써 식사 시간이 다 됐는데."

남승지가 변소라도 가야겠다고 생각하고 자리에서 일어남과 동시에, 유원이 불쑥 자리에서 일어나는 바람에, 문 쪽에 있던 남승지가 그녀의 앞을 가로막은 꼴이 되어 버렸다. 무심코 서로의 얼굴을 바라보았다.

"승지 씬 왜 일어나세요?"

어리둥절한 표정의 남승지를 향해 유원이 말했다.

"아니요, 자, 먼저……."

남승지는 자신도 모르게 기세가 꺾여 그대로 다시 소파에 앉았다.

"어머, 전화가……."

"아버지한테 왔는지도 몰라."

"그럼, 전 받기 싫어요."

"네가 받아야지. 누군지도 모르잖아. 아버지 대신 걸었을지도 몰라. 아버지라고 해도 전화는 제대로 받아야지."

"전 안 받을래요. 벌써 부엌이가 응접실로 갔을 거예요."

유원이 방을 나갔다.

남승지는 전화가 아버지한테서 걸려 온 것인지도 모른다고 한 이방근의 말에 내심 당황했다. 아버지 이태수가 점심식사를 하러 돌아와서, 혹시라도 얼굴을 마주치게 되면 어쩌나 하는 생각을 했기 때문이다. 보름쯤 전에 성내에 왔을 때 양준오의 하숙집에서 우연히 마주쳤는데, 그 꿈과 이 집의 뒷문이 너무 꼭 들어맞아서, 어쩌면 이태수의 꿈속에서 견고한 철근콘크리트 담장이 뒷문의 구멍 하나로 붕괴되는 것을 본 것은 아닐까, 그리고 그의 꿈속에 자신이 나온 것은 아닐까……라는 생각에 두려워졌다.

"동무는, 왜 그러나?"

이방근이 남승지를 보고 말했다.

"옛?" 남승지는 깜짝 놀라며 대답했다. "제가 여기에 있어도 되나 싶어서……."

"뭐? 무슨 소린가."

"방근 씨의 집안 얘기가 나와서."

"뭐야, 핫하, 그게 신경이 쓰였단 말이군. 유원이 말처럼 그야말로 자넨 '자상한 혁명가' 아닌가. 그렇게 비밀에 속하는 얘기도 아니야, 나한테는. 세상이 다 아는 얘기고. 새삼스런 얘기도 아무것도 아니야. 어쩌다 보니 얘기가 그렇게 되었네. 신경 쓸 거 없어."

툇마루가 삐걱거리는가 싶더니 유원이 이내 방으로 돌아와 있었다.

"오빠, 전화예요. 빨리 오세요. 서울에서 왔어요."

"누군데? 건수 숙부님인가?"

"아니에요. 부엌이가 받았는데, 미래의 '안주인님'."

"뭐라고……. 적당히 해야지." 이방근은 자리에서 일어나며 말했다. "아아, 알았어, 알고말고, 미래의 '안주인님'이지. 너 전화를 안 받았어?"

"오빠에게, 방근 선생님께 걸려 온 전화라고요……."

이방근은 성큼성큼 방에서 나갔다.

"방근 씨는, 결혼을 하시는 건가요……?"

"글쎄요, 잘은 모르겠지만, 아마도요."

"지금, 유원 동무가 미래의 안주인님이라고 하지 않았습니까?"

"아마도요. 형식적으로 말이죠. ……오빠에 대해서 잘 모르겠어요."

"오빠가 결혼하면 유원 동무는 쓸쓸해지겠군요."

"왜요? 너무 상식적인 질문이네요. 방근 오빠와 제가 결혼하는 것도 아니잖아요. 전 아버지가 아니지만, 정말로 오빠가 뭔가 보통사람으로 돌아와 빨리 결혼했으면 좋겠어요. 조금 쓸쓸해지기는 하겠지만, 그건 전혀 다른 문제잖아요. 오빠는 설령 결혼해도 절대 변할 사람이 아니에요."

"……유원 동무는 언제쯤 서울로 돌아가게 될까요. 얼마 남지 않았겠지만, 그렇게 되면 앞으로 언제 만날 수 있을지 알 수 없겠군요."

"그건 무슨 의미죠?"

유원이 남승지를 똑바로 쳐다보았다.

"그러니까, 서울에 가 버리면 당연히 그렇게 되겠지요."

남승지는 눈부신 유원의 눈빛 그늘에 숨듯이, 거의 시선을 떨어뜨리고 말했다.

"그럴 리가요. 게다가 지금은 서울에 갈 수 있을지 없을지도, 제주도를 떠날 수 있을지 없을지도 모르는 걸요."

"준오 씨한테 얘긴 좀 들었지만, 그러나 아버님이 경찰에 연락해서 취소하면, 유원 동무의 경우는 간단하게 제주도를 나갈 수 있는 거 아닌가요?"

"이상한 일이지만, 경찰이 아니라, 아버지가 섬을 나가도록 허락하지 않을 거예요." 유원은 이가 보이지 않게 웃었다. "아마도 쭉 계속해서 말이죠……. 미안해요. 이런 집안의 부끄러운 얘기를 해서."

"뭐라고요, 쭉? 왜……. 방근 씨가 잠자코 보고만 있을까요?"

남승지는, 잠자코 보고만 있을까요? 가 아니라, 이방근이 그 정도를 해결하지 못하는가 하고 물을 생각이었다.

"그렇지 않아요. 어쩔 수 없는 면이 있어요."

유원은 말을 끊었다.

이방근은 돌아오는 게 늦었다. 남승지는 이태수 부자의 대립이 있다는 것을 모르는 건 아니었지만, 그것도 상식적으로는 아들인 이방근 쪽에 원인이 있다고 보는 것이 당연하다고는 해도, 이렇게 딸까지 포함해서 불화가 생기는 것은, 아버지가 없는 남승지로서는 이해하기 어려웠다. 남승지는 자신이 모르는 사정이 있다는 것은 차치하더라도 이방근에게 비판적이었다. 그러나 지금, 경찰을 한통속으로 끌어들여 딸의 도항을 저지하는 말도 안 되는 부친에 대해서는 분노를 느꼈다. 그는 유원의 그 눈부신 하얀 스웨터의 어깨 너머로 시선을 뻗어 창가 책상 위의 탁상시계를 보았다. 정오가 지나 있었다. 유원과 함께 있는 매우 귀중한 시간이 헛되이 흐르고 있다는 생각이 들었다.

"승지 씨, 저어……."

유원이 아랫입술을 깨물듯이 하고 무거운 입을 열었다. 자신이 올여름에 삐라를 붙이다가 종로경찰서에 체포, 유치되었다고 말해 남승지를 놀라게 했다. 이방근이 서울에 갔던 것도 여동생의 그 일이 있었기 때문이라고 남승지는 그제야 알게 되었다. ……이유원이 체포되어 유치장 생활을 했다. 믿을 수가 없다. 충격이었다. 그는 유치장 생활의 후배가 아니라, 마치 듬직한 선배라도 보는 것처럼, 아니 아름다운 여신을 우러러보듯이 유원을 바라보았다. 그는 고조되는 마음을 억누르고, 며칠간 들어가 있었는지 물었다.

"12일간."

"12일간? 정말로? 도대체가……." 남승지는 자신도 모르게 소리를 내고는, 당황하며 목소리를 낮추었다. "나하고 같군요. 나도 12일 동안 있었으니까."

"정말요?" 유원도 놀랐다. "승지 씨도 종로였지요?"

"그래요. 흐−음, 믿을 수가 없군. 오빠인 방근 씨도 과거의 일제 때긴 하지만 종로경찰서였지요. 그리고 나서 서대문형무소. 악질적인 결로 '유서' 깊은 경찰서지요. 그거 힘들었겠네요, 여러 가지로. 고문은 없었어요?"

"저는 운이 좋았어요. 모든 면에서. 부끄러울 정도로……. 저 자신을 망칠 정도로 말이죠. 얘기하고 싶지는 않지만, 운이 좋았다는 건 매우 불행한 일이기도 해요. 유치장에서 나오고 나서 깨달았어요. 저는 정말 불효자식이에요. 오빠도 저렇고, 불효자들만 있으니 아버지도 참 불쌍한 사람이에요. ……통화가 끝났나 봐요."

유원은 창백한 얼굴에 고집 센 쓸쓸함이 감도는 미소를 지으며 말했다.

"유원 동무가, 음악도인 동무가……. 뭔가, 사정을 조금 알 것 같은 기분이 듭니다. 정말이지 믿을 수가 없군요."

남승지는 유원과는 반대로 햇볕에 그을린 얼굴이 한층 더 붉어지고, 숨이 막힐 것처럼 가슴이 뜨거워져 유원의 손을 잡고 악수를 나누고 싶은 충동을 느꼈다.

"모두가, 많은 사람들이 체포되어 옥중생활을 하고 있을 때, 유치장에도 들어가지 않는 건 부끄러운 일이에요……."

이방근이 방으로 돌아와 소파에 앉았다.

"식사 준비는 아직 멀었나……."

"오빠의 전화가 길어져서 그럴 거예요, 틀림없이. 난설 씨는 무사히 도착하셨대요?"

"어젯밤 늦게 도착한 모양이야. 여기서 배를 타기만 하면 서울까지는 금방이지. 아무쪼록 여동생에게 잘 부탁한다더군. 주인도 없는 방을 맘대로 썼다……면서 말이지. 서울에 돌아오면 연락 달라고, 꼭 만나고 싶다는구나."

"오빠야말로 난설 씨를 만나야겠지요."

"……?"

"만날 약속을 안 했어요?"

"상대는 서울, 난 남쪽 바다 한가운데인 제주도에 있잖아."

"하지만 이번 일로 폐를 많이 끼쳤잖아요. 게다가 일부러 서울에서 전화까지 걸어왔는데……."

"너도 참 태평한 소리를 하는구나. 오빤 이사를 해야 한다구. 네가 반대하는 바람에 현재 좌절된 거 아니냐."

"방근 씨는 이사하세요?"

남승지는 놀라서 물었다.

"아니, 이 근처야. 성내의……."

"아아, 서울에라도 가 버리시는 건 아닌가 하고 깜짝 놀랐습니다."

한순간 절망의 늪으로 떨어지던 도중에 쑥 하고 부상하는 느낌을 가슴에 안으며 남승지는, 이 훌륭한 방을, 넓은 집을 나가서 그것도 같은 성내로 이사하는 이유를 알 수 없었다. 다만, 그것이 앞으로 자신의 성내에서의 활동에 어떠한 작용, 영향을 미칠 것인가를 순간적으로 생각하고 있었던 것이다.

식사가 준비되어, 각자의 자리를 옆에 있는 온돌방의 탁자로 옮겼다. 서재 사이에 있는 맹장지문은 열어 둔 채였지만, 안뜰 쪽의 장지문은 닫혀 있었기에 점심시간에 귀가한 이태수가 그곳을 지나더라도 방 안의 모습을 살피기는 어려웠다. 그렇다고 해도 손님이 있다는 것을 알 수 없는 것은 아니었다. 툇마루 앞의 디딤돌 위에 벗어 놓은 즈크화를 보면 바로 알 수 있었고, 선옥이나 부엌이를 통해서도 누가 와 있는지는 알 수 있을 것이었다.

정원수가 있는 좁은 뒤뜰 쪽의 장지문은 열려 있어서, 바람에 흔들리는 장미와 동백나무 잎사귀가 햇살을 하늘하늘 아지랑이처럼 방으로 반사하였고, 밤과는 전혀 다르게 따뜻했다. 시원한 바람이 방을 비스듬히 가로질러 서재로 불어 들었다가 반쯤 열린 미닫이문을 통해 안뜰로 빠져나갔다. 모습이 보이지 않는 참새들이 지저귀고 있는 것은, 정원수 너머 담장 위인 것 같았다. 이방근과 유원이 그쪽을 등지고 있었고, 남승지는 두 사람과 마주 보고 앉았다.

"아버지는 낮에 돌아오시나?"

이방근이 부엌이를 보고 말했다.

"예-, 일단 돌아오실 거우다."

"흐-음, 돌아오신다는 거지. 몸 상태는 어떠하신가?"

병원에 들렀다가 회사로 가셨는데, 별 이상은 없는 것 같다고 부엌이가 대답했다. ……하지만, 주인마님은 무리를 하고 계시우다. 뭐라고……? 주인마님은 무리를 하고 계신 거우다. 남승지는 되도록 부엌이와 시선이 마주치는 것을 피했지만, 그녀 쪽은 그러지 않았다. 일부러 의식적으로 사람을 쳐다보지는 않았지만, 시선이 마주치는 위치에서는 의식적으로 피하려는 기색은 보이지 않았다. 뒷문에 관해서는 전혀 신경 쓰지 않는다는 듯이, 남승지 앞에서도 극히 자연스럽게 행동했다. 안주인 선옥에게 들었다는 꿈 이야기도, 조금은 이상하다고 느낄 만한데, 둔감한 것인지 대범한 것인지, 신경을 쓰는 것 같은 기색은 없었다. 오히려 그게 다행이었다.

특별한 요리가 나온 것은 아니었지만, 남승지에게는 어느 것 하나 진수성찬이 아닌 것이 없었다. 밥상을 앞에 두고 인간 생활의 불공평함을 느꼈다. 희고 두꺼운 큰 사발의 기름기 흐르는 갈치와 채소를 넣은 뜨거운 국을 숟가락으로 두세 번 입에 떠 넣자, 목구멍을 지나 위장으로 흘러들었다. 그것을 반복하는 것만으로도 벌써 땀이 배어 나오는 듯했다. 그리고는 희고 부드러운 갈치 살을 발라 입에 넣으며, 계속해서 숟가락으로 사발의 밥을 퍼먹었다. 고추장 맛을 살린 게장이 급격히 식욕을 자극했다. 유원은 닭고기를 넣은 죽을 먹고 있었다. 부엌이의 배려였다. ……아가씨, 천천히, 많이 드셔야 되우다. 유원은, 죽은 필요 없어, 아침도 죽, 마치 환자인 것처럼 취급받는 건 싫다고 거절했지만, 부엌이는 개의치 않고 유원에게 억지로 죽을 들이밀 듯이 하고는 나갔다. 불문곡직하고 일체 들을 필요도 없다는 느낌을 주었지만, 유원은 말귀를 알아들은 것처럼 언제 그랬냐는 듯이 죽을 먹기 시작했다.

"넌 승지 동무가 안 왔으면, 여전히 단식을 계속할 생각이었냐?"

이방근이 술잔을 손에 들고 입가에 미소를 지으면서, 농담인지 진담인지 종잡을 수 없는 어투로 말했다.

"단식이란 뭔가 의식적인 의미가 있는 거잖아요. 전 그저 먹고 싶지 않았던 것뿐이에요. 어제 저녁부터 미음은 먹고 있었다고요."

"음, 그랬구나. 그거 다행이다. 제대로 흥정을 하고 있었군. 부엌이와 내통한 거로구나. 단식이 아니라 절식(節食)을 했다는 말이잖아. 흠, 같은 거 아닌가." 이방근은 탁자 너머로 남승지를 보면서 말을 계속했다. "어쨌든 하루 종일 자기 방에 틀어박힌 채 피아노 연습도 하지 않고, 그렇게 2, 3일 지내고 있었는데 말일세. 내가 말을 걸어도 장지문을 열려고 하지 않았다니까."

부엌이와의 내통. 아슬아슬하게 스쳐 지나가는, 묘하게 사람의 신경을 건드리는 이방근의 말이었다.

자기 방에 틀어박힌 유원의 절식에 대해 아버지는 거의 반응을 보이지 않았다. 유원은 구체적으로 아버지에 대한 항의라기보다도, 주위에 대한, 자신에 대한 거부의 표현이었지만, 이태수는 부친에 대한 노골적인, 게다가 계집애 주제에 반항을 한다고 간주하고, 혼을 내지도 않고 무시하는 태도로 내버려 뒀다. 고혈압으로 하루 종일 누워 있는 것 자체가 '병문안'으로 아버지 방에도 찾아오지 않는 남매에 대한, 그래 해 볼 테면 해 보라는 식의 시위이기도 했다. 그리고 이방근에 대해서는 물론이지만, 아침에 딸과 만나 인사를 받으면서도, 음, 하고 가볍게 받아넘길 뿐 말은 하지 않았다.

이방근은 점심 식사 전에 가볍게 소주를 한 잔 마셨다.

껍질 채 썬 돼지고기도 접시에 담겨 있었는데, 이방근은 한 조각을 김치에 싸서 입에 넣은 정도였고, 유원도 거의 젓가락을 대려고 하지 않아서, 기름기가 적은 선명한 선홍색의, 보기만 해도 군침이 도는 그 고기는 남승지를 위해 준비된 것이나 다름없었다. 그는 간장에 절인 꼬투리 모양의 굵은 마늘종 껍질을 한 장 벗겨, 거기에다 고기를 싸 먹었다. 그리고 가오리를 조선식 양념으로 무친 회가 오도독오도독 하면서도 부드럽게 씹히는 것이 혀에 녹아드는 듯해 견딜 수 없었다. 모처럼 맛있는 음식을 먹으면서, 왠지 뒤가 켕기는 '죄의식'으로 위액의 분비를 방해해선 안 된다. 진수성찬을 앞에 두고 '죄의식'을 느낀다면, 그것들을 잘 먹는 것도 의무라고 할 수 있었다. 비천하기 그지없지만, 얻어걸릴 때는 먹는다. 동면에 들어가기 전의 동물처럼, 먹을 수 있을 때에 먹어 둔다.

"승지 동무는 몇 시에 출발한다고 했지?"

"세 시쯤 출발할 생각입니다."

"걸어서 가겠지?"

"그렇습니다."

"세 시라면 시간이 별로 없네요."

유원이 말했다.

"아직 두세 시간 있으니 괜찮아요." 남승지는 마치 기차나 배의 출발 시각이라도 염두에 두고 있는 것처럼 엉뚱한 대답을 하고 나서, 이방근을 보고 말했다. "조천면에서 훨씬 위쪽에 있는 중산간 부락까지 가야 하기 때문에, 지름길로 간다고 해도 몇 시간은 걸리겠지만, 일몰 때까지만 도착하면 됩니다. 양준오에게 받은 즈크화를 신고 있어 빨리 갈 수 있을 겁니다."

"아까 남해자동차 쪽에 전화를 했더니, 박산봉의 트럭이 네 시쯤에 돌아온다더군." 남승지는 새삼스럽게 이방근의 얼굴을 쳐다보았는데, 남해자동차라는 말투가 지극히 객관적이고 남의 이야기처럼 들렸다. "그걸로 조천 근처까지 타고 가면 돼. 여기서 신작로 길을 따라 걸어 가면 두세 시간은 걸릴 거야. 트럭은 30분이면 충분해. 갈 길이 멀지 않은가. 어디쯤인지는 모르겠지만, 거기서부터 걸어가면 일몰 때까진 도착하지 않겠나. 그렇게 하게."

"……예."

남승지는 이방근의 배려가 고마웠다. 그리고 생각지도 못한 일이었 지만, 박산봉과 함께하는 것이 즐거웠다.

"오빠는 화물부에 연락을 했었군요. 계속 서울과 통화하고 있는 줄 알았는데."

"바보 같긴, 오빠는 여러 가지로 바쁘단다. 난 식사 마치고 잠시 나 갈 건데, 세 시까지는 돌아올게. 혹시라도 아버지가 돌아와서 오남주 일로 뭔가 얘기를 하시면, 모르는 일이니 나중에 오빠한테 물어보라 고 대답해 둬."

"남주 씨 일은 어떻게 하실 거예요?"

"어떻게 하고 말고도 없다. 어디 아는 사람이나 친구 집에 갔는지도 몰라. 어쩌면 이쪽으로 연락이 올 수도 있어. 어쨌든 도항증명서의 보증인은 문난설이니까. 도대체 그 친구는 뭘 하고 있는 건지. 3일 오후였지, 모슬포 근처에 있다는 어머니한테 돌아간 게. 그리고 나서 사나흘 밖에 지나지 않았는데, 일단 귀가했던 집에서 다시 외출했다 가 돌아오지 않는다는 건 뭔가 이상하단 말야. 상황을 봐서 오빠가 내일이라도 그 어머니가 계신 곳을 찾아가 볼 생각이다. 설마 술에 취해서 어디 굴러 떨어진 건 아니겠지. 개천이나 바다에 떨어지지나 않았으면 다행이련만. 대단한 술고래라서 말이지, 그것 참……. 음,

여동생 일로 골머리를 앓고 있긴 하지."

"제 친구일로 오빠에게 걱정을 끼쳐서……. 내일 오빠가 가신다면 저도 같이 가겠어요."

"안 돼. 집에 가만히 있어. 넌 멀리 나가선 안 된다. 아버지가 아시면 일이 복잡해져. 넌 '요시찰'이 아니라 '요감시' 중인 몸이야. 당분간 조용히 있어야 돼. 남주의 증명서 유효기간은 아직 여유가 있는 데다, 너도 그대로 제주도에 남아 있고, 문난설이 서울에 돌아갔다고 해서 뭐 크게 달라질 건 없지만……. 어쨌든 내가 데리고 온 거야. 음, 승지 동무는 사양하지 말고 많이 들게. 산에 돌아가면 배고픈 생활이 될 테니까. 그런데……." 이방근은 잔에 남아 있던 소주를 쭉 들이키더니, 농담조로 화제를 확 바꾸어 말했다. "동무는, 그러니까, 산 생활을 해 보니, 어떤가? 그렇지―, 유원아, 자리에서 일어나 밖을 좀 살펴보고 오너라."

유원은 서재를 지나 안뜰 쪽 툇마루로 나갔는데, 곧바로 돌아와 아무도 없다고 말했다.

"음, 얘기가 도중에 끊겨 버렸지만, 가끔 마을로 내려오면 산과 전혀 다른 식사를 하거나 해서, 다시 산으로 돌아가기 싫어진다고 하던데, 음, 분명히 그럴 거라고 생각은 하지만, 동무는 어떤가?"

"예? 헷헤……." 남승지는 무심코 웃었지만, 갑자기 무슨 대답을 해야 할지 말문이 막혔다. 마치 뭔가 자신의 사상성을 확인하는 것 같아서, 남승지는 울컥 화가 치밀어 오르는 기분이었다. 무슨 연유로 농담치고는 이상한 질문을 하는 것일까. 조직을 대신해서 당성(黨性)을 시험하는 것 같았다. "그건, 그러니까, 비교하는 것 자체가 이상하지 않겠습니까. 이상하다는 생각이 듭니다. 전쟁터가 좋은가, 전쟁터가 아닌 곳에서 일반 시민으로 사는 게 좋은가라는 것과 마찬가지로, 산은 산, 마을은 마을이지요……." 남승지는 유원을 바라보며 말했다. "산은 우리들의 해방 지구, 제주 해방의 기지이고, 미래의 조선 혁명에 있어 제주도의 근거지입니다. 어쩌면 하루 이틀은 마을이 좋을지 몰라도 평지는 '적의 구역' 안에 있기 때문에, 일이 끝나면 얼른 그곳에서 탈출해 산으로 돌아가고 싶어집니다. 우리의 집이니까요. 그곳으로, 한라산의 품 안에 동료들이 있는 곳으로 돌아가면 그제야 안심이 돼요. 평지에 있으면 부자유스럽고 숨이 막혀 임무가 끝나면 서둘러 산으로 돌아가고 싶어집니다. 먹을 것도 그렇고, 여러 가지로 힘들고 자유롭지 못하지만, 그건 당연한 것이고 의미가 전혀 다릅니다. 전 비교하는 게 이상하다고 생각해요. 게다가 산 생활도 보람이 있고 즐거운 일도 있습니다. 이 망국의 단독정부를 수립한 민족반역자들, 미국의 앞잡이를 쓰러뜨리기 위해, 고향을 지키기 위해 총을 든 도민들과 함께 싸우고 있는 건 우리들이지 않습니까."

유원은 죽에 잠긴 숟가락의 긴 손잡이를 그릇 언저리에 걸쳐 놓은 채, 이야기를 하고 있는 남승지를 잠시 바라보았다. 남승지는 볼을 타고 흐르는 쑥스러운 긴장과 작은 영웅주의를 의식했다.

"음, 과연. 비교하는 게 확실히 이상할지도 모르지……."

"아니, 이상합니다."

"그러나 때로는 정반대의 일도 비교할 수 있으니까. 어느 것이나 전체 안에 있는 거라구. 핫, 핫하, 농담으로 한 얘긴데, 자넨 이거 지나치게 정색을 하는군."

"그렇습니까. 대체 어떻게 그런 의미 있는 듯한 얘기를 생각해 내는 겁니까. 방근 씨 상상인가요."

"말도 안 되는 소리, 그런 상상을 해 본들 무슨 재미가 있겠나. 경찰 관계자로부터 들은 얘긴데, 갑자기 생각이 난 것뿐이야."

"아아, 알고 있습니다. 하산한 자들 얘기군요. 그건 그럴 겁니다. 그들은 적에 굴복했으니까요. 그건 그렇게 되는 게 당연합니다."

"음, 듣고 보니 그렇군."

이방근은 고개를 끄덕이며 말했다.

"듣고 보니 그런 게 아닙니다."

"음, 알았어. 얘기가 무거워져 버린 것 같군. 식사라도 마저 끝내게. 소화도 안 되겠어."

"늘 걸으면서 먹으니까요."

이런, 말이 헛나간 것 같다. 느꼈을 때는 이미 늦었고, 남승지는 순간 자신의 우쭐거리듯 들뜬 기분을 인정했다.

"걸으면서 먹는다고? 동무는 오늘 한마디씩 쓸데없는 말을 하는군."

"저어, 승지 씨, 괜찮다면 식사 끝나고 나서 산에서 얘기를 좀 들려주셨으면 하는데."

"……" 이방근의 빈축을 사고 나서 할 말을 잃었을 때, 유원의 도움을 받은 꼴이 된 남승지는 고개를 가볍게 옆으로 저으며 말했다. "얘기를 한다고 해도 도저히 한마디로 할 수 있는 게 아닙니다."

"한마디가 아니라도 얘기할 수는 없을 걸. 등산 얘기가 아니라구."

이방근은 여동생을 제지했다. 그의 말대로였지만, 남승지는 병사들이 가끔 전쟁터에 대해 이야기하듯이, 유원에게도 무언가 그런 이야기가 있으면 해도 괜찮다고 생각했다. 그러나 한마디로 할 수 없다기보다, 이야기의 실마리를 찾기가 어려울 것 같았다.

"제 말이 이상했네요. 뭔가 그런 비밀스런 얘기가 아니라, 그, 게릴라들의……. 뭐라고 해야 하나." 설명이 부족하다고 느낀 유원은 웃으며 계속했다. "산부대원들의, 그 고난 속에 맞서 싸우고 있는 마음가짐이라든가, 생활의 일부라든가, 있잖아요. 전투를 하지 않을 때의 일상생활이라는 게 산에도 있잖아요. 지금 승지 씨가 늘 걸으면서 먹는다고 한 것도 정말 귀중한 얘기예요. 그리고 그중에는 여자 대원들도 많이 있잖아요……. 앗, 아버지가 돌아오신 모양이에요……."

유원이 남승지의 어깨 너머로 안뜰 쪽 장지문에 시선을 돌리면서 작은 목소리로 하는 말에 이끌려, 남승지는 등 뒤에 이태수의 그림자라도 다가온 느낌이 들어 거의 돌아보다시피 했다. 부엌이가 대문 쪽으로 걸어 나가는 기척이 났는데, 마침내 등 뒤에서 안마당을 지나가는 이태수로 짐작되는 느릿한 발걸음 소리와 함께, 손님이라도 온 게냐, 하고 묻는 목소리가 울려오지나 않을까 남승지는 긴장했다. 분명히 디딤돌에 놓인 낯선 신발을 봤을 터였다. 그러나 헛기침이 두세 번 들려왔을 뿐, 이태수의 목소리는 들려오지 않았다.

"오빠는 바로 나갈 거예요?"

"그래. 조금 이따가 약속이 있어."

"누군데요?"

"너 아직 만난 적이 없는 사람이야. 한대용이라고."

"한·대용……. 들어 본 적이 있는 거 같은데, 오빠, 불안해요. 혹시라도 남주 씨에 대해 아버지가 물어보면 어떡해요. 오빠, 외출은 아버지가 나간 다음에 해요. 게다가 혹시라도 아버지가 이쪽으로 오신다면, 오빠도 없는데 승지 씨는……."

"하하, 만일에 아버지가 안 나가시면 어쩌려고?"

이방근이 웃으며 말했다.

"그럼 오빠도 나가지 마세요."

"말도 안 되는 소리야."

"아버지는 나가실 거예요." 유원도 웃으며 대답했다. "하지만 오빠, 남주 씨 일은 경찰이 어떻게 안 거죠? 집을 나가서 돌아오지 않고 있다는 것까지도."

"모르지."

"성내 경찰에서 서귀포경찰로 연락을 한 걸까요."

남승지는 아까부터 반복해서 유원의 입에 오르내리는 남주, 남주 씨…… 운운하는 것이 사정도 모른 채, 그 이름이 신경 쓰였다.

"잘은 모르겠지만, 아들이 밤이 돼도 돌아오지 않으니까, 딸한테 얘기 했을지도 모르지. 그리고 '서북' 출신의 하사관이라고 했나, 그 사위인지 뭔지 하는 남자가 그 지방 경찰한테 연락을 했을지도……. 술을 마시고 난동을 부리다, 불쌍한 어머니와 싸우고 어딘가로 뛰쳐나갔을지도 모르는데, 그러고도 남을 녀석이야. 어쨌든 당분간은 상황을 좀 지켜보자구. 무슨 일로 경찰에 잡히기라도 하면 이쪽에 연락이 올 거야."

'서북'……? 남승지는 자기도 모르게 말이 튀어나오려는 것을 막았다.

"어디로 간 걸까요? 혹시 체포라도 당했다면……."

이야기는 거기서 중단되고 곧 식사가 끝났다.

"방근 씨, 아까 말씀하신 이사는 정말 하시는 겁니까?"

왜 이사를 하는 건지, 남승지는 신경이 쓰이면서도 그 이유를 묻는 것은 망설여졌다. 이방근이 이 방이나 옆에 있는 서재의 소파에서, 그리고 이 집에서 모습을 감춘다는 것을 상상하는 것만으로도 남승지는 가슴에 구멍이 뚫린 기분이었다. 다른 곳으로 이사한다고 해도, 어지간히 크지 않으면 소파 같은 게 들어갈 만한 넓은 방이 있을 리 만무했다. 게다가 식사나 그 밖의 일들은 어떻게 할 생각인가.

"음, 이사는 할 거야. 이상하게 들릴지 모르겠지만, 이사를 하지 않으면 안 되네. 집에서 찬성하는 사람은 한 사람도 없지만. 집뿐만이 아니야. 양준오도 크게 반대하고 있어. 음……. 앞으로 자네가 언제 성내에 올지 모르겠지만, 그땐 여기에 없을지도 몰라."

"아이고, 그런 말씀 하지 말아 주세요." 여기에 없을지도 모른다……. 아니, 이건 현실이 된다. 남승지는 그 한마디를 듣는 순간, 마음의 공허한 구멍이 단숨에 커지는 것을 느꼈다. "방근 씨가 이 집에서 없어진다니, 그것은 필요에 따라선 생각을 못 해 볼 일도 아니지만 생각하는 것이 괴롭습니다."

"멀지 않을 테니, 이사를 해도 만날 수 있을 거야."

"아직 모르잖아요. 서울로 이사해 버릴지도 모르니까요."

"서울로?"

남승지는 순간, 빈혈이라도 일으킬 것 같은 추락감을 느꼈다.

"핫하, 뭐야, 오빠의 일에 대해 아는 체를 다 하고. 오빠는 서울에 안 간다. 서울에는 안 가."

"왜……? 정말이에요?" 유원은 거의 놀라움과 의아함이 섞인 표정을 지으며 되물었다. "오빠는 '결혼'을 해야 하잖아요. 친족회의에서 그렇게 결정이 났잖아요."

"친척들이 승낙한 건 아니야."

"아버지는 결혼할 거라고 생각하고 계세요."

"서울에 가더라도 '결혼'을 하지 않는다면, 그건 알게 될 일이다. 다음 달에 당장 '결혼'할 것도 아니고. 서울이라도 때가 되면 이사할지도 몰라. 당분간은 여기에 있을 거라는 말이야."

"하지만……, 그러니까."

"그것보다 어떻게든 너를 서울로 돌려보내야 되는데."

"아버지는 어떻게든 저를 서울로 보내려 하지 않을 거예요. 그런 예감이 들어요."

"흠, 그럼 너를 여기에 묶어 두고 어떻게 하겠다는 거냐? 어느 멍청한 남자가 자기 아내를 고방 기둥에 묶어 놓고 외출하는 것처럼, 도대체가 말야, 음. 여기서 너를 결혼이라도 시키시겠다는 말이냐."

이방근은 불쾌한 얼굴로 일어나 옆방으로 가더니 소파에 큰 몸을 털썩 주저앉았다. 그리고는 담배에 불을 붙이더니 그야말로 새우처럼 등을 구부리고 천천히 피우기 시작했다. 그 주위에는 눈에 보이지 않는 막의 울타리가 쳐지며 그를 에워쌌다.

"승지 씨는 다음에 언제 성내에 오시나요?"

식후의 탁자를 둘러싸고 마주 앉은 채로 유원이 억제된 듯한 목소리로 말했다.

"……?"

언제 오게 될지는 정해지지 않았지만, 남승지는 무언가 용건이 있는 듯한 유원의 말투를 의심하며, 손에 든 밥공기의 숭늉을 마신 다음 무슨 일이 있느냐고 물었다.

"다른 게 아니라, 다시 한번 저번처럼 산 쪽에 가 보고 싶어서, 꼭 가 보고 싶어서요."

"……" 남승지는 놀라서 유원의 얼굴을 쳐다보았다. 반년 전 그때와는 상황이 다르다. 상당히 무리한 이야기였다. "방근 씨는 알고 있나요?"

맹장지문이 열려 있는 서재의 이방근에게도 대화는 들릴 터였다.

"아니요."

유원은 고개를 흔들었다.

"다음에 또 언제 오게 될지는 미정이지만, 그때는 유원 동무가 서울에 가 버린 후가 아닐까."

"아니에요, 잘은 모르겠지만 있을 거예요. 가지 않고 있을 거라고 생각해요……."

부엌이가 와서 식탁 위를 정리하기 시작했다. 두 사람은 자리에서 일어났고, 유원은 쟁반 위에 정리한 것을 일부 담아서 부엌이와 함께 방을 나갔다.

남승지는 소파 쪽으로는 가지 않고 온돌방의 뒤뜰 쪽 툇마루로 나와, 배가 불러 불편한 바지 벨트를 조금 느슨하게 하고, 바람이 전해오는 바깥 공기를 천천히 들이마셨다. 손을 뻗으면 바로 닿을 것 같은 정원수와의 사이는 한두 사람이 겨우 지나갈 정도의 통로였고, 왼쪽은 서재 옆이 유원의 방이었는데, 남승지는 무의식중에 비스듬히 맞은편의 정원수 그늘 쪽으로 쭉 뻗어나간 자신의 시선의 움직임에 움찔했다. 그는 침을 천천히 삼킨 뒤, 보는 사람이 있는 것도 아닌데 주위에 신경을 쓰면서, 동백나무 잎사귀 하나를 따서는 입에 넣고 씹었다. 비리고 쓴맛이 났다. 그는 잎사귀를 버리고 나서, 봐서는 안 될 것을 본 후 아무 일도 없었다는 듯 시침을 뗀 얼굴로 온돌방으로 돌아왔다. 어라? 옆방의 소파가 비어 있었다. 방금 전까지 그곳에서 담배를 피우고 있던 이방근의 모습이 보이지 않았다. 변소에 갔는지도 몰랐다. 유원도 부엌에 가서 아직 돌아오지 않은 모양이었다. 쓰레기통과 걸레 양동이를 손에 든 부엌이가 왔다.

"방근 씨는?"

"지금 주인마님 방으로 가셨수다. 유원 아가씨와 함께 주인마님이 부르셔서……."

주인마님 방에? 음, 무슨 일이 있다고 생각하면서 옆방으로 들어간 남승지는 반쯤 열린 미닫이문 밖의 기척에 귀를 기울이고 숨을 죽이면서, 오늘 저녁에는 성내를 출발할 거라고, 부엌이를 향해 다짐하듯 말했다. 뒷문을 열어 둘 필요가 없다는 의미가 내포돼 있었다. 예ᅳ, 부엌이는 고개를 끄덕였다.

"어젯밤에는 몇 시쯤에 닿았나요?"

"다들 주무시고 나서, 서방님이 늘 늦게까지 일어나 계셔서 한밤중인 열두 시가 넘은 시간이었수다."

시간만 이야기하면 되는데도 설명이 길었다. 남승지의 시선은 안뜰 쪽을 엿보고 있었다.

"열쇠를 풀거나 채울 때 소린 나지 않던가요?"

"들리지 않을 거우다. 문을 세게 쾅 닫으면 그야 들릴 수도 있겠지만, 서방님 방까지는 전혀 안 들리우다. 유원 아가씨에게도 들리지 않수다. 이 치맛자락으로 자물쇠를 살짝 감싸듯 쥔 다음에 열쇠를 움직이우다."

부엌이는 재떨이의 담배꽁초를 쓰레기통에 버리고 걸레로 탁자를 닦으며 말했다.

"어젯밤에 뒷문은 별일 없었나요?"

"별다른 일은 없수다. 무슨 일이 있수꽈?"

부엌이는 허리를 펴고 고개를 두세 번 크게 옆으로 흔들며 되물었다.

남승지는 아무것도 아니라고 대답하고, 지금 열쇠는 제대로 잠겨 있냐고 물으려다 그만두었다. 안주인 선옥에게 들었다는 이태수의 꿈 이야기를 자세하게 듣고 싶었지만, 그럴 만한 시간이 없는 지금, 필요한 일은 아니었다.

"방근 씨는 시간이 걸릴까요? 외출한다고 했는데."

부엌이는 두 사람이 함께 갔으니, 금방 끝날 것 같지는 않다고 대답했다. 그리고 나중에 성내에서 무슨 일이 있을 때는 이 근처까지 도망와서 뒷문으로 들어오면 안전, 실수하지 않을 테니 걱정 말라고, 남승지의 귀에 대고 전혀 다른 사람처럼 재빨리 속삭이더니 방을 나갔다.

탁자에는 꽁초를 버린 뒤 담뱃재를 깨끗하게 닦은 유리 재떨이와 반들거리지만 몇 개비 남지 않은 움푹 들어간 양담뱃갑, 그리고 성냥이 나란히 놓여 있었다.

　남승지는 안뜰을 등진 소파에 앉아, 배후가 보이지 않는 위치에 조금 불안감을 느꼈지만, 주인이 자리를 비운 사이 담배 한 개비를 집어 들고 코끝으로 향을 맡으며 불을 붙였다. ……산에 꼭 가 보고 싶어서. 잠시 소파 등받이에 상반신을 기댄 그의 후두부에 유원의 목소리가 되살아났다. 어찌 된 일일까. 반년 전과 같다고 생각하는 모양이었다. 여학생처럼 로맨틱하게 생각하고 있는 건 아닐까. 머지않아 '토벌' 개시의 전투가 시작된다고 하는데 하고 생각하면서 그는 반도 안 피운 담배를 재떨이에 끄고 소파에서 일어섰다. 그리고 마치 이방근의 흉내라도 내듯이, 소파 주위를 따라 두세 번 걸은 뒤, 안뜰에 인기척이 없는 것을 확인하고, 뒤뜰 쪽 툇마루로 나갔다. 지면에 낡은 고무신의 앞부분만 남기고 가장자리를 잘라 만든 슬리퍼가 있었다. 그는 툇마루에서 좁은 통로로 내려와 슬리퍼를 신었다. 옆에 있는 유원의 방에서 비스듬히 맞은편 주위에 정원수가 끊겨 있었고, 그 건너편 안쪽에 감춰진 담은 여기서는 보이지 않지만, 10미터 정도의 엎어지면 코 닿을 거리였다.

　남승지는 유원의 방 앞을 지나, 욕실과 변소가 있는 건물의 끝 모퉁이로 나왔다. 맞은편의 정원수가 없는 담에, 직사각형의 구멍을 막아 놓은 모양의 뒷문이 나타났다. 별로 특별할 것도 없는 낡은 널문에 지나지 않았지만, 그러나 남승지는 그 뒷문이 눈동자에 빨려 들어오기라도 할 것처럼 확실히 눈에 들어옴과 동시에, 맥박이 두근두근 흐트러지는 것을 느꼈다. 뒷문을 비밀로 하지 않고 적어도 이방근에게는 승인을 얻는 것이 조직상 공작이기도 했지만, 그것은 도저히 가능한 일이 아니었다. 별채 주위는 빨래 건조장이나 장작 따위를 쌓아둔 작은 뜰로, 부엌 뒷문과 연결돼 있었다. 남승지는 방금 지나온 정원수 옆 통로를 아무렇지도 않다는 듯이 힐끗 돌아본 뒤 누군가 있다는 것을 알면 둘러볼 수 없었을 테지만, 뒷문 쪽으로 발길을 내딛었다. 문은 잠겨 있었다. 나는 잘 잠겨 있다는 듯이 자물쇠는 의식적으로 걸려 있는 것처럼 보였다.

자물쇠는 널문과 담벼락 사이로 튀어나온 쇠고리를 빗장처럼 옆으로 조작해서 열고 닫는 간단한 쇠장식인데, 페인트칠이 벗겨져 반쯤 녹이 슬어 있었다. 어젯밤 아마도 오랜만에 사람의 손이 닿아, 문을 여닫을 때 쇠고리의 녹이 벗겨져 떨어졌는지도 몰랐다. 뒷문을 열고 청소할 때도 있을 것이었다. 재래식 변소를 퍼내기 위한 출입구도 될 것이었다. 남승지는 쇠 장식에 손을 뻗어 만져 보았다. 손가락이 움직여 어느새 쇠 빗장의 손잡이를 잡고 있었는데, 그것을 아래쪽으로 돌려 쇠 빗장을 당기자, 끼익하고 삐걱이는 소리에 깜짝 놀라 그는 그 자리에 멈춰 서고 말았다. 그리고는 천천히 뒤를 돌아보았다. 그렇게 크지도 않았는데 마치 그 소리를 들은 것처럼 부엌 쪽에서 사람 소리가 났던 것이다. 부엌이의 목소리가 아니라, 유원의 목소리인 것 같았다. 서둘러 그 자리를 떠나려고 통로로 향하던 그는, 거의 무서운 비명을 지를 정도로 소스라치게 놀랐다. 툇마루에 이방근이 우뚝 서 있었다.

아, 이거……, 무슨 말인지 입을 열고 제대로 들리지 않는 소리를 냈을 뿐, 남승지는 움직일 수가 없었다. 이방근이 화가 난 것 같지 않은데도 불구하고 그것이 거의 불길처럼 두발을 거꾸로 세운 우뚝 서 있는 인왕상처럼, 남승지의 눈에 비쳤던 것이다. 무슨 일이지, 무슨 일일까…….

"그렇게 놀랄 건 없지 않나……. 나는 지금부터 외출하네."

겨우 남승지의 발이 지면에서 떨어졌다.

6

"아, 그렇습니까, 나가십니까?"

남승지는 간신히 입을 열고 말을 꺼냈다. 거기서 뭘 하고 있었냐고 물어 오지 않은 것이 다행이었지만, 그러나 그것은 의외였다. 혹시라도 갑자기 그런 질문을 받았다면, 남승지는 너무 당황한 나머지 제대로 설명할 수 없었을 것이다. 그렇게 놀랄 건 없지 않나……라고 한 것은, 이방근 자신이 남승지의 심상치 않은 반응에 오히려 놀란 것이 틀림없었다.

남승지는 방금 전의, 인왕상처럼 분노로 머리카락을 거꾸로 세우고 우뚝 서 있는 것으로 보였던 이방근의 모습이 착각이었다는 것을 알아차리고, 격렬한 고동이 흉곽 내부에서 내팽개치듯 춤추기 시작했다.

그 자리에 얼어붙었던 남승지의 발이 속박에서 풀려나듯 움직이더니, 이방근이 서 있는 툇마루와 정원수 사이의 통로를 향해 두세 걸음 나아갔다. 남승지는 부엌의 뒷문 출입구 쪽으로 시선을 던지고, 그곳에서 유원인 것 같았던 목소리의 주인이 나올까 봐 두려웠다. 자물쇠가 걸린 녹슨 쇠 빗장 손잡이를 잡고 돌렸을 때의 삐걱거리는 소리를 알아들은 것처럼, 바로 그때 사람의 목소리가 들렸었다.

이방근이 돌아갔다. 남승지는 그에 이끌리듯 정원수의 그늘에서 좁은 통로로 들어갔다. 두꺼운 등을 보인 이방근이 서재로 모습을 감췄다.

남승지가 유원의 방 툇마루 앞을 지나, 슬리퍼를 벗고 서재 뒤쪽 툇마루로 올라섰을 때, 구두를 신고 있는 듯한 이방근의 모습이 보였다. 남승지의 기척을 알아챈 그는, 세 시까지는 돌아올 테니 천천히 쉬고 있으라는 한마디를 남기고 안뜰로 사라졌다.

방으로 들어간 남승지는 멍하니 우뚝 서 있었다. 옆에 있는 소파 등받이의 모서리에 손을 올리고 있었으나 앉고 싶은 생각은 들지 않았다. 다리가 떨렸다. 아아, 살았다……. 그는 아직 공포에서 완전히 벗어난 것은 아니었다. 어찌 된 일인가. 아버지의 방에 갔던 이방근이 빨리 돌아왔다가, 손님의 모습이 보이지 않자 방 밖으로 찾아 나섰던 것뿐이다. 그렇다고 해도 너무나 갑작스러웠다. 남승지는 다시 정원수가 있는 쪽의 툇마루로 발걸음을 옮겼지만, 이방근이 서 있던 유원의 방 앞까지는 가지 않았다. 바람이 이마에 차가웠다. 식은땀이 솟아나 목덜미까지 흥건히 흘러내렸다.

툇마루에서는 정원수 맞은편 그늘에 가려진 뒷문 근처는 보이지 않았다. 이방근이 뒷문 앞에서 자신의 행동을 보았을까. 머리가 거꾸로 선 인왕상 같지는 않았지만, 그 냉엄하고 불쾌한 표정은? 더구나 눈은 초점이 어긋나, 어딘가 먼 곳을 바라보고 있는 빛을 띠고 있었다. 나는 분명 그 자물쇠를 만졌다. 손등으로 땀을 막 닦은 이마에 다시 서늘한 땀이 배어 나오는 듯한 느낌이 퍼졌다. 분명히 자물쇠가 걸려 있는 쇠 빗장의 손잡이를 잡고 그것을 돌렸을 때, 분명히 끼익하는 듣기 거북한 금속성 소리를 내며 삐걱거렸다. 동시에 부엌에서 사람의 목소리가 났다. 손잡이를 만진 것은 실로 한순간에 지나지 않지만, 거기에 이방근의 시선이 닿았는지 어떤지. 삐걱거리는 자물쇠 소리와 이방근이 서 있던 곳까지의 거리는 어느 정도였을까. 그러나 갈 길이 바빴는지, 이방근은 잠자코 자리를 떠났다.

남승지는 힐끗 안뜰 쪽으로 시선을 던진 뒤 유원의 방 앞까지 가서, 오른쪽의 정원수가 끊긴 너머의 그늘을 엿보듯이 보았다. 아니, 너무 엿봐서는 안 된다. 똑바른 자세로 자연스럽게 시선을 보낸다. 뒷문 자체는 보이지 않지만, 그 앞에 있는 사람 그림자의 움직임까지 정원수가 가려 줄 것 같지는 않았다. 자물쇠를 만지고 있는 것까지는 목격하지 못했더라도, 뒷문 앞에 서 있는 것은 분명히 보았을 터였다. 혹시 못 보지는 않았을까. 그렇게 놀랄 건 없지 않나⋯⋯. 얼이 빠져 있는 듯한 느낌을 주는 말. 아니, 전부 알고 있는 듯한 말이었다. 그러나 이방근은 그곳을 말없이 떠났다.

남승지는 다시 한 번 확인하듯이 툇마루 가장자리의 아슬아슬한 곳에 서서, 펼쳐진 정원수 가지에 가려진 그 너머 뒷문 주위를 보려고 상반신을 앞으로 굽히듯이 내밀었다. 그때 갑자기 건물 모퉁이에서 사람 그림자가 튀어나왔고, 흘낏 하얀 스웨터를 입은 유원의 모습을 힐끗 쳐다보면서 남승지는 몸을 돌린 틈도 없이 깜짝 놀라는 바람에, 상반신이 앞으로 기울어 중심을 잃고 말았다. 그리고 앗 하는 작은 비명 소리를 내며 툇마루 가장자리에서 지면으로 떨어져 엉덩방아를 찧었던 것이다. 꼬리뼈 근처에 찌르르 전기가 통하는 것 같았는데, 떨어지면서 툇마루의 모서리에 허리를 통째로 심하게 부딪친 것 같았다. 이게 무슨 꼴인가. 돌담도 가볍게 뛰어넘는데, 툇마루에서! 유원의 얼굴이 어른거렸다. 유원은 놀란 표정에 다소 장난기 어린 웃음을 담고 우뚝 서 있었다. 무슨 여자가 이 모양인가, 젠장! 남승지는 부끄러움과 분노로 얼굴이 벌겋게 달아올라 땅바닥에서 일어서려고 했지만, 꼬리뼈의 통증 때문에 바로 일어날 수가 없었다.

유원이 달려와 남승지에게 손을 내밀었다.

"괜찮아요, 괜찮다니까."

남승지는 자신의 팔을 부축하려는 유원의 부드러운 손을 뿌리쳤지만, 바로 벌떡 일어설 수가 없어서, 허리를 부딪친 그 툇마루 모서리를 손으로 짚고 일어났다.

"괜찮아요⋯⋯?"

남승지는 웃으며 고개를 끄덕였지만, 그 웃음은 유원 앞에서 일그러져 있었다. 어처구니가 없다. 이런 곳에서, '접시 물에 코 박는다'는 말처럼 꼬리뼈를 부딪쳐 걸을 수 없게 되고, 아지트에도 돌아가지 못하게 된다면, 규율 위반으로 '처형'감이다. 도대체가. 그는 만일 유원이 소리를 내어 웃기라도 했다면, 산속의 원숭이처럼 어금니를 드러내고 달려들었을지도 모른다.

"다치지 않아서 다행이에요. 승지 씨 넘어지는 건 못 봤어요. 제 탓은 아니잖아요. 손을 씻지 그래요⋯⋯."

"됐어요."

남승지는 유원의 쌀쌀맞은 대응을 불러일으킨 자신의 매몰찬 태도를 후회하면서 바지 엉덩이의 흙을 털었다. 그리고는 툇마루의 가장자리에 엉덩이를 걸치고 한쪽 발씩 발바닥에 묻은 흙을 털고 나서, 손을 씻는 편이 좋겠다고 생각하면서 뭔가 하얀 반사의 움직임에 얼굴을 들자, 유원의 하얀 스웨터가 등을 보이며 몇 걸음 저쪽으로 걸어가고 있었다.

"유원 동무⋯⋯."

남승지는 쫓아가듯이 말을 걸고, 근처에 있던 유원의 것으로 보이는 슬리퍼를 걸치고 지면에 내려섰다.

유원이 돌아보았다. 조금 전의 인상도 그랬는데, 창백한 얼굴에 그늘이 드리워져 있었다.

"유원 동무, 무슨 일 있어요?"

"무슨 일이라뇨⋯⋯?"

멈춰 선 그녀가 고개를 조금 갸웃하면서 말했다.

"여기엔 왜 온 건가요?"

"⋯⋯꽤나 이상한 말씀을 하시네요. 의미를 모르겠어요. 여긴 우리 집이라고요."

"그런 게 아닙니다." 남승지는 머릿속에 울컥하는 감정을 느끼며 말했다.

"어째서 이 정원수가 있는 곳에 갑자기 얼굴을 내밀었는지 물었을 뿐입니다."

"그건 사람 목소리가 들렸기 때문이에요. 승지 씨는 이상해요."

"목소리? 소리가 아닌가."

"소리……. 그렇죠, 목소리나 소리나 원리는 같은 거지만……. 무슨 소린데요?"

"참, 그렇지." 남승지는 상대의 말을 가로막듯이 말했다. "목소리 쪽이었어, 생각났어요."

"승지 씨, 무슨 일 있어요?"

"아니, 아무 일도 없어요. 그렇지, 좀 전에 방근 씨하고, 방근 씨는 외출했잖아요, 방근 씨하고 잠시 얘기를 했어요. 여기서……. 그 소릴 거요, 틀림없이, 그게 들렸던 거지요. 아까는 깜짝 놀랐습니다. 유원 동무는 숨바꼭질하듯이 사람을 놀라게 하려고 그런 거 아닌가요?"

"말도 안 돼요. 왜 그런 어린애 같은 짓을……. 저는 그럴 기분이 아니에요." 유원은 간신히 입가에 가벼운 미소를 띠우며 말했다. "설마 그것 때문에 떨어진 건 아니겠죠. 그래서 놀란 거라면, 뭔가 아주 나쁜 짓을 꾸미고 있었던 거로군요."

"툇마루에 서서 밖을 내다보는 게 나쁜 짓입니까?"

"그럼, 예쁜 나비 한 마리가 놀란 듯이 이쪽 정원수 근처에서 담장 밖으로 날아갔는데, 그 나비라도 쫓고 있었던 모양이군요."

"그런 건 아닙니다." 남승지는 솔직하게 대답하고, 이끄는 대로 유원의 나비 날개와 같은 말에 응했다. "나비라고 하니 뭐랄까, 빠삐용이 생각나는군요."

"빠삐용……?"

유원이 놀랐는지 작은 목소리를 내었다.

"작년이지요. 유원 동무가 저쪽 응접실에서, 양준오와 오빠 등이 있는 곳에서, 피아노를 쳐 주었지요. 내가 정말 좋아하는 곡이었어요. 누구의 곡이냐고 물었더니, 아마도 슈만의 '빠삐용'이라고 대답했었는데, 기억하고 있나요?"

"그래요. 슈만의 곡이었어요. 제가 그때 승지 씨에게 주제넘은 소리를 해서 실례를 했었죠. 오빠한테 굉장히 혼났었는데……."

"지금 생각해 보면, 뭐랄까 꿈같은, 아주 오래 전에 그런 일이 있었던 거 같은 기분이 듭니다……."

두 사람은 어느새 정원수와 툇마루 사이의 통로에서 뒷문이 있는 쪽의 뜰로 나와 있었다. 부엌 뒷문 근처로 가 남승지는 비누칠을 하지 않고 손을 씻었다. 피아노를, 무슨 곡이라도 상관없지만 '빠삐용'을 쳐 주면 좋겠다는 기분이 없지도 않았지만, 그럴 분위기는 아니었다. 아버지 방에 불려 가 뭔가 달갑지 않은 일이라도 있었던 것일까. 남승지 자신이 지금, 그런 속세를 떠난 듯한 소리의 세계에 접하는 것이 어쩐지 두려운 생각이 들어서, 설령 유원이 쳐준다고 해도, 도저히 피아노 옆에서 귀를 기울이고 있을 기분이 나지 않았다.

남승지는 다시 뒷문 쪽 통로를 돌아 서재로 돌아왔다. 담배를 피우고 싶었다. 마침 소파의 탁자 위에, 아까 부엌이가 걸레질을 할 때 놓아두었던 몇 개비 남지 않은 양담뱃갑에서 한 대를 꺼내 입에 물고, 이방근의 자리와는 반대로 안뜰을 등진 소파에 앉아 불을 붙였다. 현기증이 날 정도로 깊게 한 모금을 들이마셨다 연기를 토해 냈다. 어지러운 머릿속과 마찬가지로, 아까부터 어딘가 먼 곳에 갔다 온 듯한,

공포스런 긴장으로 시공(時空)을 초월한 듯한 감각의, 다리에 힘이 풀리는 느낌으로 완전히 녹초가 되었다.

이방근이 외출한 것은 방금 전이었지만, 반쯤 열린 미닫이문 사이로 보이던 툇마루에서 신발을 신고 있던 그 광경이, 이곳에서 꽤나 동떨어진 느낌으로 되살아나, 남승지는 창가 책상 위 탁상시계를 자꾸만 보았다. 그는 뒷문에 관한 일은 당분간 생각하고 싶지 않았다. 그것은 담장이 아니었다. 자신의 가슴에 구멍을 뚫고 박힌 이물같이 답답하게 짓눌러 왔다. 자신만이 아니었다. 앞으로 강몽구도 성내를 출입할 때에는 만일의 경우에 대비해 이용할 가능성이 있었다. 확실하게 긴급시의 피신처로 돼 있었다.

유원은 질그릇 찻종지에 유자차를 담아 방으로 가지고 오더니, 탁자 위 각각의 위치에 내려놓고는, 오빠가 앉던 자리에 남승지와 마주 보고 앉았다.

"맛있군요……."

남승지는 양손으로 쥔 뜨거운 유자차를 한 모금 마신 뒤 입맛을 다셨다.

"벌꿀은 적당히 들어간 것 같아요?"

"……" 남승지는 잠자코 고개를 끄덕이고 나서 말했다. "맛있어요."

"맛있다니, 마치 그 말밖에 모르는 어린애같이……."

"정말로 맛있으니까. 호사를 누리는 거지요. 어제와 오늘, 지금 이렇게 유원 동무와 마주 앉아 있을 수 있는 현실이 믿기질 않아요. 이런 곳에 오랜 시간 가만히 앉아 있으면, 왠지 마음이 변할 것 같아요. 빨리 돌아가야겠어요."

"이런 곳이라, 미안해요."

"아니, 그렇지 않아요. 나한테는 너무 과분하게 좋은 곳이라는 뜻입니다."

"알고 있어요. 하지만 그렇게 오래 있었다는 느낌이 들까요. 여기 온 지 두세 시간 지났어요. 빨리 돌아가고 싶은 거군요, 마치……, 어머, 벌써 돌아가려고요?"

남승지는 무의식적으로 옆에 있던 스웨터 꾸러미에 손을 뻗어 자신의 무릎 위에 올려놓고 있었다.

"아니……." 그는 멍해져서, 유원의 시선이 닿고 있는 자기 무릎 위 스웨터 꾸러미를 소파에 내려놓았다.

"돌아가고 싶다고 한 건, 돌아가지 않으면 안 되기 때문입니다. 누구라도 이럴 땐 더 머무르고 싶을 겁니다."

거짓말이 아니었다. 내일이라도, 모레까지만이라도 머물 수만 있다면 그렇게 하고 싶다고 남승지는 생각했다.

"마치, 집이 있는 것 같아요……."

"집? 집은 있고말고요. 트, 트라는 것은……." 목소리를 낮추어 속삭이듯이 계속했다. "아지트를 말하는데, 아지트의 트…… (유원은 아, 트, 트……, 그래요……? 하고 눈을 반짝이며 고개를 끄덕였다). 그게 집입니다. 뭐, 달팽이처럼 이동하는 집이기는 하지만. 그리고 숲이 보다 큰 집이기도 하지요."

"달팽이처럼? 그렇구나……. 재미있어요, 왠지 멋있는 표현이에요."

"그런 낭만적인 게 아닙니다. 늘 인민과 함께 있으면, 인민의 집이 나의 집이지요."

"여기도 인민의 집이라고 생각하세요."

"흠, 그럴까요. 여기는 인민의 집은 아닙니다. 무엇보다 집 주인이 이태수 선생님입니다. 아버님이 인민입니까. 유원 동무의 사상은, 계급적인 입장에 서려는 사상은 평가하지만 말입니다. 유원 동무는 아까 자신은 운이 좋다고 했는데, 요즘 같은 시대에 그런 사람은 극소수입니다. 그런 말을 할 수 있는 것만으로도 축복받았다고 할 수 있지요. 많은 사람들이 굶주린 생활을 하고 있습니다. 제주도에서는 집이나 농작물이 불에 타버린 농민도 많습니다. 유원 동무는 실감할 수 없겠지만 말입니다. 제주도에서도 여기 이씨 집안과 같은 생활을 할 수 있는 건 아주 적은 수에 불과합니다. 유원 동무는 운 좋게 타고난 게 불행하다고, 마치 모순되는 듯한 말을 했지만, 그런 얘기가 굶주린 사람들 앞에서 통할까요. 인민들 앞에서는 통하지 않을 겁니다."

"저는 집을 잃었다거나, 굶주리고 있는 사람들 앞에서 그런 얘기를 한 게 아니에요."

꼼짝 않고 묵묵히 이야기를 듣고 있던 유원이 말했다.

"아, 그건 알고 있고말고요. 그런 얘기를 굶주린 농민들 앞에서 한다면 머리가 이상한 사람 취급을 받거나, 맞아 죽을 겁니다. 일반적인 얘기를 했을 뿐인데, 난 이해를 할 수 있을 뿐만 아니라, 높이 평가하고 있습니다……."

"뭔가요, 그 '평가'라는 건? 저는 '평가'받기 위해 그런 말을 한 게 아니에요. 맞아 죽는 것보다는 낫겠지만……."

유원이 외면하듯이 시선을 비스듬히 던졌다.

"……" 남승지는 깜짝 놀라 유원을 쳐다보았다. "뭔가, 모가 난 말투 같군요. 평가한다고 한 거, 운을 좋게 타고났으면서도 아직 그것이 부족하다고 생각하는 놈들이 널려 있다는 말입니다. 운을 좋게 타고나서 불행하다고 생각하는 건 유원 동무 정도일 겁니다. 그러나 말이죠, 너무 불행해서 자기 자신을 망칠 정도라는 건 무슨 뜻인가요? 그렇게 말했지 않습니까. 부끄러울 정도라든가……. 그건 여자이고, 음악을 공부하는 학생으로서 섬세한 건 좋지만, 그건 자학적인 것 같군요."

"서울에서 유치장에 들어갔던 얘기를 하다가 무심코 말이 나왔는데요, 그건 저의 내면의 일로서, 음악이라든가 여자와는 관계가 없어요. 방근 오빠도 아무 말은 안하지만 그런 생각을 하는 사람이구요. 그런 사치스런 생각은 '치열한 계급투쟁의 한가운데'에선 반동이 되는 것이죠. 타고난 행복을 내던지고, 타고나지 못한 불행한 자의 입장에 선다는 것. 그러면 모든 게 해결된다……. 그렇게 하면 머리가 이상하다는 취급을 받거나, 맞아 죽을 일도 없겠죠. 그래요, 전 그저 '평가'라는 단어의 어감이 싫어요."

"……어감?"

남승지는 대답이 궁해졌다.

"표현 말이에요. 승지 씨 정말 괜찮은 거예요?" 유원은 화제를 바꿨다. "뒤쪽 툇마루에서 부딪친 곳, 심하게 부딪쳤다면 무슨 약이라도 바르는 게 좋지 않을까요. 승지 씨의 손은, 그거 생채기 아닌가요?"

"아아, 상처 자국입니다. 여러 가지로, 산이나 깊은 덤불 속을 걸어다니다 보면 가지나 잎에 걸리기도 해서. 유원 동무의 그 손과는 전혀 다릅니다. 예쁜 손이군요. 일하지 않는 사람의 손입니다."

"그렇고말고요. 부딪친 곳에 약이라도 바르세요. 집에 약이 있을 거예요. 먼 길을 걸어가야 되잖아요."

"벼랑에서 떨어진 것도 아니고, 괜찮습니다. 고마워요." 남승지는 반사적으로 고개를 세게 흔들며 부정했다. 툇마루에서 떨어지다니, 게다가 약까지 바르다니, 당치도 않다. "그보다 그쪽 유원 동무야말로 괜찮은 가요? 절식을 하기도 하고, 여러 가지 일이 있는 모양인데."

"……좋게 타고난 운명을 불행하다는 등 사치스런 얘기를 했지만, 정말이지 전 서울에서 있었던 일을 진지하게 생각했어요. 혜택받은 운명은 자유가 없어요, 그렇게 단순한 문제는 아닐 테지만. 아버지는 이 집만큼 너희들만큼 자유롭고 제멋대로 행동하는 집은 어디에도 없다고 말씀하셨지만……. 그건 그렇다고 해도." 유원은 가볍게 한숨을 내쉬고 마음을 가다듬듯이 말했다. "저, 아까 말이죠, 사실은 승지 씨가 발을 헛디뎌 툇마루에서 떨어지는 걸 봤어요. 미안해요. 하지만, 우스워서……. 그런 곳에서, 산부대가……."

"쉬-잇……."

남승지가 오른손 손가락을 세우며 제지했다.

"괜찮아요." 유원은 고개를 끄덕였다. "하지만 우습잖아요. 원숭이도 나무에서 떨어진다지만."

"그럼, 역시 뭔가. 난 나비 탓이 아닙니다. 유원 동무 때문에 놀라서 발을 헛디뎠으니까요."

남승지는 차를 마셨다. 그리고 재떨이에서 얼마 피우지 않은 담배꽁초를 들고 불을 붙여 한 모금 빨았지만, 갑자기 말문이 막혔다. 너무나 어이없게 발을 헛디뎠지만, 그게 어쨌다는 건가. 지금 두 사람은 무슨 이야기를 하고 있는 것인가. 뭔가 중요한 일을 이야기하고 있는 것 같으면서도 두서없는 말을, 시간 속에서 자꾸만 작은 파편으로 부서져 흩어지는 듯한 이야기를 하고 있었던 느낌이었다.

유원이 차를 마셨다.

남승지가 유원의 얼굴을 보았다. 왜 보았는지 모르는 사이에 보고 있었다. 아, 지금 그녀를 바라보고 있다. 그걸 찻잔을 손에 든 그녀가 보고 있다고 의식하자, 아름다운 것이 촉발되는 깜짝 놀랄 듯한 감정의 울림을 가슴으로 들으며, 그 얼굴에서 시선을 돌렸다.

갑자기 어디선가 침묵이 흘러내린 것처럼 두 사람을 감쌌다. 마치 투명한 막이 쑥 쳐지듯이, 그것이 신호인 것처럼. 유자차를 마시는 작은 소리, 말이 끊긴 채 담배 한 대를 피울 때마다 침묵이 깊어갔다.

바람에 살랑거리는 뒤뜰 정원수의 나뭇잎 스치는 소리가 침묵을 투명하게 만들었다. 남승지는 시선을 어디에 두어야 할지 몰랐다. 하얀 스웨터의 반사로 강조되는 봉긋한 가슴에 압박감을 느꼈고, 지금 몸을 움직여 소파의 팔걸이에 팔을 막 올려놓은, 바지를 입은 허벅지 위에 가지런히 올려놓은 하얀 물고기같이 요염한 손가락에 마음이 욱신거렸다. 침을 삼키는 것도 괴롭게, 마치 적에게 접근하는 것과 마찬가지로, 가만히 숨을 죽이고 있는 가운데 심장의 고동 소리를 들었다. 언젠가 그 손에, 허벅지 위에 올려놓은 유원의 손 위에 손을 포갠 적이 있었다. 그 손이 미끄러져 떨어지는 순간 스커트로 감싼 허벅지에 닿은 적도. 4·3봉기 직전의 어느 날, 마지막 버스가 출발하기를 기다리면서 두 사람이 나란히 관덕정 주춧돌에 앉아 있던 황혼의 어둑어둑한 시간이었다. 그때의 정경이 멀리서 치는 번개처럼 소리도 없이 머리를 스치고 지나갔다.

두 사람을 감싼 침묵에 감미롭고 조용하게 젖어드는 게 아니라, 오히려 침묵이 새기는 시간의 소리에 마음이 초조했다. 남승지는 담배를 손가락에 끼운 채 잠깐이지만 눈을 감았다. 유원은 침묵이 서로를 압박하는 고통이 아니라, 즐거움에 젖어 있는 것일까. 혹은 아무렇지도 않은 것일까. 그러기를 바랐다. 두 사람 모두 침묵을 의식하고 있는 것은 견디기 힘들었다. 투명한 막이 점차 딱딱한 공기층이 되어 서서히 피부를 덮어왔다. 남승지는 짧아진 담배를 입술에 갖다 대면서 천천히 눈을 뜨고 그녀를 힐끗 쳐다보았다. 아, 찻잔을 테이블 위에 내려놓은 그녀도 눈을 감고 있었다. 순간 무언가 아름다움을 훔쳐본 것처럼 가슴이 두근거리는 소리를 들었지만, 시선이 마주치지 않은 것에 안도했다. 뜨거운 시선을 돌리면서, 본의 아니게 봉긋한 가슴 위로 시선이 스치는 걸 의식했다. 불필요한 것이, 지금 여기서는 눈에 띄지 않아도 좋을 것이, 침묵 속에서 그 존재를 강조하고, 침묵 그 자체를 단단히 속박했다.

야외가 아닌, 소파에 앉아 있긴 했지만, 단둘이서 이렇게 마주 앉을 수 있을 거라고는 생각지도 못했다. 그러나 남승지는 이방근이 함께 있었다면, 이 숨 막히는 공기의 포위망으로부터 해방될 수 있었을 거라고 생각했다. 해방된 침묵, 무언의 자유 속에서, 둘이 함께 젖어들 수 있다면……

유원이 감았던 눈을 뜨더니, 스윽 일어났다. 그리고 아무 말도 하지 않고 소파를 떠나 두세 걸음 움직였는데, 아, 새어머니, 하고 중얼거리더니 다시 원래의 자리에 앉았다. 툇마루에서 느린 발걸음 소리가 들리더니, 가까운 곳에서 방문을 알리는 표시로 낮은 기침 소리가 나고, 남승지의 등 뒤쪽 미닫이문 밖에 사람이 나타난 기척이 느껴졌다.

남승지가 일어나, 손님이 계셨네…… 하고 말을 건네며 들어오는 안주인 선옥에게 머리를 숙여 인사를 했다.

"어서, 앉으세요……."

치마저고리 차림을 한, 이전과는 달리 조금 둥그스름해진 체형의, 원래 갸름한 얼굴의 그녀는 어딘지 모르게 동작이 무거워진 느낌이 들었지만, 양준오가 말하던 이태수를 뛸 듯이 기쁘게 만든 그 임신 탓인지도 몰랐다.

"어쩐 일이세요. 이쪽에는……?"

유원이 일어나서 말했다.

"어머, 이쪽……이라니, 그런 말이 어디 있어." 선옥이 온화하게 웃으며 말했다.

"같은 집 안이잖아."

"하지만, 갑작스럽게 오셔서. 무슨 용무라도……?"

"아니, 달리 없어. 방근이도 나갔잖아. 손님이 와 계신데, 계속 대접이 없었던 것 같고. 유원이 지금 상대를 하고 있으니 다행이야. 차만 마신 건가, 뭔가 좀 내와야지⋯⋯. 지금도 중학교 선생님을 하고 계시나요?"

선옥은 탁자 옆에 우뚝 서서 조금 매서운 눈으로, 지금 막 유원과 교대하듯이 자리에 앉은 남승지를 바라보고, 그의 작업복 차림을 힐끗 살폈다. 그리고 소파의 팔걸이 옆에 밀어 둔 스웨터 보자기로 간 시선이 문득 멈추더니, 한순간 의심스럽다는 듯이 망설이다가 시선을 돌렸다.

"예⋯⋯."

남승지는 가슴이 철렁 내려앉는 것을 느끼며 대답했다. 그는 이중으로 놀라고 있었는데, 보자기에 멈췄을 때의 선옥의 시선이 신경 쓰였다. 중학교 교사 운운⋯⋯은, 전에 성내에 왔을 때 양준오의 하숙집에서 우연히 그곳에 들른 이방근의 부친에게 시골에서 교사를 계속하고 있다고 말했었는데, 그것을 부인인 선옥도 알고 있었다는 말이 된다. 알고 있다기보다도, 선옥이 굳이 그것을 대화 속에서 넌지시 확인하듯이 말하는 것은, 일부러 의식하고 한 일임에 틀림없었다. 남승지는 직감적으로 그런 느낌을 받았다. 아마도 조직의 관계자인지 아닌지를 의심하고 있는 것이었다. 남승지는 갑자기, 지금도 자신의 몸에서 악취가 나는 것은 아닌가 걱정이 되었다. 이 방의 공기와 상당히 친숙해져 있었지만, 지금 처음으로 방에 들어온 그녀의 코에는 냄새가 나지 않을까. 비록 그것이 산에서 생활하고 있다는 증명이 되는 것은 아니었지만, 선옥이 빨리 이 방에서 나가 줬으면 했다. 냄새만이 아니라, 작은 상처가 눈에 띄는 손등을 아무렇지도 않은 척 숨기고 있었다.

"그러시군요. 고생이 많으시네요." 선옥은 한 번 더 보자기를 힐끗 처다보았지만, 그 이상은 화제로 삼지 않고 유원을 보며 말했다. "유원이의 몸 상태는 좀 어때?"

남승지는 선옥의 작은 코의 움직임을 보았다.

"걱정하실 필요 없어요."

유원은 소파에 앉으며, 우뚝 서 있는 계모에게 말했다.

"걱정하게 만드니까 그렇지. 유원이 아까 얼굴만 내보였을 뿐이고, 아버지는 남매에게 아무런 말씀도 안 하셨지만, 안심하고 나가셨어."

"손님이 계시잖아요."

유원은 남승지 앞에서 격식을 차리듯이 말했다.

"해서 안 될 얘기도 아니잖아. 아무 말도 하지 않았고. 게다가 친구니까 서로 통하고 있을 테고……. 방근이는 어디를 간 거지?"

"모르겠어요."

"언제 돌아오려나?"

"곧 돌아온다고 했어요."

선옥은 유원이 자신의 옆에 비어 있는 소파 자리를 권하지도 않았지만, 그 모습으로 볼 때 스스로 앉을 생각도 없는 것 같았다. 선옥이 방을 천천히 둘러본 뒤, 다시 한 번 보자기 꾸러미에 눈길을 보내고 나서 방을 나갔다.

"미안해요. 새어머니는 잠시 동정을 살피러 온 거예요."

유원이 선옥의 발소리가 멀어지고 나서 말했다.

"나도 그렇게 생각했어요. 말할 때 주의해야겠군요."

"그건 괜찮아요. 미닫이문을 열어 두고 있으니까, 여기서도 안뜰 너머로 안채의 거동을 알 수 있어요. 아마 미닫이문 바로 옆에까지 와서 엿듣거나 하지는 않을 거예요."

남승지는 그건 모를 일이지……라며 속으로 중얼거리고 보따리를 들어 무릎위에 올려놓더니, 아, 그렇지. 지금 돌아가려고 하는 건 아닙니다, 라고 말하고 다시 스웨터 보자기를 내려다보았다. 보자기는 무늬가 없이 옅은 보라색이 들어간 비단 천이었다.

"이 보자기는 서울에서 싸 온 건 아니겠지요?"

"네, 그래요. 왜요?"

"아까 유원 동무의 새어머님이 보자기를 자꾸만 쳐다보시는 것 같았는데, 이건 이 집의 보자기인 모양입니다. 서울에서 가지고 온 스웨터 꾸러미를 방근 씨가 보자기로 다시 쌌나 봅니다. 새어머니는 뭔가 이상하게 느낀 게 아닐까요. 새어머니의 눈이 머물러 있었어요."

"집의 물건이라고 해도, 모든 게 새어머니의 소유라고는 할 수 없어요. 방근 오빠의 물건도 있으니까. 오빠가 일부러 새어머니한테 가서 보자기를 달라고 하지는 않았을 테고……."

"하지만 뭔가, 이상한 기분이 드는군요. 새어머니는 이 보자기에 신경을 쓰고 있는 듯해 보였어요. 방근 씨 물건이라고는 해도 보자기니까요."

실제로 그랬다. 며칠인가 전에, 그것은 아마도 예의 폭풍우가 몰아치던 날이었던 것 같고, 그 날 이방근이(이방근에게 있어 그 폭풍우가 몰아치던 날은 중요하다……고 양준오가 이야기 도중에 말했던 날이다) 보따리를 들고 양준오의 하숙집에 갔었는데, 혹시 그때 외출하는 이방근이 든 보자기 꾸러미를 선옥이 보았다면, 이상하게도 그로부터 며칠이 지난 지금 이 집에 손님으로 와 있는, 시골에서 교사를 하고 있다는 청년의 바로 옆에 똑같은 것이 놓여 있다는 말이 된다. 혹시 선옥에게 기억이 남아 있어 그것이 소파 위의 물건과 연결된다면, 확실히 이상한 일이 될 것이었다.

"유원 동무는 이 보자기를 본 적이 있습니까? 방근 씨 것이라면 알 것 같은데."

"그런 걸 어떻게…… 여기서 같이 생활하는 것도 아니고." 유원은 가볍게 고개를 옆으로 저었다. "아직 그거 새 거잖아요. 그럼 가게에서 산 건지도 몰라요. 괜찮아요. 그건 어느 집에나 있을 법한 그런 보자기예요. 승지 씨는 신경이 예민하시네요."

유원은 상당히 무관심해 보였다. 신경이 예민한 것이 아니다. 경계심이었다. 선옥은 역시, 본 적이 있을지도 모르는 보자기 꾸러미 전체도 그렇지만, 보자기 자체에 시선을 고정하고 있었던 것 같다는 느낌이 들었다.

"이 안에 스웨터가 들어 있다는 걸 알고 있다면 큰일 아닌가요?"

"어째서요?" 유원은 순간 생각에 잠긴 듯한 표정으로 말했다. "설령 그걸 알았다고 해도, 승지 씨에게, 친구에게 보낸 것이고, 특별히 '트'에 있는 사람한테 준 것도 아니잖아요. 아버지나 새어머니한테 얘기를 한 것도 아니고."

"알고 있다면 그렇다는 겁니다. 물론 상대는 교사를 하고 있는 아무개가 되겠지만, 그래도 남자 친구에게 스웨터를 보낸다는 건…… 또한 부모가 만일 결혼을 생각하고 있는 경우, 이상하게 보이지 않을까 생각되는데, 음, 틀림없이. 그럴 것 같은데요."

남승지는 틀림없이……라고 단정하는 어투로 말하면서 스스로도 이유를 모르겠는지, 씩 웃고 있었다. 그는 아까부터 왜 유원 동무는 손뜨개질한 스웨터를 보냈는지 물어보고 싶다는 생각에 사로잡혀 있으면서도 그 기회를 놓치고 있었는데, 역시 그것은 묻지 않는 게 좋았다. 어리석은 일일지도 몰랐고, 그 사실만을 마음에 품고 있는 것이 가슴 설레는 기분이 드는 것이다.

"승지 씨는……" 유원이 남승지의 묘한 웃음에 촉발된 것인지, 갑자기 농담 섞인 진지한 표정으로 말했다.

"만일 제가 결혼한다면, 어떻게 생각해요?"

"결혼? 으-음, 결혼……. 누구하고? 정말인 거죠."

남승지는 당돌한 유원의 말에, 몸을 뒤로 젖히면서 말했다. 정말이라면, 무심코 결혼 운운……한 것이, 그야말로 벼락이 바로 눈앞에 적중해서 떨어진 격이었다.

"……"

"음, 그건 당연하지만, 갑자기 그런 말을 하니까."

"좀 전에 아버지한테 불려 갔을 때, 그렇게 '선고' 받았어요. 여기에 있는 동안 결혼을 생각해 두라고요."

"으-음, 그랬군요."

결코 예상하지 못했던 것은 아니었지만, 너무 당돌한 이야기인 만큼 남승지는 약간 충격을 받고 정신이 멍했다. 음, 그랬었구나.

"오래 전부터 있었던 혼담이다. 하지만 이번에는 막무가내로 아버지의 마지막 분부라는 거예요. 당장 결혼을 하라는 건 아니에요. 우선 약혼부터 하라는 거죠……. 승지 씨는 당연하다고 했는데, 정말 그렇게 생각해요?"

"그렇게 생각하다니……. 그럼, 내가 무슨 말을 해야 됩니까. 그렇잖아요. 그렇지 않나 생각은 하지만. 상대는 누군데요?" 놀라움과 당혹감은 금세 사라지고, 심장의 고동은 계속해서 요동치고 있었지만, 남승지는 갑자기 냉정해진 자신을 의식하면서 유원의 대답을 기다리지 않고 계속했다.

"그, 최 뭔가 하는, 은행에 근무한다는 사람 말인가요?"

언젠가 꽤 오래전인 4·3봉기 이전의 일이지만, 마침 이 방의 이 소파에 이방근과 세 사람이 앉아 있을 때, 유원이 최 아무개의 프러포즈 편지를 보여 주면서 조롱하던 일을 남승지는 떠올렸다.

"맞아요." 유원은 고개를 끄덕였다. "지금 성내의 집에 돌아와 있는 모양이에요. 여긴 오빠가 무서워서 못 온대요. 한참 전에 찾아와서 이 소파에 앉아 오빠와 함께 이야기를 나눈 적이 있는데, 그때 오빠를 굉장히 화나게 해서 쫓겨난 뒤로 출입을 못 하고 있어요. 그래서 밖에서 아버지에게 사람을 보내고 있는 거예요……."

"음, 그건 중매인이군요."

남승지는 필요 이상으로 고개를 움직여 끄덕였다. 그는 담배를 물고 불을 붙였다. 참으로 잔인한 말을 하는 여자다. 이방근의 예언, 아니 점심식사 때 이야기한 것이 아무래도 맞아떨어진 셈이다. 아버지는 너를 여기에 묶어 두고 어떻게 하시겠다는 거냐. 어떤 멍청한 남자가 자기 아내를 고방의 기둥에 묶어 두고 외출하듯이, 너를 여기서 결혼시키겠다는 것이냐……. 왜, 스웨터 같은 걸 나에게 주었는가. 일본에 유학을 가기 위해서가 아니라, 마치 결혼을 하기 위한 뭔가의 이별의 징표가 아닌가. 은행에 근무하는 남자와의 평범한 결혼, 아니 행복의 길……. 정말로, 만일 그런 남자와 결혼을 한다고 하면, 당장이라도 자리에서 일어나 이 집을 나가고 싶다고 생각했다. 모처럼 보내 준 손뜨개질한 스웨터를 여기에 남겨 둔 채. 기분이 맥없이 꺾여 버린 느낌이었다.

"그래서, 아버지와 약속을 했나요……?"

남승지는 목소리가 위축되어 떨리고, 담배를 끼운 손가락에 움찔하며 작은 경련이 일었다.

"약속이라든가 그런 건 아니에요."

"문답무용(問答無用), 반대할 수 없다는 말이로군. 이해해요. 자주 있는 일이지요. 아니, 모두가 다 그래요. 우리 조선의 가정에서는 부모가 하라는 대로 선을 보고, 설령 싫어도 부모를 위해, 가문을 위해 결혼을 하니까……. 그게 부모, 조상에 대한 효도지요. 그렇다니까요. 그것이 결과적으로는 모두가 행복해지는 길이고요. 만사가 무사 안녕……. 유원 동무가 자주 자신은 불효자식이라 했지만, 이제는 효도를 할 수 있겠군요."

남승지는 이야기를 하다가, 그렇다면 하고 고쳐 생각했다. 그랬구나, 아까 이 집의 안주인이 동정을 살피러 온 것은, 조직 관계의 낌새를 살피려는 것만이 아니라, 아버지 방에서 방금 나온 유원의 혼담과 관계가 있었던 게 아닐까. 남승지는 물론 결혼을 할 생각도, 그리고 결혼을 생각할 수 있는 입장도 아니었다. 다만, 일본의 오사카에 있는 어머니나 여동생의 얼굴이 머릿속에 떠올랐다가 사라지면서 가슴에 한 줄기 바람이 스쳐 지나가는 걸 느꼈다. 초봄에 강몽구와 일본에 동행했다가 다시 제주도로 돌아올 때, 일본에서 결혼시키려는 어머니와 친척들의 반대를 뿌리쳤는데, 그때의 조건이, 반드시 제주도에서 결혼하겠다는 약속이었다. 종가의 종손이면서 대를 이를 자식이 없는 사촌 형 남승일을 대신해, 자신도 외동아들인 그가 빨리 결혼을 해서 사내아이를 낳아야 하는 '중대한 의무'가 있었던 것이다. 그 상대가 유원이었다는 것은 아니다. 어쨌든 일단 그 자리를 모면하기 위한 약속이었지만, 실제로 제주도의 동란 상태 속에서 그런 약속을 생각할 겨를은 없었다.

"마치 빈정거리는 것 같아요." 유원이 창백한 얼굴의 넓은 이마에 흘러내린 앞머리를 하얀 손가락을 넣어 빗질하듯이 쓸어 넘기면서, 오만한 웃음을 엷게 띠우고 말했다. "저를 경멸하듯 보고 있군요. 그 눈에 뚜렷이 나타나 있어요. 승지 씨 목소리도 그렇고요. 꽤 노골적이시네요. 내가 무슨 결혼하겠다는 말을 한 것도 아니잖아요. 우연히 결혼 이야기가 나와서, 그래서 만약 결혼을 한다면……이라는 이야기를 한 것뿐이에요."

"경멸하다니 그렇지 않아요. 뭐가 노골적이라는 건가요. 그러니까, 얘기가 나온 김에 난 유원 동무가 결혼하는 게 당연하다고 말을 한 겁니다."

남승지는 기가 눌리는 기분이 들었다. 어쨌든, 언젠가 그것도 '적령기'를 지나고 있으니까 빨리 결혼을 해야 되겠지만, 본인이 행복하다면 그걸 축복할 뿐이다.

"알고 있어요. 그런 속물하고 결혼을 하다니, 너도 참…… 하는 눈초리에요." 유원은 다리를 꼰 뒤, 소파의 팔걸이에 손을 올리고 입가에 미소를 띤 채 말했다. "그 사람 이름은 최용학인데, 용학 씨가 광주에서 출장으로 서울에 올라왔다고 하면서, 어떻게 집을 알았는지 찾아온 적이 있었어요. 장미꽃다발을 들고……. 그때, 현관 앞에서 돌려보냈어요. 마침 오빠가 서울에 와 계실 때라서, 오빠가 크게 화를 내며 쫓아 보냈죠. 불쌍하기는 했지만. 오빠는 정말이지 화를 잘 내는 사람이에요."

"으―음." 남승지는 마음속에서도 계속해서 으―음 하는 신음을 했다. 동시에 잠시 파도가 일며 흔들리던 마음이 묘하게 안정되는 걸 느끼면서 그는 자신의 단순함에 얼굴이 빨개질 것 같았다. 적어도 유원 자신은 결혼할 의사가 없는 건지도……. "꽤 집요하군요. 아버지 방에는 방근 씨도 함께 있었잖아요. 그때 방근 씨는 아무 말도 없었나요?"

"네, 아무 말도 안 했어요. 다른 얘기도 있긴 했지만, 그 일에 대해선 아무 말도 하지 않았어요. 나도 가만히 있었지만."

"어쨌든 상대를 만나기는 해야겠군요."

"왜 그렇죠?" 유원은 밝은 목소리에 웃음을 띠고 말했다. "농담이 진담이 된다고 하지만, 싫어요, 이런 얘기는……. 거기 있는 건, 누구에요!"

돌연 유원은 꼬고 있던 다리를 풀고 엉거주춤하게 일어나면서 말했다. 목소리가 똑바로 투명하게 울려 퍼졌다. 남승지는 자신도 모르게 뒤쪽에 있는 미닫이문을 돌아보았다.

"예—……. 부엌이우다."

남승지는 그 목소리에 깜짝 놀랐다. 부엌이가 열린 미닫이문 뒤쪽에서 얼굴을 내밀고, 손에 음식을 담은 쟁반을 들고 방에 들어왔다.

"뭘 하고 있었어?"

"찐빵을 가지고 왔수다."

"거기서 뭘 하고 있었냐고 묻고 있잖아. 엿듣고 있었지. 얘기해봐……."

유원은 의연한 태도로 물었다. 점심식사 때 죽은 싫다고 거절하다가 부엌에게 떠밀리듯 먹던 얌전하고 귀여운 모습과는 정반대로, 마치 나이 어린 여종을 다그치듯 했다.

"아무것도 못 들었수다. 저쪽에서 잠시 서 있었을 뿐이우다." 부엌이는 몸집도 컸지만, 별로 주눅 들지도 않고 당당한 모습이었다. "그래서, 아가씨가 서울에 계실 때의 학교 얘기와 승지님이 일본에 있는 가족 얘기를 하시는 걸 조금 들었을 뿐이우다. 그것도 잘 들리지 않았지만……." 부엌이는 쟁반을 양손에 든 채 남승지에게 의미심장한 눈길을 보냈지만, 분명히 이 자리에 어울릴 법한 이야기로 얼버무리려는 말투를 하고 있었다. "자, 빵이라도 듭서."

부엌이는 쟁반의 하얀 조선 빵을 몇 갠가 담은 접시를 탁자 위에 놓았다.

"이 빵은 어떻게 된 거야?"

"마님이 가져가라고 하셨수다."

"그래……?"

부엌이는 허리를 굽혀, 소파에 앉아 있는 유원의 귓가에 입을 가져다 대고 보란 듯이, 이야기를 조심하라고 속삭이고 방을 나갔다. 남승지에게도 들렸으니 누가 봐도 연극이었다.

"부엌이가 얘기를 조심하라고 하네요……."

유원이 목소리를 낮추며 말했다.

부엌이는 선옥으로부터 두 사람의 대화를 엿듣고 오라는 분부를 받은 것이 틀림없었다. 그녀가 그렇다고 밝히지는 않았지만, 이야기에 조심하라고 한 것은, 그 일을 의미하고 있었다. 남승지는 아까부터 느끼고 있던 불안이 확실히 하나의 형태를 띠며 나타났다고 생각했다.

잠시 서로 간에 말이 없었다.

"아아, 방근 씨 아직 돌아오지 않네요. 세 시까지 돌아오신다고 했는데." 남승지는 등 뒤쪽 안뜰의 막막한 분위기를 의식하면서 말했다. 그리고 목소리를 낮추었다.

"분명히 이 스웨터 꾸러미와 보자기 자체가 이상하다고 생각할 겁니다. 어떻게 하면 좋을까요?"

"어떻게 하긴요. 그건 그거잖아요. 내버려 둬도 괜찮아요."

"부엌씨한테 좀 물어볼 걸 그랬군요."

"무얼요?"

"이게 방근 씨 것인지, 어떤지?"

남승지는 옆에 놓인 스웨터 꾸러미를 쳐다보면서 말했다.

"그건 오빠한테 물어볼 수 있잖아요. 어서 빵이라도 드세요."

"먹고 싶은 생각이 들질 않아요."

"그래요? 어째서……." 유원은 조금 장난스럽게 웃었다. "배가 부른 건가요? 그렇지 않으면 드셔 보세요. 맛있어요."

유원은 찐빵 한 개를 손에 들고 반을 나누더니, 팥소가 보이는 쪽을
남승지에게 건네고, 자신도 남은 쪽을 손가락으로 한 조각 떼어 입에
넣었다.

빵은 김이 나지는 않았지만 따뜻했다. 남승지는 안주인이 가져가라
고 했다는, 독약은 아니더라도 무슨 독이 들어 있을 것 같은 묘한 느
낌의 빵을 먹으며, 지나친 생각일지는 모르지만, 난처하게 됐다는 생
각을 했다. 선옥과 마주친 것은 이제 와서 어쩔 수도 없는 일이고,
유원의 말대로 그건 상관없다고 할 수 밖에 없지만, 어쨌든 이방근에
게 넌지시 물어봐야겠다고 생각했다. 한 장의 보자기……. 경계가 필
요했다. 빨리 성내를 빠져나가야 한다. 남승지는 몸이 떨려왔다. 임무
가 끝나면 곧바로 돌아갔어야 했다. 여기에 들르지 않고, 양준오의
하숙집에서 오전 중에 곧장 출발했더라면, 이런 문제는 발생하지 않
았을 것이다.

"유원 동무는 당분간 서울에는 못 가게 되는 거죠?"

남승지는 유원이 나눠 준 조선 빵을 먹으며 말했다.

"네, 그렇죠."

"방근 씨가 식사 때 말한 대로, 유원 동무를 이쪽에서 결혼이라도
시키시려는 거 아니냐고 말했었는데, 그대로 되었군요. ……난 원칙
적으로(아아, 원칙적이라니 무슨 말인가, 남승지는 스스로가 생각해도 이 거짓이
섞인 표현이 마음에 들지 않았다), 유원 동무의 결혼을 반대하는 건 아니
고, 그래서 아까는 당연하다고 말했었지만, 당사자를 직접 알고 있는
건 아니라고 해도, 조금은 사정을 알고 있는 만큼, 솔직히 말해서 어
딘가 석연치 않군요."

"네, 반대라는 거잖아요. 알아요. 하지만, 이 얘기는 그만해요. 원래
하려던 얘긴 아니었으니까. 이런, 부엌이도 참, 차도 주지 않고 빵만

가지고 오다니, 왜 이리 눈치가 없을까요."

유원은 조금 짜증 섞인 어투로 말하고 자리에서 일어났다.

"반대라는 건 아닙니다. 차는 됐어요."

"전 마시고 싶어요."

그녀는 부엌이를 부르지 않고, 자신이 직접 찻잔 두 개를 쟁반에 받쳐 들고 방을 나갔다.

유원의 결혼, 남승지는 마음이 편하지 않았다. 그녀의 의사와 관계없이, 부모나 집안의 입장을 생각해서 약혼—결혼을 단행하는 것은 흔히 있는 일로서, 만일 유원의 그것이 현실이 된다면, 축복을 하면서 '원칙적'으로 찬성하지만, 역시 견디기 힘든 일이었다. 게다가 상대가 꽤 집요한 것 같은데, 한결같이 그녀 앞에서 넙죽 엎드려 장미꽃 다발을 바치거나 하는 '정열'을 쏟아 부으면, 소설이나 영화의 이야기는 아니지만, 언젠가는 마음이 움직일 수도 있는 법이다. ……어떻게 집을 알아냈을까요. 놈은 일부러 서울 집까지 꽃다발을 들고 찾아가기도 했던 것이다. 게다가 그 부친이라는 사람이 제일은행의 책임자로 이태수에 뒤지지 않는 라이벌 격의 섬의 유력자였다. 그녀 자신은 물론이거니와, 이태수의 의향이……. 아니, 이방근 남매를 앞에 두고 이태수는 그야말로 '선고'를 한 셈이었다.

흐―음, 남승지는 크게 숨을 내쉬었다. 유원이 자리를 뜬 뒤의 소파는 당연한 일이지만, 텅 빈 느낌이 들면서, 그저 그곳에 가로놓여 있었다. 남승지는 자리에서 일어나 서너 걸음 소파와 테이블 사이로 나온 뒤, 유원이 앉아 있던 자리에, 숨을 죽이고 맥이라도 짚듯이 살며시 손바닥을 대어 보았다. 그곳은 한가운데에서 오른쪽 팔걸이에 가까운, 이방근이 늘 앉아 있던 자리답게 다소 탄력을 잃고 있었고, 소파 거죽도 반질반질 벗겨져 파인 곳에, 온기가 남아 있었다.

그는 바로 자리로 돌아와, 유원이 한 입 먹다 만 찐빵이 담겨 있는 접시에서 손으로 한 개를 집어 먹기 시작했다. 맛있었다.

안뜰 쪽을 향한 이방근의 자리. 손님이 와도 자신의 자리를 바꾸지 않는 그 자리에, 지금은 유원의 온기만이 남아 있었고, 이방근의 모습은 없었다. 외출하면 그곳에 소파의 주인이 없는 것은 당연하지만, 남승지는 오랜만에 만난 어젯밤부터의 이방근의 인상이 지금까지와는 어딘가 다르다는 걸 느끼고 있었다. 소파에 하루 종일, 낮이고 밤이고 그저 계속 앉아 있었다. 열린 미닫이 공간으로 들어오는 광경을, 안뜰과 건너편 안채의 모습, 하늘과 태양의 움직이는 모습……아니, 공간 그 자체를 그저 가만히 눈을 뜨고, 눈을 감고 지켜보면서 계속해서 앉아 있다.

점심때부터 홀짝홀짝 술을 마시는 취생몽사의 나날. 손님을 의식하지 않고 자신의 소파자리를 밝은 안뜰 쪽을 향하게 한 것은 그 때문이겠지만, 소파의 자리에 구멍이 뚫려서 마루와 함께 땅속으로 가라앉을 것처럼 그저 가만히 앉아, 소파와 일체가 되어 있던 이방근의 인상에서 왠지 모르게 움직임을 느꼈다. 물론 그가 부재중일 때 소파가 비어 있다는 것은 단순한 사실에 지나지 않지만, 그것이 지금까지와는 달리 뭔가의 변화를 느끼게 했다. 지금 그 주인이 소파를 떠나 자리에 없다. 소파를 떠나, 어딘가에 간다. 서울에 가는가. 아니, 조금 전에, 나는 서울에는 안 간다, 안 간다구. 당분간은 이 땅에 있겠다는 거야…… 하고 부정했었다. 이 땅, 제주도에 머문다…….

어젯밤, 이방근이 돌아가고 나서 양준오에게 들은 이야기로, 남승지는 이방근이 확실히 한발 내딛었다는 것을 느꼈다. 그 폭풍우가 몰아치던 날에 그는 30만 원이라는 큰돈을 주머니에 찔러 넣고 양준오의 하숙집으로 찾아왔다. 그때 스웨터가 든 보자기 꾸러미도 가지고 왔는데, 이방근은 몰아치는 폭풍우의 빗줄기로 앞이 부옇게 흐려진 상황 속에서, 양준오의 하숙집이 있는 산지의 언덕이 성내의 읍내가 아니라, 다른 지역에 높이 솟아 있는 언덕 꼭대기로 착각했다고 한다.

그날이 중요하다고 양준오가 말한 것은 30만 원 때문은 아니었다. 이방근의 투쟁에 가담하는 행보가 시작된 것이다. 또한 이방근은 이미 부산에서 제주도로 돌아온 강몽구와 만나, 물자 조달용 어선의 구입에 관한 협력에 대해 기본적인 합의를 보았다는 것이었다. ……그렇지, 외출하기 전에 이방근은 한대용을 만나러 간다고 말했었다. 그것은 즉, 한대용, 어선 조달을 알선한다는 그 한대용이 아닌가…….

향기로운 냄새가 유원보다도 빨리 미닫이문을 통해 탁자 위로 전해졌다. 그녀는 조금 전과 같은 차이지만, 이것이 찐빵과 잘 어울린다면서, 김이 피어오르는 뜨거운 유자차를 테이블 위에 놓았다.

"지금 새어머니는 자신의 방에 계세요."

시각은 세 시 반에 가까웠다. 네 시경에는 박산봉의 트럭이 차고로 돌아올 터인데, 아직 시간은 조금 있었지만, 세 시까지는 돌아오겠다던 이방근의 귀가가 늦어졌다. 그렇지 않아도 이방근이 부재중인 서재에 유원과 단둘이 있는 것이 왠지 신경이 쓰였는데, 역시 조금 전에 안주인 선옥이 얼굴을 내밀었던 것이다. 유원과 헤어지는 것은 싫었지만, 어쨌든 서둘러 이 자리를 떠나 성내를 벗어나야 된다는 기분으로 안정이 되지 않았다. 보자기 꾸러미를 보던 선옥의 시선이 머리에서 떠나질 않았다. 이태수가 꾼 홍수의 꿈……. 뒷문. 이 집에서 가능한 한 빨리 나가는 편이 좋다, 그런 기분이 들었다.

"저, 다음엔 언제 성내에 오세요?"

유원은 맛있다던 찐빵에는 손을 대지 않은 채 유자차를 한 모금 마시고 말했다.

"……?" 남승지는 대답을 하지 못했다. "알 수 없지요. 그건……. 유원 동무는 아까도 그런 말을 했는데, 무슨 용건이 있는 건가요. 그 '트'가 있는 곳에 가 보고 싶다고 했는데, 그 때문인가요?"

"네, 그래요. 꼭 가 보고 싶어요. 그거예요."

유원이 단호하게 말했다.

"으―음." 남승지는 난처했다. 독단적으로 결정할 수 있는 문제가 아니었지만, 그것보다도 지금 같은 시기에 게릴라 지구에 가고 싶어 하는 까닭을 알 수 없었다. 꽤나 낙관적이다. 결혼을 강요당하고 있는 입장 아닌가. 대체 뭘 할 생각이냐고 묻고 싶은 마음이 굴뚝같았지만 그만두었다. "점심식사가 끝나고 방근 씨가 거기에 앉아 있을 때, 온돌방에서 유원 동무가 하는 얘길 들었을 겁니다. 동무도 비밀로 할 생각은 없는 것 같고, 방근 씨는 묵묵히 담배를 피우고 있었지만 말이죠. 그건 유원 동무의 개인적인 생각이지요?"

"물론 오빠와도 상의는 하겠지만, 그건 이쪽 사정이고, 그전에 받아들일 준비가 돼 있어야 하잖아요. 오빠하고 상의해서 좋다고 하면, 그쪽은 괜찮다는 말인가요?"

남승지는 즉답을 할 수 없었지만, 조직에서는 전투 중도 아니라서, 서울의 신문기자보다도 이방근 남매라면 받아들일 가능성이 있었다. 그러나 이것은 게릴라 조직보다도, 유원 자신이 생각하고 있는 이상으로 남매에게 있어서 훨씬 골치 아픈 일이 될지도 모른다. 이방근은 여동생이 직접 상담을 해 온다면, 바보 같은 짓을! 이라며 일언지하에 거절할 것이라고 남승지는 생각했다.

이방근이 돌아왔다.

안뜰을 건너온 그가 서재 앞의 툇마루에 섰을 때, 아이고, 오빠…… 하고 마치 구세주라도 만난 듯한 목소리로, 유원은 마중이라도 나가듯이 소파에서 일어나 몇 걸음 앞으로 나아갔다.

"늦었네요."

"음."

"술 냄새가 나요."

방에 들어온 이방근은, 여동생과 나란히 소파의 한가운데쯤에, 분명히 희미한 술 냄새가 감돌며 무거워 보이는 몸을 천천히 내려놓았다.

"차를 내올까요?"

유원이 말했다.

"괜찮아." 이방근은 살짝 술기운이 오른 얼굴을 옆으로 흔들고, 상의를 벗으며 주머니에서 담배를 꺼내더니, 갑자기 핫핫하…… 하고 웃었다. "최용학을 만났다, 관덕정 광장에서. 그의 부친의 은행에서 나오는 길이었겠지. 도망갈 거라고 생각했는데, 역시 제법이더군. 그렇게 나한테 망신을 당한 주제에, 똑바로 인사를 하더라니까. 계산을 한 것이겠지만, 제법이야……. 어쩌면 그 남자 쪽이 나보다 훨씬 신사다운지도 모르겠어, 음. 그 이야기는 제쳐 두고, 그 사이에 남주 일로 경찰이라도 찾아오지 않았나? 안 왔어? 음……."

이방근은 담배에 불을 붙이고, 이내 뭔가 생각에 잠긴 듯 말없이 담배를 피웠다.

남승지는 출발까지 얼마 남지 않은 시간 안에 보자기의 일에 대해 물어보고 싶었지만, 말이 곧바로 입에서 나오지 않았다. 그런데 신호를 보낸 것이 아닌데도 유원이, 오빠, 그 스웨터 꾸러미의 보자기는 오빠 거 아니에요? 하고 말을 꺼냈던 것이다.

"……? 무슨 소리냐, 갑자기. 오빠 건 아닌데, 무슨 일이지?"

유원이 실은…… 하고 계모가 이 방에 왔던 일을 이야기하고, 그때 소파 위의 보자기 꾸러미를 쳐다보는 모습이 수상쩍었다, 그리고 남승지가 그걸 매우 신경 쓰고 있다는 말을 했다.

"뭐라고, 뭘 하러 새어머니가 이 방에 왔다는 거냐?"

"몰라요."

"그래서 그 보자기를 보고 뭐라고 하더냐?"

"아뇨."

유원은 오빠의 불같은 성격을 두려워했는지, 선옥이 부엌이에게 엿듣고 오라고 지시했다는 말은 하지 않았다.

"으음, 그렇구나……. 보자기는 새어머니에게 빌린 것이야. 그러고 보니, 빌린 물건이라기보다는 사서 돌려주어야 할 것을 깜빡 잊고 있었구나. 유원아, 나 대신 기억 좀 해 줄래."

"아, 그렇습니까. 이건 방근 씨 것이 아니었군요."

남승지는 보자기 꾸러미에 손을 얹으며 말했는데, 참으로 어이없게도, 깊게 독한 담배를 들이마신 것처럼 현기증이 나고, 스스로가 안색이 변하는 것을 느꼈다.

"스웨터 꾸러미를 들고 나갔던 건 폭풍우가 있던 날이었잖아요. 오빠가 새어머니에게 빌린 보자기로 싸서 나가는 걸 새어머니가 봤어요?"

"글쎄, 거기까지는……. 음, 오빠가 아버지의 장화를 빌려 신고 나갔거든. 어쩌면……. 아니, 거기까지는 모르겠는데."

"뭐예요. 오빠는 전부 아버지나 새어머니한테 빌린 물건뿐이잖아요."

"그럴 수도 있지. 음, 그렇군, 그런데 승지 동무, 기분 탓도 있을 거야. 똑같은 보자기는 얼마든지 있으니까. 우연히 비슷하게 생긴 것을 새어머니가 봤을지도 몰라. 그러나……, 참 재미있는 일도 다 있군. 결코 이상한 일은 아니지만, 왠지 묘하네. 이미 어딘가에 가 있어야 할 그 꾸러미가 일주일 만에 같은 모습으로 다시 이곳으로 돌아오다니, 뭔가 인과적인 게, 아니 아니야, 으ー음."

이방근은 감탄하듯이 말하고 혀를 찼다.

"오빠, 그런 태평한 소리 하지 말고……."

"아니, 대단한 일은 아니야. 설령 그때 새어머니가 봤다고 해도, 벌써 일주일도 더 된 일이라 잊어버렸을 거야. 별일도 아니야. 특별히 훔친 것도 아니고, 그대로 가지고 돌아가면 돼."

이방근은 그렇게 말하면서 무언가 생각에 잠겼다.

유원이 자리에서 일어나 방 입구로 나갔다.

7

서재 입구로 나온 유원은, 잠시 그 자리에 우뚝 서 있었는데, 그대로 자신의 소파 자리에 되돌아왔다. 그녀가 앉자, 상반신을 감싼 넉넉한 하얀 스웨터의 존재감이 소파를 가득 채웠다.

"오빠." 유원은 남승지가 아니라 왼편에 있는 오빠를 보고 말했다. "승지 씨는 갈 길을 서둘러야 되는 거 아닌가요?"

"그렇지. 슬슬 트럭이 돌아올 시간이구나."

"오빠는 술을 많이 드신 거예요?"

"왜 그래, 그렇게 술 냄새가 나나? 별로 안 마셨는데."

이방근은 후우 하고 숨을 내쉬었는데, 거하게 취했을 때의 술 냄새라기보다, 술 냄새가 섞인 구취가 남승지의 코를 자극했다.

"으-음……." 유원은 일단 남승지를 한번 쳐다보고 나서 말하고, 남승지는 오빠 쪽을 향하고 있는 그녀를 보았다. "오빠에게 할 얘기가 있는데……."

"얘기……? 흠, 새삼스럽게 무슨 일이냐."

"천천히 얘기하고 싶지만, 승지 씨가 잠시 후에 출발해야 하니까, 시간이 없어서……." 유원은 이야기하려던 것을 다시 생각해 보려는지, 일단 말을 끊었다가 남승지를 향해 말했다. "내일까지라도 출발을 연기해 줄 수 없으세요?"

"아니, 고맙지만, 그럴 순 없습니다."

남승지는 고개를 저으며 확고한 어조로 말했다. 당치도 않다. 여기서는 한시라도 빨리 떠나야 한다. 성내에서 한시라도 빨리 나가는 것이 좋다. 이방근이 돌아오고 나서 기분이 조금 안정되었지만, 옆에 놓아둔 보자기 꾸러미가 머리에서 떠나지 않았다.

"얘기라는 건 뭐냐, 승지 동무하고 관련이 있는 일이냐?"

"……"

"아니, 이번에는 제가 말할 테니……."

남승지는 자신도 모르게, 방금 전에 말을 꺼내지 못하고 있을 때 유원이 대변하듯이 이야기한 보자기를 의식한 말이, 입에서 튀어나왔다.

"괜찮아요. 승지 씨 문제가 아닌 걸요. 분명히 관계는 있지만……." 유원이 남승지의 말을 가로막고 오빠를 보며 말했다. "오빠는 '트'라고 아세요?" "트, 뭐냐, 트라는 건?"

이방근은 '트' 그 자체보다도, 그걸 입에 담은 여동생이 의심스럽다는 듯이 그녀를 돌아보며 말했다.

"산 쪽에 있는 '트' 말이에요……."

"뭐라고? 어떻게 그걸 알았어."

"오빠, 목소리를 낮춰서 말씀해 주세요. 밖에서 새어머니라도 듣고 있으면 안 되니까." 유원은 목소리를 낮추어 말했다. "오빠는 화를 낼지도 몰라. 유원은 그 '트'가 있는 곳에 가 보고 싶어요. 일전에는 날씨가 화창한 봄날이었는데, 오빠도 같이 갔었잖아요. 한라산기슭 근처까지. 해변의 Y리에서 훨씬 위쪽으로 갔었어요."

"음, 게릴라 지구에 가 보고 싶다는 말이냐?"

"직접적인 표현은 하지 마세요."

"흐-음, 느닷없이 대체 무슨 소리냐?" 이방근의 콧방울에 떠오른 웃음의 물결이 얼굴 전체로 퍼졌다. 그는 농담투로 말했다. "그런 일을 둘이서 상의하고 있었단 말인가."

"아닙니다……."

당치도 않았다. 공범이 되기 쉬운 유원의 이야기에 가슴이 조마조마하던 남승지는 과잉반응을 보이며 한마디 하려 했지만, 그녀가 그것을 받아 말했다.

"승지 씨는 안 된다고 해요. 하지만 오빠가 괜찮다고 하면, 맞다, 아까 오빠가 돌아와 얘기가 끊겨 버렸는데, 오빠와 상의해서 괜찮다고 하면 갈 수 있을지도 몰라요. 물론 승지 씨가 결정할 수 있는 일은 아니지만."

"……점심 식사 후에, 뭔가 그런 얘기를 나눈 거 아닌가, 그쪽 방에서 말야."

이방근은 화를 내지 않았다. 술기운 탓으로 목소리가 조금 젖어 있었는데, 그 태도도 온화했다. 그러나 남승지는 자신을 향한 그 시선에 안절부절못할 정도로, 이방근은 그를 가만히 지켜보았다. 이방근은, 유원아…… 하며 바로 옆에 있는 여동생을 부른 뒤, 손에 들고 있던 담배에 불을 붙여 한 모금 들이마시고 나서 말했다.

"넌 일을 간단하게 생각하고 있는 모양인데, 그렇지가 않아. 소풍을 가는 것도 아니고. 거기서 뭘 하겠다는 거냐. 음, 그저 '견학'이라도 하겠다는 거냐. 잘 모르니까 그럴 수도 있겠지만, 나영호처럼 서울에서 찾아온 신문기자도 들어가지 못했단다."

"오빠, 잠깐만요……."

유원은 천천히 소파에서 일어나 뒤쪽에 있는 툇마루로 가더니 하얀 스웨터의 등을 이쪽으로 향한 채 좌우를 살피고 돌아왔다.

"뭐하는 거냐?"

"누가 몰래 엿듣지 않을까 싶어서."

"누가 말이냐?" 이방근의 표정이 순간 엄격하게 변했다. "밖에서 누가 와 있는 거냐. 집안에 그런 사람이 어디 있다고. 지금, 이 집에 누가 와 있나? 아까부터 이상하구나."

"부엌이와 새어머니가 있어요."

"누가 엿듣는다는 거지?"

"아니에요, 그건 모르겠지만, 혹시 새어머니 듣기라도 한다면 큰일이잖아요."

유원은 확실히 말했다.

"새어머니가……? 핫하, 새어머니가 그런 짓을 할까." 이방근은 순간 독기가 빠져나오듯이 차가운 웃음을 흘리며 남승지를 보았다. 그 눈이 번쩍하고 날카로운 빛을 뿜어냈다. "이제 그만해. '트'인지 뭔지, 그런 이야기를 하니까, 기분 탓이겠지."

"……"

유원은 그 이상 오빠의 말을 거스르지 않고 계모 일은 이야기하지 않았다. 이방근은 묵묵히 담배를 계속 피웠다.

"승지 동무도 여기에 앉아 있는데, 어쩌다 이런 얘기가 나온 걸까……. 아니, 여동생한테 묻고 있는 거야. 왜 그런 생각을 하게 된 건지."

"오빠, 전 그렇게 간단하고 단순하게 생각한 게 아니에요. 소풍이라니요." 유원은 시선을 바지 차림의 무릎에 올린 손 위로 떨어뜨리고 말했다. "왜 가고 싶냐고 해도, 이유는 잘 설명할 수 없어요. 그냥 가고 싶어요, 갈 수 있다면 가 보고 싶어요. 왜냐하면 제 고향이고, 같은 섬 사람들이 고향을 지키기 위해 싸우고 있잖아요. 고향만이 아니에요, 조국을 지키기 위해서인 걸요. 오빠도 갈 수 있다면 가 보고 싶잖아요."

"오빠 얘기는 하지 마라. 오빠는 가고 싶지 않구나(유원의 숙이고 있던 흰 목이 꿈틀하고 움직였다). 설마, 너 여자 게릴라를 지망하고 있는 건 아니겠지. 핫, 핫하……." 이방근은 마침내 어이없다는 표정을 지으며 웃었다. 유원이 웃음에 이끌린 듯이 고개를 들고 오빠를 쳐다보았다. "오빠는, 네가 옆방에서 산에 가고 싶다고, 음, '트'가 있는 곳이란 말이지, 이런 이상한 단어를 사용하면 오히려 암호처럼 들려서 좋아하지 않아. 승지 동무에게 얘기하는 걸 여기서 담배 피우다 들었어. 후후, 엿들은 건 아니야. 들려와서 듣고 있었을 뿐이니까. 오빠는 외출을 해서도 그 일을 생각하고 있었어. 네가 왜 그런 말을 꺼냈을까 하고 말이야……. 그런데 집에 돌아와 보니, 넌 그걸 지금 여기에서도 반복하고 있다는 거지. 네가 말을 꺼냈으니 하는 말인데, 왜 가고 싶은 건지 그것이 알고 싶구나, 음."

"……"

유원은 대답하지 않았다.

"나중에 천천히 얘기해도 좋겠지만, 지금 여기 승지 동무 앞에서 오빠가 할 수 있는 대답은 이미 외출했을 때 결정이 나 있었어. 승지 동무도 말했듯이 안 된다는 것이다."

유원은 오빠를 옆에서 올려다보듯이, 하얀 스웨터의 색이 비쳐서 한결 더 창백한 그 얼굴을 비스듬히 향했다. 남매의 대화는 물론이거니와, 남승지는 시선을 뗄 수 없을 정도로 그녀가 아름답다는 생각을 하자, 가슴이 아팠다.

"왜요……?"

"다시 생각해 봐도, 같은 생각이라는 말이다. 왜 가고 싶은 건지 모르겠구나. 아까 아버지에게 불려 갔을 때 결혼 얘기가 나왔는데, 이 얘기를 먼저 해야 되는 거 아니냐."

"……"

유원은 이유가 확실하면 가도 되느냐는 반문도 하지 않았다.

"……정말로 유원 동무는 결혼하는 겁니까?"

남승지는 갑자기 이방근의 입에서 흘러나온 결혼이라는 한마디에 가슴이 덜컹하며 물었다.

"정말이냐고……? 음, 어떻게 알고 있나. 아―, 본인한테 들은 모양이군. 이건 훨씬 전부터 있었던 얘기야. 자네 눈에는 이상하게 보일지 모르지만, 우리 집에는 여러 가지 문제가 많다네."

남승지는 여동생의 결혼에 대해 그다지 적극적이지 않은 것 같은 이방근의 말투에 안심했다. 더구나 조금 전에 그가 집으로 돌아오는 길에 관덕정 광장에서 우연히 만났다고 하는 최용학에 대해 혐오감을 가지고 있다는 사실을 떠올리고, 특별히 가슴이 막혀 있던 것은 아니었지만, 시원하게 신물이 내려가는 기분이 들었다.

"저는 게릴라 지구에 가는 걸 안 된다고 말하진 않았습니다. 무엇보다 거기까지 얘기를 하지 않았으니까요." 남승지는 유원을 위해 도움을 주어야만 했다. "이전과는 상황이 달라서 즉시 찬성할 순 없습니다만, 방근 씨와의 상의 결과가 가는 걸로 정해진다면, 그대로 제의는 해 보겠습니다."

"뭐야, 나한테 떠넘기겠다는 건가."

이방근은 쓸쓸하게 웃었.

"게다가 유원 동무의, 그냥 가 보고 싶다는 건, 그 한결같은 기분은, 외적에게 짓밟히고 있는 고향 땅과 조국에 대한 사랑, 조국애에서 나온 거라고 생각합니다."

"아―, 조국애, 그렇구먼, 그건 훌륭한 이유가 되겠어. 동무들이 넘칠 만큼 가지고 있어서, 사람들에게 배급할 수 있을 정도로 가지고 있는 그거 말이군. 알고말고, 그러나 그 얘긴 이제 그만두게나."

"……"

남승지는 그 짜증 섞인 듯한 이방근의 말에 순간 어떻게 된 일인가 하고 생각했지만, 결국 얼굴이 벌겋게 달아오를 정도로 분노가 솟구쳐 올랐다.

"오빠 무슨 일 있으세요?"

"아무 일도 없어. 지금 승지 동무가 조국애라고 했잖아. 그런 이유는, 아니 이유 같은 건 듣고 싶지 않아. 너의 이유라는 것도 그런 거냐."

이방근은 갑자기 언짢아졌는지, 기복이 심한 말투를 썼다.

"……오빠는 왜 그러시는데요. 그렇다곤 말하지 않았잖아요. 갑자기……. 밖에서 무슨 일 있었어요? 오빠는 아직 취했나 봐요. ……배급이라는 둥, 천박한 말이에요. 오빠도 깊은 조국애를 가지고 있으면서……."

"아아, 넌 참 자상하다. 내겐 그런 거 없다. 듣기 싫구나. 그래, 내 말이 천박하다는 거지……"

"저, 그만 얘기할래요. 승지 씨, 미안해요, 소란을 피워서. 그래요, 그 얘기는 됐어요. 신경 쓰지 마세요……. 저는 이만 실례하겠어요."

유원이 일어났다. 그리고 오빠한테 인사를 하듯이 고개를 아주 조금 움직이고 한 걸음 내딛었다. 남승지가 어안이 벙벙해져서 그녀를 보았다.

"유원아!" 순간 멍하니 여동생이 자리에서 일어나는 것을 쳐다보고 있던 이방근이, 갑자기 그녀가 자리에서 일어났기 때문인지, 말이 천박하다고 해서 화가 난 것인지 소리를 내 제지했다. "어디를 가는 거야. 여기 앉아. 무슨 짓이야. 승지 동무는 이제 곧 돌아가야 한다."

"나중에 올 테니……."

유원은 자리에서 일어난 여세로 소파를 떠나 방을 나갔다.

"건방지게 말야, 도대체가. 핫하, 한심하다, 그새 울먹이는 소리를 내고. ……이 나라는, 이게 나라인가, 어디나 애국자로 넘쳐 나고 있다구. 애국자가 아닌 자는, 이 나라에 없다니까. 살인 집단이 가장 열 띤 목소리로 조국애를 외치고 있는 건 다 알고 있는 사실 아닌가. 친일파, 민족반역자들이 지금은 제일 애국자지. 반민족행위처벌법이 국회에서 어찌 되었든 통과되었으니, 과거의 친일파들이 전전긍긍, 필사적으로 자신의 결백을 주장하기 위해, 철저한 반공정신의 고양을 조국애로 바꿔치기하고 있지 않은가. 일제강점기의 매국노가 지금은 애국자라 떠들고 있지만, 이 처벌법으로 가면이 벗겨지게 되겠지. 그런데 처벌법의 성립에 즈음하여 부통령이, 전민족적으로 용서할 수 없는 일제강점기의 벼슬을 물려받은 자들도 있어서, 친일파를 처벌해야 한다고 견해를 밝히자, 이번엔 대통령이, 처벌법은 많은 남녀를 선동하고 민심을 분열시키기 때문에, 처단의 중지를 요청하는 담화를 발표한다고 하더군. 처벌법 성립으로 서울은 공황 상태에 빠졌다는데, 이 시골의 섬에는 친일파 놈들이 느긋하고, 마이동풍……. 흐-음, 제주도는 중앙에서 떨어진 절해의 고도, 나쁜 짓 하기에는 딱 좋은 곳, 반민족행위처벌법 성립의 영향이라는 게, 이 섬까진 미치지 않을 거야. 그런 우리 아버지도 그중 한 사람이지만……."

이방근은 손목시계를 보고 나서, 말없이 담배를 물고 불을 붙였다.

그의 어깨 너머로 보이는 뒤쪽 창가의 책상에 놓인 탁상시계는 네 시에 가까웠다.

"밖에서 무슨 일 있었습니까?"

남승지는 좀 전의 분한 마음이 사라져 있었다.

"아−, 있었지. 기분 나쁜 놈을 만났어……. 그렇지, 벌써 네 시군. 승지 동무, 그걸, 자네 옆에 있는 그 보자기 꾸러미인지를, 이쪽으로 넘겨주게."

"……"

남승지는 보자기 꾸러미라는 한마디에 가슴이 울릴 정도로 덜컹 내려앉았다. 그는 보자기 꾸러미를 손에 들고, 머리를 떠나지 않던 그것이 마치 머릿속에서 끄집어내는 듯한 느낌에 휩쓸리면서, 이방근에게 건넸다.

"음, 건방져졌어. 예의도 모르고. 뭐, 모두 다 내 탓일지도 모르지, 헷헷, 아버지의 말에도 일리는 있어……." 이방근은 보자기 꾸러미를 잠시 무릎 위에 올려놓고, 거의 혼잣말처럼 중얼거렸다. "그렇다네. 승지 동무는 마치 유원의 절식을 중단시키기 위해 온 거나 마찬가지야. 동무가 오지 않았다면, 지금도 아직 단식인가 절식인가를 하고 있었을 걸세, 아마도. 으−음, 인간에게 있어, 도대체 이건 기이한 인연이라고 밖에 할 수가 없겠어." 이방근은 보자기 꾸러미를 양손으로 쓰다듬으며 감탄했다는 듯이 무사태평한 말을 했다. "보자기 꾸러미……. 거의 열흘 만에 돌아온 보자기 꾸러미야. 까맣게 잊고 있었어. 새로 사서 새어머니께 돌려드렸어야 했는데. 그렇다고 지금 바로 그러는 건 좀 이상할 거야. 그렇지, 승지 동무가 신경을 쓰고 있는 것 같은데, 이것이 열흘 전에 집에서 들고 나간 거라고 하면, 새어머니가 그것이 틀림없다고 생각한다면, 분명히 수상하게 여기실 수도 있겠지. 그러나 사실은, 내가 어떤 곳에 맡겨 두었던 것을, 동무가 마침 성내에 오는 김에 가지고 간다, 그런 것일 뿐이야. 안에 든 물건이 문제가 되는 것도 아니고. 뭘까 하고 생각은 했겠지만, 그건 직접 관계가 없는 일이야. 이것이 내가 여기서 들고 나간 것과 다른 보자기라고 한다면, 비슷하게 닮은 보자기도 얼마든지 있으니까, 그냥 그렇다는 것에 지나지 않는 거라구. 게다가 열흘이나 지난 일이야. 설령 내가 이걸 들고나가는 걸 얼핏 봤다고 해도, 그런 일은 잊어버렸을 거라구. 음. 다만 새어머니가 이 보자기를 눈여겨봤다면, 자신의 보자기니까, 적어도 같은 보자기라는 것은 확실하니까, 이상하게 생각하는 것도 무리는 아니지. 그렇잖아, 분명히 이상하다구. 어쨌든 새어머니가 어느 정도 의심을 하고 있다는 건 염두에 두고 있는 게 좋겠어."

이방근은 처음에 유원 앞에서 했던 낙관적인 견해를 취소라도 하는 듯한 말투를 했다. 그러나 잊고 있었던 것이 아니라, 그 사이에 보자기에 대해 제대로 생각하고 있었던 것이다.

"어떻게 하면 좋을까요?"

남승지는 신경이 쓰여 다시 물었다.

"어떻게 하고 말고도 없어. 그대로 있으면 돼." 이방근은 단순하게 말했다. "다만 조심하라는 말야. 그건 그렇고, 새어머니가 이 방까지 왔다고 하는데, 무슨 일을 하고 있냐고 묻지 않던가?"

"물었습니다. 지금 중학교 교사를 하고 있냐고. 그래서 그렇다고 대답했습니다."

"음, 아버지도 자네를 그렇게 생각하고 있어. 그러면 됐네."

"조심을 한다면, 어떻게 하는 게 좋을까요?"

"어떻게 하면 좋겠냐고? 구체적인 건 없어. 어쨌든 주의를 해야지……. 생각 좀 해 보자구."

"돌아갈 땐 새어머니께 인사를 드려야 하나요?"

남승지는 이 집을 나갈 때 보자기 꾸러미를 들고 있는 모습을 선옥에게 보이고 싶지 않았다.

"그건 괜찮아."

"앗, 피아노……다."

남승지는 깜짝 놀라, 자신의 표정이 환해지는 것을 느끼며 작은 목소리를 내고는 이방근을 쳐다보았다. 건반 위를 더듬거리라도 하듯이 가는 손가락의 움직임이 달리고, 잠시 멈췄다가 다시 템포가 느린 조용한 멜로디로 흘러나오기 시작했다. 화가 난 것처럼 자리에서 일어나 나갔던 만큼, 남승지는 안심하며 자신의 일처럼 구원받은 기분이 들었다. 방에 틀어박혀서 나오지 않을지도 모른다고 생각했기 때문이었다. 조금 전까지만 해도 유원이 피아노를 쳐준다고 한들, 도저히 그런 속세를 떠난 듯한 부르주아적이라고 할 수 있는 소리의 별세계를 접하고 싶은 기분은 왠지 두려워 생기지 않았을 터였다. 하지만 지금 곧 성내의 출발을 앞두고 남승지는 응접실 쪽에서 울려오는 아름다운 소리를 들으며 묘한 기분에 사로잡혔다. '빠삐용'은 아니었지만, 마치 자신을 위해 치고 있는 듯한 피아노의 음색에 남승지는 기쁨을 느꼈다.

"네 시로군……. 음, 트럭이 곧 돌아올 거야."

아주 잠깐이었지만, 피아노 음률의 흐름에 두 사람 모두 귀를 기울이면서 침묵이 이어졌다. 갑자기 안뜰 쪽에서 사람 목소리가, 아니 부엌이의 목소리가 들렸다.

"……당신은 뭐하는 사람이우꽈. 마치 경찰과 똑같지 않수꽈. 그 어느 학교의 선생과 똑같수다. 얌전히 기다리지 않으면, 돌아가라고 할 거우다."

이방근의 시선이 남승지의 어깨 너머 안뜰 쪽에 고정되고, 남승지가 앉은 채로 뒤돌아보자, 이윽고 위아래 흑백 치마저고리 차림의 부엌이가 말도 안 된다는 듯이 툇마루로 올라왔다. 그리고 손님이 왔는데, 바로 앞까지 멋대로 들어와 버려서……, 손님은 한대용이라고 했다. 남승지는 그 이름을 듣자마자 깜짝 놀라 의자 등받이에 걸치고 있던 팔을 움츠리듯 내렸을 정도였다. 물자 조달용 어선을 알선한다는 사람이 이 남자 아닌가. 어느 학교의 선생이라고 한 것은 아마도 유달현을 가리키는 모양이었다. 이런, 부엌이의 등 뒤에 장본인인 한대용이 벌써 서 있는 게 아닌가 싶었다. 남승지는 얼굴을 감추듯이 안뜰 쪽으로 등을 돌리고 원래 자세대로 고쳐 앉았다.

"아아, 거기 계십니까. 이방근 선배님, 죄송합니다……."

어느 사이인가 뒤쪽 툇마루 아래까지 와 있는 한대용을 발견한 부엌이는 깜짝 놀라 소리를 질렀다.

"아이고, 이 사람은 마치 경찰 같수다. 이 집에서는 경찰도 그런 행동을 못 하우다."

"부엌 씨, 서방님하고 좀 전에 헤어졌단 말입니다. 서방님이 물건을 두고 말이죠. 부엌 씨 다리가 참 예쁘네요. 발목에 군살도 없이 매끈한 게……."

"아이고, 이 사람이 나를 어떻게 생각하는 거우꽈. 두세 번밖에 본 적이 없는데, 대체 무슨 말을." 서재 쪽으로 등을 돌린 큰 체격의 그녀가, 툇마루를 디딘 맨발을 숨기듯이 내려다보며 당황한 듯이 말했다. "당신은 내 남편도 아니우다, 아이고……."

아마도 읍내의 불량배였다면 이쯤에서 음란한 말이 튀어나올 법도 한데, 색이 검은 한대용은 다부진 몸을 흔들면서 취한 얼굴에 미소를 띠고 있었다.

"부엌이······." 이방근이 말했다. 부엌이가 이방근 쪽으로 몸을 돌렸다. "괜찮으니 들여보내."

"예―, 들여보내고말고요. 아이고―, 이런 사람을······."

부엌이는 크게 한숨을 내쉬고 서재 앞 툇마루를 떠났다. 유원은 알아채지 못했는지, 피아노가 계속 울리고 있었다.

"여기는 완전히 별천지로군. 피아노의 울림이, 오묘한 음악이 들려오네." 툇마루로 천천히 올라온 한대용이 제법 취한 듯한 목소리로 말했다. "아아, 죄송합니다. 선배님, 죄송합니다. 에헷헤, 한림 쪽으로 돌아가려고 길을 걷고 있는 사이에, 그러니까, 버스를 타지 않고 이쪽으로 와버려서······. 버스 타려면 한 시간 이상 전부터 줄을 서거든요. 그래서 도중에 한잔 걸쳤더니, 이 모양으로, 선배님을 뵙고 싶어서, 그래서 왔습니다. 이 선배님······."

입구에서 일단 멈춰 섰다가 방으로 들어온 한대용은 엉거주춤한 자세로 서 있다가 그쪽을 돌아본 남승지와 눈이 마주쳤다.

"이야, 이게 누군가 했더니, 이거야말로 기이한 인연이로군. 김 동무, 분명히 김 동무인 것 같은데······, 그렇지."

"네, 그렇습니다. 김명우입니다."

남승지는 머릿속에 터질 것처럼 오싹해지면서, 짐짓 태연한 것처럼 작은 목소리로 말했다. 김 동무······라니, 당치도 않다. 가명을 쓰고 있다는 것을 안주인 선옥이 알게 되면, 그 순간 그녀가 품기 시작했던 의혹이 더욱 소용돌이치기 시작할 것이다.

"오오, 음, 김 동무와는 아는 사이였군." 이방근도 순간적으로 이 미묘한 상황을 눈치 챘는지, 아무렇지 않은 표정으로 시치미를 떼며 말했다. "아까 자리를 비웠던 건 한 동무를 만나기 위해서였지."

"그래요. 아까 만나서 같이 식사를 했어요. ······김 동무와는 일전에, 양준오 형과 함께 있는 것을, 우연히 기상대 근처에서 만나서 말이죠, 그렇죠, 김 동무, 그때가 처음이었지요. 인간은 천년지기(千年知己)라고 하지만, 최초에는 누구라도 처음으로 만나는 법이지요. 난 처음 만났을 때 양 형의 친척인 줄로만 알았는데……."

한대용은 손을 내밀어 남승지와 악수를, 자못 친근한 사이라도 되는 것처럼 악수한 손을 흔들었다.

그는 선 채로 악수를 한 바로 옆자리의, 이방근이 취객에게 앉기를 권유한 그 자리의 오른쪽에 남승지와 나란히 앉았다. 술 냄새가 확 풍겼다.

"선배님이 집에 일이 있다고 한 건, 김 동무, 지금 맹……우라고 했나, 김맹우 동무와 만나기 위해서였습니까……."

"명우라고, 밝을 '명'에, 우주 '우'야."

이방근이 말했다.

"아, 명우, 좋은 이름이네요. 김명우 동무……."

목소리가 컸다. 아아, 김 동무, 김 동무, 김명우, 김·명우……. 남승지는 귀를 막고 싶었다. 귀를 막아 본들 밖으로 새나갈 말은 새나간다. 어쨌든 빨리 자리를 떠나야 한다…….

"한 동무, 함부로 다른 사람 이름을 그렇게 반복해서 부르는 건 좋지 않아. 그만두게."

"……예—, 예—, 선배님, 이 선배님……." 갈색 양복에 넥타이를 맨 신사 차림의 그가 알겠습니다…… 하면서 방금 꼬았던 다리를 풀면서 무릎을 가지런히 하고, 밀림처럼 굵고 뻣뻣한 머리카락을 한 손으로 쓸어 올렸다. "일전에, 여기 있는 동무와 함께 있던 양 형과 우연히 만났을 때도, 이방근 선배님은 아직 서울에 체재 중이어서, 선배님이 빨리 돌아오시기만을 기다리다가, 그래서 오늘은 오랜만에 만난 셈인데 겨우 한 시간 정도 밖에 만나지 못했지요. 그것도 사무적으로 일 얘기만 하고……. 대체 옥류정에서 만난 그 남자는 뭐하는 자입니까. 대낮부터 벨이 꼬여서. 누구한테 무슨 말을 들었는지는 모르지만, 나더러 남방에서 돌아온 '전범'이라니. 어디를 봐도 친일파로밖에 보이지 않는 놈이 큰소리를 치다니, 저는 적어도 자신의 과거를 철저하게 반성하고 그만큼의 형벌을 받았습니다. 아이고, 전 말입니다, 이방근 선배님, 제주도처럼 썩은 곳에는 있고 싶지 않습니다."

"그건 변상구라는, 해방 전에는 읍사무소 서기였던 사내인데, '성전 완수'를 떠들어 대면서 친일의 잔심부름을 했었지. 그러나 그 남자 때문에 제주도를 비난하는 건 옳지 않아. 여기까지 온 걸 보니 아직 화가 덜 풀린 거 아닌가, 핫하. 지금은 최상규의 통조림 공장 사무장님이신데, 그자와 옥류정에서 테이블 옆 자리에 앉는 바람에 말이지. 그 남자가 반민족행위처벌법에 이의를 제기하는 건 국시에 반하는 일이야. 이승만 대통령, 대통령께서라고 했었지. 국민화합을 어지럽히고 분열을 일으키는 일이 있어서는 안 된다. 난 상대하지 않았지만, 한 동무가 화를 냈지……."

"네, 선배님, 기분이 안 좋습니다. 죄송하지만, 담배 피워도 되겠습니까. 한 대 피우겠습니다……."

한대용은 상의를 벗고, 바지 주머니에서 담배를 꺼내 입에 물었다. 그리고 폼 나게, 아니, 매우 진지하게 얼굴을 살짝 가리듯이 소파 바깥쪽으로 고개를 돌려 불을 붙였다.

쌍꺼풀이 진 눈에 빛을 발하는 흰자위로, 술 탓인지 모세혈관이 드러나 충혈돼 있었다. 들창코에 입술이 두꺼운 한대용은 그가 말한 것처럼, 보름쯤 전에 길에서 처음 만났을 때(엉뚱한 일로 체포되었다가 약 여덟 시간 후에 석방되어, 신병인수인인 양준오와 경찰서를 나와 돌아가던 도중이었다), 그의 첫인상은 훤칠한 용모지만 괴이하게 보였는데, 지금은 가까이서 접한 탓인지 별로 그런 느낌이 들지 않았다. 괴이하기로 따지자면, 이방근 쪽이 훨씬 더 미남인데다. 몸집이 우람하고 새우등이라는 인상까지 겹쳐 괴이하다고 할 수 있었다.

남승지는 한대용이 남방에서 돌아온, 그것도 전시 중에 포로 감시원이었기 때문에 BC급 전범으로서, 싱가포르 근처의 영국군 형무소에서 복역하다가 올해 간신히 '기적의 생환'을 달성하였는데, 죽었다고 포기하고 있던 부모님이나 주위 사람을 놀라게 한 인물이라는 것도 알고 있었다. 그는 국민학교 선배가 되는 이방근의 숭배자이기도 했다. 만만치 않은 사격의 명수로 한때는 게릴라를 지망하여 입산을 시도했지만, 조직으로부터 거절당한 모양이었다. 일제에 협력한 남방 복원자라는 것이 문제가 되었을 것이다. 그 남방생활로 새까맣게 그을린 얼굴 때문에 종종 하산한 게릴라로 의심을 받는 것도 무리는 아니라는 이야기였다.

한대용은 담배를 두세 모금 맛있게 빨더니, 문득 무언가 생각난 것처럼 벌겋게 충혈된 눈을 한 점에 고정시켰는데, 아이고, 선배님……, 죄송합니다…… 하고, 죄송하다는 것이 입버릇인 양 말하더니, 당황한 기색으로 담뱃불을 재떨이에 비벼 껐다. 그리고 옆에 벗어 두었던 양복저고리 주머니를 뒤적여 네모나게 접은 흰색 손수건을 꺼냈다. "두고 가신 물건입니다. 부엌 씨에게 서방님이 잊고 간 물건을 가져왔다며 이 집에 들어왔는데, 이걸 잊어버리면 한대용은 거짓말쟁이가 됩니다." 그는 킁킁하고 코를 벌금거리며 손수건을 자신의 코끝으로 가져다 대더니, 황홀하게 눈을 감는 시늉을 하고 나서 이방근에게 건넸다. "선배님, 그 냄새를 맡아 보세요."

"뭔가, 이건." 이방근은 손수건을 코끝으로 가지고 갔다. "무슨 향수 냄새 아닌가?"

"그렇습니다. 헤헤, 말씀하신 대로 틀림없는 향수 냄새입니다. 그러니까, 그녀가 한 방울 떨어뜨렸습니다."

"뭐라고? 여주인이 말인가. 고약한 취미를 가진 여자로군. 다른 사람 손수건에 향수를 뿌리다니……, 음."

"메시지인 거죠. 빨래할 시간이 어디 있었습니까. 맡아 두는 거라면 모를까……. 게다가 그 손수건은 전혀 더럽지도 않다고요, 선배님. 그냥 한 방울, 좋지 않습니까. 김 동무, 안 그런가."

"……"

"김 동무한테까지 동의를 구할 것까진 없지 않은가. 그 여자는 내 '애인'도 아니야. 동무는 이상한 억측을 한 모양인데, 혹시라도 마음에 있다면 난 신경 쓸 필요는 없어. 다만, 신중하게 행동하게나."

이방근은 조금 웃으면서 손수건을 바지 주머니에 찔러 넣었다.

피아노가 계속 울리고 있었다.

"아니요, 선배님, 죄송합니다. 저는 아무래도 그런 여잔 힘에 부쳐서……, 어울리지 않지요. 아무리 그래도, 너무 냉정한 남자입니다, 선배님은. 그래서 여자가 따르나 봅니다. 그런데 이 선배님, 음, 아까 했던 배 이야긴데요, 이번에 이 선배님도 함께 일본에 갔다 오시면 좋을 거 같습니다. 빠른 편이 좋아요. 어떻습니까. 제가 돌아오는 건 월말이나, 10월 초가 될 것 같으니까요."

"으-음, 그건 좀 어려울 거야. 며칠 사이에 여기를 떠나 자리를 비울 수 있는 상황이 아니라서 말이지. 후후, 한 동무는 내가 할 일이 없어서 시간 때우기가 곤란하다고 생각하는 모양인데, 아까 했던 얘기는 다음에 다시 하기로 하자구. 한 동무가 협력해 줘서 기쁘게 생각하고 있어. 김 동무도 슬슬 돌아가야 하고."

"아, 그렇습니까. 아직 더 있을 거라고 생각했더니, 그것 참 아쉽네요. 모처럼 만났으니 같이 술 한 잔 하고 싶었는데. 양준오 형도 같이 있었다면 얼마나 좋을까. 어디까지 가는 건가요?"

이방근은 자신을 보고 묻는 한대용의 질문에 바로 대답이 나오지 않았다.

"Y리요. Y리까지 갑니다."

남승지가 대답했다.

"Y리……? 동부, 동쪽 마을이군, 꽤 먼 길일 거요."

"한 동무……," 이방근이 가로막았다. "대용 동무는 취하면 말이 많아진단 말야."

남승지는 갑작스럽게 이방근의 일본행…… 운운하는 것에 내심 놀라, 무슨 이야기인지 바로 확인하고 싶었지만, 그럴 상황이 아니었다. 이번에는 동무가 하는 일이 무어냐고 물어 올지도 몰랐다. 그리고 또……. 적당히 대답하면 되겠지만, 그런 불필요한 일은 피해야 한다. 한심하게도 우물쭈물하는 사이에, 남승지는 뭔가 다리를 잡아당기기라도 하는 것처럼 소파에서 일어나지 못하고 있는 자신을 느꼈다. 시각은 네 시 15분이 다 되었다. 트럭이니만큼, 네 시쯤이라는 그 애매한 시간에 딱 맞춰 차고에 돌아온다고는 할 수 없었지만, 도착하고 나서 어떻게 할 것인가. 그 이야기도 나누지 못했는데 갑자기 손님이 들이닥친 것이었다. 어쨌든, 박산봉이 아무런 사고 없이 빨리 돌아오기를 바랐다. 관덕정 근처에 있는 차고는 광장을 사이에 두고 경찰서와 대각선으로 마주 보고 있기 때문에 가능한 한 피하는 편이 좋았다. 어딘가 신작로의 도중에, 동문교 바깥쪽에서라도 만나서 타는 게 좋을 것이다. 트럭에 동승하여 탄다고 해도, 언제까지나 태평하게 앉아 있을 수는 없었다.

"방근 씨, 트럭이 돌아오면 박 동무는 어떻게 합니까?"

"이쪽으로 올 거야. 아니면 사무소에서 전화가 오겠지."

"그렇습니까."

이방근의, 참으로 태평한 대답이었다.

어라……? 피아노가, 들어 본 적이 있는 멜로디가 아득히 먼 곳의 멋진 풍경을 보았던 기억처럼 부드러운 날개를 펼치고 되살아나면서 울려 왔다. '빠삐용'이었다. 남승지는 마음속으로 외치며 불쑥 자리에서 일어났다. 더 이상 술 냄새를 풍기는 한대용과 같이 앉아 있으면, 무슨 이야기가 나올지 알 수가 없었기 때문이다. 그는 변소라도 가는 것처럼 자리에서 일어났다. 아니, 피아노 멜로디의 흐름에 빨려 들어가듯이 자연스럽게 몸이 뜨고 엉덩이가 일어나 자리를 떴던 것이다.

방을 나온 남승지는 실제로 변소에 갔다. 그리고 세면장에서 나와 바로 오른쪽 응접실 출입구의 조금 열려 있는 미닫이문 앞에 멈춰 서서, 잠시 귀를 기울였다. 문을 열고 안에 들어가면 유원이 알아차릴 것이었다. 서재에서는 희미한 기억의 저편에서 들판을 건너고 강을 건너듯이 들리던 피아노 소리였지만, 지금은 바로 옆에서 유리문이 울릴 정도의 음량으로 들려왔다. 그는 곡이 끝날 때까지 거기에 계속 서 있었다. 들려오는 음의 흐름에 몸을 맡기듯 우뚝 서 있었다.

'빠삐용'이 끝난 것 같았다. 다시 새로운 다른 곡이 연주되기 시작했다. 빨리 여기를 출발해야 하지만, 모처럼 제주도에서 만난 유원과 금방 헤어질 것을 생각하니 가슴이 찌르는 듯 아파왔다. '트'에……. 산에 꼭 가 보고 싶어요……. 이방근의 말처럼, 왜 그렇게 가고 싶은 것일까.

남승지는 문과 기둥 사이의 틈을 소리가 나지 않게 조심하면서 조금 더 벌렸다. 그리고 마치 고양이처럼 그곳으로 몸을 옆으로 밀어 넣어 응접실 안으로 들어갔다. 유원은 정면 유리문의 반대쪽 벽에 붙여 놓은 피아노 앞에 앉아 있었기 때문에, 등 뒤에 남승지가 들어온 것을 눈치 채지 못한 것 같았다. 남승지는 귀를 때리는 듯한 강한 피아노 음량의 소용돌이에 휩쓸리면서, 열심히 피아노를 치고 있는 그녀의 뒷모습을 보고 몰래 들어온 것을 후회했다. 마침 몇 걸음 앞에 소파가 있어서, 그는 그쪽 옆으로 가 미끄러지듯 조용히 소파에 앉았다.

이윽고 피아노 소리가 멈추고 정적이 한꺼번에 내린 것처럼 주위를 감쌌다. 남승지가 쭈뼛쭈뼛 비스듬히 유원의 뒷모습을 향해 고개를 돌림과 동시에, 유원도 소파 쪽을 돌아보면서 승지 씨였네…… 하고 말을 걸어 그를 놀라게 만들었다. 눈치를 채고 있었던 것이다. 창백한, 윤곽이 엄격한 선율에 씻긴 것처럼 야무져 보이는 얼굴이었다.

남승지가 자리에서 일어나려 하자, 유원이 피아노 앞에서 소파 쪽으로 걸어와 맞은편에 앉았다.

"방해를 했나 보군요."

"괜찮아요. 끝났으니까. 아까는 실례를 해서 미안해요."

"'빠삐용'을 연주해 줘서 고마워요. 으—음, 잊지 않을게요. 작년 일이 선명하게 떠오르는군요. 그때도 이렇게 유원 동무는 피아노 쪽을 향해, 방근 씨와 준오 형, 그리고 나 셋이서 소파에 앉아 있었지요. 초여름이었죠. 내가 아직 교사를 하고 있었으니까. 그리고 유원 동무가 소파로 와서 오빠 옆에 앉았어요……. 방금 전까지 저쪽 문 밖에서 듣고 있었는데, 나도 모르게 몸이 제멋대로 음악의 선율을 타고 빨려들듯이 방 안으로 멋대로 들어와 버려서……."

남승지는 갑자기 자신이 달변이 되어, 자꾸만 말이, 잊고 있었던 말도 튀어나올 것 같은 이상한 기분에 휩싸여 있었다.

"어머, 무슨 음악평론가 같아요." 유원이 자상하게 웃었다. "어머,

오빠…….”

　남승지의 등 뒤쪽 출입구에서 이방근이 들어왔다. 유원은 자리에서 일어나 소파 쪽으로 걸어오는 이방근을 향해, 오빠, 아까는 죄송해요…… 하고 사과했다.

　“알았다.” 이방근은 고개를 끄덕이며 말했다. “으음, 전화를 해야겠다.”

　“누구, 손님이 왔어요?”

　“한대용이야, 아까 오빠가 만나고 막 돌아왔는데, 재미있는 남자야. 남방에서 돌아온……. 후후, 얘기를 들은 적이 있을 거야. 피아노 소리를 듣더니, 꼭 널 만나서 인사를 하고 싶다고, 귀찮게 구는데, 나중에 네가 얼굴을 내밀고 인사라도 하는 게 좋겠어. 그렇지, 남해자동차 쪽에 전화를 좀 걸어 주지 않을래. 화물부를 찾아서, 박산봉의 트럭이 어찌 되었는지 말야. 돌아왔는지 어떤지. 낮부터 전화를 해 두었어, 연락을 달라고. 아무튼 사무실에 전화 좀 해 보렴.”

　유원은 피아노와 마주 보고 있는 흑단 진열장 사이의 벽기둥에 붙어 있는 전화기 앞으로 가 수화기를 들고 교환원에게 상대의 전화번호를 알렸다.

　남승지는 이방근을 향해, 박산봉이 여기까지 올 필요는 없다고 생각한다, 가능하면 성내를 빠져나가 그리 멀지 않은 신작로 중간쯤에서 타고 싶다. 경찰서 앞의 사람 왕래가 잦은 광장에서 트럭에 동승하는 것은 아는 사람을 만날지도 모르기 때문에 피하는 게 좋겠다는 이야기를 했다.

　전화가 연결된 것 같았다.

　이방근은 전화 옆으로 가더니 여동생 손에서 수화기를 받아들고 여보세요, 이방근인데, 박산봉의 트럭은 어찌 되었는지, 부탁할 게 좀 있어서 그러는데 돌아왔으면 본인을 곧장 불러 주었으면 한다고, 의외로 부드러운 목소리로 전화함의 송화기에 대고 말했다.

"돌아와 있는 것 같은데, 확실치 않으니 확인해 보겠다고 하는군." 이방근은 수화기를 귀에 댄 채 남승지를 향해 말했다. "어떻게 하겠나, 전화를 받겠나?"

"예ㅡ, 하지만 제가 갑자기 받으면 놀랄 테니, 방근 씨가 얘기를 해주신 다음 전화를 받겠습니다."

"……아ㅡ, 난데 말야, 그런가, 음, 알겠네, 수고스럽겠지만 동부 쪽으로 한번 가 주게나. 갈 수 있겠나? 음, 그렇군. 좋아, 잠깐만 기다리게." 이방근은 말을 끊고, 송화기에서 얼굴을 뗀 뒤 허공을 바라보았다. "으ㅡ음, 전화론 좀 곤란하니, 지금 바로 이쪽으로 와 줄 수 있겠나."

"전화로 얘기하면 될 걸, 왜 그러세요?"

오빠 옆에 우뚝 서 있던 유원이 의아한 듯 말했다. 그리고 부엌으로 통하는 문 쪽으로 시선을 돌렸다. 남승지도 자기가 들어왔던 출입구와는 반대쪽으로 나 있는 문을 보았지만 사람 그림자는 없었다. 유원은 아마도 계모인 선옥의 그림자를 경계하고 있는지도 몰랐다.

"아니, 괜찮아. 음, 유원아, 네가 잠시 박산봉이 있는 곳에 갔다 와야겠다." 이방근은 여동생에게 말을 하고 나서 송화기에 입을 갖다 대었다. "됐네, 이쪽에서 갈 테니까. Y리 근처까지 한번 다녀오는 걸로 알고 있게나. 바로 여동생을 그쪽으로 보낼 테니, 얘기를 들어 보면 돼. 아니, 그게 아냐, 여동생이 타고 가는 건 아냐. 박 동무는 이쪽으로 오지 않아도 되니까, 그쪽에서 기다리고 있으면 돼."

이방근은 전화를 끊었다.

박산봉이 전화 너머에서 자꾸만 황송해하는 분위기가 이방근을 통해 전해 왔다.

남승지는 출발을 서둘러야 했다. 우선 유원을 통해 이쪽의 메시지를 박산봉에게 전해야 한다. 그는 성내를 동문교로 빠져나가는 신작로의, 사라봉 기슭의 언덕 앞, 오르막길 도중에서, 앞으로 30분쯤 후인 다섯 시 넘어서 만나기로 했다. 이것을 유원이 구두로 박산봉에게 전해 주면 된다.

남승지는 서둘렀다. 그는 응접실에서 다음에는 언제쯤 성내에 올 수 있는지, 이별을 앞두고 제대로 된 인사도 건네지 못한 채, 말 대신 손을 뻗어 유원과 악수를 했다. 그녀가 오빠 앞에서 남승지에게 손을 맡겼다.

이방근이 남승지에게 잠시 기다리라고 하고 응접실을 나가더니, 서재에 갔다 왔는지 양복 상의를 한 손에 들고 돌아왔다. 그리고 주머니에서 2, 3천 원은 족히 될 것 같은 백 원짜리 지폐 다발을 꺼내 남승지의 작업복 상의 주머니에, 그걸 거절하려는 손을 밀어내듯이 쑤셔 넣었다. 유원은 옆에서 가만히 보고 있었다.

"산에서 생활한다고 해도 돈이 필요할 때가 있지." 이방근은 목소리를 낮춰 말했다. "어디 산촌 마을 농가에라도 들러 밥 한 끼 부탁할 때도 쓸 수가 있어. 시간이 없으니 꾸물거리지 말고 받아가."

이방근은 남승지의 어깨를 가볍게 두드리고, 손을 내밀어 악수라기보다 노고를 위로하듯이 상대의 손을 잡았다. 남승지는 가슴이 떨렸다.

남승지는 서재로 돌아가 보자기 꾸러미를 들고 한대용에게 작별인사를 한 뒤, 툇마루 가장자리에 엉덩이를 걸치고 양준오에게 받은 즈크화를 단단히 조여 신었다. 안뜰 건너편 방에서 안주인 선옥이 나오지는 않을까 불안했는데, 그런 움직임은 없었다. 혹시라도 얼굴을 마주칠 경우, 그녀의 보자기에 쏟아질 그 날카롭고 의심스런 시선을 견디기 어려울 것이었다. 인사도 하지 않고 돌아가는 것이 마음에 걸렸지만, 이방근의 말대로 그냥 떠나기로 하고, 남승지는 밀짚모자를 쓴 뒤 정문의 쪽문을 향해 안뜰을 건너갔다.

신발을 신는 동안 유원이 툇마루 위에 놓아둔 보따리를 손에 들고 쪽문까지 온 남승지에게 건넸다. 남승지는 보따리를 받아들면서 오빠인 이방근과 양준오를 통해서가 아니라, 지금 직접 유원의 손에서 그녀의 선물을 받았다는 실감이 솟아오르는 것을 느꼈다. 생각해 보면 이방근의 말대로 이상하다면 이상했다. 꽤 이전에 서울에 있는 유원의 손을 떠난 스웨터가 지금 이렇게 유원의 손 안에 있고, 자신에게 전해질 줄은……. 부엌이가 쪽문까지 함께했다.

남승지는 모든 것을 떨쳐 내는 심정으로 이씨 집안의 문 밖으로 나와, 큰길 쪽으로 골목을 걸어갔다. 일몰까지는 아직 먼 느낌을 주는 태양의 위치였지만, 바람은 한낮의 열기를 잃고 있었다. 북국민학교의 뒷골목으로 나와 왼쪽으로 돈 뒤, 점심 전에 왔던 그 길을 지나, 동문교를 건너야 하는 신작로를 피해 기상대가 있는 언덕 아래의 길을 따라 산지 언덕으로 올라가면 되었다.

바로 집을 나섰을 유원이 관덕정 부근에 있는 차고까지 가는 데는 10분 정도면 충분했다. 그리고 박산봉의 트럭이 차고 앞에서 신작로를 동쪽으로 달리다가, 동문교를 건너 마침내 고개 오르막길로 접어들 것이다. 거기까지 십분도 걸리지 않을 것이었다. 이쪽도 30분이면 충분히 갈 수 있었다. 처음에는 산지 언덕에서 사라봉 중턱(중턱이라고 해도 백수십 미터의 산이라서 그렇게 높지는 않았다)의 농로를 지나 산기슭을 타고 고개 정상으로 가려고 생각했지만, 신작로의 비탈길을 따라 걸어가기로 생각을 바꿨다. 그러면 상당히 빨라진다. 시간이 조금 어긋나도, 고개 한참 전의 연도에서 트럭이 올 때 올라타도 된다.

산지천을 건너 언덕길을 올라가자, 왼쪽으로 이제 곧 저녁노을을 맞이할 바다의 빛이 보이고, 오른쪽으로 구름을 덮어 쓴 한라산의 원경이 펼쳐졌다. 다시 양준오의 하숙집이 있는 근처 길로 나왔으나, 멀리 전방에 한라산을 바라보면서 신작로 쪽으로, 메마른 흙먼지가 부옇게 피어오르는 길을 걸었다.

신작로로 나와 오른쪽 동문교 쪽을, 연도의 파출소 건물에 눈길을 주면서, 트럭이 오는 건 아닐까 하고, 아직 그럴 시간이 아닌데도 시선을 던지고, 왼쪽으로 돌아 걸음을 재촉했다.

전방을, 근처 마을에서 성내 시장에 왔다가 돌아가는 길이겠지만, 외출용 하얀 두건을 두른 아낙들이 등에 대나무 바구니와 커다란 자루 등짐을 짊어지고 사라봉 기슭으로 이어지는 신작로 오르막길을 걸어갔다. 훨씬 앞쪽에도 마찬가지로 짐을 짊어진 몇 명의 아낙들이 묵묵히 걷고 있었다.

남승지는 얼마 지나지 않아 그 아낙들을 앞지른 뒤, 이윽고 접어든 고개의 언덕길을 오르기 시작했다. 손목시계는 다섯 시 전이었지만, 아마도 앞으로 수백 미터만 가면 트럭이 뒤에서 달려올 것이었다.

인가가 끊긴 왼편 사라봉 쪽의 연도는 깎아지른 것처럼 조금 높게 단을 이루어, 핏빛 황토와 뒤엉킨 채 드러난 나무뿌리가 그대로 보였다. 남승지는 무심코 손에 들고 있는 꾸러미 안의 스웨터 색깔을 떠올렸다. ……붉은 흙에 가까운 고운 황토색이에요……. 연도 근처의 소나무 숲에서 한 마리의 꿩이 격렬한 울음소리와 날카로운 날개 소리를 내며 하늘로 날아올랐다. 남승지는 언덕길을 오르면서 뒤를 돌아보았다. 성내읍의 정경이 저 멀리 밀어내기라도 한 것처럼 아득히 보였다.

얼마 지나지 않아 트럭의 경적이 뒤쪽에서 들렸다. 뒤돌아본 그의 눈에 길을 비키는 아낙들을 스치듯이 흙먼지를 날리며 달려오는 트럭이 보였다. 아마도 박산봉일 것이었다. 남승지는 걸음을 늦추고 트럭이 다가오기를 기다렸다.

어라? 속도를 늦추며 다가온 트럭의 조수석 쪽 창문으로 뻗어 나온 새하얀 팔이 힘차게 흔들리듯 움직이고 있었다. 그리고 분명히 여자 얼굴 같은 형체가 보였는데, 이게 어찌 된 일인가. 승지 씨……! 하는 목소리와 함께 눈앞에 정차한 트럭의 창문으로 보이는 얼굴은 유원이었다. 덜그럭거리면서 잠시 정차한 트럭은 문을 열고, 보자기 꾸러미를 유원에게 건네며 뛰어오른 남승지를 태우자, 곧바로 달리기 시작했다.

"어떻게 된 겁니까?"

남승지는 격렬하게 고동이 춤추는 것을 억제하면서 외치듯이 말했다.

트럭은 덜컹덜컹 흔들리면서 돌부리투성이의 언덕을 오르더니, 단숨에 시야가 탁 트인 고개를 넘었다.

8

남승지는 밀짚모자를 벗어 발밑 바닥에 놓았다. 두 다리를 가지런히 모은 유원의 바지 자락에서 뻗은 하얀 운동화가 보였다.

고개 위에서 전방에 펼쳐진 풍경 한가운데를 관통하는 희고 일직선으로 펼쳐진 내리막 신작로를, 트럭은 작은 돌멩이를 튕겨내면서 뛰어들듯 달렸다. 사라봉의 산그늘이 뒤로 멀어지면서 왼쪽으로 저물어가는 햇빛을 반사하고 있는 바다가 보였고, 오른쪽에 황금빛으로 여문 좁쌀 이삭이 흔들리는 검은 돌담에 둘러싸인 밭의 기복이 펼쳐져 있다. 짙은 녹음의 나무숲이 이어지는 저편 여기저기에 솟아오른 원추형 오름(측화산)이 한쪽으로 그림자를 드리우기 시작한 정경, 그리고 아득히 먼 고원에서 한라산 기슭으로 시계가 끝도 없이 펼쳐졌다.

구름이 한라산의 정상 높이 떠 있었다.

유원은 두 사람 사이에 끼여 몸을 움츠리고 있었는데, 창백한 볼이 약간 홍조를 띠고 있었다. 팔꿈치가 삼각형으로 튀어나온 박산봉의 핸들 조작에 방해가 되지 않도록 유원은 비좁은 조수석에 올려놓은 몸을 남승지 쪽으로 기대었고, 남승지는 문 쪽으로 좁히면서도, 두 사람의 몸은 꼭 붙은 채로 트럭의 진동에 따라 흔들리고 있었다. 포장되지 않은 울퉁불퉁한 길 탓으로 반동을 일으키는 트럭 앞바퀴 근처 자리에서 엉덩이가 튀어 오르면, 옆에 있는 그녀의 몸도 함께 튀어 올랐다가 털썩 떨어졌고 그 순간, 바지에 감싸인 엉덩이 부분이 퍼지듯이 부딪치며 남승지를 압박했다. 트럭이 요동칠 때마다, 만원 버스 안처럼 두 사람의 몸은 앉은 채로 서로에게 맡기는 모양새가 돼 있었다. 남승지는 얼굴이 붉어지는 것 같아 창밖의 바람에 얼굴을 식혔다.

물이 말라 바위투성이의 바닥을 드러낸 건천 위의 콘크리트 다리를 트럭은 단숨에 통과하면서 두 사람의 몸은 잠시 떨어졌다. 평탄한 다리를 건널 때까지 아무도 입을 열지 않았는데, 작업복을 입고 있는 박산봉은 긴장한 얼굴로 전방을 주시하면서 핸들을 잡고 있었다. 하천 아래쪽 연안에 걸쳐 펼쳐진 용암지대 건너편 바다에서 바람이 트럭의 창문을 통해 들어와 남승지의 뺨을 스치고, 유원의 머리카락을 조수석에 나부끼게 했다. 상어 아가미 같은 보닛 옆면을 덜컹덜컹 흔들거리며 엔진 소리를 울리고, 가솔린 냄새를 풍기며 차는 달렸다. 해변 마을이라서 그런지, 해초를 말리는 듯한 냄새가 바닷바람을 타고 흘러들었다.

"오랜만이에요. 서울에서 돌아와 집에만 계속 틀어박혀 있었기 때문에, 정말 고향에 돌아온 기분이에요. 마치 처음 보는 것 같은 자연의 경치인 걸요. 이런 말을 하는 전 제주 사람이 아니라 틀림없이 다른 고장 사람인가 봐요."

유원은 맨손으로 김이 서린 앞쪽 유리를 문질러 닦았다. 박산봉이 당황하며 마른 걸레를 한 손에 들고 유원의 앞쪽 유리에 손을 뻗어 크게 닦았다. 그것으로 바깥쪽 유리에 뒤덮인 먼지가 깨끗해질 리 없었지만, 그래도 꽤 투명해져 산뜻해 보였다.

남승지는 트럭에 올라탄 뒤로 격렬한 고동을 가슴으로 들으며, 어떻게 된 거죠? 하고 박산봉을 향해서인지 유원을 향해서인지 모르게 외쳤지만, 다시 한 번 들떠서 앉아 있는 유원을 향해 말했다.

"유원 동무는 도대체 어디를 가는 건가요?"

그는 유원과 나란히 앉아 있기는 했지만, 그녀와의 당돌한 재회로 인한 놀라움의 파장 속에, 도대체 어떻게 된 일인지 영문을 모르고 있었다. 갑자기 오빠로부터 도중의 어딘가에 심부름을 분부받았을지도⋯⋯.

"Y리까지."

"Y리까지⋯⋯?" 남승지는 목소리를 높였다. "나와 행선지가 같군요. 뭘 하러 가는 겁니까. 무슨 용무라도 생겼나요?"

"⋯⋯"

유원은 옆얼굴에 굳은 웃음을 보였지만, 잠자코 있을 뿐 대답은 하지 않았다.

"이봐, 박 동무." 남승지는 운전석의 박산봉을 향해 목소리를 높여 말했다. "유원 동무는 도대체 어찌 된 거지? 듣고 있어?"

"아가씨한테 물어봐야지." 박산봉은 고개를 끄덕이면서 말했다. "난 몰라."

"뭐라고, 모른다고?"

남승지는 유원의 앞쪽으로 상체를 쑥 내밀며 말했다.

"모르다니, 행선지도 모르고 태웠단 말인가?"

"아가씨의 명령이야."

"명령……?"

Y리……. 요즘 같은 때에 도대체 무슨 일로 일부러 Y리에?

"유원 동무는 어디에 가는 겁니까?"

"지금 말했잖아요. Y리에 간다고요."

"Y리에 볼일이 있는 건가요……? 아니…….."

남승지는 어떤 생각이 떠올라, 거의 안색이 변했다. 설마, 산에 동행할 생각은 아니겠지. 산에……? 당치도 않다. 남승지는 조수석에서 뛰어오르기라도 할 것처럼 놀랐다. 그거야말로 뒷문을 부수고 홍수가 밀려들어, 그 집안은 순식간에 괴멸되어 버린다. 그는 무서운 상상을 하다못해, 유원 동무…… 하고 그녀의 귀에 대고 목소리를 높였다. 어떻게 된 일입니까, 도대체 왜 이 트럭에 타고 있는 거지요?

"승지 씨는 Y리까지 가잖아요. 박 동무도 알고 있으니까 여기선 명우 씨라고 부르지 않아도 되겠죠. 어차피 트럭은 Y리까지 갔다가 다시 돌아올 테니까, Y리까지 함께 태워 달라고 했어요."

"박 동무는 모른다고 하지 않습니까."

"그게 억지로 태워 달라고 했으니까요. 박 동무, 명령을 한 건 아니에요. 부탁을 한 거지."

"그럼 Y리에서 유원 동무도 같이 돌아간다는 말이군요."

"그래요. Y리까지 배웅하려고……. 배웅이라고 하니 이상하지만."

"그렇구나……." 남승지는 순간적으로 맥이 풀려서, 휴우— 하고 실망인지 안도인지 모를 숨을 내쉬었다. "으—음, 그거 다행이군요."

"아가씨는 Y리에서 돌아가십니까?"

박산봉이 당혹감은 가시지 않았지만 긴장이 풀린 목소리로 말했다.

"당연하죠. 박 동무도 참, 무슨 생각을 한 거예요?"

"난 또 일이 어떻게 돌아가나 싶어서……. 정말이지. 아아, 일단 안심했어요. 난 잠자코 있었지만, 걱정이 돼서. 이방근 선생님이 전화로 아가씨는 타지 않을 거라고 했기 때문에, 안 되니까 돌아가시라고 해도 막무가내로 태워 달라고 하시니까, 그래서 영문도 모른 채, 차고에서 일단 트럭을 출발시킨 거야, 승지 동무……. 듣고 있어?"

박산봉은 마른 걸레를 한 손에 들고 자기 앞쪽의 유리창을 닦으면서 남승지에게 도움을 요청하듯 말했다.

"아아, 듣고 있어."

"박 동무, Y리까지 간 건 절대 입 밖에 내서는 안 돼."

"성내에서 아가씨가 트럭에 타고 있는 걸 본 사람이 있어……."

"그건 상관없겠죠. 승지 씨하고 같이 있었던 것도 아니니까. 버스편이 없을 땐 트럭을 이용할 수도 있는 거잖아요."

"예? 그럼 유원 동무가 지금 트럭에 타고 있는 걸 방근 씨는 모른다는 말이잖아요. 심부름을 나온 것뿐인데, 오빠가 걱정할 겁니다. 오빠만이 아니라……."

덜컹하고 트럭의 뒷바퀴가 바운드하면서 텅 빈 짐칸이 튀어 올랐다. 남승지는 손목시계를 들여다보았다. 이방근의 손목시계에 시간을 맞췄는데, 다섯 시 15분을 지난 시각. 고개의 언덕길에서 승차한지 몇 분, 성내에서 십여 분밖에 지나지 않았을 터였다. 유원이 바로 돌아오지 않는다고, 이방근의 집에서 소동이 일어나면 어찌 되겠는가. 그리고 발설을 하지 않는다고 해도, 만일 박산봉이 운전하는 트럭에 남승지도 함께 타고 있었다는 것이 알려지면……. 아버지 이태수나 계모인 선옥이 이 사실을 알게 되면……. 남승지는 등골이 서늘해지면서, 한순간 눈을 감았다.

"그렇지, 박 동무, 차를 돌립시다. 지금이라면 괜찮아, 박 동무."

"뭐라고?"

박산봉이 목소리를 높였다.

"되돌아가자구."

"되돌아가……?" 박산봉이 놀라서 되묻더니, 천천히 브레이크를 밟으며 정차했다. 연도의 돌담에 앉아 있던 까마귀들이 날아올라, 트럭 지붕에 닿을락 말락하는 높이로 날아갔다. "왜 그래? 잊은 물건이라도 있나?"

"아니, 유원 동무는 돌아가야 해. 고개 너머 동문교 근처까지 가서 유원 동무를 내려 주면 돼. 아직 시간은 충분해……."

"승지 씨, 무슨 말을 하는 거예요." 자신을 돌려보내려는 것을 눈치 챈 유원이 남승지의 말을 가로채, 당치도 않다는 듯이 말했다. "제 얘기를 하는 건가요? 괜찮으니, 박 동무, 차를 출발시키세요."

"그건 안 돼요. 유원 동무, 돌아가지 않으면 집에서 걱정해서 어디 갔는지 찾을 겁니다……."

"저는 어린애가 아니에요. 사람 말을 전혀 들어 보지도 않고 맘대로 하시네요. 괜찮다니까요. 박 동무, 이런 곳에 정차하지 말고 출발하세요. 그리고 서둘러 성내로 돌아오면 되잖아요. 가세요."

마치 트럭은 말, 박산봉은 마부 같았다. 트럭이 달리기 시작했다.

남승지는 잠시 멍하니 있었지만, 그녀의 무릎 위에 맡겨 둔 채로 놓인 스웨터 꾸러미를 보고 깜짝 놀라며 그 위에 손을 올렸다. 아, 미안, 이건 내가 들 테니……. 그녀는, 괜찮아요……라고 대답하고 무릎 위에 올려놓은 채 내놓지 않았다.

"전신주가 모두 새 것이네요. 오래된 전신주가 있는 건 성내로군요."

소풍을 가는 것도 아닌데 유원은 그야말로 태평이었다. 남승지는 성내로 돌아가는 것을 반대하며 Y리에 동행하는 유원이 내심 고마웠다. 띄엄띄엄 서 있는 가느다란 전신주가 비교적 새 것인 것은, 4·3 봉기 때 게릴라 부대가 절단한 뒤에 새로 설치했기 때문이었다. 햇빛을 반사하는 윤기 나는 검은 깃털을 가진 까마귀가 제각각 전신주 위에 오도카니 앉아 트럭의 질주를 내려다보고 있었다.

박산봉이 운전석 앞쪽의 케이스에서 기름때에 절은 담뱃갑을 한 손으로 꺼내 남승지 쪽으로, 아가씨, 앞을 가려서 죄송합니다. 라면서 내밀었다. 남승지는 한 개비를 꺼내 입에 물고, 성냥을 그어 불을 박산봉에게 건넸다. 담배가 맛있었다. 창문 밖으로 연기를 내뿜었다. 왼쪽으로 다가오는 소나무와 삼나무 숲에 덮인 원당 오름의 훨씬 전방에, 허름한 사진관과 잡화점 등의 작은 가게가 몇 채 늘어선 연도의 왼쪽 바리케이드 너머로 삼양경찰지서의 단층건물 기와지붕이 보였다.

"아가씨, 죄송합니다. 승지 동무도 몸을 아래로 숙여 주시오."

두 사람은 잠시 기름 냄새 나는 운전대 밑으로 뺨과 뺨이 맞닿기라도 할 것처럼 웅크리며 몸을 숨겼다.

길은 원당 오름 기슭을 크게 우회해서 뻗어 있고, 양쪽으로 펼쳐진 수확이 가까워진 조밭과 수확이 끝난 보리밭 등의 농지가 펼쳐져 있었지만, 이제 더 이상 바다는 보이지 않았다. 거대한 까마귀 떼가 보리밭 위를 새까맣게 뒤덮고 트럭이 달리는 신작로 쪽을 바라보고 있었다. 기분이 나빠요……. 유원이 중얼거렸다. 검은 집단의 위력이 주위를 무섭게 압도했다.

"박 동무, 앞쪽에 송아지가 걸어가고 있어. 조심하세요……."

트럭이 경적을 울렸다. 몇십 미터 앞에 바퀴가 두 개 달린 수레를 끌면서, 등에 억새 등의 마른 풀을 잔뜩 실은 황소가 송아지를 거느리고 길 한복판을 천천히 걷고 있었다. 뒤를 돌아본 남자가 소를 채찍질하면서 길가 돌담 옆으로 소를 몰아 길을 비켜 주었다. 트럭은 속도를 늦추며 소 옆으로 지나쳤다.

박산봉은 기분이 좋아 보였다. 성내를 나온 지 얼마 안 되어 고개의 오르막길에서 남승지를 태울 때의 꽤나 긴장하던 표정은 사라지고 없었다. 그의 턱이 튀어나온 볼은 느슨해지고, 담배꽁초를 밖으로 내던지고 난 뒤에, 그는 양팔을 삼각으로 내민 채 핸들을 돌리며, 뭔가 가볍게 콧노래를 부르기 시작했다. 영문도 모른 채 유원을 태운 당초에는 불안과 긴장, 게다가 황송한 마음까지 들었던 것이다.

"아가씨, 전 영광입니다. 아가씨가 이렇게 트럭의 운전석에 앉아 주셔서, 다른 '양갓집 규수'들은 절대 이런 일을 하지 않으니까요. 아가씨처럼 품위가 있는 것도 아닌데 말이죠. 으─음, 유원 아가씨는 우리를 이해해 주시고……. 게다가 오늘은 승지 동무도 함께라니, 아아, 저는 평생 오늘 일을 잊지 못할 겁니다. 절대로……."

"박 동무는 대단한 허풍쟁이로군요."

유원이 웃으며 말했다.

"이봐, 박 동무 운전이나 잘해."

"아가씨가 타고 계시는데, 내가 죽는 한이 있어도 그런 일은 없어!"

곧 조천리였다. 이미 반 정도 달려왔으니, 앞으로 2, 30분이면 Y리에 도착할 것이다. 이방근은 트럭으로 Y리까지 30분 정도 걸릴 거라고 말했지만, 그것은 대략적인 것으로, 이미 30분 가까이 지나고 있었다.

복잡한 해안선 너머로 작은 섬이 점점이 놓인 바다를 바라보면서, 연도 오른쪽으로 다가온 낮은 벼랑을 따라 구불구불하게 이어진 신작로를 트럭은 속도를 줄이고 달렸다. 바다의 석양빛은 점차 안으로 가라앉고, 동쪽으로부터 무거운 색이 바다를 지배하기 시작하고 있었다. 아아, 보석 같은 시간이다. 남승지는 이미 회색빛이 감도는 하얀 파도를 겹치며 일렁이는 넓은 바다를 바라보면서, 가슴이 꽉 죄어드는 통증을 느꼈다. 이미 구불구불한 길은 끝나고, 꽤 시야가 트인 직선도로가 펼쳐졌다. 트럭은 계속해서 바다를 보면서 달렸다.

두 사람은 다시 몸을 웅크렸다. 트럭은 조천리의 면사무소, 경찰지서, 우체국, 소방서 등이 늘어서 있는 신작로를 아무 일도 없이 지나쳤다.

한동안 인적이 없는 신작로를 달렸다. 다음의 K리를 통과하면, 그 다음이 Y리였다.

남승지는 어지간히, 박 동무, 좀 천천히 달리라고 말하고 싶을 정도로, 남은 시간이 참으로 소중하고 아깝게 느껴졌다. 어느새 여기까지 와 버렸는가. 그 사이 무슨 이야기를 나누었던가. 특별히 꼭 해야 할 말이 있는 것은 아니었지만, 한시라도 빨리 유원이 성내로 돌아가기를 바라면서도, 한편으로는 아무것도 한 것 없이 여기까지 와 버린 듯한, Y리가 이 순간 멀리 날아가 버렸으면 하는 허무한 충동을 느꼈다. 박산봉이란 놈은, 유원을 서둘러 성내에 돌려보낼 궁리만 하고 있는 것이다. 자신은 지금부터 돌아가는 길에도 그녀와 함께 차를 타고 갈 수 있겠지만, 이쪽 입장도 조금도 생각해 주지 않고……

설마 유원이 동승한 줄은 몰랐던 남승지는, 오랜만에 만난 박산봉에게 유달현이나 정세용의 그 뒷일에 대해서 어떻게 되었는지, 요즘은 무슨 낌새가 없는지 직접 물어볼 생각이었다. 그러나 지금 그건 아무래도 좋았다. 지금 여기에, 이렇게 유원과 함께 있다는 기쁨. 이대로 트럭이 덜컹덜컹 심하게 흔들려도 상관없었다. 성산포를 향해 내달리고, 거기서 다시 이 섬의 동쪽 끝을 빙 돌아 서귀포에……. 제주도를 일주하고 싶다. 그리고 성내로 돌아가, 읍내 안에서 몸을 숨길 필요도 없고, 누구나가 자유롭게 이야기하고, 자유롭게 걸어 다닐 수 있는 평화로운 읍, 섬……. 문득 바람처럼 머리를 스치고 지나가는 이미지가 마음을 사로잡았다.

"으-음, 흠……."

남승지는 큰 한숨을 쉬었다.

"승지 씨, 왜 그래요?"

"아닙니다."

남승지는 당황해서 고개를 옆으로 저었다. 유원의 그 의아해하는 목소리가 기뻤다.

조천에 뒤지지 않을 만큼 큰 K리 마을을 가로지르자, 이윽고 길은 크게 구불거렸고 왼쪽으로 완만한 오름을 바라보면서 그 기슭으로 다가가 낮은 고갯길로 접어들었다. 이번의 이른 봄, 강몽구와 게릴라 봉기에 필요한 자금 조달을 위해 일본에 동행했을 때, 밤에 Y리 마을을 나선 남승지는 이 오름의 소나무 숲에 숨어 약속된 성산포 방면에서 오는 군용 트럭에 동승해서 사라봉 동쪽의 S리 마을에서 심야 밀항선을 탔던 것이었다.

아직 해는 밝았다. 절망적으로 다가오는 헤어질 시간을 앞두고, 남승지는 이를 악물었다. 오름 기슭의 완만한 언덕을 Y리 방면을 향해 트럭은 달려갔다. Y리라고는 해도 그곳에 직접 들어가는 것은 아니고, Y리에서 떨어진 곳에 내려, 산 쪽으로 향하는 길로 걸어가야 했다.

얼마 안 가서 신작로 왼쪽으로 도로에 접한 교문을 열어 놓은 국민학교의 낮은 건물이 보였는데, 인적이 없는 저녁의 교정은 순식간에 뒤로 사라지고, 트럭은 마을 입구로 다가갔다.

"승지 동무, 어디서 내릴 거지?"

"어……?"

남승지는 남의 일처럼 어리둥절해하며 대답했다. 그는 박산봉의 말에 화가 치밀었다. 마치 자신 만을 짐짝처럼 내려놓고 서둘러 돌아가겠다는 듯한 말투였기 때문이다. 아니 아니지, 악의가 있어서 그런 게 아니다.

"차를 어디다 세울 거냐고?"

그렇지, 그렇게 말해야지……. 박산봉이 들었다면, 아아, 까다로운 사람이라고 할 것이다.

"글쎄, Y리에서 조금 더 가서 소나무가 한 그루 서 있는 곳에 세워 줘. 난 거기서 내릴 거야."

트럭은 계속 달렸다.

"아아, 소나무가 보여요." 유원이 신기한 것을 봤다는 듯이 작은 목소리로 외쳤다. "저 소나무는 산 쪽으로 기울어져 있어요. 여기서 보니 확실히 그렇게 보여요. 한 그루밖에 없으니 세찬 바람을 견뎌 내고 있겠지요."

전방 오른편에 조금 밭쪽으로 들어가 서 있는 다소 불안정한 자세를 취한 7, 8미터가량의 소나무가 보였다. 강한 바닷바람에 노출돼 있어서 전체 모양이 산 쪽으로 굽어 있을 뿐만 아니라, 바다 쪽의 가지들은 꽤 꺾여 나가서 마치 여자의 머리카락을 바람에 나부끼고 있는 것처럼 산 쪽을 향한 가지들만 무성했다. 오직 한 그루만이 우뚝 서서 강한 북풍을 견뎌온 듯한 그 모습은, 이제 더 이상 휘지 않겠다는 불굴의 의지를 표현하는 것처럼 보였다. 그 옆에는 커다란 바위가 있었다. 주위에 사람의 그림자는 보이지 않았다. 아아…… 헤어진다고 생각하니, 남승지는 갑자기 가슴 안쪽을 무언가 날카로운 것이 찌르는 듯한 기분이 들었다. 순식간에 지나간 수십 분, 마치 꿈같은 시간이었다.

트럭이 멈췄다.

문을 열고 보자기 꾸러미를 손에 든 유원이 내리고, 남승지가 밀짚모자를 머리에 눌러쓰고 트럭에서 내렸다. 운전석 쪽의 문을 연 박산봉이 지면에 뛰어내렸다.

"자아, 유원 동무, 어서 타요. 박 동무도 내릴 필요 없어."

남승지는 엔진이 걸려 있는 채로 덜덜거리고 있는 보닛 너머로, 건너편에 서 있는 박산봉을 보며 말했다.

남승지와 유원이 다시 이별의 악수를 하고, 스웨터의 보자기 꾸러미가 남승지에게 건네졌다.

"다음에 언제 오시는지 모르세요?"

바람에 그녀의 머리카락이 흩날렸다. 남승지는 말없이 고개를 끄덕였다. 말이 잘 나오지 않았다. 즉 확실한 대답을 가지고 있지 않았다. 유원 말에는 '해방 지구'에 꼭 가 보고 싶다던 숙제가 넌지시 포함되어 있었다.

"이거, 고마워요⋯⋯." 남승지는 보자기 꾸러미를 가리키며 말했다. "그럼⋯⋯."

남승지가 유원의 앞을 떠나려 할 때, 승지 동무⋯⋯ 하고, 박산봉이 주변을 의식하며 보닛 너머에서 말했다.

"그리고 아가씨, 전 저쪽까지, 마을 근처까지 갔다 올 테니. 5분이나 10분쯤 뒤에 여기로 돌아올게요⋯⋯."

박산봉은 운전대에 올라타, 안에서 양쪽 문을 닫더니, 그럼 바로 돌아올 테니까, 하고 흙먼지를 날리며 그대로 동쪽을 향해 달려갔다.

두 사람은 어안이 벙벙하여 그 자리에 남겨진 채 우뚝 서 있었는데, 그렇다고 계속 그렇게 서 있을 수는 없었다. 마치 사전에 계획이라도 한 것처럼, 두 사람은 서둘러 신작로 건너편에 있는 밭 쪽으로 건너갔다. 주위에 사람 그림자는 없었지만, 사람들 눈에 띄지 않는 편이 좋았다.

남승지는 반사적으로 유원의 손을 잡고, 길가의 잡초로 뒤덮인 작고 마른 도랑을 뛰어넘어 소나무 그늘로 들어갔지만, 신작로에서 훤히 다 들여다보였고, 거목도 아닌 나무줄기로는 두 사람의 모습을 감출 수도 없었다. 두 사람은 본능적으로 남녀의 움직임이라기보다는, 지하조직원인 남승지의 입장에서 오는 충동도 작용하여, 아주 작은 순간이라도 뭔가의 시선을 피하려 하고 있었다. 수확이 끝난 보리밭에 들어가 주위를 둘러싸고 있는 돌담 그늘에 몸을 숨길 수도 있었지만, 그렇게까지 하지는 않았다.

남승지는 일단 놓았던 유원의 손을 의식적으로 다시 잡고, 바로 옆의 몇 걸음 떨어진 곳에 있는 큰 바위의, 도로 반대쪽의 그늘로 잡초를 밟으며 들어갔다. 바위는 족히 사람 키 정도는 됨직한 높이였다.

동쪽에서 자동차의 엔진 폭발음이 들려왔다. 남승지는 움찔했다. 설마 박산봉의 트럭이…… 하고 생각했지만, 그러기에는 너무 빨랐다. 버스였다. 두 사람은 가까워지는 버스에서 사각지대가 되어 있는 바위의 움푹 파인 곳에 엉거주춤한 자세로 몸을 숨겼다. 잡초가 자라 있었고, 담쟁이넝쿨이 삼각형에 가까운 바위 벽면의 중간쯤 높이까지 올라가, 서로 얽히면서 반대편 쪽으로 뻗어 있었다.

"Y리를 지나는 마지막 버스로군."

남승지의 목소리는 냉정했지만, 아니 당장이라도 사소한 일로 음성이 평정심을 잃고 떨릴 것 같았고, 심장이 튀어 나올 것처럼 격렬하게 춤추고 있었다. 남승지는 뭘 해야 좋을지 몰랐고, 유원도 그저 잠자코 있었다. 접근하는 버스 소리를 듣기 위해 그곳에 몸을 숨기고 있는 것처럼. 그저 그렇게 몸을 숨기고 있는 것이 목적인 것처럼. 뭔가 말을 해야 했지만, 박산봉이 남기고 간 5분이나 10분이라는 시간이 뭔가를 선고하듯이 속박하는 힘을 지니고 있어서, 도저히 입을 뗄 마음의 여유를 주지 않았다. 격렬하게 움직이는 감정이 목구멍을 틀어막고 말을 억누르고 있었다. 목이 심하게 말랐다. 옆에 있는 소나무 꼭대기에서 바람 소리가 났다.

"박 동무는 무슨 일이 있는 걸까요?"

유원이 작은 목소리로 말했다.

"알 수 없지요. 금방 이쪽으로 돌아온다고 했으니까……."

커다란 소리를 내며 다가온 고물 버스가 바위 저쪽 편의 신작로에서 돌멩이를 튕기며 기세 좋게 통과했다. 내리는 사람도 타는 사람도 없는 것 같았다. "그건, 지금은 아무래도 상관없는 일이고……."

트럭이 곧 돌아온다는 사실 외에, 아무래도 상관없었다. 트럭은 곧 여기로 돌아올 것이다. 지금 다리가 땅속에 부드럽게 빠져들 것 같은 믿을 수 없는 일이 일어나고 있었다. 이 순간 바위 그늘에 서 있는 기적은 꿈처럼, 구름을 타고 있는 것처럼 그리고 궤도를 따라 나아가는 수레바퀴처럼 확실하게 그대로 지속되어야 한다. 바위를 스치고 지나간 바람이 머리 위에서 윙윙거렸다. 남승지는 보자기 꾸러미를 풀숲에 내려놓은 뒤, 유원과의 30센티 정도 거리를 단숨에 좁히고, 이쪽 바위 그늘에서 깊은 골짜기의 갈라진 곳 건너편으로 목숨 걸고 뛰어넘을 듯한 기세로 그녀를 안았다. 안았다기보다는 달라붙었다. 그녀를 결코 놓치지 않겠다는 듯이, 아니 자신의 수치심을 이겨내려는 듯이 그녀를 안고, 그 머리카락이 흐트러져 있는 목덜미에 얼굴을 파묻었다. 사리를 분별하기 어려웠다. 눈을 감고 있었다. 다리가 휘청거리는 바람에, 뜻하지 않게 그녀를 바위 벽면에 밀어붙였다.

"아이구, 안돼요. 스웨터가 더러워져요. 얼룩이 눈에 띈다구요."

남승지는 섬뜩한 기운을 느끼며 눈을 뜨자, 온몸에서 힘이 빠지기 시작했지만, 그대로 우뚝 선 자세를 가다듬고 다시 그녀를 껴안았다. 세게 안았다. 미안, 미안……. 그는 다시 그녀의 귀 밑의 흐트러진 머리에 코끝을 대고 목덜미에 얼굴을 파묻으며 신음했다.

깊은 숲에 몸을 가라앉혔다. 마치 방금 목욕을 하고 나온 것처럼, 확 풍겨 오는 체취. 그는 이방근에게 들었던 자기 몸의 악취를 두려워하면서 현기증을 느꼈다. 유원의 몸에서 이런 냄새가 났던가. 그녀는 그가 하는 대로, 그렇다고 무너지는 것도 아니면서, 자신을 지탱하고 있었다. 그 양손은 남승지의 상반신을 감싸지는 않았지만, 자신의 몸을 꺼안고 있는 그의 두 팔을 떨쳐 내려고도 하지 않았다. 그녀의 몸은 굳어 있었다. 딱딱했다. 그녀의 목덜미에서 어깨로 이어지는 부분에 닿아 있던 그의 입술이 살짝 열려 움직였다.

유원이 몸을 젖히듯이 턱을 조금 들어 올리자, 남승지의 위치를 조금 벗어난 얼굴을 파고들게 하면서 흰 목을 드러냈다. 안 돼요, 그만, 그만, ……. 그녀는 양손을 남승지의 허리 양쪽에 버티듯이 강하게 대고, 몸을 뿌리치려 하였다. 움직이지 않는다. 그의 몸은 강철 같았다. 안 돼요, 뭐하는 거예요……. 아아, 무슨 말을 하는 건가. 두 사람은 비틀거리며 풀숲으로 쓰러졌다. 아이구……. 그녀가 목소리를 높였다.

남승지는 그녀의 가슴에, 스웨터 위로 봉긋한 융기를 충분히 느끼며, 가슴의 우묵한 부분에 얼굴을 파묻었다. 그리고 전신에서 힘을 빼고, 그저 그녀 위에서 뭘 해야 될지 모르는 것처럼 상반신을 포갰다. 그녀도 잠시 움직이는 것을 잊고 쓰러진 채 가만히 있었다. 남승지는 어깨로 숨을 쉬고 있었다. 어찌하면 되는가……. 뭐하는 거예요. ……목소리가 울렸다. 그래, 무슨 짓을 하고 있는 건가. 난 유원의 결혼을 파괴하려 하고 있다. 비열한 인간이다. 그는 그녀의 가슴에 얼굴을 밀어붙였다. 아아, 여기는 어딘가. 나는 대체 무엇을 하고 있는가……. 뭔가, 이 울림은……. 그녀의 심장이 춤추고 있었다. 총성이, 둔탁한 총성이 계곡 밑에서 울린다.

"……그 남자하고 결혼할 거요?" 그는 우물거리는 목소리로 말했다. 그녀의 대답은 없었다. "결혼할 생각이군……."

그는 상반신을 끌어올려 그녀의 입술에 입술을 포갰다. 그녀는 굳게 다문 입술을 얼굴을 옆으로 피했다. 앗, 트럭이 와요……. 그녀가 숨이 막히듯 목소리를 내었다. 남승지는 그녀가 말을 하려고 벌린 입을 쫓아 거기에 입술을 묻었다. 그녀는 입술을 다문 채 고개를 좌우로 흔들었다. 안 돼, 안 돼……. 왜, 왜. 그는 마음속에서 날카롭게 외치고 있었다. 일어나요. 빨리 일어나지 않으면…….

두 사람은 일어났다. 그녀의 거절과, 트럭이 와요……라는 목소리가 겹쳐져 남승지는 씁쓸했다.

"트럭이 온다는 건 거짓말이잖아."

찢기고 뒤틀린 기쁨으로 남승지의 얼굴이 크게 일그러졌다.

"거짓말이 아니에요."

유원은 옆으로 몸을 돌려 스웨터의 가슴과 허리 등에 달라붙은 풀과 마른 잎들을 털어 내고 머리카락을 정리했다. 남승지가 그녀 뒤로 돌아가 등에 붙은 마른풀과 흙덩어리 등을 손가락으로 떼어 내고, 털어서 떨어뜨렸다. 허리 근처에 손을 대는 것은 좀 망설여졌지만, 눈 딱 감고 엉덩이를 털고 지푸라기 같은 것을 떼어 냈다.

"……이제, 됐어요."

"풀이 붙어 있어요."

"제가 할게요……."

그녀는 몸의 위치를 바꾸어 돌아보고, 고마워요…… 하면서 자신의 손으로 하반신을 가볍게 털었다. 그리고 등 쪽은 괜찮은 거죠…… 하고 다짐을 받았다.

"……트럭이 와요."

분명히 엔진 소리가 이쪽으로 들려왔다.

"유원 동무는 역시 결혼하는군요……."

유원의 턱 밑 주위의 스웨터에 파란 풀씨로 보이는 곡물 크기의 알갱이가 붙어 있는 것을 남승지가 허둥지둥 손가락으로 떼어 내면서 말했다.

"왜 그런 걸 묻는 건가요?"

유원은 갑자기 자신의 몸을 남승지 쪽으로 기대듯이 하고는, 그 부드럽게 닫힌 두 개의 입술을 남승지의 당혹스러워하는 입술에 대었다. 접근하는 트럭에서는 사각지대인 바위 그늘에 숨어서 이루어진 두 사람의 순간적인 포옹은 끝났다. 몸이 떨어지는 순간, 그녀의 눈은 도깨비불처럼 빛나고, 반짝하는 눈물이 글썽거렸다. 서둘러야……. 미리 연도에 나가 있어야만 한다.

"아, 아직 붙어 있어요."

남승지는 그녀의 하얀 스웨터 가슴께의 작은 풀을, 아니, 그것은 작은 푸른색 벌레였다. 그는 말없이 그걸 손가락으로 떼어 내어 버렸다.

"승지 씨도……."

유원이 기침을 하면서 말했다.

"난 괜찮아요." 그는 양손으로 번갈아 가며 작업복 상의와 바지를 적당히 털어 내면서 말했다. "괜찮으니까, 자, 서둘러요."

그녀가 보자기 꾸러미와 땅에 벗겨져 떨어져 있던 밀짚모자를 주워서 건넸다. 두 사람은 커다란 바위 그늘을 나와 한 그루 소나무 아래에 섰다. 아아, 늦지 않았다. 도대체 무엇에 늦지 않았단 말인가. 남승지는 심장의 격렬한 고동이 진정되지 않았다. 석양에 반사되어 앞 유리창 전면이 날카롭게 흰빛을 발하는 트럭이, 흙먼지를 날리며 다가왔다. 운전대의 박산봉의 모습은 이쪽의 눈을 쏘는 빛의 막에 가로막혀 보이지 않았지만, 남해자동차의 트럭이었다.

"가까운 시일 안에 성내에 올 겁니다."

"가까운 시일…… . 언제쯤?"

"으-음, 가까운 시일 안에. 보름 안에…… . 꼭 성내에 갈 겁니다."

Y리에 와 있으면서, 성내에 간다가 아니라, 온다……고 한 그것을 남승지는 고쳐서 말했다. 트럭이 가까이 다가오면서 속도를 떨어뜨렸다. 빛의 각도가 바뀌어 유리창 안쪽에서 핸들을 잡고 있는 박산봉의 모습이 보였다.

키 큰 소나무 근처에서 트럭이 멈추고 문이 열렸다.

"박 동무, 용무는 끝났나?"

길가에 나와 있던 남승지가 말했다.

"아아, 끝냈지. 그럼, 조심하라구."

"고마워. 잘 부탁해."

유원이 계단을 밟고 조수석에 올라타자 문이 닫혔다. 트럭이 엔진을 뿜어내며 움직였다.

"건강하세요!"

유원이 움직이기 시작한 트럭 창문에서 손을 흔들었다.

트럭은 신작로를 서쪽을 향해 달렸다.

남승지는 뭔가 무거운 짐을 내려놓은 것처럼, 큰 한숨을 쉬었다. 그리고 한 그루 소나무 쪽으로 되돌아와, 농로를 타고 산 쪽의 길로 나가기 위해 걸어갔다.

시간은 여섯 시를 지나고 있었다. 트럭이 5분 만에 돌아온 건지, 10분 만에 돌아온 건지는 알 수 없었다. 유원의 하얀 스웨터의 가슴께를 기어가고 있던 작고 푸른 벌레의 움직임이 선명하게 떠올랐다. 참으로 잘한 건, 벌레라고 말하지 않은 것이다. 스웨터에서 목덜미 쪽으로 기어가는 벌레라는 걸 알았다면 그녀는 비명을 질렀을 것이다.

하늘을 올려다보니 구름이 달리는 가운데 저녁놀이 지기 시작하고 있었다. 시선을 아득히 먼 한라산 쪽으로 돌리자(저절로 시선이 그쪽으로 끌려갔지만) 깜짝 놀랄 만큼 산의 자태가 달라 보였다. 상당히 비스듬하게 예각적으로 산을 볼 수 있는 위치에 서 있었던 것이다. 성내 주위에서는 동서로 산자락을 펼치며 뻗어가는 한라산의 북면을 거의 정면에서 조망하게 되지만, 성내에서 본다면 Y리 일대는 상당히 동쪽에 있었고, 산의 동북면을 바라보는 위치였다. 옆으로 느긋하게 날개를 펴고 쉬는 듯한 느낌의 북면도 아름답지만, 산 정상 부근을 깎아 올린 듯 가파르게 솟아 있는 모습 또한 웅장하고 아름다운 자태를 돋보이게 했다. 산 중턱 일대에 연무가 걸린 것처럼 아득하게 산자락을 펼친 한라산이, 아득히 먼 곳에 있는 것처럼 느껴졌다.

그는 밀짚모자 끈을 묶고 보자기 꾸러미를 손에 들고서 길을 재촉했다. 도중에 지팡이로 쓸 만한 마른 나뭇가지를 주워들었다. 독사를 쫓아내기 위해서였다. 풀숲을 갈 때는 그것으로 주위의 풀을 내리친다. 바위 그늘의 풀숲에 유원과 누워 있을 때, 혹시 그녀가 독사에게 목덜미를 물리기라도 했다면. 아아, 지네에게 물리기라도 했다면……. 아아, 목덜미에 입술을 댄 것은 바로 나다. 남승지는 몸서리를 치면서 식은땀이 솟아나는 것을 느꼈다.

밭의 돌담 사이로 난 갈지자의 농로를 나와, 산 쪽 마을로 통하는 작은 길로 들어섰다. 억새가 바람에 나부끼는 들판에 사람 그림자는 없고, 새떼가 하늘을 날고 있었다. 막대기를 휘두르자, 어디선지 푸드덕하고 비둘기 한 마리가 날아올라 사람을 놀라게 했다. 머리가 날이 선 것처럼 날카로워져 있었고, 마치 격렬하게 뜨거운 사정을 한 것처럼, 그대로 하늘의 일부가 된 것 같고, 두개골이고 뭐고 전부 벗겨져

나간 듯한 텅 빈 느낌이었다.

몸 전체가 빈껍데기이고, 그 빈껍데기 전체가 뭔가에 흔들려, 흘러 넘치고, 용솟음치고 있었다. 그것은 무(無)에서 형태를 이루고, 그리고 여자의, 유원의 움직이는 상을 맺었다. 그것은 아득히 먼 산 저편에 서 있는 상이자, 깊은 골짜기의 무서운 틈새의 건너편 기슭에서 거친 대기의 흐름 속에 서서 멀어져 가는 모습이었다. 석양을 향해 달려가는 트럭의 뒷모습.

믿을 수 없는 일이었지만, 유원과의 포옹, 그것은 지금은 손으로 만질 수도 느낄 수도 없는, 공기를 만지고 있는 것처럼 사라져 버렸지만, 꿈은 아니었다. 유원과 공유할 수 있는 사건이었다. 그녀의 그에 대한 생각이 어떠하든, 그 바위 그늘에서의 일은 현실이었다.

남승지는 초가을 저녁의 공기를 가슴 가득 들이마시고 들뜬 발걸음으로 지면을 힘차게 밟으며, 지금 자신이 누구인지 알 수 없는 혼란에 빠져 있었다.

강몽구 일행이 있는 중산간 부락지대의 아지트로 향하고 있는 자신을 충분히 의식하면서, 발은 양준오에게 받은 즈크화로 무장하고, 바다 쪽에서 불어오는 바람을 등으로 받으며 경쾌하게 앞으로 나아가고 있었지만, 자신이 무슨 일을 한 것인지, 자신이 한 일을 통 알 수가 없었다. 흥분이 가라앉지 않아, 심장은 아직도 격렬한 고동으로 계속되고 있었다. 마음이 혼란스럽고 머릿속이 복잡한 것은 뜨거운 감정의 물결 때문이라고, 그 혼란스런 마음이 느끼고 있었다.

머릿속은 텅 비었고, 그 텅 빈 머리 두개골의 벽이 없는 투명한 공간에 팽팽하게 하나의 줄이 걸쳐 있었는데, 바람 소리와 함께 울고 있었다. 아아, 유원을 알 수가 없다. 나는 자신이 계속 불타는 뜨거운 감정의 도가니를 안고 있다는 것을 인정할 수 있다. 바위 그늘에서의 일은 그녀에게 어떤 의미가 있는지 알 수가 없다. 헤어지는 마지막 순간까지 이 보자기 꾸러미를 들고 있던 유원. 나는 그런 짓을 했는데, 그것도 아지트로 향하는 도중에 그런 짓을 했는데, 그것이 어떤 의미인지, 풀숲의 지면에 누워 있던 두 사람의 몸이 존재할 뿐, 존재했을 뿐, 알 수가 없다. 그러나 유원은 얼마나 차가운 여자인가. 허공에 걸린 한 줄의 현에서 그녀의 목소리가 울렸다……. 안 돼요, 뭐하는 거예요! 앗, 트럭이 와요. 사람의 마음을 차가운 나이프로 찌르는 말. 그녀의 마음도 스웨터와 바지에 감싸인 탄력 있는 몸도 식어 있었던 것인가.

"아니, 그렇지 않다!"

남승지는 인적이 없는 들판을 가면서 혼자 소리를 질렀다. 허공에 걸려 있던 현에, 그녀의 목소리에 뒤지지 않을 만큼 큰 소리로 울려 퍼졌다……. 그래, 그렇지는 않다. 그녀는 그때, 갑자기 나에게 안겨 왔다. 그는 끈적거리는 침을 삼키고 입술을 움직였다. ……그리고 이 입술에 그녀의 입술을 대었던 것이다! 아아, 도대체 어찌 된 일인가. 뭐가 뭔지 알 수가 없었다. 누군가가, 어디에선가, 가슴에 통증을 주사하듯이 주입했다. 그는 보자기를 들고 있던 손으로 가슴을 누른 채 상체를 구부렸다. 유원 동무는 역시 결혼하는군요. 그런가 보군요. ……왜 그런 걸 묻는 건가요. 허공에 걸린 투명한 한 줄의 현이 울렸다. ……그리고 그녀는 양손을 뻗어 내 목을 감고 입을 포개어 왔다. 그는 여전히 머리도 가슴도 멍한 상태였다. 이런 일이 일어날 수 있다니. 그녀는 역시 나를 사랑하고 있다. 그렇지 않은가. 나를 좋아하는 것이다……. 그렇지 않은가. 내가 입을 맞추었을 때 조개처럼 꽉 다물어져 있던 입술이, 그녀 자신이 입술을 포개 왔을 때도 열리지는 않았지만(그래, 그것이 그녀의 음탕하지 않은 조신한 면모인 것이다, 라고 자신을 타일렀다), 그야말로 꽃잎의 감촉처럼 부드럽고 자상했다. 지금도 꽃잎의 향기와, 서로의 얇디얇은 입술의 피막이 경계를 허물고 찰싹 달라붙어 녹아드는 듯한 감촉이 이 입술에 남아 있다……. 그는 순간 왠지 무서운 느낌에 빠졌다. 유원 동무는 역시 결혼하는군요. 왜 그런 걸 묻는 건가요? 그녀는 왜 그런 말을 했을까. 무슨 의미일까. 두 사람의 포옹은 그녀에게 기쁨을 주지 못했던 것일까.

갑자기 현기증이 날 것 같은 기분에 사로잡히며, 어쩌면 그건 이별의 키스일지도……라는 생각이 남승지의 머릿속을 스쳤다. 허무한 이별의 키스. 영화나 소설에서 자주 나오는 장면이다. 설마, 그는 가슴에 검은 구멍이 생길 것 같은 기분이 들었다. 다음에 또 언제 성내에 오는지를 열심히 묻고 있었다. 나를 기다리고 있는 것이다. 아니, '해방 지구'에, "'트'가 있는 곳"에 가 보고 싶기 때문이다……. 아아, 모르겠다.

그는 금방이라도 툭 하고 꺾일 것만 같은 다리를 상반신과 함께 추스르며 걸었다. 영화는 언제 보았던가. 이미, 저 세상처럼 아득한 옛날이군……. 산을 보자. 한라산을 보자. 그는 막대기로 풀을 세차게 쓰러뜨렸다. 허공에 걸려 있던 현이 울고, 풀들의 비명을 그 울림에 싣고 연주했다. 한라산은 어느 샌가 정상에 구름을 두르고, 여전히 저 멀리 높이 솟아 있었다. 혹시……. 이 벽돌색 스웨터도 이별의 징표? 거기에 다시 꽃잎 같은 입술을 곁들여서……. 어라, 뭐야. 그는 담배를 찾다가 손에 닿는 것이 있어 깜짝 놀라며, 지폐 다발을 상의 주머니에서 꺼냈다. 까맣게 잊고 있었는데, 이방근이 응접실의 유원 앞에서 주머니에 넣어 준 것이었다. 뜨거운 것이 유원을 향한 마음과 겹쳐져 남승지의 가슴에 솟구쳐 올랐다. 그리고 그 밑바닥에서 동시에 힘이 솟아오르는 것을 느꼈다.

남승지는 백 원짜리 지폐 다발을 주머니에 넣은 뒤, 길가에 튀어나온 돌 위에 앉아 담배를 피웠다. 양준오에게 받은 담배 한 갑이 거의 그대로 남아 있었다. 그는 일단 집어넣었던 지폐 다발을 다시 꺼내, 바람에 날아가지 않도록 주의하면서 세어 보았다. 스무 장, 2천 원이 었다. 하급 경찰의 월급이 천 몇백 원 정도니까, 큰돈이었다. 음…….
그는 이 돈을 어떻게 할지를 생각하면서, 3, 4백 원은 바지 주머니에 들어 있었지만, 그것과는 별도로 상의 주머니에 소중히 넣어 두었다.

담배를 다 피우자, 그는 불을 끈 꽁초를 만일을 위해(그건 습관이 되어 있었지만) 상의 주머니에 넣고 일어섰다. 근처에서 솔바람이 마치 해변 에 부는 것처럼 불고 있었다. 시간은 일곱 시에 가까웠다. 며칠 후면 서머타임이 없어지고 원래의 시간으로 되돌아가는 모양인데, 그러니 까 지금은 여섯 시 전이 된다. 한 시간도 걷지 않았다. 아직 하늘은 밝았다. 앞으로 한 시간쯤 지나면, 어두워지기 전에 간부들이 있는 아지트로 갈 수 있을 것이었다.

그는 상의를 벗어 한 손에 걸치고, 다른 한쪽 손으로 상의의 소매와 등 부분을 가볍게 털었다. 옷감이 무명천이라서 그런지 특별히 눈에 띄게 붙어 있는 것은 없었다. 유원의 경우는 털실로 짠데다 색이 하얘 서, 뭐가 잘 묻고 눈에도 잘 띄는 것이었다. 아니, 그녀의 등을 땅에 밀어붙인 것은 내가 아니었던가. 가슴팍에 세게 얼굴을 묻고 상반신 으로 내리누르며……. 그래서 싫어도 여러 가지가 스웨터 등에 달라 붙었던 것이다. 식은땀이 났다. 그래, 확실히 눈에 띄는 하얀 스웨터 라 다행이었다. 그렇지 않았다면 집에 돌아가서 어쩔 뻔했나. 트럭 운전석 안에서 어쩌다 박산봉의 눈에 띈다면……. 그는 자신의 의혹 은 그렇다 치더라도, 노파심을 발휘해서 유원에게 주의를 주었을까. 집에서 본인이 한 번 더 스스로 점검하기 전에, 마른풀 같은 것이 발 견되면, 그것은 의심스런 행동으로 간주되지 않을까. 분명히 그녀의 등에는 붙어 있는 것은 아무것도 없었고, 하였을 터다.

그렇다 해도, 대체 어디에 갔다 왔다고 변명을 할 것인가. 적어도 오빠인 이방근에게는 설명할 수 있다고 해도, 만약 계모인 선옥이 유원의 외출을 수상쩍게 여기고, 더욱이 박산봉이 트럭으로 나를 Y리까지 데려다 준 것을 알게 된다면……. 다행히, 박산봉은 이방근을 찾아 집까지 오지는 않았지만, 선옥이 그것을 알고 있을 가능성은 있다. 충분히 있을 수 있는 일이었다. 그는 보자기 일도 겹쳐져, 걱정이 되었다.

남승지는 상의를 양손으로 펼쳐서 눈앞에 들고 코를 대어 냄새를 맡아 보았다. 흐-음……. 과연 자신의 상의이지만, 그다지 향기롭지 않은, 아니, 고약한 냄새가 풍기고 있었다. 그는 코를 킁킁거리며 조금 얼굴을 돌렸지만, 지금 이것이 바로 자신의 냄새인 것이다. 자신의 냄새라는 것을 알아차리고, 무심코 얼굴을 돌릴 것까지는 없는 일이었다. 그것은 산에서 투쟁하고 있는 사람에게는 당연한 일인데, 얼굴을 피하다니 당치도 않은 일이었다. 그나마 남승지는 성내와 같이 사람들이 사는 곳에 출입할 필요가 있어서, 청결한 편이었다. 그래도 냄새는 났다.

이방근이 지적한 '산사나이'로서의 자신의 땀과 때, 그리고 여러 가지 냄새들이 뒤섞인 체취를 본인은 깨닫지 못하는 법이지만, 그것이 옮겨져 스며들었을 상의가, 그 알지 못하는 냄새를 본인에게 맡게 했다. 아아, 유원은 나와 포옹하면서 용케도, 냄새가 나요! 라고 소리치지 않았다. 그녀의 포근하고 부드럽게 얼굴을 감싸는 듯한 향기로운 체취. 가능하다면 당장이라도 성내에, 그녀가 있는 곳으로 날아가고 싶다. 왜 트럭 같은 걸 타고 Y리까지 와서 이 마음을 흔들어 놓은 것일까. 속도를 내며 달려간 트럭은 지금쯤 성내에 도착했을 것이다. ……가까운 시일 안에 성내에 올 거니까. 가까운 시일 안에……. 언제쯤? 보름 안에, 반드시 갈 거요…….

보름 안의, 언제라고는 말하지 못했다. 과연 갈 수 있을지, 어떨지. 만나고 싶다. 한 시간쯤 전에 막 헤어졌는데도, 만나고 싶다. 지금 그녀는 성내로, 나는 산 쪽으로 거리가 터무니없이 멀어져 버렸다. 생각지도 않은 일이지만, 앞으로 보름동안 그녀를 만나지 않고는 견딜 수 없을 것 같은 생각이 드는 건 어찌 된 일일까. 처음으로 발견한 지금까지 없었던 감정의 극심한 소용돌이에 스스로도 놀랐다. 머릿속에 되살아나는 포옹이 자제하려는 마음을 날려 버렸다.

보름 안에 갈 수나 있을지 어떨지, 그것은 미리 기약할 수 없는 일이었다. 그러나 남승지는 정신이 들며 생각이 났는데, 그 무렵에는, 아니 앞으로 며칠 안에라도 이방근은 이사를 해서 그 집에 없을 것이다. 따라서 그 집에 직접 찾아갈 구실이 없어진다. 설령 이방근이 이사를 하지 않고 그 집에 머무른다고 해도, 과연 그 집안을 공공연하게 출입할 수 있을지 모를 일이었다. 남승지의 머릿속에서 뒷문의 검은 칠을 한 판자 한 장이 새처럼 날개를 펼치고 날아올랐다. 새의 그림자를 느끼고 그는 하늘을 올려다보았다. 새가 검은 날개를 커다랗게 펼치고 하늘을 날아갔다. 밤에 뒷문으로 유원의 방으로……. 어두운 정원수 옆에 있는 그녀의 방으로……? 이게 어찌 된 일인가. 눈앞에 알몸의 유원이 누워 바다에 떠 있는 것처럼 보였다. 그는 눈을 크게 떠 망상을 털어 내려고, 머리를 세차게 좌우로 흔들었다. 그리고는 갑자기 소리를 지르며 달리기 시작했다. 영문을 알 수 없는 소리를 지르며 조밭 사이의 돌담으로 둘러싸인 돌멩이투성이의 울퉁불퉁한 길을, 스웨터 보따리를 끌어안고 손에 막대기를 꽉 쥔 채 돌부리에 채여 넘어질 듯 휘청거리며 달렸다. 머리 위로 해질녘 하늘에서 하나의 현이 끊어지며 소리가 튀었다. 그런 일이 있을 수 있는가. 있어도 되는 것인가. 도대체 무슨 생각을. 이봐요……!

"유원, 유원, 이봐요……!"

그 목소리는 유원의 이름으로 바뀌어 있었다. 그는 숨을 헐떡이며 멈춰 서더니, 가슴을 감싸 안듯이 땅바닥에 몸을 웅크렸다. 격렬한 고동이 흉부를 때리며 심장을 밖으로 밀어내는 것 같아 견딜 수가 없었다. 귓가에서 세차게 울려 퍼지는 피아노 소리가 들렸다. 그는 자신의 상상이 무서워서 밀짚모자 위로 머리를 때리고 미친 듯이 웃었다. 눈에 눈물이 배어 있었다. 흥건히 땀에 젖어 있었다.

뭔가 기분이 후련해졌는지도 모르지만, 그는 무방비로 소리를 지르고 달렸다. 주변이 기복을 이루며 펼쳐져 있는 밭이라서, 무인지대라는 것을 충분히 의식하고 있었지만, 어디서 무슨 일이 일어날지 알 수 없었다. 항상 은밀하게 행동해야 하는데, 이것은 마치 자신의 존재를 광고하는 것이나 다름없고, 숲에 숨어서 날아오르지 않으면 총에 맞을 일도 없는 꿩이나 마찬가지다.

남승지는 즈크화의 끈을 단단히 고쳐 매고 걸었다. 서둘렀다. 그저 마냥 걸었다. 전신에 땀이 배었다. 중산간지대의 쌀쌀해지기 시작한 대지에 부는 서늘한 바람에 땀이 말랐다.

3, 4백 미터 전방에 미루나무 몇 그루가 늘어선 작은 마을 입구 주위에, 띄엄띄엄 초가집의 모습이 보였다. 사람 그림자는 없었다. 그는 마을 쪽으로는 다가서지 않고, 훨씬 바깥쪽인, 마치 강바닥처럼 움푹 패여 붉은 흙이 드러난 완만하게 경사진 길을 올라갔다. 핏빛의 붉은 흙. 선명한 벽돌색의 스웨터……. 그는 솟구쳐 오르는 상념을 억누르려 하지 않고, 바깥의 넓은 공간으로 자유롭게 날개를 펼치고 날아가게 내버려 두었다.

길과 지형은 점차 경사를 이루면서 서서히 한라산 기슭으로 수렴되는 광대한 고원지대가 보이는 주변까지 이르렀다. 자연의 목장을 이룬 고원의 일각에 풀을 뜯는 말과 소의 무리가 띄엄띄엄 흩어져 보였다. 한라산은 하늘 끝의 그림자가 내려앉은 것처럼 짙은 색의 실루엣으로 변하면서 윤곽을 무너뜨리려 하고 있었다. 돌아보니 저 멀리 지는 해에 반사되어 반짝이는 바다가 한눈에 들어왔다.

세 시간 가까이 걸어, 중산간의 한촌(寒村)에 있는 어느 농가 별채의 아지트에 도착한 것은, 거의 발밑을 분간하기 어려울 정도로 어두워졌을 때였다. 몹시 목이 말랐고, 배가 고팠다. 오늘 밤에 회의가 있었다.

9

새소리가 들리고 있었다. 정신을 차려 보니, 제법 시끄러웠다. 주위는 어두웠고, 어느새 밀림 속의 숯막으로 돌아와 있었나 하는 착각을 비몽사몽간에 일으킬 정도로, 새소리와 함께 남승지는 눈을 떴다.

깊이 잠이 들었던 모양이었다. 아니 이런……? 그래, 역시 그렇다. 근처의 나무 위에서 나는 듯한 새 소리에 뒤섞여, 아침을 알리는 닭의 위세 좋은 울음소리가 고원지대의 새벽 공기를 흔들며 들려왔다. 그래, 여기는 관음사 근처의 산속 아지트가 아니다. 농가 헛간의 짚 위에서 잠들었던 것이다. 스웨터 보따리를 베개 삼아 옆으로 누운 얼굴에 닿은 지푸라기가 콧구멍을 간질였고, 가라앉은 마른 짚 냄새가 났다.

어둠이 눈에 익숙해지자 두 사람의 남자가, 그렇긴 해도 한 사람은 중학생인 소년이었지만, 옆에서 자고 있는 것을 그 형체로 알았다. 불쾌한 냄새가, 시큼한 땀내 같은 이상한 냄새가 마른 짚 냄새에 섞여

468 火山島 8

막 잠에서 깬 남승지의 코를 자극했다. 어제 저녁때까지도 자신이 성내 양준오의 하숙집이나 이방근의 집에서, 이 정도까지는 아니라고 해도 발산시키고 있던, 이방근이 말하는 '산사나이'의, 산에서 생활하는 자들의 불결한 냄새였다. 서울역 구내 같은 데 모여 있는 누더기를 걸친 부랑자들의 몸에서 나는 고약한 냄새에 가깝다고 해도 좋을 것이었다. 점차 눈을 크게 뜨고 볼 정도로 악취가 코를 자극하는 것도 성내에 갔다 온 탓이고, 아마도 곧 익숙해져서, 자신도 악취에 젖어들며 그 속으로 들어가 버릴 것이었다.

본래 이곳 30채 정도의 작은 중산간 부락을 아지트로 삼기 시작한 것은 Y리의 세포원들이었는데, 거의가 근처 오름의 동굴을 주거지로 사용하고 있었지만, 때때로 농가 일을 도와주면서 마을 사람들과 함께 생활했다. 어젯밤에는 도당 관계의 조직 모임이 있었는데, 그 장소를 임시로 마련하기 위해 Y리의 세포원들이 경비를 겸해서 몇 명인가와 있었다. 습기가 차지 않도록 헛간 초가지붕과 토벽 사이의 벌어진 틈새로 바람이 들어오고 있었고, 그 너머로 엿보이는 새벽하늘은 어두운 젖빛을 띠고 있는 듯했다.

"여보게들, 모두 일어나. 날이 밝았어, 날이 새고 있다고……."

헛간의 판자문이 삐걱거리며 열렸다. 연무가 낀 듯한 입구의 어둠 속에 우뚝 선 키가 작은 남자의 목소리는, 같은 Y리에서 온, 예전의 세포동료였던 손 서방이었다. 서늘하게 볼을 스치며 냉기와 함께 흘러들어온 아침 연무의 냄새가 잠시 주위의 악취를 없앴다.

남승지 옆에서 두 사람의 형체가 모포 속에서 얼굴을 내밀고, 상반신을 움직이더니 작은 쪽의 한 사람이 크게 재채기를 하면서 몸을 일으켰다.

"이봐, 바위, 너, 감기라도 걸렸나."

"감기 같은 게 아니에요. 아침의 차가운 공기가 코에 닿아서 그래요."
바위가 잠이 가시지 않은 쉰 목소리로 말했다.

"흠, 네 코는 갓난아기 같구나. 갑자기 어머니 젖이 그리워진 건 아니겠지."

"그저께 밤에 Y리에 갔다 왔잖아요. 그때 어머니도 만났어요."

"아아, 그랬었지. 너, 연락원으로 갔다 왔었지. 수고했어. 그런데 어머니를 만났다는 얘기는 안 했잖아. 음, '규율 위반'이야, 어험⋯⋯."

어슴푸레 형체만 보이는 손 서방은 무언가로 지면을 쿵쿵 울리며 헛기침을 하고 웃었다. 아마 죽창일 것이다. 규율 위반⋯⋯. 남승지는 이유도 없이 조건반사처럼 움찔했다.

모두 옷을 입고 신발을 신은 채 자고 있었다. 남승지는 요즘 들어 신발을 신은 채 잔 것은 오랜만이었다. 숯막 아지트에서도 최근에 운동화만은 벗고 잤는데, 여기서는 만일의 사태에 대비해 야영 태세를 취하고 있었다. 어젯밤 양준오의 하숙집에서는 신발을 벗고, 옷을 벗고 러닝셔츠와 팬티만 입고 이불속으로 들어간 일이, 거짓말이거나 먼 옛날의 일처럼, 깊은 연무 저편의 세계와 같이 느껴졌다.

불침번은 손 서방 외에 마을 변두리까지 포함해서 서너 명이 섰고, 어젯밤의 다른 모임, 무기의 재분배를 위해 모였던 무장 게릴라 중의 두 사람이 보초를 서고 있었다.

그러나 전투 중에도 한밤중에 해안지대에서 군·경의 토벌대가 쳐들어오는 일은 거의 없다. 밀림과 숲으로 뒤덮여 있기 때문에 조명탄을 쏘아 올려도 소용이 없었고, 길도 없는 산간지대에서의 야간토벌은 그저 게릴라들의 함정에 빠질 뿐이었다. 주간의 토벌작전으로 산록 근처의 중산간지대까지 올라와도, 본토 출신의 그들은 익숙하지 않은 지형에 길을 잃거나, 기습을 피하기 위해 해안지대의 주둔지점까지의 거리를 계산하여 일몰이 되기 훨씬 전에 철수했다. 해안 부락조차 전등이 없는 야간에는 경찰의 출입이 없는 것이었다. 오히려 밤에 활약하는 것은 게릴라 쪽이었고, 지금도 해안이나 해안에 가까운 부락과의 은밀한 연락, 공작, 식량의 조달 등은 거의 밤에 이루어졌다.

"어때, 명우 동무는 오랜만에 옛 동료들과 함께했는데, 잠은 잘 잤나?"

"옛 동료가 아니지. 얼마 전까지도 같이 있었으니까. 내가 여기 도착한 건 밤이라서 서로의 얼굴도 확실히 확인을 못 했네."

"그래도 냄새로 다 알 수 있다구. 개나 고양이처럼 말야. 그래, 그렇지, 그쪽은 높으신 분이지. 도당 조직부 아닌가. 헷헷헤……. 춥진 않았나?"

"손 동무의 모포 덕분에 잘 잤어."

서로의 얼굴이 보이지 않는 박명(薄明)의 연무 속에서 희미한 윤곽의 형체를 향해 잠시 몇 마디 주고받았다. 남승지는 불침번을 선 손서방에게 빌린 모포를 두르고 있었다. 냄새를 의식하자면 이것도 대단하지만, 이미 남승지도 그 냄새의 일부가 되어 있었다. 이 일대는 2, 3백 미터의 고지대라서, 초가을로 들어선 밤의 냉기는 산속의 숯막 아지트 정도는 아니라고 해도 상당히 몸속으로 파고들었다. 겨울에는 2미터에 달하는 눈이 쌓이는 지대이다.

"아침을 먹으면 바로 출발이고, 이별이야."

음, 실제로 이별이 된다. Y리의 그룹도 조만간, 다만 조천면 지역 내이기는 하지만, 다른 지역으로 이동해야 하고, 지금 남승지 일행이 있는 관음사 주변의 숯막도 영구적인 것은 아니었다. 각각 독자적인 행동을 취함으로써, 어쩌면 전혀 만날 수 없게 될지도 모르는 일이었다. 아니, 그러고 보니 이 집은 아닌 것 같은데, 어디선가 된장국을 끓이는 듯한 냄새가 풍겨 왔다.

제1지대 관할의 게릴라 중에 소대장들을 합쳐서 20명 남짓한 식사
는, 마을 여자들과 동굴에서 내려온 Y리 그룹의 여자 대원 두세 명이
취사당번에 임하고 있었다. 어젯밤에 모인 도당 간부와 무장·비무장
대원들은 몇 채의 농가에 흩어져 묵고 있었는데, 날이 밝음과 동시에
참가자들은 모두 흩어져 각각의 아지트를 향해 출발할 예정이었다.
강몽구나 게릴라 사령관인 이성운 일행도 그렇지만, 보다 산기슭으로
들어간 산간에 있는 유격지대(支隊) 본부의 아지트를 제외한 이곳 중
산간 부락을 회합 장소로 정한 것은, 최악의 경우 아지트를 만약의
위험에서 지켜내기 위해서였다.

손 서방은 죽창 손잡이 쪽을 지면에 대고 쿵쿵 울리며, 형체만 보이
는 모습으로 박명의 연무 속에 사라졌다. 헛간 지붕 한참 위쪽에서
작은 새들의 지저귐이 계속되고 있었다.

날이 밝기 시작했다. 연무가 걷혔다. 주위는 투명도를 더해 오는 짙
은 물빛이 지배하고 있었다. 밤의 밑바닥에서 빛이 비쳐 들기 시작하
자 순식간에 밝아지는 느낌이 들면서, 아름다운 물빛으로부터 점차
아침놀에 물들어, 주위가 투명한 핑크의 베일에 덮였다. 이윽고 수목
들의 녹음이 눈에 스며들고, 작은 새들이 수목 위를 날아올라 하늘로
춤추며 날아갔다.

바위 소년도, 다른 한 사람의 대원, 그리고 안채에서 나온 이 집의
다갈색 감옷(감물로 염색한 삼실의 노동복)을 입은 주인들도, 밝은 빛 속
에서 처음 만난 것처럼 상대의 얼굴을 찬찬히 들여다보며 아침인사를
나눴다. 어젯밤에 만났었지만, 서로 어둠 속에서 남포등 불빛에 비친
얼굴을 본 정도였기 때문에, 각각의 전체 모습을 접하는 것은 빛 속의
오늘 아침이 처음이었다.

남승지는 볼이 연무로 촉촉해졌지만, 유원과의 포옹의 흥분이, 여

열이, 하룻밤이 지난 지금도 그의 마음속에서 사라지지 않고 남아 있었다. 몸빼(여성용 작업바지-역자)를 입고 낡은 붉은색 운동화를 신은 취사 담당 여자 대원의 모습을 보아도〔일본의 한신(阪神) 지방 동포 업자들이 보내온 것으로, 올봄에 강몽구와 일본에 동행했다 돌아오는 짐 속의 운동화도 그 천이 붉은색이었다. 일본에서는 한때 색깔 있는 운동화가 잘 팔렸다〕, 마치 가슴속 무언가를 도려내는 느낌으로, 유원이 클로즈업되면서 다가와 한순간 숨이 막힐 것 같았다. 도무지 믿기 어려운, 두렵기만 한 기쁨이 어째서 이리도 고통을 동반하는가. 왜 그런지 알 수 없는, 격렬한 감정의 고조였다. 어찌 되었든 거기에 그 포옹이라는 사실이, 마치 커다란 내장처럼 드러누워 있는 느낌이었다. 그 사실을 가슴에 계속 품고 있는 것도 괴롭고 미련이 남았지만, 그것이 꿈처럼 종잡을 수 없이 희미해져 버리는 것도 두려웠다. 그 혼돈스런 생각으로 인한 흥분이 포옹의 형태를 띠고 되살아나는 것이었다.

어젯밤의 회합 석상에서도 남승지는 성내 지구 세포조직 책임자인 유성원의 보고, 그리고 양준오의 정보를 토대로 한 보고를 하면서, 자신을 비추는 남포등 불꽃이 흔들리는 방의 분위기에, 누군가 그 포옹을 본 것은 아닐까, 아니 지금 내 머릿속에 되살아나는 포옹의 모습을 이 자리의 누군가가 간파하고 있는 것은 아닐까, 하는 공포까지 느꼈던 것이다.

이른 아침의 작은 마을 한 모퉁이가 사람들의 숨결로 웅성거렸다. 갓난아기의 울음소리가 나고, 개가 짖었다. 몇 명 단위로 간단한 인원 점호를 하는 호령이 몇 개나 겹치며 들려왔다.

말들이 물을 마시고 있는 근처의 연못에서 얼굴을 씻느라 분주하였는데, 개중에는 씻지 않는 사람도 있었다. 식사가 시작되었다. 쌀쌀한 초가을의 아침 연무가 드리운 농가의 안뜰 가득히, 부엌에서 흘러나

오는 따뜻하고 향기로운 된장국 냄새가 퍼지고 있었다. 마치 위장 깊숙한 곳에 닿을 듯 스며들었다.

안뜰에 두 장의 커다란 멍석을 깔고, 무장 게릴라 대원들과 손 서방 등 비무장 게릴라들이 남승지도 함께 두 무리로 나눈 뒤 각각 둥글게 앉아서, 식기를 멍석 위에 가지런히 놓고 바쁘게, 그리고 금속제 숟가락이 사발 등에 닿아 울리는 왁자지껄한 식사가 진행되었다.

안채의 좁고 허름한 툇마루에 작은 밥상을 둘러싸고 앉은 것은, 제주도당의 상급 조직인 전남 당위(黨委)의 조직책 주(朱) 아무개와 게릴라 대장 이성운이었다. 빙 둘러앉은 가운데에 고구마가 섞인 보리밥을 담은 세숫대야 크기의 금속제 그릇이 세 개 놓여 있었고, 대원들은 손잡이가 긴 숟가락을 들고 팔을 쭉 뻗어서 퍼먹었다. 이봐, 급하게 먹지 않아도 돼. 밥은 많아. 멍석에 흘린 밥풀은 다 주워 먹어야 돼. 성글게 엮은 멍석 위의 된장국 사발이 불안정하게 기울어져, 호박 같은 것을 넣고 모처럼 된장을 풀어 끓인 국이 흘러넘칠 것 같았다. 실제로 엎지른 사람도 있어서, 아이고, 하고 비명을 질렀다. 이런 바보가, 그럴 때는 손으로 잘 잡고 먹어야지. 한 손은 놀고 있잖아. 된장국 외에는 열무김치, 마늘잎장아찌 등 조촐한 식사였지만, 대원들에게는 무슨 잔칫상이라도 받은 것처럼 진수성찬이었고, 커다란 사발에 수북하게 담은 삶은 고구마도, 그리고 고구마와 잘 어울리는 마늘잎 장아찌도 한 장도 남김없이 깔끔히 먹어 치웠다.

남승지는 식사를 하면서 비스듬히 오른쪽 툇마루에 앉아 있는 주(朱)에게 힐끗 시선을 던졌다. 이성운은 견장 없는 구 일본 군대의 군복을 입고 있었는데, 등을 곧게 펴고 침착하게 숟가락질을 하고 있는 주는 넥타이는 매지 않았지만, 상하 한 벌의 양복 차림으로 주위의 낡아 빠진 복장의 군상들과는 조화되지 않았다. 어젯밤에 처음 본 주는 우선 그 복장으로 봐서 길게 머물 사람이 아니라는 인상을 주었다. 남승지는 문득 어찌 된 일인지 사복형사의 복장을 떠올렸지만, 머리가 덥수룩하지는 않은, 이발을 해서 단정한 머리를 하고 있었고, 눈은 그 검은 눈동자의 움직임이 보이지 않을 정도로 가늘고 아래턱이 튀어나온 인상적인 얼굴이었다.

아이 하나가 이성운의 허리에 차고 있는 가죽 케이스의 총을 만지작거리는 것을 곁눈으로 보고, 이성운은 웃으면서 아이의 손을 떼어 냈는데, 이를 눈치 챈 아이 엄마가 달려와 울기 시작하는 아이를 데려갔다. 주(朱)는 그러한 일들에 일절 눈길을 주지 않고 말없이 천천히 숟가락을 움직이고 있었다. 한마디도 하지 않고 묵묵히 입을 움직이고 있는 주의 모습에, 남승지는 어젯밤 회합에서의 냉엄한, 잠시 몸이 움츠러들 것 같았던 그의 발언을 떠올렸다.

회의라고 해도, 주된 내용은 일주일쯤 전에 관음사에서 열린 조직회의 내용을 재확인하는 것이었다. 부산에 가 있었기 때문에 그 회의에 출석하지 못했던, 입'북' 중인 안(安) 도당위원장을 대신하여 조직의 책임을 맡고 있는 부위원장 강몽구에게, '북'의 공화국에 대한 지지, 본토로부터의 증원군의 이동 상황 등 적의 동향, 새로운 도당 아지트의 설정, 물자 보급, 조직 강화 방침 및 기타, 관음사의 회의내용이 보고되었다. 또한 계속해서 강몽구로부터, 이름을 밝히지 않은 형태로 이방근의 30만 원의 기금, 그리고 어선 조달의 협력에 대한 보고가 이루어졌다. 참가 멤버는 보급 관계의 총무부와 그 밖의 조직부 약간 명이었지만, 마찬가지로 입북한 김성달의 후임으로 게릴라 사령관을 대행하고 있는 이성운도 부관들을 거느리고 출석하고 있었다. 그는 인민유격대 제1지대장을 겸임하고 있었기 때문에, 그 관할인 제주읍, 조천면, 구좌면 지역의 각 부대 내의 무기 재분배를 위한 회합에 맞춰 하산한 것이었다.

무기 재분배를 위한 회합에는 각 중대 내의 지휘관이 소대장 등 부하 서너 명을 거느리고 참가하였다. 그 석상에서 각 부대의 현재의 무장 상태, 무기 보유수가 점검 체크되었고 각 부대의 상황에 맞추어 그것을 조절, 이성운이 작은 수첩을 보면서, 많은 곳에서 회수하여 부족한 곳으로 보내는 재분배를 하였다. 무기라고 해도 소총이나 탄약, 수류탄 정도였는데, 탄약통 몇 개, 그리고 소총 한두 자루라도 새롭게 분배받은 부대에서는 별로 불만이 나오지 않았지만, 개중에는 그래도 부족하다고 재차 요구하는 부대도 있었다. 무기 보유의 재조절과 배분에 의해 결과적으로 무기를 반납해야 하는 부대에서는, 이것은 공출이나 다름없다며 목소리를 높여 이성운 지대장의 반납 요구에 반론하고, 재차 요구하는 부대와 사소한 충돌을 일으키기도 하였다.

구좌면 지역에서 온 듯한 홍(洪) 중대장은, 오늘 제출한 무기는 휴전 상태에 들어가기 직전, 경찰지서의 무기고를 습격해서 노획한 것으로, 동지 한 사람이 적의 총탄에 쓰러진 귀중한 대가다, 그것을 함부로 다른 사람에게 넘겨줄 수는 없다. 이래서는 정직한 사람이 손해를 보는 것이나 다름없다. 소총 다섯 자루 제출을 세 자루로, 수류탄과 탄약 등도 각각 반으로 감해 달라고 주장하며 양보하지 않았다. 그리고 어떤 중대장은 다른 부대에 대해 그들의 자랑이자 유일한 보물인 기관총을 내놓으라는 말을 듣고, 격노하여 말다툼을 벌이는 장면도 연출되었다.

……분배를 받는 쪽은 다행이겠지만, 내놓아야 하는 쪽은 어떻게 되겠는가. 그야, 우리 중대만이 전투를 하는 것은 아니기 때문에, 전체적인 전술하에 무기를 조정하는 것에 반대하는 것은 아니다. 그래서 무기 보유수도 보고하였고 제출도 한 것이다. 그러나 그건 이쪽에

여유가 있어서가 아니다. 무기는 부족할 때는 곤란하지만 남아돈다고 곤란한 것은 아니다. 이기주의라고 비난하겠지만, 우리들은 서로 조직 결정에 따라 각각 독자적인 행동을 하고 있고, 유격대원의 보충, 식량, 무기의 조달도 중대가 독자적으로 해결하고 있다. 공산주의 사상의 평등에는 크게 찬성하지만, 잘못된 평등이라는 것도 곤란한 거 아닌가. 우리들 자신의 전투와 피의 보상으로 적으로부터 탈취한 무기이지, 상부로부터 받은 물건도 길가에 놓여 있는 걸 주워 온 것도 아니다…….

……마치 해방 전투는 구좌면 지역의 부대만 하고 있는 줄 아느냐. 구좌면으로만 독립국을 만들면 되겠다. 관음사 근처에도 소부대를 주둔시키고 있는 제주읍 지역 소속의 중대장이 반론했다. 제주읍은 적의 아성으로, 적은 강대하다. 당연히 무기노획에도 일정의 영향이 있다. 그러나 우리는 조직의 결정에 따라 회합에 참가한 것이지, 무기를 구걸하러 온 것이 아니다. 우리도 가지고 있는 것을 내놓았다. 전체를 위해서는 '유무상통(有無相通)'해야 하는데, 그 정도로 내놓고 싶지 않은 무기라면, 우리는 받지 않겠다…….

이성운은 곰보 얼굴을 조금 일그러뜨리고 웃으며 고함쳤다. 아니, 내놓으라고 하면 내놓아야지! 각 부대의 자력갱생은 현 상황하에서는 우리들의 원칙이다. 무기보유의 조정은 유격지대의 전체적 전술확립을 위한 원칙으로, 구좌면이고 제주읍이고 조천면이고 나눌 것이 없다. 오늘의 문제는 오늘 해결한다. 무기는 또 빼앗으면 된다! 문제는 전체의 근거지를 지키고, 유격구의 확대, 해방에 있다……. 말을 더듬는 경향이 있는 이성운은 말을 많이 하지는 않았다. 이리하여 결국은, 보다 많이 제출하는 쪽의 주장도 받아들여 약간의 재조정이 있었지만, 상부의 지시대로 배분이 이루어졌다. 다만 한 자루 있는 기관총은 그대로 그 중대에 맡겼다.

문제는 여기서 일단락되는 듯했는데, 그때까지 이성운의 뒤에서 묵묵히 회합의 진행을 지켜보고 있던 조직책 주가 이성운 앞으로 한발 걸어 나오더니, 힘찬 울림의 기침을 한 번 하고 날카롭게 찌르는 듯한 어조로 말했다. ……군사행동은 게릴라라 하더라도 혼자서 단독으로 할 수 있는 것이 아니다. 행동의 원칙은 정규군과 마찬가지로 엄격한 조직과 통제에 있다. 다른 것이 있다면, 정규군에 비해 약소하고 불리한 조건에서 오는 신출귀몰한 유격 전술뿐이다. 무기의 배분은 유격 부대 전체의 장비 정돈으로, 유격전을 강화하기 위한 조직의 결정인데도, 이것저것 자유주의적 의견이 많고 규율이 느슨해져 있다. 소총 한 정을 더 내놓으면 전투력에 지장을 줄 수 있다고 한 것, 감정에 치우쳐 배분된 무기의 수취를 거부하는 것, 이것은 모두 주관주의의 관념론으로, 동지들은 전투의 본질을 이해하지 못하고 있는 것이다. 주관론으로는 개들 싸움밖에 안 된다. 혁명은 총포에서 일어난다. 피로써 혁명을 쟁취하겠다는 정신으로 무장하지 않으면 안 된다. 전쟁 없이 달성된, 피의 희생 없이 달성된 혁명이 동서고금에 있는가. 혁명의 깃발, 적기는, 혁명의 정열, 불꽃이고, 피의 색이다. 적이 강대한 만큼 무기의 탈취가 어렵다고 하는 것은, 일리가 있으면서도 유격전의 본질을 이해하지 못하고 있다. 약소한 유격대 앞에는 항상 강대한 적이 있다. 강대한 적을 상대로 싸우는 것이 게릴라 전술이다. 희생을 두려워하는 혁명가는 짐승을 무서워하는 사냥꾼과 같은 것, 이러한 주장은 싸움을 포기하는 투항주의이자, 적에게 등을 보이고, 적에게 스스로 목숨을 바치는 사상이다. 혁명의 길은 엄격하고 무자비하며, 혁명에는 피를 두려워하고 죽음을 슬퍼할 여유는 주어지지 않는다. 대원 한 사람 한 사람이 함께 무기로 무장하고, 동시에 피의 색인 붉은 정신으로 무장하고, 또한 보다 많은 인민을, 도민을 무장시켜야 한다. 원칙을 엄수하는 일, 우리들이 오류를 범했을 때 망설이지 말고 원칙으로 돌아가는 것을 최대의 원칙으로 여겨야 한다……. 시퍼런 칼날이 번쩍이는 듯한 어조의 말이 계속되었고, 마지막에는 군사교육 과 정치교육의 보다 강한 결합을 강조하였다.

조용한 가운데, 일종의 두려움이 느껴지는 공기가 흘렀고, 거의가 이십 대인 대원 중 누구 한 사람 기침 소리도 내지 않았다. 마흔이 가까워 보이는 연령도 그렇고, 쉽게 다가가기 어려운 분위기를 자아 내는 남자였는데, 남승지가 몇 번인가 가슴이 덜컹하며, 머릿속에서 지워지지 않고 그대로 살아 있는 몇 시간 전의 유원과의 포옹을 간파 당하지는 않을까 하고, 전율에 가까운 공포를 느낀 것은 이때였다.

그것으로 회합을 맺는 모양새가 된 탓도 있지만, 주(朱)의 이야기에 대해 아무도 질문하는 사람은 없었다. 고개를 끄덕이는 사람, 묵묵히 있는 사람, 대원들은 우르르 방 밖의 어둠 속으로 나왔지만, 조금 전 까지 말싸움을 하면서도 개방적이었던 분위기는, 잠시 동안이었지만, 사라지고 없었다.

회합에 모인 게릴라 대원 중에는 소대장을 포함해서 두세 명의 국방 군(구국방경비대) 출신으로, 4·3봉기 후에 무기를 지니고 의거 입산한 사람들도 있었다. 그들은 주를 향해 반론을 제기하지는 않았지만, 그 들 국방군 출신자를 향한 그의 비판적인 말에 다소 불만스럽다는 표 정을 감추지 않았다. 주가 마지막으로 덧붙인 군사교육과 정치교육의 결합을 강조하는 가운데, 그는 군 출신자에 대해 언급하면서, 국군 출신 동지들은 군사지식이나 기술은 뛰어나지만, 미 제국주의 지배하 의 군대에서 반동사상교육을 받은 영향으로 혁명사상교육이 부족하 다. 국방경비대 제9연대장 박경진을 살해한 현상일 중위처럼 반동 권력에 의해 사형을 선고받은 애국적, 혁명적 군 출신자도 있지만, 동지들은 좀 더 정치교육을 강화해서 인민에게 봉사하는 혁명사상으로 무장해야 한다…… 운운하는 말을 한바탕 했던 것이다.

어딘가 유달현을 연상시키는 인상의, 아니 그보다는 선입관도 작용해서, 훨씬 거물이라는 인상을 주는 주가 지금 툇마루에 앉아서, 비수 같은 말을 안으로 숨기면서 묵묵히 식사를 하고 있었다.

이성운이 함께 작은 밥상을 마주하고 있는 것은, 그 나름의 대우를 하고 있다는 뜻일 것이다. 부위원장인 강몽구조차 남승지 등과 함께 멍석 위에서 둥그렇게 앉아 있었다. 어젯밤에 남승지는 주가 육지에서 온 군사전문 조직책이라는 걸 알고는, 일면(一面)의 안도감과 동시에 그 안도감을 밑바닥에서부터 무너뜨리는 듯한 위화감을 느꼈다. 혐오감. 이것은 자신의 사상적 나약함에서 오는 것인지도 몰랐다. 그렇지 않다고 생각하면서도, 마음속에서 일고 있는 감정의 움직임은 혐오였다. 그는 혐오하면서, 그 자신의 혐오에는 동의하지 않았다. 나에게는 무언가가 부족하다. 게다가 자신의 내부에 다소 떳떳하지 못한 것이 혐오감을 방해했다.

이성운은, 문제는 근거지를 지키고, 유격구를 확대해 해방하는 데 있다……고 말했다. 분명히 그렇다. 그것은 힘이 느껴지는 말이었다. 제주도의 적으로부터의 해방 없이 무엇을 위한 투쟁이란 말인가. 이성운은 게릴라 대원들을 앞에 두고, 유격대장으로서 당연히 승리한다는 전망하에 그렇게 이야기한 것이겠지만, 남승지는 어두운 헛간의 짚으로 된 침상 위에서, 마음속 검은 소용돌이를 의식하면서, 과연 그것이 가능할까 하는 무서운 의문이 솟구쳤다.

게릴라 대부분은 산악지대에 차단되어 피아의 정보에 어두운 환경에서, 그저 '혁명의 승리'를 믿고 이쪽저쪽으로 이동하고 있었는데, 본토에서 다시 병력이 증강되어 토벌전이 재개될 경우는 과연 승산이 있을지 어떨지. 아지트의 점과 점을 연결한 해방 지구, 근거지가 아직 수립되지 않았고, 일정한 아지트를 장기적으로 확보하지 못해 전전하고 있으며, 도당 아지트도 새로이 관음사로, 그것도 일시적으로 옮기려 하고 있는 상황 속에서, 중산간지대——유격구를, 앞으로 밤에는 게릴라, 낮에는 적이라는 해안지대로의 확대, 그리고 해방으로 전진할 수 있을까?

어둠 속에서 바위 소년이 말했다……. 성내에는 검은 개(경찰)와 노란 개(군대)의 토벌대가 많이 있어요? 으-음, 꽤 많이 있지. 성내는 놈들의 중심지니까. ……성내 해방은 언제쯤일까요? 글쎄, 그리 멀지는 않을 거야. ……그렇겠지요. 난 어젯밤에 Y리에 연락책으로 갔을 때, 몰래 집에 들러 어머니를 만나고 왔는데, 그때 그렇게 말하고 왔어요. 우리 산부대는 가까운 시일 내에 성내에서 모두 함께 만나게 될 거라고 말했어요. 어머니는 울고 있었어요. 하루 빨리 모두가 마을로 돌아오면 좋겠다고 하면서요. 얼마 전 오름의 동굴로 산부대의 이성운 대장님이 찾아왔을 때, 우리의 머리를 쓰다듬으며 말씀하셨어요. 정말 멋졌어요. "누더기를 걸치고, 배고픔을 참으며 투쟁할 줄 아는 소년소녀 동무들이여" ……라고 했어요. 코끝이 찡했어요. 최후 승리의 그날까지, 고향 땅을 우리들의 손으로 지키고, 마을을 해방시키고, 모두가 자기 집으로 하루라도 빨리 돌아갈 수 있도록 하기 위해 싸우는 것이다……라고 말했어요. 미래를 향해서 희망과 전진이 있을 뿐이다. 이성운 대장님은 우리가 다니던 중학교 선생님이었으니까…….

소년의 입에서 쏟아져 나오는 희망과 전진의 목소리. 그래, 그렇게 해서, 언젠가 성내까지도 유격구로 만들어 해방시켜야 한다. 그리고 게릴라도, 그렇지 않은 사람도 모두 성내에서 만나자……. 남승지의 머릿속에 어찌 된 일인지, 이방근의 얼굴이 스치고 지나갔다. 남승지는 베개를 대신한 스웨터 꾸러미 위에서 머리를 흔들고 자신을 질책했다. 입북한 김성달 등 도당 간부의 귀도(歸島)와 함께, '북'에서 뭔가 지원의 힘이 도착하면 전망이 열릴 것이다. 그리고 남조선 전역에서 제주도 게릴라 투쟁에 이은 게릴라 봉기가 일어난다……. 중국 대륙의 혁명은 진행 중이고, 객관적 정세는 우리 조선 혁명에 유리하게 전개되고 있다…….

남승지는 어젯밤 헛간의 어둠 속에서, 유원과의 포옹 사실을 놓치지 않겠다는 듯이 가슴에 품은 채, 앞으로의 게릴라 전투의 전망에, 어떤 균열 같은 의심이 스쳐 지나가는 것을 느꼈는데, 그것은 '투항주의'적 생각이었다. 그는 자신의 생각을 투항주의적이라고 인정하면서, 다만 거기에는 전제가 있어야 하는데, '북'으로부터의 지원, 그리고 남조선 전체의 봉기……, 이것이 없으면 안 된다. 그리고 우리들의 주체적인 투쟁. 만약 이 전제가 무너진다면, 그것은 있어서는 안 될 무서운 일이지만, 내 생각이 투항주의로 끝나지는 않을 것이다. 주의 발언은 원칙적으로는 옳았다. 그러나 거기에는 보충이 필요하다……. 외부에서의 지원이라는 보충이. 이것은 전제가 돼 있어야 한다. 그렇지 않으면 안 된다. 전국적인 봉기. 본토의 상급 조직에서 온 조직책인 이상, 주의 발언은 전국적인 관점에 서 있을 터였다.

그러나 남승지는 날이 밝아 아침이 되어도, 그리고 묵묵히 식사를 하고 있는 주의 모습을 아침 햇살 속에서 보아도, 어젯밤의 혐오감은 사라지지 않았다. 이상하게도 어젯밤의 자신의 그 혐오감에 대한 저항이 사라져 있었다. 왠지 모르게 거부감을 주는 인간이었다.

식사가 끝나자 대원들은 바로 자리에서 일어나 각자의 식기를 정리하고, 커다란 멍석을 끝에서부터 돌돌 말아 각각 두 사람씩 두 개의 멍석을 어깨에 메고 농가의 헛간에 들여놓았다.

이윽고 마을의 도로를 게릴라 대원들이 도중에까지 함께 돌아가기 시작했다. 모두가 모포를 길게 개서는 한쪽 어깨에서 비스듬하게 걸쳐 멘 서너 명씩의 그룹이 네다섯 무리로 나뉘어 제각각 소총을 메고, 개중에는 혼자서 두 정의 총을 메거나, 수류탄이 든 상자를 짊어지고, 탄약 상자 등을 손에 든 대원들이 남쪽으로, 산이 있는 방향으로 마을 길을 걸었다. 여러 명의 부하를 데리고 온 이성운도 조직책인 주와 함께 대열 속에 끼여 있었다. 그들은 제1지대 본부의 아지트로 향할 것이었다.

흙먼지를 일으키며 걸어가는 대원들은 실전을 향할 때와 같은 긴장감은 없었지만, 모두가 밝고 동안이 엿보이는 표정에 근심이 없었다. 일단 무기와 탄약을 손에 들고 있는 만큼 의기양양한 모습이 영웅적으로 보이기조차 했다. 아이들이 쫓아왔다.

게릴라 대원의 대부분은 스무 살 전후의 이십 대 젊은이들로, 어젯밤 주의 '연설' 뒤의, 조용하게 일종의 두려움을 느끼는 듯했던 분위기를 자아내는 그림자는 없었고, 이야기를 나누거나 웅성거리며 걸었다. 남승지는 헛간의 마른풀과 짚 냄새가 나는 어둠 속에서 바위 소년이 한 이성운의 말을 떠올렸다. 누더기를 걸치고 배고픔을 참으며 투쟁할 줄을 아는 소년소녀 동무들이여……. 꽤나 시적인 느낌을 준다고 생각했다.

한 부대가 노래를 부르기 시작했다. '해방의 노래'였다. ……조선의 대중들아, 동포들아……. 다른 한 부대도, 그리고 행진곡조가 되어 전원이 함께 노래를 불렀다. 온몸에 짐을 짊어지거나 하고 있었기 때문에, 손을 크게 흔들며 위풍당당하게 보조를 맞춘 행진은 아니었다.

그래도 그 나름의 몸짓, 손짓으로 리듬을 타고 있었다.

> ……조선의 대중들아 들어 보아라
> 우렁차게 들려오는 해방의 날을
> 시위자가 울리는 발자국 소리와
> 미래를 고하는 아우성 소리
>
> 노동자 농민들은 힘을 다하여
> 놈들에게 빼앗겼던 토지와 공장
> 정의의 손으로 탈환하여라
> 제 놈들의 힘이야 그 무엇이랴……

도중의 바로 앞 길모퉁이에 마을 공동의 맷돌 방앗간이 있었는데, 커다란 맷돌을 빙글빙글 돌리고 있던 말이 놀랐는지 히히힝…… 하고 콧소리를 내었다. 방앗간의 출입구까지 대담하게 들어가 떨어진 곡물을 부지런히 쪼아먹고 있던 참새들이 일제히 날개를 푸드덕거리며 날아올라, 오두막 주변의 커다란 팽나무 그늘 속으로 도망쳤다. 회전하는 맷돌 축의 삐걱거리는 소리와 잡곡이 으깨지면서 드르륵드르륵 울리는 무거운 맷돌의 울림이 멈추고, 콧수염을 기른 농부 한 명과 그의 딸인 듯한 아름답고 젊은 여자가 머리에 쓴 흰 수건을 벗으며 밖으로 나와, 게릴라 대원들을 배웅했다.

게릴라 부대는 방앗간이 있는 모퉁이에서 두 갈래로 갈라진 길을 두 부대로 나뉘어, 마을 밖으로 노랫소리와 함께 걸어갔다. 이윽고 마을을 빠져나가면 다시 각각의 방향으로 흩어졌다.

맷돌방앗간 근처까지 와 있던 남승지와 손 서방 등이 손을 흔들었다. 손 서방이 발을 구르며 노래를 불렀고, 남승지도 부르고 있었다. 남승지는 S리에서 잠시 교사를 하고 있을 때, 조천에서 중학교 교원이던 이성운과 교원조합 집회 등에서 두세 번 만난 적이 있었는데, 지금은 두 사람 모두 비합법 활동을 하는 동지가 돼 있었다. 아직 서른이 채 되지 않은 이성운은 학도병 출신으로, 일본의 패전 후에 포츠담 소위(少尉)로 고향인 제주도에 돌아온 재일조선인이었다. 권총 사격의 명수였다.

"명우 동무." 옆에 있던 손 서방이 팔꿈치로 남승지의 옆구리를 가볍게 한 번 찌르더니 눈짓을 하며 말했다. "저 아가씨, 봤나? 미인이지. 참한 아가씨라더군⋯⋯." 그 목소리가 조금 촉촉해져 있었다.

"⋯⋯응?"

남승지는 당돌한 손 서방의 행동에 조금 당황하여 바로 말이 나오지 않았다. 손 서방의 아가씨라는 말에 묘하게도 유원의 얼굴이 머릿속에 번뜩 나타났다가 사라졌다.

"자네는 고지식한 사람이니 잘 모르겠지. Y리에서는 나의 선생님이었거든. 아니, 이런, 그만둬야지, 그만두자구, 헷헷헤⋯⋯."

어-엉, 어-엉, 게릴라 대원들이 떠난 한쪽 골목에서 우는 소리가 나고, 뒤를 따라갔던 아이들이 돌아왔는데, 네다섯 살 정도의 남자아이가 눈물과 콧물이 범벅이 되어 울고 있었다. 아가씨가 쫓아가 아이를 달래면서 손에 들고 있던 수건으로 아이의 눈물과 콧물을 닦아 주었다.

"아이고 저런, 뭘 그렇게까지. 아가씨의 손수건이 더러워지고 말았어⋯⋯. 저 더러운 개구쟁이 녀석의 얼굴을 닦아 주다니, 참말로. 아이고, 얼마나 마음씨 고운 아가씨인가⋯⋯. 아아, 그만둬야지, 그만 하겠네⋯⋯. 내가 저 울보를 대신하고 싶구먼."

이상하게 눈깔사탕 하나를 쥐어 준 것도 아닌데(그런 눈깔사탕 같은 것은 이런 작은 마을에 있을 리도 없지만) 아이는 금세 울음을 그쳤다.

먼저 맷돌방앗간 안으로 들어간 농부가 말 엉덩이에 채찍질을 했다. 말은 말없이 다리를 움직였고, 맷돌은 삐걱거리며 움직이기 시작했다. 그 처녀가 방앗간 안으로 검은 치마를 펄럭이며 뛰어 들어갔다.

조직부장이기도 한 강몽구, 부부장인 장 동무, 남승지, 총무부 관계자 등 몇 사람이 잠시 남았다. 그리고 근처의 오름 동굴을 아지트로 삼고 있는 손 서방 등의 그룹도, 불침번의 교대를 한 뒤 마을 밖을 망보고 있었고, 식사 뒷정리 등을 하는 여자 대원들을 포함해 몇 명인가 남아 있었는데, 후발대로 출발할 것이었다.

남승지는 강몽구에게 성내에서 이방근과 만났던 일을 이야기하고, 2천 원을 억지로 주머니에 찔러 넣어 주었는데, 이 돈을 어떻게 하면 좋을지, 아무래도 신경이 쓰이던 것을 물어보았다. 강몽구는 양준오를 통해서 30만 원이라는 거금이 조직에 기부되었으므로, 2천 원은 남승지 개인에 대한 것이기 때문에, 기본적으로는 자유라고 대답했다. 그래서 결국, 조직부에 대한 기부로서 천 원을 장 부부장에게 맡겼다. 남승지는 백 원짜리 지폐 열 장을 단단히 접어 상의 주머니에 넣으면서 이 돈은 뭔가의 보석처럼 영원히 사용하는 일 없이, 주머니에 넣어 둔 채 있을지도 모르겠다는 생각을 했다. 아니, 주머니에 바느질이라도 해 두고 싶다. 사용하지 말아야겠다고 마음속으로 정했던 것이다.

"그런데, 승지야……." 두 사람만이 안뜰 가장자리의 돌 위에 앉아 담배를 피우며 강몽구가 말했다. 남승지의 어머니 쪽 친척이기도 해서, 두 사람만 있을 때는 승지라거나, 너라고 친근하게 불렀다. 뒷간에 붙어 있는 돼지우리에서 돼지가 우리의 돌담에 계속 코를 문지르며 비명에 가까운 새된 소리를 낸다. "일전에 부산에서 돌아와 성내에서 이방근을 만났을 때인데, 그는 널 두고 나이는 어리지만 높이 평가한다고 하더군. 핫핫핫. 구체적으로는 아무런 말도 하지 않았지만, 단지 그렇게만 말하더라구. 나는, 흐─음, 그런가 하면서 다시 봐야겠다는 느낌이 들었지만 말야. 30만 원도, 그리고 어선 조달에 대한 의사표시도, 승지의 존재라는 것이 전제로, 어딘가 밑바닥에 자리하고 있는 모양이야. 고마운 일이지."

"그만하세요. 말도 안돼요. 이상한 과대평가예요. 저야말로 방근 씨를 존경하고 있거든요. 그가 어떤 사람이라고 생각하세요. 그 말에는 약간의 독이 섞여 있을 거예요."

이방근이 했다고 하는 강몽구의 말은(양준오도 이방근은 자네를 높이 사고 있다고 몇 번이나 말한 적이 있었다) 남승지를 재차 놀라게 했지만, 그러나 가슴이 떨리는 것을 느꼈다. 이방근이 소파를 떠난다. 소파에서 일어난다……. 강몽구의 당의 권위를 배경으로 한 간청, 아니 강요에도, 그리고 남승지의 비판에도 불구하고 조직에 입당하는 것을 완강하게 거부해 온 이방근이, 지금 이러한 형태로 투쟁에 참가하고 있다는 사실이, 얼마나 자신을 격려하고 힘이 되는지, 남승지는 다시 생각했다. 일체의 권위를 부정하는 사람. 그 이방근의 움직임에 자신의 영향이 있다고 하는 것은, 당치도 않다, 황송하기 짝이 없는 말이었다.

"이방근 본인이 그렇게 말했으니 틀림없어. 음, 원래 그는 나와 제주경찰서 유치장 동창이니까. 같은 유치장 동지라구, 술만 마시는……. 처음에는 나도 그를 어쩔 수 없는 방탕아라고 오해하고 가볍게 봤지만, 아니, 전혀 그렇지 않더군. 대단한 사람이야. ……그런데, 뭐야, 그 보따린? 어젯밤부터 소중하게 가지고 다니던데."

남승지는 한순간 볼을 붉히며, 이방근의 여동생인 유원 동무가 선물로 준 스웨터라고 말하자, 강몽구는 오호 하는 소리를 내고, 너, 그런 일도 있었구나…… 하며, 뭔가 나쁜 짓이라도 한 것을 발견한 것처럼, 크게 신기해하며 감탄했다.

"넌 오사카에서, 어머님과 사촌 형이 그렇게 결혼을 하라는데도 반대하고, 제주도에 돌아가면 꼭 결혼하겠다고 그때 약속을 했었는데, 안 그러냐. 흐음, 그때는 위기를 넘기려는 임시방편으로만 생각을 했더니, 상대는 그 아가씨였던 거냐? 유원 동무로군. 그렇다 하더라도, 스웨터를 말이지……. 고마운 일이야."

강몽구는 고맙다는 말을 여기서도 반복했다.

"아니, 그건 아닙니다. 유원 동무는 이미 버젓한 결혼할 상대가 있으니까요……."

"응? 뭐라고……. 결혼을 한다고? 그런데도 스웨터를 자신의 손으로 짜서 줬다는 말이냐."

"그건, 그거죠. 게다가 전 지금 결혼할 상황도 아니잖아요."

남승지는 스스로도 왜 이런 단정적인 마음에도 없는 말을, 그것도 '버젓한'의 앞에 '이미'라는 말까지 덧붙여서 강조해 버린 것인지, 경박한 마음에 화가 났다.

"음, 당분간은 그렇지. 그러나 언젠가는 결혼을 해야 돼. 네 어머니나 사촌 형인 승일 씨에 대한 내 약속도 있고……."

당분간은 그렇지. 어찌 될는지. 모든 게 당분간은, 이란 말인가…….

총무부장인 한이 안뜰에 얼굴을 내밀고, 그 큰 키를 흔들듯이 출발을 알리는 신호를 했다. 이성운의 형인데, 얼굴은 그다지 닮지 않았다. 동생처럼 얼굴이 곰보도 아니었다. 이성운은 본명이라서 형도 이씨이지만, 한씨 성을 쓰고 있다.

이 작은 마을에서는 어젯밤부터 20명 남짓한 사람들에 대한 식사

제공은 부담이 컸다. 도민들의 협력, 보급에만 의지할 수는 없다. 도민들로부터의 보급 없이 게릴라는 존재할 수 없지만, 그것도 한계가 있다. 언제나 가능한 일은 아니었지만, 노동이든 뭐든 갚을 수 있을 때는 갚는다. 대중의 것은 바늘 하나, 실 한 올 뺏어서는 안 되는 것이다. 총무부는 마을 사람들에 대해서 적당한 '지불'을 하려는데, 받지 않는다. 그래서는 안 된다는 약간의 실랑이로 쓸데없이 시간을 허비하고, 얼마간의 대가를 지불했다.

그저께 새벽, 관음사까지 릴레이식으로 운반해 온 고리짝 네 개, 절과의 교환용 면포 두 필이 든 보따리는, 내일 총무부에서 부원을 파견해 짐을 풀고 배분하기로 했다. 모레인 9월 9일은 '북'의 조선민주주의인민공화국이 창건되는 날이었다. 남조선 인민의 지하투표를 거쳐 남북통일선거의 결과로 수립되는 우리들의 인민정권. 게릴라들에게는 그것이 희망의 별이었다. 9월 9일, 그날은 각각 아지트에서, 술이 있을 리는 없지만, 물 한 잔이라도 들고 축배를 들 것이었다.

강몽구 일행은 제1지대 본부 근처에 있는 도당 아지트로 향했고, 남승지도 도중에까지 잠시 동행했다. 벌써 아홉 시였다. 산악지대에서는 거의 도움이 안 되지만, 곧 끝난다는 하절기의 그날까지는 시계 바늘을 그대로 두는 편이 좋았다.

마을 변두리의 조밭에서 아침 이슬에 젖은 이삭 물결이 바람에 흔들리면서 고개를 무겁게 숙이고 있었다. 그러나 이윽고 해가 떠오르면, 그 머리를 천천히 아침 이슬에 젖은 분만큼 치켜들 것이었다. 남승지는 수확이 가까워진 조 이삭의 물결을 보면서, 왠지 모르게 웃음이 새어 나왔다. 어린 시절에 어머니로부터 자주 들었던 말을 떠올렸는데, 왜 굳이 웃음을 흘렸는지 알 수가 없었다. 오만하지 말거라. 익은 조와 보리의 모습을 봐라. 잘 익은 곡식의 이삭은 자연히 머리를 숙이고, 덜 익은 이삭은 머리를 치켜든다. 사람도 마찬가지다……. 왠지 우습다. 나비가 두 마리, 허공에서 서로 얽히듯이 파도를 그리다, 고원의 이삭 물결 위를 날아갔다.

기쁜 것은 이방근의 변화였다. 이렇게 말하면 오만한 걸까. 왠지 모를 불쾌한 느낌과 함께 조직책인 주의 얼굴이 떠오르는 것을 의식하면서, 이방근은 화를 낼지도 모르지만, 그는 역시 변했다는 생각이 들었다. 그것은 실제로 자금을 제공했다든가 하는 일 때문만은 아니었다. 기가 약한 사람이라면 강몽구의 강압적이라고까지 생각되는 간청의 형태를 띤 입당의 압력을 거부할 수 없었을 것이다. 그런 그가 움직이는 것은, 자금 등을 제공했다는 것은, 거부의 대가는 아니다. ……오빠는 서울에는 안 간다. 서울에는 안 가. ……문난설 씨와 결혼하기 위해 서울로 이사하겠지요, 라고 한 유원에게 그는 그렇게 말했다. 당분간은 이 땅에 있겠다는 거야……. 어째서 이방근은 서울에는 가지 않고 이 땅에 머무는 것인가? 그리고 며칠 내로 성내의 읍내 안에서 이사를 한다.

강몽구 일행은 산자락으로 향하는 길을 한라산을 올려다보면서 더듬어 가고, 남승지는 도중에 서쪽으로 크게 꺾어서, 조천면과 제주읍의 경계로 향했다. 길은 기복 속으로 들어가, 먼 바다를 바라볼 수 없게 되었다. Y리에서의 유원과의 이별은 어제, 어제 저녁의 일이었다. 트럭 엔진의 폭발음. 하룻밤이 지났는데, 성내의 집에 돌아가서는 아무 일도 없었던 것일까. ……가까운 시일 안에, 보름 안에 꼭 성내에 갈 겁니다. 남승지는 들고 있던 스웨터 꾸러미를 허리에 껴안았다.

태양이 점차 눈부시게 떠올라 내리쬐었지만, 고원의 바람은 완연한 가을이었다.

다음날 이른 아침, 관음사의 용백이 풀이 깊은 초지를 헤치고 새들이 지저귀는 숲 속 아지트를 찾아와, 산천단 아랫마을에서 소년이 와 있다고 말했다.

아지트에는 오랜만에 조직부의 세 사람이 같이 있었기 때문에, 옷을 입은 채로 일어나 용백과 함께 절로 향했다.

소몰이 소년이 채찍을 손에 들고 경내의 연못 가장자리에 우뚝 서 있었다. 절의 모습과 사정을 확인하고, 아마도 산천단 마을까지 와 있는 조직원에게 이상이 없음을 전하려는 것이었다. 소년은 곧바로 하산했고, 한 시간 반 정도 지나자, 일전에 작은 중산간 부락의 회합에서 만났던 총무부원이 혼자서 절로 올라왔다.

그는 먼저 절의 주지스님 대리 격인 목포보살에게 인사를 한 뒤, 남승지 일행에게 조직의 신임장을 보여 준 뒤, 그것을 성냥불로 태우고, 여기로 운반된 물자의 짐을 풀고 배분할 것이라고 말했다. 그리고 나서 곧바로 연못 옆 마루방 헛간에 보관돼 있던 다섯 개의 짐이, 용백의 도움으로 부엌이 있는 건물의 넓은 툇마루까지 옮겨졌다.

모두가 주시하며 기대하고 있는 가운데, 일부러 목포보살까지 보러 나와 있었는데, 텐트용 천으로 말아 끈으로 묶은 고리짝 네 개와 다른 한 개의 짐이 풀리고, 메모를 손에 든 총무부원이 체크를 했다.

고리짝이 아닌 쪽 짐 속의 무명천 두 필은 절에 있는 식량과 교환할 물건이었는데, 목포보살은 마음에 드는 모양이었다. 고리짝 중 두 개는 각각 열장의 모포로 꽉 차 있었다. 다른 두 개는 일본제인 듯한 빨간색과 검은색 두 종류의 운동화, 약간의 의류, 수건 등이었고, 한쪽 구석에 건빵이 들어 있는 봉투, 그리고 빨간 소독약 옥도정기, 소독약, 붕대 등의 의약품이 들어 있었다. 이것들은 주로 이 근처에 주둔하고 있는 게릴라 소부대와 그들이 소속된 중대에 배분될 것이었다. 많은 양은 아니었지만, 그래도 산속에서는 귀중한 물자였다. 세상에서 말하는 크리스마스 선물은 아니지만, 내일 9월 9일, 인민의 조국, 인민공화국의 창건을 앞둔 마지막 선물인 셈이었다.

그중에서도 신발이 생명이었다. 어느 정도의 허기는 참을 수 있어도, 돌과 나무뿌리가 튀어나와 있는 험준한 산길을 맨발에 가까운 낡은 신발로 계속 걸을 수는 없었다. 남승지는 즈크화를 신고 있었기 때문에, 분배된 신발은 반납해서 절의 용백에게 주기로 하고, 또 절에도 필요한 약품이 조금 배분되었다.

연락이 이루어져, 소대장 이하 두 사람의 대원이 찾아왔다.

무명 옷감 이외의 짐은 거의가 게릴라 부대로 보내는 것이었기 때문에, 배분 작업은 간단히 끝났다. 비와 이슬을 피하기에 적당하고 흠도 없어서 아직 새것에 가까운 텐트용 천 네 장은, 남승지 일행의 아지트에 한 장, 그리고 나머지는 게릴라 부대로 보내기로 결정되었다.

분배가 끝난 시점에, 모두는 담배를 나누어 피우면서, 내일로 다가온 공화국 창건에 대해 이야기를 나누었다. 이 산중에서 38선 저 멀리 평양을 머릿속에 그리는 것도 아득했는데, 소대장이, 자신들은 내일 그럴듯한 모양을 갖춘 공화국 국기를 만들어 세울 것이라고 말했다.

"어떻게 만듭니까? 실물을 본 적도 없는데."

숯막 아지트에서 같이 생활하고 있는 천 동무가 말했다.

"아니, 문제없어. 어제 저녁 평양방송에 나왔어. 다만 무전기 잡음 때문에 잘 들리지 않아서, 백 퍼센트 정확할지 어떨지 자신은 없지만."

소대장이라고 표시가 있는 것도 아니고 복장도 대원과 같았지만, 어쨌든 소대장 동무는 용백이 가져온 종이에 연필로 깃발의 도형을 그려 보였다. 장방형으로 둘러싼 선 안의 위 3분의 1은 하얀 색, 아래 3분의 2가 붉은 색으로, 그 붉은 색의 장대에 가까운 부분을 동그랗게 흰색으로 남겨 두고, 거기에 다시 붉은 별 모양을 그려 넣는 거라고, 색을 지정하면서 간략하게 그렸다. 일본의 일장기만큼 간단하지는 않았지만, 그렇게 복잡한 것 같지도 않았다.

"음⋯⋯."

남승지도 그리고 천 동무 등도 고개를 끄덕였다. 숲 속의 숯막 아지트에서도 국기를 만들어 보기로 했다.

소대장이 계속해서, 오늘 밤 늦게 평양특별방송이 있다. 공화국 창건에 대비한 최고인민회의(국회) 진행에 관한 보도인데, 거기서 신정부 구성에 대한 내용이 발표되는 모양이라고 이야기했다. 그렇지 않아도 오늘 정오에는 게릴라 소대의 아지트로 가서, 천 동무가 정말로 가지고 싶어 하는 무전기를 둘러싸고 평양방송을 들을 예정이었는데, 밤늦게 또다시 갈 필요가 생겼다.

심야라고 하면 이미 내일, 9월 9일이다. 근처에 계곡이 있어 발밑이 위험했지만, 회중전등을 손에 들고 무전기가 있는 아지트에 가기로 했다.

┃ 지은이

김석범(金石範)

　1925년 일본 오사카에서 태어났고, 교토대학을 졸업했다. 〈제주4·3〉을 테마로 한 대하소설『화산도』를 집필하고, 일본에서 4·3진상규명과 평화인권운동에 젊음을 바쳤다. 1957년『까마귀의 죽음』을 발표하여 최초로 국제사회에 제주4·3의 진상을 알렸다.

　대하소설『화산도』로 일본 아사히(朝日)신문의 〈오사라기지로(大佛次郎)상〉(1984), 〈마이니치(每日)예술상〉(1998), 제1회 〈제주4·3평화상〉(2015)을 수상했다. 1987년 〈제주4·3을 생각하는 모임 도쿄/오사카〉를 결성하여 4·3진상규명운동을 펼쳤다. 재일동포지문날인 철폐운동과 일본 과거사청산운동 등을 벌려 일본사회의 평화, 인권, 생명운동의 상징적인 인물로 추앙받고 있다. 주요 소설로서는『까마귀의 죽음』,『화산도』,『만월』,『말의 주박』,『죽은 자는 지상으로』,『과거로부터의 행진 상·하』 등이 있다.

┃ 옮긴이

김환기
동국대학교 일어일문학과 졸업
(현) 동국대학교 교수/동국대일본학연구소 소장
『시가 나오야』,『재일 디아스포라 문학』,『브라질(Brazil) 코리안 문학 선집』,
「코리안 디아스포라 문학의 '혼종성'과 초국가주의」 외 다수.

김학동
일본 호세이(法政)대학 일본문학과 졸업
(현) 동국대학교 일본학연구소 연구원/공주대학교 출강
『재일조선인문학과 민족』,『장혁주의 일본어작품과 민족』,
『한일 내셔널리즘의 해체』(역서), 「김석범의 한글『화산도』론」 외 다수.

火山島 ⑧

2015년 10월 16일 초판1쇄
2016년 8월 26일 초판2쇄
2021년 1월 15일 초판3쇄

지은이 김석범
옮긴이 김환기 · 김학동
펴낸이 김흥국
펴낸곳 보고사

책임교열 유임하(문학평론가/한국체대 교수)
책임편집 황효은
표지디자인 정보환 · 손정자
제작관리 조진수 **마케팅** 이성은
인쇄제본 영신사 **종이** 한서지업사 **코팅** IZI&B

등록 1990년 12월 13일 제6-0429호
주소 경기도 파주시 회동길 337-15 보고사
전화 031-955-9797(대표)
     02-922-5120~1(편집), 02-922-2246(영업)
팩스 02-922-6990
메일 kanapub3@naver.com / bogosabooks@naver.com
http://www.bogosabooks.co.kr

ISBN 979-11-5516-468-6 04810
     979-11-5516-460-0 04810(세트)

정가 15,000원